Der Weg ins Paradies

W0199402

Die einzigartige Geschichte von Tim und Deborah, die das Schicksal füreinander bestimmt hat und deren Liebe doch zum Scheitern verurteilt zu sein scheint: Tim wird zum katholischen Priester geweiht, und Deborah kämpft gegen ihre orthodoxe Familie, um sich zur Rabbinerin ausbilden lassen zu können. Zwischen Brooklyn, Rom und Jerusalem trennen sich die Wege der beiden und führen am Ende doch wieder zusammen ...

Erich Segal, geboren 1937 in Brooklyn, war Dozent für Klassische Sprachen und Literatur an der Harvard-Universität, Gastprofessor in Princeton und München, seit 1987 ist er emeritiert. Sein erster Roman «Love Story» wurde auf Anhieb zum weltweiten Bestseller. Das Drehbuch zum Film brachte Segal den Golden Globe Award und eine Oscar-Nominierung ein. In Frankreich erhielt Erich Segal für sein Werk 1999 die höchste Auszeichnung, die ein Nicht-Franzose erhalten kann, den «Chevalier de l'Ordre des Arts et des Lettres».
Im Scherz Verlag erschienen 1990 «Die Ärzte», 1992 «Die Gottesmänner», 1995 «Der Preis des Ruhms», 1997 «Love Story» und 1999 «Only Love».
Erich Segal ist verheiratet und hat zwei Töchter.

Unsere Adresse im Internet: www.scherzverlag.de

Erich Segal

Der Weg ins Paradies

Roman

Aus dem Amerikanischen von
Gisela Stege

Scherz

Veröffentlicht im Scherz Taschenbuch,
ein Verlag der S. Fischer Verlag GmbH,
Frankfurt am Main, September 2003

Die Originalausgabe erschien unter dem Titel
«Acts of Faith» bei Bantam, New York
Copyright © Ploys, Inc. 1992
Für die deutschsprachige Ausgabe:
© Scherz Verlag, Bern 1992
Umschlaggestaltung: ja DESIGN, Bern: Julie Ting & Andreas Rufer
Umschlagbild: Getty Images, München
Gesamtherstellung: Ebner & Spiegel, Ulm
Printed in Germany
ISBN 3-502-51956-0

Für Karen, Francesca und Miranda
... die meinen Glauben stärken

SERO TE AMAVI, PULCHRITUDO TAM
ANTIQUA ET TAM NOVA, SERO TE AMAVI!
ET ECCE INTUS ERAS...

Augustinus, Confessiones X.27

Zu spät kam ich, dich zu lieben, o Schönheit,
so uralt und so neu! Zu spät kam ich, dich zu lieben –
und siehe, du warst in mir all die Zeit...

PROLOG

Daniel

Ich wurde mit Blut getauft. Mit meinem eigenen Blut. Das ist nicht etwa Brauch bei den Juden. Es ist eine geschichtliche Tatsache.

Der Bund, den mein Volk mit seinem Gott schloß, verlangt von uns, ihm zweimal am Tag Treue zu geloben. Und damit nur ja keiner von uns vergißt, daß wir das auserwählte Volk sind, hat Gott überall auf der Welt Nichtjuden geschaffen, die uns ständig daran erinnern.

In meinem Fall stellte der Vater der Welt genau in der Mitte zwischen Schule und Elternhaus ein irisch-katholisches Viertel hin. Und so entdeckten mich regelmäßig, wenn ich zu meiner Jeschiwa oder nach Hause ging, die «Christlichen Soldaten» von St. Gregory's und riefen mir häßliche Schimpfwörter nach.

«Itzig!»

«Judenlümmel!»

«Jesusmörder!»

Ich hätte weglaufen können, solange sie noch mehrere Dutzend Meter entfernt waren. Dann jedoch hätte ich meine Bücher fallen lassen müssen: das Gebetbuch, die heilige Bibel. Und das wäre eine Entweihung gewesen.

Also stand ich da, mit Büchern bepackt, zu verängstigt, um auch nur einen Finger zu rühren, während sie herausfordernd auf mich zukamen, grinsend auf meine *kipa* zeigten und ihr übliches Ritual abzogen.

«He, seht mal diesen Kerl da! Der trägt 'ne Mütze, obwohl jetzt gar nicht Winter ist!»

«Das ist 'n Jid. Die müssen das tragen, damit man ihre Hörner nicht sieht.»

Und ich blieb einfach hilflos stehen, während sie mich johlend umzingelten und erbarmungslos herumzuschubsen begannen.

Gleich darauf kamen die Hiebe; von allen Seiten hagelten sie auf mich herab, trafen mich auf Nase und Lippen, dröhnten dumpf in meinem Schädel. Noch heute, nach so vielen Jahren, verspüre ich diese Schläge und schmecke das Blut.

Mit der Zeit lernte ich dann ein paar Tricks und fing an, mich zu verteidigen. So ist es zum Beispiel günstiger, wenn man als Opfer einer Keilerei nicht der Länge nach zu Boden fällt, sondern sich möglichst an eine Mauer lehnt. Denn wenn man liegt, kann der Angreifer außer den Händen auch noch die Füße einsetzen.

Außerdem kann man die Bücher als Schutzschild verwenden. Und so bietet der Talmud nicht nur die wichtigsten Kommentare zu allen Fragen der Religion, sondern ist auch groß genug, um jeden auf den Unterleib gezielten Tritt abzuwehren.

Manchmal denke ich, daß meine Mutter ihr Leben damit verbrachte, hinter der Haustür auf mich zu warten. Denn ganz gleich, wie lautlos ich mich nach solchen Prügeleien ins Haus zu stehlen versuchte – sie war da, um mich in Empfang zu nehmen.

«Danny, mein Kleiner – was ist passiert?»

«Gar nichts, Mama. Ich bin gestolpert.»

«Und das soll ich glauben? Das war wohl wieder diese irische Kosakenbande von der Kirche, eh? Kennst du die Namen dieser Lümmel?»

«Nein.»

Das war natürlich gelogen. Ich erinnerte mich an jeden Pickel auf dem hohngrinsenden Gesicht von Ed McGee, dessen Vater die Kneipe am Ort besaß. Wie ich hörte, trainierte er für die Goldenen Boxhandschuhe oder so. Vielleicht benutzte er mich ganz einfach als Sparringspartner.

«Morgen werde ich mit dieser Mutter Oberin sprechen, oder wie sie sich nennt.»

«Ach was, Ma, laß das doch! Was willst du der denn sagen?»

«Ich werde fragen, wie sie Christus wohl behandelt hätten. Sie könnte diesen Burschen wenigstens einbleuen, daß Jesus schließlich ein Rabbi war.»

Na schön, Mama, dachte ich, wie du willst. Dann werden sie das nächste Mal noch fester, wenn möglich mit Baseballschlägern, auf mich eindreschen.

Ich wurde als so was Ähnliches wie ein Prinz geboren – als einziger Sohn von Rav Moses Luria, Herrscher unseres ganz speziellen Königreichs von Gläubigen. Meine Familie war aus Silcz nach Amerika gekommen, einer Kleinstadt in den Karpaten. Silcz war die Heimat der *B'nai Simcha* – der «Söhne der Freude» –, und in jeder Generation trug jeweils ein Luria den Ehrentitel Silczer Rebbe.

Kurz vor dem Zweiten Weltkrieg versammelte mein Vater seine Schäfchen um sich und führte sie in ein neues Gelobtes Land – Amerika. Wo sie gemeinsam in einem winzigen Eckchen von Brooklyn ihr altes Silcz wiedererstehen ließen.

Die Mitglieder seiner Gemeinde hatten keinerlei Probleme im Umgang mit den Gebräuchen in diesem neuen Land. Sie ignorierten sie ganz einfach und fuhren fort, zu leben, wie sie seit Jahrhunderten gelebt hatten. Sie kleideten sich, wie immer, während der Woche in feierliche, lange schwarze Mäntel mit Biberhüten und während der Festtage in runde, pelzbesetzte *schtraimel.* Wir Jungen trugen am Sabbat schwarze Filzhüte, lange Locken an den Schläfen und freuten uns auf den Tag, an dem wir uns den Bart wachsen lassen konnten.

Einigen von unseren glattrasierten, assimilierten Glaubensbrüdern war es peinlich, mit uns zusammen gesehen zu werden, weil wir so unangenehm fremdartig wirkten – so auffallend jüdisch. «*Frume*», hörten wir sie murmeln. Und obwohl das Wort nichts weiter bedeutete als «orthodox», verriet ihr Ton uns ihre Verachtung.

Rachel, meine Mutter, war die zweite Frau meines Vaters. Chava, die erste, hatte ihm nur Töchter geboren – zwei an der Zahl, Malka und Rena. Dann war sie im Kindbett gestorben, und der kleine Junge, den sie zur Welt brachte, hatte sie nur um vier Tage überlebt.

Gegen Ende der vorgeschriebenen Trauerzeit von elf Monaten begannen ein paar von Vaters besten Freunden diskret anzudeuten, er möge sich eine neue Frau suchen. Nicht nur aus dynastischen Gründen, sondern weil der Herr in der Genesis erklärt: «Es ist nicht gut, daß der Mensch allein sei.»

So kam es, daß Rabbi Moses Luria meine Mutter Rachel ehelichte, die zwanzig Jahre jünger war als er und überdies die Tochter eines hervorragenden Gelehrten aus Wilna, der Rav Lurias Wahl als eine große Ehre betrachtete.

Innerhalb von zwölf Monaten wurde ihnen ein Kind geboren: wiederum eine Tochter – Deborah, meine ältere Schwester. Zu seiner großen Freude jedoch wurde im Jahr darauf dann endlich ich gezeugt. Mein erster Schrei galt als direkte Erhörung der inbrünstigen Gebete eines frommen Mannes.

Denn nun war endlich sichergestellt, daß die nächste Generation die goldene Kette nicht abreißen ließ: Es würde einen weiteren Silczer Rebbe geben, um seine Herde zu führen, zu belehren, zu trösten. Vor allem aber, um als Mittler zwischen seinen Anhängern und Gott zu dienen.

Es ist schon schlimm genug, einziger Sohn zu sein, mit anzusehen, wie die eigenen Schwestern fast so behandelt werden, als seien sie unsichtbar, und zwar nur, weil sie keine Brüder sind. Das Schlimmste für mich war jedoch das Wissen, wie inbrünstig und lange um mich gebetet worden war. Vom ersten Moment an bekam ich die Last der großen Erwartungen meines Vaters zu spüren.

Ich erinnere mich noch gut an meinen allerersten Tag in der Vorschule. Ich war das einzige Kind, das von seinem *Vater* gebracht wurde. Und als er mich an der Tür zum Schulzimmer küßte, fühlte ich auch auf *seinen* Wangen Tränen.

Ich war zu jung, um zu erkennen, daß dies ein Omen war.

Wie hätte ich auch ahnen können, daß er meinetwegen eines Tages Tränen vergießen sollte, die noch weit bitterer waren als diese?

Timothy

Schon vom Tage seiner Geburt an war Tim Hogan von Zorn erfüllt.

Aus gutem Grund, denn er war eine Waise mit zwei lebenden Elternteilen.

Eamonn, sein Vater, Matrose bei der Handelsmarine, hatte bei der Rückkehr von einer langen Fahrt feststellen müssen, daß seine Ehefrau schwanger war. Margaret Hogan schwor jedoch bei allen Heiligen, kein Sterblicher habe sie jemals berührt.

Sie begann zu halluzinieren und aller Welt ununterbrochen plappernd zu versichern, ein heiliges Geistwesen habe sie mit seinem Besuch gesegnet. Woraufhin ihr empörter Ehemann kurzerhand kehrtmachte und wieder anheuerte. Gerüchteweise verlautete, er habe in Rio de Janeiro eine andere «Ehefrau» gefunden, mit der er fünf «sterbliche» Kinder habe.

Als sich Margarets Zustand verschlimmerte, sorgte der Pfarrer von

St. Gregory's dafür, daß sie in einem Heim der Schwestern der Auferstehung im Norden des Staates New York unterkam.

Anfangs schien es, als sei der blondhaarige, engelsgleiche Timothy mit den porzellanblauen Augen seiner Mutter ebenfalls für ein Heim bestimmt. Denn Cassie Delaney, seine Tante, mußte bereits drei Töchter versorgen und hielt es für unmöglich, mit dem Wochenlohn eines New Yorker Polizisten noch ein Kind mehr durchzufüttern.

Außerdem war Tim gerade in dem Moment eingetroffen, als sie und Tuck beschlossen hatten, trotz der Vorschriften ihres Glaubens, keine weiteren Kinder zu bekommen. Nach unzähligen schlaflosen Nächten in der Strafkolonie des niemals enden wollenden Windelwechselns war sie inzwischen zutiefst erschöpft.

Tuck widersprach.

«Margaret ist dein eigen Fleisch und Blut. Wir können den Jungen doch nicht hilflos zurücklassen.»

Von dem Augenblick an, da er in ihr Leben trat, hielten Tims drei Stiefschwestern mit ihrer Feindseligkeit nicht hinterm Berg. Und er zahlte es ihnen zornig heim. Sobald er einen Gegenstand in die Hand nehmen konnte, versuchte er sie damit zu schlagen. Und das Trio seiner Gegnerinnen erfand immer neue Möglichkeiten, ihn zu quälen.

Einmal kam Tante Cassie gerade noch rechtzeitig, um zu verhindern, daß sie den dreijährigen Tim zum Schlafzimmerfenster hinausschubsten.

Nachdem sie ihn um Haaresbreite vor dem Sturz gerettet hatte, versetzte sie dem Kleinen dafür, daß er ihre Töchter provoziert hatte, eine saftige Ohrfeige.

Tim wünschte sich nicht weniger inbrünstig, dieses Haus endlich verlassen zu können, als sie sich sehnten, ihn loszuwerden. Als er acht Jahre alt war, hängte ihm Cassie an einem Bindfaden den Hausschlüssel um den Hals – für ihn ein wundersamer Talisman, der ihm die Freiheit verschaffte, ungehindert draußen umherzustreifen und seine angeborenen Aggressionen bei angemessen maskulinen Aktivitäten wie Schlagball oder Straßenschlachten abzureagieren.

Er war kein Hasenfuß. Im Gegenteil, er war der einzige Junge, der es wagte, den muskelbepackten Ed McGee herauszufordern, den unumstrittenen Anführer der Grundschulbande.

Im Verlauf einer kurzen, aber explosiven Schlägerei auf dem Schulhof fügte Tim seinem Gegner spürbare Schäden an Augen und Lippen zu, obwohl es McGee gelungen war, eine mächtige Rechte bei ihm zu landen, die Tim um ein Haar die Kinnlade gebrochen hätte, bevor die

Klosterschwestern die Faustkämpfer trennen konnten. Das energische Eingreifen der Nonnen machte die beiden natürlich zu dicken Freunden.

Trotz seines Berufs als Polizist war sein Onkel sehr stolz auf Tims tapferen Kampfgeist. Tante Cassie dagegen wurde fuchsteufelswild. Sie verlor nicht nur vier Arbeitstage in Macy's Wäscheabteilung, sondern mußte das Kinn ihres Neffen mit endlosen Eispackungen behandeln.

Unvermeidlicherweise kam der Tag, da Tim erfuhr, was alle anderen Bewohner seiner kleinen Welt sich seit Jahren zuflüsterten.

Bei einer ihrer Samstagabend-Zänkereien hörte er, wie seine Tante ihren Ehemann anschrie: «Allmählich hab ich die Nase voll von diesem widerlichen kleinen Bastard!»

«Paß auf, was du sagst, Cassie», warnte Tuck. «Eins von den Mädchen könnte dich hören.»

«Na und? Stimmt doch – oder? Er ist der verdammte Bastard meiner Schlampe von Schwester, und eines Tages werde ich's ihm ins Gesicht sagen!»

Tim war niedergeschmettert. Mit einem Schlag hatte er einen Vater verloren und statt dessen einen Makel bekommen. Mühsam Wut und Angst unterdrückend, stellte er Tuck am folgenden Tag zur Rede und verlangte zu wissen, wer sein richtiger Vater sei.

«In dieser Hinsicht hat sich deine Mutter äußerst merkwürdig verhalten, mein Junge.» Tucks Gesicht war dunkelrot geworden, und er vermochte Tim nicht in die Augen zu sehen. «Sie hat nie einen Mann erwähnt – bis auf diese Geschichte mit dem heiligen Engel», antwortete er. «Tut mir aufrichtig leid, Kleiner.»

Von da an kam Tim täglich so spät wie nur möglich nach Hause. Aber sobald es dunkel wurde, mußten seine Freunde alle zum Essen nach Hause gehen, und er hatte wieder keinen, mit dem er reden konnte.

Der Spielplatz wurde nur schwach von einem weichen, kaleidoskopisch-matten Schein aus den Buntglasfenstern der Kirche beleuchtet. Vorsichtig, um nicht von Leuten wie Ed McGee gesehen zu werden, trat er ein. Anfangs nur, um sich aufzuwärmen. Allmählich jedoch fühlte er sich zu der Marienstatue hingezogen; und weil er sich allein und verlassen fühlte, kniete er nieder und betete das Ave Maria, wie er es gelernt hatte.

Aber nicht mal Tim selbst vermochte so recht zu begreifen, wonach er suchte. Er war nicht alt genug, um zu verstehen, daß er, in ein Gewirr von unbeantworteten Fragen hineingeboren, die Muttergottes bat, ihn von der Unwissenheit zu erlösen.

Warum wurde ich geboren? Wer sind meine Eltern? Warum liebt mich niemand?

An einem späten Abend, als er müde zu ihr emporblickte, glaubte er einen winzigen, flüchtigen Augenblick lang zu sehen, wie die Statue lächelte, als wolle sie sagen: «Eines ist in deinem verunsicherten Leben sicher: *Ich* liebe dich.»

Als er nach Hause kam, versetzte Cassie ihm eine kräftige Ohrfeige, weil er zu spät zum Essen kam.

Deborah

Deborahs erste Erinnerung an Danny war das Aufblitzen des scharfen Messers, das sich auf seinen winzigen Penis hinabsenkte.

Danny, acht Tage alt, lag, auf ein weiches Kissen gebettet, auf den Knien seines Paten – Onkel Saul war ein entfernter Vetter, aber der nächste männliche Verwandte des Vaters –, der mit starken und doch sanften Händen behutsam Dannys Beine spreizte. Sekunden später hielt der *mohel*, der rituelle Beschneider, Dannys Vorhaut empor, damit die Anwesenden sie sehen konnten, und ließ sie in eine Silberschale fallen.

Gleich darauf stimmte Rav Luria mit mächtiger Stimme das Gebet an, der *mohel* reichte den wimmernden Danny dem strahlenden Vater, und Rav Luria forderte sie alle auf, zu essen, zu trinken, zu singen und zu tanzen.

Als Deborah alt genug war, um ganze Sätze zu sprechen, fragte sie ihre Mutter unter anderem, ob es, als *sie* geboren war, auch so eine Feier gegeben habe.

«Nein, mein Liebling», antwortete Rachel liebevoll. «Aber du darfst nicht glauben, daß wir dich deswegen weniger liebhaben.»

«Aber warum denn nicht?» bohrte Deborah neugierig weiter.

«Ich weiß es nicht», antwortete die Mutter. «Der Vater der Welt hat es so bestimmt.»

Mit der Zeit erfuhr Deborah Luria, was der Vater der Welt für jüdische Frauen vorgesehen hatte.

Deborah wurde in der traditionellen «Beis-Yakov»-Schule angemeldet, deren einziges Ziel es war, jüdische Mädchen auf ihre Rolle als jüdische Ehefrauen vorzubereiten. In dieser Schule lernten sie auch die Zivilgesetze – oder wenigstens eine speziell für Frauen des 19. Jahrhunderts gekürzte Version.

Mrs. Brenner, die Lehrerin, hielt ihren Schülerinnen ständig vor, welch großes Privileg es für sie sei, ihren Ehemännern bei der Befolgung von Gottes Befehl an Adam zur Seite zu stehen, das heißt, fruchtbar zu sein, sich zu vermehren und die Erde zu bevölkern.

Ist das alles, was wir sein dürfen, dachte Deborah, Gebärmaschinen? Sie wagte die Frage nicht laut zu stellen, sondern wartete ungeduldig darauf, daß Mrs. Brenner eine Erklärung lieferte. Aber das Äußerste, was die Lehrerin anzubieten hatte, war die Behauptung, da die Frauen aus der Rippe der Männer geschaffen wurden, seien sie auch immer noch eben dies: ein Teil der Männer.

Dieses Märchen jedoch vermochte Deborah, obwohl sie fromm war, auf keinen Fall als Tatsache zu akzeptieren. Allerdings wagte sie es auch noch nicht, ihrer Skepsis Ausdruck zu verleihen.

Zufällig zeigte ihr Danny Jahre später, als er auf der High School war, eine Textstelle aus dem Talmud, die sie während ihrer eigenen Schulzeit niemals hatte lesen dürfen.

Darin wurde erklärt, warum der Mann beim Geschlechtsverkehr mit dem Gesicht nach unten, die Frau mit dem Gesicht nach oben liegen mußte: weil der Mann zur Erde blicken soll, aus der er kam, die Frau jedoch auf jene Stelle, aus der *sie* kam – die Rippe des Mannes.

Je mehr Deborah erfuhr, desto größer wurde ihre Empörung. Nicht nur, weil sie als minderwertig angesehen wurde, sondern weil die Lehrer mit ihrer Sophisterei die Mädchen davon zu überzeugen suchten, daß dies im Grunde gar nicht der Fall sei, ihnen aber gleichzeitig erklärten, daß eine Frau, die einen Knaben zur Welt bringt, vierzig Tage warten muß, bevor sie wieder «rein» ist, jene dagegen, die ein Mädchen zur Welt bringt, achtzig Tage.

In der Synagoge wagte sie es, über den Vorhang der Empore hinwegzulugen, auf der sie, von den Männern getrennt, mit ihrer Mutter und den anderen Frauen sitzen mußte. Wenn sie dann auf die Reihen der alten Männer und Teenager-Jungen hinabblickte, die aufgerufen wurden, aus der Thora zu lesen, fragte sie die Mutter erstaunt: «Warum darf niemals eine von uns hier oben aus der Thora lesen, Mama?»

Und die fromme Rachel antwortete nur: «Frag deinen Vater.»
Das tat Deborah. Am Sabbat, beim Mittagessen. Und der Rav erwiderte nachsichtig: «Weil uns der Talmud sagt, mein Liebling, daß eine Frau nicht aus der Thora lesen soll – aus Respekt vor der Gemeinde.»
«Aber was soll das heißen?» beharrte Deborah, ehrlich verwirrt.
«Frag deine Mutter», gab der Vater zurück.
Der einzige Mensch, von dem sie eine wirklich ehrliche Antwort zu erhalten hoffte, war ihr Bruder Danny.
«Wenn Frauen in der Nähe sind, würden sie die Blicke der Männer auf sich ziehen und sie vom Gebet ablenken. Das haben wir in der Schule gelernt.»
«Das verstehe ich nicht, Danny. Könntest du mir ein Beispiel nennen?»
«Na ja», erwiderte der Bruder voll Unbehagen, «du weißt schon... wie Eva, als sie Adam... du weißt schon...»
«Ja, ja!» Deborah wurde ungeduldig. «Ich weiß. Sie hat ihm den Apfel gereicht. Na und?»
«Na ja, dadurch ist Adam sozusagen auf Ideen gekommen.»
«Was für Ideen?»
«Himmel, Deb», entschuldigte sich Danny, «das haben sogar wir bis jetzt nicht durchgenommen.» Und setzte hinzu: «Aber sobald sie's uns erklären, werde ich's dir sofort verraten. Das ist ein Versprechen.»
Solange sie denken konnte, hatte sich Deborah Luria die Privilegien gewünscht, die ihrem Bruder durch die Beschneidung übertragen worden waren; als sie heranwuchs, mußte sie jedoch der schmerzlichen Tatsache ins Auge sehen, daß sie Gott niemals in vollem Maße würde dienen können.
Weil sie nicht als Mann geboren war!

ERSTER TEIL

I

Daniel

Als ich vier Jahre alt war, rief mich mein Vater zu sich ins Studierzimmer und hob mich auf seinen Schoß.

«Also dann», sagte er liebevoll, «woll'n wir mal anfangen.»

«Womit?» erkundigte ich mich.

«Nun –» mein Vater strahlte –, «der Anfang ist natürlich Gott. Genauso wie die Unendlichkeit. Aber dafür bist du noch zu jung. Beginnen wir mit dem hebräischen *aleph-bet.*»

Seltsamerweise kann ich mich nicht erinnern, auch nur mit einer einzigen Aufgabe, die mir mein Vater stellte, Mühe gehabt zu haben. Es fiel mir alles ganz natürlich zu.

Ich wünschte nur, mein Vater wäre ein bißchen weniger stolz darauf gewesen, denn jeden Morgen dankte er dem Herrn für seine große Güte. Nicht nur einen Sohn hatte er ihm geschenkt, sondern einen *solchen* Sohn.

Ich dagegen befand mich in einem unaufhörlichen Zustand der Besorgnis, weil ich fürchtete, ihn auf irgendeine Art zu enttäuschen.

Vater überragte die anderen Rabbis um ein gutes Stück, sowohl körperlich als auch geistig. Unnötig zu erwähnen, daß er auch mich überragte. Er war ein hochgewachsener Mann, weit über einsachtzig, mit glänzenden schwarzen Augen, und während Deborah und ich seine dunkle Haut geerbt hatten, hatte die Arme dazu noch seine Größe geerbt.

Papa warf einen langen Schatten über mein Leben. Jedesmal, wenn ich beim Schulunterricht für einen kleinen Fehler getadelt wurde, quälte der Lehrer mich mit Vergleichen: «*Das* von einem Sohn des großen Rav Luria?»

Im Gegensatz zu meinen Mitschülern konnte ich mir niemals den Luxus leisten, etwas «Falsches» zu tun. Was bei den anderen eine völlig unschuldige Handlungsweise war, wurde mir als meiner nicht würdig angekreidet: «Der zukünftige Silczer Rebbe – und tauscht Baseball-Bilder?»

Die Schule begann Punkt acht, dann wurden wir bis Mittag in hebräischen Fächern unterrichtet, zumeist in Fragen der Grammatik und der Bibel. In den ersten Jahren konzentrierten wir uns auf «Geschichten» wie die von der Arche Noah, dem Turmbau zu Babel und Josephs buntem Rock. Als wir dann älter und reifer wurden – das heißt also, etwa elf oder zwölf –, begannen wir mit dem Studium des Talmud, jener dicken Sammlung jüdischer Zivil- und Glaubensgesetze.

Nach dem Mittagessen begannen wir mit den weltlichen Themen.

Von eins bis halb fünf lebten wir in einer völlig anderen Welt. Dann ging es bei uns genauso zu wie in jeder anderen Grundschule von New York. Bis auf den Freitag, an dem wir wegen des Sabbat früher aufhörten, war es fast immer dunkel, wenn wir endlich die Schule verließen.

Müde ging ich dann nach Hause, setzte mich, so es mir gelang, heil und gesund einzutreffen, an den Tisch und verschlang das Abendessen, das Mama gekocht hatte. Anschließend blieb ich am Tisch sitzen, um meine Schularbeiten, religiöse und weltliche, zu machen, bis ich nach Einschätzung meiner Mutter zu müde war, um weiterzulernen.

Im Bett verbrachte ich nur einen sehr kleinen Teil meiner Kindheit. Ja, die einzige Gelegenheit, bei der ich meiner Erinnerung nach mehr als ein paar Stunden im Bett lag, waren die Masern.

Trotz des dort herrschenden straffen Regiments liebte ich die Schule. Unser Doppeltag war so etwas wie üppige Wissensmahlzeiten für meinen hungrigen Verstand. Aber der Samstag war mein ganz persönlicher Tag des Gerichts. Denn dann mußte ich meinem Vater zeigen, was ich in der vergangenen Woche gelernt hatte.

Er war ganz einfach die Höchste Macht in meinem Leben und überdies – genau wie ich mir den jüdischen Gott vorstellte – unergründlich, unbegreiflich.

Und eines heiligen Zornes fähig.

2

Timothy

In der Konfessionsschule von St. Gregory's ging es besonders gläubig zu, denn die Jungen und Mädchen begannen den Schultag jeweils mit gleich zwei Treuegelöbnissen und mußten sich sowohl zu Amerika als auch zur katholischen Kirche bekennen.

Bei jedem Wetter versammelten sie sich auf dem Betonschulhof, wo Schwester Maria Immaculata ihnen zuerst das Treuegelöbnis und anschließend das Vaterunser vorbetete. Anschließend zogen sie in respektvollem Schweigen ins Haus, denn Schwester Maria Bernardas Lineal war bei ihnen kaum weniger gefürchtet als das Höllenfeuer und die Verdammnis.

Vor der Tür zu jedem Klassenzimmer hing unübersehbar ein Weihwasserbecken.

Der Lehrplan der Konfessionsschule war derselbe wie jener aller anderen Grundschulen: Mathematik, Staatsbürgerkunde, Englisch und Erdkunde und so weiter – mit einer einzigen bedeutenden Ausnahme. Schon in der Vorschule ließen die Nonnen keinen Zweifel daran, daß das wichtigste Lehrfach in St. Gregory's die christliche Religionslehre war: «Auf dieser Welt als guter Katholik zu leben und zu sterben, um in der nächsten in Gottes Hand glücklich zu sein.»

Und dies leitete dann unweigerlich zu einem anderen von Schwester Maria Bernardas Lieblingsthemen über: den *anderen*, den Menschen in der Außenwelt. Den Ungetauften. Den Heiden. Den Verdammten.

«Ihr müßt gewissenhaft jeder Freundschaft mit Nichtkatholiken aus dem Weg gehen, sie sogar unter allen Umständen vermeiden. Denn sie gehören nicht zu den wahren Gläubigen und werden in die Hölle fahren. Die Juden sind unschwer an ihrem Aussehen und ihrer Kleidung zu erkennen. Darum sind die größte Gefahr die Protestanten, weil sie nur sehr schwer auszumachen sind und euch immer wieder zu überzeugen versuchen werden, daß auch sie wahre Christen sind.»

Nachdem sie gelernt hatten, wie man der ewigen Verdammnis entging, wandten sie sich dem nächstwichtigen Thema zu: der Vorbereitung auf die erste heilige Kommunion.

Sie begannen den Katechismus zu lernen.

Und dann, an einem heißen Samstag vormittag Ende Mai, kniete Tim Hogan zusammen mit seinen ebenso nervösen Klassenkameraden in den Bänken neben dem Beichtstuhl und wartete, bis er an der Reihe war, zum erstenmal diesen so wichtigen Ritus zu erleben.

Seit sie alle sieben waren, hatte Schwester Maria Bernarda immer wieder mit ihnen geübt, wie man richtig beichtet, denn nur wenn man sich ganz von seinen Sünden befreite, konnte man als Katholik den Zustand der Gnade erlangen und rein genug sein, die Kommunion zu empfangen.

Trotz Schwester Maria Bernardas ausdrücklichem Verbot (das sich auf das Prinzip des Teilens und Herrschens stützte) kletterte Ed McGee über mehrere Klassenkameraden in der Bank hinweg, zwängte sich auf den Platz neben Timothy und versuchte den Freund mit einem kräftigen Rippenstoß zum Übertreten des Schweigegebots zu provozieren. In Wirklichkeit hatte Ed trotz seines herausfordernden Verhaltens schon an der Kirchentür den Mut verloren und beinah sogar zugegeben, daß er tatsächlich Angst hatte.

Tim reckte den Hals, um Ed ins Gesicht zu sehen, als dieser kurz darauf den Beichtstuhl verließ; der Freund aber hielt den Blick, als er dem Ausgang zustrebte, fest auf den Fußboden gerichtet.

Na also, sagte sich Tim, dann kann's ja nicht ganz so schlimm sein. McGee ist schließlich noch heil und gesund.

Geneigten Hauptes schritt Tim zögernd auf den Beichtstuhl zu. Kinderspiel, dachte er dabei. Ich kann alles vorwärts und rückwärts ... hoffentlich.

Als er den Beichtstuhl betrat, den Vorhang hinter sich schloß und niederkniete, bekam er aber doch Herzklopfen.

Plötzlich, in einem Sekundenbruchteil, wurde ihm der Ernst, die tiefe Bedeutung der Handlung klar und durchfuhr ihn wie ein elektrischer Schock. Zum erstenmal würde er sein Herz rückhaltlos öffnen müssen.

«Segne mich, Vater, denn ich habe gesündigt. Dies ist meine erste Beichte.»

Er holte tief Luft; dann sagte er: «Ich bin in der letzten Woche dreimal zu spät zur Schule gekommen. Ich habe den Deckel von Davy Murphys Schulheft abgerissen und ihm vor die Füße geworfen.»

Er hielt inne. Kein Blitz fuhr herab. Die Erde öffnete sich nicht, ihn zu verschlingen. Vielleicht erwartete der Herr weit schwerere Sünden.

«Letzten Donnerstag habe ich Kevin Callahans Mütze in die Toilette gespült, und er hat geweint.»

Mit flatterndem Herzen wartete er.

Eine Stimme auf der anderen Seite der Trennwand antwortete freundlich: «Das war eindeutig eine Mißachtung des Eigentumsrechts, mein Sohn. Außerdem darfst du niemals vergessen, daß der Herr gesagt hat: ‹Selig sind die Sanftmütigen.› Und nun, deine Buße...»

Das war Timothys erste Beichte.

Seine erste *richtige* Beichte legte er jedoch erst fünf Jahre später ab.

«Ich hab durchs Schlüsselloch geguckt, als meine ältere Schwester Bridget in der Badewanne saß.»

Nach einem Moment des Wartens kam eine einsilbige Antwort von der anderen Seite. «Und?»

«Na ja», protestierte Tim, «das war alles. Hingesehn hab ich eben.» Dann zwang er sich, noch hinzuzusetzen: «Und unreine Gedanken hab ich gehabt.»

Wieder Schweigen, als spüre der Beichtvater, daß noch einiges mehr ungesagt war. Er hatte recht, denn Tim stieß unvermittelt hervor: «Ich hab oft so ein furchtbares Gefühl.»

Sekundenlang kam keine Reaktion von der anderen Seite. Dann hörte er: «Meinst du, in sexueller Hinsicht, mein Sohn?»

«Davon hab ich Ihnen doch schon erzählt.»

«Und was ist dann dieses andere ‹Gefühl›?»

Tim zögerte, holte tief Luft und bekannte: «Ich hasse meinen Vater.»

Hinter der Trennwand war ein ganz leichtes «Oh!» zu vernehmen. Dann sagte der Priester: «Unser Heiland hat uns gelehrt, daß Gott die Liebe ist. Warum empfindest du... etwas anderes für deinen Vater?»

«Weil ich nicht weiß, wer er ist.»

Ernstes Schweigen. «Das ist alles», flüsterte Tim.

«Deine Gedanken waren höchst unchristlich», stellte der Beichtvater fest. «Wir müssen ständig gegen die Versuchung ankämpfen, einem der Gebote in Gedanken, Worten oder Taten ungehorsam zu sein. Und nun deine Buße. Du betest drei Ave Maria und beweist deine Bußfertigkeit durch eine gute Tat.»

Anschließend erteilte ihm der Priester die Absolution *in nomine patris et filii et spiritus sancti* und endete: «Gehe hin in Frieden.»

Timothy ging. Doch nicht in Frieden.

3
Deborah

Deborah liebte den Sabbat, den heiligsten aller Feiertage, ein Tag reiner, unverfälschter Freude. Während dieses vierundzwanzig Stunden langen Verzichts auf Kummer und Sorgen durfte nicht einmal um einen Elternteil oder einen Ehepartner getrauert werden.

Die Bibel sagt, daß der Allmächtige am Sabbat nicht nur ruhte, sondern «seine Seele erneuerte».

Und genau das war es, was Deborah Luria erlebte, wenn sie am Freitagnachmittag die Tür hinter sich zuzog: Sie schloß nicht sich ein, sondern die Welt aus, denn am Freitagabend wurde etwas Wunderbares – eine Mischung aus festem Glauben und seliger Freude – in ihr wiedergeboren.

An jedem Freitagnachmittag halfen Deborah und ihre ältere Halbschwester Rena der Mutter beim Waschen, Putzen und Kochen, um das Haus für die unsichtbaren Engel vorzubereiten, die ihre Ehrengäste sein würden, bis am Samstagabend drei kleine Sterne am Himmel zu sehen waren – das Zeichen für das Ende des Sabbats.

Einige Zeit, nachdem es dunkel geworden war, kamen dann Papa und Danny von den Gebetsübungen nach Hause, und die Familie begrüßte sich, als seien sie monatelang voneinander getrennt gewesen.

Rav Luria legte Danny die großen Hände auf den Kopf, um ihn zu segnen, und tat anschließend das gleiche bei seinen Töchtern.

Dann endlich sprach er Mama mit seiner tiefen, heiseren Stimme die berühmten Zeilen aus Sprüche 31 vor:

«An einem wackeren Weibe –
wer findet es? –
hat man weit höheren Wert
als an Korallen.»

Während sie um den weißgedeckten Tisch mit den strahlenden Kerzen standen, hob Papa den großen Silberbecher; er segnete den Wein und das Brot, zwei Laibe zum Gedenken daran, daß Gott den Israeliten in der Wüste eine zweifache Portion Manna geschickt hatte, damit sie am Sabbat nicht Nahrung sammeln mußten.

Die Mahlzeit, die folgte, war ein Festessen. Sogar in den ärmsten

Häusern verzichtete die Familie während der Woche auf so manches, damit das Essen am Freitagabend besonders nahrhaft wurde, wenn möglich sogar mit einem Fisch- *und* einem Fleischgericht.

Den ganzen Abend über sang Papa mit allen Familienmitgliedern aus einem wahren Schatz an Sabbatliedern und textlosen Chassiden-Melodien aus anderen Ländern und Jahrhunderten, von denen er einige selbst komponiert hatte.

Deborah vermochte sämtliche normalen Stunden der Woche zu überstehen, solange sie daran dachte, daß am Ende jene kostbaren Momente standen, in denen sie ganz frei sein, in denen sie ihre Stimme über alle anderen erheben konnte. Denn sie besaß eine sehr schöne Stimme, so klar und kraftvoll, daß Rachel sie oft ermahnen mußte, in der Synagoge leise zu singen, damit die Männer nicht von der Andacht abgelenkt wurden.

Am Sabbat glühten die Wangen der Mutter, tanzten Funken in ihren Augen im Takt der Musik. Sie schien Liebe auszustrahlen. Und eines Tages erfuhr Deborah den Grund dafür.

Sie ging mit Molly Blumberg von der Schule nach Hause, einer sechzehnjährigen Nachbarin, die verlobt war und im Sommer heiraten sollte. Molly war sehr aufgeregt, weil sie soeben eine der grundlegendsten, aber am wenigsten diskutierten Bedingungen einer jeden jüdischen Ehe in Erfahrung gebracht hatte: daß es nämlich die *Pflicht* des Ehemannes war, am Freitagabend mit seiner Frau zu schlafen – ein Gebot, das sich direkt auf Exodus 21,10 stützte. Darüber hinaus durfte er diese Pflicht durchaus nicht oberflächlich erfüllen, denn das Gesetz verlangte, daß er sie «erfreue». Tat er es nicht, durfte die Frau den Ehemann sogar verklagen.

Dies also, stellte Deborah fest, ist die Erklärung dafür, daß Ehemänner eine so herzhafte Mahlzeit bekommen. Und für das Lächeln der Jüdin beim Zubereiten der Speisen.

Nachdem die übrige Familie zu Bett gegangen war, blieb Deborah im einzigen beleuchteten Zimmer des ganzes Hauses allein zurück. Aber auch *dieses* Licht würde nicht die ganze Nacht hindurch brennen. Denn da das biblische Arbeitsverbot am Sabbat von späteren Weisen so ausgelegt worden war, daß es sogar verboten sei, das elektrische Licht ein- und auszuschalten, bezahlten die Lurias, genau wie die meisten ihrer strenggläubigen Nachbarn, einen Goi, einen Nichtjuden dafür, daß er am Freitagabend um elf Uhr kam, um alle Lichter im Haus zu löschen.

Deborahs Lektüre war immer die Bibel und am häufigsten das Hohelied. Völlig darin vertieft, las sie zuweilen unbewußt laut vor sich hin:

«Auf meinem Lager nächtlicher Weile
suchte ich ihn, den meine Seele liebt,
ich suchte ihn, doch ich fand ihn nicht.»

Dann schloß sie behutsam die Heilige Schrift, küßte sie und ging nach oben.

Das waren die glücklichsten Stunden in Deborahs Kindheit. Denn für sie war das Wort Sabbat gleichbedeutend mit Liebe.

4

Timothy

An einem heißen Nachmittag im Sommer 1963 mußten Tim, Ed McGee und ihr immer fröhlicher Kamerad Jared Fitzpatrick – allesamt vierzehn Jahre alt – mal wieder fremdes Territorium durchqueren, das an St. Gregory's angrenzende Viertel, in dem die Mitglieder der *B'nai Simcha* lebten.

Als sie am Haus Rav Moses Lurias vorbeikamen, höhnte Ed: «He, da wohnt der Obermacker von den Itzigs. Woll'n wir bei dem mal Klingeljagd machen?»

«Na klar», stimmte Tim zu, Fitzpatrick dagegen hatte Bedenken. «Und wenn er aufmacht? Vielleicht verflucht er uns sogar...»

«Ach, Unsinn! Komm schon, Fitzy!» spöttelte McGee. «Oder bist du etwa 'n Hasenfuß?»

«Den Teufel bin ich!» protestierte Fitzpatrick. «Ich finde nur, Klingeljagd ist Kinderkram. Könnten wir nicht was Interessanteres machen?»

«Was, zum Beispiel?» erkundigte sich Ed. «Handgranaten haben wir nicht.»

«Vielleicht Steine ins Fenster schmeißen?» schlug Tim vor und deutete an eine Ausschachtung des Elektrizitätswerks ein Stück weiter die Straße entlang. Die Arbeiter hatten schon Feierabend gemacht und alle erdenklichen Wurfgeschosse hinterlassen.

Fitzy lief hinüber und wählte einen Stein, der etwa so groß wie ein Baseball war.

«Okay, Männer», rief Ed. «Wer will zuerst?» Dabei starrte er Tim ins Gesicht. «Ich würd's ja wirklich gern selber machen, aber ich hab mir letzten Donnerstag, als wir die Nigger verprügelt haben, den Arm verstaucht.»

Und ehe Tim noch protestieren konnte, hatten Ed und Fitzy ihn einstimmig auserwählt. «Na komm schon, Hasenfuß, schmeiß endlich dieses verdammte Ding!»

Mit einer einzigen, heftigen Bewegung riß Tim seinem Freund Ed den Stein aus der Hand, holte weit aus und warf ihn durch das größte Fenster des Rabbi.

Der Krach war ohrenbetäubend. Tim drehte sich zu seinen Kumpanen um.

Doch die waren schon längst davongelaufen.

Drei Stunden später schrillte bei den Lurias die Haustürklingel.

Deborah öffnete, immer noch geschockt, erschrak beim Anblick der beiden Besucher noch mehr, machte kehrt und lief ins Haus zurück, um sofort ihren Vater zu holen.

Der Rav war völlig in seine Studien vertieft, als das feindliche Geschoß den Frieden des Hauses störte.

Und einen Moment lang stand er wie gelähmt, während er auf die wenigen, scharfen Glasscherben starrte, die noch am Rahmen hingen, und ihn Bilder von Pogromen und marschierenden SS-Truppen quälten.

«Papa», sagte Deborah zögernd, «da draußen ist ein Polizist an der Tür ... mit einem Jungen.»

«Aha», gab der Rabbi leise zurück, «vielleicht wird uns diesmal ein bißchen Gerechtigkeit zuteil. Geh hinaus und bitte sie herein.»

Kurz darauf standen die beiden Besucher an der Tür.

«Guten Abend», grüßte der Polizist und nahm die Mütze ab. «Ich bin Officer Delaney. Tut mir leid, daß wir Sie stören, aber ich komme wegen dem Schaden an Ihrem Fenster.»

«O ja», bestätigte der Rav bedrückt, «es *hat* einen Schaden gegeben.»

«Nun, hier ist der Übeltäter», antwortete der Polizist, der den Jungen am Kragen gepackt hielt, als wolle er ihn am Nackenfell heben wie ein gefangenes Tier. «Ich schäme mich, Ihnen zu sagen, daß Tim Hogan hier mein undankbarer Neffe ist. Wir haben ihn aufgenommen, nachdem Margaret, seine arme Mutter, krank wurde.»

«Aha», erwiderte der Rabbi, «das ist also Margaret Hogans Sohn. Ich hätte ihn an den Augen erkennen müssen.»

«Sie haben meine Mutter gekannt?» fragte Timothy.

«Nur flüchtig. Als meine Frau starb, hat Küster Isaacs deine Mutter gebeten, hin und wieder bei mir vorbeizukommen und mein Haus in Ordnung zu halten.»

«Um so schlimmer!» Tuck funkelte Tim zornig an. «Na los, nun sag's schon! Sag dem Rabbi, was ich dir eingebleut habe!»

Tim verzog das Gesicht, als müsse er eine bittere Pille schlucken, und murmelte: «Es tut...»

«Lauter, Junge!» grollte der Polizist. «Du redest mit einem Geistlichen!»

«Es... Es tut mir leid, was ich getan hab, Euer Ehrwürden», erklärte Timothy und fuhr mechanisch fort: «Ich übernehme die volle Verantwortung für meine Tat und werde Ihnen den Schaden ersetzen.»

Rav Luria musterte den jungen Mann sekundenlang eindringlich; dann sagte er: «Setz dich, Timothy.»

Gehorsam hockte sich Tim auf die Kante eines Stuhls, der vor dem bücherbeladenen Schreibtisch des Rabbi stand, und wand sich vor Verlegenheit, während er zusah, wie der bärtige Jude vor den durchgebogenen Regalbrettern, die Hände auf dem Rücken verschränkt, auf und ab ging.

«Timothy», begann der Rav bedächtig, «kannst du mir sagen, was dich zu dieser häßlichen Tat veranlaßt hat?»

«Ich... Ich wußte nicht, daß es Ihr Haus war, Sir.»

«Aber du wußtest doch, daß es ein jüdisches Haus war – oder?»

Tim ließ bedrückt den Kopf hängen. «Ja, Sir.»

«Empfindest du eine besondere... Feindseligkeit gegen unser Volk?»

«Ich... Na ja, einige von meinen Freunden... Ich meine, man hat uns gesagt...»

Er konnte nicht weiter. Sein Onkel hatte inzwischen ebenfalls zu schwitzen begonnen.

«Aber glaubst du, daß es stimmt?» erkundigte sich der Rabbi ruhig. «Ich meine, sieht dieses Haus irgendwie anders aus als die Häuser deiner Freunde?»

Tim blickte nachdenklich in die Runde, bevor er freimütig antwortete: «Na ja, hier gibt's so unheimlich viele Bücher...»
«Ja», bestätigte der Rabbi. «Aber davon abgesehen – wirke ich oder irgendein Mitglied meiner Familie wie ein Dämon?»
«Nein, Sir.»
«Dann hoffe ich, daß dieser unselige Zwischenfall dir Gelegenheit zu der Feststellung gibt, daß Juden genauso sind wie andere Leute... höchstens vielleicht mit etwas mehr Büchern.»
Er wandte sich an den Polizisten. «Ich danke Ihnen, daß Sie mir Gelegenheit gegeben haben, mich mit Ihrem Neffen zu unterhalten.»
«Aber wir haben noch nicht über den Schadenersatz gesprochen. Ein so großes Fenster muß einen ganz hübschen Batzen kosten. Und da Tim seine Komplizen nicht verpfeifen will, wird er Sie ganz allein bezahlen müssen.»
«Aber Onkel Tuck –»
«Wie alt bist du, Tim?» fiel ihm der Rabbi ins Wort.
«Gerade vierzehn geworden, Sir.»
«Was, meinst du, könntest du tun, um Geld zu verdienen?»
Tuck antwortete für seinen Neffen. «Er könnte für die Nachbarn Botengänge übernehmen oder ihnen helfen, ihre Einkäufe zu tragen; dafür werden sie ihm bestimmt was geben.»
«Wieviel?»
«Na ja, fünf oder zehn Cent.»
«Aber dann braucht er Jahre, bis er den Preis für mein Fenster abbezahlt hat.»
Der Polizist starrte den Rabbi an und erklärte: «Ist mir egal, und wenn's hundert Jahre dauert. Er wird Ihnen jede Woche ein bißchen abzahlen.»
Rav Luria hielt sich die Stirn, als suche er dort nach einer Idee; dann hob er den Kopf und sagte:
«Ich glaube, ich habe eine Lösung, die für beide Parteien hilfreich ist. Officer Delaney, ich halte Ihren Neffen im Grunde für einen netten Jungen. Wie lange darf Timothy abends aufbleiben?»
«An Schultagen bis zehn.»
«Und am Freitagabend?» erkundigte sich der Rav.
«Bis halb elf, elf. Wenn abends ein Spiel im Fernsehen kommt, darf er zusehen, bis es zu Ende ist.»
«Gut.» Ein Lächeln erschien auf dem Gesicht des Rabbi. Und an den Jungen gewandt, verkündete er: «Tim, ich habe vielleicht einen Job für dich...»

«Den nimmt er», versicherte sein Onkel hastig.

«Ich hätte es lieber, wenn er diese Entscheidung selber trifft», entgegnete der Rabbi freundlich. «Es handelt sich um einen Posten mit großer Verantwortung. Weißt du, was ein Schabbes-Goi ist?»

Wieder antwortete Officer Delaney. «Verzeihung, Rabbi, ist Goi nicht die Bezeichnung, die Sie und Ihre Leute für die Christen benutzen?»

«Ganz recht», bestätigte Rav Luria. «Aber das Wort bedeutet nichts weiter als Nichtjude. Ein Schabbes-Goi ist ein Nichtjude von einwandfreier Moral, der am Freitagabend, nachdem unser Sabbat begonnen hat, zu uns kommt und jene Handlungen übernimmt, die uns verboten sind – die Heizung runterdrehen, das Licht ausmachen und so weiter. Diese Person», erklärte er, «übernimmt während der Woche außerdem gewöhnlich Botengänge für uns, damit er unsere Gesetze kennenlernt, denn uns ist es, sobald der Sabbat begonnen hat, sogar verboten, ihm zu *sagen*, was er tun soll.» Er wandte sich an Timothy.

«Lawrence Conroy wird demnächst ans Heiligkreuz-Kollegium gehen und dort Medizin studieren. Er hat während der letzten drei Jahre uns, den Kagans, Mr. Wasserstein und den beiden Shapiro-Brüdern geholfen. Ein jeder Haushalt gibt ihm monatlich ein wenig Geld, und wir lassen an jedem Freitag eine Portion des Nachtischs übrig, den wir an jenem Abend gegessen haben. Timothy, falls du dich dafür interessierst, dauert es sicher nur einige Monate, bis du deine Schulden bezahlt hast.»

Als sie einige Minuten später nach Hause gingen, gab Officer Delaney dem Neffen seinen letzten Kommentar zu dieser unangenehmen Angelegenheit.

«Hör zu, Timmy», sagte er, «und hör gut zu. Wenn du das nächstemal ein jüdisches Fenster einschlägst, paß auf, daß es nicht einem so wichtigen Rabbi gehört.»

Ein paar Schritte lang blieben sie still; dann schlug Onkel Tuck auf einmal einen ganz anderen Ton an.

«Eh, Tim», sagte er, beinahe verschwörerisch flüsternd, «ich glaube, es wäre für alle besser, wenn du deiner Tante Cassie nichts von diesem ... du weißt schon ... von deinem neuen Job erzählst. Das sollte ein Geheimnis zwischen uns beiden bleiben. Und wenn es jemals zur Sprache kommt, sagen wir einfach, du hast dir das Geld mit Rasenmähen verdient.»

«Aber, aber warum denn, Onkel Tuck?» fragte Tim völlig verwirrt.

«Es ist besser so, mein Junge, glaube mir. Cassie hält nicht sehr viel von...»

«... den Juden?»

«Ja. Aber vor allem von Rabbi Luria.»

5

Deborah

Als Deborah knapp vierzehn Jahre alt war, wurde sie Zeugin eines heftigen – wenn auch ungleichen – Kampfes zwischen ihrer Halbschwester und ihrem Vater.

«Und ich werde ihn nicht heiraten – niemals!»

«Aber Rena, du bist über siebzehn», entgegnete der Vater und wies sie sogleich auf ihre ältere Schwester hin. «In deinem Alter war Malka schon verheiratet. Du dagegen bist noch nicht mal verlobt. Erklär mir doch bitte, was denn so schlimm ist an Rebbe Epsteins Sohn?»

«Er ist dick», antwortete Rena.

Nun wandte sich Rav Luria an seine Frau. «Hast du das gehört, Rachel? Aus der Ehevermittlung ist ein Schönheitswettbewerb geworden. Unsere Tochter hält diesen prachtvollen Gelehrten aus einer ehrbaren Familie für unwürdig, nur weil er etwas Übergewicht hat.»

«Mehr als ein bißchen», murmelte Rena aufsässig.

«Aber Rena», flehte Rav Luria, «er ist ein frommer Junge und wird ein großartiger Ehemann werden. Warum bist du so eigensinnig?»

«Weil ich ganz einfach nicht will.» Bravo, Rena, dachte Deborah.

«Nicht will?» wiederholte der Rabbi im Ton melodramatischen Erstaunens. «Wie kann ‹ich will nicht› ein triftiger Grund sein?»

Auf einmal kam Danny Rena zu Hilfe.

«Aber, Vater», wandte er ein, «heißt es in den Gesetzen nicht, daß die Frau mit der Ehe einverstanden sein muß?»

Hätte das ein anderer gesagt als sein geliebter Sohn und Erbe, hätte Moses Luria vor Wut geschäumt darüber, daß jemand eine seiner Erklärungen in Zweifel zog. Statt dessen lächelte er unwillkürlich vor Stolz. Sein kleiner Sohn, noch nicht mal die Bar mizwa hatte er hinter sich und fürchtete sich dennoch nicht, den Silczer Rebbe persönlich zum Kampf herauszufordern! Damit war die Diskussion vorerst beendet.

In den darauffolgenden Tagen herrschte eine ständige Spannung im Haus der Lurias; bis spät in die Nacht hinein wurde immer wieder flüsternd telefoniert.

Nach einem besonders langen Gespräch marschierte der Rav bedächtig und gemessen ins Wohnzimmer, wo die ganze Familie versammelt war.

Mit einem Blick auf seine Frau erklärte er müde: «Epstein fängt an zu drängen. Er hätte ein Angebot von Belzer für eine von dessen Töchtern, behauptet er.» Dann seufzte er dramatisch auf. «Ach ja, wie schade, einen so guten Gelehrten zu verlieren!» Er warf Rena einen Blick zu. «Aber ich würde natürlich niemals versuchen, dich zu etwas zu zwingen, was du nicht willst, Liebling», sagte er freundlich. «Du mußt selbst die Entscheidung treffen.»

In dem darauffolgenden Schweigen spürte Deborah, wie die emotionalen Daumenschrauben auf die Willenskraft ihrer Schwester einwirkten.

«Na schön, Papa», seufzte Rena ergeben, «dann werde ich ihn eben heiraten.»

Sofort jubelte der Rav vor Freude. «Wundervoll! Das sind ganz wundervolle Nachrichten! Reichen zwei Wochen bis zur Hochzeit?»

An seine Frau gewandt, erkundigte er sich: «Was meinst du, Rachele?»

«Mir soll's recht sein. Wirst du alles mit Rebbe Epstein verabreden?»

Der Rav grinste. «Hab ich schon.»

Zähneknirschend sah Deborah zu. Niemals werde ich mich so manipulieren lassen, schwor sie sich im stillen. Und fragte sich unwillkürlich, ob er seinem heißgeliebten Danny gegenüber auch so gehandelt hätte.

Später erinnerte sich Danny nur noch dunkel an Rebbe Epsteins Besuch im Studierzimmer des Vaters, in dem die beiden die Einzelheiten aushandelten, unter anderem Renas Mitgift und vor allem Datum und Ort der Hochzeitsfeier.

Der folgende Teil jedoch brannte sich tief in Dannys Gedächtnis ein. Um den Handel zu besiegeln, so verlangte es die Tradition, mußten die Eltern einen Teller zerbrechen. Manchmal kamen – so wie an jenem Tag – mehrere Frauen mit Geschirr, und sobald das Übereinkommen verkündet wurde, gab es eine lautstarke Kakophonie von Tellern, die auf dem Küchenboden zerschellten, und überschwenglichen Jubelrufen: «*Masel tow, masel tow!*» Viel Glück!

«Warum stellen die sich so verrückt an und zerschlagen Teller?» erkundigte sich Danny bei seinem Vater.

«Dafür, mein Sohn», antwortete der Rav strahlend, «gibt es mehrere Erklärungen. Manche sagen, wie ein zerbrochenes Glas nicht wieder ganz gemacht werden kann, so darf die Übereinkunft zwischen Bräutigam und Braut nicht zerbrochen werden. Aber es gibt noch eine interessantere Tradition. Der Lärm soll die bösen Geister verjagen, die Renas Ehe mit einem Fluch belegen könnten.»

Selbst Deborah, die wegen der bevorstehenden, von ihrer Schwester nicht gewollten Heirat schmollte, nahm an dieser Zeremonie teil und stimmte in das Lachen ein, das der Hochzeitsfeier vorausging.

Am Sabbat vor der Hochzeit wurde der rundliche Avrom Epstein als zukünftiger Bräutigam mit der Aufforderung geehrt, von der Kanzel die für diese Woche ausgewählten Texte aus den Propheten zu verlesen.

Als der junge Mann das Podium erklomm, wurde er plötzlich mit einem Regen winziger Geschosse überschüttet: Rosinen, Mandeln, Nüsse und Bonbons, die vom Damenbalkon oben als Glücksbringer auf ihn herabgeworfen wurden. Die meisten Frauen warfen achtlos Händevoll, Deborah aber verlieh ihrer ganz persönlichen, stummen Empörung Ausdruck, indem sie möglichst viele Nüsse gezielt auf den Kopf ihres zukünftigen Schwagers abschoß.

Rachel blieb es überlassen, der Stieftochter die speziell jüdischen «Tatsachen des Lebens» zu erklären. Deborah hätte nicht dabeisein dürfen, aber sie wollte so furchtbar gern zuhören, daß weder Rachel noch Rena etwas dagegen einwenden konnten.

Alle Lektionen ihrer Mutter kreisten immer wieder um die Reinheit der Frau. Oder vielmehr umgekehrt, um ihre *Unreinheit*. Weil seine Tochter an ihrem Hochzeitstag unbedingt rituell rein sein mußte, hatte sich der Rav eingehend mit Rachel beraten, um Renas Menstruationszyklus zu errechnen. Und nun erläuterte Rachel Rena in allen Einzelheiten, wie man allmonatlich den Beginn der Periode und später ihr Ende festzustellen vermochte. Anschließend mußte sie täglich Unterwäsche und Bettzeug wechseln, und sieben Tage später erst war endlich wieder Geschlechtsverkehr erlaubt.

Während der vierzehn Tage ihrer spirituellen «Unreinheit» durfte die Ehefrau ihren Mann nirgends berühren. Selbst die Ehebetten mußten auseinandergerückt werden. Die Vorschriften waren sogar so streng, daß der Ehemann nichts essen durfte, was seine Frau übriggelassen hatte, es sei denn, es wurde auf einen anderen Teller gelegt.

«Hast du alles verstanden, Rena?» erkundigte sich Rachel.

Die Stieftochter nickte stumm.

Rachel tätschelte ihr beruhigend die Hand. «Ich weiß, was du jetzt empfindest, Liebling. Und ich wünschte, es könnte deine eigene Mutter sein, die dir dies alles erklärt.»

Rena nickte abermals. «Danke», sagte sie leise.

Bei dem Gedanken, daß auch sie eines Tages in den Augen ihres Ehemanns «unrein» sein würde, vermochte Deborah ihren Groll nicht zu unterdrücken. Einen halben Monat lang würde sie einen Makel tragen, schmutzig sein, *unberührbar*!

Sechs Wochen später nahm Rachel Rena zur ersten Reinigung zur *mikva* mit, dem traditionellen Bad. Diesmal mußte Deborah zu Hause bleiben und ihre Phantasie bemühen.

Sie wußte, was geschehen würde, denn Mama hatte alles genau beschrieben. Zunächst würde sich ihre Stiefschwester in den Baderaum begeben, wo sie Kleidung, Uhr und Ringe ablegen mußte, ja sogar das Pflaster auf dem Schnitt an ihrem Finger.

Dann mußte sie sich waschen, die Zähne putzen, sämtliche Körperhaare kämmen, die Fingernägel bürsten und schneiden. Und schließlich unter den gestrengen Blicken der beaufsichtigenden älteren Frau nackt ein paar Steinstufen in ein großes, mit fließendem Wasser gefülltes Becken hinabsteigen, um dort vollkommen unterzutauchen.

Die wachsame Aufseherin mußte sich eingehend davon überzeugen, daß jedes einzelne Haar unter Wasser war. Wenn nur ein einziges davon über Wasser blieb, war die gesamte Prozedur ungültig.

Dieses Ritual würde Rena von nun an bis ans Ende ihres fruchtbaren Lebens Monat für Monat wiederholen müssen, und das konnte ein gutes Vierteljahrhundert sein.

Während der folgenden 48 Stunden war Rena schweigsam und nervös. Mehrmals glaubte Deborah sie jedoch leise in ihrem Zimmer weinen zu hören. Einmal, als sie ein ersticktes Schluchzen hörte, klopfte sie vorsichtig an die Tür, doch Rena wollte ihre Gefühle vermutlich nicht mit ihr teilen.

«Das ist ganz normal», erklärte die Mutter den beiden Mädchen. «Die Heirat ist das wichtigste Ereignis im Leben einer jeden Frau. Aber es ist auch eine furchtbare Qual – das Elternhaus zu verlassen, um mit einem Menschen zusammenzuleben, der...» Unvermittelt hielt sie inne.

«...der einem vollkommen fremd ist», beendete Deborah verbittert den Satz.

Rachel zuckte voll Unbehagen die Achseln. «Nun gut, diesen Aspekt gibt es leider auch. Aber weißt du was, Deborah? Von den Eltern verabredete Ehen funktionieren oft viel besser als die sogenannten Liebesehen. Im Vergleich zu den anderen ist die Scheidungsrate bei den Orthodoxen wie ein winziges Sandkorn. Sie kommt kaum vor.»

Ja, dachte Deborah. Weil es so gut wie unmöglich ist, sich scheiden zu *lassen.*

«Rena, Liebling», flüsterte Rachel der Stieftochter liebevoll zu, «ich werde dir jetzt etwas ganz Persönliches anvertrauen. Als mein Vater zu mir kam, um mir Rav Luria – ich meine, deinen Vater – als zukünftigen Ehemann vorzuschlagen, war ich, ehrlich gesagt, nicht gerade begeistert.»

Sie hielt inne; dann setzte sie, um sicherzustellen, daß ihre Beichte nicht weitererzählt wurde, eindringlich hinzu: «Vergiß aber bitte nicht, daß du keiner einzigen Menschenseele davon etwas erzählen darfst!»

Rena nickte und legte ihre Hand zärtlich auf Rachels.

Rachel fuhr fort: «Ich meine, ich war schließlich sogar noch jünger als du. Moses Luria wirkte auf mich eher wie ein Vater als wie der Ehemann, von dem ich geträumt hatte. Er war älter, er hatte Kinder... und er war der legendäre Silczer Rav.»

Gedankenverloren schloß sie die Augen. «Aber dann waren wir einmal allein. Und vom ersten Augenblick an wußte ich, daß er meine Gedanken lesen konnte. Er verstand genau, mit welchen Zweifeln ich mich herumschlug. Darum erzählte er mir eine ganz simple Geschichte. Es war eine Legende der jüdischen Mystiker, die besagt, daß die Seele, wenn sie vom Himmel herabsteigt, aus zwei Teilen besteht, einem männlichen und einem weiblichen. Die beiden trennen sich und treten in verschiedene Körper ein. Doch wenn diese Menschen ein frommes Leben führen, wird der Vater der Welt sie wieder als Paar vereinen.

Da zürnte ich nicht mehr darüber, daß ich einen Mann heiraten sollte, der doppelt so alt war wie ich, und betrachtete es so, daß meine Seele ihre andere Hälfte finden würde. Von diesem Augenblick an liebte ich ihn. Und», endete sie, «ich hoffe, ihr stimmt mir darin zu, daß wir eine Ehe führen wie ein Eichbaum und eine Kletterpflanze.»

Alle drei Frauen starrten einander sprachlos an: Rachel über die eigene, unerwartete Offenheit verblüfft; Rena offensichtlich getröstet. Deborah dagegen verwirrt und ein wenig verängstigt, weil sie so wenig über die Welt da draußen wußte.

Am Hochzeitsmorgen kam Rena nicht zum Frühstück herunter, denn das Gesetz befiehlt, daß Bräutigam und Braut den ganzen Tag fasten, bis die Zeremonie vorüber ist. Als Deborah sich fürsorglich erkundigte, wie ihre Schwester sich fühle, antwortete diese nur: «Ach, ganz gut. Ich habe ohnehin keinen Hunger.»

Die Verwandten und die übrigen Festgäste waren bereits im Vorhof der Synagoge versammelt, als Avrom Epstein, mit einem Gebetsmantel über dem traditionellen weißen Anzug des Bräutigams, vor der Tür stand und von den Frauen ins Wohnzimmer geführt wurde, wo Rena wartete.

Avrom starrte sie an und flüsterte: «Wird schon gutgehen, Rena. Wir werden lieb zueinander sein.»

Später dann, als Avrom und Rena unter dem Baldachin standen, der im Hof der Synagoge für die Trauung aufgestellt worden war, steckte Avrom Rena den Ring auf den Zeigefinger und sagte: «Mögest du mir als Ehefrau angetraut werden nach dem Gesetz Mose und Israels.»

Anschließend wurden, um der Bedeutung der Stunde gerecht zu werden, die sieben rituellen Segnungen jede von einem anderen berühmten Rabbi ausgesprochen, die zu dieser Feier zum Teil von weither gekommen waren.

Yakov Ever, der berühmte Kantor (und Flötist), der aus Manhattan gekommen war, segnete den Wein. Schließlich wurde das traditionelle Glas direkt neben Avrom Epsteins großen schwarzen Schuhen auf den Boden gestellt.

Als er den Fuß hob und das Glas zertrat, riefen sämtliche Gäste: *«Masel tow, masel tow!»*

Das Festessen war prächtig und wurde, wie es Brauch war, getrennt eingenommen, das heißt, Männer und Frauen saßen an Tischen auf den beiden gegenüberliegenden Seiten des Raumes. Nur die Kinder durften frei zwischen den Geschlechtern hin und her laufen, ein Vorrecht, das sie weidlich und lautstark ausnutzten.

Deborah hatte ständig ein oder zwei von Malkas fünf Kindern auf ihrem Schoß. In ihrer Erinnerung war dies später der schönste Teil des ganzen Abends.

Als das lang ausgedehnte Mal schließlich endete und die Segenssprüche für das Brautpaar komplett waren, wurden Tische und Stühle an die Wände geschoben und der Raum in einen riesigen Ballsaal verwandelt.

Zu den Klängen von *A lucky star, a lucky sign* begannen die beiden Schwiegermütter, Rachel und die vollbusige Rebezen Epstein, zu tanzen; gleich darauf schlossen sich ihnen die Neuvermählten an.

Dies war ein einmaliger Moment des großen Festtags: das einzige Mal, daß ein Mann und eine Frau miteinander tanzten.

Die anderen tanzten jeweils in ihrer Hälfte des Saals, und lange nachdem die Damen müde und verschwitzt an ihre Plätze zurückgekehrt waren, tanzten die langbärtigen Männer noch munter weiter in dem großen Kreis, den sie mit Taschentüchern in den Händen bildeten.

Danny versuchte bei den älteren Männern mitzuhalten, die – vor allem Papa – unermüdlich zu sein schienen. Endlich, am Rande völliger Erschöpfung, entschuldigte er sich, um sich etwas zu trinken zu holen. Unklugerweise löschte er seinen Durst mit Wein statt mit Mineralwasser und hatte bald schon einen Schwips. Und war dadurch so enthemmt, daß er seiner Schwester, die gedankenverloren dasaß, laut zurief:

«Komm schon, Deb! Sitz nicht so rum! Komm tanzen!»

Zögernd erhob sich Deborah und gesellte sich zu den wenigen Frauen, die sich noch an den Händen hielten und sich im Takt der Musik wiegten.

Danny hatte unmöglich wissen können, daß ihre Stimmung soeben abgrundtief abgesackt war, als sie die dröhnende Stimme ihres «Onkels» Saul rufen hörte: «Eh, Deborah, stell dir das vor! Die nächste Braut bist du!»

6

Timothy

Ihr Ehemann hatte noch nichts davon gemerkt, aber Cassie Delaney legte ihr Gehalt schon längst nicht mehr an jedem Wochenende mit dem seinen zusammen. Das heißt, nicht mehr ihren gesamten Anteil.

Während ihrer Kinderzeit war stets ihre blauäugige Schwester Margaret «die Hübsche» gewesen, sie dagegen – mit den Worten ihrer eigenen Mutter – «die Vogelscheuche». Und das blieben sie noch als Erwachsene.

Auch ihrem Ehemann gelang es nicht, Cassie auszureden, sie sei von Natur aus unattraktiv. Sie spürte, daß er sich eine Frau mit mehr Sex-Appeal erträumte.

Auf einmal sah sie eine Möglichkeit, das alles zu ändern. Denn ihre Abteilung hatte eine Partie exquisiter schwarzer französischer Seidennegligés geordert, Wäschestücke, so verführerisch, daß sich jede Frau darin wie Brigitte Bardot vorkam.

Von denen mußte sie unbedingt eins haben. Aber woher die 86 Dollar nehmen? Selbst mit ihrem Angestelltenrabatt würde sie sich einen derartigen Luxusartikel niemals leisten können.

Durch einen glücklichen Zufall gab Macy's ihr eine Lohnerhöhung um 4,68 Dollar pro Woche, die sie vor Tuck geheimhielt, um sich einen Sparstrumpf anzulegen.

Immer, wenn sie sicher war, daß ihre Familie schlief, schlich sie in die Küche, stieg auf eine Stehleiter und legte vier Dollar in eine leere Cornflakes-Schachtel.

Die Wochen vergingen langsam, aber ihr Schatz wuchs immer weiter. Bei der letzten Inspektion zählte sie mit angehaltenem Atem 68 Dollar.

Als sie an einem Samstag abend nach Hause kam, fand sie einen Zettel von ihrem Mann, er sei mit den Kindern Pizza essen gegangen. Trotz ihrer Müdigkeit verspürte sie ein freudiges Kribbeln, als sie auf die Stehleiter stieg, um ihrem Reichtum weitere vier Dollar hinzuzufügen.

Und dann wurde ihr vor Schreck und heißer Wut regelrecht übel.

«Verdammt noch mal, wir haben einen gemeinen Dieb im Haus!»

Lange brauchte sie nicht zu suchen, um den mutmaßlichen Täter zu finden.

Aufgebracht stürmte sie in den oberen Stock und begann Timothys Zimmer zu durchwühlen. In einem Paar Turnschuhe fand sie *Geld* – weit mehr, als er sich jemals von seinem allwöchentlichen Taschengeld von 25 Cent hätte ersparen können. Daher gab es für sie nur eine Möglichkeit, wie er in den Besitz dieser Summe gekommen sein konnte.

«Das ist doch die Höhe!» schimpfte Cassie. «Wir müssen den Jungen unbedingt wegschicken. Morgen spreche ich mit Father Hanrahan», erklärte sie Tuck.

Die Stimmen trugen weit durch die dünnen Sperrholzwände des

Delaney-Hauses. Daher vermochte Tim oben in seinem Zimmer alles mitanzuhören.

«Großer Gott!» flüsterte er vor sich hin und fühlte auf einmal eine furchtbare Leere in seiner Brust. Was tun? Wohin sich wenden? Dann kam ihm plötzlich eine Idee.

Es war ein Sonntagnachmittag. Rachel war mit Danny und Deborah zu ihrer Mutter nach Queens gefahren, während der Rav, wie üblich, zu Hause in seinem Studierzimmer saß. Und wie immer wartete dort viel Arbeit auf ihn.

Er war in den besonders komplizierten Fall einer Frau vertieft, der vor sein Religionsgericht kommen sollte – einer Frau, die von ihrem Ehemann verlassen worden war und um Erlaubnis zur Wiederverheiratung bat –, als er von einer Stimme gestört wurde.

«Entschuldigen Sie, Rabbi.»

Erschrocken blickte er auf. «Ach, du bist's, Timothy.» Er lächelte erleichtert. «Manchmal vergesse ich, daß du ja einen Schlüssel hast.»

Er langte in die oberste Schreibtischschublade. «Deinen Monatslohn habe ich schon zurechtgelegt.»

Doch als er Tim das Kuvert überreichte, spürte Rav Luria auf einmal, daß der Junge nicht nur gekommen war, seinen Lohn abzuholen.

«Setz dich», forderte er ihn auf und deutete auf den Stuhl vor seinem Schreibtisch. Dann bot er ihm einen Teller an und setzte hinzu: «Magst du selbstgebackene Makronen?»

Tim schüttelte den Kopf – aber nur auf die Frage nach den Makronen. Er schien sich über die Aufforderung zum Bleiben zu freuen, fürchtete sich aber wohl, den Mund aufzumachen.

Rav Luria ergriff die Initiative. «Ich möchte dir noch einmal versichern, Timothy, wie sehr unsere Familien sich darüber freuen, daß du deine Arbeit so gut verrichtest.»

«Danke», gab Tim voll Unbehagen zurück, «aber ich glaube kaum, daß ich den Job noch lange machen kann.»

«So? Ist was passiert?»

«Äh – nein», erwiderte Tim stoisch, «aber ich werde wohl bald ins Internat gehen.»

«Na ja», sagte der Rabbi, «dann sollte ich dir wohl gratulieren. Da ich jedoch selbstsüchtig bin, muß ich gestehen, daß mich das ein wenig traurig macht.»

«Ehrlich gesagt, Sir, ich selbst bin auch nicht gerade sehr glücklich darüber.»

Das nun folgende Schweigen ließ darauf schließen, daß beide sich jetzt erst über das eigentliche Thema der Unterhaltung klargeworden waren.

«Wer zwingt dich dazu?» erkundigte sich der Rabbi.

«Meine Tante und mein Onkel», begann Tim zögernd. Dann jedoch entschuldigte er sich: «Ich sollte Sie wirklich nicht damit aufhalten...»

«Nein, nein, ich bitte dich!» winkte der Rabbi ab. «Sprich weiter.»

Tim nahm all seinen Mut zusammen und erwiderte: «Es geht um das gestohlene Geld.»

«Du hast Geld gestohlen?»

«Aber nein, das ist es ja gerade», stöhnte Timothy. «Irgend jemand hat die Ersparnisse meiner Tante gestohlen, und als sie das Geld fand, das ich bei Ihnen verdient habe...»

«Du hast die Situation nicht erklärt?»

Er schüttelte den Kopf. «Mein Onkel hat gesagt, daß ihr das nicht recht sein würde.»

«Nun, Tim –» der Rabbi runzelte die Stirn, «dann mußt du es ihr jetzt sagen.»

«Es ist zu spät. Sie geht heute abend noch zu Father Hanrahan, weil sie mich wegschicken will.»

Wieder herrschte Schweigen; dann platzte Tim fast unwillkürlich heraus: «Würden Sie mir helfen, Rabbi?»

«Wie könnte *ich* dir unter diesen Umständen von Nutzen sein?»

«Sie könnten mit Father Hanrahan sprechen», bettelte Tim. «Ihnen würde er glauben, das weiß ich bestimmt.»

Der Rabbi vermochte ein bitteres Lachen nicht zu unterdrücken. «Das ist eine ganz schöne Kapriole, die dein Glaube da schlägt, könnte man sagen.»

«Na ja», wandte Tim ein, «Sie sind doch beide Gottesmänner, nicht wahr?»

Rav Luria nickte. «Ja – aber verschiedener Richtungen. Doch keine Angst, ich werde ihn anrufen und sehen, ob er mit mir sprechen will.»

Tim erhob sich. «Vielen Dank. Ich bin Ihnen wirklich sehr dankbar!»

«Sag mal, Timothy – entschuldige, wenn ich mich einmische», fuhr Rav Luria behutsam fort, «aber wenn du sie letztlich doch nicht von deiner Unschuld überzeugen kannst – gibt es nicht irgendeine Möglichkeit, wie du erreichen kannst, daß deine Tante und dein Onkel dir verzeihen?»

«Nein, Rabbi», antwortete Tim unglücklich. «Ich glaube, Sie verstehen nicht ganz.» Er hielt inne, um seine Tränen runterzuschlucken, und stieß dann hervor: «Denn wissen Sie, die hassen mich.»

Damit machte er kehrt und verließ das Zimmer, ohne sich noch einmal umzusehen.

Rav Luria blieb einen Augenblick stehen und dachte bei sich: Jetzt verstehe ich, warum er das Fenster eingeworfen hat.

Rav Moses Luria zog nachdenklich an seiner Pfeife, erfragte beim Amt die Telefonnummer der Kirche und wählte. Beim zweiten Klingeln wurde abgenommen.

«Guten Abend. Hier Father Joe.»

«Guten Abend, Father Hanrahan. Mein Name ist Rabbi Moses Luria.»

«Oh!» erwiderte der Priester. «Der Silczer Rebbe höchstpersönlich?»

Woher weiß dieser Hanrahan so etwas? fragte sich der Rav erstaunt.

«Was kann ich für Sie tun, Rabbi?»

«Nun, ich hätte gern gewußt, ob Sie Zeit für ein kleines Gespräch mit mir haben.»

«Selbstverständlich. Morgen zum Tee?»

«Ich glaube, es wäre besser, wenn wir uns irgendwo draußen träfen.»

«Sozusagen auf neutralem Boden, meinen Sie?»

«Nun – ja», antwortete der Rabbi aufrichtig.

«Spielen Sie zufällig Schach?» erkundigte sich der Priester.

«Ein wenig», antwortete der Rabbi. «Leider habe ich nicht viel Zeit für Spiele.»

«Also gut», gab der Priester zurück. «Wollen wir uns dann im Park bei den Schachtischen treffen? Wir könnten uns beim Spiel entspannen, während wir plaudern.»

«Gern», stimmte der Rabbi zu. «Paßt es Ihnen morgen um elf?»

«Punkt elf Uhr», erwiderte der Priester. Und schloß mit einem fröhlichen: «Schalom!»

Am folgenden Nachmittag saßen die beiden Geistlichen an einem Betontisch, in dessen Fläche ein Schachbrett eingelassen war. Der Rabbi eröffnete, indem er mit dem Königsbauern zwei Felder vorrückte.

«Was kann ich für Sie tun, Rabbi?» fragte der Priester liebenswürdig, während er mit dem gleichen Zug nachzog.

«Es geht um eines Ihrer Gemeindemitglieder...»

«Und um wen?»

Mit einer längeren Reihe symmetrischer Züge begannen die Spieler ihre Springer und Läufer in Stellung zu bringen.

«Um einen Jungen namens Timothy Hogan.»

«Ach, du liebe Zeit!» Der Priester seufzte, während er seine Königin vor den eigenen König schob. «Hat er wieder ein Fenster zerbrochen?»

«Nein, nein! Es handelt sich um etwas ganz anderes.»

Der Rav hielt inne, rochierte auf der Seite seines Königs und fuhr dann in leicht entschuldigendem Ton fort: «Ich sollte mich da wirklich nicht einmischen, Father. Aber es ist mir zu Ohren gekommen, daß dieser Junge in Schwierigkeiten steckt... wegen Geld, das gestohlen wurde.»

Der Priester nickte. «Ein so intelligentes Bürschchen, aber er scheint ein Talent dafür zu haben, sich immer wieder Ärger einzuhandeln.»

Beim elften Zug verloren beide Spieler einen Springer.

«O ja, er ist sehr aufgeweckt. Freut mich, daß Sie meiner Meinung sind», gab der Rabbi zurück, während er einen Läufer des Priesters mit einem seiner Bauern schlug. «Deswegen wäre es ja so schade, wenn er weggeschickt würde.»

Father Hanrahan warf dem Rav einen fragenden Blick zu. «Woher wissen Sie das alles?»

«Nun ja, vor vielen Jahren hat die Mutter des Jungen vorübergehend bei mir gearbeitet. Und auch der Junge selbst ist gegenwärtig bei mir beschäftigt – als eine Art Sabbat-Helfer.»

«Als Schabbes-Goi, meinen Sie?» fragte der Priester mit verständnisinnigem Grinsen. «Ich bin nicht unvertraut mit Ihrer religiösen Praxis.»

«Dann wissen Sie ja, daß es sich um eine verantwortungsvolle Vertrauensposition handelt, die im Laufe der Jahre unter anderem von so hervorragenden Nichtjuden wie dem großen russischen Dichter Maxim Gorki ausgefüllt wurde...»

«... ganz zu schweigen von James Cagney, dem großen irisch-amerikanischen Schauspieler», ergänzte Hanrahan, rückte unvermittelt mit seiner Königin direkt zum König des Rabbi vor und verkündete freundlich: «Schach!»

Der Rabbi, bemüht, sich nicht von seinem Dilemma auf dem Schachbrett ablenken zu lassen, erklärte kategorisch: «Diesen Mr. Cagney kenne ich nicht – aber ich weiß, daß der junge Hogan unschuldig ist.»

Father Hanrahan blickte zu Rabbi Luria auf und erwiderte geheimnisvoll: «Ich bin überzeugt, daß Sie recht haben.»

«Und warum tun Sie dann nichts für ihn?»

«Das ist schwierig zu erklären, Rabbi», behauptete der Priester und rückte, scheinbar zerstreut, mit seinem Springer vor. «Ich besitze gewisse Informationen, die weiterzugeben mir das Beichtgeheimnis verbietet.»

Aber der Rav wollte nicht lockerlassen. «Trotzdem – gibt es denn keine Möglichkeit, dem Jungen zu helfen?»

Father Joe überlegte einen Moment; dann meinte er: «Vielleicht könnte ich mit ihm sprechen – ihn mehr in die Kirche hereinziehen. Das könnte mir eine Basis verschaffen, Cassie das Ganze auszureden.»

«Dann ist es also vor allem die Tante?»

Hanrahan sah auf seine Uhr. «Es wird spät. Ich muß gehen. Bitte, entschuldigen Sie mich, Rabbi.»

Der Rav erhob sich, aber Hanrahans Stimme ließ ihn innehalten.

«Eines noch, Rabbi Luria.»

«Ja, bitte?»

Über den Betontisch gebeugt, zog der Priester seinen letzten Läufer diagonal übers Brett und schlug einen von den Bauern des Rabbi. Damit war der jüdische König rettungslos verloren. Dann lüftete der katholische Priester lächelnd den Hut und ging davon.

Rav Luria stand in dem zugigen Park und dachte: Er hat mich ausgespielt.

Hauptsache aber ist, daß ich dennoch *gewonnen* habe!

Bevor er Timothy zu sich bestellte, studierte Father Joe das, was seine Gemeindemitglieder von der Polizei als «Vorstrafenregister» bezeichnet hätten.

Es war eine umfangreiche Lektüre. Was ihm aber sofort auffiel, war die Tatsache, daß jeder einzelne von Tims Lehrern die Zensuren nur wegen seines Verhaltens heruntergesetzt hatte und daß er dennoch bei weitem der Intelligenteste der Klasse war.

«Er ist ein kleiner Satansbraten», hatte Schwester Maria Bernarda geschrieben. «Wenn man nur seine beträchtlichen Begabungen in positive Kanäle leiten könnte, wäre das für uns alle ein Segen.»

Es klopfte an der Tür.

«Herein!» rief der Priester.

Ganz langsam ging die Tür auf, und Timothy Hogan steckte, beinahe so blaß wie sein weißes Hemd, vorsichtig den Kopf durch den Spalt.

«Sie wollen mich sprechen, Father?» erkundigte er sich schüchtern.

«Allerdings. Setz dich, mein Junge.»

Bevor er sich weiter vorwagte, sprudelte Tim heraus: «Ich habe das Geld nicht gestohlen, Father Hanrahan! Ich schwöre zu Gott, daß ich es nicht war.»

Der Priester beugte sich freundlich vor und erklärte ruhig: «Ich glaube dir.»

«Wirklich?» Tim war verblüfft.

Hanrahan legte die Handflächen aneinander. «Hör zu, mein Junge, es spielt keine Rolle, ob du diesmal im Recht bist. Du hast ein Sündenregister, so lang wie mein Arm.»

Tim versuchte, die Gedanken des Alten zu lesen. «Es ist Tante Cassie, nicht wahr, Father? Sie haßt mich...»

Mit erhobener Hand gebot ihm der Priester Schweigen. «Hör auf! Sie ist eine fromme Frau und meint es gut.» Wieder beugte er sich vertraulich vor und sagte leise: «Du mußt zugeben, daß du im Laufe der Jahre eine Menge Ärger gemacht hast.»

«Kann schon sein», bestätigte Tim; dann erkundigte er sich ungeduldig: «Wohin werden Sie mich schicken?»

«Am liebsten nach Hause, zu den Delaneys», erklärte der Priester langsam, «aber keiner will ein Kind im Haus, das so wild ist wie ein Wirbelsturm. Du bist ein intelligenter junger Mann, Tim. Warum beträgst du dich so schlecht?»

Tim zuckte die Achseln.

«Tust du das, weil du glaubst, daß sich niemand um dich kümmert?»

Der Junge nickte.

«Du irrst dich», sagte Father Joe leise. «Zunächst einmal kümmert Gott sich um dich.»

«Jawohl, Sir», antwortete Tim. Und dann, fast zwanghaft: «Erste Epistel Johannes, Kapitel vier, Vers acht: ‹Wer nicht liebt, kennt Gott nicht.›»

Der Priester war verblüfft. «Wie weit kennst du die Heilige Schrift auswendig?»

Tim zuckte die Achseln. «Ich glaube, alles von dem Zeug, was wir so lesen.»

Father Joe schwenkte seinen Sessel herum, zog eine dicke Bibel heraus und blätterte darin. «‹Wenn jemand sagt: Ich liebe Gott, und doch seinen Bruder haßt, ist er ein Lügner. Denn wer seinen Bruder nicht liebt, den er von Angesicht kennt, kann Gott nicht lieben, den er von Angesicht nicht kennt.›» Er sah Tim an; dann fragte er: «Erkennst du das?»

«Ja. Dasselbe Kapitel, Vers zwanzig.»

«Erstaunlich!» murmelte Father Hanrahan. Er klappte die Bibel zu und rief verzweifelt: «Warum, in Gottes Namen, gehst du dann hin und erhebst die Faust gegen deine Mitmenschen?»

«Ich weiß es nicht», gestand Tim.

Der alte Priester starrte ihn sekundenlang an; dann sagte er eindringlich: «Ich glaube daran, Timothy, daß Gott, der Herr, jeden Schritt vorherbestimmt, den wir tun. Daß alles, was bisher geschehen ist, nur geschah, um uns beide zusammenzuführen. Und mir ist auf einmal klargeworden, daß du geboren bist, unserem Herrn zu dienen.»

«Aber wie?» wollte Tim verunsichert wissen.

«Nun, zunächst einmal als Ministrant. Aber nein, dafür bist du wohl doch schon zu alt. Du wirst mit Marty North zusammen das Rauchfaß tragen. Marty ist zwar jünger als du, aber er kennt sich aus.»

«Und was ist, wenn ich nicht will?» erkundigte sich Tim, in dem sein alter Trotz erwachte.

«Nun», erwiderte der Priester immer noch leutselig, «dann wirst du eben die Kerze halten.» Und ergänzte hastig: «Oder auf die St.-Joseph-Schule für Jungen in Pennsylvania gehen.»

Hanrahans Direktheit überwältigte Tim. Aufmerksam sah er den Priester an. «Macht mir nichts aus, früh aufzustehen», erklärte er dann lakonisch.

Der Priester mußte lachen. «Das freut mich, Tim. Und ich weiß, daß du jetzt auf dem richtigen Weg bist.»

«Was ist so komisch?»

«Ich bin einfach glücklich», antwortete Father Hanrahan. «Schließlich herrscht mehr Freude über ein verirrtes, aber wiedergefundenes Schaf als über die neunundneunzig, die nicht verirrt waren.»

Woraufhin Timothy erwiderte: «Matthäus achtzehn Vers dreizehn – ein bißchen gekürzt.»

Der Priester strahlte. «Derselbe Gedanke wie bei Lukas. Erinnerst du dich?»

«Ehrlich gesagt, nein», gestand Tim.

«*Deo gratias* – wenigstens etwas, das ich dir noch beibringen kann. Aber jetzt nach Hause. Und morgen früh wirst du pünktlich um halb sieben wieder hier sein!»

Wenn der Gottesmann ihn nicht bekehrte, so waren es definitiv die Zeremonien, die Tim überzeugten. Es war gut und schön, niederzuknien und zu beten, aber es war etwas ganz anderes, zu *dienen*, zu spüren, daß man ein Teil der Andacht war.

Wenn er seine Jacke auszog, um in die kirchlichen Gewänder zu schlüpfen, spürte er, daß irgend etwas die Last seiner Sünden hinwegnahm. Die schlichte schwarze Soutane und das weiße Chorhemd bewirkten, daß er sich *rein* fühlte.

Zuweilen verströmte Tim sogar in der Schule noch Spuren von Weihrauchgeruch.

«He, was ist los mit dir, Hogan?» spottete Ed McGee. «Benutzt du jetzt Parfüm, oder was?»

«Kümmere dich um deinen eigenen Dreck», gab Tim zurück.

«Jesus, Maria und Joseph, siehst du phantastisch aus in deinem weißen Kleid!»

Tim spürte, wie der heiße Zorn in ihm aufstieg. «Hör sofort damit auf, McGee, oder ich ...»

«Oder *was*, Weihrauchschwenker?»

Tim überlegte blitzschnell. Welche Reaktion war richtig: die andere Wange hinhalten oder dem anderen die Faust ins Gesicht pflanzen?

Er begnügte sich damit, wortlos davonzugehen.

Tims neue Einstellung versetzte alle Menschen seiner Umgebung in Erstaunen. Sogar Stiefmutter und Stiefschwestern spürten mit einer gewissen Ehrfurcht, daß seine einstmals dämonische Energie in andere Kanäle geleitet worden war.

«Ich weiß nicht, was los ist», beschwerte sich Tuck bei Cassie, «aber irgendwas ist mit dem Jungen passiert. Er ist ein so schrecklicher Musterknabe geworden.»

Eines Tages lag Tims Freund Ed McGee wieder einmal im Hinterhalt, um Danny Luria, wie üblich, zum Spaß auf dem Heimweg von der Jeschiwa aufzulauern. Als Danny kam, angstvoll die Bücher an die Brust gepreßt, ließ Ed eine so wuchtige gerade Rechte los, daß die Bücher zu Boden fielen.

«Okay, kleiner Itzig», zischte Ed hämisch, «jetzt hast du keine jiddischen Bücher mehr, hinter denen du dich verstecken kannst. Kämpfe endlich wie 'n richtiger Mann!»

Er senkte die Fäuste, reckte das Kinn und prahlte überheblich: «Einen Schlag werde ich dir sogar vorgeben.»

Danny hatte in seinem ganzen Leben noch nie jemanden geschlagen, doch unvermittelt verwandelte sich seine Angst in Wut, und er zielte mit der Faust auf Eds Solarplexus. Zu seinem Erstaunen hörte er ein langgezogenes Zischen wie von Luft, die aus einem riesigen Ballon entweicht.

Ed klappte vor heftigen Schmerzen zusammen und stolperte hilflos rückwärts, während er hektisch das Gleichgewicht zu wahren suchte. Obwohl dies die einzige Gelegenheit für Danny war, davonzulaufen, blieb der Kleine wie gelähmt stehen, während sein Angreifer, um Luft ringend, immer weiter zurückstolperte.

Bald aber hatte er sich gefangen, und sein Mund schien Feuer zu speien.

«So», knurrte er wütend, «jetzt bring ich dich um.»

Auf einmal hörten sie jemanden rufen.

«Laß ihn in Ruhe, McGee, du dämlicher Kotzbrocken!»

Beide Gegner blickten auf. Es war Tim Hogan, der auf sie zugerannt kam.

«Halt dich da raus!» brüllte Ed laut. «Das werden der Judenbengel und ich allein unter uns ausmachen!»

«Laß ihn in Ruhe», wiederholte Tim. «Er ist der Sohn des Rabbi.» Dann wandte er sich an den Kleinen und befahl: «Geh nach Hause, Danny.»

«Was bildest du dir ein, Hogan? Bist du vielleicht sein Leibwächter oder so?» höhnte McGee.

«Nein, Ed. Nur sein Freund.»

«Du nennst diesen Itzig deinen Freund?»

«Jawohl!» erwiderte Tim mit einer Gelassenheit, die Danny aufrichtige Ehrfurcht einflößte. «Hast du was dagegen?»

«Ist das dein Ernst?» keuchte McGee.

«Wenn du das rausfinden willst, gibt's nur eine Möglichkeit», erklärte Tim, wandte sich wieder an Danny und befahl: «Geh endlich nach Hause, Danny! Jetzt sofort!»

Danny bückte sich, raffte seine Bücher auf und trat erleichtert den Rückzug an. Die beiden anderen standen sich Auge in Auge gegenüber wie Gladiatoren. Als er sich dann die Straße entlang in Trab setzte, vernahm er den Lärm einer gewaltigen Prügelei: Faustschläge, die ausgetauscht, Faustschläge, die pariert oder gelandet wurden. Danny wagte sich nicht noch einmal umzusehen. Und dann kam das unverkennbare Geräusch, wie einer von beiden aufs Pflaster fiel, und gleich darauf Tim Hogans leise Worte:

«Tut mir leid, Ed, aber es ging nicht anders.»

Tim glaubte felsenfest daran, daß er im nächsten Jahr, wenn Tommy Ronan aufs Seminar ging, zum Kreuzträger für die Prozession ernannt werden würde.

Die Vorsehung aber hatte andere Pläne mit ihm.

An einem winterkalten Tag stürzte Tommy Ronan beim Rollschuhhockey auf der Straße und brach sich den Knöchel, so daß sich Father Hanrahan genötigt sah, einem anderen Jungen das Kruzifix anzuvertrauen.

Im Grunde war das natürlich eine Frage des Dienstalters. Viele ältere Jungen waren bereits seit fünf Jahren oder noch länger im Dienst. Das Handbuch aber betonte ausdrücklich, daß der Junge, der das schwere Kreuz tragen sollte, besonders groß und kräftig sein müsse. Aus diesem Grund wurde das wuchtige Kruzifix trotz allem Timothy anvertraut.

Und beide, Priester wie Diener, sahen darin das Walten Gottes.

7

Deborah

Seit Jahren lebte Deborah in Furcht vor diesem Tag.

Das Thema wurde schließlich eines Abends nach dem Essen angeschnitten. Danny saß, wie üblich, im oberen Stock an seinen Schularbeiten. Mama und Papa waren mit Deborah allein und warteten darauf, daß der Tee abkühlte.

«Mein liebes Kind», begann Rav Luria, «es wird langsam Zeit –»

«Ich will aber nicht heiraten!» platzte Deborah heraus.

«*Niemals*?» erkundigte sich die Mutter.

«Irgendwann schon, Mama. Aber jetzt nicht. Noch nicht. Ich hab noch so viele Dinge vor.»

«Könntest du mir ein Beispiel nennen?» bat der Vater.

«Na ja, ich würde gern aufs College gehen.»

«Aufs College?» wiederholte der Rav verwundert. «Aus welchem

Grund solltest du aufs College gehen? Ist deine Mutter vielleicht gegangen? Oder eine von deinen Schwestern?»

«Die Zeiten ändern sich», gab Deborah mit geduldiger Hartnäckigkeit zurück.

Der Rav überlegte einen Moment, dann streckte er die Hand aus und tätschelte liebevoll den Handrücken seiner Tochter. «Du bist etwas ganz Besonderes, Deborah. Du allein, von all meinen Töchtern ... bist die intelligenteste und frommste.»

Deborah senkte den Kopf, weil sie hoffte, so ihre Freude über das Kompliment zu verbergen, das er ihr gemacht hatte.

«Also», fuhr der Rabbi fort, «werden wir unsere Suche nach einem guten Ehemann nicht nur auf Brooklyn beschränken, ja nicht einmal auf New York City. In Philadelphia, Boston oder Chicago gibt es eine Menge würdige Kandidaten, das kann ich dir versichern.»

«Woher weißt du das?»

«Nun ja», der Vater lächelte, «ich habe mir bereits die Freiheit genommen, ein paar Erkundigungen einzuziehen.»

Er beugte sich herunter und drückte der Tochter einen Kuß auf die Wange; dann tätschelte er Rachel die Schulter und flüsterte: «Ich arbeite noch an einer schwierigen Entscheidung. Warte nicht auf mich.»

Nachdem er das Zimmer verlassen hatte, ergriff Rachel die beiden Hände ihrer Tochter. «Keine Angst, es wird schon gutgehen. Er wird dich bestimmt zu nichts zwingen.»

Deborah nickte nur. Rena hat er auch nicht «gezwungen», dachte sie. Ihr Vater hatte so eine gewisse Art, eine Flutwelle aufzubauen: Tropfen für Tropfen ...

«Ach, Mama, ist es denn in Stein gemeißelt, daß ein Mädchen heiraten muß, wenn es noch so jung ist? Ich meine, das hat Gott Moses doch sicher nicht auf dem Berg Sinai befohlen – oder?»

«Mein Liebling –» Rachel lächelte nachsichtig, «es ist Tradition bei uns, sich früh zu verheiraten. Außerdem drängt niemand zur Eile. Ich werde deinen Vater sicher überreden können, dich noch ein oder gar zwei Jahre zu verschonen.»

«Aber dann bin ich immer noch erst achtzehn», schmollte Deborah. «Ich kann mir nicht vorstellen, mir mit achtzehn die Haare abschneiden zu lassen und eine Perücke zu tragen.»

Deborah betrachtete die Mutter mit ihrem *scheitel* aus synthetischen Haaren und wünschte, sie könnte sich in Luft auflösen. Rachels Lächeln beruhigte sie.

«Willst du ein kleines Geheimnis wissen?» fragte sie. «Davon geht die Welt nicht unter. Wie ich höre, tragen auch viele Damen der guten Gesellschaft Perücken.»

«Aber nicht, damit sie unattraktiv aussehen», konterte ihre Tochter.

Rachel seufzte ein wenig gereizt. «He, Deborah! Nun warte doch erst mal ab, was dein Vater dir zu bieten hat. Vielleicht findet er ja einen Mann, der so stark ist wie Samson und so weise wie Salomon.»

«O ja, natürlich», gab Deborah mit kurzem Auflachen zurück. «Und getraut werden wir vom Propheten Elias.»

«Amen», lautete die Antwort ihrer Mutter.

Rachel Luria hatte im Hinblick auf die Findigkeit ihres Mannes nicht übertrieben.

Im April von Deborahs siebzehntem Lebensjahr schwenkte er bei seiner Rückkehr vom Abendgebet einen amtlich wirkenden Briefumschlag.

«Ich hab's ja gewußt!» verkündete er. «Ich hab gewußt, daß wir in Chicago fündig werden!»

Schwungvoll wandte er sich zu Deborah um. «Liebling», erklärte er dazu, «hier drin ist dein zukünftiger Ehemann.»

«Dann kann er wohl nicht allzu groß sein», witzelte sie ein wenig schwach.

«Aber es handelt sich um den Sohn von Rebbe Kaplan. Er hat alle guten Eigenschaften, die man sich erträumen kann. Du weißt schon: groß, dunkel und gutaussehend!»

«Nun sag mir bloß noch, es ist Gary Cooper!»

«Von diesem Cooper-Jungen weiß ich nichts», erwiderte ihr Vater unbeeindruckt. «Ich spreche von Asher Kaplan, einem erstklassigen Kandidaten. Dein zukünftiger Ehemann ist nicht nur überaus fromm und in der Thora bewandert, sondern dazu noch über einsachtzig groß und spielt Basketball für die University of Chicago.»

«Ach, ich weiß nicht», sagte Deborah, die hoffte, das Thema beenden zu können, indem sie es mit Gleichmut behandelte. «Das klingt mir eigentlich zu sportlich.»

«Willst du ihn denn nicht wenigstens kennenlernen?»

«Bleibt mir vielleicht was anderes übrig?»

«Selbstverständlich, mein Liebling», versicherte der Vater lächelnd. «Wir können das machen, wann immer du willst.»

Deborah stieß einen ergebenen Seufzer aus.

Nach einem beiderseits begeisterten Briefwechsel der Familien wurde Asher Kaplan auf Brautwerbung nach Brooklyn geschickt, wo er zwei Häuserblocks von den Lurias entfernt bei Verwandten logierte.

Einen ersten Eindruck von ihm bekam Deborah am Samstag vormittag in der Synagoge, als sie über den weißen Vorhang spähte, der die Frauen vor den begehrlichen Blicken der Männer schützte.

An der Tatsache, daß er einen Meter fünfundneunzig groß war, konnte nicht der geringste Zweifel bestehen. Auch daran nicht, daß man ihn mit seiner kastanienbraunen Mähne und den klar geschnittenen Zügen durchaus als «gutaussehend» bezeichnen konnte. Überdies trug er keinen Bart, und obwohl seine Schläfenhaare die vorgeschriebene Länge hatten, drehten sie sich keineswegs zu Locken.

Als ihr Vater dem jungen Asher als Gast die Ehre anbot, aus der Thora zu lesen, rezitierte er nicht nur die einleitenden Segnungen auswendig, sondern demonstrierte darüber hinaus, daß er auch die Noten zum Text fließend absingen konnte.

Das alles mußte Deborah zugeben. Und hätte sie nicht unter einem so großen Druck gestanden, sie hätte ihn vermutlich anziehend gefunden.

Mama, die neben ihr saß, konnte sich nicht zurückhalten und teilte ihr flüsternd mit, wie tief beeindruckt sie von Asher Kaplans Gesang sei.

«Eine goldene Stimme!» schwärmte sie.

Hör auf, Mama, dachte Deborah. Mußt du denn auch auf seiner Seite sein?

Während der Vater nach dem Gottesdienst den Besuch aus Chicago mit Danny im Schlepptau den verschiedenen wichtigen Gemeindemitgliedern vorstellte, eilte Deborah mit ihrer Mutter bereits nach Hause, um das Essen vorzubereiten.

Als die Männer eintrafen, sah Deborah sofort, daß sogar Danny dem Kandidaten seine Zustimmung gegeben hatte. Bewundernd blickte er zu Asher empor, als schwebe dessen Kopf in der Stratosphäre. Wenn es denn zum Kampf kommen sollte, war sie eindeutig in der Minderzahl.

Während der gesamten Mahlzeit strahlte Rav Lurias gerötetes Gesicht vor Selbstzufriedenheit. Er war überzeugt, für seine außergewöhnliche Tochter einen außergewöhnlichen Bräutigam gefunden zu haben.

Asher dagegen hatte kaum einen Blick für Deborah. Außer «Freut mich, dich kennenzulernen» auf jiddisch richtete er kein einziges Mal das Wort an sie.

Schließlich war der große Moment gekommen. Die Familie begab sich auf einen Spaziergang im nahen Park. Rabbi und Mrs. Luria blieben gewissenhaft und diskret zehn Schritte hinter ihnen, damit «die Kinder sich kennenlernen können».

Verzweifelt versuchte Asher, einen guten Eindruck auf Deborah zu machen. Nicht nur, weil Chicago auf ihn zählte, sondern weil sie ihm ehrlich gefiel. Von ihren großen braunen Augen und ihrer erotischen Ausstrahlung war er vom ersten Moment an fasziniert gewesen.

«Sie haben nicht übertrieben», bemerkte er.

«Wie bitte?»

«Meine Eltern haben mir so viel Gutes von dir und deiner Familie erzählt. Und zum erstenmal treffen ihre Behauptungen zu.»

Er hielt inne; hoffte, sie werde Gleiches mit Gleichem vergelten.

Da sie das spürte, antwortete sie schließlich: «Und du – du bist tatsächlich so groß, wie sie mir gesagt haben.»

Ist das alles? fragte sich Asher.

«Wie ich hörte, bist du echtes *esches chajil*», sagte er, um sie mit diesem höchsten Lob für ein jüdisches Mädchen aus der Reserve zu locken.

«Mit anderen Worten, ‹gutes Material für eine Ehefrau›, gab Deborah sarkastisch zurück. «Kommt ganz drauf an, wie man's übersetzt.»

Asher krauste die Stirn und schüttelte den Kopf; er überlegte, ob es klug wäre, sich mit seiner zukünftigen Frau in einen Streit um Wortbedeutungen einzulassen. Er hielt es für besser, sie zu beschwichtigen.

«Könnten wir nicht das Thema wechseln?» wich er aus.

«Ich verstehe nichts von Basketball», gab sie zurück.

«Möchtest du was über meine Zukunftspläne hören?» erkundigte er sich.

Deborah zuckte wortlos die Achseln.

Eine Zeitlang gingen sie schweigend weiter und taten, als bewunderten sie die Pflanzenwelt.

Dann sagte Asher: «Falls es dich interessieren sollte – ich werde auf gar keinen Fall Rabbi werden.»

«Ach ja?» erwiderte sie. «Ist dir dein Vater deswegen böse?»

«Nicht unbedingt. Ich habe noch zwei ältere Brüder, die schon eigene Gemeinden betreuen. Ich dachte nur, du wolltest vielleicht wissen, daß ich Medizin studieren will. Was hältst du davon?»

«Ich finde es großartig», erklärte sie aufrichtig und setzte nach einer kurzen Pause hinzu: «Willst du wissen, was ich werden will?»

«Eine Ehefrau, hoffentlich.»

«Na ja, letzten Endes schon», gab sie zu. «Aber vorher möchte ich noch was anderes werden.»

«Was gibt es denn sonst?»

«Ich möchte am liebsten Gelehrter werden.»

«Aber du bist eine Frau.»

«Dann eben Gelehrte.»

Verzweifelt, weil er spürte, daß seine Zeit ablief, begann Asher vollen Druck auszuüben.

«Darf ich dir eine einfache Frage stellen, Deborah?»

«Aber gern.»

«Magst du mich?»

«Ja», gestand sie voll Unbehagen.

«Wenn das so ist – willst du mich denn nun heiraten oder nicht?»

«Möchtest du ein schlichtes Ja oder Nein?» fragte sie.

«Ja», antwortete er.

Deborah hob den Kopf, blickte in seine haselnußbraunen Augen und sagte: «Nein.»

Es war Freitag, wenige Minuten vor elf Uhr abends. Deborah Luria saß ganz allein im Wohnzimmer und las in der Bibel. Wie immer, hatte sie sich das Hohelied bis zuletzt aufgehoben.

So vertieft war sie in ihre Lektüre, daß sie kaum hörte, wie der Schlüssel im Schloß der Haustür gedreht wurde. Und sie ließ sich erst dann in ihren Träumereien stören, als der Neuankömmling schüchtern murmelte: «Gut Schabbes, Miss.»

Sie blickte auf. Es war der Goi, der nichtjüdische Junge, den ihre und die Nachbarfamilien beauftragt hatten, die Lichter in ihren Häusern zu löschen.

Da sie wußte, daß es sich nicht gehörte, im selben Raum zu weilen wie er, nickte Deborah nur und wollte aufstehen.

«Tut mir leid», entschuldigte sie sich bei ihm, «ich wollte dich nicht aufhalten.»

«Schon gut. Ich bin ein bißchen früh eingetroffen. Ich könnte ja erst zu den Shapiros gehen und anschließend wiederkommen.»

«Aber nein», protestierte Deborah, «ich bin gerade fertig mit meiner Lektüre.»

Entschlossen klappte sie die Bibel zu, legte sie sorgfältig auf den Tisch und ging hinaus.

«Gute Nacht», flüsterte der junge Mann. Aber sie schien es nicht mehr zu hören.

Anfangs, als Timothy Hogan mit seiner Arbeit bei den Lurias begann, hatte er kaum Notiz von Deborah genommen, die damals ein schüchternes, einfältiges Dummerchen mit dunklen Locken gewesen war. Im Laufe der Zeit hatte sie ihn mit ihrer exotischen Schönheit jedoch völlig in Bann geschlagen.

Er wußte, daß es nicht richtig war, in schwachen Augenblicken jedoch betete er darum, einen flüchtigen Blick auf sie werfen zu können, wenn er zu seinen freitäglichen Pflichten erschien.

Während er zusah, wie sie im Schatten des unbeleuchteten Hausflurs verschwand, wurde ihm klar, daß er sich unschicklich verhalten hatte. Diese jungen Mädchen durften mit überhaupt keinem Jungen sprechen, und schon gar nicht mit irisch-katholischen. Obwohl sie nur wenige Worte gesagt hatte, klang noch der Ton ihrer lieblichen Stimme im Zimmer nach.

Die Neugier veranlaßte ihn, eine weitere Übertretung zu wagen. Er beugte sich vor, um nachzusehen, was sie gelesen hatte, und sah erstaunt, daß diese nachdenkliche Rabbi-Tochter sich ganz allein mit der Bibel beschäftigt hatte.

Oben entkleidete Deborah sich in ihrem dunklen Zimmer, doch als sie in den Kissen lag und der herannahende Schlaf ihre Gedanken löste, sah sie noch immer das blaue Licht von Timothy Hogans Augen.

Ich muß es Vater sagen, mahnte ein Teil ihres Verstandes. Aber Papa würde ihn natürlich rauswerfen, und dann würde sie ihn nie wiedersehen.

Aber es war falsch von mir, ihm zu antworten. Warum habe ich das getan?

Und plötzlich dämmerte es ihr.

Tim Hogan hatte jiddisch mit ihr gesprochen.

Obwohl sie sich einen feierlichen Eid schwor, am folgenden Freitag zeitiger zu Bett zu gehen, saß sie noch unten, als Timothy zu einem ganz und gar ungewohnten Zeitpunkt eintraf: um halb elf.

«Bitte, laß dich von mir nicht stören», sagte er mit ein wenig unsicherer Stimme.

Sie gab vor, ihn zu ignorieren. Aber sie erhob sich nicht, wie in der vorigen Woche, um das Zimmer zu verlassen.

Nach einer kurzen Pause erkundigte sich Tim leise: «Soll ich vielleicht später wiederkommen?»

Sie richtete sich auf und antwortete fast unwillkürlich: «Woher kannst du Jiddisch?»

«Na ja, ich komme nun schon seit vier Jahren hierher, zu den Familien; das reicht, um einiges aufzuschnappen. Außerdem ist es viel einfacher, jiddisch zu sprechen, als jiddisch zu lesen.»

«Du kannst *lesen*...?»

«Nur sehr langsam», gestand Timothy. «Weißt du, Mr. Wasserstein ist fast ganz blind. Und als ich angefangen hatte, ihm am Freitagabend zu helfen, hat er mich überredet, ein paarmal in der Woche am Nachmittag zu kommen, damit er mir beibringen kann, ihm die Zeitung vorzulesen.»

Bei der Vorstellung, daß ihr achtzigjähriger Nachbar tief ins Halbdunkel seiner Erinnerungen gegriffen hatte, um diesem jungen Katholiken die hebräischen Schriftzeichen zu erklären, war Deborah gerührt.

Auf einmal mußte Tim ein Lachen unterdrücken.

«Was ist so komisch?» wollte Deborah wissen.

«Er sagt immer wieder zum Scherz, ich würde einen guten Rabbi abgeben. Manchmal kommt es mir vor, als meint er es ernst.»

«Juden versuchen nicht zu bekehren», erklärte Deborah herablassend und wunderte sich selbst, daß sie auf einmal so dogmatisch tat.

«Keine Sorge.» Tim lächelte, und Deborah fühlte sich plötzlich unbehaglich. Sein Ausdruck war so... engelsgleich. «Sobald Father Hanrahan einen Platz für mich findet, werde ich aufs Seminar gehen, und da kann es für das Studium des Alten Testaments sehr nützlich sein, wenn ich mit der hebräischen Schrift vertraut bin.»

«Soll das heißen, daß du weggehst?» fragte sie unwillkürlich.

«Wenn man mich für geeignet hält, das Priesteramt anzustreben.»

«Was soll das heißen?»

«Na ja, wie unser Heiland muß ich gegen die Versuchungen der Welt, des Fleisches und des Teufels gefeit sein.»

«Ach so», gab sie zurück, weil sie nicht wußte, was sie sagen sollte, und hoffte, er werde ihr die Enttäuschung darüber, daß sie ihn nicht mehr sehen würde, nicht anmerken.

«Über den Teufel mach ich mir keine Sorgen, weißt du», witzelte er, «an den beiden anderen muß ich aber noch arbeiten.»

Unvermittelt geriet Deborah in Panik. Wovon redete er da? Warum hatte sie dieses Gespräch überhaupt begonnen? Sie nahm all ihre innere Kraft zusammen und sagte nervös: «Tut mir leid, aber ich muß jetzt schlafen gehen.»

Damit zwang sie sich, kehrtzumachen und die dunkle Treppe emporzusteigen.

Er folgte ihr noch mit den Blicken, als sie schon lange verschwunden war. Jetzt war er mehr als nur neugierig geworden. Er wollte unbedingt ganz genau wissen, welchen Text sie gelesen hatte.

Er nahm ihr Buch auf – die Soncino-Bibel mit hebräischer und englischer Übersetzung –, und sein Blick fiel auf die Worte: «Wie schön du bist, meine Freundin, wie schön ... deine Augen glänzen wie Tauben.»

Nun war er felsenfest überzeugt, daß eine höhere Macht es ihm bestimmt hatte, diese Worte zu lesen.

Und, dachte er, vielleicht ist Mr. Wasserstein noch wach und hilft mir heute nacht, das auf hebräisch zu lernen.

Deborah war zugleich aufgeregt, verwirrt ... und verängstigt. Sie mußte unbedingt mit jemandem sprechen, und der einzige, dem sie vertrauen konnte, war ihr jüngerer Bruder.

«Himmel noch mal», stöhnte Danny verschlafen, als sie leise an seine Tür klopfte und eintrat. «Es ist gleich Mitternacht!»

«*Bitte*, Danny! Ich muß mit dir sprechen.»

Als er merkte, wie wichtig es ihr war, richtete er sich auf. «Okay», gab er nach, ein Gähnen unterdrückend. «Was ist denn los?»

«Es geht um ... Kennst du unseren Schabbes-Goi?»

«Tim? Na klar», antwortete Danny. «Netter Kerl, findest du nicht?»

«Äh ... keine Ahnung», stammelte Deborah.

«He, Deb!» jammerte Danny. «Was soll das?»

«Wußtest du, daß er Jiddisch spricht?»

«Na klar. Ich hab ein paarmal mit ihm geredet. Und deswegen weckst du mich in der einzigen Nacht, in der ich ein bißchen zum Schlafen komme?»

«Findest du nicht, daß das merkwürdig ist?» drängte Deborah.

«Eigentlich nicht. Tim ist ein außergewöhnlicher Mensch.»

«Wieso?» fragte sie ihn, denn sie wollte möglichst viel über den jungen Mann erfahren, der ihre Phantasie so sehr beschäftigte.

«Einmal, als dieser gräßliche Ed McGee versucht hat, mich umzubringen, kam Tim und hat ihn fertiggemacht. Er kann großartig boxen. Und ich hab mich noch nicht mal bei ihm bedankt. Ich bin einfach um mein Leben gelaufen.» Er hielt einen Augenblick inne; dann sah er seine Schwester an, die sich nervös auf die Lippe biß. «Was wolltest du mir eigentlich erzählen?»

Deborah erkannte, daß es wohl doch ein zu großes Risiko war, sich ihrem Bruder anzuvertrauen. «Ach, nichts», versicherte sie. «Tut mir leid, daß ich dich geweckt habe.»

Sie wollte hinausgehen, doch Danny flüsterte: «He, Deb...»
«Ja?»
«Hat er... du weißt schon... irgendwas versucht?»
«Ich weiß nicht, was du meinst.»
«Das weißt du sehr gut. Hat er?»
«Sei nicht so dumm.»
«Nein, Deb. Sei *du* nicht dumm.»

Die ganze Woche lang freute Deborah sich auf den Sabbat – allerdings nicht aus religiösen Gründen. Statt dessen hatte sie einen ganz persönlichen Grund dafür, der sie zugleich aufs köstlichste erregte und zutiefst beunruhigte.

Dieses Mal erschien er sogar noch früher: kaum zehn Minuten nachdem sich die übrige Familie ins obere Stockwerk begeben hatte.

«Es ist erst Viertel nach zehn», beschwerte sie sich flüsternd.

«Ich hab euch von der Straße aus beobachtet», gestand Tim. «Als ich sah, daß du allein warst, dachte ich, es wäre in Ordnung...»

«Ist es eben nicht!» fuhr sie ihn an. «Ich meine, du kannst natürlich das Licht ausmachen und gehen. Aber eigentlich dürfte ich gar nicht mit dir sprechen. Ist dir das klar?»

«Und ich sollte nicht mit *dir* sprechen. Ist dir *das* klar?»

Eine kurze Pause trat ein. Schließlich erkundigte sich Deborah kleinlaut: «Warum?»

«Weil wir in der Schule lernen, daß wir uns nicht mit Nichtkatholiken abgeben sollen. In letzter Zeit haben sie uns sogar erklärt, daß ihr jüdischen Mädchen alle Jezabels seid.»

«Jezabel war keine Jüdin», stellte Deborah nüchtern fest. «Aber in eurer Schule werden wohl alle Bösewichte für Juden gehalten.»

«Das ist unfair!»

«Na schön. Sag mir irgend etwas Gutes, was sie euch je beigebracht haben», verlangte sie.

«Jesus hat gesagt: ‹Tut anderen, was ihr wollt, das sie euch tun.›»

«Das hat Hillel, unser alter Weiser, genauso gesagt.»

«Wer war zuerst da?»

«Na ja», antwortete Deborah, «Hillel lebte Anfang des ersten Jahrhunderts.»

«Jesus auch.»

Die beiden saßen da und funkelten einander aufgebracht an.

«Warum müssen wir uns eigentlich streiten?» erkundigte sich Deborah nach einer Weile.

«Weil du sonst nicht mit mir sprechen würdest.»

«Wer sagt, daß ich überhaupt mit dir sprechen will?»

«Aber *ich* würde sehr gern mit *dir* sprechen», gab er freundlicher zurück.

«Warum?» fragte sie, begriff aber sogleich nicht mehr, weshalb sie diese Frage gestellt hatte.

«Weil ich dich mag», erwiderte Tim. «Bist du nun etwa beleidigt?»

So harmlos das für die Außenwelt geklungen hätte, es waren die intimsten Worte, die ein Mann jemals zu ihr gesagt hatte. Dennoch vermochte sie den Ansturm ihrer Gefühle nicht aufzuhalten.

«Ich bin nicht beleidigt. Ich frage mich nur, was ich getan habe, daß du so ... empfindest.»

Tim lächelte. «Eigentlich gar nichts. Aber du wirst wohl kaum etwas dafür können, daß du so hübsch bist.»

Irgendwie war Deborah entsetzt. Sogar der eingebildete Asher Kaplan hätte sich eine solche Vertraulichkeit nicht geleistet. Doch dieses erste Kompliment, das ihr als Frau jemals gemacht wurde, wirkte berauschend. Obwohl sie seinen Worten nicht viel Glauben schenkte, verlangte es sie insgeheim nach mehr.

«Könnten wir nicht das Thema wechseln?» erkundigte sie sich.

«Aber sicher. Selbstverständlich.»

Ein verlegenes Schweigen entstand, gebrochen schließlich durch Tims scheinbar zusammenhanglose Frage: «Bist du schon mal im Kino gewesen?»

«Nein. Das dürfen wir nicht. Es ist aber zu schwierig zu erklären. Wieso fragst du?»

«Ich wollte nur wissen, ob ich dich ins Kino einladen dürfte, wenn ich ein Jude wäre. Einige von euch gehen doch auch, nicht wahr?»

«Nicht die Orthodoxen», erklärte sie. «Ich meine –»

In diesem Moment begann die Uhr zu schlagen und riß beide in die Realität des Bewußtseins zurück, daß das, was sie trennte, nicht nur ein Couchtisch war, sondern eine unüberbrückbare Kluft zwischen zwei Glaubensbekenntnissen.

«Ich habe eine Überraschung für dich», flüsterte Tim.

«Was denn?»

Er räusperte sich leise und sagte entschuldigend: «Hoffentlich ist mein Akzent nicht allzu schlimm.» Dann rezitierte er: «Da zog hinab zu den Toren das Volk des Herrn. Wach auf, wach auf, Deborah! Wach auf, wach auf, singe ein Lied ...» Mit Augen, die vor Stolz funkelten, sah er sie an und sagte: «Richter Kapitel fünf, Vers zwölf.»

Sie war gerührt. «Deborahs Lied. Du meine Güte!» Sie lächelte. «Ich weiß nicht, ob ich geschmeichelt oder verlegen sein soll.»

«Bitte, fühle dich geschmeichelt», antwortete Tim tiefernst.

Und auf einmal saß er neben ihr – so schnell, daß sie gar keine Zeit hatte, sich zu fürchten.

«Ich möchte dir einen Kuß geben», sagte er leise.

Sie wandte den Kopf und sah ihm in die Augen.

«Aber das darfst du nicht.»

In ihrem Ton lag jedoch kein Protest.

Und dann überschüttete Tim sie so schnell mit Worten, als müsse er gegen den Ablauf der Zeit anrennen. «Deborah. Ich muß es dir jetzt sagen, weil ich weiß, daß ich nie wieder den Mut dazu haben werde. Ich... Ich... Von ganzem Herzen, ehrlich... ich mag dich.»

Sie schloß die Augen, rückte aber noch immer nicht von ihm ab. Sie verspürte ein seltsames Gefühl im Nacken. Es war seine Hand, die ihre Haut kaum berührte, und dann streiften seine warmen Lippen die ihren.

Für Tim war es ein Gefühl, wie er es noch niemals zuvor erlebt hatte.

Deborah hatte zu große Angst, um zu reagieren, wünschte sich aber, dieser elektrisierende Augenblick würde ewig dauern.

In diesem Moment betrat Rav Moses Luria den Raum.

Tim sprang auf.

Im Zimmer brannte nur noch eine Lampe – jene, die Tim eigentlich löschen sollte.

Einen qualvollen Augenblick lang sah der Rabbi die beiden an; dann sagte er mit übernatürlicher Ruhe: «Was ist denn das, Kinder?»

«Es war meine Schuld, Papa!» behauptete Deborah hastig.

«Nein, Rav Luria», widersprach Tim, «es war meine – ausschließlich meine! Es war meine Idee, ihr auf hebräisch etwas vorzulesen.»

Mit hochgezogenen Brauen fragte der Rabbi, immer noch ruhig: «Hebräisch?»

«Tim hat bei Mr. Wasserstein Unterricht genommen.»

Rav Luria überlegte einen Moment; dann sagte er, erstaunlicherweise noch immer beherrscht: «Es ist bewundernswert, daß ein Christ die Bibel im Original zu lesen wünscht. Aber zu welchem Zweck, muß ich mich fragen. Und warum hat er sich Deborah als Publikum erwählt? Ich hätte gern dafür gesorgt, daß jemand von meinen Jeschiwa-Lehrern ihm Unterricht gibt. Und so frage ich mich schließlich: Was geht hier wirklich vor?»

Timothys schuldbeladenes Gewissen veranlaßte ihn, abermals das

Wort zu ergreifen. «Rav Luria», erklärte er tapfer, «ich habe angefangen. Ich allein bin der Schuldige. Bitte, richten Sie Ihren Zorn nicht gegen Deborah.»

«*Zorn*? Junger Mann, diese Situation verlangt ein bißchen mehr als Zorn.» Er hielt inne; dann ergänzte er: «Wenn du jetzt deine Schlüssel abgeben würdest, könnten wir gute Nacht sagen. Und Lebwohl.»

Völlig geschockt zog Timothy ein Schlüsselbund aus der Tasche und legte es auf den Tisch. Das metallische Klirren schien die Sabbatstille zu entweihen. Er sah Deborah an.

«Tut mir leid, Deborah. Aber ich bin sicher, dein Vater wird uns glauben, daß du ...»

«Gute Nacht», sagte der Rabbi nachdrücklich.

Vater und Tochter waren allein. Sie war im Schein der einzigen Lampe kaum zu erkennen. Während er sich in einer Dunkelheit hielt, so tief, daß er fast so unsichtbar war wie Gott.

Sie war verängstigt, spürte den Feuersturm, der in ihm tobte. Sie war sicher, daß er zuschlagen würde – wenn nicht physisch, dann wenigstens verbal.

Aber er verblüffte sie.

«Deborah», sagte er sanft, «es war falsch von mir, zornig auf dich zu sein. Ich mache mir Vorwürfe. Ich weiß, daß du ein braves Mädchen bist und in Versuchung geführt wurdest. So verlockt uns der Böse Trieb zur Sünde.»

«Ich habe nicht gesündigt», flüsterte sie.

Mit erhobenen Händen blickte der Rav gen Himmel. Dann warf er seiner Tochter einen Blick zu und befahl ruhig: «Geh zu Bett, Deborah. Sobald der Sabbat vorüber ist, werden wir das Ganze besprechen.»

Die Tochter nickte stumm und stieg die Treppe hinauf.

Sie ging in ihr Zimmer und warf sich angekleidet aufs Bett. Sie machte sich keine Illusionen über den scheinbar nicht vorhandenen Zorn des Vaters. Wenn morgen abend drei Sterne am Himmel zu sehen waren, würde er ihr die Leviten lesen. Und das hatte sie verdient.

Sie hatte das Haus ihrer Eltern entweiht, den Sabbat entheiligt und ihrer Familie Schande gemacht.

Aber das war nicht alles. Zum Ausgleich für all diese Sünden verspürte sie eine Art körperlichen Nachhall jener Erregung, die sie empfunden hatte, als Tim sie berührte.

Als sie am Morgen Kaffee tranken, ließ sich Rav Luria nichts von dem Zorn über die Ereignisse der vergangenen Nacht anmerken. Mit Danny zusammen brach er zeitig zur *schul* auf, die Frauen sollten ihnen eine halbe Stunde später folgen. Deborah fürchtete sich vor dem, was die Mutter sagen würde, sobald sie allein waren. Nach Rachels Miene und dem Timbre ihrer Stimme zu urteilen, hatte der Vater sie über alles informiert. Aber Rachel sagte kein einziges Wort.

Endlich begann das Tageslicht zu verlöschen. Von der Zuflucht ihres Schlafzimmers aus hörte Deborah unten die Tür schlagen. Sie brauchte nicht mehr länger zu warten. Sie erhob sich, wusch sich das Gesicht mit kaltem Wasser und ging hinunter.

Eine Stunde nach den Ritualen zum Abschluß des Sabbat, kam Rav Luria aus seinem Studierzimmer und rief leise: «Würdest du bitte zu mir kommen, Deborah?»

Die Tochter war nicht unvorbereitet. Während der vergangenen 24 Stunden hatte sie fieberhaft nach einer Möglichkeit gesucht, ihre Sünde zu sühnen und den Zorn des Vaters zu besänftigen. Aber sie wußte, daß nur ein wirklich großes Opfer ihr helfen konnte.

Sobald sie die Tür hinter sich geschlossen hatte, sprudelte sie hervor: «Ich werde Asher Kaplan heiraten, Papa...»

Gelassen bedeutete ihr der Vater, Platz zu nehmen. «Nein, mein Liebling. Unter diesen Umständen kann ich von Rav Kaplan nicht verlangen, eine Verbindung in Erwägung zu ziehen.»

Deborah schwieg; ihr wurde immer kälter, ihr Kopf schwamm.

«Mein Kind», fuhr der Rabbi langsam und bedächtig fort, «es ist alles meine Schuld. Törichterweise hatte ich gedacht, daß du immer schon oben seist, wenn er kam.»

Er hielt inne; dann sagte er leise: «Ich halte es für das Beste, wenn du fortgehst.»

Deborah war niedergeschmettert. «Aber wohin... wohin soll ich denn?»

«Mein liebes Kind», sagte er mit traurigem Blick, «ich spreche nicht von Sibirien; ich spreche vom Heiligen Land. Vom Goldenen Jerusalem. Hat es dem Allmächtigen denn nicht erst vor wenigen Monaten gefallen, die Stadt Davids wiederzuvereinigen – und zweifellos in nur sechs Tagen, damit die israelischen Soldaten am siebten Tag ruhen konnten. Ich finde, du solltest dich auf dein neues Leben dort freuen.»

Neues Leben? dachte Deborah. Will er mich denn auf ewig ins Exil schicken? Eine Weile saß sie ganz still, dann erkundigte sie sich zögernd: «Und was soll ich da tun?»

«Rav Lazar Schiffman, der unsere Jeschiwa in Jerusalem leitet, hat sich bereit erklärt, eine Familie zu suchen, bei der du unterkommen kannst. Dort wirst du die Schule beenden.»

Der Vater beugte sich über den Schreibtisch vor und sah sie eindringlich an.

«Hör mir gut zu, Deborah. Ich liebe dich von ganzem Herzen. Glaubst du, es wäre mein Wunsch, dich um die halbe Welt von mir getrennt zu wissen? Es schmerzt mich, aber ich tu's zu deinem eigenen Wohl.»

Abermals herrschte Schweigen.

Schließlich fragte sie: «Was soll ich dazu sagen, Papa?»

«Du könntest sagen, daß du diesen Christen vergessen wirst. Daß du die heilige Luft Jerusalems atmen und deine Seele von diesem unglückseligen Ereignis reinigen wirst.»

Er seufzte und sagte abschließend: «Jetzt solltest du Mama helfen gehen. Beim Packen deiner Koffer.»

«Wann soll ich denn abreisen?» Sie fühlte sich so leicht wie ein Blatt im Sturm.

«Morgen abend – so Gott will.»

Am Abend, ihrem letzten in Brooklyn, fragte Deborah heimlich ihren Bruder: «Danny, würdest du mir einen großen Gefallen tun? Ich meine, es könnte wirklich gefährlich werden.»

Danny hatte zwar Angst, war aber fest entschlossen, ihr zu helfen. «Na klar. Was ist es denn?»

«Ich möchte Tim einen Brief schreiben, weiß aber nicht, wie ich es anstellen soll, daß er ihn auch kriegt.»

«Schreib nur, Deb», antwortete er. «Heute abend versuch ich mich dann zu seinem Haus rüberzuschleichen.»

Sie warf ihm beide Arme um den Hals und drückte ihn lange an sich. «Ach Danny – Danny, ich liebe dich!»

Das verlieh ihm den Mut zu der Frage: «Liebst du ihn auch?»

Sie zögerte einen Moment; dann sagte sie: «Ich weiß es nicht.»

Es war kurz nach zwei Uhr nachts. Danny schnürte seine Turnschuhe und huschte in die Dunkelheit hinaus.

Als er das Haus der Delaneys erreichte, stahl er sich die Verandatreppe hinauf und schob den Brief unter der Haustür hindurch. Deborah hatte ihm versichert, daß Tim als erster aufstehen würde, weil er irgendwas mit der Frühmesse zu tun hätte.

Dann sprintete er mit langen Sätzen zurück, bis er zu Hause anlangte. Nachdem er wieder zu Atem gekommen war, öffnete er behutsam die Haustür und ging auf Zehenspitzen hinein.

Verwundert – und ein bißchen ängstlich – hörte er ein Geräusch, das aus dem Studierzimmer des Vaters kam. Es klang wie ein Klagen, ein Schmerzensschrei.

Als er näherschlich, wurde ihm klar, daß der Vater aus der Bibel rezitierte. Aus den Klageliedern: «Entschwunden ist der Tochter Zion all ihre Herrlichkeit.»

Danny klopfte leise an, da aber der Rabbi nichts zu hören schien, öffnete er die Tür einen Spalt.

Der Vater saß am Schreibtisch, die Stirn in beide Hände gelegt, und las die schmerzlichen Worte des Jeremias.

Sekundenlang war Danny zu verängstigt, um etwas zu sagen; er war überzeugt, der Vater wolle nicht, daß er ihn in diesem Zustand sehe.

Der Rabbi aber schien seine Gegenwart zu spüren und blickte auf.

«Danny», sagte er leise, «komm her, setz dich hin und sprich mit mir.»

Danny setzte sich. Aber das Reden fiel ihm schwer. Er fürchtete, daß alles, was er sagen konnte, den Vater nur noch mehr quälen werde.

Schließlich nahm der Rabbi das Gesicht seines Sohnes in beide Hände und sagte mit zerquälter Miene: «Danny – bitte, versprich mir eines: Tu deinem Vater niemals so etwas an.»

Danny war tief betroffen.

Und brachte es nicht fertig, die Worte auszusprechen, die den Schmerz des Vaters lindern würden.

ZWEITER TEIL

8

Deborah

Auf dem Flughafen von New York hatten sie tränenreich Abschied genommen, obwohl der Vater im Gegensatz zu Mutter und Bruder nur innerlich weinte. Als Deborah sich inmitten der drängelnden Menge zum Einstieg der El-Al-Maschine durchschlug, fühlte sie sich wie Jonas, der von einem Düsen-Wal verschluckt wird.

Anfangs wurde sie von ihren Gedanken durch die Bemühungen der Stewardessen abgelenkt, die versuchten, beruhigend auf die buntgemischten, chaotischen Passagiere einzureden, vor allem, als einige von ihnen diesen Moment zum Zeitpunkt für Gebete erklärten.

Dennoch dauerte es nicht lange, bis ihre Gedanken wieder zu ihrem herben Verlust zurückkehrten – dem Verlust von Vater, Mutter, Familie.

Und Timothy.

Sie wußte nichts mit diesem seltsamen Gefühl anzufangen, das er in ihr geweckt hatte, und fragte sich, was Gott wohl damit bezweckte, daß er sie erst zusammen – oder jedenfalls einander nahegebracht hatte, nur um sie dann brutal auseinanderzureißen. Wollte er sie damit vielleicht auf die Probe stellen?

Auch als die Beleuchtung matter wurde, damit die Passagiere schlafen konnten, hörte sie weiterhin das Weinen der Säuglinge, die gemurmelten Gebete und das leise Brummen der Flugzeugmotoren. Die Dunkelheit verbarg ihre Tränen.

Endlich schlummerte sie ein. Nicht einmal bei der Zwischenlandung in London wachte sie auf, wo sich noch mehr Passagiere in die Maschine zwängten.

Das nächste, dessen sie sich bewußt wurde, war die muntere Stimme der Stewardeß: «Meine Damen und Herren, Sie können jetzt die Küste Israels sehen. In zehn Minuten werden wir landen.»

Als dann das Lied «Wir bringen euch Frieden» über die Lautsprecheranlage kam, überlief Deborah doch endlich ein freudiger Schauer.

Dies war das Gelobte Land. Der Ursprungsort ihrer Religion. In spirituellem Sinn kehrte sie somit nach zahllosen Jahrhunderten des Exils endlich in die Heimat zurück.

Während sie sich langsam durch die Tür hinaus- und die Treppe auf den in der Sommerhitze flirrenden Betonboden hinabschob, stellte sie fest, daß überall Soldaten zu sehen waren. Israel war ein belagertes Land.

Dann fiel ihr auf, daß hier, obwohl sie *wußte*, daß alle Juden waren, nicht viele Gesichter in der Menge an ihre Glaubensgenossen zu Hause erinnerten.

Einige Soldaten waren dunkler als die Puertoricaner, die sie aus Brooklyn kannte. Im Innern des Flughafengebäudes waren die Paßschalter mit Frauen besetzt, einige mit schwarzen Augen und olivfarbener Haut, andere rothaarig und sommersprossig. Manche waren sogar so blond wie Skandinavierinnen. Und erst als man sie unhöflich in die erstickend heiße Nacht hinausdrängte, entdeckte sie Gesichter, die ihr ein wenig vertrauter vorkamen.

Am Ende der abgesperrten Schneise zwischen den Menschen, die in einem Durcheinander von Sprachen Begrüßungsworte schrien, stand eine Frau mittleren Alters. Sie trug ein dunkles langärmeliges Kleid und hob eine Tafel empor, auf der *Luria* stand. Als Deborah näherkam, rief die Frau ihr auf jiddisch zu: «Bist du die Rebbe-Tochter?»

«Ja», antwortete sie schwitzend und atemlos, «ich bin Deborah...»

«Ich bin Leah», entgegnete die Frau kurz, «Rebbe Schiffmans Frau. Der Wagen steht da drüben.»

Damit machte sie kehrt und ging mit energischen Schritten davon, während Deborah mit ihrem Gepäck hinter ihr herkeuchte.

Es war ein Schock gewesen, Leah Schiffman aus der Nähe zu sehen. Was von fern wie eine Frau mittleren Alters gewirkt hatte, war eine zutiefst erschöpft aussehende junge Frau mit leblosen Augen in einem bleichen Gesicht.

Nach etwa einhundert Schritten waren sie beim Wagen angelangt. Deborah hatte eine ramponierte Antiquität erwartet; statt dessen sah sie zu ihrer Überraschung einen langgestreckten Mercedes Diesel, gekrönt von einer Kunststoff-Tiara mit der Aufschrift «Taxi».

Während der Fahrer Deborahs Koffer auf dem Dachträger festzurrte, stellte Leah ihr die übrigen Fahrgäste vor: Bracha, ihre Schwester, eine genau wie sie gekleidete Frau mit einem Säugling auf dem

Arm, und Mendel, Brachas Ehemann, ein bärtiger, gelehrt wirkender junger Mann.

«Schalom», sagte das Paar unisono, der erste Willkommensgruß, den Deborah zu hören bekam.

Unwillkürlich stellte sie fest, daß der Ehemann betont den Blick von ihr abwandte: Er wollte nicht Gefahr laufen, daß ihn der Böse Trieb hinterrücks überwältigte.

Wieviel wissen diese Leute, fragte Deborah sich. Hat man sie von meiner Sünde in Kenntnis gesetzt?

Wie dem auch sei, um in der neuen Umgebung zu überleben, mußte sie diese Leute für sich gewinnen. Sonst würde sie nur noch ihren Rücken zu sehen bekommen wie jetzt den von Mendel, der sich angeregt mit dem Chauffeur unterhielt.

Als während der Fahrt nach Jerusalem Brachas Säugling zu schreien begann, sang die Mutter ihm ein Wiegenlied, das Deborah an die eigene Kindheit erinnerte. Irgendwie verstärkte das jedoch nur noch ihr Gefühl der Fremdheit, aber sie gab sich große Mühe, höflich zu diesen Leuten zu sein.

«Ein bezauberndes Baby», lobte sie. «Junge oder Mädchen?»

«Ein Junge – gottlob!» antwortete die Frau. «Ich habe schon drei Mädchen.»

Durch die offenen Taxifenster drang Pinienduft von draußen herein. Eine knappe Stunde später wurden die Hügel von Judäa durch eine Oase von Lichtern unterbrochen, die sich hoch vor ihnen auftürmten. Deborah fragte sich, wieso die anderen Fahrgäste beim Anblick der Heiligen Stadt Jerusalem eisiges Schweigen bewahren konnten, aber niemand sagte ein Wort.

Tief in der Nacht erreichten sie die engen Straßen von Mea Shearim, dem Viertel der Ultraorthodoxen, hinter der Klagemauer. Hier und da erkannte man im Schein einer einzelnen Lampe im Fenster einen Gelehrten, der ins Studium der heiligen Schriften vertieft war.

Nahe der Kreuzung Shmuel Salant Straße hielt das Taxi, und sie stiegen aus.

Mrs. Schiffman fingerte mit einem Schlüsselbund, quietschend öffnete sich die Tür, und sie traten ein, Deborah als letzte.

Ein korpulenter Mann mit graumeliertem Bart saß an einem Tisch. Die Wachstuchdecke verriet, daß dies bei Tag das Eßzimmer war.

Der Mann erhob sich und musterte Deborah. «Aha, du bist also die Tochter von Rav Moses. Scheinst ein gesundes Mädchen zu sein. Gott schütze dich vor dem bösen Blick.»

Körperlich müde, von der Zeitverschiebung benommen und emotionell zutiefst erschöpft, wußte Deborah nicht, was sie sagen sollte. Das einzige, was sie herausbrachte, war: «Vielen Dank, Rebbe Schiffman – ich meine dafür, daß Sie mich aufnehmen.»

«Es ist spät», erwiderte der Gastgeber, an seine Frau gewandt. «Geh ihr zeigen, wo sie schläft.»

Leah warf Deborah einen Blick zu, nickte und ging ihr in den Hintergrund des Hauses voraus, wo mehrere Türen in einen engen Flur mündeten.

Leah öffnete eine von ihnen und sagte: «Da hinein. Ich hab dir das Bett am Fenster gegeben.»

In diesem Moment erst nahm Deborah die Geräusche wahr: Im Zimmer befanden sich offenbar mehrere Personen, die tief und fest schliefen und hörbar atmeten. In dem schwachen Lichtschein, der aus dem Flur hereinfiel, vermochte sie gerade noch drei schmale Betten auszumachen, die dicht nebeneinander das Zimmer ausfüllten. In zwei von ihnen lagen kleine, unter grau wirkenden Decken eingekuschelte Gestalten.

«Vielleicht ziehst du dich besser im Badezimmer um. Wir sollten die Kinder nicht stören; sie müssen morgen in die Schule.»

Deborah nickte stumm. Sie öffnete ihren Koffer, nahm einen Bademantel heraus und ließ ihr Gepäck in diesem, wie sie nun merkte, ziemlich überfüllten Raum. Erleichtert bei dem Gedanken, endlich allein zu sein, wenn auch nur für eine Minute, ging sie den Flur entlang zum Bad.

Während sie ihr Gesicht schrubbte, blickte sie in den streifigen Spiegel. Er zeigte ihr das bleiche Bild des jungen Mädchens, das sie früher einmal gekannt hatte, eines Mädchens, das inzwischen völlig verändert war. Dunkle Ringe zogen sich um ihre Augen, die matt und leblos dreinblickten.

Warst du nicht mal Deborah Luria? fragte sie ihr Spiegelbild.

Und das erschöpfte Antlitz antwortete: Ja – früher einmal.

Deborah hätte noch ewig weiterschlafen können. Sie wünschte, sie wäre nicht aufgewacht.

Um halb sechs Uhr morgens begann die Fünfjährige im Nachbarbett laut nach ihrer Mutter zu rufen.

Nach ein paar Minuten kam Leah verschlafen in einem verschossenen Bademantel herein, sah Deborah vorwurfsvoll an und schimpfte: «Hättest du nicht dafür sorgen können, daß sie still ist?»

Deborah war zutiefst erstaunt. «Ich weiß ja nicht mal, wie sie heißt.»

Die Frau des Rabbi starrte auf das kleine Mädchen. «Was ist denn, Rivka?» fragte sie barsch.

«Ich hab ins Bett gemacht», murmelte die Kleine angstvoll.

«Schon wieder? Bettlaken wachsen nicht auf den Bäumen, weißt du. Steh schnell auf und geh dich waschen!»

Beschämt gehorchte die Kleine und strebte zur Tür.

«Und vergiß nicht, Deborah deine Sachen zu geben», rief die Mutter ihr noch nach.

Mir? fragte sich Deborah verwundert. Was soll *ich* denn mit dem naßgepinkelten Schlafanzug dieses Kindes anfangen?

Sie erfuhr es bald genug.

«Laß ihr Bettzeug auslüften, wenn du's abgezogen hast», befahl Mrs. Schiffman sachlich. «Und spül die Laken gründlich aus, bevor du sie wäschst. Aber schalte die Maschine erst ein, wenn wir genügend schmutzige Wäsche haben, um sie bis oben zu füllen. Strom kostet Geld.»

Deborah hatte durchaus erwartet, im Haushalt der Schiffmans mit Hand anzulegen. Dies aber sah eindeutig nach mehr aus als nur «Handanlegen».

Während sie schlaftrunken die verschmutzte Bettwäsche abzog, wurde eine weitere Zimmergenossin wach – ein Mädchen, das ungefähr dreieinhalb Jahre alt sein mußte – und erkundigte sich beiläufig auf jiddisch: «Wer bist du?»

«Ich heiße Deborah und bin aus New York gekommen.»

«Ach so», erwiderte das kleine Mädchen, unbeeindruckt von Deborahs transatlantischer Herkunft. Die Schiffmans hatten häufig Besucher aus aller Welt.

Kältezitternd und ein bißchen wacklig zog Deborah ihren Bademantel an, nahm die Bettlaken und trug sie zu einer Nische ganz hinten im Flur, wo eine uralte Waschmaschine unter ein Fenster mit Lüftungsschlitzen geschoben war. Sie füllte den kleinen Spülstein daneben mit Wasser, legte die Wäsche zum Einweichen hinein und machte sich auf ins Badezimmer. Im Haus war es nicht wärmer als in der Nacht zuvor, und allmählich fragte Deborah sich, ob die Schiffmans überhaupt jemals heizten.

Das Badezimmer war besetzt, und draußen im Flur warteten schon zwei kleine Jungen.

Die Schiffman-Söhne – blaß mit dunklen, tiefliegenden Augen –

sahen noch müder aus als ihre Schwestern. Deborah grüßte freundlich: «Guten Morgen», aber sie schienen sie nicht zu bemerken.

Als sie endlich an der Reihe war, gab es kein heißes Wasser mehr; also wusch sie sich, so gut es ging, mit kaltem, zog sich eilig an und begab sich dann ins Eßzimmer.

Dort saß bereits die Familie Schiffman; der Vater las die Morgenzeitung, die verschiedenen Kinder aßen – oder weigerten sich lauthals zu essen – ihren Weißbrottoast mit Marmelade. Leah hielt ein weiteres Kind auf dem Schoß.

Rebbe Schiffman nickte schweigend und sagte in, wie Deborah optimistisch vermutete, freundlichem Ton: «Greif nur zu. Kaffee ist draußen in der Küche.»

Sie zwang sich zu einem Lächeln, nahm eine Scheibe Brot, ratterte schnell den Segen herunter und biß hinein.

Als sie dann noch zwei weitere Scheiben schnitt und mit Butter bestrich, sagte die Rebezen Schiffman tadelnd: «Sei nicht so gierig. Laß den anderen auch was übrig.»

«Verzeihung, Verzeihung», gab Deborah kleinlaut zurück. Dann sagte sie, um ein kleines Gespräch zu beginnen, zu niemandem speziell: «Es war wirklich ein langer Flug.»

«Ach ja?» gab die Rebezen zurück. «Du hast das Flugzeug doch nicht steuern müssen – oder?»

Deborah konnte sich dieses frostige Verhalten nur damit erklären, daß die Kunde von ihrer Schande ihr vorausgeeilt war. Denn beide Eltern waren zu ihren Kindern liebevoll und herzlich, umarmten und küßten sie, als sie sich auf den Schulweg machten.

«Sie lassen sie allein gehen?» erkundigte sich Deborah verwundert.

«Ist das was Besonderes?» fragte der Rebbe zurück.

«Nun ja, bei uns zu Hause dürfen kleine Kinder nicht...»

Sie stutzte, als sie sich dabei ertappte, den Ausdruck «zu Hause» zu gebrauchen. Als sie Amerika verließ, war sie fest davon überzeugt gewesen, kein Zuhause mehr zu haben.

«Hier ist es anders als bei euch in Amerika», erklärte der Patriarch. «Wir sind eine Gemeinde. Wir kümmern uns umeinander. Alle Kinder sind unsere Kinder.»

Von nun an trank Deborah ihren Kaffee schweigend, während sie hoffte, endlich zu erfahren, was im Hinblick auf ihre eigene Ausbildung vereinbart worden war, doch Rebbe Schiffman war viel zu sehr in seine Lektüre vertieft.

Schließlich wagte sie sich vor. «Reb Schiffman?»

«Ja, Deborah?»

«Was ist eigentlich mit *meiner* Schule?»

«Was soll damit sein?»

«Wo liegt sie? Um wieviel Uhr muß ich dort sein?»

«Sie liegt in Amerika, und du warst schon da», antwortete er kurz angebunden.

Deborah protestierte. «Aber ich dachte, ich sollte –»

«Du bist sechzehn, nicht wahr?» fragte Mrs. Schiffman.

«Fast siebzehn.»

«Na also. Die Gesetze dieses sogenannten Staates verlangen den Schulbesuch nur bis sechzehn. Du hast also genug gelernt.»

Deborah war entsetzt. «Aber sagen die Weisen denn nicht...»

«Was soll dieses Gerede?» schimpfte Leah. «Was hat ein junges Mädchen wie du mit den Weisen zu tun? Du wirst doch wohl deinen Abriß der Zivilgesetze kennen, nicht wahr?»

«Zum großen Teil. Aber es gibt noch so vieles, was ich gern lernen möchte.»

«Hör zu, Deborah», verkündete Reb Schiffman mit höflicher Entschlossenheit. «Du weißt, was von einer Ehefrau erwartet wird. Alles andere geht die Frauen nichts an.»

«Jetzt ist mir schon klar, wieso sie sich in Schwierigkeiten gebracht hat», bemerkte Leah, an ihren Ehemann gewandt.

Deborah fühlte sich sowohl gekränkt als auch erleichtert. Endlich wußte sie, daß man sie von ihrem Vergehen unterrichtet hatte.

Gut, aber sie dachte gar nicht daran, kampflos aufzugeben.

«Mein Vater hat mir gesagt, ich würde meine Ausbildung hier beenden», protestierte sie so höflich, wie sie nur konnte.

«Das Wort ‹Ausbildung› kann unterschiedlich ausgelegt werden», antwortete Rebbe Schiffman. «Dein Vater hat mich gebeten... Wie soll ich sagen?»

«Mich auf den Pfad der Tugend zurückzuführen», ergänzte Deborah.

Der Rabbi nickte. «Ja, das ist mehr oder weniger der Plan. Er ist sicher, daß ich dich behandeln werde wie meine eigene Tochter. Und glaube mir, wenn meine kleine Rivka sechzehn wird, werde ich sie sofort verheiraten. Auf die Art vermeiden wir *zores* und *schkandal.*»

Ärger und Skandal, dachte Deborah. Was in aller Welt denken die bloß, was ich *getan* habe?

«Aber wenn ich nicht zur Schule gehe, was soll ich den ganzen Tag anfangen?» fragte sie mit einem bleiernen Gefühl im Magen.

«Sag mal, mein Kind», gab Reb Schiffman zurück, «hast du dich hier im Haus schon umgesehen? Ist dies das Hilton? Meinst du nicht, meine Frau könnte ein bißchen Hilfe gebrauchen?»

Bis zu diesem Moment hatte sich Deborah nur fremd gefühlt, desorientiert und müde von der Zeitverschiebung. Jetzt fand sie plötzlich Raum für Zorn.

«Das ist aber nicht das, was ich tun möchte, Rebbe Schiffman», erklärte sie energisch.

Der Rabbi zog die Brauen hoch, starrte sie an und sagte sodann bedächtig: «Hören Sie, Madam Luria, hier bin ich der Haushaltsvorstand. Und hier geschieht, was ich befehle.»

Verzweifelt saß Deborah in der Mitte am Tisch, während Ehemann und Ehefrau ihr von beiden Seiten zornige Blicke zuwarfen.

«Und nun?» fragte sie.

«Nun räumen wir ab», erklärte Leah.

Und das war's.

9

Timothy

Während des Monats nach Deborahs Abreise fühlte sich Timothy zwischen Schuldbewußtsein und Zorn hin und her gerissen. Er konnte es sich nicht verzeihen, der Grund für Deborahs Verbannung gewesen zu sein. Er hatte es sogar gewagt, dem Rav zu schreiben, seine Verantwortung für den Zwischenfall zu betonen und eindringlich zu erklären, wenn jemand dafür bestraft werden müsse, dann ausschließlich er.

Die scharfen Worte seines Beichtvaters jedoch vermochte er nicht zu ertragen. Denn der Priester hörte nicht auf, ihn an das zu erinnern, was der Herr in der Bergpredigt gesagt hatte: daß jeder, der eine Ehefrau ansieht, um sie zu begehren, ihr gegenüber in seinem Herzen schon Ehebruch begangen hat.

Die Folgerung, daß seine Gefühle für Deborah Luria auf irgendeine Weise als unrein empfunden werden könnten, verletzte ihn tief.

Und sie fehlte ihm schrecklich.

Dennoch akzeptierte er, wenn auch zögernd, daß er, wenn er Priester werden wollte, Buße tun mußte.

Er versuchte sich ganz aufs Beten zu konzentrieren. Er fastete, ohne daß seine Familie etwas davon merkte. An manchen Abenden der Woche meditierte er stundenlang in der Kirche.

Eines Abends spät kam Father Hanrahan dorthin, wo er, den Kopf in die Hände gebettet, ehrfürchtig auf den Knien lag, und flüsterte: «Bischof Mulroney möchte dich morgen vormittag um elf Uhr sprechen, Timothy.»

Tim war wie vom Donner gerührt und fest überzeugt, dies sei der Aufruf zum Tag der Abrechnung.

Ganz zweifellos war die Nachricht von seinem schweren Vergehen trotz des Beichtgeheimnisses dem Prälaten irgendwie zu Ohren gekommen.

Tim verbrachte eine schlaflose Nacht. Dann ging er in seinem einzigen Anzug die zwei Meilen von St. Gregory's bis zur Diözesenverwaltung zu Fuß, um sein jagendes Herz zu beruhigen.

Auf unsicheren Beinen stieg er die Treppe zu dem großen Sandsteinhaus empor, das dem Bischof als Verwaltungszentrale diente.

«Ich habe viel von dir gehört, Hogan», erklärte Bischof Mulroney vieldeutig, als sich Timothy verneigte, um den kostbaren Ring zu küssen. Obwohl er ziemlich korpulent war, wirkte er in seinem schwarzen Anzug mit dem schweren Brustkreuz höchst imposant. «Setz dich, mein Sohn», fuhr er freundlich fort, «wir haben einiges zu besprechen.»

Behutsam ließ sich Timothy auf einer Stuhlkante nieder, während der Kirchenmann an seinen Schreibtisch zurückkehrte. In einer Ecke saß unauffällig, Bleistift und Notizblock gezückt, der Sekretär des Bischofs, ein gelehrsam wirkender junger Priester.

«Weißt du», begann Seine Exzellenz nachdenklich, «ich glaube, daß Gott über einige von uns besonders aufmerksam wacht. Er prüft unser Herz. Er liest die Sprache unserer Seele...»

Jetzt war Tim fest überzeugt, genau zu wissen, was nun kam – ein rächender Blitzstrahl für all seine heimlichen, bösen Gedanken.

Er irrte.

«Deine Aktivitäten sind mir nicht unbekannt», fuhr der Bischof fort. «Dein Eifer bei den Spanischkursen, dein allgemeines Verhalten sprechen von einer Frömmigkeit, die – vor allem heutzutage – außergewöhnlich ist. Father Hanrahan und ich sind beide der Meinung, daß du wahrhaft berufen bist...»

Timothy lauschte stumm, wollte nur allzugern glauben, daß dies Gottes Art war, ihn wissen zu lassen, wie er aus seinem qualvollen Dilemma herausfand.

«Habe ich recht im Hinblick auf deine Gefühle?» erkundigte sich Bischof Mulroney.

«Ja, Euer Exzellenz», antwortete Tim bereitwillig. «Wenn Sie glauben, daß ich würdig bin, möchte ich mein Leben dem Dienste Gottes weihen.»

Der Prälat lächelte. «Ich bin erfreut. Mein Instinkt sagte mir, daß Father Joe recht hat. Also habe ich inzwischen schon etwas für dich arrangiert. Im St.-Athanasius-Seminar ist gegenwärtig ein Platz frei. Also könntest du entweder dein Schuljahr in St. Gregory's zu Ende bringen und in diesem Sommer eintreten, oder –»

«Nein, nein», fiel Timothy ihm eifrig ins Wort, «ich möchte da so bald wie möglich anfangen!»

Der Bischof lachte. «Du meine Güte, du bist der eifrigste junge Mann, der mir jemals begegnet ist. Warum läßt du dir nicht ein, zwei Tage Zeit, um alles gründlich zu überlegen und mit deiner Familie zu besprechen?»

«Ich habe keine Familie.»

«Ich meine natürlich deinen Onkel und deine Tante», gab der Bischof zurück.

Tim fragte sich, was dieser Mann sonst noch alles über ihn wußte.

Als er das Büro des Bischofs verließ, war er tatsächlich aufgeregter als bei seiner Ankunft. Er wußte, daß das, was der Bischof als seine «Frömmigkeit» bezeichnete, in Wirklichkeit hektische Verzweiflung war. Er wollte fliehen, der Welt entsagen und dabei alle Gedanken an Deborah Luria ausmerzen.

An einer belebten Kreuzung machte er unter einer Laterne halt und zog ein zusammengefaltetes Stück Papier aus der Jackentasche, dessen Kanten vom vielen Lesen schon ausgefranst waren.

Lieber Timothy,

ich weiß, es ist gefährlich, aber dies ist für mich die letzte Möglichkeit, Kontakt mit Dir aufzunehmen.

Morgen schicken sie mich nach Israel. Ehrlich gesagt, ich fühle mich schuldig, meiner Religion und meinen Eltern den Gehorsam versagt zu haben. Aber ich fühle mich noch viel elender wegen dem, was ich Dir angetan habe.

Du hast Dich so freundschaftlich verhalten, mit einem so reinen

Herzen, daß ich hoffe, Du wirst meinetwegen nicht in Schwierigkeiten geraten.

Wenn ich daran denke, daß wir uns wahrscheinlich nie wiedersehen, werde ich traurig. Ich hoffe nur, daß Du mich wenigstens irgendwie in Erinnerung behältst.

Deine

D.

PS: Wie ich hörte, nimmt der YMCA in Jerusalem Post für Personen an, die auf Reisen sind. Wenn du kannst, schreibe mir bitte einmal dorthin. Das heißt, wenn Du das überhaupt noch willst.

Plötzlich überfiel ihn die Erkenntnis, daß dies der wichtigste Augenblick seines Lebens war, der Punkt, an dem sich zwei Wege gabelten, auf denen es keine Umkehr gab.

Er spürte, daß Gott ihm durch seinen Bischof ein Zeichen gab: Entsage der Welt.

Blieb ihm wirklich eine Wahl?

Er begann den Brief zu zerreißen.

Als er die Fetzen in einen nahen Abfallkorb warf, brach er in Tränen aus.

Im St.-Athanasius-Seminar begann der Tag vor dem Morgengrauen. Um Viertel vor sechs läutete eine Glocke, und ein Student schritt an den Reihen der Betten in dem riesigen Schlafsaal entlang, um die jungen Seminaristen mit der Aufforderung zu wecken:

«Benedicamus Domino» – Lobet den Herrn. Woraufhin sie im Chor erwiderten: *«Deo gratias»* – Dank sei Gott.

Sie hatten zwanzig Minuten Zeit zum Duschen, zum Bettenbauen und zum Weg in die Kapelle. Diese Aufgaben erledigten sie, ohne miteinander zu sprechen. Die gesamte Zeitspanne zwischen dem Lichtaus abends um halb zehn und dem Frühstück wurde Großes Schweigen genannt.

In ihren schwarzen Soutanen stiegen sie anschließend zur Meditation in die Kapelle hinab. Das war, wie die Patres sie immer wieder ermahnten, die Zeit zur inneren Einkehr, zum Nachdenken darüber, was man am kommenden Tag besser machen und wie man eine bessere persönliche Verbindung zu Christus herstellen konnte.

Nach der Morgenmeditation reihten sich die Seminaristen, jeder mit einem Tablett in der Hand, im Refektorium auf, um sodann an einem langen, niedrigen Fenster vorbeizuziehen, an dem sie sich ein nicht besonders schmackhaftes, aber sättigendes Frühstück abholten.

Die Öffnung war gerade so hoch, daß behandschuhte Hände die Speisen auf die Theke stellen konnten. Denn die einzigen Frauen, die das Grundstück des Seminars betreten durften, arbeiteten in der Küche und waren, einer strengen Vorschrift zufolge, über 45 Jahre alt, damit die jungen Männer nur ja nicht dem ausgesetzt wurden, was von den Patres als «die Versuchungen des anderen Geschlechts» bezeichnet wurde.

Doch schließlich erinnerte ihn alles an Deborah.

Im Winter waren die Klassenräume schlecht geheizt – aus gutem Grund, wie behauptet wurde. Die Seminaristen sollten lernen, harte Bedingungen zu ertragen, damit sie die nötige Demut erwarben.

Wie unwirtlich aber das Wetter auch sein mochte – nach dem Mittagessen mußten sie für eine halbe Stunde ins Freie. Einige von ihnen trieben Sport, benutzten einen netzlosen Metallring zum Basketballspiel, stemmten ein Paar verrostete Hanteln oder wanderten auf waldigen Pfaden.

Hier konnten sie ungehindert plaudern, mußten aber stets mindestens zu dritt sein und unterlagen einer intensiven Beobachtung. Die Priester übten ständig die «Augenüberwachung» und warnten vor dem, was sie als «spezielle» Freundschaft bezeichneten. Die Losung hieß: *nunquam duo* – niemals zu zweit.

Das Horarium war jeden Tag dasselbe: Meditation, Gebet, Studium, dreißig Minuten Freilufterholung. Bis auf den Sonntag.

Am Sonntagnachmittag legten die Jungen ihre düsteren Soutanen ab und wählten für den Besuch in der Außenwelt eine besondere Bekleidung: schwarzer Anzug, weißes Hemd, schwarze Krawatte und schwarze Schuhe.

Dann marschierten sie, geführt und gefolgt von beaufsichtigenden Priestern, ins Dorf hinunter. Der Zweck dieses Ausflugs war ihnen nicht ganz klar, denn sie durften sich keine Zeitung kaufen, ja nicht mal einen Schokoriegel. Sie marschierten lediglich in den Ort und wieder zurück – unter den neugierigen Blicken der Dorfbewohner, mit denen sie natürlich nicht sprechen durften.

Gegen das Ende von Timothys erstem Jahr wurden vier Jungen aus seinem Dormitorium bei einem schwerwiegenden Verstoß gegen die Verhaltensregeln erwischt.

Es war Vorschrift, daß die gesamte Korrespondenz – hereinkommende und hinausgehende – über das Büro des Rektors zu laufen hatte. Sean O'Meara jedoch hatte während einer Sonntagspromenade heimlich einen Brief eingeworfen. Drei weitere Seminaristen hatten ihn dabei beobachtet, sein Vergehen aber nicht gemeldet.

Bei dem Verhör, das der Rektor leitete, versuchte sich Sean tapfer, aber töricht mit der Erklärung zu verteidigen, daß der Brief nur an seinen alten Gemeindepriester und geistlichen Berater gerichtet gewesen sei.

Das minderte die Schwere seines Verstoßes jedoch nicht.

Die Strafe war hart. O'Meara wurde auf zwölf Monate von den höheren kirchlichen Weihen ausgeschlossen und durfte nur lernen, beten und Buße tun.

Die Verschwörer wurden dazu verurteilt, im Juli und August in der Schule zu bleiben, im Garten zu arbeiten – und zu beten.

Timothy blieb ebenfalls. Die Sommermonate boten ihm Gelegenheit, täglich Unterricht in Hebräisch und Griechisch zu nehmen und seinen Weg zur Ordination zu beschleunigen.

Außerdem hätte er nicht gewußt, wohin er fahren sollte.

An einem heißen Julinachmittag entschuldigte sich Tim am Schluß seiner Unterrichtsstunde, um sich umgehend in die Bibliothek zu begeben und sich das, was er an diesem Tag gelernt hatte, gründlich einzuprägen.

Father Sheehan drängte ihn jedoch, statt dessen ein bißchen Sonne zu tanken. «Daß die Burschen da draußen die Rosenstöcke trimmen müssen, ist eigentlich gar keine Strafe», erklärte er lächelnd. «Es ist doch eine Freude, sich an der frischen Luft aufzuhalten – die Sommersonne ist Gottes Belohnung für die Leiden im Winter.»

Und so ging Tim, anfangs nur widerwillig, nach dem Mittagessen in den Garten und leistete den Sträflingen beim Unkrautjäten Gesellschaft.

Es war das erstemal nach fast einem Jahr, daß Timothy mit Jungen seines Alters außerhalb der offiziellen Überwachung allein sein durfte. Anfangs waren sie zurückhaltend, mißtrauten einander nicht weniger als ihm. Doch mit zunehmender Sommerhitze nahm auch ihr Bedürfnis nach Kameradschaft zu. Und sie begannen miteinander zu reden.

Alle drei «Häftlinge» litten unter ihrer Strafe. Es war nicht die Arbeit, denn sie genossen die Schönheit des Lebens im Freien. Aber sie hatten sich darauf gefreut, ihre Familien wiederzusehen.

«Was ist denn mit dir, Tim?» erkundigte sich Jamie MacNaughton, der längste, magerste und nervöseste von ihnen. «Hast du gar keine Familie – Brüder, Schwestern, irgend jemand, der dir fehlt?»

«Nein», antwortete er stoisch.

«Sind deine Eltern nicht mehr am Leben?»

Er zögerte einen Moment, wußte nicht, was er antworten sollte. Diskretion schien ihm das beste zu sein.

«Nicht direkt...» antwortete er ausweichend.

«Irgendwie hast du also Glück», behauptete ein anderer der drei. «Offen gestanden, Hogan, ich habe immer deine Selbstgenügsamkeit bewundert. Jetzt kann ich dich irgendwie verstehen. Du vermißt die Außenwelt nicht, weil du dort niemanden hast.»

«Ja», bestätigte ihm Tim.

Und versuchte – wie er es das ganze, qualvolle Jahr lang getan hatte – jeden Gedanken an Deborah Luria zu unterdrücken.

10

Deborah

Für Deborah waren die Tage und Nächte ein fortwährendes, eintöniges Grau. Seltsamerweise war der einzige Farbtupfer nicht etwa der Sabbat selbst – denn obwohl sie zur Synagoge gehen durfte, war ihr der Zutritt zu Rebbe Schiffmans nachmittäglicher Studiengruppe streng verwehrt –, sondern die drei Stunden, die sie an jedem Freitagvormittag mit Leah zum Einkaufen nach *Machaneh Yehudah* ging, auf den lärmenden, geschäftigen Markt gleich neben der Jaffe Straße.

Sogar die normalerweise phlegmatische Leah erwachte dort zum Leben und feilschte fröhlich mit den Händlern um die Köstlichkeiten, die ihre Familie sich nur an diesem besonderen Abend leisten konnte.

In Deborah weckte diese winzige Kostprobe der Freiheit jedesmal den Hunger nach mehr. Es entging ihrer Aufmerksamkeit keineswegs, daß diese Straße, die dem Mea-Shearim-Viertel den Namen gab, eine Einbahnstraße war: Es ging nur hinein.

Hier auf dem Markt erlebte sie an einem strahlenden Aprilfreitag das, was sie zunächst für eine Halluzination hielt. Kaum zwanzig Meter von ihr entfernt entdeckte sie ein junges Mädchen in ihrem Alter, das zwar einen *scheitel* trug, aber einen sehr eleganten, und einem hochgewachsenen, athletischen, rothaarigen Mann mit *kipa* Pakete reichte.

Als er sie erblickte, rief er erfreut: «Deborah! Deborah Luria! Bist du's wirklich?»

Überrascht winkte Deborah zurück, während Leah herumwirbelte und argwöhnisch fragte: «Was ist hier los? Kennst du den Mann?»

«Aber ja! Das ist Asher Kaplan.»

«Nie gehört.» Leah krauste die Stirn. «Bestimmt keiner von unseren Leuten.»

«Er ist aus Chicago.» Deborah begann gerade zu erklären, als Asher auch schon auf sie zukam.

«Hallo!» begrüßte er sie lächelnd. «Die Welt ist klein, Deborah, nicht wahr?»

«Ja», antwortete sie und dachte: Die meine, Asher, hast du soeben gewaltig vergrößert.

«Was machst du hier?» erkundigte er sich.

«Ich wohne bei Freunden», antwortete sie. «Dies ist die Rebezen Schiffman», stellte sie Leah vor. «Wir wohnen in Mea Shearim.»

«Wir? Soll das heißen, daß du ihren Sohn geheiratet hast?»

«Was sagen Sie da?» erwiderte Leah empört. «Mein Ältester hat noch nicht mal seine Bar mizwa gefeiert!»

Sie mochte diesen aufdringlichen Amerikaner nicht. Gewiß, er trug eine *jarmulke*, ein Käppchen, dazu jedoch ein T-Shirt, auf dem mit hebräischen Buchstaben *Koka-Kola* stand.

«Und was machst *du* hier, Asher?»

«Ich bin auf Hochzeitsreise», antwortete er mit einem Anflug von Verlegenheit.

Deborah versuchte die erwartete Begeisterung zu zeigen. *«Masel tow»*, wünschte sie ihm freundschaftlich.

«Danke», gab Asher zurück. «Du studierst doch sicher an der Universität, nicht wahr? Wenn ich mich recht erinnere, hattest du große Studienpläne. Mount Scopus ist wirklich wunderschön. Channahs Vater ist Professor an der medizinischen Fakultät.»

In diesem Moment trat seine Frau zu ihnen, die – sogar in ihrer Perücke – äußerst attraktiv aussah: lebhaft, sonnengebräunt und mit blitzenden braunen Augen.

«Noch mehr Freunde, Asher?» tadelte sie lächelnd und erklärte dann, an die beiden Frauen gewandt: «Drei Tage sind wir erst hier, aber Asher hat bisher mindestens hundert Bekannte getroffen.»

«Aber Channah», wehrte er ab, «das sind doch nur die vielen Mitglieder von Vaters Gemeinde, die hierher ausgewandert sind.»

Plötzlich ging Leah ein Licht auf.

«Meinen Sie etwa *den* Rav Kaplan aus Chicago?»

«Aber ja», gab Channah voll Stolz zurück.

Mit verlegenem Lächeln wandte sich Asher an Deborah. «Ist dir jetzt klar, warum ich Arzt werden will? Weil mich die Patienten bestimmt nicht als erstes fragen werden: ‹Sind Sie Rav Kaplans Sohn?› Aber du hast mir immer noch nicht erzählt, was du hier machst.»

Deborah warf Leah einen nervösen Blick zu. «Äh, mein Vater wollte, daß ich... du weißt schon... eine Zeitlang in der Heiligen Stadt lebe.»

Asher wandte sich höflich an Mrs. Schiffman: «Dürfen wir Deborah am Samstag zum Mittagessen mit unserer Familie ins King David Hotel einladen?» erkundigte er sich. «Channah und ihre Mutter könnten vorbeikommen und sie abholen. Es liegt innerhalb der Schabat-Grenzen.»

Deborah sah Leah flehend an.

«Nun, wenn Ihre Schwiegermutter mitkommt, wird mein Mann wohl nichts dagegen haben. Aber rufen Sie mich doch sicherheitshalber heute nachmittag vor dem Schabbes an.»

«Gut», antwortete Asher. Dann sagte er zu Deborah: «Wir freuen uns jetzt schon.»

Nach dieser Begegnung war Leah munterer als gewöhnlich. Während sie ihre Einkäufe am Hacherut-Platz entlangschleppten, erkundigte sie sich bei Deborah: «Woher kennst du diesen Mann?»

«Mein Vater wollte, daß ich ihn heirate», antwortete sie offen.

«Und was ist passiert?» fragte Leah sie mit hochgezogenen Brauen.

«Ich habe abgelehnt.»

«Sag mal, bist du völlig meschugge?»

«Ja», bestätigte Deborah leise.

Noch nie hatte Deborah etwas so Luxuriöses gesehen wie den Speisesaal des King David Hotel mit seinen hohen, von riesigen quadratischen Säulen aus rosa Marmor gestützten Deckengewölben. Das Schabat-Mittagsbuffet, das hier geboten wurde, war legendär.

Endlos lange Tische waren mit *gefillte fisch* und Heringen in einem halben Dutzend Saucen, gehackter Leber, genügend Aufschnitt für ein Kavallerieregiment und bunten Salaten aus Obst und Gemüsen sowie einem Dutzend verschiedener Auberginengerichte beladen.

Aber das waren nur die Hors d'œuvres. Daneben gab es auch warme Speisen: *tscholent*, Rindfleisch, Brathähnchen, *kascha varnischkes*, gefülltes Kalbfleisch und *kischkes*.

Die Nachspeisen füllten zwei ganze Tische für sich: Kuchen und Torten, Schokoladenmousse, ein regelrechter Regenbogen von Sorbets und Eiskrem, alle natürlich ohne Milch.

Deborah kam sich vor wie eine Strafgefangene auf Hafturlaub.

Während Channahs Eltern nicht danach fragten, warum ihr Schwiegersohn diese attraktive Unbekannte eingeladen hatte, wußte Channah selbst natürlich Bescheid. Und so flüsterte sie, als die beiden jungen Frauen bewundernd vor dem Desserttisch standen, der anderen verstohlen zu: «Weißt du was? Ich finde, ich sollte mich bei dir bedanken, Deborah.»

«Wofür?»

«Daß du Asher nicht geheiratet hast. Ich weiß nicht, warum du ihn nicht genommen hast, aber ich bin froh, daß es so ist.»

Den Kaffee tranken sie auf der Hotelterrasse. Das Essen hatte lange gedauert, und so war es fast vier Uhr geworden.

«Warum bleibst du nicht bis Sonnenuntergang?» schlug Channah vor. «Dann könnten wir dich mit dem Taxi nach Hause bringen.»

«Ja, gern. Vielen Dank», nahm Deborah das Angebot höflich an.

In Wirklichkeit hatte sie einen Hintergedanken. Da dem King David Hotel unmittelbar gegenüber das große YMCA-Gebäude aus pastellfarbenem Stein lag, sah Deborah darin eine Gelegenheit – vielleicht sogar ihre einzige –, sich zu vergewissern, ob Timothy ihr geschrieben hatte.

Als die ersten drei Sterne am Himmel von Jerusalem standen, rief sie die Schiffmans an, erklärte ihre Abwesenheit und erhielt zähneknirschend Zustimmung von Leah.

«Aber komm mir nicht allzu spät», warnte diese. «Wir haben eine Menge Geschirr zu spülen.»

Als sie auflegte, bemerkte Deborah bereits die erste nachsabbatliche Geschäftigkeit: die Schaufensterbeleuchtungen wurden eingeschaltet, das Stimmengewirr in der Halle nahm zu, und der Verkehr auf der Straße, die zwanzig Minuten zuvor noch stumm und verlassen gelegen hatte, begann zu lärmen.

«Also», sagte Deborah zu den Jungvermählten, «es war wirklich schön mit euch heute, aber ich glaube, ich nehme jetzt doch lieber den nächsten Bus nach Hause.»

«Das kannst du doch gar nicht», behauptete Asher.

«Was soll das heißen?»

«Na, erstens weiß ich, daß du am Schabbes kein Geld bei dir hast. Und außerdem haben wir den Schiffmans versprochen, dich mit dem

Taxi heimzubringen. Wenn ihr Mädchen hier warten würdet, gehe ich schnell meine Brieftasche holen.»

Nun stand nur noch ein Hindernis zwischen Deborah und einer eventuellen Nachricht von Timothy.

«Hättest du was dagegen, Channah, wenn ich schnell zum Y rüberlaufe? Ich möchte eine Nachricht für ein paar Freunde hinterlassen, die nächste Woche eintreffen werden.»

«Ich komme mit», erklärte die andere freundschaftlich.

«Vielen Dank, aber das ist nicht nötig. Warte du hier lieber auf Asher; ich bin in einer Minute wieder zurück.»

Sie sprintete über die King David Straße, den Weg zwischen den hohen schmalen Zypressen entlang, der zur Treppe des YMCA führte, und in die weite Halle hinein.

Sie drängte sich durch die Menge polyglotter Studenten am Empfang und erkundigte sich atemlos: «Kann ich hier meine Post abholen... Ich meine, wenn mir jemand geschrieben hat?»

«Wie ist Ihr Name?» erkundigte sich der Angestellte mit dem teigigen Gesicht unbewegt.

«Luria», erklärte sie. «Deborah Luria.»

Er wandte sich zu dem überquellenden Berg Post in dem Korb mit der Aufschrift «Aufzubewahren bis Abholung» um und begann träge die vielfarbigen Sendungen zu sortieren.

«Ich hab's wirklich sehr eilig», drängte Deborah nervös.

«Ich weiß», lautete die gleichmütige Antwort, «das hat jeder.»

Er fuhr fort, in seinem in ihren Augen Zeitlupentempo zu suchen und verkündete schließlich phlegmatisch: «Ich hab hier nur einen einzigen Brief für ‹Deborah Luria›. Können Sie sich irgendwie ausweisen?»

Sie war wie vor den Kopf geschlagen. «Tut mir leid», stotterte sie, «hab ich vergessen.»

«Dann komen Sie morgen mit Ihrem Reisepaß wieder.»

«Aber das kann ich nicht! Morgen muß ich... äh arbeiten.»

«Wir haben auch abends geöffnet.»

Weniger als einen Meter von ihr entfernt lag die wichtigste Nachricht ihres Lebens, und sie vermochte sie nicht an sich zu bringen.

Ihre Augen füllten sich mit Tränen. «Aber *bitte*, glauben Sie mir doch! Ich bin Deborah Luria. Wer sollte ich denn sonst wohl sein?»

«Na schön», kapitulierte er. «Das sollte ich zwar eigentlich nicht tun, aber ich werde Ihnen mal glauben.»

Er überreichte ihr den Brief.

Beim Hinauseilen riß sie ihn auf. Sie hatte gerade noch Zeit, sich zu vergewissern, daß er tatsächlich von Timothy war, als schon die beiden Kaplans eintrafen.

«Alles erledigt?» erkundigte sich Asher.

Während sie den Brief rasch in die Tasche stopfte und ihre tiefe Erregung zu verbergen trachtete, antwortete Deborah: «Ja, alles in Ordnung. Ich meine... alles ist okay.»

«Gut. Dann wollen wir dich mal nach Hause bringen, bevor die Schiffmans meinen, wir hätten dich gekidnappt.»

«Na, wie war's?» erkundigte sich Leah.

«Was denn?» fragte Deborah, als sich die beiden Frauen durch die Berge von Sabbat-Geschirr arbeiteten.

«Das Essen, Deborah», drängte Leah. «Mein Mann trifft sich manchmal mit Philanthropen aus Übersee im King David. Und wenn er nach Hause kommt, schwärmt er immer von dem guten Essen.»

«Nun ja, es gab tatsächlich eine Menge, und es war gut», bestätigte Deborah. «Aber ich finde, du bist die bessere Köchin.»

Paradoxerweise hatte sie mit dieser unverschämt übertriebenen Schmeichelei im Handumdrehen Leahs Herz erobert. Die Rebezen empfand für ihr amerikanisches Dienstmädchen auf einmal fast so etwas wie Sympathie und brach überraschenderweise in einen Sturzbach mädchenhaften Geplappers aus. Deborah dagegen konnte es kaum erwarten, endlich in ihrem Schlafzimmer allein zu sein.

Wie gewöhnlich, war schon wieder der Strom abgeschaltet – nicht allein aus Sparsamkeitsgründen, sondern weil dort ständig mindestens ein Kind schlief. Deborah tastete in der Dunkelheit umher, zog ihren Koffer unter dem Bett hervor und nahm den Gegenstand heraus, der zu ihrem kostbarsten Besitz geworden war: die winzige Taschenlampe, mit deren Hilfe sie zu lesen pflegte, bis sie darüber einschlief. Mit zitternden Händen richtete sie den dünnen Lichtstrahl auf den Brief.

Liebe Deborah,
ich bete darum, daß Du dieses Schreiben eines Tages in Händen hältst. Ich teile die Empfindungen, die Du in Deinem Brief beschreibst, und leide unbeschreiblich unter dem Gefühl, schuld daran gewesen zu sein, daß Du fortgeschickt wurdest.
Tatsache ist, daß auch ich Brooklyn verlassen habe, um das St.-Athanasius-Seminar im Norden des Staates New York zu besuchen. Im Gegensatz zu Deiner Reise war dies aber keine Strafe für mich,

sondern eine Belohnung für fleißiges Lernen – eine Tatsache, die meine Schuldgefühle nur noch verstärkt, da ich unter anderem das tun werde, wovon Du immer geträumt hast: das Alte Testament auf hebräisch zu studieren.

Ich habe alles versucht, Deinen Vater zu erreichen und ihm die Situation zu erklären. Doch wenn ich anrief, behauptete Deine Mutter immer, er sei nicht da. Und als ich stundenlang vor seinem Büro in der Synagoge kampierte, weigerte sich Reb Isaacs, der Küster, mich einzulassen. Auch geschrieben habe ich ihm, aber er hat nicht geantwortet.

Ich versuche mir einzureden, daß das, was uns beide verband, ein kleiner Funke war, den der Winterwind ausgeblasen hat. Ich hoffe, bald die Heiligen Weihen zu empfangen, und es wäre naiv zu glauben, wir könnten uns jemals wiedersehen. Doch da dies unmöglich ist, habe ich den Mut, Dir zu sagen, was ich sonst niemals hätte aussprechen können.

Ich glaube, das Gefühl, das ich für Dich empfunden habe, war tatsächlich *Liebe* – was immer die irdische Liebe auch sein mag. Ich weiß, daß es Zärtlichkeit war, ein Verlangen, bei Dir zu sein und Dich zu beschützen.

Ich wünsche Dir alles Gute, Deborah, und hoffe, daß Du mich irgendwo in Deinen Erinnerungen leben läßt.

Wir wollen füreinander beten.

Dein
Tim

So zurückhaltend sich Tim in seinem Brief auch ausgedrückt haben mochte – für Deborah war wirklich nur eines wichtig: Sie ... liebten einander.

Und es gab nichts auf der Welt, was sie dagegen tun konnten.

Es war der Esther-Fastentag, jener ernste Feiertag vor Purim, dem fröhlichsten Fest des jüdischen Kalenders.

An Purim wird die tapfere Königin Esther gefeiert, die ihren Ehemann, König Ahasverus, erfolgreich anflehte, das Todesurteil, das er über ihre jüdischen Glaubensbrüder in Persien verhängt hatte, zu widerrufen. Da Esther den vorangegangenen Tag mit Fasten und Beten verbracht hatte, gedenken die religiösen Juden ihrer Frömmigkeit, indem sie ihrem Beispiel folgen.

Obwohl es ein ernster Fastentag war, sah Deborah ein ermutigendes Ereignis darin, denn es war der einzige Festtag ihrer Religion, an dem die edle Tat einer *Frau* gefeiert wurde.

Zu ihrem ständig wachsenden Ärger hatten ihr die Schiffmans während der ganzen Zeit, da sie in Jerusalem gefangen gehalten wurde, kein einziges Mal erlaubt, die Klagemauer zu besuchen. Daher war es kaum verwunderlich, daß Deborah darauf bestand, eben dort im Gebet ihr persönliches Exil zu betrauern.

Möglicherweise hoffte sie sogar, ein *kwitel* anbringen zu können, einen jener winzigen Papierstreifen mit persönlichen Bitten an den Vater der Welt, welche die Pilger traditionell in die Ritzen der Mauer schoben, die zuweilen auch «Briefkasten Gottes» genannt wurden.

Wie sie wußte, ging Rebbe Schiffman oft zur Klagemauer – nicht nur zum Beten, sondern um Kontakte mit anderen Religionsführern zu pflegen. Aber während der ganzen Zeit, da Deborah nun bei den Schiffmans war, hatte er noch nicht einmal die eigene Frau aufgefordert, ihn dorthin zu begleiten.

«Wozu auch?» sagte Leah in einem ihrer seltenen Anfälle von Gesprächigkeit zu Deborah. «Die quetschen uns da doch nur in eine eingezäunte Ecke, und die Männer beten so laut, daß man sich unmöglich konzentrieren kann.»

«*Ich* werde mich konzentrieren», beharrte Deborah.

Rebbe Schiffman kapitulierte. «Nun gut, Leah. Wenn sie es sich so sehnlich wünscht, geh mit ihr hin.»

Seine Frau krauste die Stirn. Abgespannt von ihren Haushaltspflichten und der Sorge für ihre Kinder (während sie schon wieder eins trug), fand sie die Aussicht, zu Fuß in die Altstadt zu gehen, nicht sehr verlockend, nicht einmal zu einem so frommen Zweck. Verärgert murrte sie: «Von mir aus. Ich werde Mrs. Unger von nebenan bitten, auf die Kinder zu achten.»

Eine Stunde später trotteten die beiden Frauen die Hanevi'im Straße entlang. Die engen Nebengassen von Mea Shearim schienen ständig im Schatten zu liegen, deswegen freute sich Deborah darauf, endlich einmal die warme Frühlingssonne auf ihrem Gesicht zu spüren.

Als sie durch das Damaskustor die Altstadt betraten und die schmalen, kopfsteingepflasterten Gäßchen entlangwanderten, schwirrte Deborah der Kopf vor erwartungsvoller Vorfreude.

Sie kamen an der Via Dolorosa vorbei und erreichten die Wallanlage oberhalb des weiten Platzes, der von den israelischen Soldaten nach dem Sechstagekrieg geräumt worden war.

Als sie auf den Vorplatz hinabstiegen, sahen sie die Menge der schwarzgekleideten Gläubigen, die sich vor der Mauer betend vor und zurück wiegten. Ihre Gebete stiegen in die Luft und hallten wider als Kakophonie von Melodien in so unterschiedlichen Akzenten wie die von Damaskus, Dresden und Dallas.

Eine Metallsperre grenzte in der rechten Ecke des Platzes einen kleinen Teil für die weiblichen Betenden ab. Während sie hinübergingen, zerrte Leah ständig an Deborahs Arm, um sie möglichst weit von den Männern wegzuziehen.

«Was soll das?» fragte Deborah zornig flüsternd. «Ich störe sie doch nicht.»

«Halt den Mund», fuhr Leah sie an. «Und tu einfach, was ich sage.»

Der winzige, für sie abgeriegelte Teil war überfüllt, aber Deborah drängte sich energisch durch die anderen Frauen vor. Und verspürte einen Schauer, als sie andächtig die heiligen Steine küßte.

Ohne ihr Buch aufzuschlagen, stimmte sie in das Morgengebet ein. Als sie dann beim *ashrey* ankamen – «Glücklich sind die, die in Deinem Hause wohnen» –, hatte Deborahs wunderschöne Stimme an Kraft und Volumen zugenommen und riß die anderen voll Freude mit.

Dann kam unvermittelt die Attacke.

Von der anderen Seite der Absperrung wurden sie plötzlich mit zornigen Rufen bombardiert. *«Schtil! Sol sain schtil!»* Still! Ihr sollt still sein!

Aber die Frauen waren von Deborahs Eifer so begeistert, daß sie ihre Gebete nur um so lauter sangen – bis auf Leah Schiffman, die vergeblich versuchte, sie zum Schweigen zu bringen.

Die Männer hörten nicht auf zu rufen, die Frauen hörten nicht auf zu beten. Plötzlich wurde ein Holzstuhl über die Absperrung geschleudert, traf eine großmütterlich wirkende Frau und warf sie zu Boden.

Und als Deborah sich niederbeugte, um ihr zu helfen, flog ein Metallgegenstand durch die Luft. Auf dem Boden aufschlagend, zerplatzte er und begann zu zischen.

«Großer Gott – Tränengas!»

So empört, daß sie ihre Angst vergaß, schnappte Deborah sich den Kanister und schleuderte ihn mit aller Kraft zu den Männern zurück. Ein empörter Aufschrei ertönte. Während weitere Geschosse über die Absperrung geflogen kamen, folgten die Frauen Deborahs Beispiel und schleuderten sie umgehend zurück.

Den Polizisten, die weiter oben den Platz absperrten, rief Deborah wütend zu: «Verdammt noch mal, so tut doch endlich was!»

Aber die Beamten wußten nicht recht, was sie tun sollten. Sie hatten strikten Befehl, die Betenden nicht zu stören, es sei denn auf ausdrückliche Erlaubnis des Religionsministeriums hin.

Captain Yosef Nahum entschied sich für die einzige Lösung, die weitere Verletzungen verhüten konnte.

«Holt die Frauen da raus!» befahl er kurz. «Und versucht die Männer zurückzuhalten.»

Einige Polizisten eilten herbei, um den eingeschüchterten Frauen bei ihrem Rückzug zu helfen. Ein Dutzend weitere hakten sich unter, um die aufgebrachten männlichen Eiferer daran zu hindern, den Frauen nachzujagen.

Zehn Minuten darauf durften sich die Frauen wieder versammeln und ihre Gebete woanders beenden.

Obwohl Deborah unter Schock stand, erkannte sie die Ironie: Die Frauen waren zum Dungtor verbannt worden – dem Altstadttor, durch das Jahrtausende lang der Müll der Stadt hinausgeworfen worden war.

Zu Hause mußten sie feststellen, daß Rebbe Schiffman vor Wut kochte.

«Soll das heißen, daß du schon davon gehört hast?» erkundigte sich Leah bei ihrem Mann.

«In Mea Shearim braucht man keine Zeitung, um zu erfahren, was geschieht.»

Dabei deutete er mit dem Finger anklagend auf Deborah und grollte: «Und alles nur wegen dieser Teufelin da. Ich hätte nicht dulden sollen, daß sie zur Mauer geht. Ich hab's ja gewußt!»

«Meinetwegen?» fragte Deborah verblüfft.

«Selbstverständlich deinetwegen!» brüllte der Rabbi. «Davon hat mir dein Vater nichts gesagt, daß du eine solche Hure bist.»

«Hure?»

«Du hast gesungen!» schrie er anklagend.

«Ich habe *gebetet*», korrigierte Deborah ärgerlich.

«Aber *laut*», fuhr der Rabbi sie an. «Die Männer konnten eure Stimmen hören. Weißt du denn nicht, daß der Talmud sagt: ‹Die Stimme einer Frau ist eine laszive Versuchung›?»

Er wandte sich an seine Frau: «Ich sage dir, Leah, ich schäme mich dafür, daß dieses Mädchen in unserem Haus wohnt. Ich hätte nicht übel Lust, Rav Luria zu bitten, sie uns wieder abzunehmen.»

O ja, bitte! dachte Deborah, innerlich verletzt und bekümmert. Wenn er das doch nur täte!

Einige Wochen später war Rebbe Schiffman ins King David Hotel zum Essen eingeladen. Für diese Gelegenheit machte er sich besonders fein – mit einem frischen weißen Hemd, schwarzem Anzug und Krawatte, und von seiner Frau ließ er sich sogar seinen besten schwarzen Hut bürsten.

Aber die Einladung war von einer Aura des Geheimnisvollen umgeben. Sein rätselhafter Gastgeber wurde immer nur als «Philadelphia» bezeichnet.

Halb zu sich selbst und halb zu seiner Frau, die ihm in das schwarze Jackett half, sagte er: «Weißt du, Leah, bei ‹Philadelphia› trifft immer nur seine Frau die Entscheidungen.»

Leah drückte ihm beruhigend die Hand. «Viel Glück, Lazar.»

Er lächelte dankbar und verließ das Haus, um den nächsten Bus zu nehmen.

Deborah gab sich die größte Mühe, der Rebezen das Geheimnis zu entlocken.

«Das muß aber eine sehr wichtige Besprechung sein – um was geht es eigentlich?»

«Das geht dich nichts an», entgegnete Leah schroff. «Außerdem muß Rav Luria – sein Name sei gesegnet – ebenfalls derartige Dinge tun.»

Deborah war vollkommen verwirrt. Sie konnte sich an keine Gelegenheit erinnern, bei der ihr Vater sich zu einem formellen Essen im Waldorf-Astoria mit «Philadelphia» oder sonst einer Stadt getroffen hatte.

Kurz vor dem Abendgebet kehrte der Rabbi mit vor Erregung hochrotem Gesicht nach Hause zurück.

«Nun, was ist?» erkundigte sich Leah ungeduldig.

«Gott sei's gedankt», antwortete ihr Mann, «Mrs. Philadelphia hat die Idee zugesagt. Sie sind mit einer halben Million dabei.»

Deborah, die schon fürchtete, die Schiffmans seien in irgend etwas Illegales verwickelt, spitzte angestrengt die Ohren, konnte sich jedoch nicht länger verstecken.

Also betrat sie das Vorderzimmer und fragte ungeduldig: «Hab ich da was von einer halben Million Dollar gehört?»

Und nun geschah etwas Unglaubliches: Rebbe Schiffman wurde nicht zornig, sondern lächelte breit und erwiderte: «Heute ist ein wunderbarer Tag. Die Greenbaums aus Philadelphia haben uns die Mittel zum Bau eines Dormitoriums für unsere Jeschiwa gegeben. Jetzt können wir endlich mehr Studenten aufnehmen.»

«Wie schön!» gab Deborah zurück. «Sie selbst können sich dann auch ein größeres Haus leisten.» Und ein wärmeres, dachte sie. «Vielleicht mit Garten, damit die Kinder ein bißchen Sonne kriegen.»

Der Rebbe zog ein finsteres Gesicht und schnitt ihr mit einer Handbewegung das Wort ab. «Wahre deine Zunge, Weib! Gott behüte, daß ich auch nur einen Penny von diesem Geld für mich ausgebe. Wir sind hier nicht in Amerika, wo die Gemeinden ihren Rabbis Cadillacs schenken.»

Ihr Ärger über Rebbe Schiffmans Zurechtweisung wich vorübergehend der Hochachtung vor seinem Altruismus. Aber das änderte nichts daran, daß sie ihn verabscheute.

Er ließ seine Familie weiterhin im Elend leben, ganz zu schweigen von der Tatsache, daß er *sie* genauso behandelte wie die Pharaos damals ihre Ahnen, als diese noch Sklaven in Ägypten waren.

Eines war Deborah klar: Sie mußte hier raus. Sie konnte es hier nicht länger aushalten, vermochte weder Rebbe Schiffmans Herablassung noch die Tyrannei seiner Frau zu ertragen, die sie eigentlich nur als Zusatzgerät zu ihrer Waschmaschine betrachtete.

Hatte ihr Vater wirklich gewußt, wohin er sie schickte? War es möglich, daß er Rebbe Schiffman geheißen hatte, die Strafe des Exils mit der Härte eines Arbeitslagers zu verbinden?

Sie wußte es nicht mit Sicherheit zu sagen, denn bisher hatte er ihr kein einziges Mal geschrieben. Die Mutter – ja, um ihr immer wieder mitzuteilen, sie versuche ihren Ehemann zu drängen, der Bestrafung ihrer Tochter eine zeitliche Grenze zu setzen.

Darüber hinaus schickte Rachel ihr aber auch, genau wie versprochen, mit jedem Brief ein wenig Geld. Eindeutig ein Opfer für sie, denn es waren jeweils mindestens zehn Dollar, und gelegentlich sogar mehr.

Deborah bewahrte die Banknoten in der einzigen Schublade, die ihr im Schlafzimmer der Mädchen zugeteilt worden war, in einer leeren Kaffeedose auf.

Am Morgen ihres achtzehnten Geburtstags gab es keine Feier. Nicht etwa, daß sie eine Fanfare oder eine Torte erwartet hätte. Aber was hätte es die Schiffmans schon gekostet, ihr zu gratulieren oder wenigstens ein Lächeln zu schenken?

Ihre Mutter war die einzige, die daran gedacht hatte und ihrem liebevollen Brief eine reichliche Geldspende beigefügt hatte: eine Zehner- *und* eine Zwanzigernote.

Deborahs Kaffeedose war so voll, daß sie nicht mehr wußte, wohin mit diesem neuen Wohlstand. Leah hatte sie schon gewarnt, man dürfe – obwohl es, Gott behüte, in Mea Shearim keine Diebe gab – so viel Geld nicht in einer Schublade aufbewahren. Am besten wäre es, wenn sie für sich ein Sparkonto einrichtete.

Das war eine vernünftige Idee. Also verließ Deborah am nächsten Morgen in aller Frühe das Haus, um eine Bank in der Hanevi'im Straße aufzusuchen.

Obwohl es inzwischen Hochsommer war, trugen die Männer schwere Kaftane und Pelzhüte. Und jedesmal, wenn sie in ihre Nähe kam, wandten sie den Blick ab, als sei sie eine Medusa.

Sie selbst war auch viel zu warm angezogen. Und wenn man ihr zu Hause nicht schon beigebracht hätte, lange Ärmel und hochgeschlossene Kleider zu tragen, hätte sie niemals die allgegenwärtigen Plakate übersehen können, deren Text die Frauen aufforderte, sich züchtig zu kleiden.

Dennoch empfand sie ein gewisses Glück darüber, endlich einmal dem erstickenden Schiffman-Haushalt entflohen zu sein.

Während sie einen Block von der Bank entfernt darauf wartete, die Kreuzung überqueren zu können, fiel ihr Blick auf das Straßenschild. Sie befand sich an der Ecke der Rechov Devora Hanevia, der Straße der Prophetin Deborah.

Es war erstaunlich, daß die männlichen Orthodoxen, die hier wohnten, sich herabließen, den Namen einer Frau in der Öffentlichkeit auch nur zu erwähnen, und nun gab es hier sogar ein offizielles Straßenschild zu Ehren ihrer biblischen Namensschwester: für Deborah, die jüdische Johanna von Orleans, die eine Armee von Israeliten in den Kampf gegen neunhundert Eisenstreitwagen des mächtigen Kanaan geführt hatte.

Konnte Deborah Luria denn nicht wenigstens ein Quentchen dieser Courage aufbringen? Hier stand sie, an einem Donnerstag morgen, mehrere hundert Meter von ihrem Kerker entfernt, mit neunzig Dollar – *und ihrem Reisepaß* in der Tasche!

Aus Angst, den Mut zu verlieren, setzte sie sich in Trab und spurtete, verblüffte Fußgänger überholend, an der Bank vorbei und die Jaffa Straße hinunter, quer durch Nordau bis zum Zentralen Busbahnhof.

Hier machte Deborah endlich halt – atemlos, aber jubilierend. Sie war entkommen. Nahezu.

Das einzige Problem war nun: Wohin?

Die Anzeigetafeln boten eine schwindelnde Menge von Fahrtzielen an: Jericho – die älteste Stadt der Welt; Tel Aviv – die prächtigste und modernste; und Galiläa.

Galiläa wirkte am attraktivsten auf sie, nicht nur wegen seiner berühmten Schönheit, sondern weil es von allen am weitesten von den Schiffmans entfernt war.

Auf einmal kamen ihr doch Zweifel. Ich bin eine Frau. Nein, sei ehrlich – ich bin ein junges *Mädchen*. Ich kann nicht einfach ganz allein in der Weltgeschichte rumreisen. Ich brauche ... andere Menschen.

Unruhig ging sie im Bahnhof auf und ab, durchforschte ihren Verstand nach neuen Ideen und versuchte ihre schwindende Entschlußkraft zu stärken.

Dann sah sie das kleine Schild mit der Aufschrift «Egged Tours».

Zwei Stunden und 56 Dollar später gesellte sie sich zu einer Busladung von Pilger-Touristen aus Atlanta, Georgia, für eine Dreitagesreise nach Haifa, Nazareth und dann nordwärts nach Galiläa hinein. Sie hatte 72 Stunden und 34 Dollar, um über ihr zukünftiges Schicksal zu entscheiden.

Zur Mittagszeit hielten sie an einem Touristenrestaurant auf dem Mount Carmel in Haifa, wo sie an langen Tischen vor riesigen Panoramafenstern saßen. Die Küste, mindestens dreißig Meter tief unter ihnen, wirkte wie ein riesiger Saphir auf einem weißen Marmortisch.

Während die Touristen Fotos schossen, ging Deborah an die Kasse und besorgte sich drei Telefonmünzen.

Beim Wählen warf sie einen Blick auf ihre Uhr. Nahezu fünf Stunden waren vergangen, seit sie zur Bank aufgebrochen war. Machten sich die Schiffmans Sorgen? Hatten sie die Polizei benachrichtigt?

Unwahrscheinlich, beruhigte sie sich. Für die war sie so unwichtig, daß sie ihr Verschwinden vermutlich nicht einmal bemerkt hatten.

«Hallo?»

«Leah? Ich bin's. Deborah.»

«Aha, unsere Prinzessin! Wo bist du? Ich hab das ganze Mittagessen allein servieren müssen.»

Diese Anspielung auf ihre Sklaverei bestärkte Deborah nur in ihrem Entschluß. «Hör zu, Leah. Ich komme nicht zurück. Ich kann's bei euch nicht mehr aushalten.»

«Wie bitte? Bist du verrückt? Außerdem – wer hat dir das erlaubt?»

«Ich brauche keine Erlaubnis mehr. Ihr habt's vermutlich nicht bemerkt, aber ich bin achtzehn geworden. Also kann ich tun und lassen, was ich will.»

Auf einmal schlug Leah eine andere Tonart an. «Hör zu, mein

Liebling», flehte sie mit einer Stimme, die Panik verriet. «Ich weiß, du bist verärgert. Aber sag mir, wo du bist, und ich werde Mendel bitten, rüberzufahren und dich abzuholen.»

«Wo ich bin, das geht euch nichts mehr an. Aber ich mache euch einen Vorschlag.»

«Alles ... Alles, Liebling.»

«Wenn ihr meinem Vater nichts sagt, werde ich euch in drei Tagen um dieselbe Zeit wieder anrufen.»

«Aber von wo, Deborah?»

«Von dort, wo ich dann bin», gab sie zurück und legte auf, während sie sich selber fragte, wo sie wohl sein würde.

Als sie zum Tisch zurückkehrte, gab es nur noch einen freien Platz. Ihre Nachbarin – eine stattliche Frau, die sich als Marge vorstellte – schnalzte vorwurfsvoll mit der Zunge. «Sie haben Ihre Suppe verpaßt, Herzchen. Sie sollten dem Kellner Bescheid sagen.»

«Macht nichts», antwortete Deborah großmütig und langte hungrig nach dem Brot.

«Aber», beharrte ihre neue Freundin, «Sie haben schließlich dafür bezahlt. Kellner!»

Als ein Teller Suppe vor sie auf den Tisch gestellt wurde, war Deborah dankbar, daß Marge in ihrem Interesse auf ihr «Recht» gepocht hatte. Mit nicht mal vierzig Dollar in der Tasche brauchte sie jede Kalorie, die ihr zustand.

Also nahm sie sich, als sie nach dem Essen aufstanden, einen Apfel vom Tisch und stopfte ihn in die Tasche.

Anschließend ging's nach Nazareth, wo die Pilger ergriffen beteten, ohne einen Blick für den Geschäftssinn, der die Stadt von Jesu Kinderzeit in Deborahs Augen profanierte. Sie saßen in der neu gebauten Verkündigungskirche und betrachteten die herrlichen Mosaiken aus allen Himmelsrichtungen der Christenwelt.

Sehr zum Ärger des Reiseführers überzogen sie ihren Zeitplan, und so war es schon neun Uhr abends, als sie endlich das Roman Villa Hotel in Tiberias an den Ufern des Sees Genezareth erreichten.

Das Hotel war ein glorifizierter, dreistöckiger Betonbunker ohne Lift und Klimaanlage. Im Speisesaal verquirlten altmodische Deckenventilatoren die schwere Luft und hielten den größten Teil der Fliegen fern.

«Ich war richtig gerührt, heute», seufzte Marge am Tisch beim Abendessen. «Es war einer der größten Augenblicke meines Lebens. Und wie fanden Sie's, Debbie?»

Deborah antwortete lediglich: «Ja... es war faszinierend.»

«Sind Sie ganz allein auf Reisen?» erkundigte sich Marge.

«Sozusagen», wich Deborah aus. «Ich treffe mich... äh... später mit meinen Eltern.»

Es war stickig im Speisesaal, und ihre Ausflüchte bewirkten nur, daß sie noch stärker schwitzte.

«Oh, das ist ja wundervoll!» antwortete die Ältere. «Die meisten jungen Mädchen heutzutage sind Hippies und reisen mit ihren Boyfriends – wenn Sie wissen, was ich meine.»

Unsicher, was sie darauf antworten sollte, gab Deborah vor, sich auf den Nachtisch zu konzentrieren, einen Obstsalat aus der Konserve, ziemlich unpassend hier in Jaffa, dem Land der Orangen und reichtragenden Obstbäume.

«Ist Ihnen nicht zu warm in diesen langen Ärmeln, Herzchen?» erkundigte sich Marge geschwätzig.

«Doch», bestätigte Deborah. «Deswegen werd ich sie jetzt auch sofort ausziehen.»

Sogar am Ende des langen Tisches machten die Mitreisenden große Augen, als sich Deborah kurzerhand zuerst den rechten und dann den linken Ärmel aus dem Kleid riß.

Auf Deborah wirkte es wie eine doppelte Befreiung: Sie machte es sich nicht nur körperlich bequem, sondern riß damit symbolisch die Wurzeln ihrer Vergangenheit aus.

Obwohl sie lieber allein gewesen wäre, konnte Deborah sich den Zuschlag von zwanzig Dollar für ein Einzelzimmer nicht leisten.

Ihre Zimmergenossin war eine prüde Lehrerin von einem Baptisten-College im tiefen Süden, die minutenlang mit gefalteten Händen vor ihrem Bett kniete und gen Himmel blickte.

Sie warf Deborah einen mißbilligenden Blick zu und bemerkte spitz: «Ich hoffe, Sie halten mich nicht für impertinent, junge Dame, aber wir sind hier schließlich im Heiligen Land. Meinen Sie nicht, daß Sie zu Nacht beten sollten?»

«Das habe ich vorhin schon getan», behauptete Deborah, um weiteren Gesprächen aus dem Weg zu gehen, ziemlich kühl. «Als Sie... na ja, Sie wissen schon... am anderen Ende des Korridors waren.»

Am folgenden Tag besichtigten sie die uralte Stadt und den See Genezareth, um anschließend zur letzten Station ihrer Besichtigungsfahrt aufzubrechen, dem Besuch in einem Kibbuz namens Kfar Ha-Sharon.

Die Pilger fanden den Kibbuz interessant, wenn auch, wie Marge es ausdrückte, «ein winziges bißchen zu kommunistisch».

Deborah dagegen war hingerissen. Hier waren die Juden völlig anders als alle, die sie jemals gekannt hatte: sonnengebräunt und voll strotzender Lebenskraft. Männer in knappen Shorts arbeiteten Schulter an Schulter mit Frauen in noch knapperen Shorts, pflegten Obstgärten, bepflanzten weite Felder mit Kartoffeln und sammelten Honig aus den Bienenstöcken in ihrem riesigen Bienenhaus.

Der Gastgeber der Touristen war kein geringerer als der Kibbuz-Leiter, ein wohlbeleibter Mann namens Boaz, der sich in ungarisch gefärbtem Englisch mit ihnen unterhielt.

«Heutzutage können kleine Kibbuzim wie der unsrige nicht mehr von der Landwirtschaft allein existieren. Wenn Sie den Hang dort hinaufblicken, sehen Sie ein Gebäude, das aussieht wie eine kleine Fabrik. Dorthin werden unsere Produkte nach dem Pflücken gebracht, schockgefroren und für den Transport auf die ausländischen Märkte verpackt.»

Was die Besucher am meisten beeindruckte, war jedoch der Idealismus, der in diesem Kibbuz herrschte, die Tatsache, daß eine ganze Gemeinschaft zum Wohle aller arbeitete, ohne dafür mit Geld bezahlt zu werden. Und doch erhielt jedes einzelne Mitglied, wie Boaz erklärte, alles, was er oder sie zum Leben brauchte – in körperlicher Hinsicht genauso wie in geistiger.

«Wenn wir zum Beispiel wissen, daß wir in, sagen wir, sechs oder sieben Jahren einen Arzt brauchen werden, schicken wir einen intelligenten Jungen oder ein intelligentes Mädchen auf die Universität von Jerusalem oder Tel Aviv.»

Für Deborah war das eine Offenbarung. «Einen intelligenten Jungen oder ein *intelligentes Mädchen»* hatte Boaz gesagt. In einem Kibbuz galten die jüdischen Männer und Frauen anscheinend als gleichwertig.

Und vieles mehr gab es dort. Praktisch an jedem Arbeitsplatz, den sie besuchten, *sahen* die jungen Männer sie *an*, ja, einige musterten sie sogar von Kopf bis Fuß und lächelten ihr zu!

Bei dem zeitig angesetzten Dinner, das ihre Rundreise beendete, beschloß Deborah, mit Boaz zu sprechen. Zu ihrer Verwunderung hatte er sich dasselbe vorgenommen.

«Sag mal», erkundigte er sich, «was hat ein Mädchen wie du bei einer christlichen Touristengruppe aus dem Bible Belt zu suchen? Wie kommst du zu dieser idiotischen Reise?»

Deborah erzählte ihm die ganze Geschichte – das heißt, den größten

Teil davon. Ihm zu erzählen, warum der Vater sie ins Exil geschickt hatte, hielt sie für überflüssig.

«Aha», sagte Boaz, als sie endlich schwieg. «Dann bist du jetzt also heimatlos in der Heimat deines eigenen Volkes.»

«So ungefähr.» Deborah zuckte die Achseln. «Und wenn ich dann kein Geld mehr habe...» Sie hielt inne.

Tatsächlich hatte sie sich davor gefürchtet, über die Frage nachzudenken, was sie tun sollte, wenn ihre geringe Geldreserve erschöpft war. Sie wußte nur, daß sie nicht zu den Schiffmans zurückkehren wollte.

Boaz ahnte, mit welchen Worten er sie am besten trösten konnte. «Hättest du nicht Lust, sagen wir, einen Monat hier im Kibbuz zu bleiben, während du dir in Ruhe alles überlegst? Natürlich müßtest du genauso arbeiten wie alle anderen.»

«Keine Sorge, an schwere Arbeit bin ich gewöhnt», erwiderte sie eifrig; dann fragte sie zaghaft: «Könnte ich vielleicht im Freien arbeiten?»

«Im Freien, im Haus – auf den Feldern, in der Küche, bei den Hühnern, bei den Kindern. Jeder macht hier ein bißchen von allem.»

«Dann werde ich auch ein bißchen von allem machen», erklärte sie mit einem winzigen Lächeln und hatte zum erstenmal seit ihrer Abreise aus Amerika das Gefühl, wenigstens ein bißchen glücklich zu sein. «Wann soll ich anfangen?»

«Also, offiziell eigentlich erst morgen früh – inoffiziell aber von mir aus sofort. Ich werde meine Frau bitten, dir ein Bett in einem der Mädchenhäuser und –» setzte er lächelnd hinzu, «etwas anderes zum Anziehen zu besorgen. Und inzwischen mit eurem Reiseleiter zu sprechen.»

«Wird er sehr verärgert sein?» erkundigte sich Deborah ängstlich.

«Aber nein!» gab Boaz mit herzlichem Lachen zurück. «Wir bezahlen ihm eine Prämie für jeden Rekruten, den er uns bringt.»

Am nächsten Tag rief sie zum letztenmal bei den Schiffmans an, um ihnen mitzuteilen, daß sie in einem «Kibbuz im Norden» zu bleiben gedenke.

Leahs erste Fragen kamen nicht unerwartet. «Sind die da auch orthodox? Ist das Essen koscher?»

«Nein», gab Deborah ruhig zurück, «aber die Menschen sind es.»

«Wirst du uns wenigstens deine Adresse schicken? Wir müssen deinen Vater anrufen. Bitte, Deborah, aus Achtung vor –»

«Nein», fiel sie Leah schroff ins Wort. «Meine Eltern rufe ich selber an – sobald ich dazu bereit bin.»

Und nach einem kurzen Zögern ergänzte sie: «Vielen Dank für eure Gastfreundschaft.»

Mit anderen Worten: Gott sei Dank, daß das vorüber ist.

Trotz ihres herausfordernden Verhaltens Leah gegenüber rief Deborah ihre Eltern nicht sofort an. Es kostete sie mehrere Tage – und einige angeknabberte Fingernägel –, um den nötigen Mut aufzubringen.

Überraschenderweise fuhr der Vater nicht sofort aus der Haut.

«Deborah», sagte er mitfühlend, «du scheinst unter einem enormen Streß zu stehen.»

«Im Gegenteil, Papa. Ich bin ruhiger als jemals zuvor in meinem Leben.»

«Aber ein Kibbuz ist kein Ort für ein Mädchen wie du – und schon gar nicht einer von den *Ha-Shomer Ha-Tza'ir.* Das sind unmoralische Menschen.»

«Das ist nicht wahr!» gab sie verletzt und zornig zurück. «Außerdem ist mir egal, was du sagst. Ich bewundere sie.»

Jetzt provozierte sie ihn absichtlich, machte der Wut Luft, die sich in ihr aufgestaut hatte, seit sie von ihm verstoßen worden war; aber der Rav antwortete nur sehr ruhig:

«Hör zu, Deborah. Ich habe keine Zeit zum Streiten. Morgen wird jemand kommen und dich nach Hause holen.»

«Aber dies ist jetzt mein Zuhause, Papa. Außerdem, wen meinst du mit ‹jemand›?»

«Einige von unseren Leuten ... aus Jerusalem.»

«Das klingt ja fast wie die Mafia.»

«Deborah», sagte der Vater warnend, «du stellst meine Geduld auf eine harte Probe. Du tust jetzt, was ich dir befehle, oder ...»

«Oder was? Ich bin achtzehn, Papa. Ich bin offiziell erwachsen. Und wenn irgend jemand von deinen ‹Leuten› versucht, mich von hier wegzuschleppen, werden sie's mit zweihundert Kibbuzniks zu tun kriegen.»

Einen Augenblick blieb der Rabbi still. Dann hörte sie ihren verzweifelten Vater bitten: «Komm, Rachel, versuch *du* doch mal, sie zur Vernunft zu bringen!»

Gleich darauf war ihre Mutter am Apparat.

«Wie kannst du deinem Vater so etwas antun, Deborah? Du brichst ihm das Herz.»

«Tut mir leid, Mama», antwortete sie, «aber mein Entschluß steht fest.»

Deborahs Ton überzeugte Rachel, daß sie auch von ihr nicht umzustimmen war.

«Wirst du uns denn wenigstens schreiben?» flehte die Mutter kapitulierend. «Wenigstens eine Postkarte ... Damit wir wissen, daß es dir gutgeht.»

Deborah versuchte etwas zu sagen, brachte aber keinen Ton heraus. Die Mutter tat ihr unendlich leid, so eingesperrt im Getto von Brooklyn, in einer altmodischen Ehe und einer Mentalität aus dem finsteren Mittelalter.

Doch schließlich entgegnete sie trotz der Tränen, an denen sie fast erstickte: «Ja, Mama. Dir würde ich niemals weh tun. Bitte, grüße alle ganz lieb von mir.» Sie hielt inne, holte tief Luft und ergänzte dann leise: «Auch Papa.»

Es dauerte lange, bis Deborah nach Hause schrieb. Aber sie schrieb an Daniel, der ebenfalls ein neues Leben begonnen hatte.

II

Daniel

Liebe Deb,
vielen Dank für Deinen letzten Brief.
Ich freue mich, Dir berichten zu können, daß mein Horizont sich ständig erweitert. Meine Fahrt über die Brücke zur Hebrew University of New York war mehr als nur die Überquerung des Flusses, der Brooklyn von Manhattan trennt. Sie war der Übergang von einer Kultur zur anderen. Unsere Kindheit war insular, hermetisch abgeschlossen, gesichert. Meine neue Welt ist angefüllt mit allen möglichen Verwirrungen und Versuchungen.
Wir sind 26 Teilnehmer im ersten Jahr des rabbinischen Programms, und ich bin der jüngste.
Über die Hälfte meiner Kommilitonen sind verheiratet und kom-

men täglich von so weit her wie Staten Island. Da außerdem die Columbia University und das Union Theological Seminary hier angesiedelt sind, sind die Mieten in unserem Viertel ruinös. Und da einige Frauen der zukünftigen Rabbiner arbeiten, müssen die Ehepaare im Haus ihrer Eltern leben, um mit den kargen Stipendien auskommen zu können, die sich das Seminar leisten kann.
Ich dagegen kann, weil unsere Gemeinde die Studiengebühren bezahlt, ein sorgloses Junggesellenleben im Hyam Solomon Dormitory for Men führen, wo ich ein Zimmer ganz für mich allein bewohne.
Nun aber einige persönliche Geheimnisse, die ich nur Dir allein anvertrauen kann.
Hier kann ich, der väterlichen Aufsicht entronnen, ungestört ausgehen und könnte sogar eine Bar besuchen – auf ein Coke oder sogar etwas Stärkeres, obwohl ich *so* weit noch nicht gegangen bin. Und in der Nähe des Campus gibt es ein Kino, das Thalia, in dem alle möglichen klassischen Filme gezeigt werden. Seit ich dieses Kino kenne, bin ich ein richtiger Fan geworden. Die Filme versetzen mich an Orte, wo ich noch nie gewesen bin und vermutlich auch nie sein werde.
Aber – es ist mir ein bißchen peinlich, dies meiner eigenen Schwester anzuvertrauen – der Teil des Abends, den ich am meisten genieße, ist das Warten im Kassenraum, bis der Film zu Ende ist und ich die Mädchen von Barnard beobachten und ihr fröhliches Lachen hören kann.
Wie du siehst, lerne ich ständig mehr dazu – nicht nur aus Büchern, sondern aus allem, was ich sehe, wenn ich sie zuklappe und die Welt um mich herum beobachte.
Nun würde ich wirklich gern hören, was inzwischen in *Dir* vorgeht.
Bitte, schreib bald.

In Liebe
Danny

Die Hebrew University war eine «moderne» Institution, die eine Menge von so liberal-intellektuellen Fächern anbot wie zum Beispiel weltliche Philosophie, Kunstgeschichte und Kernphysik.

Also waren wir nicht gezwungen, uns auf die vier Wände der eigenen Schule zu beschränken, denn dank eines wechselseitigen Arrangements mit der nahen Columbia University konnten wir auch Vorlesungen belegen, die von den akademischen Giganten jener weltbekannten Anstalt gehalten wurden. Aber ich wußte ohnehin, was ich aus diesem Katalog wählen würde.

Es gab eine berühmte Vorlesung über die Psychologie der Religion, gehalten von einem hervorragenden Außenseiter namens Professor Aaron Beller, der von einer Reihe berühmter Rabbis abstammte.

Beller war das, was wir geringschätzig als *epikoros* bezeichneten: ein gelehrter Jude, der die Herde verlassen hat, ein absolut brillanter Rebell.

Jeden Dienstag- und Donnerstagvormittag ging ich zu Fuß die acht Blocks von meinem Dormitorium bis zur Columbia's Hamilton Hall, dem größten Hörsaal auf dem Campus, den Aaron Beller bis auf den letzten Platz füllte.

An jenem ersten Morgen waren nur wenige von meinen Mitseminaristen zu sehen, obwohl mir eine kleine Enklave von *jarmulkes* auffiel. Und überall verteilt zwischen den jungen Columbia-Erstsemestern in ihren Tweedjacketts und den langhaarigen, nachlässig gekleideten Graduierten entdeckte man eine Anzahl glattrasierter Herren mittleren Alters im Priesterkragen – eindeutig Gäste aus dem Union Theological Seminary auf der anderen Straßenseite.

Plötzlich entstand ein Gemurmel im Hörsaal, und dann wurde alles mucksmäuschenstill, als eine hochgewachsene, knochige Gestalt zur Tür hereinkam und energisch zum Katheder schritt.

Professor Aaron Beller, M.D., Ph.D., musterte seine potentiellen Opfer mit mephistophelischem Grinsen, vor allem uns in den hintersten Reihen, weil wir ihm dadurch, daß wir möglichst weit entfernt von ihm Platz nahmen, sofort verraten hatten, daß wir die größte Angst vor seinen Ideen hatten.

«Um zu vermeiden, daß die Sensibleren unter Ihnen Schaden nehmen», begann der Professor, «sollte ich vielleicht zunächst einmal die Philosophie dieser Vorlesung erklären. Nach meiner Ansicht sollte meine Vorlesung genauso eine Warnung tragen wie die Zigarettenpakkungen. Sie könnte Ihrer geistigen Gesundheit schaden. Meine psychiatrische Ausbildung hat mich in der Meinung bestätigt, daß Gott vom Menschen erschaffen wurde – nicht umgekehrt.»

Er beugte sich vor und maß uns mit einem verschwörerischen Blick. «Und nun zu dem einen, unausgesprochenen Geheimnis aller Religionen.» Er hielt inne. «Auf die eine oder andere Art strebt der Mensch durch seine Sexualität zu Gott.»

Im Hörsaal begann es vernehmlich zu brodeln.

«Sogar während der Regierungszeit König Davids», fuhr Beller fort, «ganze fünf Jahrhunderte, nachdem Moses die Zehn Gebote empfangen hatte, beteten die Juden noch immer die ‹Mutter Erde› an, ebenso wie ihren phallischen Begleiter Baal. Weil dies nämlich Religionen waren, zu deren Riten eine geheiligte Prostitution gehörte.»

An diesem Punkt erhoben sich die Mitglieder der kleinen orthodoxen Gruppe empört von ihren Plätzen. In ihrem Anführer erkannte ich meinen gedrungenen, vollbärtigen Kommilitonen Wolf Lifshitz, der zornerfüllt zum Hörsaal hinausstapfen wollte.

«Einen Moment!» rief ihnen Beller befehlend zu.

Wie angenagelt blieben sie stehen.

Sehr gelassen fuhr Beller daraufhin fort: «Es ist meine Absicht, zu informieren, nicht zu beleidigen. Könnten Sie mir bitte erklären, was Sie an dem, was ich gesagt habe, so beleidigend finden?»

Die Studenten sahen einander an, ein jeder hoffte, der andere werde die Rolle des Sprechers übernehmen. Schließlich antwortete Lifshitz mit trotziger Höflichkeit im Ton:

«*Sie* sind es, den ich beleidigend finde, Professor Beller.»

Damit marschierte die Gruppe geschlossen hinaus.

Beller wandte sich an uns andere. «Nun gut, dann weiß ich jetzt wenigstens genau, daß alle andern, die geblieben sind, einen offenen Verstand besitzen.»

Die Vorlesung erforderte kein Abschlußexamen. Die einzige Bedingung war eine fünftausend Wörter umfassende Semesterarbeit. Und da die Teilnehmerzahl so groß war, daß Beller die Aufsätze nicht alle selber lesen konnte, halfen ihm vier Graduierte beim Benoten. Da ich mir aber dringend wünschte, daß er meine Arbeit persönlich beurteilte, zerbrach ich mir den Kopf darüber, wie ich dies erreichen konnte.

Da seine Vorlesungen um eins endeten, holte ich mir zum Lunch, anstatt ins Seminar zurückzukehren, gewöhnlich in der Studenten-Cafeteria einen Salat.

Und eines Donnerstags, als ich die lange Warteschlange hinter mich gebracht hatte und mich nach einem Sitzplatz umsah, entdeckte ich tatsächlich Professor Beller, der allein an einem der Tische saß und beim Essen in einem wissenschaftlichen Journal blätterte. Ich wußte nicht recht, ob ich ihn dabei stören sollte, aber dann sagte ich mir: Jetzt oder nie.

«Entschuldigen Sie, Professor Beller. Dürfte ich mich zu Ihnen setzen?»

Freundlich lächelnd blickte er auf. «Aber bitte, ich habe gern beim Essen Gesellschaft. Nehmen Sie Platz und nennen Sie mich Aaron.»

«Vielen Dank. Mein Name ist Luria – äh, Danny. Ich habe Ihre Vorlesung belegt.»

«Tatsächlich?» entgegnete er, eindeutig erfreut, als er meine *kipa* und meine schwarze Kleidung bemerkte. «Ich glaube, Sie tragen Ihren Namen zu Recht, Daniel. Sie waren der einzige *frume*, der mutig genug war, in der Löwengrube sitzen zu bleiben.»

Ich hätte ihm gern erklärt, wieviel seine Vorlesung mir bedeutete, aber er hörte nicht auf, mir alle möglichen Fragen über meine Herkunft zu stellen. Erstaunt und stolz war ich, als er mir sagte, daß er meinen Vater kenne, das heißt, vom Silczer Rebbe gehört habe.

«Die Silczer blicken auf eine glänzende Tradition der Gelehrsamkeit zurück. Beabsichtigen Sie, in ihre Fußstapfen zu treten?» wollte er wissen.

«Ja», bestätigte ich, «obwohl meine Füße nicht ganz so groß sind.»

«Das ist wahre sokratische Bescheidenheit», stellte er fest.

«Nun ja, aber ich bin kein Sokrates.»

«Und ich kein Plato», gab er zurück. «Aber das sollte uns nicht daran hindern, nach all den schwer faßbaren Wahrheiten zu suchen. Sagen Sie, Danny – welche guten Bücher haben Sie in letzter Zeit gelesen?»

Sehnsüchtig seinen Beifall heischend, antwortete ich ihm, ich hätte mir einige von seinen Büchern gekauft – als Hardcover sogar – und beabsichtige, sie während der bevorstehenden Ferien zu studieren.

«Aber ich bitte Sie!» protestierte er sofort. «Verschwenden Sie doch nicht Ihr gutes Geld! Kaufen Sie sich lieber Martin Buber oder A.J. Heschel – *Gott sucht den Menschen*. Das sind wenigstens originelle Denker. Ich dagegen bin nur ein Synthetisierer.» Seine Augen funkelten, als er ergänzte: «Und ein professioneller Unruhestifter.»

«Aber ganz im Gegenteil!» widersprach ich tapfer. «Sie haben an vielen dunklen Orten ein Feuer entzündet. Für mich jedenfalls.»

Ich merkte, daß er aufrichtig gerührt war.

«Vielen Dank», sagte er herzlich. «Das ist das Schönste, was man einem Lehrer sagen kann. Vielleicht werden Sie ja eines Tages etwas darüber schreiben, das auch mich zur Herde zurückführen wird.»

Das überraschte mich. «Ist es wirklich Ihr Wunsch, aufrichtig glauben zu können?» erkundigte ich mich erstaunt.

«Selbstverständlich», antwortete er freimütig. «Wissen Sie denn nicht, daß Agnostiker die Menschen sind, die am verzweifeltsten nach einem Beweis für Gottes Existenz suchen? Vielleicht bereiten Sie ja den Weg für einen existentiellen Judaismus, Daniel.»

Plötzlich sah er auf die Uhr und erhob sich.

«Tut mir leid, aber um zwei habe ich meinen ersten Patienten. Ich habe unser kleines Gespräch sehr genossen. Wir müssen das irgendwann einmal wiederholen.»

Ich starrte ihm nach, als er davonging.

Während ich unsere Unterhaltung rekapitulierte, dämmerte es mir, daß er das Wichtigste beim Abschied gesagt hatte: daß er tatsächlich in die reale Welt hinausging, um verzweifelte Seelen zu behandeln, eindeutig Menschen, für die der Glaube allein nicht ausreichte.

Und insgeheim fragte ich mich: Wäre es möglich, daß auch ich zu ihnen gehörte?

12

Timothy

In dem Sommer, als Tim einundzwanzig wurde, hatte er drei volle Jahre in St. Athanasius absolviert.

Während der ganzen Zeit war er während der Ferien in der Schule geblieben und hatte immer intensivere Privatstunden genommen – nicht nur bei Father Sheehan, sondern auch bei Father Costello, der am Päpstlichen Ost-Institut in Rom promoviert hatte.

In letzter Zeit hatte die Anzahl der Priesterkandidaten in Amerika alarmierend abgenommen. Und nun war ganz plötzlich, sozusagen aus heiterem Himmel, in dieser dürren Wüste die strahlende Gestalt Timothy Hogans aufgetaucht, erstaunlich gutaussehend, charismatisch und hochbegabt.

Seine Lehrer staunten ehrfürchtig. Tim beherrschte inzwischen nicht nur die biblischen Sprachen Latein, Griechisch und Hebräisch perfekt, sondern sogar Aramäisch, die Umgangssprache im Heiligen Land zu Jesu Zeiten.

Doch auch in anderer Hinsicht war Tim eine Ausnahme: Er schien keinen einzigen Freund zu haben. Manche meinten, daß seine große Begabung die anderen Studenten einschüchterte; die scharfsichtigeren Mitglieder des Lehrkörpers jedoch erkannten, daß er jedem Kontakt aus dem Weg ging – natürlich bis auf den Kontakt mit Gott. Die wenige Zeit, die er nicht seinen Studien widmete, verbrachte er mit Gebeten in der Kapelle.

Infolgedessen beabsichtigte Tim, im Gegensatz zu seinen Kommilitonen, die den Sommer als ihre einzige Chance betrachteten, an einem überfüllten Strand zu liegen und heimlich die Blicke schweifen zu lassen, keineswegs, diese kostbaren Monate mit Frivolitäten zu vertrödeln. Also verabschiedete er sich am letzten offiziellen Schultag von seinen Kommilitonen und begab sich trotz des verführerischen Sonnenscheins draußen in die Bibliothek.

Er war so sehr darin vertieft, die beiden Versionen des heiligen Hieronymus der Psalmen miteinander zu vergleichen, daß er es kaum merkte, als jemand ihm auf die Schulter tippte, und kaum die sanfte Stimme von Bruder Thomas, einem frisch ordinierten Diakon, vernahm.

«Man möchte dich im Büro des Rektors sprechen.»

Verwirrt blickte Tim zu ihm empor. «Wer?»

«Hat man mir nicht gesagt. Ich weiß nur, daß sie im längsten Wagen vorgefahren sind, den ich jemals gesehen habe.»

Wollte man ihm vielleicht mitteilen, daß sein Onkel oder seine Tante gestorben war? Etwas anderes vermochte er sich nicht vorzustellen, denn sonst hatte er keine Verbindung mit der Außenwelt.

Schüchtern klopfte er an die Tür des Rektorzimmers und hörte gleich darauf Father Sheehans freundliche Stimme rufen: «Nur herein, Timothy!»

Als Tim die Tür öffnete, erschrak er dann doch ein wenig darüber, daß er außer dem Rektor fünf höchst beeindruckenden Herren gegenüberstand. Sie waren alle elegant gekleidet, aber nur einer davon trug das Priesterhabit: Bischof Mulroney, dessen Haare inzwischen ganz grau geworden waren.

«Eure Exzellenz ...»

«Wie schön, dich wiederzusehen, Tim! Ich habe großartige Dinge über dein Studium gehört und bin ganz außerordentlich stolz auf dich.»

Tim sah fragend den Rektor an, der strahlend nickte.

«Jawohl, Timothy. Ich habe ständig Kontakt mit der Diözese gehalten.»

«Ach ...» mehr brachte Tim nicht heraus, denn er zögerte, seiner Freude Ausdruck zu verleihen, damit sie nicht als sündhafter Stolz ausgelegt werden konnte. «Es freut mich, daß ich Eure Exzellenz nicht ... enttäuscht habe.»

«Ganz im Gegenteil», erwiderte der Bischof. «Du bist sogar der Grund für unsere Anwesenheit.»

Tim musterte die anderen Besucher und glaubte wenigstens zwei von ihnen zu erkennen. Denn selbst in den «redigiertesten» Tageszeitungen, die man den Seminaristen zugestand, hatte er Fotos von John O'Dwyer gesehen, dem Junior Senator von Massachusetts. Und daß der Mann im dunkelgrauen Dreiteiler Daniel Carroll war, der gegenwärtige Botschafter bei den Vereinten Nationen, dessen war er ziemlich sicher.

Offiziell wurden sie allerdings nicht miteinander bekannt gemacht. Doch jeder von ihnen schenkte Tim ein freundliches Lächeln, als der Bischof ihm winkte, Platz zu nehmen, und anschließend wenigstens eine teilweise Erklärung abgab.

«Diese Herren sind alle sowohl bedeutende Geschäftsleute und Beamte als auch fromme, praktizierende Katholiken ... Der Rekord, den du hier in St. Athanasius aufgestellt hast, Tim, hat uns hierhergezogen wie ein Magnet.»

Tim senkte bescheiden das Haupt; er wußte nicht einmal, ob es angebracht war, zu sagen: «Ich fühle mich geschmeichelt.»

«Sagen Sie mir, Timothy», mischte sich der Senator höflich ein, «wie sehen Ihre Zukunftspläne aus?»

Ein wenig erstaunt sah Tim ihn an. *Pläne?* «Ich ... Ich hoffe, in zwei bis drei Jahren ordiniert zu werden.»

«Das wissen wir», bestätigte Botschafter Carroll. «Unsere Frage galt Ihren Zukunftsplänen innerhalb der Kirche.»

«Haben Sie irgendwelche speziellen Ambitionen?» erkundigte sich einer der anderen Herren.

Ambitionen? Wieder so ein Ausdruck, der Tim nicht in den geistlichen Zusammenhang zu passen schien. «Eigentlich nicht, Sir. Ich möchte ganz einfach dem Herrn dienen – in irgendeiner Eigenschaft, in der ich nützlich sein kann.» Er zögerte; dann jedoch gestand er: «Wie Ihnen Father Sheehan vielleicht erklärt hat, habe ich viel an der Heiligen Schrift gearbeitet. Eines Tages würde ich gern ein Lehramt ausüben.»

Die anderen nickten einander zu und tauschten vielsagende Blicke. Senator O'Dwyer flüsterte sogar vernehmbar dem Bischof zu: «Für mich bestehen da gar keine Zweifel mehr.» Damit blickte er den Rektor an, der sich an den jungen Seminaristen wandte.

«Tim», begann Father Sheehan, «es gibt zwei Wege, die nach Rom führen...»

Rom?

«Der erste ist jener, den du bereits eingeschlagen hast – das Studium der heiligen Lehren. Der andere ist das, was wir vielleicht – in Ermangelung eines treffenderen Ausdrucks – ‹Führerqualitäten› nennen könnten.»

«Ich... Ich verstehe nicht ganz», murmelte Timothy voll Unbehagen.

Nun übernahm der Bischof die Diskussion.

«Als Hirten unserer Kirche, Tim, ist es natürlich unser vornehmlichstes Ziel, Gottes Werk zu tun. Aber wir sind auch eine irdische Institution. Der Vatikan braucht begabte Administratoren. Und die amerikanische Kirche muß ihre Interessen beim Heiligen Stuhl vertreten.»

Während der nun entstehenden Pause versuchte Tim die Richtung des Gesprächs zu erahnen. Wohin steuerten die nur?

Schließlich sprach der Senator für seine Kollegen. «Wir würden Sie gern zur Vervollständigung Ihrer Studien nach Rom schicken.»

Überwältigt vermochte Tim gerade noch zu sagen: «Ich fühle mich geehrt... sehr geehrt. Bedeutet das, daß ich ans North American College kommen werde?»

Der Bischof lehnte sich lächelnd im Sessel zurück. «Zu gegebener Zeit. Natürlich mußt du einen Abschluß in Kanonischem Recht machen. Aber zunächst würden wir uns freuen, wenn du ein Semester an der Universität von Perugia Italienisch studieren würdest.»

«Italienisch?» erkundigte sich Timothy.

«Gewiß», gab Bischof Mulroney zurück. «Das ist die *lingua franca* des Vatikans und aller Personen, die dort arbeiten – von der Schweizergarde bis zum Heiligen Vater selbst.»

Timothy war zu verblüfft, um etwas zu erwidern.

«Du wirst am fünften Juli abreisen», fuhr der Bischof sachlich fort. «Damit hast du zwei Wochen Zeit, deine Familie zu besuchen und zur Fordham University zu kommen, wo du den Rest der Gruppe kennenlernen wirst.»

«Sir?» fragte Timothy.

«Ja», erklärte einer der Industriellen. «Wir finanzieren eine Gruppe von vier jungen Männern, die alle so begabt sind wie Sie. Gute katholische Jungen.»

Und der Senator aus Massachusetts setzte hinzu: «*Irische* Katholiken.»

Tim war traurig darüber, St. Athanasius verlassen zu müssen, das einzige richtige Zuhause, das er je kennengelernt hatte. Außerdem zögerte er, seiner Familie einen Abschiedsbesuch zu machen, und sei es auch nur, um den Schein zu wahren.

Am schlimmsten würde es jedoch sein, an den Schauplatz seines Verbrechens zurückzukehren.

Die Delaneys freuten sich, ihn wiederzusehen, obwohl die Freude eher einseitig war. Tante Cassie verlieh dieser Freude auf eine recht unglückselige Art Ausdruck.

«Ach Tim, wenn deine arme Mutter jetzt doch nur gesund genug wäre...»

Tuck benutzte die Gelegenheit zu einem ausgiebigen Toast.

«Die schicken nicht jeden Priester nach Rom – vor allem, wenn er noch nicht mal den Kragen hat. Gott hat dich erwählt, mein lieber Tim, das kannst du mir glauben. Und dafür liebe ich dich, mein Junge.»

Dabei entging Tim keineswegs, daß sein Onkel diese Formulierung zum allerersten Mal in ihrem gemeinsamen Leben benutzte.

Tim segnete den Morgen seiner Abreise.

Ihm schien, als hätte er während der ganzen Zeit, die er in Brooklyn verbrachte, nie einen richtig tiefen Atemzug tun können. Gewiß, er ging regelmäßig zur Messe und begegnete einigen seiner alten Lehrer, vor allem aber blieb er zu Hause und las. Er brachte es nicht einmal fertig, die Nostrand Avenue entlangzugehen, so große Angst hatte er, jemanden aus den Familien zu treffen, denen er einstmals gedient hatte, vor allem aber den Lurias.

Um sechs Uhr stand er auf, zog rasch seine formelle Kleidung an, umarmte Tante Cassie, erduldete die Umarmung des Onkels und ging dann, gerade als die Glocken von St. Gregory's zur Frühmesse riefen, die drei Blocks zur Subway-Station zu Fuß.

Er hatte es fast bis zur Treppe geschafft, als er zu sehen glaubte, daß jemand ihm von weitem zuwinkte und seinen Namen rief.

Es war Danny Luria, der mit einem schweren Aktenkoffer auf ihn zugelaufen kam.

Timothys Herz begann heftig zu klopfen. Obwohl er seit jener schicksalschweren Nacht vor so langer Zeit nicht mehr mit Danny gesprochen hatte, war er überzeugt, für alle Lurias noch immer ein Verfluchter zu sein.

Sekunden später hatte Danny ihn erreicht.

«Schön, daß du wieder da bist», keuchte er, als sie sich die Hände schüttelten. «Wie lange bleibst du?»

Zu Tims unendlicher Erleichterung sagte er dies in eindeutig freundschaftlichem Ton.

«Also, eigentlich will ich gerade abreisen.»

«Nach Manhattan?» erkundigte sich Danny.

«Nun ja, aber anschließend dann noch ziemlich viel weiter weg.»

«Komm mit», forderte ihn Danny auf. «Wir können uns im Zug unterhalten.»

Während sie in die Tiefen von Brooklyn hinabstiegen, dachte Timothy unwillkürlich: Nun seht uns an, zwei zukünftige Gottesmänner – einer ein Katholik, der andere ein Jude – und beide gekleidet wie Zwillinge. Der einzige Unterschied bestand in dem schwarzen Hut, von dem Dannys schwarzer Anzug gekrönt wurde.

Die beiden kauften sich Subway-Münzen, gingen mit ihrem Gepäck durchs Drehkreuz und warteten auf dem leeren Bahnsteig.

«Bist du inzwischen schon Priester geworden?» erkundigte sich Danny.

«Ein paar Jahre muß ich schon noch warten», antwortete Tim und fragte sich, welcher von ihnen Deborah zuerst erwähnen würde, hoffte jedoch zugleich, daß sie unerwähnt bliebe. «Bist du schon Rabbi?»

«Ich habe auch noch ein gutes Stück Wegs vor mir, einen großen Teil davon in meinem Kopf.»

In diesem Moment kam der Zug in die Station gedonnert. Die Türen gingen klappernd auf und verschluckten die beiden jungen Männer. Der Waggon war praktisch leer; sie setzten sich nebeneinander in eine Ecke.

«Also, was hat es auf sich mit diesem weiten Weg, den du vor dir hast?»

«Ich gehe nach Rom – zum Studium.»

«Mann, das muß aber aufregend sein!»

«Ja», sagte Tim, wurde jedoch zusehends unruhiger, weil er sich fragte: Warum erwähnt er mit keinem Wort den ... Skandal?

«Wie geht's deinen Eltern?» erkundigte sich Tim vorsichtig.

«Beiden gut, vielen Dank», antwortete Danny. Und dann, als falle es ihm jetzt erst ein: «Deborah ist noch immer in Israel.»

«So?» entgegnete Tim. «Ist sie glücklich?» Während die eigentliche Frage lautete: Ist sie verheiratet?

«Schwer zu sagen. Ihre Briefe lesen sich wie Reisebeschreibungen. Ich meine, es kommen überhaupt keine *Leute* in ihnen vor.»

Timothy interpretierte das als Bestätigung, daß sie noch unverheiratet war. Obwohl er überzeugt gewesen war, daß ihr Vater am selben Tag, als sie in Jerusalem eintraf, einen Ehemann für sie parat gehabt haben mußte.

Ein paar Minuten schwiegen sie, und nur das Rattern und Scharren der schwankenden Subway-Waggons unterbrach die Stille.

Danny sah an Timothys Miene, daß er sich unbehaglich fühlte.

«Es klingt vielleicht dumm, nach so langer Zeit, aber was damals geschehen ist, tut mir aufrichtig leid», sagte er leise. «Ich meine, nach allem, was Deborah mir davon erzählt hat – und das war nicht viel –, handelte es sich um ein furchtbares Mißverständnis.»

«Ja», bestätigte Tim dankbar, dachte jedoch, daß es mit Sicherheit *kein* Mißverständnis gewesen war.

«Studiert sie dort?» erkundigte er sich, während er hoffte, daß seine Frage nicht aus dem Rahmen der Höflichkeit fiel.

«Nicht direkt. Sie ist vorläufig damit beschäftigt, erst einmal die Sprache zu lernen.»

Danny sah keinen Grund, mit den Einzelheiten über die tapfere Tat der Unabhängigkeit seiner Schwester hinterm Berg zu halten, und erzählte Tim von ihrer Sklavenzeit in Jerusalem und ihrer Flucht nach Kfar Ha-Sharon.

«Was ist das?»

«Ein Kibbuz in Galiläa. Inzwischen ist sie dort schon ein ganzes Jahr.»

«Ein schöner Name», meinte Tim und rezitierte sofort auf Hebräisch: «‹Ich bin die Rose in Saron, und die Lilie in den Tälern ...› Das Hohelied, Kapitel zwei, Vers eins.»

«He», staunte Danny, «dein Hebräisch ist besser als das von einigen meiner Kommilitonen.»

«Danke», antwortete Tim verlegen. «Ich hab's ein paar Jahre lang studiert. Weil ich herausfinden wollte, was der Herr wirklich zu Moses gesagt hat.»

«Glaubst du, daß Gott mit Moses Hebräisch gesprochen hat?»

«Ich habe nie daran gezweifelt», erklärte Tim, ein wenig erstaunt über diese Frage.

«Na ja, in der Bibel wird es nicht erwähnt. Nach allem, was wir wissen, hätten sie auch Ägyptisch sprechen können – oder sogar Chinesisch.»

«Ist das nicht ein bißchen respektlos?» kicherte Tim.

«Ganz und gar nicht», behauptete Danny. «Im College habe ich gelernt, einen offenen Verstand zu behalten. Schließlich hat Moses nach dem Turmbau von Babel gelebt, und da muß es auf der Welt schon Hunderte von Sprachen gegeben haben. Sie hätten auch Amerikanisch sprechen können, oder Ugaritisch ...»

Tim nickte; er hatte den Eindruck, daß eine gewisse Wärme von Danny ausging. Er wirkte so erwachsen, so *offen*!

«Also dann», erwiderte Tim fröhlich, «welche Beweise hast du dafür, daß Moses *nicht* Chinesisch gesprochen hat?»

Danny sah ihn an und antwortete ironisch: «Wenn er das getan hätte, würden wir Juden jetzt weit besser essen.»

Schließlich hielt der Zug an der 116. Straße. Danny stand auf, und Tim folgte ihm. Erst als sie auf dem Bahnsteig standen, wurde Danny sich dessen bewußt.

«He, solltest du nicht an der 72. Straße aussteigen?»

«Ist schon okay», beruhigte ihn Tim. «Ich habe noch Zeit. Außerdem hat mir unser Gespräch viel Freude gemacht.»

«Mir auch.» Danny gab ihm die Hand. «Alles Gute für Rom – und laß von dir hören. Du weißt ja jetzt, wo du mich erreichen kannst.»

«Du auch», erwiderte Tim liebenswürdig. Und als Danny Luria davonging, wiederholte er leise: «Ich bin die Rose in Saron, und die Lilie in den Tälern ...»

Kfar Ha-Sharon.

Vor allem aber wußte er endlich, wo er *Deborah* erreichen konnte.

Als Timothy an der Fordham University seine Reisegefährten kennenlernte, wunderte er sich noch mehr darüber, daß er für diese Gruppe ausgewählt worden war.

Er hatte vermutet, daß sie Studenten waren – und das waren sie in der Tat. Aber zwei der vier jungen Seminaristen, die von dem geheimnisvollen «Ausschuß» finanziert wurden, hatten bereits Artikel veröffentlicht. Und was vielleicht noch wichtiger war: Jeder von ihnen strahlte auf seine Art einen gewissen animalischen Magnetismus aus. Charisma war dafür eine viel zu nichtssagende Bezeichnung.

Warum ich? rätselte Timothy.

Später am Abend, als er im Bett lag und den Luxus eines kleinen eigenen Zimmers genoß, fragte er sich, was er mit diesen beeindruckenden jungen Seminaristen gemeinsam hatte. Die einzige Verbindung, die er sich vorstellen konnte, war eher oberflächlich: Sie waren alle ungefähr in seinem Alter – und alle irische Katholiken.

Um zwei Uhr morgens wurde ihm klar, daß nicht das Rätsel seiner

Ernennung ihn wach hielt, sondern die vielen Gefühle, die bei dem Gespräch mit Danny Luria an die Oberfläche gekommen waren. Er wußte jetzt, daß er Deborah noch ein einziges Mal sehen mußte. Nicht um ihre Verbindung wiederaufzunehmen, sondern um sie zu beenden.

Auf dem Flug am folgenden Abend wurde das Quintett von Father Lloyd Devlin begleitet, einem lebhaften Sechziger, der unglücklicherweise Angst vorm Fliegen hatte. Auf der gesamten Strecke übers weite Meer stärkte er sich mit dem Rosenkranz in der einen und einem gefüllten Glas in der anderen Hand.

Nachdem die Kabine für die Filmvorführung verdunkelt worden war, tat Timothy, als blättere er müßig in der Zeitschrift der Alitalia, und hoffte, niemand werde bemerken, daß er insgeheim einen Plan der Flugrouten der Airline studierte.

Sie flogen tatsächlich von Rom aus regelmäßig nach Israel. Aber wie konnte er das arrangieren?

Er versuchte sich vorzustellen, was geschehen würde, wenn er Deborah jemals wieder Auge in Auge gegenüberstand, Tausende von Meilen entfernt von jener Autorität, die damals ihre Trennung befohlen hatte. Was würde sie wohl zu ihm sagen? Und was würde er selber dabei empfinden?

Das vermochte er nicht zu beantworten. Aber eines war ihm klar: daß er nach der Antwort auf diese Frage suchen mußte.

13

Daniel

Es war eine Nacht, die zu einem einzigen Alptraum für mich wurde.

Mir schwirrte der Kopf vom vielen Studieren, als ein Junge aus derselben Etage an meine Tür klopfte, um mir zu sagen, daß ich am Telefon verlangt werde.

«Um diese Zeit?»

Es war meine Mutter – und sie war furchtbar aufgeregt.

«Was ist denn los?» erkundigte ich mich, während mein Herz wie rasend zu klopfen begann. «Ist was mit Papa?»

«Nein», antwortete sie mit zittriger Stimme, «es geht um Rena...» Sie holte tief und schluchzend Luft, dann stieß sie hervor: «Sie ist besessen! Sie halluziniert – in so einer Art Trance – und keucht und stöhnt mit ganz fremder Stimme. Dein Vater glaubt, daß es ein *dybbuk* ist.»

«Ein *dybbuk?*» Fast hätte ich es, von Angst und Ungläubigkeit geschüttelt, laut herausgeschrien. «Um Gottes willen, Mama, wir leben im zwanzigsten Jahrhundert! Dämonen ergreifen nicht Besitz vom Körper anderer Menschen. Ihr solltet einen Arzt holen.»

«Das haben wir schon getan», entgegnete meine Mutter leise. «Dr. Cohen spricht gerade mit deinem Vater.»

«Und was hat er gesagt?»

Ihre Stimme wurde zum ängstlichen Flüstern. «Daß wir einen... einen Exorzisten rufen sollen.»

«Aber das *kann* Papa doch nicht akzeptieren!»

«Er hat schon einen gefunden, Danny.»

Meine Ungläubigkeit verwandelte sich in Entsetzen. Ich hatte nicht einmal gewußt, daß es solche Leute überhaupt gab. «Willst du etwa sagen, Mama, Papa glaubt tatsächlich daran, daß Rena von einem sogenannten Dämon besessen ist, der aus ihr spricht?»

«Ja», bestätigte meine Mutter. «Ich hab's mit eigenen Ohren gehört.»

«Und wer... wer behauptet er zu sein?»

Sie zögerte eine Minute. «Es ist Chava...»

«Papas erste Frau?»

Meine Mutter konnte nur wiederholen: «Chava sagt, daß sie Renas Seele übernommen hat und sie nicht verlassen wird, bis ihr Gerechtigkeit widerfahren ist. Bitte, Danny», flehte sie, «komm so schnell wie möglich her!»

Ich hastete in mein Zimmer zurück, griff mir eine Windjacke und lief zur Subway. Dann fiel mir plötzlich ein: Was zum Teufel konnte ich tun? Ich meine, ich glaube doch nicht an *dybbuks.* Verdammt noch mal, tote Menschen sind nun mal tot!

Dann wurde mir klar, daß ich nicht allein hinfahren konnte.

Obwohl ich mich schämte, zwang ich mich, Professor Bellers Nummer zu wählen. Eine verschlafene Stimme antwortete.

«Ja?»

Ich zitterte vor Angst und Kälte, während ein schneidender Wind durch die Ritzen der Telefonzelle drang.

«Hier ist Danny Luria, Herr Professor – Sie wissen doch, der *frume* aus Ihrer Vorlesung. Ich bitte vielmals um Entschuldigung, daß ich Sie so spät anrufe, aber es handelt sich um ein sehr ernstes Problem...»

«Schon gut, Danny», erwiderte Beller beruhigend. Vermutlich hatte er das bei seiner psychiatrischen Ausbildung gelernt. «Worum geht's denn?»

«Herr Professor», bat ich, «hören Sie mich bitte an, bevor Sie mich für verrückt halten und auflegen. Ich weiß nicht, was ich machen soll. Meine Mutter hat mich gerade angerufen und mir erklärt, daß meine Stiefschwester von einem *dybbuk* besessen ist.»

«Das ist abergläubiger Unsinn», antwortete er, ohne die Stimme zu heben.

«Ich weiß, aber Rena tobt und halluziniert...»

«Das bezweifle ich nicht», erwiderte Beller. «Aber was immer Ihre Schwester sagt – selbst wenn ihre Stimme verändert ist –, kommt aus ihrer eigenen Psyche. Ich werde einen meiner Kollegen in Brooklyn anrufen...»

«Bitte nicht! Mein Vater hat nämlich schon einen Exorzisten geholt.»

«Aber doch nicht der Silczer Rav», gab Beller erstaunt zurück. Dann fragte er schnell: «Wo sind Sie jetzt, Danny?»

«Vor der Subway-Station an der 116. Straße.»

«Ich ziehe mich an und komme zu Ihnen. Geben Sie mir zehn Minuten Zeit.»

Während der quälend langsamen Subway-Fahrt nach Brooklyn versuchte Professor Beller mir zu erklären, was er über die Zeremonie wußte, die er zu verhindern hoffte. «Wenn sie einen Nervenzusammenbruch hatte – wovon ich persönlich fest überzeugt bin –, wird dieses mittelalterliche Voodoo-Getue das Ganze nur noch verschlimmern.»

Gegen halb zwei Uhr morgens erreichten wir die Synagoge. Bis auf die Lichter ganz vorn bei der Bundeslade war alles dunkel.

Sechs Männer standen im Kreis um meinen Vater, der dasaß und die Hände rang. Zu ihnen gehörten mein Onkel Saul, mein Schwager David – ein Jeschiwa-Lehrer, der meine älteste Stiefschwester, Malka, geheiratet hatte – und Renas Ehemann Avron, blaß und zitternd.

Reb Isaacs, der Küster, eilte zwischen ihnen und einem entfernten Winkel hin und her, wo die Frauen – meine Stiefschwester und meine Mutter – abwechselnd damit beschäftigt waren, Rena zu beruhigen, die keuchend Unverständliches herausstieß.

Dr. Cohen stand, offenbar mit Papas Erlaubnis, ebenfalls in der Ecke der Frauen und zuckte die Achseln.

Als wir näherkamen, merkte ich plötzlich, daß Beller keine *kipa* trug. Zum Glück habe ich immer ein Ersatzkäppchen bei mir, das ich ihm anbot, obwohl ich fast fürchtete, er werde es ablehnen. Aber er nickte nur und setzte es auf.

Als wir nun zu den Männern traten, entdeckte ich dicht neben meinem Vater eine skurrile Gestalt – einen runzligen, bärtigen alten Mann in langem Kaftan und breitrandigem Hut. Er schien auf alle Anwesenden einzuflüstern und unterstrich seine Worte mit ausholenden Gesten.

Einige Schritte hinter ihm wartete respektvoll ein hagerer, totenbleicher junger Mann, offensichtlich eine Art Assistent.

In diesem Moment sah Vater uns. Sein Gesicht war grau wie ein Grabstein. In meinem ganzen Leben hatte ich ihn noch nie so unglücklich gesehen. Sein Hemdkragen stand offen, den Gebetsmantel hatte er über ein zerknittertes Jackett gelegt. Hastig kam er auf uns zu und winkte mich beiseite.

«Danny», vertraute er mir heiser an, «ich bin so froh, daß du gekommen bist! Ich brauche dringend deine Hilfe.»

Er – brauchte *mich*? Das war ein beunruhigender Rollenwechsel.

Als ich ihn fragte, wer dieser seltsame alte Mann sei, starrte er mich voll Qual und Hilflosigkeit an.

«Das ist Rebbe Gershon von der *Talmidey Kabbala* in Williamsburg. Ich habe ihn hergebeten. Du weißt, daß unsere Vorfahren Mystiker waren, aber ich selbst habe nie an diese Art Schwarze Magie geglaubt. Und nun sehe ich sie mit eigenen Augen.»

Er hielt inne; dann ergänzte er traurig: «Was hätte ich sonst tun sollen? Wie dem auch sei, wir haben noch ein weiteres Problem. Wir haben keine zehn Männer. Ich konnte aber nur Personen bitten, denen wir voll vertrauen können. Also haben wir Rebbe Saul, die beiden Schwiegersöhne, Reb Isaacs, Rebbe Gershon und seinen Gehilfen und Dr. Cohen – und du bist der neunte. Wir brauchen also noch einen.»

Dabei musterte er meinen Begleiter und erkundigte sich: «Ist dieser Gentleman –»

«Das ist Professor Beller, Papa», fiel ich ihm ins Wort.

«Ach so», sagte mein Vater. «Sind Sie Jude, Herr Professor?»

«Ich bin Atheist», antwortete dieser. «Warum bitten Sie nicht eine der Frauen da drüben ins Quorum?»

Vater ignorierte die Bemerkung und fragte ihn noch einmal eindringlich: «Würden Sie bitte nur bei uns stehen? Mehr verlangt das Gesetz nicht.»

«Also gut», gab Beller nach.

Plötzlich ertönte vorn in der Synagoge ein durchdringender Schrei und echote hallend durch den Raum.

Die Männer hatten Rena vors Podium getragen und standen um sie herum. Diesmal konnte ich, trotz ihrer hysterischen Stimme, die Worte verstehen.

«Ich bin Chava Luria und werde nicht in das Leben der kommenden Welt aufgenommen, bevor der Mann, der mich ermordet hat, Buße tut.»

Beller und ich tauschten einen kurzen Blick.

«Klingt das wie Ihre Schwester?» fragte er mich.

«Nein», antwortete ich mit klopfendem Herzen. «Diese Stimme habe ich im ganzen Leben noch nie gehört.»

Als wir uns dem dichten Kreis näherten, sah ich Rena, die sich mit verzerrtem Gesicht auf ihrem Stuhl wand. Sie hatte ihre Perücke vom Kopf gerissen und wirkte so grotesk, daß ich sie kaum erkennen konnte. Avrom, ihr Ehemann mit den schweren Hängebacken, stand hilflos und erschüttert neben ihr.

Ich ging auf sie zu, beugte mich zu ihr nieder und sagte, so behutsam ich konnte: «Ich bin's – Danny. Komm, erzähl mir, was dich quält.»

Sie bewegte die Lippen, und wieder kam ein unmenschlicher Laut aus ihrem Mund. «Ich bin Chava. Ich habe mich der Seele Renas bemächtigt und werde bleiben, bis ich Rache genommen habe.»

Ich erstarrte – die anderen ebenfalls. Wie versteinert stand ich da.

Einzig Beller reagierte. Zu Rebbe Gershons unverkennbarem Ärger trat er vor, kniete neben meiner Schwester nieder und sprach mit dieser Stimme, als unterhalte er sich mit der längst verstorbenen Frau meines Vaters.

«Chava», begann er ruhig, «ich bin Dr. Beller. Von was für einer Rache sprichst du? Wer hat dir deiner Meinung nach Unrecht getan?»

Die Antwort wurde herausgespien wie Lava aus einem Vulkan. «Er hat mich *umgebracht!* Rav Moses Luria hat mich ermordet.»

Neun Augenpaare richteten sich auf Papa, als Professor Beller sich zu ihm umdrehte und fragte: «Haben Sie eine Ahnung, wovon sie spricht?»

Mein Vater schüttelte energisch den Kopf und antwortete flüsternd: «Ich habe ihr niemals weh getan.»

«Du hast mich umgebracht», heulte die Stimme. «Du hast mich sterben lassen.»

«Aber nein, Chava, nein», protestierte mein Vater. «Ich habe die Ärzte gebeten, alles Menschenmögliche zu tun, um dich zu retten.»

«Aber du hast ihnen befohlen, zu warten. Du wolltest unbedingt deinen Sohn...»

«Nein!» Vaters Antlitz wurde schneeweiß.

«An deinen Händen klebt mein Blut, Rav Moses Luria!»

Mein Vater senkte den Kopf, um den erschrockenen Blicken der Zuschauer auszuweichen, und murmelte voll Qual: «Das ist nicht wahr! Es ist nicht wahr!» Dann wandte er sich in flehendem Ton an den Exorzisten. «Was wollen wir tun, Rebbe Gershon?»

«Öffnen Sie die Heilige Bundeslade, dann werden wir beten, um diesen bösen Geist aus Ihrer Tochter zu vertreiben.»

Ich sprang aufs Podium, öffnete die Türen und zog die Vorhänge auseinander. Dort standen sie, die Heiligen Schriftrollen, standen in ihren seidenen Hüllen mit den Goldfransen, von Silberschmuck gekrönt, in Reih und Glied.

Rebbe Gershon wandte sich an die anderen. «Wir werden einen Kreis um diese Frau bilden und den 91. Psalm beten.»

Rasch schlugen wir die entsprechende Seite auf und warteten auf seine Anweisungen.

Er gab uns das Zeichen zum Beginn.

Normalerweise glichen unsere Gebete ganzen Wortkaskaden, die mit unterschiedlicher Geschwindigkeit hervorschossen und eine fromme Kakophonie bildeten. Dieses Mal sprachen wir jedoch alle im Takt, als hätte der Herr uns ein Metronom geschickt.

Wir hatten diesen Psalm im Unterricht studiert, wo wir erfuhren, daß ihm die abergläubischen Juden in uralter Zeit Kräfte zuschrieben, die Dämonen abwehrten, weil Gott in den ersten beiden Versen mit vier verschiedenen Namen angerufen wird.

«Wer unter dem Schirm des Höchsten wohnt,
wer im Schatten des Allmächtigen ruht,
der darf sprechen zum Herrn:
‹meine Zuflucht,
meine Feste, mein Gott,
auf den ich vertraue!›»

Als ich einmal den Kopf wandte, stellte ich fest, daß meine Mutter und meine Stiefschwester hingebungsvoll beteten. All die angsterfüllten Gesichter der Gläubigen betrachtete ich – nur nicht das Antlitz meines Vaters. Ich konnte es nicht ertragen, ihn anzusehen.

Während wir beteten, sackte Renas Kopf nach vorn. Sie erbebte wie in einem Kampf auf Leben und Tod mit dem Geist, der in sie eingedrungen war. Dann wurde sie plötzlich ohnmächtig. Professor Beller warf sich neben ihr auf die Knie und tastete nach ihrem Puls.

Wir stellten das Beten ein. Im Raum herrschte absolute Stille. Draußen hörte ich den wütenden Wind toben.

Mein Vater erkundigte sich besorgt: «Geht es dir wieder besser, Rena?»

Seine Tochter blickte auf; in ihren Augen stand hilfloses Flehen. Und schon wieder heulte der Dämon aus ihr: «Ich werde nicht weichen, bis du vom Allmächtigen Vergebung erflehst.»

Papa hatte den Kopf in den Händen geborgen, wußte nicht mehr aus noch ein. Ich wäre gern zu ihm gegangen, um ihn zu trösten. Doch ehe ich eine Bewegung machen konnte, befahl Rebbe Gershon: «Rav Luria, Sie müssen beichten!»

Vater starrte ihn fassungslos an. «Aber es ist nicht wahr! Ich habe den Ärzten erklärt, daß *ihr* Leben wichtiger sei. Sie wissen genau, daß ich das getan habe – unsere Religion schreibt es so vor. Ich bin unschuldig!»

Nach einer schrecklichen Schweigepause sagte Rebbe Gershon leise: «Manchmal wissen wir nicht, was wir tun. Aber ER da oben kann nur gnädig gestimmt werden, wenn wir seine Vergebung für die Sünden erflehen, die wir vielleicht begangen hätten.»

«Nun gut!» rief mein Vater laut.

Er sank vor der Bundeslade in die Knie und betete schluchzend das *Al chet*, die «Große Sündenbeichte», die wir am Versöhnungstag neunmal sprechen.

Und ohne Aufforderung oder Zeichen sprachen wir alle gemeinsam die Responsorien der Gemeinde auf das Gebet: «Vergib uns, sei uns gnädig, gewähre uns Gnade.»

Als unsere Stimmen in der leeren Synagoge verklungen waren, sagte Professor Beller:

«Rav Luria, ich denke, Ihre Tochter sollte so bald wie möglich einen Psychiater aufsuchen.»

Vater fuhr auf. Durchbohrte Beller mit seinen Blicken. «Sie halten sich da raus!»

«Nun gut, wie Sie wollen – vorerst einmal. Aber vergessen Sie nicht, als Arzt habe ich die Möglichkeit, darauf zu bestehen, daß sie ins Krankenhaus kommt.»

Die anderen aus dem *minjan* funkelten ihn aufgebracht an. Wenn sie ihn nicht als zehnten Mann gebraucht hätten – sie hätten ihn bestimmt des Hauses verwiesen. Dann wandten sich alle an meinen Vater.

«Was sollen wir tun, Rav Luria?» wollte einer von ihnen wissen.

«Fragt Rebbe Gershon», gab mein Vater kläglich zurück. Er hatte offensichtlich auf seine Autorität verzichtet.

«Es gibt keine andere Möglichkeit», erklärte der alte Rabbi. «Wir müssen das ganze Ritual der Dämonenaustreibung durchführen – mit Widderhörnern, Thoras, Kerzen, alles. Wir haben es hier mit einer extremen Situation zu tun, die die äußersten Mittel erfordert. Stimmen Sie mir zu, Rav Luria?»

«Sagen Sie mir, was Sie benötigen», gab Vater leise zurück.

«Zunächst einmal legen wir alle *kitlen* an.» Der Exorzist gab seinem Assistenten einen ungeduldigen Wink. «Los, Ephraim – schnell!»

Der junge Mann kramte in einem großen Koffer und nahm die langen, weißleinenen Hemden heraus, die von den Juden an Feiertagen getragen werden – und als Totenhemd.

Rebbe Gershon wandte sich wieder an meinen Vater. «Wir werden sieben Widderhörner verwenden und sieben schwarze Kerzen.»

«Schwarze Kerzen?» fragte mein Vater ungläubig.

«Ich habe alles mitgebracht», erklärte Rebbe Gershon. «Die Tasche ist in Ihrem Büro.»

Papa nickte. «Bitte, Danny – lauf schnell und hol sie.»

Ich jagte die Treppe hinauf und betrat das kleine Büro im ersten Stock. Es sah aus, als hätte ein Wirbelsturm darin gewütet. Überall waren aufgeschlagene Bücher verstreut. Traktate über Mystizismus und Dämonologie. Ich hatte gar nicht gewußt, daß mein Vater so etwas besaß. Aber sie konnten auch dem Exorzisten gehören.

Neben dem Schreibtisch stand Rebbe Gershons ramponierte Reisetasche. Sekundenlang starrte ich sie an, voll Angst vor dem, was sie womöglich sonst noch enthielt; dann nahm ich sie und trug sie vorsichtig die Treppe hinab.

Als ich in die Synagoge zurückkehrte, hatten sich die anderen, auch Professor Beller, die weißen Hemden übergezogen.

Gleich nachdem ich Rebbe Gershon die Tasche gegeben hatte, drückte mein Vater auch mir einen *kitel* in die Hand.

«Schnell, Danny.... Damit wir's hinter uns bringen.»

Während ich hastig das Hemd überzog, hörte ich Rena – oder war es Chava? – zusammenhanglos stöhnen.

Nun bestimmte Rebbe Gershon sieben Männer, die die Thorarollen aus der Bundeslade herausholen sollten. Dann öffnete er den Koffer und winkte mich zu sich.

«Hier, Junge, verteil die mal.»

Eine nach der anderen reichte er mir sieben düstere Kerzen.

Vater ging nervös auf und ab und schlug sich dabei immer wieder vor die Stirn, als könne er das alles nicht begreifen.

Ängstlich trat Mama auf den Exorzisten zu.

«Wir möchten auch etwas tun, Rebbe Gershon. Dürfen wir wenigstens Kerzen halten? Ich meine natürlich, in der Frauenabteilung.»

Der Alte winkte sie davon. Dann deutete er abermals auf mich. Ich begriff auch ohne Worte, daß er mir befahl, die übrigen Lichter auszumachen.

Gleich darauf lag der große Synagogenraum im Dunkeln; nur die sieben Kerzen brannten.

In ihrem unheimlichen, flackernden Schein verteilte der Exorzist sodann die Widderhörner. Ich bekam auch eins, wußte aber nicht recht, ob ich einen Ton hervorbringen könnte, denn meine Lippen waren taub.

Ein weiteres Zeichen von Rebbe Gershon, und wir umringten wieder Rena, die noch immer mit hochgezogenen Schultern und fest zusammengekniffenen Augen dahockte.

Er holte tief Luft, baute sich vor ihr auf und deklamierte: «Böser Geist, da du auf unsere Gebete nicht hörst, beschwören wir die Macht des Höchsten, dich zu vertreiben.»

Sodann befahl er uns: «Blast *tekia!*»

Der Klang eines einzelnen Widderhorns hatte mir an den Heiligen Feiertagen schon immer einen Schauer über den Rücken gejagt. Ich stellte mir vor, der laute Schall sei die Besiegelung von Gottes Oberstem Richterspruch. Der Klang von *sieben* Hörnern jedoch wirkte auf mich schlechthin unbeschreiblich.

Alle Blicke richteten sich auf Renas Gesicht. Wieder begann sie sich zu winden, und eine Stimme brüllte aus ihr heraus: «Aufhören! Hört auf, an mir zu zerren! Ich werde nicht ausfahren!»

Rena schien aufzugeben. Schlaff sank sie auf ihren Stuhl zurück.

Rebbe Gershon blieb hartnäckig; auf seiner Stirn glänzten im Kerzenschein Schweißtropfen.

Wieder wandte er sich an uns und befahl: «Blast *schewarim!*»

Drei tiefe, gleichmäßige Töne erschallten und füllten den Synagogenraum. Wir alle beugten uns Rena zu. Der Dämon war noch in ihr, aber eindeutig geschwächt.

Rebbe Gershon befahl brüsk: «Stellt die Thorarollen zurück und schließt die Bundeslade.»

Die Männer gehorchten, so schnell sie konnten.

Der alte Mann sah Rena an und brüllte wie ein Löwe: «Erhebe dich, o Herr! Laß deine Feinde sich auflösen und zerstreuen... Ich, Gershon ben Yacov, durchtrenne jedes Band, das dich mit dem Körper dieser Frau verbindet.»

Er hielt inne, um gleich darauf um so lauter zu brüllen: *«Du bist ausgetrieben von Gott, dem Allmächtigen!»*

Abermals griffen wir zu den Hörnern, als er uns befahl: *«Teruah!»*

Von blinder Furcht getrieben, erzeugten wir einen Klang, der die Atmosphäre in ein Urchaos verwandelte. Obwohl wir fast keinen Atem mehr hatten, drängte er uns, weiterzublasen. Inzwischen wand sich der Körper meiner Schwester so heftig, daß sie fast von ihrem Stuhl gehoben wurde.

Dann brach sie plötzlich bewußtlos zusammen.

Rebbe Gershon winkte uns, aufzuhören. Papa war als erster bei ihr.

«Rena, mein Kleines, ist alles in Ordnung?»

Sie öffnete die Augen einen Spalt, sagte aber kein Wort.

«Bitte, Liebling, sprich mit mir», flehte er sie an.

Sie blieb stumm, ihr Blick ging ins Leere.

Jemand tippte mir auf die Schulter. Ich drehte mich um. Es war Beller. «Gehen Sie zu ihr», flüsterte er.

Ich nickte und brachte die zwei, drei Schritte bis zu meiner Schwester hinter mich. Wie durch ein Wunder schien sie mich zu erkennen.

«Danny», flüsterte sie, «wo bin ich? Was ist passiert?»

«Alles in Ordnung», suchte ich sie zu beruhigen. «Hier ist dein Mann...»

Ich winkte Avrom herbei. Er kam, beugte sich nieder und umarmte seine Frau.

Reb Isaacs hatte wieder Licht gemacht, während Rebbe Gershons Assistent unsere gelöschten Kerzen einsammelte.

Seinem Beispiel folgend, zogen die Männer die weißen Hemden aus und zeigten sich wieder in weltlicher Kleidung.

Beller kontrollierte noch einmal Renas Puls, lieh sich eine kleine Stablampe von Dr. Cohen und prüfte eingehend ihre Augen. Anscheinend beruhigt, richtete er sich auf.

«Bringt sie zu Bett und sorgt dafür, daß sie sich gründlich ausruht. Ich werde veranlassen, daß jemand vom Krankenhaus herkommt und sie sich ansieht.»

Ich erwartete, daß mein Vater protestierte, aber er schwieg. Zu meiner Verwunderung war er ebenfalls Bellers Patient geworden.

«Könnte ich Sie einen Augenblick sprechen, Rav Luria?» erkundigte sich der Professor.

Papa nickte und trat mit Beller ein paar Schritte beiseite. Sie flüsterten so leise miteinander, daß ich nichts verstehen konnte. Dann nickten sie einander zu, und Papa kehrte zu uns zurück.

Avrom hielt seine Rena im Arm. Ich war gerührt über seine Fürsorge.

Dann wandte sich Vater an uns alle. «Wie ihr seht, hat der Herr der Welt unsere Gebete erhört. Ich danke Ihnen, Rebbe Gershon – und allen anderen.» Dann setzte er überraschend nachdrücklich hinzu: «Aber ich verlange von euch, daß ihr über alles, was ihr heute nacht gesehen und gehört habt, absolutes Schweigen bewahrt.»

Auf der Heimfahrt nahm ich all meinen Mut zusammen und fragte Beller: «Worüber haben Sie mit Papa gesprochen?»

«Über seine erste Frau, Chava, und wie sie starb.»

«Im Grunde habe ich das nie erfahren. Er hat nie davon gesprochen.»

«Was er mir sagte, hat mir genügt, die Teile des Puzzles zusammenzusetzen. Ich bin ziemlich sicher, daß sie an Toxämie gestorben ist.»

«Was ist das?» wollte ich von ihm wissen.

«Eine der großen, geheimnisvollen Krankheiten der Schwangerschaft. Eine spezielle Form der Blutvergiftung. Nimmt man das Baby heraus, ist sofort alles wieder in Ordnung, und der Mutter geht es gut. Wenn das Baby natürlich eine sehr frühe Geburt ist...» Er seufzte; dann fuhr er fort: «In Chavas Fall war es vermutlich eine schwere Entscheidung, und der Arzt hat wohl törichterweise versucht, Mutter *und* Kind zu retten – und beide verloren. Ich bin überzeugt, die Entscheidung darüber, ob gehandelt werden mußte oder nicht, lag nicht mehr in der Hand Ihres Vaters. Aber er fühlt sich immer noch schuldig...»

«Weswegen?»

«Er wollte unbedingt einen Sohn, Danny», erklärte Beller. «Er fühlte sich schuldig an Chavas Tod und glaubt, daß er den Jungen verloren hat, sei für ihn die Strafe dafür.»

Beide schwiegen wir ein paar Minuten. Dann sagte er plötzlich zusammenhanglos: «Eigentlich bin ich erstaunt.»

«Was meinen Sie?»

Er sah mich an und antwortete mitfühlend: «Ich frage mich, warum nicht *Sie* es waren, der von diesem *dybbuk* besessen war.»

Diese fast heidnische Zeremonie markierte einen Wendepunkt in meinem Leben. Ich hatte zusehen müssen, wie mein Vater, den ich bis dahin für allwissend und allmächtig gehalten hatte, in den Klauen eines atavistischen Aberglaubens hilflos wurde – auf einen schwachen Abklatsch seiner einstmals titanischen Persönlichkeit reduziert.

Ich vermochte ihn nicht mehr mit denselben Augen zu sehen.

Und fragte mich, ob ich an einen Gott glauben konnte, der böse Geister durch die Welt fliegen läßt und durch schwarze Kerzen, Beschwörungen und Widderhornklänge versöhnt werden muß.

Eines jedoch war mir beunruhigend klar geworden:

Wenn der Silczer Rav an Exorzismus und ähnliche Dinge glaubte, würde ich nie seine Nachfolge antreten können.

14

Deborah

Deborahs dunkelbraunes Haar war von kupferfarbenen Strähnen durchzogen: die natürliche Folge der Arbeit auf den sonnengedörrten Feldern von Kfar Ha-Sharon.

Boaz hatte dafür gesorgt, daß sie möglichst viel Zeit im Freien verbrachte, obwohl er sie nicht gänzlich vom Dienst im Speisesaal befreien konnte.

Während der ersten Wochen im Kibbuz schien sie sich nur von Aspirin und Orangensaft zu ernähren – ersteres, um ihren Muskelkater zu lindern, letzteres, um die Flüssigkeit zu ersetzen, die sie täglich durch ständiges Schwitzen verlor. Trotz dieser körperlichen Beschwerden jedoch war sie euphorisch. Und zum erstenmal, seit sie in Israel lebte, begann sie Freundschaften zu schließen.

Boaz und seine Frau Zipporah waren tatsächlich so etwas wie Ersatzeltern für sie, und Boaz verhielt sich trotz seiner maskulinen, stämmigen Figur zu ihr wie eine Glucke, die ein verletztes Kücken unter ihre Flügel nimmt.

Im Kibbuz gab es insgesamt etwa einhundert Familien. Die Ehepaare bewohnten jedes für sich ein *zrif*, eine spartanische Holzhütte, während ihre Sprößlinge mit den anderen Kindern zusammen in einem separaten Kinderhaus lebten.

Von all den überraschenden Einrichtungen, die Deborah dort entdeckte, war diese Trennung für sie die radikalste. Aber die Kleinen schienen ausgesprochen gern mit den anderen Kindern zusammenzuleben und die Tatsache, daß ihre Eltern sie lediglich am Spätnachmittag besuchten, für ganz natürlich zu halten. Vor allem, da dieses Zusammensein zwar kurz, doch dafür um so liebevoller ausfiel.

Sie wohnte mit vier anderen weiblichen Freiwilligen, einer Deutschen, zwei Holländerinnen und einer Schwedin, die alle für sechs Monate zu Besuch waren, in einem *zrif*.

Die anderen vier waren praktizierende Christen und hatten die verschiedensten, höchst komplizierten Gründe für ihren Aufenthalt in Israel.

Almuths Vater war Hauptmann beim deutschen Militär gewesen, hatte aber nie von seinen Kriegserlebnissen gesprochen. Erst als ihre Eltern bei einem Unfall auf der Autobahn ums Leben kamen und sie mit ihrem Bruder Dieter deren persönliche Sachen ordnete, entdeckte sie Dokumente und Orden, die darauf hinwiesen, daß ihr Vater für seine Organisation der Judendeportation in Griechenland und Jugoslawien ausgezeichnet worden war. Wie so viele andere junge Deutsche hatte Almuth das Gefühl, eine Geste machen zu müssen – wenn nicht der Sühne, dann wenigstens der Versöhnung.

Die anderen waren von unterschiedlichen religiösen Gefühlen motiviert worden – etwa weil sie Hebräisch lernen und das Alte Testament im Original lesen wollten. Aber alle sprachen frei und offen über ihre eher weltlichen Gründe. Der herrliche Sonnenschein wärmte sie nicht nur, sondern verlieh den Gesichtern der höflichen israelischen Männer auch einen sehr attraktiven Bronzeton.

Im Kibbuz wurde der Sabbat auf eine ganz eigene Art gefeiert. Die Bewohner zündeten Kerzen an und sangen Lieder – und nach dem Essen gab es einen Film.

Manchmal besuchten sie auch eine archäologische Ausgrabungsstätte, wo sie – zur Erholung von ihrer anstrengenden Feldarbeit – den

Spaten schwangen, um voller Begeisterung Antiquitäten auszugraben, während die Berufsarchäologen belustigt zusahen.

Anfangs hielt sich Deborah noch streng an das Verbot, am Sabbat zu reisen, doch als die anderen einen Ausflug zum Toten Meer planten, vermochte sie ihren Verlockungen nicht länger zu widerstehen.

Also packte sie an einem frühen Samstagmorgen Handtuch und Badeanzug ein – der, obwohl Standardausführung des Kibbuz, in ihren Augen reichlich knapp wirkte –, und ging langsam zu dem kibbuzeigenen, klapprigen Allzweck-Schulbus hinüber.

Dort aber begann sie unsicher zu zögern.

Boaz, der eine fröhliche Schar Kibbuzniks in den Bus verfrachtete, sah sie reglos an der offenen Tür stehen. «Deborah», sagte er liebevoll zu ihr, «jeder einzelne in diesem Bus hat die Bibel genauso gelesen wie du. Aber heißt es denn in der Thora nicht, der Sabbat sei zum Ausruhen und zur Freude geschaffen?»

Deborah nickte unsicher, rührte sich aber noch immer nicht vom Fleck. Schließlich legte er ihr den Arm um die Schultern und erklärte: «Außerdem wird Gott dich – wie Zacharias sagt –, selbst wenn du ein bißchen gesündigt hast, läutern wie Gold oder Silber, so daß du dennoch ins Paradies eingehst.»

Diese Worte des Propheten waren es, die Deborah schließlich überzeugten.

Als sie neben Yoni Barnea Platz nahm, dem Teenager-Sohn des Kibbuz-Arztes, sinnierte sie laut: «Wenn ihr alle so unreligiös seid, wieso kennt ihr dann die Bibel auswendig?»

Yoni grinste mit funkelnden Augen. «Aber Deborah, begreifst du denn nicht? Für uns ist die Bibel nicht ein Gebetbuch, sondern eine Landkarte!»

Lächelnd lehnte sie sich in ihren Sitz zurück und beschloß, den Ruhetag auf eine für sie ganz neue Art zu genießen.

Diese Busfahrt war die erste, die sie jemals nur zum «Vergnügen» machte – ein Wort, das in ihren Kindheitserfahrungen nicht vorkam.

Und während der ganzen staubigen, holprigen Fahrt sangen und klatschten diese erwachsenen Kindergartenkinder aus einem Repertoire, das von Bibelliedern bis zu Songs aus der israelischen Hitparade reichte (was zuweilen ein und dasselbe war).

Im Tall as-Sultan, den uralten Ruinen von Jericho, der ältesten bewohnten Stadt der Welt, stiegen sie aus, um Coca-Cola zu trinken.

Bei der Rückkehr zu ihrem Bus war Deborah schon hundemüde, und ihre Füße schmerzten höllisch.

«Ist das nicht alles hier wundervoll?» trompetete Boaz, als er in den Wagen sprang, nachdem er die letzten Nachzügler zusammengetrieben hatte. «Dabei haben wir das Beste noch vor uns.»

Mit einem Blick auf den unermüdlichen Sechziger flüsterte Deborah Almuth zu: «Woher nimmt er bloß die Energie?»

Die junge Deutsche zuckte die Achseln. «Fast alle Israelis sind so wie er. Es ist, als würden sie sechs Wochentage lang an einen Stromgenerator angeschlossen und ließen am siebten die ganze Energie auf einmal raus.»

Immer weiter nach Süden schaukelte der Bus, an Qumran vorbei, wo 1947 ein Hirte, der ein verirrtes Schaf verfolgte, eine der vielen Berghöhlen entdeckte und zufällig auf das Versteck mit den uralten Lederrollen stieß, die später als die Schriftrollen vom Toten Meer bekannt wurden. Er tauschte sie bei einem gewieften Antiquitätenhändler in Jerusalem gegen den exorbitanten Preis eines neuen Paars Schuhe ein. Und als die Zeit erfüllet ward, ergab es sich, daß die Fußbekleidung des jungen Mannes über fünf Millionen Dollar wert war.

Eine knappe Stunde später standen sie am Ufer des Toten Meeres.

«Der tiefstgelegene Ort der Erde», dozierte Boaz. «Eine Viertelmeile unter der Meereshöhe.»

«He», rief eine junge Frau, «seht mal diese Leute da im Wasser!»

«Die sind nicht *im* Wasser», berichtigte Boaz, «sondern *darauf.*»

Alle Blicke richteten sich auf die Badenden, die auf der Wasserfläche lagen wie auf unsichtbaren Matratzen. Der hohe Salzgehalt hatte sie in menschliche Korken verwandelt.

In ihrer Aufregung vergaß Deborah vorübergehend ihren Vorbehalt gegen das Tragen eines Badeanzuges und das Baden in gemischter Gesellschaft, und so ließ sie sich wenige Minuten später mit ihren Freunden zusammen kichernd vom Wasser wiegen und tragen.

Irgend etwas veränderte Deborahs gesamte Einstellung zum Leben. War es die Magie des Wassers und der lauen Luft? Denn sekundenlang glaubte sie ganz flüchtig, es könne sein, daß sie tatsächlich glücklich war.

Lieber Danny,

ich muß Dir eine wichtige Mitteilung machen. Ich habe mir auf meine bescheidene Art einen besonderen Platz in den Annalen der Familie Luria erobert.

Obwohl wir jahrhundertelang Gelehrte, Bibelkommentatoren und

Philosophen hervorgebracht haben, haben wir, jedenfalls so weit ich weiß, noch niemals einen Autofahrer hervorgebracht.
Ich jedenfalls habe diesen Titel heute nachmittag kurz vor Sonnenuntergang erworben und sage Dir, das Gefühl der Freiheit, das er vermittelt, ist unbeschreiblich.
Nun darf ich mir einen der gemeinschaftlichen Subarus nehmen und zweimal die Woche nachmittags nach Haifa fahren, um meinen BA in Hebräischer Literatur zu machen.
Ich tippe meine Semesterarbeit jetzt sogar auf einer hebräischen Schreibmaschine – eine Fertigkeit, die ich während meiner Dienststunden im Kibbuz-Büro erworben habe.
Die Lehrpläne an den israelischen Universitäten, mit ihren zahlreichen Vorlesungen in den frühen Abendstunden, scheinen für arbeitende Menschen angelegt zu sein. Der Stoff, den ich lerne, ist eindeutig weltlich und einfach faszinierend (oder möglicherweise auch faszinierend, weil er weltlich ist, und *nicht* religiös).
Ich habe das Genie einiger unserer literarischen Vorfahren entdeckt, von denen wir in Brooklyn niemals etwas gehört haben.
Bitte nimm Dir ein bißchen Zeit und schreib mir mehr über die alten Filme, die Du Dir im Thalia ansiehst. Du machst mich neidisch. Der Kibbuz hier scheint nichts als alte Western-Filme zu kriegen.
Gib Mama einen Kuß von mir.

In Liebe
D.

15

Daniel

Gegen Ende April lud Professor Beller mich zu einer Party bei sich zu Hause ein. Sie war hauptsächlich für seine Studenten an der Columbia University gedacht, aber ich wußte, daß ich dort auch Studentinnen vom Barnard College antreffen würde. Dennoch konnte niemand ihn beschuldigen, mich in Versuchung geführt zu haben. Er hatte mir lediglich eine Tür geöffnet, und ich allein war es, der diese Einladung aus eigenem Antrieb annahm. Und zwar begeistert!

Er sprach es nicht aus, aber ich wußte selbst, daß auch mein bester Sabbatanzug den Anforderungen eines solchen Anlasses nicht entsprechen würde. Also unternahm ich, allerdings ein wenig schüchtern, einen Ausflug zu Barney's, wo ich mein allererstes weltliches Kleidungsstück erwarb: einen adretten blauen Blazer.

Dann kam der Augenblick zur Erforschung der eigenen Seele. Konnte ich an einer New Yorker Cocktailparty mit Schläfenlocken teilnehmen, die weit über meine Wangen hinabglitten? Nun gut, ich hatte Poster von ein paar Rock-and-Roll-Stars gesehen, die ihre Haare weit länger und weit strähniger trugen als ich. Doch da ich weder singen noch Gitarre spielen konnte, hielt ich es für das Beste, so unauffällig wie möglich zu wirken.

Aus diesem Grund suchte ich einen Friseur auf (zwanzig Blocks von der Schule entfernt) und bat ihn, meinen Backenbart so weit zu trimmen, daß er gerade noch lang genug war, um dem biblischen Gebot zu genügen, wonach die Haare oberhalb der Verbindungsstelle von Wange und Ohr abgeschnitten werden dürfen.

«Und was soll ich mit den Schläfenlocken machen, Mister?»

«Die... äh... stutzen Sie bitte auch», antwortete ich nervös.

«Kommt nicht in Frage», widersprach er. «Sie sind nicht der erste junge Orthodoxe, den ich auf meinem Stuhl sitzen habe. Sie müssen sich entscheiden: Wenn es kurz genug ist, um ‹modern› zu sein, ist es nicht lang genug, um koscher zu sein. Kapiert?»

O ja, ich hatte kapiert. Resigniert schloß ich die Augen – ein Wink, den er korrekt als Zustimmung auslegte. Ich muß sagen, er schwang das Messer meisterlich – flink und schmerzlos. Meine späteren Gewissensbisse dagegen waren weder das eine noch das andere. Ich begann einen Hut mit weit heruntergezogener Krempe zu tragen, eine Geste, die meine Kommilitonen als tiefe Frömmigkeit interpretierten. Wohl eher Heuchelei.

Ich versuchte mir einzureden, daß dieses Opfer sich lohnen werde.

Was mir zuerst auffiel, war der Vielklang ganz neuer Geräusche. Das Klirren von Eiswürfeln gegen Glas, die Stimme von Ray Charles (wie ich später erfuhr) aus einer Stereoanlage, Stimmengewirr, das die Musik übertönte – das alles vermischte sich zu einem Gedröhn, das mich an den Lärm des elektrischen Mixers meiner Mutter erinnerte.

Ich stand auf den Treppenstufen, die zu Aaron Bellers tieferliegendem Wohnzimmer hinabführten, und betrachtete ungläubig die sich mir darbietende Szene.

Überall unterhielten sich Männer und Frauen ganz ungeniert miteinander. Einige berührten sich sogar. Es wirkte alles so schrecklich ... fremdartig.

«Rabbi Luria, Sie sind nicht Moses auf dem Berg Nebo. Dies hier ist ein Gelobtes Land, das Sie auch wirklich betreten dürfen.»

Es war der Gastgeber persönlich, mit einer eleganten Blondine Anfang der Vierziger an seiner Seite.

«Nur herein, Daniel! Es gibt eine Menge Leute, die Sie bestimmt kennenlernen möchten. Aber zunächst ist das hier meine Frau Nina. Erinnern Sie sich an den Siebdruck in meinem Büro, den Sie so bewundert haben? Hier steht die Künstlerin.»

Mrs. Beller lächelte. «Freut mich, Sie endlich kennenzulernen», sagte sie. «Aaron hat mir schon viel von Ihnen erzählt.»

«Danke», erwiderte ich und fragte mich, was genau Beller über mich gesagt haben mochte. Daß ich ein verwirrter Jude in den Fängen einer Identitätskrise sei?

Obwohl Mrs. Beller wunderschön war, konnte ich nicht umhin, meine Blicke an ihr vorbei im Raum umherwandern zu lassen. Hier gab es Unmengen von jungen Damen, und alle waren sehr hübsch.

«Aaron», wandte sie sich an ihren Mann, «würdest du dich um den Punsch kümmern, während ich mit Danny die Runde mache?»

Nachdem sie mir ein halbes Dutzend Gäste vorgestellt hatte, ließ Nina mich mit dem guten Rat allein: «Gehen Sie einfach auf irgend jemanden zu und begrüßen Sie ihn. Sie sind hier unter guten Freunden.»

Immer noch unsicher, sah ich mich im Zimmer um, denn noch nie hatte ich Menschen so ungeniert lachen hören.

Plötzlich spürte ich, wie mir jemand auf die Schulter tippte, und hörte eine hauchzarte weibliche Stimme.

«Sind Sie vielleicht so eine Art heiliger Mann?»

Als ich mich umwandte, erblickte ich diese ... dieses Wesen. Sie war blond und trug ein schulterfreies, hautenges schwarzes Kleid. Und rauchte eine lange, dünne Zigarette. Ihr Lächeln wirkte berauschend auf mich.

«Wie bitte?» stammelte ich.

«Schon gut», gab sie zurück. «Im Grunde war das nur ein Vorwand, um Bekanntschaft mit Ihnen zu schließen. Aber ich meine, mit diesem Käppchen, das Sie da tragen, sehen Sie genauso aus wie der Papst.»

«Sehr witzig», erwiderte ich, weil ich annahm, sie wüßte genau, daß ich ein orthodoxer Jude war.

Dennoch verursachte ihr Scherz mir Unbehagen. Während wir unser Gespräch fortsetzten, nahm ich so unauffällig wie möglich die *kipa* ab und steckte sie verstohlen in die Tasche.

Aber ich hatte ein schlechtes Gewissen, kam mir wie ein Verräter vor. Deshalb versuchte ich es vor mir selbst so darzustellen, als handle es sich um den Versuch, den guten Ruf der wahrhaft frommen Juden zu schützen. Warum sollten ihnen meine Sünden zur Last gelegt werden?

«Ich bin ein Rabbiner-Student», erklärte ich.

Sie riß die Augen auf. «Wirklich? Wie faszinierend! Das heißt wohl, daß Sie an Gott glauben, nicht wahr?»

«Selbstverständlich», bestätigte ich.

«Ach ja?» staunte sie. «Ist Ihnen klar, daß Sie hier vermutlich der einzige sind, der das tut?»

Irgendwie hatte ich das Gefühl, daß sie das nicht ganz und gar scherzhaft meinte. Irgendwie war diese Party von einer gewissen – ich weiß nicht recht – heidnisch-hedonistischen Atmosphäre beherrscht. Vor allem die Mädchen.

«Und was machen *Sie*?» erkundigte ich mich beiläufig.

«Oh, eine ganze Menge», antwortete sie. «Offiziell studiere ich Kunstgeschichte an der NYU. Aber ich habe alle möglichen Projekte laufen. Übrigens, ich heiße Ariel.»

«Wissen Sie, daß Ihr Name in der Bibel ‹Jerusalem› bedeutet?»

«Wirklich?» gab sie zurück. «Ich dachte immer, so heißt der gute Geist in Shakespeares ‹Sturm›.»

«Tut mir leid, aber den ‹Sturm› habe ich nicht gelesen.»

«Macht nichts. Ich habe die Bibel auch nicht gelesen, also sind wir wieder quitt. Wissen Sie das genau, das mit meinem Namen?»

«Hundertprozentig», antwortete ich und fühlte mich zum erstenmal sicher. «Jesaja neunundzwanzig, Vers eins: ‹Ariel, du Stadt, wo David lagerte.›»

«Absolut faszinierend! Wie genau kennen Sie die Heilige Schrift?»

«Recht gut, nehme ich an», behauptete ich.

«Ich wette, jetzt sind Sie sehr bescheiden; ich wette, Sie können das ganze verdammte Ding auswendig. Vermutlich könnten Sie sogar an einem Quiz teilnehmen. Bestimmt wissen Sie sogar, was die Jünger beim Abendmahl gegessen haben.»

«Ganz recht», antwortete ich, gezwungen grinsend. «Es waren Matzen.»

«Sie meinen, diese kleinen Klößchen, die man in die Suppe tut?»

«Aber nein, das Abendmahl war ein Passah-Seder, und dabei essen die Juden nur ungesäuertes Brot, nämlich Matzen.»

«He, das stimmt ja! Jesus war Jude!»

«Aber wissen Sie auch, daß er außerdem Rabbi war?»

«Sie meinen, so was, wie Sie werden wollen?»

«Na ja, mehr oder weniger», wich ich aus.

Aus irgendeinem Grund war sie daran interessiert, mit ihrer Ausfragerei fortzufahren. «Sagen Sie mal – müssen Rabbis ein Keuschheitsgelübde ablegen?»

Ich glaube, ich errötete. «Nein», erklärte ich ihr, «das tun nur Priester.»

«Gott sei Dank», bemerkte sie. «Finden Sie es nicht auch ein bißchen unnatürlich, diesen Teil der menschlichen Natur zu unterdrükken?»

Erst nach einer weiteren Viertelstunde Frage-und-Antwort-Spiel mit der berauschenden blonden Lilith wurde mir klar, daß es sich bei unserer Unterhaltung im Grunde gar nicht um sexuelle Enthaltung, sondern um sexuelle Befriedigung drehte. Um die ihre... und um meine.

In diesem Moment erschien Nina Beller mit einem Tablett verschiedener Leckerbissen, die mir alle unbekannt waren.

«Wie schön, daß ihr beiden euch gefunden habt», sagte sie lächelnd und bot Ariel die Häppchen an.

«Himmel, Nina», schwärmte diese, «deiner Pâté kann ich einfach nicht widerstehen.»

Mit langen, graziösen Fingern nahm sie sich einen Cracker. Nun offerierte Nina mir das Tablett. Ich glaubte kleine Karrees mit Räucherlachs zu erkennen und wollte gerade nach einem greifen, als Ariel mir vorschlug: «Nehmen Sie die da, die esse ich am liebsten.»

Dabei deutete sie auf ein paar Cantaloupe-Segmente, die mit einem unbekannten Fleisch umwickelt waren.

«Eigentlich», sagte Nina betont, «würde Danny, glaube ich, lieber Ei mit Olive nehmen.»

Meine Gastgeberin versuchte mich fürsorglich auf den richtigen Weg zu dirigieren, während diese Frau mich bewußt dazu verführen wollte, etwas zu essen, was eindeutig nicht koscher war.

«Na, los doch!» drängte Ariel. «Ich bin überzeugt, es wird Ihnen schmecken.»

Ich machte mir keine Illusionen: Dies war eine schamlose Sünde ohne mildernde Umstände.

Ich griff nach der Melone. Und – ich schäme mich, es zu gestehen – meine erste Sorge galt nicht dem Zorn des Himmels, sondern der Angst, ich könnte daran ersticken.

Schließlich brachte ich mein Gewissen zum Schweigen, langte zu, öffnete den Mund und schluckte den ... das Zeug, so schnell es ging.

Durch eine übermenschliche geistige Anstrengung gelang es mir sogar, meine Geschmacksknospen lahmzulegen, damit ich mich nicht erinnern konnte, was ich zu mir genommen hatte.

«Na?» erkundigte sich Ariel grinsend.

«Sie hatten recht. Es schmeckt sehr gut», flunkerte ich. «Wie heißt das?»

«Prosciutto», klärte sie mich auf.

«Aha. Muß ich mir merken.»

«Prosciutto ist das italienische Wort für Schinken», sagte Nina Beller und ging davon, ließ mich zurück in der Gewalt einer Frau, die eindeutig die Quintessenz des Bösen Triebes war. Und die meine Sinne restlos gefangennahm.

Ich betrachtete Ariel abermals, diesmal aber mit Augen, die mir geöffnet worden waren, und bildete mir ein, den sinnlichen Körper zu sehen, den das schwarze Seidenkleid kaum verbarg.

Nichts und niemand sollte mich daran hindern, diese Verführerin zu verführen!

Als sich die Party allmählich auflöste, warf ich einen Blick auf die Uhr. Es war fast Mitternacht. Am nächsten Morgen hatte ich um neun Uhr eine Vorlesung, das heißt, ich mußte spätestens um sieben aufstehen, damit mir noch Zeit genug zum Beten blieb.

Dennoch hatte ich nicht die Absicht, diesseits von Eden haltzumachen.

«Es war nett, mit Ihnen zu plaudern, Ariel. Könnten wir unser Gespräch vielleicht anderswo fortsetzen?»

«Wie wär's mit meiner Wohnung?» gab sie prompt zurück.

Innerhalb von zwei Minuten waren wir mit Ariels italienischem Sportwagen vor ihrer zweistöckigen Wohnung in einem kostbar möblierten Stadthaus unmittelbar am Central Park West angelangt.

Unterwegs legte sie ihre Hand auf jenen Teil meiner Anatomie, der bisher nur von meiner Mutter, mir selbst und dem *mohel* berührt worden war.

In dieser Nacht erlebte ich jubilierend die Ekstase meines zweiten, etwas länger andauernden Männlichkeitsrituals.

Als ich im frühen Morgengrauen den ganzen Weg nach Hause zu Fuß zurücklegte, dachte ich über die Anzahl der Übertretungen nach, die ich innerhalb der letzten zwölf Stunden begangen hatte.

Ich hatte unkoschere Speisen gegessen. Ich hatte mein Morgengebet verpaßt – und da ich unbedingt schlafen mußte, würde ich auch die Vorlesung schwänzen, mich somit meinen Lehrern gegenüber respektlos verhalten. Und, am schlimmsten, ich hatte dem Bösen Trieb nachgegeben. Ich war ein Sünder durch und durch.

Und glücklicher, als ich es jemals zuvor im Leben gewesen war.

16

Deborah

Deborah saß auf der Treppe ihres *zrif* und atmete den Jasminduft, der in der Abendluft lag. Drinnen plauderten ihre Mitbewohnerinnen, schrieben an ihre Eltern und Freunde, während Frank Sinatra aus dem Radio schmalzte.

Ihr Blick war fest auf den dreihundert Meter entfernten Hauptsaal gerichtet, ein Gebäude an einem Hang, der sanft gegen das Ufer des Sees Genezareth abfiel.

Eine fremde Stimme riß sie aus ihren Träumereien.

«Du kannst doch nur Deborah sein.»

Rasch wandte sie sich um und sah einen kleinen, drahtigen jungen Mann neben sich stehen, auf dessen Khakischultern die Schwingen der Air Force glänzten.

«Tut mir leid, wenn ich dich erschreckt habe», fuhr er mit stark akzentbeladenem Englisch fort, «aber ich weiß, daß der Kibbuz heute abend über deine Mitgliedschaft abstimmt. Mein Vater sagt, daß du nervös sein würdest, also bin ich hergekommen, um dir ein bißchen die Hand zu halten. Übrigens, ich bin Avi, der Sohn von Boaz und Zipporah.»

«Die Aufnahme erfolgt nicht automatisch, weißt du», erklärte Deborah, um ihre Unruhe zu rechtfertigen.

«Selbstverständlich weiß ich das», entgegnete Avi, «aber ich selbst werde erst kandidieren, nachdem ich meinen Militärdienst abgeleistet habe.»

Und ergänzte lächelnd: «Darf ich dir eine persönliche Frage stellen?»

«Kommt drauf an, wie persönlich.»

«Ist Ulla noch hier?»

Deborah seufzte und dachte sich: Typisch israelischer Casanova. Laut dagegen antwortete sie: «Du hast Glück. Ulla ist drinnen. Sie reist erst nächste Woche ab.»

«Danke», sagte Avi, während er schon die Treppe hinaufstieg. «Und mach dir bitte keine Sorgen.»

Eine halbe Stunde später hörte Deborah weiter unten am Hang Stimmengewirr und Stühlescharren: Geräusche einer gutbesuchten Sitzung, die gerade beendet wird.

Einen Augenblick später kam Boaz mit seinem schweren Körper den Hang heraufgestapft und richtete den Strahl seiner Taschenlampe auf Deborahs Hütte. Obwohl er außer Atem war, vermochte er noch hervorzustoßen: «Herzlichen Glückwunsch, Deborah! Jetzt ist es amtlich. Du bist eine *chavera!*»

Während er sie herzlich umarmte und dabei vom Boden hochhob, dachte sie: Endlich gehöre ich irgendwo dazu.

Zur Feier ihrer neuerworbenen Gleichberechtigung wurde Deborah am folgenden Tag zum Töpfescheuern in die Küche abgestellt.

Und was für Töpfe! Fast so groß wie Aluminiumfässer. Als sie und ihre Mitarbeiter das erste halbe Dutzend geschafft hatten, war ihr rechter Arm so lahm, daß sie ihn am liebsten in einer Schlinge getragen hätte.

Eine Stunde später tauchte Avi wieder auf.

«Siehst du? Ich habe dir doch gesagt, daß es keine Probleme geben wird», sagte er munter. «Übrigens, ich hab das Frühstück verpaßt. Darf ich mir Brötchen und einen Kaffee stibitzen?»

«Wenn's dich glücklich macht, ‹stibitz› dir nur was», antwortete Deborah. «Schließlich ist hier ja ohnehin alles Gemeinschaftseigentum.»

Inzwischen hatte er schon den riesigen Kühlschrank geöffnet und nahm sich ein Stück Käse heraus. Nachdem er sich eine Tasse Kaffee eingeschenkt hatte, kam er zu Deborah zurückgeschlendert.

«Du brauchst jetzt nicht mehr so fleißig zu arbeiten», scherzte er. «Du bist jetzt Mitglied.»

Deborah krauste nur die Stirn und scheuerte weiter.

Er lehnte sich an einen Arbeitstisch und sagte, während er auf dem Käse kaute: «Ich begreife immer noch nicht, wieso eine jüdisch-amerikanische Prinzessin ein Kibbuznik werden will.»

«Hast du jemals daran gedacht, daß es auch ein jüdisch-amerikanisches Mädchen geben könnte, das keine ‹Prinzessin› ist?»

«Also, mir ist noch keine begegnet. Bist du etwa nicht stinkreich und furchtbar verwöhnt? In welcher Branche ist dein Papa?»

«Er ist Rabbi – der Silczer Rav, falls du's unbedingt wissen willst.»

«Wirklich?» Avi war überrascht. «Und was hält er davon, daß seine Tochter in einer unkoscheren Küche arbeitet?»

«Warum stellst du so viele Fragen über mich?» wollte sie wissen.

«Weil du keine über mich stellst.»

«Okay.» Deborah spielte mit. «Erzähl mir von dir.»

«Nun ja», begann Avi, «ich bin im Kibbuz geboren, ich bin im Kibbuz zur Schule gegangen, und wenn ich aufhöre, in der Weltgeschichte rumzufliegen, werd ich zur Uni gehen, eine Dissertation schreiben und in den Kibbuz zurückkehren.»

«Eine Dissertation – worüber?» fragte Deborah interessiert.

«Nicht über den Talmud – viel prosaischer. Ich will neue Bewässerungsmethoden studieren.»

«Und du willst wirklich hierher zurückkehren und hier bleiben?» fragte Deborah.

«Es sei denn, du machst dich dafür stark, daß mein Aufnahmeantrag abgelehnt wird.»

«Aber das ist ja wundervoll!» sagte Deborah und meinte es ernst. «Wie es heißt, kommen viele Kibbuzniks, die zum Militär gehen, nachher nicht wieder zurück, wenn sie erst mal den Glanz der Außenwelt gesehen haben.»

«Nun ja», gab Abi zu bedenken, «nicht in allen Kibbuzim lebt's sich so angenehm wie in Kfar Ha-Sharon.»

«Du meinst wohl, sie haben keine so hübschen schwedischen Freiwilligen.»

Sie glaubte ein Fünkchen Verlegenheit in Avis Augen zu entdecken.

«Du wirst es mir nicht glauben, Deborah», erwiderte er, «aber die sind ein äußerst wichtiger Aspekt unseres Lebens. Die Männer heiraten fast niemals Frauen aus dem eigenen Kibbuz. Weil wir alle wie Geschwister aufgewachsen sind, würde das irgendwie wie Inzest wirken.»

«Und deswegen beutest du die weiblichen Freiwilligen als Sexualobjekt aus – oder?»

Er lachte. «Wirklich komisch, an einem Ort wie hier diesen feministischen Bockmist zu hören. Zu deiner Information: Sechs Freiwillige – zwei davon Männer – haben Kibbuzniks geheiratet und leben hier als *chaverim*. Vielleicht wirst du ja in diesem Sommer, wenn die neuen Freiwilligen kommen, einen hübschen Holländer finden.»

«Vielen Dank, aber ich verzichte», gab Deborah spitz zurück. «Warum wollen mich bloß immer alle wegheiraten?»

«Wieso ‹weg›?» fragte Avi. «Ich würde sagen, die Leute möchten dich ganz einfach verheiraten. Übrigens, warum hat ein *frume*-Mädchen wie du eigentlich nicht längst einen Ehemann?»

Völlig aus der Fassung gebracht, konzentrierte sich Deborah wieder aufs Töpfescheuern.

«Habe ich eine empfindliche Stelle berührt?» erkundigte er sich mitfühlend.

Deborah hob den Kopf. «Allerdings», bestätigte sie und wandte sich wieder den Töpfen zu.

«Kann ich dir helfen?»

«Du bist herzlich eingeladen.» Damit reichte sie ihm eine Scheuerbürste. «Und nun erzähl mal, was ein Pilot den ganzen Tag so macht.»

«Im Grunde ist es ziemlich langweilig», behauptete er unschuldig. «Ich ziehe an ein paar Hebeln, und schon bin ich in der Luft. Ich drücke auf ein paar andere Hebel, und plötzlich zerbreche ich mit meinem Schallmauerknall den Leuten die Fensterscheiben.»

«Und was ist daran so langweilig?»

«Na ja, man sieht nicht sehr viel von der Welt. Bei Mach Zwo kommst du in ungefähr drei Minuten von einem Ende Israels ans andere.»

«So schnell?» Deborahs Interesse nahm zu.

«Nein», antwortete er ironisch, «so klein ... ist Israel.»

Plötzlich wurden sie von einer zornigen Stimme unterbrochen.

«He, Deborah! Nennst du das arbeiten?»

Es war der überdimensionale Shauli, Chefkoch und absoluter Herrscher in seiner Küche.

Deborah errötete.

Avi eilte ihr zu Hilfe. «Ich hätte nicht mit ihr reden sollen.»

«Du», blaffte Shauli, «dürftest überhaupt nicht hier sein!»

«Jawohl, Sir!» Avi salutierte. «Darf ich um Erlaubnis bitten, der *chavera* Deborah noch eine einzige Frage zu stellen?»

«Aber nur eine kurze», antwortete der Koch.

Rasch fragte Avi: «Hast du nach dem Abendessen schon was vor – ich meine, nach dem Abwasch und so?»

«Nein», antwortete Deborah verblüfft, «im Grunde nicht.»

«Dann könnte ich mir doch einen fahrbaren Untersatz aus der Kibbuz-Garage holen. Im Aviv in Tiberias läuft ‹Butch Cassidy›, und dieser Film ist so großartig, daß ich ihn schon viermal gesehen habe.»

«Ins Kino, meinst du?» erkundigte sich Deborah zweifelnd. Wie konnte sie ihm nur klarmachen, daß sie noch immer ein schlechtes Gewissen hatte, wenn sie im Fernsehen die Nachrichtensendung sah, und es vermied, sich freitags abends im Kibbuz den Film anzusehen?

Avi jedoch spürte ihr Problem. «Hör zu, wenn du religiöse Skrupel hast, könntest du ja die Augen geschlossen halten.»

Er lachte. Und sie lachte mit.

Und fühlte sich, als Avi davonschlenderte, irgendwie aus dem Gleichgewicht gebracht. Zugleich glücklich und merkwürdig beunruhigt.

Ich glaube, ich mag ihn.

Nachdem Deborah den Film gesehen hatte, war sie moralisch nicht sonderlich erschüttert. Tatsächlich hatte die vorhergehende Werbung, speziell die für Badeanzüge, weitaus gewagter auf sie gewirkt.

In einem Restaurant an der Tayellet, einer Strandpromenade, die sich mächtig anstrengte, der Riviera gleichzukommen, bestellten sie sich Kaffee und Kuchen. Als sie wieder in den Wagen stiegen, prahlte Avi: «Einmal hab ich's von hier bis zum Kibbuztor in sieben Minuten und dreizehn Sekunden geschafft. Wollen wir diesen Geschwindigkeitsrekord heute brechen?»

Angesicht der vielen Kurven, die die Straße machte, schlug Deborah vor: «Warum versuchen wir nicht lieber den Langsamkeitsrekord zu brechen?»

Avi warf ihr einen vielsagenden Blick zu.

«Wunderbar.» Seine Augen funkelten. «Wir werden genauso langsam fahren, wie du willst.»

Zwanzig Minuten später bremste er den Wagen in einem stillen Winkel in der Nähe der Obstgärten von Kfar Ha-Sharon. Unter ihnen wirkte der See Genezareth wie ein großes, perlgraues Spiegelbild des Mondes.

Avi wandte sich zu Deborah um und berührte sie sanft an der Schulter.

«Bist du nervös?» erkundigte er sich flüsternd.

«Warum sollte ich?» gab sie so lässig zurück, wie sie nur konnte.

«Die Tochter eines Rabbi muß ein sehr behütetes Leben geführt haben.»

Sekundenlang sah sie ihn an; dann bekannte sie: «Das stimmt. Ich fühle mich ein wenig ... unbehaglich bei dir. Außerdem – hast du nicht selbst gesagt, daß alle Kibbuzniks wie Geschwister sind?»

«Das schon», sagte er leise, «aber mit dir bin ich nicht zusammen aufgewachsen. Für mich bist du als Frau attraktiv.»

Avi konnte es zwar nicht ahnen, doch seine Worte schlugen wie ein Blitz bei ihr ein. In den nahezu zwanzig Jahren ihres Lebens hatte man sie als alles mögliche bezeichnet, als junges Mädchen, als *scheine meidel*, als süßes kleines Ding – noch niemals aber als *Frau*. Was aber viel erstaunlicher war: sie *fühlte* sich wie eine Frau!

Sie genoß das Gefühl von Avis Arm auf ihren Schultern und versuchte seinen Kuß zu genießen, fürchtete aber gleichzeitig, er könne möglicherweise zu weit gehen wollen.

Aber schließlich war es eine *Frage* von ihm, die ihr zu intim wurde.

«Warum haben deine Eltern dich nach Israel geschickt?»

Sie zögerte; dann erwiderte sie wenig überzeugend: «Aus den üblichen Gründen.»

«Nein, Deborah», widersprach er energisch. «Ich habe lange genug in diesem Kibbuz gelebt, um einen Freiwilligen von einem Exilanten unterscheiden zu können. Hattest du etwas mit einem Mann?»

Sie senkte den Kopf.

«Und sie mochten ihn nicht?»

Diesmal nickte sie bestätigend.

«Hat es geklappt?» erkundigte sich Avi ruhig.

«Was?»

«Hat die Trennung dich geheilt?»

«Ich war nicht krank», erwiderte sie betont.

Avi schwieg einen Moment; dann fragte er: «Und hast du immer noch etwas mit ihm? In deinem Herzen, meine ich.»

Ihre Gefühle hatten sich inzwischen so lange aufgestaut, daß sie am liebsten geschrien hätte: Er ist der einzige Mensch auf Erden, der mich um meiner selbst willen geliebt hat!

Aber die Stimme, mit der sie Avi antwortete, war kaum zu vernehmen. «Ich glaube ... ja.»

Seine Fragen kamen mit behutsamer Hartnäckigkeit. «Schreibt ihr euch?»

Sie schüttelte den Kopf. «Ich hab seine Adresse nicht.»

«Hat er deine?»

Wieder schüttelte sie den Kopf.

Ein Schimmer von Hoffnung – oder war es Erleichterung? – huschte über Avis Gesicht.

«Dann ist es nur eine Frage der Zeit», konstatierte er leise. «Früher oder später, wenn du lange genug getrauert hast, wirst du endlich von ihm frei sein.»

Sie zuckte die Achseln. «Hoffentlich.»

Liebevoll hielt er sie im Arm und flüsterte: «Und wenn es so weit ist, hoffe ich, bei dir zu sein.»

Gleich darauf entschied er fröhlich, um sie ein bißchen aufzumuntern: «Und jetzt werde ich dich nach Hause bringen. Um sechs Uhr muß ich auf meinem Stützpunkt sein.»

Als der Motor ansprang, wechselte er die Gänge, lenkte auf die Straße zurück und auf den Parkplatz.

«Wie wirst du da hinkommen?» wollte sie wissen, als er sie zu ihrem neuen *zrif* brachte.

«Per Anhalter – wie sonst?»

«Ist das nicht gefährlich?»

«Nein», witzelte er. «Anhalten ist hier völlig ungefährlich. Erst wenn du zu einem israelischen Fahrer *einsteigst*, setzt du tatsächlich dein Leben aufs Spiel.»

Er drückte ihr die Hand, küßte sie auf die Wange, machte kehrt und ging den Kiesweg entlang, bis er in den tiefen Schatten verschwand.

Deborah stand da und sah ihm nach; ganz plötzlich hatte sie seinen Leichtsinn durchschaut und dahinter die Sensibilität entdeckt, die er zu kaschieren versuchte – die ständige Angst, nur sechzig Sekunden von der Sterblichkeit entfernt zu leben.

Sie wünschte sich von ganzem Herzen, ihn so lieb zu gewinnen, daß sie Timothy vergessen konnte.

17
Timothy

Tims Maschine landete am frühen Morgen in Rom auf dem Flughafen Leonardo da Vinci, wo schon ein Bus wartete, der die fünf Seminaristen durch die ockerfarbenen Hügel Umbriens nach Perugia bringen sollte, dort hielt der Wagen vor dem Ospizio San Cristoforo – nur wenige Blocks vom Palazzo Gallenga entfernt, einem Gebäude aus dem 18. Jahrhundert, in dem sich die italienische Universität für Ausländer befand.

Während der ersten Tage begann Tim sich zu fragen, ob ihre Gruppe wohl absichtlich auf die Probe gestellt wurde, um die Widerstandskraft der jungen Männer gegen Versuchungen zu testen.

Obwohl die Universität spezielle Vorlesungen anbot, zu denen nur Seminaristen und ein halbes Dutzend ausgebildeter Priester zugelassen waren, die aus anderen Ländern in den Vatikan versetzt wurden, gab es außerhalb der Hörsäle keine Möglichkeit, die anderen Studenten vor den Blicken der Zölibatäre zu verbergen.

Perugia war im Sommer ein Magnet für amerikanische College-Girls, die mit einem Minimum an Kleidung um ein Maximum an männlicher Aufmerksamkeit wetteiferten. Und für die Italienisch weniger eine romanische als eine *romantische* Sprache war.

«Ich glaub's einfach nicht», staunte Patrick Grady, einer aus Tims Gruppe, kopfschüttelnd. «Mädchen wie die hier hab ich mein ganzes Leben noch nicht gesehn. In *dieser* Diözese könnte ich niemals Priester sein.»

In ihren Soutanen fast erstickend, kehrten sie zum Mittagessen zu Fuß ins Ospizio zurück, als ihnen zwei hübsche junge Texanerinnen in mehr als luftigen Sommerkleidern über den Weg liefen.

Grady fielen fast die Augen aus dem Kopf.

«Cool bleiben, Pat», ermahnte ihn Tim. «Dieser Streß wird in ein paar Wochen vorüber sein.»

«Soll das heißen, daß du tatsächlich immun gegen dies alles bist, Hogan? Wie bringst du das fertig?»

Tim gab vor, ihn nicht zu verstehen, aber Grady ließ nicht locker.

«Hör zu, wir sind doch ganz normale Männer. Bei mir zu Hause sind die meisten Jungen in meinem Alter schon verheiratet – und praktisch alle haben ihre Jungfräulichkeit auf dem Rücksitz ihres Wagens verloren. Du kannst mir nicht weismachen, daß du nicht wenigstens manchmal ... du weißt schon ... deine Spannungen abbaust.»

Tim zuckte nur die Achseln. Wie konnte er einem Seminaristen-Kollegen erklären, daß er von weitaus leidenschaftlicheren Gedanken geplagt wurde und daher gegen die lokalen Versuchungen gefeit war?

Bei den Mahlzeiten mußten die Seminaristen abwechselnd das Tischgebet sprechen und wetteiferten miteinander um den intelligentesten und längsten Vortrag.

Dabei vermochte Tim dem wortgewandten Martin O'Connor nicht das Wasser zu reichen, denn dessen Segen fielen häufig so langatmig aus, daß Father Devlin mehrfach hüsteln mußte, um ihn daran zu erinnern, daß die Tagliatelle kalt wurden.

Da sie nachmittags bis zum Sprachlabor um vier keinen Unterricht hatten, folgten die meisten dem Beispiel der Einheimischen und hielten eine ausgiebige Siesta.

Während die anderen schliefen, setzte sich Tim in ein schattiges Eckchen und paukte eifrig die unregelmäßigen Verben der italienischen Sprache.

Eines glühenden Julinachmittags, als er sich gerade die Hauptformen von *rispondere* eingeprägt hatte, entdeckte Tim aus den Augenwinkeln George Cavanagh, der mit besorgter Miene verstohlen durch den Portikus in Richtung ihrer Zimmer ging.

«Alles in Ordnung, George?» rief Tim ihm zu.

Cavanagh hielt erschrocken inne; dann erkundigte er sich jedoch sofort: «Wie kommst du darauf, daß etwas nicht in Ordnung sein könnte?»

«Keine Ahnung», erwiderte Tim unschuldig. «Du wirkst so geistesabwesend. Vielleicht ist es ja nur die Hitze.»

«Ja, ja», gab Cavanagh zurück und kam zu ihm herüber. «Hier draußen ist es wie im Backofen.»

Er setzte sich, zog eine Zigarette heraus, steckte sie an und inhalierte tief. Tim spürte, daß Cavanagh sich jemandem anvertrauen wollte.

«Möchtest du darüber sprechen, George?» fragte er ihn.

Nach kurzem Zögern antwortete Cavanagh leise: «Ich weiß nicht, ob ich jemals wagen werde, so etwas zu beichten.»

«Nun komm schon», beruhigte ihn Tim. «Was immer es ist – es wird dir vergeben werden.»

«Ja, aber nicht vergessen», murmelte George bekümmert. Dann sah er Tim mit flehendem Blick an. «Versprichst du mir, daß du es keiner Menschenseele erzählst?»

«Ich schwör's.»

Daraufhin stieß Cavanagh unglücklich, aber immer noch im Flüsterton hervor: «Ich war bei einer Frau, einer Prostituierten.»

«Wie bitte?»

«Ich habe Geschlechtsverkehr gehabt. Begreifst du jetzt, warum ich nicht beichten kann?»

«Hör zu», widersprach Tim, «du bist nicht der erste, der einer Versuchung nachgibt. Denk doch an den heiligen Augustin. Ich bin überzeugt, du wirst den Mut finden...»

«Aber das ist es ja gerade», stöhnte Cavanagh. «Ich werde niemals die Kraft aufbringen, mich davon fernzuhalten.»

Er barg den Kopf in beiden Händen und rieb sich verzweifelt die Stirn. «Vermutlich verachtest du mich jetzt, nicht wahr?»

«Ich verurteile niemanden», erwiderte Tim. «Bitte, George, gib nicht auf. Sprich mit deinem Beichtvater darüber und analysiere deine Gefühle.»

Der zutiefst bedrückte Seminarist hob den Kopf, sah seinem Studienkollegen in die unschuldigen Augen und sagte leise: «Danke.»

«Carissimi studenti, il nostro corso è finito. Spero che abbiate imparato non solo a parlare l' italiano ma anche ad asaporare la musicalità di nostra lingua.»

Der Sprachkurs war beendet. Tim und seine Studienkollegen erhoben sich, um durch ihren Applaus zu bestätigen, daß sie Italienisch nicht nur sprechen, sondern auch, wie ihr Professor es formuliert hatte, die Musik dieser Sprache schätzen gelernt hatten.

Am Nachmittag, während vier der fünf Seminaristen ihr Gepäck in den Kofferraum des Minibusses hievten, gratulierte Father Devlin seinen Schülern überschwenglich.

Nur George Cavanagh war nicht dabei. Aus Gründen, die er nur Father Devlin anvertraut hatte, verbrachte er das Wochenende im nahen Assisi.

Als er von dieser auffälligen Demonstration der Frömmigkeit erfuhr, sagte Martin O'Connor deutlich vernehmbar: «Angeberei!»

In Rom erwartete sie eine Überraschung.

Die Sommerkurse am North American College würden noch drei weitere Wochen dauern, und da man sie inzwischen nicht angemessen unterbringen konnte, durften die Mitglieder von Tims amerikanischer Elitegruppe wählen, ob sie diese Zeit in einem Kloster in den Dolomiten verbringen oder – für die Abenteuerlustigen – sich einer Gruppe junger Seminaristen aus Deutschland und der Schweiz zu einer Pilgerfahrt ins Heilige Land anschließen wollten.

Geführt wurde diese Gruppe von Pater Johannes Bauer, einem frommen alten Mann, der ein wenig stotterte und keine andere Sprache beherrschte als Deutsch und Latein, die bei ihm allerdings beide gleich klangen.

Wieder einmal sah Tim in dieser völlig unerwarteten Chance eine göttliche Fügung. Sofort trug er sich für die Reise ein und bedauerte nur, daß George Cavanagh und Patrick Grady seinem Beispiel folgten. Seit ihrer so persönlichen Unterredung im Garten des Ospizio in diesem Frühsommer war Georges Verhalten ihm gegenüber merkwürdig kühl, und Tim hatte gehofft, wenigstens während dieser drei Wochen den unfreundlichen Blicken seines Studienkollegen aus dem Weg gehen zu können.

Kaum hatte George jedoch erfahren, daß die Gruppe paarweise untergebracht werden sollte, tat er sich mit Patrick zusammen und ließ Tim allein mit einem rotbackigen Bayern namens Christoph, der den Hilflosen mit einem Schwall von unübersetzbarem Deutsch überschüttete.

Während der ersten halben Stunde im Flugzeug aber entdeckten Tim und Christoph schon, daß sie sich doch miteinander verständigen konnten, denn Timothy hatte niemals sein Brooklyner Jiddisch vergessen, eine Sprache, die weitgehend vom mittelalterlichen Hochdeutsch abstammte. Als er meinte, daß diese Möglichkeit, sich miteinander zu unterhalten, die Reise zu einem *greisse fargenigen* machen werde, lächelte Christoph und antwortete: «O ja, ein sehr großes Vergnügen.»

Es war später Abend, als sie auf Tel Avivs Ben-Gurion Airport landeten, wo die israelischen Einwanderungsbeamten sie ausfragten, um festzustellen, ob die Gründe für ihren Besuch in Israel tatsächlich religiöser und nicht etwa subversiver Natur waren.

Anschließend nahmen sie ihre Koffer und gingen in die drückende Augustnacht hinaus zu ihrem Bus.

Der energiegeladene israelische Fahrer brachte sie, wie ihnen schien, in einem Tempo nach Jerusalem, das sich mit dem des Flugzeugs messen konnte. Als sie durch die Hügel von Judäa fuhren und sich der Heiligen Stadt selbst näherten, starrte Tim, im Gegensatz zu den anderen, nicht zum Fenster hinaus.

Er studierte mit Hilfe einer kleinen Taschenlampe einen Stadtplan von Jerusalem, den er sich auf dem Flughafen besorgt hatte, und versuchte, sich den Weg vom Terra Sancta College, der franziskanischen Herberge, in der sie logierten, zum YMCA in der King David Straße einzuprägen.

Als der Bus dann jedoch um die letzte Kurve bog und er auf einem Rasenbett die mit Blumen geschriebenen Worte «Willkommen in Jerusalem» sah, berührte es ihn tief. Und während er die Stadt aus Steinen betrachtete, so weiß, daß sie sogar im Dunkeln schimmerten, sagte er sich: «Betet für den Frieden Jerusalems: Wer dich liebt, dem wird es wohlergehen.»

Als er seinen Koffer in das winzige Zimmer trug, hörte Tim durch die dünne Trennwand die gereizten Stimmen von George und Patrick nebenan.

«Dies ist vermutlich die einzige Chance für mich, das Heilige Land zu sehen, und wenn du meinst, ich werde sie mit einem Führer verschwenden, der kein Wort Englisch spricht, mußt du verrückt sein.»

«Ganz deiner Meinung, Cavanagh. Aber was können wir tun?»

«Sagen wir doch Pater Bauer ganz einfach die Wahrheit», schlug George vor. «Wir sind erwachsen. Ich habe vier Reiseführer auf Englisch gekauft. Vielleicht läßt er uns allein herumreisen.»

«Gute Idee», gab Grady zu. «Beten wir, daß er uns die Erlaubnis gibt.»

Timothy sprach ein inbrünstiges Amen.

Zu seiner größten Erleichterung forderten ihn die Studienkollegen nicht auf, sie zu begleiten, als sie sich am folgenden Morgen mit ihrer Bitte an den deutschen Reiseleiter wandten. Beim anschließenden Frühstück erkannte er jedoch an ihren grinsenden Gesichtern, daß sie mit ihrer Bitte Gehör gefunden hatten.

Nun aber war die Reihe an ihm.

In Tims Fall allerdings zögerte Pater Bauer ein wenig.

«Es gibt so ungeheuer viele Inschriften auf griechisch und hebräisch, die du für uns übersetzen könntest», protestierte er in einem Deutsch, das Tim nur mit größter Mühe verstehen konnte.

«Das ist es ja gerade», flehte Tim auf Latein. «Ich würde so gern zu jenen Orten pilgern, an denen Unser Herr gepredigt hat, vor allem in Capernaum.»

«Wie könnte ich dir eine so bewundernswerte Bitte abschlagen», gab Pater Bauer schließlich nach. «Nun gut. *Placet.* Außerdem hast du unseren Zeitplan und kannst dich uns jederzeit wieder anschließen.

Kann ich mich darauf verlassen, daß du am fünfzehnten September um spätestens sechs Uhr nachmittags wieder hier bist?»

«Hundertprozentig», versicherte Tim.

«Dann lauf los.» Pater Bauer lächelte. «Geh zu deinen amerikanischen Freunden und atme tief die Luft des Heiligen Landes.»

Tim vermochte seine Freude kaum zu unterdrücken, als er kehrtmachte und sich einredete, Pater Bauer im Grunde nicht direkt belogen zu haben.

Der Deutsche hatte nicht genau definiert, zu *welchen* amerikanischen Freunden.

Zuallererst ging er zum Postschalter des YMCA und erkundigte sich höflich: «Wie lange bewahren Sie Briefe auf, wenn sie nicht sofort abgeholt werden?»

«Ewig», antwortete der Angestellte kurz und bündig. «Mein Chef ist verrückt. Wir haben hier noch Dinge aus den fünfziger Jahren rumliegen, die inzwischen total vergilbt sind.»

Während er spürte, wie es ihm kalt über den Rücken lief, fragte Timothy weiter: «Gibt es irgend etwas für Timothy Hogan?»

«Einen Moment, ich sehe nach», antwortete der Angestellte, holte einen braunen Karton hervor, der mit einem H gekennzeichnet war, und begann darin zu kramen. Schließlich blickte er wieder auf und erklärte bedauernd: «Tut mir leid, aber es ist nichts da für Hogan.»

Tim vermochte kaum zu atmen. Ihm blieb nur diese eine vage Hoffnung. «Könnten Sie mir vielleicht sagen ... gibt es was für Deborah Luria?»

Der Angestellte blätterte den Stoß L durch und erwiderte: «Tut mir leid. Auch nichts da.»

«Heißt das vielleicht, daß sie den Brief abgeholt haben könnte?» fragte Timothy mit wachsender Erregung.

Verwundert über seinen Eifer, lächelte der junge Mann.

«Das ist eine ziemlich logische Schlußfolgerung, nicht wahr?»

Eilig schoß Tim zum Haus hinaus, die breite Vortreppe hinab und den von Zypressen gesäumten Weg entlang zum zentralen Busbahnhof.

Die Hoffnung beflügelte seine Schritte.

Noch bevor er Italien verließ, hatte sich Timothy nicht nur darüber informiert, wo Deborahs Kibbuz lag, sondern mit welchem Bus er von Jerusalem aus dorthin gelangte.

Während der letzten, spannungsgeladenen Tage in Rom hatte er eifrig sein Taschengeld gespart, damit er auf der Reise eine etwas größere Summe zur Verfügung hatte.

Nun wurde dieses kleine Opfer belohnt. Denn um elf Uhr vierzig vormittags bestieg er am selben Tag noch den Bus nach Tiberias, der ihn an einer Stelle absetzen würde, von der aus er den Kibbuz Kfar Ha-Sharon zu Fuß erreichen konnte.

18

Deborah

«Deborah ... Deborah!»

Sie war bei der Feldarbeit, als einer der zehnjährigen Jungen laut rufend zu ihr herbeigelaufen kam.

«Vorsicht, Motti», warnte sie ihn. «Wir wollen hier doch keinen Kartoffelbrei ernten.»

Mit einem Taschentuch, das vom vergossenen Schweiß des Vormittags schon völlig durchnäßt war, wischte sie sich die Stirn.

«He, Deborah!» rief der Junge noch einmal. «Du sollst sofort zu Boaz kommen!»

Sie richtete sich auf. «In einer halben Stunde haben wir Lunchpause. Hat es nicht bis dahin Zeit?»

«Boaz hat gesagt, sofort.»

Deborah seufzte, stieß ihre Forke in einen Erdhaufen und machte sich auf den Weg zum Hauptbüro des Kibbuz.

Auf halbem Weg den Hang hinauf schoß ihr ein Gedanke durch den Kopf. Sollte womöglich jemand aus ihrer Familie erkrankt sein – oder sogar noch schlimmer? Sie bekam Angst. Boaz würde sie nicht vom Feld holen, wenn es sich nicht um etwas Wichtiges handelte. Es mußten schlimme Nachrichten sein!

Im Vorzimmer waren drei ältere Kibbuzniks beschäftigt. Zwei grauhaarige Frauen tippten auf riesigen Schreibmaschinen, während der 82jährige Jonah Friedman die Telefonvermittlung bediente.

«Also, Jonah», erkundigte sich Deborah ängstlich, «was gibt's denn so Wichtiges?»

Der Alte zuckte gleichmütig die Achseln. «Was weiß ich? Ich bin hier nur angestellt. Soll ich Boaz sagen, daß du hier bist, oder willst du dich erst frischmachen?»

«Warum sollte ich mich ‹frischmachen›?» fragte Deborah ungeduldig.

«Na ja», antwortete er mit entschuldigendem Lächeln, «ich glaube, ich entdecke hier und da ein paar Schmutzflecken...»

«He, ich habe Kartoffeln geklaubt – wie soll ich dabei wohl sonst aussehen?»

«Wie du willst. Dann geh von mir aus so hinein.»

Sie klopfte schüchtern.

«Ist schon okay, Deborah», verkündete Boaz feierlich. «Hol einmal tief Luft und komm herein.»

Tief Luft holen? Sie wurde fast ohnmächtig! Zögernd öffnete sie die Tür.

Vor ihr stand ein Mann, der mit seiner schlecht sitzenden Sportkleidung und der von der israelischen Sonne krebsrot verbrannten Haut nicht hierherzupassen schien, ein Mann, dessen Gesicht sie drei lange Jahre in ihrem Herzen getragen hatte. Ein Mann, den wiederzusehen sie nicht mal in ihren kühnsten Träumen zu erhoffen gewagt hätte.

Anfangs war sie wie gelähmt.

Und Timothy, nicht weniger verunsichert, brachte nur ein kurzes: «Hallo, Deborah! Wie schön, dich wiederzusehen!» heraus.

Im Zimmer war es still, bis auf das stete Summen der Klimaanlage.

Endlich sagte Timothy leise: «Wundervoll siehst du aus! Ich meine, ich hab dich noch nie so sonnenbraun gesehen...» Seine Stimme versagte.

Unvermittelt wurde sie verlegen.

Obwohl längst an die zwanglose Kleidung der Kibbuzniks gewöhnt, fühlte sie sich nun, da sie in ihren Shorts vor Tim stand, irgendwie nackt.

Boaz versuchte die Spannung zu lösen.

«Hör zu, Deborah, ich kann mir vorstellen, daß ihr euch viel zu erzählen habt. Geht in die Küche und holt euch ein paar Sandwiches. Macht ein Picknick.» Und dann, mit gespieltem Ernst: «Aber Punkt vier bist du mir wieder auf dem Feld!»

Damit stand er auf, marschierte hinaus, und die beiden blieben allein zurück – so benommen, daß sie nicht wußten, was sie tun sollten.

Sie sahen einander an. Keiner von beiden rührte sich.

Dann fragte Tim ein wenig zögernd: «Wie geht es dir?»

«Ich friere», antwortete sie lächelnd und rieb sich die sonnengebräunten Arme. «Die Klimaanlage...»

«Ich auch», erwiderte er und wurde allmählich ruhiger. «Komm, gehen wir dahin, wo's wärmer ist.»

Sie packten Pitabrot, Käse und Obst in einen Drahtkorb und wollten gerade losgehen, als der Küchenchef ihnen nachrief: «He, Moment mal!»

Verwundert blieben sie stehen und wandten sich um. Mit seinen großen, dicken Händen streckte Shauli ihnen eine geöffnete Flasche Rotwein entgegen.

«Den auch noch mitnehmen, Kinder», forderte er sie in gebrochenem Englisch auf. «Kompliment des Hauses.»

Sie saßen am See und beobachteten die kleinen, tanzenden Boote in der Ferne.

«Hier hat also Petrus gefischt», sagte Tim leise.

«Und Jesus ist übers Wasser gegangen», setzte Deborah hinzu.

Tim machte große, verwunderte Augen. «Sag bloß, du hast inzwischen Jesus akzeptiert.»

«Nein.» Sie lächelte. «Aber er war so lange in dieser Gegend, daß er fast Kibbuz-Mitglied ist. Hast du Bethlehem schon gesehen?»

«Noch nicht.»

«Weißt du, ich habe Autofahren gelernt. Vielleicht könnte ich ja mit dir hinfahren.»

«Ach ja?» Irgendwie war er erstaunt – nicht über ihren Vorschlag, sondern darüber, daß sie jetzt an etwas denken konnte, das über die Realität dieses einen Augenblicks hinausging.

Die Gegenwart war problematisch genug, die Zukunft mit tausend nicht zu beantwortenden Fragen belastet. Und so war alles, worüber sie mit einem gewissen Gleichmut sprechen konnten, die Vergangenheit.

«Wie hast du mich gefunden?» wollte sie wissen.

«Mein Leitfaden war Jeremias neunundzwanzig, Vers dreizehn: ‹Wenn ihr mich sucht, so sollt ihr mich finden; wenn ihr nach mir fragt von ganzem Herzen, so werde ich mich von euch finden lassen.›»

Deborah war gerührt. «Dein Hebräisch ist wundervoll, Tim», lobte sie leise.

«Nun», erwiderte er mit einer Andeutung von Verlegenheit, «ich habe sehr intensiv daran gearbeitet. Ich habe sehr viel gelernt, seit wir uns zuletzt gesehen haben.»

Ich ebenfalls, dachte Deborah. Laut sagte sie: «Im Ernst, Tim – wie hast du herausgefunden, wo ich bin?»

«Ich hätte im Sinai angefangen und bis zu den Golanhöhen gesucht – aber durch Zufall habe ich in der Subway Danny getroffen.»

«Ach so.»

«Und den Wink des Schicksals verstanden», beharrte er.

Deborah wandte ihren Blick ab und zupfte nervös an ein paar Grashalmen. Schließlich sagte sie: «Ich habe wirklich viel durchgemacht seit... jenem Abend.»

Dann erzählte sie ihm von der Sklaverei in Mea Shearim und ihrer spontanen Flucht in die Freiheit.

«Da hast du wahrhaftig Mut bewiesen», sagte er leise.

«Mein Vater hat es nicht ganz so gesehen.»

«Kann ich mir vorstellen. Er ist ein äußerst willensstarker Mensch.»

«Ich aber auch. Schließlich bin ich seine Tochter!» entgegnete sie. «Außerdem bin ich inzwischen erwachsen geworden. Schon fast zwanzig.»

«Ja.» Er betrachtete ihr Gesicht. «Und wunderschön.»

«Das habe ich nicht gemeint», protestierte sie schwach.

«Ich weiß. Ich wollte nur das Thema wechseln.»

«Willst du denn nicht den Rest meiner Geschichte hören?» erkundigte sie sich verwundert.

«Ein andermal.» Er rückte bis auf Armeslänge an sie heran, doch immer noch, ohne sie zu berühren.

«Ich würde gern hören, wie es bei dir im Seminar war», schlug sie vor.

«Würdest du nicht», widersprach er flüsternd. «Nicht in diesem Augenblick.»

«Wieso weißt du das so genau?»

«Deborah», drängte er, «ich kann deine Gedanken lesen. Du hast Angst und ein schlechtes Gewissen.»

Sie senkte den Kopf, ballte die Fäuste und antwortete: «Ja, du hast recht. Aber Angst zu haben, ist natürlich. Ich begreife nur einfach nicht, warum ich ein so schlechtes Gewissen habe.»

Er streckte die Hand aus und hob ihr Kinn an, damit sie ihm in die Augen sah. «Du fürchtest, daß es unrecht ist», sagte er leise. «Aber das ist es nicht, Deborah. Glaube mir, es ist nichts Unrechtes an dem, was wir füreinander empfinden.»

Sanft glitt seine Hand bis auf ihre Schulter herab.

«Ach Tim, wie soll es nur mit uns weitergehen?»

«Heute? Morgen? Nächste Woche? Ich weiß es nicht, Deborah, und es ist mir auch gleichgültig. Ich weiß nur, daß ich jetzt bei dir bin. Ich liebe dich und werde dich nie wieder fortgehen lassen.»

Ihre Gesichter waren nur zentimeterweit voneinander entfernt. Es war, als hätten sie sich während der drei qualvollen Jahre der Trennung an den Rand eines Abgrunds geklammert.

Dann hielt Deborah es nicht mehr aus.

Sie legte ihm die Arme um den Hals und küßte ihn.

Sie dachte daran, wie es mit Avi gewesen war.

Und kannte nun den Unterschied.

Als sie einander fest umarmten, flüsterte Tim: «Ich kann nicht glauben, daß dies eine Sünde ist, Deborah.»

Sie nickte wortlos.

Beide waren sie nervös, doch keiner von ihnen hatte Angst. Obwohl vollkommen unschuldig, waren ihnen intuitiv die Feinheiten des Liebesaktes vertraut.

Und das nahmen sie als ein weiteres Zeichen dafür, daß das, was sie taten, geschehen sollte.

So kam es, daß der zukünftige Priester und die Tochter des Rabbi in einem bewaldeten Winkel am See Genezareth die Erfüllung ihrer Liebe vollzogen, die vor langer Zeit an einem Sabbatabend begonnen hatte.

Als Deborah ihren Freunden beim Abendessen dieses Tages ihren amerikanischen Besucher vorstellte, nannte sie ihnen nur seinen Vornamen Tim.

Taktvoll erkundigte sich niemand danach, was er denn zu Hause mache. Die einzige Frage, die sie stellten, war für sie die wichtigste: «Wie lange wirst du bleiben?»

Tim sah Deborah an und hoffte, ihre Augen würden ihm sagen, was er antworten sollte, doch das einzige, was er darin las, war die Antwort: Das möchte ich auch gern wissen.

«Wir wollen wirklich nicht neugierig sein», erklärte Boaz. «Na schön, das sind wir natürlich auch, aber wir haben hier unsere Regeln. Jeder, der länger als zwei Nächte im Kibbuz bleibt, ist verpflichtet, einen Teil der Arbeit zu übernehmen.»

«Und was soll ich tun?» gab Tim unverzüglich zurück.

«Kannst du mit Kühen umgehen?»

«Leider nein», entschuldigte er sich. «Aber zu Hause in Amerika habe ich öfter gegärtnert. Ich würde wirklich gern auf dem Feld arbeiten.»

«Na, wunderbar», gab Boaz zurück. «Aber du mußt einen breitrandigen Hut tragen und dich gegen die Sonne einölen. Sonst wirst du so rot wie eine Tomate, und die anderen werden dich aus Versehen pflücken.»

Tim wurde einem Bungalow mit zwei australischen Freiwilligen zugeteilt. Doch alle wußten, daß das nur pro forma geschah.

Deborah bewohnte ihr neues *zrif* zusammen mit Hannah Yavetz, die – welch glücklicher Zufall! – ihren alljährlichen 30-Tage-Dienst beim Signal Corps ableistete. So hatten die beiden Liebenden für die kurze Zeit ihres Zusammenseins einen Raum ganz für sich allein.

Tag für Tag arbeiteten sie nebeneinander auf dem Feld – die erste Gelegenheit für sie, miteinander zu reden und sich ohne den Zeitdruck der Uhr, deren Zeiger am Sabbatabend auf zwölf zujagten, ein wenig besser kennenzulernen.

Mit jeder Nacht, die sie einer in den Armen des anderen verbrachten, löste sich das Gefühl, ihre Liebe könne möglicherweise Sünde sein, ein wenig weiter auf wie der frühe Morgendunst über dem See.

Sie waren auf eine Art und Weise verheiratet, daß keine irdische Macht sie mehr voneinander zu trennen vermochte. Warum konnte es nicht ewig so bleiben?

Das war in der Tat die eigentliche Frage, die in Deborahs Herzen brannte.

Durfte sie ihn bitten, hierzubleiben?

Würde er sie bitten, mit ihm zu gehen?

Deborah wollte jedes einzelne von Tims Gefühlen mit ihm teilen. Trotz seines Einwands, das einzig Wichtige sei doch, daß sie diese kostbaren Tage zusammen verbringen durften, erbat sie Erlaubnis, ihm die heiligen Stätten seiner Religion zeigen zu dürfen.

Versorgt mit einem Vorschuß von Deborahs Taschengeld für einen Monat, nahmen sie sich vor, wie fromme Pilger auszuziehen und den Spuren von Timothys Messias zu folgen.

Aufgrund einer stillschweigenden Übereinkunft sprachen sie niemals von der Zukunft – *wagten* nicht davon zu sprechen. Statt dessen lebten sie von einem Tag auf den anderen. Doch jeder Sonnenlauf brachte sie unweigerlich dem Augenblick näher, da sie den schweren Entscheidungen nicht länger ausweichen konnten.

Aber befanden sie sich nicht in einem Land, in dem Josua der Sonne befohlen hatte, stillzustehen – und hatte die Sonne ihm nicht gehorcht?

Als Deborah eines späten Nachmittags am Seeufer spazierenging und sich selbst Millionen nicht zu beantwortender Fragen stellte, traf sie auf Boaz, der lesend an einem Grashang saß.

Sie wußte, daß er zuweilen hierher kam, um der Last seiner Verantwortung als Kibbuzleiter zu entrinnen («Zweihundert Kibbuzniks – zweihundert Meinungen»), und wollte ihn eigentlich nicht stören. Doch selbst aus der Ferne schien er zu spüren, daß sie mit jemandem sprechen mußte, und winkte sie zu sich.

Er verzichtete auf die Einleitungsfloskeln und kam sofort zur Sache. «Wie lange noch?»

«Ich weiß es nicht.» Deborah zuckte die Achseln.

«Natürlich weißt du es», korrigierte er sie väterlich. «Du weißt es auf die Stunde, vielleicht sogar auf die Minute genau!»

«Wir fahren morgen los, zu unserer Besichtigungstour», erklärte sie.

«Aber ihr geht nicht wie Moses für vierzig Jahre in die Wüste», gab er zurück. «Irgendwann muß er nach Jerusalem zurückkehren. Wann?»

«Am fünfzehnten», antwortete sie tonlos.

«Nun», sagte er leise, «dann habt ihr fünf Tage.»

«Damit einer von uns sich entscheidet, meinst du?» erkundigte sie sich hoffnungsvoll.

«Nein, Deborah», sagte Boaz so behutsam wie möglich. «Keiner von euch kann etwas an dem ändern, was er ist. Diese fünf Tage habt ihr, um euch an den Gedanken zu gewöhnen.»

Am folgenden Morgen stiegen Deborah und Tim in einen zerbeulten Personenwagen, um zu der Fahrt aufzubrechen, von der sie, obwohl es keiner aussprach, beide wußten, daß es eine Reise des endgültigen Abschieds werden würde.

Während Tim seinen Koffer im Auto verstaute, warf Deborah einen letzten Blick in ihr *zrif*. Tim nahm all seine Sachen mit. Alles. Es war nichts mehr von ihm geblieben, zu dem sie später zurückkehren konnte.

Die folgenden Tage zogen wie ein verschwommenes Bild an ihr vorüber. Lange, sonnenerfüllte Ausflüge in Nazareth, Caesarea, Megiddo, Hebron und Bethlehem – immer mit den entsprechenden Reiseführern.

Abends stiegen sie voll Unsicherheit in bescheidenen Hotels ab und waren nervös, obwohl Dutzende von anderen jungen Frauen dasselbe taten.

Und schließlich kam dann Jerusalem, für beide mit heftigen Gefühlen befrachtet – Gefühlen, die nicht nur ihren Glauben betrafen, sondern ihr Leben.

Sie taten ihr möglichstes, um jeden Anflug von Traurigkeit zu unterdrücken. Deborah stellte sogar scherzhaft fest, daß ihre Unterkunft kaum zehn Minuten von Meah Shearim entfernt lag, und drohte aus Spaß, Timothy zu den Schiffmans zu schleppen.

Überall zogen sie umher – besuchten die Altstadt, inzwischen äußerlich wiedervereint und dennoch in winzige spirituelle Fragmente zersplittert.

Während sie durch die engen Straßen wanderten, waren sie von Priestern der armenischen, der griechisch-orthodoxen und der äthiopischen Kirche umgeben, von Mullahs aus den arabischen Moscheen und *frumen,* die ein Abklatsch von Deborahs Nachbarn daheim in Brooklyn zu sein schienen.

Schließlich führte Deborah Timothy auf den Wall oberhalb der Klagemauer und zeigte ihm, wo ihre «sündige Stimme» damals den Aufruhr verursacht hatte.

«Kaum zu glauben», staunte Tim. «Dabei sehen die alle furchtbar fromm aus. So völlig ins Gebet vertieft.»

«Ich schwöre dir, einige von ihnen würden mich auch jetzt noch erkennen, also könnte ich nicht mal in der eingezäunten Ecke beten. Dich aber, mein blonder, irischer Freund, würden sie mit offenen Armen empfangen.»

Leise flüsterte sie ihm etwas ins Ohr.

«Aber nein!» protestierte er lächelnd. «Das wäre ein Sakrileg.»

«Nur wenn du es dazu machst», konterte sie.

«Aber ich habe keine *kipa.»*

«Keine Angst, Liebling. Du brauchst sie nur ein bißchen Jiddisch hören zu lassen, und schon wirst du sehen, wie schnell sie dich mit allen nötigen Accessoires versorgen.»

Tim zuckte ergeben die Achseln und begann ehrfürchtig auf die Menge der Gläubigen zuzuschreiten.

Plötzlich zeigten einige junge Männer auf ihn.

«Seht nur, seht!» riefen sie auf jiddisch. «Da kommt eine Seele, die gerettet werden muß.»

Sie eilten herbei und umringten ihn gutmütig.

«Sprichst du Jiddisch?» erkundigte sich einer.

«*Jo, a bissel*», antwortete Tim.
Ihre Erregung wuchs, während sie ihre Fragen herunterspulten.
«Kannst du *dawenen?*»
«Nun ja, ich kenne ein paar Gebete.»
«Komm, wir helfen dir.»
Und wie durch Zauberhand hatte Timothy plötzlich ein Käppchen auf dem Kopf, während sie ihn freundschaftlich ganz nach vorn führten, wo er die heiligen Steine berühren konnte.
Timothy war unendlich gerührt, und das entging ihnen keineswegs.
«Bete!» drängte einer von ihnen und drückte ihm ein Buch in die Hand. «Du kannst doch Hebräisch lesen, nicht wahr?»
«Ein wenig.»
Ein anderer blätterte in den Psalmen.
«Darf ich mir selber einen aussuchen?» fragte Tim.
«Selbstverständlich», versicherte der Anführer begeistert. «Welchen willst du?»
«Den letzten, den einhundertfünfzigsten», antwortete Tim.
«Wunderbar», entgegneten alle fröhlich.
Timothy rezitierte die, wie man ihn gelehrt hatte, «großartigste Lobeshymne an Gott, die jemals komponiert worden ist», einen Gesang, der mit Halleluja («Lobet den Herrn») begann und endete und dieses Wort in jeder Zeile wiederholte.
Die geistlichen Rekrutierer waren überwältigt. «Komm doch mit uns zu unserem Rebbe», forderten sie ihn auf.
Sekundenlang war Tim hilflos. Denn diese jungen Männer waren ganz anders als die freudlosen Fundamentalisten, die Deborah ihm beschrieben hatte, von leidenschaftlicher Liebe zu Gott erfüllt.
Plötzlich fiel ihm die einzige logische Ausrede ein.
«Tut mir leid», entschuldigte er sich auf jiddisch, «aber ich habe bereits einen geistlichen Führer.»
Damit kehrte er zur Tochter des Rabbi zurück und folgte mit ihr den vierzehn Kreuzwegstationen.
Die letzten fünf Stationen, darunter der Ort der Kreuzigung auf dem Kalvarienberg und Christi Grab, lagen in der Grabeskapelle, an einem feierlichen Ort, in den sich sechs Religionen teilten: die griechisch-orthodoxe, die römisch-katholische, die koptische, die armenische, die syrische und die abessinische.
Während Tim sprachlos diese überwältigende Gedenkstätte für das Leiden Christi betrachtete, spürte Deborah, daß er sich nicht einmal mehr ihrer Gegenwart bewußt war.

Er schwieg nahezu eine halbe Stunde und hatte selbst dann noch Schwierigkeiten, wieder zu sprechen.

«Was tun wir jetzt?» erkundigte sie sich zögernd.

«Deborah», antwortete er mit ganz leicht unsicherer Stimme, «könnten wir einen Spaziergang machen?»

«Aber natürlich.»

«Andererseits ist es ziemlich weit. Wir nehmen lieber einen Bus.»

«Nein, nein», beharrte sie, «wir gehen zu Fuß, wohin du auch willst.»

«Ich möchte noch einmal Bethlehem sehen.»

Sie nickte, ergriff seine Hand, und so machten sie sich auf den langen Weg.

Am Spätnachmittag betraten sie endlich, ausgetrocknet und staubbedeckt, die Geburtskirche, vor über tausend Jahren an der Stelle errichtet, an der Jesus geboren wurde.

Durch einen Seitengang gelangten sie in die katholische Sankt-Katharinen-Kirche, wo Timothy in der letzten Bankreihe niederkniete und zu beten begann. Deborah blieb neben ihm stehen und wußte nicht recht, wie sie sich verhalten sollte.

Auf einmal hörte sie ihn keuchend die Luft anhalten. «Großer Gott!» Dann kam ganz schnell der geflüsterte Befehl: «Hinknien, Deborah! *Hinknien!*»

Deborah, die sein Entsetzen spürte, gehorchte sofort.

Dann kam schon wieder ein Befehl: «Kopf senken – und *beten!*»

Sekunden später erhoben sich zwei Andächtige in der ersten Reihe, kamen den Gang entlang, knicksten und bekreuzigten sich und wandten sich zum Gehen. Sie trugen beide schwarze Jacketts und weiße, am Hals offenstehende Hemden.

Als sie näherkamen, konnte Tim sehen, was er von weitem schon gefürchtet hatte: Es waren tatsächlich George Cavanagh und Patrick Grady.

«Bist du sicher, daß sie dich nicht gesehen haben?» erkundigte sich Deborah später, als sie im Schatten auf den Bus nach Jerusalem warteten.

«Ich weiß es nicht», bekannte er, unfähig, seine panische Angst zu beherrschen. «Vielleicht haben sie nur nichts gesagt.»

«Wenn sie dich erkannt haben – glaubst du, sie werden es weitererzählen?» fragte sie und war nun ebenso entsetzt wie er.

«Cavanagh bestimmt», antwortete er verbittert.

«Aber wie willst du jemals erfahren, ob...?»

«Das ist es ja», fiel er ihr ins Wort und schüttelte verzweifelt den Kopf, «ich *werde* es niemals erfahren!»

Sie saßen auf einer niedrigen Feldsteinmauer auf dem Ölberg. Beide schwiegen. In einer knappen Stunde mußte er sie zum Busbahnhof bringen.

Und ein Teil seines Lebens würde vorüber sein.

Sie blickten auf das Tal und die dahinterliegende Altstadt hinab, die fast wie eine Silhouette wirkte und nur gelegentliche Goldfunken der untergehenden Sonne spiegelte.

Endlich brach Tim das Schweigen, das nahezu klösterlich wirkte.

«Wir könnten hier leben», sagte er leise.

«Wie meinst du das?»

«Hier in dieser Stadt – Jerusalem. Wenn man sie betrachtet, sieht man fast alle Weltreligionen zusammen, hat man das Gefühl, der Geist Gottes schwebe über der Altstadt. Hier ist fast ein jeder Mensch zu Hause.»

«Spirituell zu Hause», korrigierte sie ihn.

«Ich meine es ernst, Deborah. Dies ist ein Ort, an dem wir beide leben könnten. Zusammen.»

«Tim», gab sie nach kurzem Zögern verzweifelt zurück, «du willst doch Priester werden. Dein ganzes Leben lang wolltest du Gott dienen...»

«Das könnte ich auch ohne die Priesterweihe», widersprach er. «Ich bin überzeugt, daß eine der christlichen Schulen mir ein Lehramt geben würde...» Seine Stimme versagte.

Er sah sie an. Ihr war bewußt, was seine Worte bedeuteten, und liebte ihn zu sehr, um so zu tun, als wisse sie es nicht.

«Timothy», sagte sie liebevoll, «in meinem innersten Herzen sind wir beide verheiratet. Doch in der wirklichen Welt da draußen würde es niemals funktionieren.»

«Und warum nicht?»

«Weil ich meine Religion nicht vergessen kann und du nicht die deine. Gar nichts – nicht das gesamte Weihwasser der Welt – könnte das Wesentliche dessen abwaschen, was wir sind.»

«Du meinst also, daß du noch immer Angst vor deinem Vater hast?» fragte er sie.

«O nein, ich habe nicht das Gefühl, ihm noch etwas zu schulden. Ich meinte, dem Vater der Welt.»

«Aber dienen wir nicht letzten Endes alle Ihm?»

«Ja, Timothy. Aber wir dienen Ihm jeder auf seine Art *bis zum Ende.*»

«Aber wenn der Messias wiederkommt...»

Er brauchte den Satz nicht zu beenden.

Obwohl sie beide fest daran glaubten, daß der Messias wiederkommen werde, wußten sie aber auch, daß die Welt, in der sie lebten, viel zu schlecht war, um Ihn zu empfangen.

Der Messias würde nicht kommen – jedenfalls nicht, solange sie lebten.

19

Timothy

Sie verabschiedeten sich am Busbahnhof von Jerusalem. Als Deborah die erste Stufe emporstieg, zog er sie spontan zurück, um sie ein letztes Mal in die Arme zu nehmen.

Er konnte sie nicht gehen lassen. Er liebte sie so sehr, mit einer so glühenden Leidenschaft, daß dieses Feuer, hätte Deborah es nur zugelassen, all seine Entschlußkraft verbrannt hätte.

«Wir sollten dies lieber nicht tun», protestierte sie schwach. «Deine Freunde, ich meine, die Männer, die uns gesehen haben –»

«Unwichtig... Mir ist überhaupt nichts wichtig, außer dir.»

«Das ist nicht wahr...»

«Ich schwöre zu Gott, meine Liebe zu dir ist größer!»

«Nein, Tim. Im Grunde weißt du gar nicht, was du empfindest.»

«Wie kommst du darauf?»

«Weil ich es von mir selber auch nicht weiß.»

Sie versuchte sich von ihm zu lösen – nicht nur, weil sein Priesteramt auf dem Spiel stand, sondern um ihrer selbst willen, weil sie ihn *jetzt* verlassen mußte oder nie. Und weil sie nicht wollte, daß er sich an sie erinnerte, wie ihr die Tränen übers Gesicht strömten.

Aber während sie so da standen und einander fest umarmten, erspürte sie das Schluchzen, das auch er zu unterdrücken suchte.

Ihre Abschiedsworte waren die gleichen, nahezu unisono gesprochen: «Gott schütze dich.» Damit wandten sie sich voneinander ab.

Als er das Terra Sancta College erreichte, waren die beiden anderen Amerikaner schon da.

«Wir waren hundemüde von der Hitze», erklärte Patrick Grady ihm. «Außerdem ist es unmöglich, sich länger hier in Jerusalem aufzuhalten.»

Sein Freund Cavanagh pflichtete ihm bei. «Wenn man alles sehen wollte, müßte man vermutlich ein Leben lang hierbleiben.»

Keiner von beiden ließ sich anmerken, ob sie das Liebespaar in Bethlehem gesehen hatten: ein weiteres Kreuz, das Tim zu tragen hatte. Von nun an würde er in ständiger Angst leben, sich immer wieder fragen müssen, wieviel seine beiden Kollegen wußten. Ob sie ihr Wissen irgendwie benutzen würden, um ihn in Mißkredit zu bringen. Und *wann.*

«Ich muß gestehen, Hogan», sagte George in etwas liebenswürdigerem Ton, «es tut mir leid, daß wir dich nicht gebeten haben, mit uns zu kommen. Dann hätten wir bestimmt weit mehr davon gehabt.»

«Ach wirklich?» gab Tim zurück.

«O ja. Mein Latein ist ganz passabel, weißt du, aber die meisten Inschriften schienen auf griechisch abgefaßt zu sein. Dabei hättest du uns wunderbar helfen können.»

«Vielen Dank», antwortete Tim säuerlich. «Wie schmeichelhaft.»

Genau wie versprochen, kehrte Pater Bauer pünktlich auf die Minute mit den deutschen Seminaristen zurück. Alle waren sie erschöpft, verstaubt, von der Spätsommersonne ausgedörrt.

Tim erschauerte rückwirkend. Es war ein kleines Wunder, daß Deborah und er nicht auch noch ihnen über den Weg gelaufen waren.

Am folgenden Morgen, dreißigtausend Fuß hoch über der Erde und dem Himmel weitaus näher, las Timothy in seinem Brevier und versuchte so, seine Erinnerungen unter frommen Gedanken zu begraben. Während ihre Maschine, die Landeerlaubnis erwartend, über der Stadt kreiste, überflogen sie den Vatikan. Mit Michelangelos kreisrunder Basilika, die sich auf Berninis Platz mit den vielen Säulen öffnete, wirkte Sankt Peter wie ein gigantisches Schlüsselloch.

Und damit diese Metapher nur ja keinem von seinen müden Schäfchen entging, erklärte Pater Bauer vernehmlich: «Dies ist das wahre Tor zum Paradies, meine Brüder. Und wir müssen uns den Schlüssel zum Reich Gottes verdienen.»

Timothy, der ebenfalls hinabblickte, überlegte, ob dieses Tor ihm nicht auf ewig verschlossen bleiben werde.

DRITTER TEIL

20

Timothy

«Segne mich, Vater, ich habe gesündigt...»

Womit soll ich anfangen, dachte Tim verzweifelt, als er in dem engen Beichtstuhl der Kapelle des North American College kniete. Wie sollte er ausdrücken, was sich im Heiligen Land zugetragen hatte?

Daß er sich in eine Frau verliebt hatte? Aber das war eine so unzulängliche Beschreibung seiner Gefühle!

Daß er Geschlechtsverkehr gehabt hatte? Er, ein Seminarist, der sich bereits der Enthaltsamkeit verpflichtet hatte und in knapp zwei Jahren das ewige Keuschheitsgelübde ablegen würde?

«Sì, figlio mio?»

Ein gewisser Trost war es für ihn, daß sein Beichtvater italienisch sprach. Durch den Filter einer fremden Sprache würde die Schwere seines Geständnisses möglicherweise ein wenig gemildert.

«Ho peccato, Padre, ich habe gesündigt», wiederholte er.

«Wie kann ich dir helfen?» fragte die Stimme hinter dem Gitter flüsternd.

«Ich habe eine Frau geliebt.»

Eine Pause entstand. Dann benutzte der Priester eine andere Formulierung. «Du meinst, du hast Liebe *gemacht...»*

«Aber das ist doch ein und dasselbe», versicherte Tim fast indigniert.

Der Beichtvater hüstelte.

«Wir haben uns geliebt, weil ein jeder die Seele des anderen liebte. Als unsere Körper sich berührten, trafen sich unsere Seelen.»

«Aber eure Körper haben sich... berührt», gab der Beichtvater zurück.

Er begreift mich nicht, dachte Tim. Wie in Gottes Namen soll ich dies einem Menschen beichten, der nicht weiß, was irdische Liebe ist?

Er versuchte die ganze Geschichte zusammenhängend zu erzählen, wollte dabei aber trotz seines dringenden Wunsches, die Beichte abzulegen, Deborah schützen. Er weigerte sich, ihren Namen zu nennen. Oder zu sagen, daß ihr Vater Geistlicher war.

Das Zwiegespräch dauerte lange. Weil der Priester so viele Fragen hatte. Wo? Wie oft?

«Warum müssen Sie das alles wissen?» erkundigte sich Tim flehend. «Genügt es nicht, daß ich es getan habe?»

Er versuchte sich einzureden, daß dieses Sondieren möglicherweise schon Teil seiner Buße sein sollte. Um die Fleischeslust aus seiner Seele zu schneiden und sie wie ein Krebsgeschwür auf das Tablett des Chirurgen zu legen, bösartig, endgültig von ihm getrennt.

Schließlich war die Qual vorüber. Er hatte alles gebeichtet, was er zu beichten vermochte. Was das übrige betrifft, dachte er, so weiß Gott, was ich getan habe und was ich empfinde. Soll Er mich dafür richten.

Schweißgebadet und außer Atem erwartete er den Kommentar des Priesters.

Endlich sprach der Beichtvater sein Urteil.

«Wir sind alle nur aus Fleisch und Blut. Sogar die Heiligen haben mit diesen Dämonen gekämpft. Ich nenne nur den heiligen Augustin und den heiligen Hieronymus. Beide heute Kirchenlehrer. Ihrem Beispiel mußt du folgen. Und als Buße wirst du während der nächsten dreißig Tage täglich alle drei Rosenkranzgebete sprechen. Bei jedem der drei Mysterien die Mutter Gottes bitten, bei Unserem Herrn Fürbitte für dich zu leisten. Und außerdem beim Morgen- und beim Abendgebet den einundfünfzigsten Psalm sprechen.»

«Ja, Padre.»

Durch das Gitter sah Tim undeutlich die rechte Hand des Beichtvaters, die das Kreuz schlug, während er ihn im Namen des Vaters, des Sohnes und des Heiligen Geistes von seinen Sünden freisprach.

«Va in pace», murmelte der Priester dann, *«e prega per me.»* Geh hin in Frieden und bete für mich.

Rom, die legendäre «Stadt der Sieben Hügel», besitzt noch einen achten: den Janiculus auf der anderen Tiberseite, dem rechten Ufer. Hier hat Kaiser Aurelian im dritten Jahrhundert nach Christus eine, wie er glaubte, unüberwindliche, mehr als sechs Meter hohe und zwanzig Kilometer lange Mauer gebaut, die ganz Rom vor den Angriffen der Barbaren schützen sollte.

Auf dem Janiculus weihte Papst Pius XII. persönlich in Begleitung von Kardinal Francis Spellman von New York (der den Spendenaufruf erlassen hatte) im Jahre 1953 das neue North American College ein, siebenstöckig, aus pastellbraunem Backstein: eine wundervolle Loyalitätsgeste der Gläubigen in der Neuen Welt.

Die Säulengänge des luftigen Innenhofes sind mit Insignien geschmückt, die von der Großzügigkeit der verschiedenen Diözesen in den Vereinigten Staaten künden. Aus dem graziösen Springbrunnen in der Mitte steigt klares Wasser aus einem Felsen empor, der besetzt ist mit Sternen, die jeweils einen Staat der Union darstellen.

In verschiedenen Gemeinschaftsräumen hängt das College-Wappen mit dem Motto: *Firmum est cor meum* – Mein Herz ist fest. Für einen nicht unbeträchtlichen Teil der 130 Bewohner, zumeist amerikanische Kandidaten für die Ordinierung, verbirgt sich hinter diesem Motto die Frage: Ist mein Herz fest genug?

Hier nun sollten Timothy und seine vier Kollegen während ihres weiteren Studiums wohnen. Einige Vorlesungen, wie etwa Kirchenrecht, wurden noch auf lateinisch gehalten, die meisten aber auf italienisch, das sie während ihres sommerlichen Intensivkurses in Perugia beherrschen gelernt hatten.

Während seines Bußmonats hatte Timothy Gott zweimal täglich mit den Worten des 51. Psalms angerufen: «Wasche mich rein von meiner Schuld, reinige mich von meiner Sünde.» Jetzt war er, mit den Worten des Psalmisten, überzeugt, daß der Allmächtige ihm ein «reines Herz geschaffen» und ihm einen «neuen gewissen Geist gegeben» habe.

Er kniete vor dem Altar nieder und gelobte, nie wieder mit Deborah in Verbindung zu treten.

Doch während er noch die Worte sprach, wurde in einem fernen Winkel seiner Verzweiflung ein Licht entzündet. Und beleuchtete in seinen Gedanken eine aufflackernde Frage: Kann Gott bestimmt haben, daß wir uns wiedersehen?

Als er die Kapelle verließ, war er naßgeschwitzt, allerdings nicht von der windstillen Wärme des römischen Oktoberabends. Vielmehr hatte ein verzweifelter Gedanke plötzlich die feste Mauer seiner Abwehr durchbrochen:

Ich werde in der Hoffnung leben, Deborah wiederzusehen.

Bis ans Ende meiner Tage.

21

Deborah

Es war ein Schock, aber keine Überraschung.

Da Deborah und Tim fast drei Wochen miteinander verbracht hatten, wäre es ein Wunder gewesen, wenn sie *nicht* schwanger geworden wäre: in Wirklichkeit aber hatte sich ein irrationaler Teil ihres Wesens nach diesem «Unglück» gesehnt, mit dem sie knapp vier Wochen nach dem Abschied von Tim konfrontiert wurde.

Dr. Barnea, der Kibbuz-Arzt, teilte ihr die Testergebnisse mit. Er jedenfalls hegte keine widersprüchlichen Gefühle, denn er lächelte ihr herzlich zu und wünschte ihr: *«Masel tow!»*

Deborah blieb einen Augenblick stumm. Dann sagte sie leise: «Ich weiß nicht, was ich machen soll.»

«Nur ruhig Blut», sagte der Doktor beschwichtigend. «Ich kann dir alles erklären, was du wissen mußt. Außerdem ist hier im Kibbuz immer jemand schwanger. Von diesen Frauen bekommst du vermutlich weit bessere Informationen als aus einem von meinen Lehrbüchern.»

Ist es wirklich so einfach? fragte sie sich. Brauche ich nur hier zu sitzen und zuzusehen, wie mein Bauch dicker wird? Werden mich nicht alle auslachen oder, noch schlimmer, bemitleiden?

«Dr. Barnea, dieses... Kind, das ich trage...»

Er wartete geduldig, bis sie den Mut gefunden hatte, weiterzusprechen.

Schließlich sagte sie: «Es ist völlig ausgeschlossen, daß ich... den Vater heirate. Ich könnte es ihm nicht mal mitteilen.»

Der Mediziner nickte beruhigend. «Wer fragt schon danach? Hier im Kibbuz ist die Ankunft eines neuen Babys immer ein Anlaß zur Freude. Und dein Kind wird in der wundervollsten Umgebung der Welt aufwachsen. Übrigens bist du nicht die einzige unverheiratete Mutter bei uns. Hast du das noch nicht bemerkt?»

«Nein», antwortete sie.

«Aha!» sagte der Arzt und hob in rhetorischem Triumph den Finger. «Genau das ist es! Du hast es nicht bemerkt, weil alle Kinder gleich behandelt werden.»

«Aber wenn dieses Kind... nach seinem Vater fragt?»

«Nun ja –» er lächelte, «wenn es nicht ausgesprochen frühreif ist, wird es das noch lange nicht tun. Und bis dahin hat sich deine Lage möglicherweise verändert.»

Nein, dachte Deborah, sie wird sich niemals verändern. Dies ist Timothys Kind, und nicht das eines anderen Mannes.

Der Arzt legte ihr Schweigen fälschlich als Unbehagen aus und setzte hinzu: «Hör zu, Deborah, es ist zwar traurig, aber wahr, daß ein junger Ehemann manchmal zum Militär eingezogen wird und ... nicht zurückkehrt. Leider gibt es hier im Kibbuz auch zwei Witwen, die sogar noch jünger sind als du und zusammen fünf Kinder haben.»

Er beugte sich vor und schlug mit der flachen Hand auf den Schreibtisch. «Aber den Kindern geht es gut! Die Gemeinschaft gibt ihnen all die Liebe, die sie brauchen. Im Moment ist es weit wichtiger, daß du eine Diät einhältst, deine Vitamine einnimmst und nichts als positive Gedanken hast.»

Aber Deborah wußte, daß sie seine Vorschriften unmöglich befolgen konnte. Sobald sie diese Praxis verließ, würde sie in der realen Welt und mutterseelenallein sein – und doch nicht allein. Und da sie beschlossen hatte, niemals einen anderen Mann zu lieben, war sie darauf vorbereitet, Mutter zu werden, ohne je Ehefrau gewesen zu sein.

Der Doktor hatte inzwischen gemerkt, daß sie von anderen Sorgen gequält wurde.

«Machst du dir Gedanken wegen deiner Eltern?» erkundigte er sich fürsorglich.

«Ja», gestand sie. «Mein Vater scheint ein Talent zu haben, derartige Dinge in Erfahrung zu bringen.»

Dr. Barnea begriff nur allzugut.

«Meine liebe Deborah, soll ich dir meine Definition eines Erwachsenen erklären? Das ist ein Mensch, der eines Morgens aufwacht und sagt: ‹Von nun an ist es mir egal, was meine Eltern denken.› Für mich ist das die echte psychologische Bar mizwa.»

Deborah nickte, stand auf und verließ die Praxis. Die sengende Mittagssonne erinnerte sie daran, wie lange sie sich da drinnen aufgehalten hatte, denn als sie kam, um sich die Ergebnisse abzuholen, war es draußen noch kühl gewesen.

Während sie langsam zu ihrem *zrif* zurückkehrte, jagten ihr tausend widersprüchliche Gedanken durch den Kopf und schüttelten sie wie ein wüster Sturm.

Sie war sich ziemlich sicher, daß es sie nicht mehr kümmerte, was Moses Luria sagen würde.

Aber das einzige, was sie sich sehnlichst wünschte, war mit Sicherheit unmöglich:

Timothy davon zu erzählen.

Nachdem sie am liebsten gestorben wäre, hatte Deborah letztlich doch die Übelkeitsanfälle überlebt, die sie während der ersten drei Monate ihrer Schwangerschaft quälten.

Inzwischen fühlte sie sich wohl genug, um die Tatsachen der Mutterschaft mit einem gewissen Gleichmut ins Auge zu fassen. Und sogar mit einem Quentchen innerem Glück. Sie trug ja Tims Kind – ein Stück von ihm, das ihr keine Macht der Welt wieder zu nehmen vermochte.

Dann geschah die Tragödie.

Die Nachricht kam, als sie sich im Speisesaal zum Abendessen setzten. Ein Air-Force-Colonel tauchte auf und verlangte mit tiefernster Miene Zipporah und Boaz zu sprechen. Kalkweiß im Gesicht folgten ihm beide in einen entfernten Winkel des Raumes.

Obwohl der Offizier zu leise sprach, als daß sie ihn hätten verstehen können, wußten alle Anwesenden sofort, welche Nachricht er überbrachte. Ihre Befürchtungen wurden bestätigt, als sie Zipporahs verzweifelten Aufschrei hörten.

Sie schrie immer weiter – so außer sich, daß sie, als Boaz sie in die Arme nehmen wollte, hemmungslos um sich schlug, um ihren Mann von sich fernzuhalten.

Dr. Barnea war sofort bei ihr. Mit einem anderen Kibbuz-Mitglied zusammen stützte er Zipporah auf dem Weg zur Praxis.

Die anderen saßen so reglos da, als wären sie zu Stein erstarrt.

Flüsternd fragte Deborah Hannah Yavetz: «Avi?»

Die andere nickte beklommen. «Bei einem Luftangriff auf einen Guerilla-Stützpunkt in Sidon. Ich hab's heute im Radio gehört. Eine unserer Maschinen wurde von der Flak getroffen.»

Oh, du mein Gott! dachte Deborah, der vor Entsetzen schwindlig wurde.

Sie saßen schweigend da und warteten. Innerhalb weniger Sekunden war aus dieser Gemeinschaft von Landarbeitern eine stumme Trauergemeinde geworden.

Zwanzig Minuten später kam, ebenfalls mit den Tränen kämpfend, der Arzt zurück. Sie umringten ihn besorgt, um zu hören, was er ihnen mit heiserer, zögernder Stimme berichtete.

«Avi wurde getroffen und schwer verwundet. Dennoch benutzte er den Schleudersitz nicht – nicht einmal, als er schon wieder hinter der Grenze war. Er wollte die Maschine unversehrt landen...» seine Stimme brach... «damit ein anderer sie fliegen konnte.»

Viele dieser männlichen und weiblichen Kibbuzniks, die Avi von klein auf gekannt hatten und mit ihm gemeinsam aufgewachsen waren, bedeckten ihre Augen und weinten leise.

«Er hätte nicht fliegen müssen», murmelte Hannah bitter.

«Wie meinst du das?» erkundigte sich Deborah.

«Er war der einzige Sohn. Bei den israelischen Streitkräften werden einzige Söhne nicht an die vorderste Front geschickt. Avi hat sich eine Sondererlaubnis holen müssen.»

Deborah nickte schweigend.

«Er hatte keine Angst vor dem Tod, das weiß ich», fuhr Hannah fort, «aber er hat auch das Leben seiner Eltern vernichtet. Nun haben sie überhaupt nichts mehr.»

Der Kibbuz kümmerte sich um seine Mitglieder buchstäblich von der Wiege bis zur Bahre. Am entgegengesetzten Ende, vom Kinderhaus aus gesehen, lag in der entfernten Südwestecke der Friedhof.

Hier wurde Avi Ben-Ami, fünfundzwanzig Jahre alt, im Beisein seiner erweiterten Familie sowie seines Geschwaderkommodores und seiner Piloten-Kameraden zur letzten Ruhe gebettet. Eine Gewehrsalve wurde abgefeuert, während der schlichte, mit der Davidsternflagge bedeckte Sarg in die Erde gesenkt wurde. Einen Rabbi gab es nicht. Und bis auf eine knappe Ansprache seines Kommodores fiel auch die Trauerfeier nur kurz aus. Der Schmerz dagegen war tief und echt.

Wochenlang lag eine düstere Wolke über dem Kibbuz. Deborah hatte das dringende Bedürfnis, ihre Gedanken bei jemandem außerhalb dieser eng geschlossenen Gesellschaft abzuladen.

Und so setzte sie sich an ihren kleinen Holzschreibtisch, um wieder einmal einen langen Brief an Danny zu schreiben, dem sie diesmal schilderte, wie der Tod eines einzelnen Soldaten nicht nur eine Gemeinschaft, sondern ein ganzes Land in Trauer versetzte. Denn ganz Israel hatte an jenem Abend im Fernsehen Avis Bild gesehen. Und teilte aufrichtig das Leid der Ben-Amis.

Sie hatte etwa eine Viertelstunde lang geschrieben, als es an ihre offenstehende Tür klopfte. Kaum überrascht, sah sie Boaz und Zipporah draußen stehen. Seit dem Tod ihres einzigen Kindes hatten die Eheleute feste Gewohnheiten entwickelt, die es ihnen ermöglichten, den endlosen Abend zu überstehen. Von halb zehn Uhr an – unmittelbar nach den Fernsehnachrichten – wanderten sie rastlos durch den Kibbuz, bis sie erschöpft genug waren, um einschlafen zu können.

«Jemand zu Hause?» erkundigte sich Boaz, um einen unbeschwerten Ton bemüht.

«Nur herein!» antwortete Deborah, die ebenfalls fröhlich zu klingen suchte.

«Nein, nein», wehrte er ab. «Außerdem ist hier gar nicht Platz genug für uns drei. Komm lieber heraus und geh mit uns ein Stück spazieren. Ein bißchen frische Luft wird dem Kleinen nur guttun.»

Deborah nickte und erhob sich. Das Aufstehen fiel ihr in letzter Zeit ziemlich schwer, aber sie ging mit den beiden hinaus.

Deborah wußte, daß sie nicht nur mit ihr plaudern wollten. In den vergangenen Wochen hatten sich Boaz und Zipporah fast völlig von den anderen Menschen zurückgezogen.

«Deborah», begann Boaz, «wir haben versucht, all unseren Mut zusammenzunehmen, um mit dir zu sprechen...»

«Mut?» unterbrach sie ihn verwundert.

«Nun – ja», fuhr Boaz verlegen fort. «Aber wenn du deine Lage betrachtest und unsere, glaube ich, daß wir uns gegenseitig helfen könnten.»

Deborah zwang sich zu einem Lächeln. «Im Augenblick kann ich jede Hilfe gebrauchen.»

«Wie ich es sehe», fuhr Boaz fort, «wird dein Kind nie einen Vater haben – während Zipporah und ich nie einen Enkel haben werden. Wenn wir diese beiden Bruchstücke nun irgendwie zusammenfügen könnten, wäre es vielleicht möglich, daß wir zusammen wieder ein Ganzes werden.» Er hielt inne; dann ergänzte er: «Soweit das überhaupt möglich ist.»

«Was...» begann sie zögernd. «Was soll ich tun?»

«Könntest du dir vorstellen, deinem Kind unseren Namen zu geben? Ich meine, wir wollen ja nicht, daß du es Avi oder Aviva nennst. Könntest du es einfach ein ‹Ben-Ami› werden lassen? Dann könnten wir beiden Oma und Opa sein.»

Und Zipporah setzte fast entschuldigend hinzu: «Das wäre wohl auch für das Baby gut...»

Deborah fiel ihnen beiden um den Hals. «Ich danke euch», sagte sie leise, und ihre Augen wurden groß.

«Nein», protestierte Zipporah rasch, *«wir* danken *dir.»*

Eines frühen Maimorgens setzten bei Deborah die Wehen ein. Hannah, ihre Mitbewohnerin, lief sofort Dr. Barnea wecken, der verschlafen murmelte: «Warte, bis die Wehen alle drei Minuten kommen, und bring sie dann in die Chirurgie. Ich werde inzwischen die Schwester wecken.»

In den letzten drei Monaten von Deborahs Schwangerschaft war Hannah mit ihr zum Unterricht für natürliche Geburt gegangen, damit sie ihr beim kontrollierten Atmen helfen konnte.

Die Schmerzen waren schlimmer, als Deborah es sich vorgestellt hatte. Jedesmal, wenn eine Wehe kam, biß sie fest die Zähne zusammen und versuchte – vergeblich – Flüche zu unterdrücken. Während einer der immer kürzer werdenden Pausen sagte sie heftig keuchend zu Hannah: «Verdammte Eva – warum mußte sie bloß diesen Apfel essen!»

Der Kibbuz verfügte über einen kleinen, aber gut ausgerüsteten Operationsraum, damit Dr. Barnea und seine beiden Teilzeitschwestern im Notfall Eingriffe wie Blinddarmoperationen ausführen und gebrochene Knochen richten konnten. Und natürlich Kinder zur Welt bringen.

Um 8 Uhr 15 hielt der Arzt den kritischen Moment für gekommen. Die Krankenschwestern rollten Deborah in den OP, während Hannah an ihrer Seite blieb und beruhigend auf sie einredete.

Um 8 Uhr 27 erschien der Kopf des Kindes; kurz darauf rief Hannah freudig erregt: «Ein Junge, Deborah! Du hast einen bezaubernden blonden Jungen!»

Und wie aus einem Mund rief das gesamte Team: *«Masel tow!»*

Deborah war selig.

Später am Tag vergoß sie zusammen mit den Großeltern Boaz und Zipporah Tränen.

«Wie soll er heißen?» erkundigte sich Zipporah.

Deborah hatte lange überlegt und beschlossen, ein Mädchen nach der ersten Frau ihres Vaters Chava zu nennen. Was sie dazu bewogen hatte, vermochte sie selbst nicht zu begreifen, vermutete aber, daß sie noch immer versuchte, ihm Freude zu machen.

Einem Jungen dagegen, das stand außer Frage, wollte sie den hebräischen Namen geben, der dem englischen Timothy – «Gott zur Ehre» – am nächsten kam. Und so standen letztlich Elimelech – «Mein Gott ist König» – und Elisha – «Gott ist mein Retter» – zur Wahl. Deborah entschied sich für den letzteren.

Am 22. Mai 1971 wurde Elisha Ben-Ami beschnitten und in den

Bund zwischen Gott und Seinem Volk aufgenommen. Sein Nachname erinnerte an einen Toten, der nicht sein Vater war. Sein Vorname ehrte einen Mann, der zwar noch lebte, der aber niemals erfahren würde, daß Eli sein Sohn war.

Deborah schwankte zwischen Glück und Hilflosigkeit. Es gab sogar in diesen ersten, berauschenden Tagen Momente, da sie, zutiefst erschüttert über das, was sie getan hatte, unvermittelt verstummte.

Denn während Eli in ihrem Leib heranwuchs und sie immer wieder von Zweifeln geplagt wurde, hatte sie sich gedacht: «Sobald das Kind geboren ist, wird alles gut werden.» Doch seine Gegenwart verwandelte die rosige Phantasievorstellung in eine ständig schreiende Realität.

Natürlich halfen ihr die anderen Kibbuzniks und freuten sich mit ihr, für alle aber, bis auf Boaz, Zipporah und Deborah selbst, war Eli nur ein weiteres unter zahlreichen Babys, die alle liebevoll aufgenommen wurden.

Die Woge der Liebe, die Deborah empfand, war ein Gefühl, das in ihr die Sehnsucht weckte, es mit ihrer richtigen Familie zu teilen, wenigstens mit ihrer Mutter, und mit Danny, dem sie sich während ihrer Schwangerschaft mehrmals fast anvertraut hätte.

Und, jawohl, gestand sie sich ein, es gab einen irrationalen Teil von ihr, der sich noch immer danach sehnte, es ihrem Vater zu erzählen. Obwohl sie fest überzeugt war, alle Gefühlsbindungen gekappt zu haben, verlangte das kleine Mädchen in ihr noch immer nach Papas Anerkennung.

Aber würde er die verlorene Tochter je wieder in seine Herde aufnehmen?

22

Daniel

Während meine Wollust zu- und mein Glaube abnahm, wurde mir klar, warum ich mich von Ariel so angezogen fühlte: Sie war, zu einem einzigen, atemberaubenden Paket verschnürt, der Inbegriff sämtlicher strengen Tabus meiner Religion.

Sie hatte behauptet, Kunstgeschichte zu studieren, und schien das Thema wahrlich im Sturm anzugehen. Die Wände ihrer Wohnung waren mit eindrucksvollen Werken moderner Kunst behängt, darunter ein echter Utrillo in Öl, ein Braque und mehrere Picasso-Zeichnungen. Die Wohnzimmerregale waren mit, wie mir schien, Hunderten von Bildbänden über zeitgenössische Meister gefüllt.

Eine derartige Wohnung hatte ich noch nie gesehen – schon gar nicht bei einer Studentin.

Zunächst einmal war sie riesengroß und ganz in Weiß gehalten. Die einzige Ausnahme bildeten zahlreiche Silberschalen.

Ihr Kühlschrank war bis obenhin gefüllt mit Champagner, Kaviar – und Tiefkühl-Schnellkost.

Die Tatsache, daß wir uns nie am Dienstag-, Mittwoch- und Donnerstagabend treffen konnten, hätte mich stutzig machen sollen. Gewiß, es gab Abendvorlesungen, das wußte ich, doch als ich ein- oder zweimal vorschlug, noch gegen Mitternacht zu ihr zu kommen, lachte sie nur ironisch auf.

Eines Freitag abends dann (jawohl, so sehr war ich von ihr betört, daß ich tatsächlich den Sabbat entweihte) kapierte ich endlich. Sie hatte mir versehentlich Rotwein über den Anzug geschüttet und erbot sich fröhlich, ihn «zur Strafe» abzulecken. Also entkleidete sie mich und schob mich in die mit zahlreichen Hähnen ausgestattete, elegante Duschkabine in ihrem Bad.

Als ich herauskam, reichte sie mir nicht nur einen Bademantel, sondern dazu ein Herrenhemd und eine Herrenhose.

Ich versuchte mir das Vorhandensein dieser maskulinen Kleidungsstücke so zu erklären, daß sie einem ehemaligen Liebhaber gehörten – vielleicht sogar einem Ehemann.

Doch irgendwie war die Hose dafür zu perfekt gebügelt, das Hemd zu frisch gewaschen. Und als ich das rhombusförmige Monogramm mit den Buchstaben CM entdeckte, wurde ich neugierig.

«Wem gehören die?» erkundigte ich mich so beiläufig wie möglich.

«Einem Freund», antwortete sie lässig und winkte mir, auf ihre Spielwiese herüberzukommen.

Doch sogar während der einleitenden Umarmungen bohrte ich weiter.

«Was für einem Freund?»

«Unwichtig. Lassen wir das – eh?»

«Offensichtlich ist er dir aber wichtig genug, daß du seine Kleider in deinem Schrank aufbewahrst.»

Schließlich verlor sie die Geduld. «Um Himmels willen, Danny! Bist du denn tatsächlich so weltfremd? Ist es nicht eindeutig, daß ich eine ausgehaltene Frau bin?»

Das warf mich, ehrlich gesagt, vom Hocker – und tat mir furchtbar weh. «Für mich nicht», gab ich leise zurück. «Soll das heißen, daß das hier seine Wohnung ist?»

«Nein, sie gehört mir; aber er bezahlt die Miete. Ist das zu starker Tobak für dich, kleiner Rabbi?»

«Nein», log ich tapfer, «aber da, wo ich herkomme, sind solche Dinge –»

«Aber Liebling, du kommst doch vom Mond.»

«Du hast recht.» Es war mir peinlich, noch Reste konventioneller Wertmaßstäbe zu besitzen. «Nur eine Sache kann ich einfach nicht begreifen.»

«Ja?»

«Was, zum Teufel, findest du an mir bloß so anziehend?»

«Deine Unschuld», antwortete sie gelassen. Und lächelte breit. «Bin ich für dich nicht wie eine ganze Schüssel voll verbotener Früchte?»

Ich nickte und streckte gierig die Hand nach ihr aus.

Als sie in meinen Armen dahinschmolz, murmelte sie kehlig: «Nach mir wirst du nie wieder zu netten jüdischen Mädchen zurückkehren können.»

An vielen drückend heißen Abenden, an denen ich für Vorlesungen büffelte, die erst im Herbst beginnen würden, war ich mit einem Teil meines Wesens dankbar dafür, daß Ariel von ihrem Freund an die Riviera eingeladen worden war. Denn da ich im Sommer zu Hause wohnte, hätte ich unmöglich mit ihr sprechen können, ohne in eine Telefonzelle zu gehen.

Hin und wieder rief ich in meinem Dormitorium an und fragte nach Post. Doch alles, was kam, waren vereinzelte Ansichtskarten von meiner hübschen Verführerin. Wie dem auch sei, ich vertiefte mich in mein Studium und machte gewaltige Anstrengungen, Ariel aus meinen Gedanken zu verbannen.

Manchmal klopfte Papa behutsam an meine Tür. Nachdem er gesagt hatte, er hoffe, mich nicht zu stören, setzte er sich und versuchte, mir bei der Suche nach dem Thema für eine Dissertation zu helfen, die ich für meinen Abschluß verfassen mußte. Die meisten seiner Vorschläge befaßten sich mit dem Mystizismus, einem Fach, das seit dem Mittelalter eine «Lurianische» Tradition war.

Ich nickte nur und bot ihm von den Erdnußbutter-Crackers und dem Ginger Ale an, mit denen Mama mich ständig versorgte. Ich gab mir die größte Mühe, die Wahrheit vor ihm zu verbergen: daß ich nämlich schon längst wußte, worüber ich schreiben und wen ich mir als Doktorvater aussuchen wollte.

Gegen Ende des Sommers ging ich zum Dekan, um ihm meine Bitte vorzutragen. Wie üblich, hieß er mich herzlich willkommen. Wie üblich, vermutete ich, daß er das nur tat, weil mein Vater prominent war.

«Ich möchte meine Dissertation unter der Leitung von Dr. Beller schreiben», erklärte ich, meine Verlegenheit möglichst kaschierend.

«Ein wahrhaft gelehrter Mann», bemerkte der Dekan. «Aber ich wußte gar nicht, daß Sie sich für Archäologie interessieren –»

«O nein», fiel ich ihm ins Wort, «ich meine nicht *Rabbi* Beller. Ich meine seinen Bruder an der Columbia University.»

«Ach so.» Augenblicklich legte sich seine Begeisterung. Er strich sich den Bart und brummte in verschiedenen Oktaven «Hmmm».

Endlich äußerte er sich in verständlichen Silben. «Dieser Aaron Beller ist ein großer *epikoros,* ein gottloses Genie. Doch welcher aufrichtige Gelehrte könnte leugnen, daß er den großartigsten Verstand besitzt, den seine brillante Familie seit Generationen hervorgebracht hat...»

«Unbedingt, Sir», stimmte ich ihm zu, «deswegen habe ich seine Vorlesung belegt. Aus meinen Unterlagen ersehen Sie, daß ich mit ‹Sehr gut› abgeschlossen habe.» Ungeduldig wartete ich ab, während der Dekan zu weiteren Brummlauten Zuflucht nahm.

Schließlich beugte er sich zu meiner größten Überraschung über den Schreibtisch und lächelte.

«Wissen Sie was, Danny? Wenn Beller Sie nimmt, wäre es ja durchaus möglich, daß Ihre Frömmigkeit ansteckend auf ihn wirkt. Es wäre möglich, daß Sie ihn zu unserer Herde zurückführen. Keine Sorge, ich werde ein paar Anrufe tätigen und alles in die Wege leiten.»

«Vielen Dank.» Erleichtert und glücklich stand ich auf.

«Aber ich warne Sie», rief mir der Dekan noch nach. «Dieser Mann hat ein großes Talent, Unheil zu stiften. Lassen Sie sich nicht von seiner Persönlichkeit beeindrucken.»

«Bestimmt nicht, Sir», antwortete ich.

«Nun ja, der Sohn des Silczer Rebbe wird sich gewiß nicht in seinem Glauben erschüttern lassen», sagte der Dekan mit einer Zuversicht, die mich beunruhigte.

Das Thema, auf das Beller und ich uns geeinigt hatten, lautete: «Sexuelle Sublimierung als Faktor im religiösen Glauben» – ein Titel, dessen erstes Wort wir auslassen wollten, wenn wir das Thema dem Universitätsausschuß zur Genehmigung vorlegten.

Der auf der Hand liegende Ausgangspunkt war Freuds ketzerische Monographie «Die Zukunft einer Illusion», in der er den Ursprung der Religion in der Unterdrückung oder wenigstens der Umleitung der primären Triebkraft im Leben sieht, der Libido. Ich selbst konnte die Macht des Bösen Triebs schließlich aus erster Hand bezeugen.

Meine Recherchen, von Plato bis Freud und darüber hinaus, führten mich immer näher an Bellers grundlegende Behauptung heran, «Religion» sei aus dem schuldgetriebenen Bedürfnis entstanden, ein patriarchalisches Höchstes Wesen zu erfinden.

Ich glaube, das Thema riß mich einfach mit, denn der Lehrplan verlangte nur zehntausend Wörter, ich dagegen lieferte Beller nahezu zwanzigtausend.

Obwohl ich inzwischen ein regelmäßiger Gast in seiner Wohnung geworden war – mit Ariel zusammen, natürlich –, war ich hochgradig erregt, als wir uns eine Woche nach Ablieferung meines ersten Entwurfs dort trafen. Zum Glück erlöste er mich sofort von meiner Angst.

«Erstklassig, Danny! Offen gestanden, ich glaube, Sie haben hier das Kernstück für ein ganzes Buch. Aber ich habe ein paar Randbemerkungen gemacht bezüglich der Stellen, an denen Sie die eher umstrittenen Ideen herausnehmen sollten, damit der Dekan Ihren Entwurf als ‹koscher› einstuft.»

Das war ein wirklich guter Rat, denn meine Arbeit wimmelte von Ketzereien.

Als wir uns eines späten Abends die letzte Flasche Weißwein teilten, erkundigte ich mich vorsichtig: «Kann ich mit Ihnen sprechen, Aaron?»

«Aber sicher, Danny», antwortete er. Ich glaube, er ahnte, was kommen würde.

«Nach allem, was ich inzwischen weiß – ich meine, nach allem, was ich von Ihnen gelernt habe –, kann ich einfach nicht so weitermachen. Ich meine ... wegen meiner Ordinierung.»

Unruhig wartete ich auf seine Reaktion.

«Nun, Daniel», antwortete er bedächtig, «ich bin froh, daß Sie dieses Thema angeschnitten haben, denn nun kann ich offen mit Ihnen reden.»

Er machte eine kleine Pause; dann fuhr er fort: «Ich habe immer das Gefühl gehabt, daß Sie nicht recht wußten, ob Sie wirklich Rabbi werden sollten – vor allem, was die Nachfolge Ihres Vaters betrifft. Ich kann mir nicht vorstellen, daß Sie den Rest Ihres Lebens damit verbringen wollen, in Brooklyn zu sitzen und *Responsa* über mittelalterliche Streitfragen zu schreiben. Für mich wäre das Verschwendung eines klaren Verstandes.»

Daß er meine Gedanken so gut zu lesen vermochte, war mir peinlich. Dennoch empfand ich eine unglaubliche Erleichterung. Ich sah, daß seine Vorlesung mir nur als Vorwand dafür gedient hatte, mir über meine Gefühle gegenüber meinem Vater klarzuwerden, die mein Leben lang zwischen Angst und Groll geschwankt hatten.

Die erschreckendste Entdeckung war jedoch, daß ich nicht nur nicht der nächste Silczer Rebbe, sondern daß ich überhaupt kein Rabbi werden wollte.

«Ich weiß nicht, was ich machen soll», klagte ich verzweifelt.

«Die Antwort darauf hat Hillel schon vor zweitausend Jahren gegeben: ‹Wenn *ich* nicht für mich bin, wer dann?› Es ist *Ihr* Leben, Danny!»

«Was sagen Sie denn Ihren Patienten, wenn sie die Wahrheit über sich selbst entdecken und das kaum ertragen können?»

Aaron lächelte. «Dann sage ich: Auf Wiedersehen bis zur nächsten Sitzung.»

Ich war der letzte Kandidat, der den rechten Weg verließ.

Gegen Ende unseres dritten Jahres, als noch über zwölf Monate bis zur Ordinierung vor uns lagen, hatten zwei weitere Studenten aufgegeben, doch keiner von ihnen war der Erbe des Silczer Rebbe, keiner von ihnen würde eine «goldene Kette» zerreißen – und damit das Herz des eigenen Vaters.

Ich war unendlich dankbar, als Beller unangemeldet in meinem Dormitorium erschien, um mir Mut zu machen.

«Warum tue ich das überhaupt?» stöhnte ich unglücklich.

Beller musterte mich und fragte in einem Ton, den ich für seinen therapeutischen hielt, gelassen: «Wem tun Sie das *an*, würde ich lieber fragen.»

Ich schlug die Augen nieder und gestand: «Meinem Vater.» Nach einer kurzen Pause wiederholte ich: «Ich tue es, um meinem Vater weh zu tun.»

Aufblickend fragte ich verzweifelt weiter: «Aber warum, Aaron, warum sollte ich so etwas tun wollen?»

«Die Antwort darauf können nur Sie ganz allein finden», sagte er leise.

«Hasse ich ihn?»

«Tun Sie das?»

Wie sollte ich eine so furchtbare Frage beantworten können – es sei denn, mit der Wahrheit?

«Ja», flüsterte ich. «Irgend etwas in mir möchte ihn bestrafen. Zum Beispiel für das, was er meiner Schwester angetan hat.»

«Geht es wirklich nur um Deborah?» wandte Beller ein.

«Nein, Sie haben recht. Es geht um das, was er mir antut. Warum muß ich unbedingt Rabbi werden? Warum sollte ich zulassen, daß er mein Leben auf den Amboß legt und es in die Form hämmert, die ihm gefällt?»

«Wann werden Sie's ihm sagen?» wollte er wissen.

«Sobald ich mir eine kugelsichere Weste zugelegt habe», witzelte ich schwach. Doch dann gestand ich: «Ich weiß nicht, wie ich's anfangen soll, Aaron.»

«Sagen Sie ihm die Wahrheit. Das ist am anständigsten.»

«Ich weiß. Aber ich kann's ihm nicht einfach so ins Gesicht sagen. Das würde ihn umbringen.»

Beller schüttelte den Kopf. «Er hat in seinem Leben schon schlimmere Katastrophen überstanden, Danny – den Holocaust, Chavas Tod und den Verlust seines ersten Sohnes. Deborahs Exil. Ihr Geständnis wird Ihrem Vater zwar sehr weh tun, aber es wird ihn nicht umbringen, das garantiere ich Ihnen.»

«Sie kennen ihn nicht, Aaron», widersprach ich leise. «Sie kennen meinen Vater nicht.»

Er schwieg.

Während der ganzen Subwayfahrt nach Brooklyn überlegte ich krampfhaft, wie ich es ihm «am anständigsten» beibringen sollte. Tausend Ausreden hatte ich mir ausgedacht, lahme Ausflüchte, Hinhaltetaktiken – «Ich möchte vorher noch für ein Jahr nach Jerusalem gehen ...» – aber Beller hatte mich davon überzeugt, daß sie alle nur eine unnötige Grausamkeit für uns beide bedeuten würden.

Als der Zug an der Wall Street hielt, hatte ich meinen Text so weit vorformuliert, daß ich ihn mir während der restlichen Fahrt gründlich einprägen konnte.

Der Spätfrühlingsabend war so schwül gewesen, daß mir sogar noch in der relativen Kühle der Nacht der Schweiß ausbrach.

Gegen Mitternacht schritt ich langsam unsere Straße entlang, an der stillen, dunklen Synagoge vorbei und weiter, die Stufen zu unserer Haustür empor. Meine Mutter war sicher schon längst zu Bett gegangen. Und ein verzweifelter Teil meiner selbst hoffte inbrünstig, mein Vater möge ebenfalls frühzeitig mit der Arbeit aufgehört haben.

Natürlich machte ich mir da etwas vor. Während die ganze Welt in tiefem Schlaf lag, saß er noch immer am Schreibtisch und arbeitete.

Mit zitternden Händen schob ich den Schlüssel ins Schloß. Die Tür knarrte. Würde meine Mutter davon aufwachen? Vielleicht wünschte ich mir unbewußt, daß sie dabei sein möge, um meinem Vater über den Schock hinwegzuhelfen, eventuell sogar als Vermittlerin und Trösterin. Für uns beide.

Ein breiter Lichtstreif fiel aus der halboffenen Tür von Vaters Studierzimmer in den Flur. «Bist du das, Daniel?» hörte ich ihn liebevoll rufen.

«Ja, Papa», antwortete ich, aber die Stimme blieb mir so hilflos in der Kehle stecken, daß er seinen Schreibtisch verließ und zur Tür kam, um verwundert herauszuspähen.

Er strahlte.

«Nanu, Rabbi-in-spe Luria, was für eine freudige Überraschung! Hast du deine Examina schon so früh beendet?»

Ich antwortete nicht. Ich stand da, in der Dunkelheit, und mochte nicht einmal in den winzigsten Lichtstrahl treten.

Da er meine Miene nicht sehen konnte, fuhr er fröhlich fort: «Nur herein, nur herein! Ich möchte dir vorlesen, was ich über die angemessene Konversion für eine Heirat geschrieben habe, und könnte zu dieser Stunde einen unbelasteten talmudischen Verstand gebrauchen.»

Langsam, mit gesenktem Kopf, trat ich vor. Er legte mir den Arm um die Schultern und führte mich ins Zimmer.

«Nimm Platz, nimm Platz!» forderte er mich mit einer freundlichen Handbewegung auf. «Möchtest du was Kaltes zu trinken? Eistee? Oder ein Glas Selters?»

«Nein, vielen Dank, Papa. Ich bin nicht durstig.»

In Wirklichkeit waren mein Mund und meine Kehle ausgedörrt und meine Lippen rissig vor Trockenheit.

Er beugte sich über die Schreibtischplatte, spähte über den Rand seiner Lesebrille hinweg und starrte mich an.

«Daniel», stellte er fest, «du bist leichenblaß. Kommt wohl von den schweren Prüfungen, eh?»

Ich zuckte die Achseln.

«Vermutlich hast du in den letzten Wochen viel zuwenig geschlafen.»

Ich nickte schuldbewußt und beschämt darüber, daß ich in seiner Gegenwart so müde war. Zu seinen vielen guten Eigenschaften, die mir gänzlich fehlten, gehörte auch diese enorme Energie, die es ihm ermöglichte, mit einem absoluten Minimum an Schlaf auszukommen.

Er lehnte sich im Sessel zurück. «Und nun, mein Sohn», erkundigte er sich lächelnd, «wie ist es gelaufen?»

«Was?»

«Das Examen. War es sehr schwierig für dich?»

Ich begann zwar einen Satz, fand aber dann doch nicht den Mut, ihn zu beenden. «Ich habe nicht –»

«Das ist gut», fiel mir mein Vater strahlend ins Wort.

«Wie bitte?»

«Du wolltest doch sicher sagen, daß du es nicht sehr schwer gefunden hast. Und das bedeutet, daß du fleißig gelernt haben mußt.»

«Nein, nein», wehrte ich hastig ab – und meine Stimme hätte fast versagt.

«Daniel», erkundigte er sich besorgt, «du bist doch nicht hergekommen, um mir zu sagen, daß du... durchgefallen bist – oder?»

«Nein, Papa.»

«Nun, das ist eine Erleichterung. Die Benotung spielt keine Rolle. Hauptsache, du hast bestanden.»

Herrgott im Himmel, nachdem er sich all diese vielen Jahre lang gewünscht hatte, daß ich der Beste von allen wäre, zeigte er sich plötzlich bereit, mich auch als einen normalen, vielleicht sogar nur mittelmäßigen Schüler zu akzeptieren. Diese Ironie steigerte meine Panik noch.

«Vater...» begann ich abermals und litt zusätzlich unter dem Zittern in meiner Stimme.

Er nahm ruhig die Brille ab und sagte noch immer in fürsorglichem Ton: «Irgend etwas stimmt doch nicht, Danny. Das sehe ich dir deutlich an. Raus damit! Nur keine Angst. Vergiß nicht, ich bin dein Vater.»

O ja, mir ist nur allzu schmerzlich bewußt, wer du bist!

«Ich habe das Examen nicht abgelegt», erklärte ich hilflos und wartete auf den Blitzschlag, der mich treffen sollte. Und der nicht kam. Wieder einmal versetzte mein Vater mich in Erstaunen.

«Daniel», sagte er liebevoll, «du bist nicht der erste, der an einem Zeitpunkt wie diesem eine innere Krise durchmacht. Ich glaube, was du jetzt brauchst, ist ein bißchen Ruhe. Das Examen kannst du auch später noch ablegen.»

Mit einem leichten Kopfnicken erteilte er mir die Erlaubnis zu gehen. Ich konnte nicht. Ich wußte genau, daß ich nicht ins Licht des Tages hinaustreten mochte, ohne ihm alles gebeichtet zu haben.

«Vater?»

«Ja, Daniel?»

«Ich möchte nicht Rabbiner werden.»

Sekundenlang blieb er stumm. Vielleicht gab es ja auch keine Worte, mit denen man eine solche Erklärung beantworten konnte.

«Du *möchtest* nicht? Du möchtest nicht in die Fußstapfen deines Vaters und deines Großvaters treten?» Er hielt inne; dann sagte er beinah flehentlich: «Aber *warum,* Danny – bitte sag mir, warum!»

Nun hatte ich es so weit geschafft, nun mußte ich ihm alles sagen.

«Weil ich ... den Glauben verloren habe.»

Ein nahezu apokalyptisches Schweigen trat ein.

«Das ist unmöglich», sagte er leise, zutiefst erschüttert und verwirrt. «Was die Römer nicht fertiggebracht haben, die Griechen, Hitler ...»

Er brauchte den Satz nicht zu vollenden. Wir wußten beide, daß er mich des Mordes beschuldigte, des Mordes an der langen Linie der Silczer Rebbes.

Schließlich flüsterte er heiser: «Ich glaube, Daniel, du solltest zum Arzt gehen. Gleich morgen früh werden wir bei –»

«Nein, Vater», unterbrach ich ihn. «Ich mag zwar krank sein, aber es ist eine unheilbare Krankheit. Mein Kopf ist angefüllt mit Dämonen, und weder ein Arzt noch –» setzte ich betont hinzu – «Rebbe Gershon könnte mich von meiner Qual befreien.»

Es war so still, daß ich fast hören konnte, wie die Wolken die aufgehende Sonne verdeckten.

Seltsamerweise wirkte mein Vater jetzt vollkommen beherrscht.

«Daniel», begann er bedächtig, «ich glaube, du solltest dieses Haus verlassen. So schnell wie möglich.»

Ich nickte verlegen.

«Nimm alles mit, was du willst, und laß deinen Schlüssel zurück. Denn wenn du dieses Zimmer verlassen hast, wünsche ich dich niemals wiederzusehen.»

Das alles hatte ich im Zug nach Brooklyn vorausgesehen. Hatte in Gedanken sogar eine Liste der Dinge zusammengestellt, die ich in meinem Zimmer einpacken wollte. Auf das, was dann kam, war ich jedoch nicht vorbereitet.

«Soweit es mich betrifft», erklärte mein Vater, «habe ich von nun an keinen Sohn mehr. Ich werde elf Monate lang Kaddisch für dich beten und dich dann für immer aus meinen Gedanken verbannen.»

Damit erhob er sich und ging hinaus.

Kurz darauf hörte ich, wie leise die Haustür geschlossen wurde. Ich wußte genau, wohin er ging. In die *schul,* um dort das Trauergebet zu sprechen.

Denn sein einziger Sohn war tot.

Während der folgenden Dreiviertelstunde war ich hektisch mit Packen beschäftigt. Außer all den verschiedenen Andenken griff ich mir einige Kleidungsstücke und ein halbes Dutzend Bücher. Zum Glück hatte ich meine eigentliche Bibliothek im Seminar.

Mama, die von unseren Stimmen geweckt worden war, stand im Bademantel und ohne ihren *scheitel,* ohne den sie fremd auf mich wirkte, daneben und redete auf mich ein – plapperte regelrecht, als könnten ihre Worte irgendwie den Schmerz dessen lindern, was sich vor ihren Augen abspielte. Die Szene erinnerte sie an jene andere vor fünf Jahren, an das Drama mit dem Titel «Deborahs Verbannung».

«Ich kann's nicht ertragen», weinte sie. «Meine beiden Kinder hat er weggeschickt. Wohin wirst du gehen, Danny? Wann werde ich dich wiedersehen?»

Darauf konnte ich nur die Achseln zucken. Ich hatte Angst, etwas zu sagen, fürchtete, dann in Tränen auszubrechen und mich in ihre Arme zu werfen, um dort den Trost zu suchen, dessen ich so dringend bedurfte.

Aber sie hatte eine wichtige Frage gestellt. Wohin sollte ich tatsächlich gehen? Vermutlich würden sie mich noch ein- bis zweimal im Dormitorium übernachten lassen, bevor sie mich als Abtrünnigen vor die Tür setzten – aber dann?

«Was wirst du tun, Danny?» fragte Mama mich schluchzend.

«Ich weiß es nicht», antwortete ich leise. «Vielleicht geh ich im nächsten Herbst zur Uni.»

«Und was willst du studieren?»

«Keine Ahnung. Im Moment weiß ich überhaupt nichts.»

Daß ich zur Psychologie neigte, verschwieg ich ihr, weil ich nicht wollte, daß man Beller die Schuld gab.

Auf einmal entglitten mir die Zügel, mit denen ich meinen Zorn gebändigt hatte, und ich ließ meine ganze Wut an meiner armen Mutter aus.

«Glaubst du etwa, dies ist so leicht für mich?» schrie ich sie an. «Glaubst du wirklich, ich wollte dir weh tun – oder Papa? Ich bin außer mir. Ich bin sehr ...»

Sie nahm mich liebevoll in die Arme und weinte so haltlos, daß ihre Tränen mein Hemd näßten.

«Wir sind doch deine Eltern, Danny», flehte sie. «Du kannst uns nicht einfach so verlassen.»

Ich konnte es nicht mehr ertragen.

«Er hat mich rausgeworfen», rief ich laut. «Für ihn bin ich nicht ein Mensch, für ihn bin ich nur ein Glied in seiner gottverdammten ‹goldenen Kette›!»

«Er liebt dich», behauptete meine Mutter. «Er wird darüber hinwegkommen.»

Ich provozierte sie. «Glaubst du das wirklich?»

Mama rührte sich nicht. Sie fühlte sich von ihren widerstreitenden Empfindungen zerrissen und noch verunsicherter als ich.

Voller Traurigkeit und Mitleid sah ich sie an. Schließlich mußte sie in diesem Haus ewigen Trauerns zurückbleiben.

Ich küßte sie auf die Stirn, nahm meine Koffer und lief die Treppe hinab bis auf die Straße.

An der Ecke wandte ich mich noch einmal um und warf einen letzten Blick auf das Viertel zurück, in dem ich geboren und zum Mann herangewachsen war, auf die vertrauten Häuser der Menschen, die meine Kindheit begleitet hatten. Auf die Synagoge, in der ich gebetet hatte, seit ich lesen konnte. Über der Bundeslade würde die ewige Flamme brennen, doch mein Gesicht würde sie nie wieder beleuchten, das wußte ich.

Meine Strafe hatte begonnen.

Ich kehrte ins Dormitorium zurück und betrat mein Zimmer, in dem, genau wie in meinen Gefühlen, ein fürchterliches Durcheinander herrschte. Überall, auf Bett und Heizung, lagen aufgeschlagene Bücher, die Reste meiner bisherigen chaotischen Existenz.

Mit unbewußter Respektlosigkeit wischte ich mehrere Bücher zu Boden und warf mich aufs Bett. Obwohl es spät war, hatte ich das dringende Bedürfnis, mit jemandem zu reden – wenigstens am Telefon. Aber ich hatte nicht den Mut, Beller zu wecken. Und Ariel konnte mir den spirituellen Trost, den ich brauchte, auf gar keinen Fall spenden.

Es gab niemanden. Also blieb ich regungslos sitzen, während meine gesamte Welt zu Trauer erstarrte.

Ich weiß nicht, wie lange ich so dasaß, nur noch, daß das erste Morgengrauen meiner Verbannung, während ich trauerte, in den Tag übergegangen war.

Als jemand an meine Tür klopfte, dachte ich sekundenlang, es sei einer der Dekane – oder auch zwei –, die mich des Hauses verweisen wollten … oder vor ein Erschießungskommando stellen.

Es war jedoch einer meiner ehemaligen Kommilitonen, der auf demselben Korridor wohnte.

«He, Luria», sagte er ein wenig verärgert, weil er wegen dieses Botengangs aus seinen Studien gerissen worden war, «Telefon für dich.»

Ich schlurfte zum allgemeinen Telefon auf dem Flur und griff nach dem herabhängenden Hörer.

Es war meine Mutter.

«Danny», sagte sie mit einer Grabesstimme, «dein Vater hat einen Schlaganfall erlitten.»

23

Deborah

Nach der Vorlesung in moderner hebräischer Dichtung wartete Deborahs Lehrer Zev Morgenstern – ein hochgewachsener, sehniger Einwanderer aus Kanada, etwa Mitte Dreißig – am Eingang, um sie diskret auf eine Tasse Kaffee einzuladen.

Sie war geschmeichelt. Kurz darauf saßen sie in einem Straßencafé.

Zev hatte das Seminar soeben mit einer brillanten Auslegung von Yehuda Amichais Dichtung beendet, bei der er Vergleiche sowohl mit dem Römer Catull als auch mit Shakespeare und Baudelaire anstellte.

«Es ist phantastisch!» schwärmte Deborah. «Zu Hause in Brooklyn hat man uns nicht mal was davon gesagt, daß außer der Bibel eine hebräische Literatur überhaupt existiert. Ich glaube, Sie haben recht, wenn Sie ihn zu den ganz Großen zählen.»

«Freut mich, daß Sie das auch so sehen», erwiderte Zev. «Übrigens, er wohnt drei Blocks von mir entfernt. Wenn Sie möchten, könnte ich

Sie gelegentlich mit ihm bekannt machen. Ich finde, er ist mindestens so gut wie Yeats – Sind Sie nicht auch dieser Meinung?»

Deborahs Lächeln wurde verlegen. «Ich muß zu meiner Schande gestehen, daß meine Kenntnis der englischen Literatur bei *Julius Cäsar* endet.»

Zev lächelte. «Nun, wenn Sie mir gestatten, Sie über den Rubikon zu führen, werde ich Ihnen gern einen Einzelkurs in moderner englischer Dichtung geben. Können Sie nächste Woche nach der Vorlesung zum Abendessen bleiben?»

Sie schwankte. Unerklärlicherweise versuchte sie sich das Vergnügen, das ihr die Gesellschaft dieses Mannes machte, zu versagen und erwiderte: «Ich habe einen dreizehn Monate alten Jungen zu Hause und sollte wirklich wieder im Kibbuz sein, bevor er zu Bett geht. Aber ich könnte eine Stunde früher herkommen, wenn Ihnen das recht ist?»

Zev vermochte einen leisen Laut der Verwunderung nicht zu unterdrücken. «Oh!»

«Wie bitte?»

«Ich wußte nicht, daß Sie verheiratet sind. Ich meine, Sie tragen keinen Ehering.»

Deborah rutschte verlegen auf ihrem Stuhl hin und her. «Na ja, ich bin's eigentlich auch nicht. Ich meine...»

Sie hatte niemals auf eine Lüge zurückgegriffen, in die ihre Kibbuz-Kameraden eingeweiht waren, weil sie das für eine schamlose Ausbeutung der Tragödie um Avis Tod betrachtete; nun aber sprach sie dennoch weiter.

«Er war Pilot», begann sie langsam. Mehr brauchte sie nicht zu sagen.

«Tut mir leid», erklärte Zev mitfühlend. «Wann ist es passiert?»

«Vor mehr als einem Jahr», antwortete sie. «Im Libanon.»

«Dann hat er seinen Sohn nie gesehen?»

Deborah schüttelte den Kopf. «Nein», antwortete sie leise. «Sein Vater hat ihn nie gesehen.»

«Aber», stellte er schließlich fest, «Sie haben Ihren Kibbuz. Bestimmt ist Ihnen das eine große Hilfe.»

Sie nickte; dann sah sie unruhig auf ihre Uhr. «Ich glaube, ich muß jetzt gehen. Ich hasse es, im Dunkeln auf diesen kurvenreichen Straßen zu fahren.»

Sie erhob sich. Zev ebenfalls.

«Vergessen Sie nächste Woche nicht. Ich werde die Bücher mitbringen.»

Deborah lächelte. «Ich freue mich jetzt schon darauf.»

In dem Jahr seit Elis Geburt hatte sie ganz und gar nicht daran gedacht, die Bekanntschaft eines Mannes zu suchen. Im Grunde, sagte sie sich mit bitterer Ironie, bin ich eine Frau, die nie verheiratet war, aber zweimal Witwe geworden ist.

Sie fragte sich, warum Zev sich ausgerechnet um sie bemühte. Es gab viel hübschere Mädchen im Seminar, und doch hatte er stets ein besonderes Lächeln für sie gehabt, wenn sie den Hörsaal betrat. Und jedesmal, wenn er ihnen Gedichte vorlas, hatte sie das Gefühl, er richte seine Worte ausschließlich an sie.

Sie mußte zugeben, daß sie ihn anziehend fand. Und noch bevor sie sich verabschiedete, freute sie sich schon auf das Wiedersehen: ein Gedanke, der für sie angenehm und verwirrend zugleich war.

Die Sonne ging unter; auf dem Mount Carmel spürte Deborah eine kühlende Brise vom Meer herüber.

Als sie neunzig Minuten später die Tür zu ihrem *zrif* öffnete, sah sie verwundert eine dichte Wolke Zigarettenrauch. Und dahinter Boaz Ben-Ami.

Deborah warf einen Blick auf ihn und ließ ihre Bücher zu Boden gleiten.

«Also gut», verlangte sie mit klopfendem Herzen. «Raus damit!»

24

Daniel

Sie hatten Papa ins Jewish Hospital von Brooklyn gebracht und ihn sofort auf die Intensivstation gelegt.

Als ich eintraf, standen meine Halbschwestern beschützend vor Mama, beide so aschgrau im Gesicht, als säßen sie jetzt schon *schiwa* und trauerten um meinen Vater.

Sie funkelten mich böse an, als sei ich tatsächlich ein Mörder.

«Wie geht's ihm?» fragte ich sie.

Sie antworteten mir nicht.

In diesem trostlosen Warteraum war alles still; nur das leise Schluchzen meiner Mutter war zu hören, die, den Kopf in beide Hände gelegt, zusammengesunken auf einer Bank saß. Ich kniete mich neben sie.

«Bitte, Mama, lebt er noch?»

Sie nickte kaum wahrnehmbar. Dann hörte ich die gedämpften Worte: «Er ist bewußtlos.»

Ich blickte zu meinen Schwestern auf. «Was sagen die Ärzte?» fragte ich sie.

Rena erbarmte sich meiner Verzweiflung und antwortete flüsternd: «Er wird am Leben bleiben. Aber die Untersuchungen haben ergeben, daß er teilweise gelähmt sein wird.» Sie hielt inne; dann ergänzte sie: «Höchstwahrscheinlich wird er nur noch ... undeutlich sprechen können.»

Malka, die älteste, zischte mich an. «Das hast *du* ihm angetan! Du allein hast ihn auf dem Gewissen.»

Als ob ich *ihren* Tadel brauchte! «Hör zu, wo steht geschrieben, der kindliche Gehorsam verlange, daß man automatisch den Beruf des Vaters ergreifen soll?»

Ich wandte mich wieder Mama zu. «Hat jemand Deborah benachrichtigt?»

Sie nickte.

«Ich hab im Kibbuz angerufen», erklärte Rena. «Sie kommt her ...»

«Wunderbar!» murmelte Malka böse. «Dann kann sie ja das beenden, was ihr Bruder begonnen hat.»

Plötzlich sprang meine Mutter auf und rief: «Seid still, Kinder! Hört auf mit dem Gezänk! Ihr seid alle seine Kinder – ihr alle. Und du, Danny, wirst am Sonntag zum Flughafen fahren und deine Schwester abholen ...»

Ich nickte.

«Und heute wirst du bei uns übernachten.»

«O nein!» protestierte Malka erbost.

Mama sah sie mit strenger Miene an. «Entschuldige, aber solange Moses ... krank ist, bestimme *ich*», erklärte sie.

Obwohl sie von dem langen Flug müde und von der Sorge niedergedrückt war, wirkte Deborah gesünder und hübscher, als ich sie jemals gesehen hatte. Sonnengebräunt und schlank, erinnerte sie in nichts an den blassen, etwas übergewichtigen Teenager meiner Erinnerung.

Wir umarmten einander innig; es war ein Augenblick sowohl der Freude als auch der Trauer. Da ich vorher im Krankenhaus gewesen war, konnte ich ihr berichten, daß Papa um sechs Uhr morgens das

Bewußtsein wiedererlangt, ganz kurz mit Mama gesprochen hatte und dann eingeschlafen war.

«Wann kann ich ihn sehen?» wollte sie wissen.

«Bisher darf nur Mama zu ihm hinein. Vielleicht darf er aber heute abend schon mehr Besuch haben.»

«Was ist eigentlich genau passiert, Danny?»

Ich erzählte ihr von meinem Großen Verrat und Malkas Vorwurf des versuchten Vatermordes.

«Hör mal, Danny», sagte Deborah liebevoll, «es gibt kein Gesetz, das uns befiehlt, die Phantasievorstellungen unserer Eltern zu verwirklichen.»

Ich sah sie an. Bei ihr hatte sich viel mehr verändert, nicht nur das Aussehen.

Begreiflicherweise fühlte Deborah sich nach dem Flug ein wenig schmutzig und wollte sich waschen und umziehen. Während sie duschte, saß ich auf dem Bett und genoß es, wieder einmal in ihrem Zimmer zu sein.

Ein kleiner Bordkoffer war geöffnet, in dem ich unter zwei Taschenbüchern das Foto einer strahlenden Frau mit einem niedlichen blonden Baby sah. Den Hintergrund bildete eindeutig der Kibbuz.

Diese glückliche Frau war Deborah.

Und ich hatte nicht den Eindruck, daß es das Kind einer anderen war.

Ich war innerlich so durcheinander, daß ich auf der Fahrt zum Krankenhaus nicht die richtigen Worte fand, um dieses Thema zur Sprache zu bringen. Meine Sorgen kreisten im Augenblick einzig und allein um den Gesundheitszustand meines Vaters.

Als wir ankamen, drängten sich meine Halbschwestern mit ihren Ehemännern vor Papas Tür und hielten voll Ungeduld Krankenwacht.

Malka begrüßte mich natürlich sofort mit einem weiteren Vorwurf: «Du warst gestern nicht beim Gottesdienst.»

Was ich mit meinem Leben anfange, gehe sie nichts an, gab ich zurück. Denn ich hatte nicht das Gefühl, ihr die ganze Wahrheit sagen zu müssen: daß ich mich nämlich zu schuldig fühlte, um mich in der Öffentlichkeit zu zeigen. Deshalb hatte ich auch den ganzen Vormittag lang allein in meinem Zimmer gebetet. Aber sie hörte nicht auf, an mir herumzumäkeln, behauptete, wenn ich zur *schul* gekommen wäre, hätten sie mich zur Thora rufen und ein spezielles Gebet für Vaters Genesung sprechen können.

Ich erwiderte, wenn sie dieser Meinung sei, hätte sie ja zur Beth El, der neuen Reform-Synagoge gehen können, wo auch Frauen zur Thora gerufen werden.

«Das sind überhaupt keine richtigen Juden», behauptete Malka. «Die haben sogar Orgelmusik – genau wie in der Kirche.»

«Im Heiligen Tempel gab es alle mögliche Musik», erklärte Deborah. «Das könnt ihr bei Jeremia nachlesen.»

Diese idiotische Debatte hätte sich noch zugespitzt, wäre Mama nicht aus dem Krankenzimmer gekommen. Keiner von uns wagte sie zu fragen, wie es ihm gehe. Wir starrten sie nur fragend an.

«Er spricht – ein bißchen undeutlich, aber er spricht», begann sie ruhig. «Der Doktor sagt, die Mädchen dürfen einzeln zu ihm...»

«Gott sei Dank», murmelte Malka und wollte hineingehen.

«Nein», hielt meine Mutter sie zurück. «Er will zuerst Deborah sehen.»

Meine älteste Schwester erstarrte. «Warum?»

«Weil er es will», gab Mama zurück.

Ich erkannte, daß auch Deborah diese merkwürdige Mißachtung der Familien-Hierarchie erschütternd fand. Während sie kaum zu atmen wagte, öffnete sie behutsam die Tür und ging hinein.

Sie blieb ungefähr zehn Minuten; anschließend sprach er mit den anderen Schwestern. Während wir draußen warteten, fragte ich Deborah, wie es ihm gehe. Sie zuckte die Achseln. «Okay», sagte sie, mußte sich aber auf die Lippe beißen, um nicht zu weinen.

«Was ist los? Ist er immer noch böse auf dich?»

Sie schüttelte den Koppf. «Er hat... er hat mich gebeten, ihm zu verzeihen.»

In den darauffolgenden Minuten gestattete ich mir ein Fünkchen Hoffnung. Vielleicht würde es zwischen ihm und mir ebenfalls zu einer so wunderbaren Versöhnung kommen.

Als Malka herauskam, beantwortete sie die Frage, bevor ich sie überhaupt stellen konnte. «Er will dich nicht sehen, Daniel – auf gar keinen Fall.»

«Aber warum?» fragte ich flehend.

«Er sagt, sein Sohn muß unbedingt Rabbiner werden. Das verlange der Herr der Welt.»

In diesem Augenblick packte Deborah – Gott segne sie – meinen Arm und drückte fest zu. So verhinderte sie, daß mir vor Kummer das Herz stillstand.

Es war seltsam: Während der Heimfahrt vom Krankenhaus mit dem Bus wechselten Deborah und ich kaum ein Wort. Ich nahm an, daß sie aus Sorge um meinen Vater schwieg. Später stellte sich heraus, daß sie dasselbe von mir dachte. Und doch hatten wir uns so viel zu erzählen, so viele Gedanken, die unser Geheimnis bleiben mußten. Trotz der Entfernung und der langen Pausen in unserem Briefwechsel wußten wir, daß jeder noch immer der beste Freund war, den der andere hatte und wohl auch jemals haben würde.

Als wir zu Hause ankamen, konnte ich die Spannung nicht länger ertragen.

«Deb», begann ich vorsichtig, «könnten wir uns jetzt wohl wieder einmal so vertraulich unterhalten – du weißt schon, wie früher, als wir noch Kinder waren?»

«Aber gern!»

Also fragte ich sie unverblümt: «Hast du vielleicht ein Kind, Deborah?»

Und sie antwortete, ohne mit der Wimper zu zucken: «Ja.»

«Warum hast du mir nicht mitgeteilt, daß du verheiratet bist?»

Sie zögerte einen Moment; dann sagte sie: «Weil ich nicht verheiratet bin.»

Ich war viel zu schockiert, um noch etwas zu sagen, und nahm an, daß sie mein Schweigen als angedeutetes Fragezeichen interpretieren würde, als behutsame Bitte um weitere Informationen. Aber sie ließ sich nicht dazu herab.

«Also hör mal», begehrte ich schließlich auf, «ich bin doch kein Moralrichter ...»

Sie hatte den Mund so fest geschlossen, daß ihre Lippen weiß wurden.

«Okay», sagte ich schließlich verdrossen, «wenn du es mir nicht erzählen willst –»

«Aber nein», fiel sie mir ins Wort, «das will ich ja – auf jeden Fall! Aber es fällt mir so furchtbar schwer.»

«Na gut», gab ich zurück, «dann trink deinen Tee. Ich hab's nicht eilig.» In Wirklichkeit starb ich beinah vor Neugier und konnte eine weitere Frage nicht unterdrücken: «War es ein Mann aus deinem Kibbuz?»

Sie wartete einen Moment; dann sagte sie leise: «Ja, aus meinem Kibbuz.»

«Aha! Dann sind diese Geschichten von ‹freier Liebe› also doch keine Erfindungen.»

Was für ein furchtbarer Schmock ich doch war! Damit hatte ich ihr sehr weh getan.

«Es war nicht bloß eine Affäre», protestierte sie mit Tränen in den Augen. «Er war in der Air Force.» Und dann ergänzte sie sehr leise: «Er ist abgestürzt.»

«Großer Gott!» Verzweifelt suchte ich nach Worten. «Das ist ja furchtbar! Es tut mir so leid!»

Ich legte beide Arme um sie. So hielten wir einander einen Augenblick fest und weinten gemeinsam.

Ironischerweise versuchte sie, mich zu trösten. «He, Danny! Danny! Es ist okay. Das Baby hat Großeltern im Kibbuz – und etwa ein Dutzend Brüder und Schwestern.»

«Weiß Papa davon?»

Sie schüttelte den Kopf.

«Mama?»

Wieder schüttelte sie den Kopf.

«Aber warum nicht? Es würde ihnen doch Freude machen, von ihrem Enkel zu erfahren. Übrigens, ist das Kind mein Neffe oder meine Nichte?»

«Es ist ein Junge», antwortete sie tonlos. «Er heißt Elisha.»

«Elisha – ‹Gott ist mein Retter›», übersetzte ich mechanisch. «Das ist hübsch. Wie bist du darauf gekommen?»

Aus irgendeinem Grund war sie unfähig, diese einfache Frage zu beantworten.

«Hör mal, Deb», sagte ich so munter wie möglich, «das ist doch ein Grund zum Feiern! *Masel tow!* Sieht wirklich lieb aus, dieser Kleine. Ich wünschte, du hättest ihn mitgebracht.»

Dann setzte ich ein wenig bitter hinzu: «Er hätte Papa über meinen vorzeitigen Tod hinwegtrösten können.»

«Hör auf, Danny!» gab sie vorwurfsvoll zurück. «So darfst du nicht reden. Ihr zwei werdet euch schon wieder vertragen.»

«Bestimmt nicht.» Ich schüttelte energisch den Kopf. «Er hat geschworen, kein Wort mehr mit mir zu sprechen, solange ich nicht Rabbi Luria bin. Und das bedeutet: nie.»

«Ich begreife immer noch nicht, warum du mit dem Studium nicht weitermachen konntest», gestand sie mir. «Was hätten ein paar Wochen mehr denn schon ausgemacht? Damit hättest du ihn beruhigt – und Zeit gewonnen.»

«Das ist es ja gerade», antwortete ich verärgert. «Ich wollte ihn herausfordern, ihm beweisen, daß er mich nicht mehr herumschubsen kann.» Ihre Miene erstarrte. «Jawohl», bekannte ich leise, «daß ich dafür in der Hölle brennen werde, ist mir bekannt.»

«Ich dachte, wir Juden glauben nicht an die Hölle», wandte sie ein.

«Entschuldige, Deb», korrigierte ich sie pedantisch, «aber das tun wir doch. Bei uns heißt sie *gehennom*. Wenn du also meine zukünftige Adresse wissen willst, solltest du vorsichtshalber auf Asbest schreiben.»

Sie musterte mich aufmerksam. «Ich verstehe nicht ganz. Du glaubst an die Hölle. Du glaubst an das Jüngste Gericht. Glaubst du an Gott?»

«Ja.»

«Warum kannst du dann nicht Rabbi werden?»

«Weil ich», antwortete ich, während mich der Schmerz fast zerriß, «nicht an mich selber glaube.»

25

Deborah

Die Gemeinde sang das Schlußlied – laut und inbrünstig. Als sie danach demütig den Kopf senkten, hob ihr geistlicher Führer segnend die Hände.

Während den riesigen Orgelpfeifen die feierlichen Töne von Albinonis *Adagio in g-Moll* entströmten, schritt Rabbi Stephen Goldman, gekleidet in einen schwarzen Talar und eine Kopfbedeckung, die, bis auf die Farbe, genauso aussah wie das Birett eines Kardinals, energisch den Mittelgang des Tempels Beth El entlang. Erst am Ausgang blieb er stehen, um seinen Gemeindemitgliedern zum Abschied gute Sabbatwünsche mit auf den Weg zu geben.

Obwohl das Gotteshaus über eine Klimaanlage verfügte, waren an diesem heißen Juniabend nur wenige von ihnen erschienen. Nachdem er etwa drei Dutzend Hände geschüttelt hatte, war der Kreis um ihn so locker geworden, daß Rabbi Goldman die sonnengebräunte junge Frau entdeckte, die voll Nervosität in der Mitte einer entfernten Bank stand.

Lächelnd begegnete er ihrem Blick und entbot ihr den Sabbatgruß.

«*Schabat schalom*», sagte der Rabbi und ergriff ihre Hand. «Sie sind neu hier, nicht wahr?»

«Eigentlich bin ich sogar nur auf ein paar Tage hier.»

«Ach so», gab er zurück. «Und Ihr Name?»

«Deborah», antwortete sie. Und ergänzte verlegen: «Deborah Luria.»

«Doch nicht eine von *den* Lurias?» erkundigte er sich aufrichtig erstaunt.

«Doch», antwortete sie zögernd.

«Was in aller Welt führt Sie dann hierher zum Gottesdienst? Ihre Leute halten uns schließlich für Heiden.»

«Ich gehöre nicht mehr richtig zu ihnen. Ich lebe in einem Kibbuz.»

«Wie schön!» sagte er begeistert. «Und in welchem?»

«Kfar Ha-Sharon. Kennen Sie ihn?»

«Allerdings. Mehrere meiner Seminar-Kollegen haben ein paarmal den Sommer dort verbracht. Konservieren Sie nicht Tomaten, oder so?»

«Nicht so ganz.» Deborah lächelte. «Wir schockgefrieren Kartoffeln.»

«Nun, wenigstens wußte ich, daß es sich um Gemüse handelt», scherzte er. «Könnten Sie eine Minute warten, während ich noch ein paar Hände schüttele? Ich würde mich gern mit Ihnen unterhalten.»

Sie nickte zustimmend.

Kurz darauf saßen Deborah und der junge Rabbi in benachbarten Bankreihen und tauschten israelische Erinnerungen aus.

«Ihre Predigt hat mir gefallen, Rabbi.»

«Danke. Korahs Aufstand gegen Moses ist für eine Menge heutiger Entsprechungen gut – unter anderem den Verwaltungsrat eines Tempels.»

«Werden Sie morgen vormittag wieder sprechen?» fragte sie.

«Ja, über die spezielle Jesaja-Stelle.»

«Ich erinnere mich an das Kapitel sechsundsechzig», sagte Deborah. «Die Vorstellung, Jerusalem als eine Schwangere zu sehen, finde ich großartig. Die Metaphern sind sehr eindrucksvoll.»

«Sie kennen sich gut aus», bemerkte der Rabbi. «Aber das ist ja zu erwarten bei der Tochter von Rav Luria. Wie lange werden Sie hierbleiben?»

«Kann ich nicht sagen. Mein Vater hat einen Schlaganfall erlitten. Er liegt noch immer im Krankenhaus.»

«Das tut mir leid. Ist es sehr ernst?»

«Ziemlich», antwortete sie. «Aber wir hoffen, daß er es mit einem Minimum an bleibenden Schädigungen übersteht.»

«Mit Ihrer Erlaubnis würde ich gern morgen vormittag ein Gebet für seine Genesung sprechen. Werden Sie kommen?»

«Das ist sehr freundlich von Ihnen. Ja, natürlich werde ich kommen.»

«Wunderbar», antwortete er. «Dann werden wir Sie aufrufen, aus der Thora zu lesen.»

Bis zu diesem Augenblick hatte Deborah sich für emanzipiert gehalten. Nun aber wurde ihr plötzlich klar, daß sie es doch nicht war.

«O nein ... Nein, bitte! Das kann ich nicht», stammelte sie verwirrt.

«Ich sehe nicht ein, warum», gab Rabbi Goldman erstaunt zurück. «Ich bin sicher, daß Sie besser Hebräisch lesen als ich. Und außerdem brauchen Sie nur die Segnungen zu sprechen, die –»

«Ich kenne die Segnungen», unterbrach sie ihn. «Das Problem ist meine Erziehung.»

«Das brauchen Sie mir nicht zu erklären», sagte er mitfühlend. «Aber vielleicht sind Sie doch mutig genug, der Tradition zu trotzen und sich einen kleinen Vorgeschmack auf die völlige Gleichbehandlung zu holen?»

Deborah zögerte. Aber nur einen Sekundenbruchteil. Los doch, Deborah, dachte sie, darauf hast du schließlich dein Leben lang gewartet!

«Ja», antwortete sie daher energisch, «es wäre mir eine Ehre, die Segnungen zu sprechen.»

«Sehr gut», lobte Rabbi Goldman. «Die Ehre ist ganz meinerseits. Dann sehen wir uns also morgen vormittag.»

«Vielen Dank, Rabbi», sagte sie hastig und eilte davon.

Deborah fühlte sich schwindlig vor Aufregung und Angst.

Morgen würde sie – bis auf den Tag, an dem Eli geboren war – den wichtigsten Augenblick ihres Daseins erleben.

Genau wie Danny mit dreizehn Jahren würde sie den Aufnahmeritus zelebrieren, durch den sie als Erwachsene in die Welt der Juden aufgenommen wurde.

Es war ein wunderschöner Junimorgen.

Perfektes Badewetter, dachte Deborah. Wenn ich Glück habe, wird kein Mensch im Tempel sein.

Sehr weit hatte sie nicht danebengeschossen. Von den paar Dutzend Gläubigen, die in dem großen Gotteshaus saßen, waren die meisten ältere Leute.

Deborah nahm ganz hinten Platz, aber unmittelbar am Gang, damit sie sich sofort erheben konnte, wenn ihr Name aufgerufen wurde. Während der einleitenden Gebete drehte sie nervös ihr Taschentuch zwischen den Fingern und hoffte, Rabbi Goldman werde auf dieses Zeichen ihrer Verzweiflung reagieren. Er aber lächelte ihr von seinem Platz auf dem Podium beruhigend zu.

Schließlich erhob sich die Gemeinde. Die Bundeslade wurde geöffnet, der Rabbi und sein Kantor holten die Schriftrollen heraus und hielten sie so liebevoll im Arm wie Eltern ein sehr zartes Baby.

Der Chor begann, von der Orgel begleitet, zu singen.

Zwei Gemeindemitglieder – ein Mann und eine Frau – halfen beim Entfernen der Vorderplatte und anderer Verzierungen, in die die Rolle eingehüllt war, aus der sie lesen sollten, und schlugen sie bei der für diesen Tag vorgesehenen Stelle auf.

Kurz vor Beginn des Gottesdienstes, als der Rabbi die Synagoge betreten hatte und an ihr vorbeigekommen war, hatte er ihr zugeflüstert: «Guten Morgen, Deborah. Sie sind Nummer vier.»

Nun saß sie nervös wartend da, während der Kantor nacheinander auf hebräisch sang: «Möge der erste Leser hervortreten. Möge der zweite... Möge der dritte...»

Deborah saß mit angehaltenem Atem da, so sehr befürchtete sie, den Aufruf ihrer Nummer zu überhören oder sich etwa zu früh zu erheben.

Endlich hörte sie – oder glaubte zu hören: «Möge der vierte...»

Sie holte tief Luft. Und gewann wunderbarerweise urplötzlich die Selbstbeherrschung zurück.

Kerzengerade stieg sie die teppichbelegten Stufen bis zu einem Punkt empor, der weniger als drei Meter von Rabbi Goldman und noch weniger von der Thora entfernt war.

So nah war sie den heiligen Pergamentrollen noch nie zuvor gewesen.

In dem Moment, als sie die Schriftrolle erreichte, legte der Kantor ihr den seidenen Gebetsmantel um die Schultern. Deborah erschauerte.

Dies war das Gewand, das traditionell den Männern vorbehalten war. Und dennoch bedeckte es jetzt, der Ehre entsprechend, die ihr nunmehr zuteil werden sollte, *ihre* Schultern.

Mit dem Silberstab deutete der Kantor auf die Textstelle, an der sie mit dem Lesen beginnen sollte. Sie nahm die Fransen ihres Gebetsmantels, legte sie auf die Schrift und küßte sodann den Mantel, wie sie es in der Synagoge ihres Vaters wohl zehntausendmal gesehen hatte.

Beinah verstohlen schob der Kantor sodann eine große weiße Karteikarte aufs Lesepult. Sie warf einen kurzen Blick darauf. Es waren die hebräischen Thora-Gebete, phonetisch mit englischen Buchstaben geschrieben.

Deborah Luria jedoch kannte sie alle auswendig.

Sie versuchte dem Silberstab zu folgen, als der Kantor ihren Abschnitt intonierte, doch ihre Augen standen voll Tränen.

Dann war es bis auf die Dankgebete zum Schluß vorbei. Diesmal sang sie mit kraftvoller, sicherer Stimme, die der großen Bedeutung dieses Ereignisses entsprach.

Anschließend stimmte der Kantor jenes Gebet an, das der traditionelle Dank für jeden ist, der zum Lesen gerufen wird.

Und wieder hätte Deborah jedes Wort mitsprechen können.

«Möge Er, der unsere Väter segnet – Abraham, Isaak und Jakob...»

Dann jedoch vernahm sie verwundert etwas für sie völlig Neues. Der Kantor fuhr mit den Worten fort: «... und unsere *Mütter* – Sarah, Rebekka, Rachel und Leah – möge Er auch segnen...»

Er beugte sich zu Deborah vor und erkundigte sich nach ihrem hebräischen Namen.

Flüsternd nannte sie ihn.

«... Deborah, Tochter des Rav Moses und der Rachel, und möge Er ihrem verehrten Vater völlige Genesung gewähren...»

In ihrem kurzen Leben hatte Deborah schon gewaltige und apokalyptische Momente erlebt. Dieser jedoch übertraf sie alle. Es war, als habe der Blitz in ihre Seele eingeschlagen, daß sie in hellen Flammen stand.

Sie hatte ihrer Kindespflicht genügt. Und glaubte von ganzem Herzen daran, daß Gott dieses Gebet für ihren Vater gehört hatte.

Als sie den Mittelgang entlangschritt, überschütteten verschiedene Gemeindemitglieder sie mit Rufen wie: «Herzlichen Glückwunsch!» oder «Alles Gute!»

Es war fast mehr, als sie zu ertragen vermochte, und sie wäre weitergegangen, zur Synagoge hinaus, hätte sie nicht eine Gestalt entdeckt, die hinter einer Säule hervorspähte.

«Gratuliere, Deb.»

Danny war gekommen, um ihre Bar mizwa zu feiern.

«Deborah! Telefon für dich!»

«Wer ist es denn, Mama?»

«Woher soll ich das wissen.» Rachel zuckte die Achseln. «Steve heißt er, hat er gesagt.» Und blitzschnell fügte sie die einzig wichtige Frage hinzu: «Ist er Jude?»

Deborah hätte fast laut herausgelacht. «Wenn es der ist, den ich vermute, ist er sogar Rabbiner, Mama.»

«Was für ein Rabbi ist denn das, der sich einfach nur ‹Steve› nennt? Der kann niemals zu uns gehören. Immerhin, wenn er... geeignet ist, kannst du ihn zum Schabbes einladen.»

«Er ist verheiratet, Mama», entgegnete Deborah, während sie schon zum Telefon ging.

«Ach...» sagte Rachel, deren Begeisterung sofort nachließ. «Seit wann läßt sich meine Tochter von verheirateten Rabbinern einladen?» Und mit einem Blick gen Himmel ergänzte sie: «Vater der Welt, warum mußt Du Deine Fügungen immer *meinen* Kindern auferlegen?»

«Hallo, Deborah. Ich habe gewartet, bis ich sogar *vier* Sterne am Himmel sah, um absolut sicherzugehen, daß der Schabat wirklich vorbei ist.»

«Das ist nett von Ihnen, Rabbi», antwortete sie.

«Bitte», drängte er sie, «die einzigen Menschen, die mich mit ‹Rabbi› anreden, sind die Gemeindemitglieder, die etwas gegen den Inhalt meiner Predigten haben. Jedenfalls wollten meine Frau und ich Sie fragen, ob Sie morgen zum Brunch kommen können. Nur auf Beigels und Lachs – und ein bißchen Bekehrung.»

«Wie meinen Sie das?» erkundigte sie sich verwundert.

«Das sage ich Ihnen, wenn sie Ihre Beigels gegessen haben», versprach der Rabbi gutgelaunt. Dann nannte er noch seine Adresse und legte auf.

«Darf ich fragen, um was es ging?» Rachel musterte ihre Tochter mißtrauisch, als Deborah ins Wohnzimmer zurückkehrte.

«Um nichts besonderes», erwiderte Deborah obenhin. «Nur um Beigels.»

Als Esther Goldman ihr die Wohnungstür öffnete, gab es Deborah einen Stich, denn sie und ihr Ehemann hielten jeder ein Baby auf dem Arm – Zwillinge.

Auf einmal wurde Deborahs Sehnsucht nach ihrem Sohn fast unerträglich.

Steve Goldman glaubte Deborahs Miene interpretieren zu können. «Babys machen nicht nur Freude, das kann ich Ihnen versichern», erklärte er, als er sie ins Eßzimmer führte. «Sie sind bezaubernd, aber nicht mitten in der Nacht.» Er zeigte auf einen vollbeladenen Tisch und befahl: «Nehmen Sie sich einen Beigel.»

Wie versprochen, ließ sich der Rabbi auf kein ernsthaftes Gespräch ein, bevor Deborah den zweiten Beigel gegessen hatte.

«Ich mache mir wegen etwas Gedanken – und bitte sagen Sie's mir, wenn es mich nichts angeht. Aber Sie sind für mich ein Rätsel...»

«Also, man hat mir ja schon einige Attribute angehängt, aber ‹rätselhaft› ist eine Premiere. Was verwirrt Sie denn so?»

«Ich glaube, das wissen Sie», antwortete Steve freundschaftlich. «Ich meine, die Tochter des Silczer Rebbe lebt in einem Kibbuz, der so betont weltlich ist, daß die Leute selbst an hohen Feiertagen auf dem Feld arbeiten. Dann kommt sie nach Brooklyn zurück und nimmt an einem Gottesdienst teil, den ihre Familie mit Sicherheit als heidnisch bezeichnen würde.» Er hielt inne, um seine einleitenden Worte wirken zu lassen; dann fuhr er fort: «Ich persönlich kann daraus nur schließen, daß Sie auf der Suche nach etwas sind.»

«Sie haben recht», gestand sie. «Und ich hoffe, es klingt nicht anmaßend. Aber ich glaube, was ich suche, ist ein besseres Verhältnis zu Gott.»

«Darum geht es ja bei unserer Bewegung», meldete sich Esther zu Wort, «und nicht alles, was wir tun, ist eine Neuerung. Frauen zum Lesen der Thora aufzurufen war schon in talmudischen Zeiten allgemein üblich. Die *frumen* selber waren es, die das ‹reformiert› haben.»

«Offen gesagt, es kränkt mich, daß Ihre Leute auf mich herabsehen, weil ich die einstige Art nicht akzeptiere, in der sie die Bibel auslegen.» Mit wachsendem Eifer schlug Steve auf den Tisch und erklärte: «Aber die Thora gehört allen Juden. Gott gab sie Moses auf dem Berg Sinai, und nicht irgendeinem Rebbe in Brooklyn, der glaubt, einen Ausschließlichkeitsanspruch auf Frömmigkeit zu haben.»

Deborah nickte. «Eine Menge von dem, Steve, was Sie da gerade gesagt haben, klingt sehr nach meinem Bruder Danny. Er ist aus dem Seminar ausgestiegen, und nun sieht es aus, als sei mein Vater der letzte in der langen Rav-Luria-Reihe.»

«Das tut mir leid», bemerkte Steve. «Bekümmert es Sie sehr?»

«Für Papa, ja. Für Danny nicht. Und, um rückhaltlos offen zu sein, ich weiß nicht, ob wir in einer Welt, in der es kein Silcz mehr gibt, noch einen Silczer Rebbe brauchen.»

«Das muß doch nicht heißen, daß die Linie der Luria-Rabbiner deswegen auch aussterben muß», dozierte Steve dramatisch betont.

«Haben Sie jemals daran gedacht, selber Rabbiner zu werden? Mein Seminar hat schon begonnen, Frauen zu ordinieren.»

Deborah war wie vor den Kopf geschlagen. «Mein Vater könnte Ihnen vermutlich tausend dogmatische Gründe nennen, aus denen Frauen nicht Rabbi werden dürfen.»

«Und bei allem Respekt», entgegnete Steve, «könnte ich ihm tausendundeinen Grund nennen, warum sie es dürfen.»

Deborahs Augen leuchteten auf. Rasch zitierte sie die Worte, die ihr schon immer ein Dorn im Auge gewesen waren. «Erinnern Sie sich nicht an Rabbi Eliezers berühmten Einwand dagegen, daß Mädchen die Thora lesen lernen?»

«Und was ist mit Ben Azzai?» konterte Steve. «Der ist als Weiser nicht geringer und hat gesagt, ein Mann *müsse* seine Tochter die Bibel lehren. Tatsächlich steht sogar im Talmud – nur wette ich, daß Sie das nicht in der Schule gelernt haben –, daß Gott die Frauen im Grunde mit größerem Verständnis ausgestattet habe als die Männer.»

«Stimmt», bestätigte Deborah mit ironischem Lächeln, «das hat man uns in der Schule nie gesagt.»

«Vor allem Sie, Deborah», fuhr Steve fort, «als Nachkomme von Miriam Spira –»

«Von wem?»

«Warten Sie, ich zeig's Ihnen schwarz auf weiß.»

Er wandte sich zum Bücherregal um und zog einen Band der *Encyclopedia Judaica* heraus, in dem er eifrig blätterte.

«Würden Sie das hier bitte laut vorlesen, Deborah?» sagte er und zeigte auf eine Textstelle.

«‹*Luria* – berühmte Familie, die bis ins vierzehnte Jahrhundert zurückgeht.›»

Er zeigte auf den folgenden Absatz: «Bitte weiter.»

«‹Wie es heißt, lehrte Miriam, die Tochter des Gründers – cirka 1350 – in der Jeschiwa, hinter einem Vorhang sitzend, das jüdische Recht.›» Deborah blickte verwundert auf.

«Sehen Sie?» Esther lächelte. «Sie wären gar nicht die erste.»

Nach einer kleinen Pause, um diese Neuigkeiten zu verdauen, erkundigte sich der Rabbi: «Meinen Sie nicht, es wäre allmählich Zeit, daß die Luria-Frauen hinter dem Vorhang hervorkommen?»

Einen Augenblick herrschte unbehagliches Schweigen. Schließlich antwortete Deborah leise: «Aber ich habe keinen College-Abschluß.»

«Hatte Moses den?» fragte der Rabbi lachend. «Oder Jesus? Oder Buddha? Die Aufnahmeprüfung für das Hebrew Union College umfaßt Thora, Talmud und die hebräische Sprache. Ich wette, Sie würden sie ohne weiteres bestehen.»

Deborah zögerte einen Moment. «Jetzt bin ich aber wirklich sprachlos. Ich weiß nicht, was ich sagen soll.»

«Sie brauchen nur zu versprechen, daß Sie ernsthaft darüber nachdenken werden.»

«Das kann ich Ihnen mit Sicherheit versprechen», erklärte Deborah.

«Abgemacht», gab Steve zurück. «Und nun wird's Zeit für die höheren Dinge. Warten Sie nur, bis Sie Esthers Strudel probiert haben!»

Während die Frau des Rabbi die Nachspeise anschnitt, fühlte Deborah sich schuldbewußt, weil sie kaum ein paar Worte mit ihr gewechselt hatte. Also erkundigte sie sich höflich: «Sagen Sie, Esther, wie ist es, mit einem modernen Rabbi verheiratet zu sein?»

«Diese Frage sollten Sie mir stellen», übernahm Steve die Antwort.

«Warum?» fragte Deborah verwundert.

«Weil Esther ebenfalls Rabbi ist.»

Danny war der einzige Mensch, dem sie sich anvertrauen konnte.

«Es tut mir leid, dich in einem solchen Moment damit zu belasten.»

«Hör auf, Deb! Wenn die Krisen immer dann kämen, wenn wir sie erwarten, wären es keine Krisen. Ich meine, nur weil ich selbst durcheinander bin, bedeutet das nicht, daß ich dir gegenüber nicht objektiv sein kann.» Er hielt inne; dann setzte er liebevoll hinzu: «Und furchtbar stolz auf dich.»

«Aber Danny, gesetzt den Fall, ich werde aufgenommen. Wird unsere Gemeinde dann die Studiengebühren bezahlen wie bei dir?»

Dannys Begeisterung blieb erhalten. «Vielleicht schneidest du bei den Prüfungen so gut ab, daß sie dir ein Stipendium geben.»

«Okay, sagen wir mal, die sind so verrückt und tun das wirklich. Sagst du mir dann, unter welchem Baum im Prospect Park dein Neffe und ich unser Zelt aufschlagen sollen?»

Danny blieb einen Augenblick stumm und legte Daumen und Zeigefinger an die Stirn, als müsse er sein Gehirn ausquetschen.

«Sei ehrlich, Deb», sagte er in einem Ton, der erkennen ließ, daß er sich selbst erst überzeugen mußte, «du weißt, wie sehr sich Mama und Papa wünschen, daß du zu ihnen zurückkehrst.»

«Aber was ist, wenn er erfährt, was ich vorhabe?»

«Wer sagt denn, daß du ihm eine ausführliche Studienbeschreibung liefern mußt? ‹Rabbi› bedeutet Lehrer. Du sagst einfach, daß du Lehrerin werden willst. Das ist keine Lüge – das ist nur nicht die volle Wahrheit.»

Deborah erwiderte nichts.

«He», schalt ihr Bruder sie. «Was ist denn jetzt?»

«Ich kann nicht mehr lügen», erklärte sie bedrückt.

«Darüber, daß du Lehrerin werden willst?»

«Das ist es nicht, Danny!» Sie schrie es fast. «Und wenn du hörst, was ich dir verschwiegen habe, wirst auch *du* vermutlich wünschen, ich wäre tot. Aber wenn ich mich jetzt nicht jemandem anvertraue, gibt es ein Unglück.»

Sie hielt inne, wartete auf ein Zeichen von Danny, bevor sie die Flutgatter öffnete.

«Sprich weiter, Deb. Ich höre.»

«Eli ist nicht Avis Sohn. Das ist nur eine Story, die die Wahrheit verschleiern soll. Irgendwie schien das am Anfang so einfach zu sein...»

«Aber Deb», protestierte ihr Bruder. «Wen interessiert es schon, wer der Vater des Jungen ist! Du hast ihn offensichtlich geliebt. Und was du auch getan haben magst, es wird nichts an dem ändern, was ich für Eli empfinde.»

«Doch, das wird es.» Sie atmete tief durch, starrte Danny an und stieß hervor: «Es ist Timothy Hogan.»

Sekundenlang blieb er vor Schreck erstarrt sitzen. Endlich sagte er leise: «Ich dachte, der wäre inzwischen Priester geworden. Ich meine, daß er in Rom studiert hat –»

«Danny», unterbrach sie ihn, «Rom ist nur drei Flugstunden von Israel entfernt.»

Und dann erzählte sie ihm alles.

«Weiß Timothy... irgend etwas davon?»

Deborah schüttelte den Kopf. Gleichzeitig hatte sie das Bild von Elis Vater vor Augen, wie sie ihn gesehen hatte, als sie sich das letztemal liebten und er sie mit unendlicher Zärtlichkeit ansah.

Vor langer Zeit hatte sie Trost aus der Überzeugung gezogen, daß sie Timothy den Schmerz erspare. In Wahrheit hatte sie ihm auch die Freude vorenthalten. Und nun sagte sie mit unverkennbarem Bedauern zu ihrem Bruder: «Er wird seinen Sohn nie kennenlernen. Er wird niemals erfahren, daß er überhaupt einen Sohn hat. O Gott, Danny, was soll ich tun?»

«Nun, zunächst mal», erklärte er, um sie ein wenig aufzumuntern, «wirst du einen Schluck trinken. Wo hält Papa seinen Schnaps versteckt?»

Rav Moses Lurias «Bar» war, gelinde gesagt, sparsam bestückt: ein paar für den Weinsegen bestimmte Flaschen, etwas Schnaps und – Heureka! «Slivowitz?» rief Deborah erstaunt, als Danny die nur an Passah verwendete Karaffe mit Pflaumenschnaps hervorholte.

Er stellte zwei kleine Stampen auf den Tisch und füllte sie mit der starken, nach Mandeln duftenden Flüssigkeit. Allein der Geruch schon machte Deborah ein bißchen berauscht.

«Ich finde, diese Gelegenheit verlangt nach einem Segensspruch», erklärte Danny, der sein Glas hob, um mit vor Rührung bebender Stimme auf hebräisch zu zitieren: «Gesegnet seist Du, o Herr, unser Gott, König der Welt, der Du uns am Leben erhalten, bewacht und bis zu diesem wundervollen Augenblick geleitet hast.» Dann setzte er hinzu: «Und wenn ich jetzt ein Widderhorn hätte, würde ich auch noch hineinstoßen.» Liebevoll sah er seine Schwester an und brachte einen Trinkspruch aus: «Auf dich, Deborah, auf ein langes Leben, Gesundheit und alles Glück der Welt für Eli...»

Unversehens versagte ihm die Stimme.

«Mein Sohn hat einen richtigen Nachnamen», sagte sie bittend.

Danny zögerte einen Moment. Dann bekannte er: «Ich weiß. Aber ich kann ihn einfach nicht aussprechen.»

26

Daniel

Unruhig wartete ich auf eine Nachricht, die mich ans Bett meines Vaters rief – vergeblich.

Inzwischen war das Semester beendet, und die angehenden Rabbiner wurden geweiht. Ich hatte mich mit der Tatsache abgefunden, daß ich durch mein Ausscheiden vor dem Abschlußexamen nicht nur auf die Ordinierung verzichtet hatte, sondern zugleich auf das Baccalaureat, und das kann den Unterschied bedeuten zwischen dem Besitzer einer Limousine und ihrem Chauffeur.

Zum Glück hatte ich noch einige Freunde. Um genau zu sein, zwei. Beller – der mir angeboten hatte, in seiner Wohnung zu lernen. Und Ariel – in deren Wohnung schon die Hälfte meiner Garderobe untergebracht war. Sie gestattete mir, mit meinen Büchern bei ihr einzuziehen, und lud mich sogar ein, den ganzen Sommer über zu bleiben, während sie ihren «Aushälter» – wie ich ihn spöttisch nannte – wieder einmal auf einer Europareise begleitete.

Was ich allerdings essen sollte, nachdem ich die Delikatessen in ihrem Kühlschrank vertilgt hatte, war eine ganz andere Frage.

Beller machte mir auch den Vorschlag, das Gäste-Cottage seines Hauses in Truro zu benutzen, der Sommerresidenz des Psychiaters am Cape Cod. Aber ich mußte in der Stadt bleiben, um Deborah bei der Vorbereitung auf die Sonderaufnahmeprüfung zu helfen, die das Seminar für sie angesetzt hatte.

Nachdem ich ihr Geld für Bücher geliehen hatte, entschied ich, daß die auf meinem Bankkonto verbliebenen 261 Dollar vermutlich sechs Wochen lang reichen würden – vorausgesetzt, ich aß nur eine Mahlzeit pro Tag.

Ariel verriet ich nichts von meinem bevorstehenden Bankrott. Bevor sie abreiste, setzte sich diese erstaunlich amoralische Person mit mir zu einem ernsthaften Gespräch zusammen. Ihr «Aushälter» hatte in diesem Jahr eine Villa mit Jacht an der Riviera gemietet.

«Ich mache mir Sorgen, daß du hier so ganz allein zurückbleibst, Danny», begann sie. «Ich wünschte, du könntest solange zu Aaron umziehen. Da hättest du wenigstens all diese Analytiker, mit denen du reden kannst.»

«Diese Hirnbohrer reden nicht», erklärte ich ihr, «die hören nur zu. Außerdem helfe ich meiner Schwester bei ihren Studien. Und hier kann sie sich ausgezeichnet konzentrieren. Es wird schon gutgehen.»

«Nun komm schon, Danny», sagte sie in verblüffend mütterlichem Tonfall, «mir brauchst du nichts vorzumachen. Woher willst du das nötige Kleingeld nehmen?»

Ich überlegte mir schon eine scherzhafte Antwort, als ich die aufrichtige Besorgnis in ihren wunderschönen Augen las und total entwaffnet war.

«Ich weiß es nicht, Ariel», gestand ich ihr. «Sobald Deborah fertig ist, werde ich mir wohl einen Job suchen müssen.»

«Würde es deinen männlichen Stolz verletzen, wenn ich dir ein Darlehen anbiete?»

Was sollte ich darauf antworten – daß ich keinen männlichen Stolz besäße? Oder, etwas freimütiger, kein Geld hätte? Ich zuckte die Achseln.

«Okay.» Sie beugte sich vor. «Wenn du mir deine Kontonummer gibst, werde ich dir morgen etwas überweisen...»

«Aber wirklich nur geliehen!» protestierte ich abwehrend. «Ich werde dir alles zurückzahlen!»

«Einverstanden.» Sie nickte so heftig, daß ihr ein paar blonde Locken in die Stirn fielen. «Aber es hat keine Eile. Ich brauche diese fünftausend wirklich nicht.»

«Fünftausend?» Ich war erschlagen. «Wie, zum Teufel, kommst du darauf, daß ich eine so große Summe brauche?»

«Ich will nur, daß du dich amüsierst, solange ich weg bin. Außerdem könntest du das Geld ja auch geschickt anlegen und bis wir uns wiedersehen ein reicher Mann geworden sein.»

Am folgenden Morgen hielt Charlie mit seinem Rolls vor dem Haus, um Ariel abzuholen. Ich war versucht, sie hinunterzubegleiten und den beiden zum Abschied nachzuwinken.

Aber ich brachte es nicht fertig, ihm ins Gesicht zu sehen.

Mein Kummer über ihren Verlust – irgend etwas sagte mir, daß wir eine stillschweigende Trennung vollzogen hatten – wurde ein wenig gemildert, als mich um 9.30 Uhr vormittags (eine Premiere!) die Bank anrief, um mir mitzuteilen, daß sich der Gesundheitszustand meines Kontos dank einer Transfusion von ganzen fünftausend Dollar gebessert habe. Ich glaube, der Bankangestellte war sogar noch tiefer beeindruckt als ich selbst.

Selig über diese Großzügigkeit, ging ich zu Zabar's und kaufte ganze Berge von Weißfisch, Nova-Scotia-Lachs, Weißbrot und andere Delikatessen, um meine tapfere Schwester zu bewirten, wenn sie zu ihrer ersten Nachhilfestunde kam. Wie sich herausstellte, konnten wir zugleich die Entlassung meines Vaters aus dem Krankenhaus feiern.

Deborah arbeitete wie eine Wahnsinnige. Die Jahre der akademischen Frustration hatten in ihr einen Dampf aufgestaut, der sie unermüdlich antrieb. Nicht nur lernten wir vom frühen Morgen bis zum frühen Abend, sondern Gott allein weiß, wie lange sie am Abend noch aufblieb, um den Stoff zu pauken, den wir tagsüber durchgenommen hatten. Auf jeden Fall kannte sie ihn am folgenden Tag jedesmal in- und auswendig.

Meine Voraussage im Hinblick auf Papa erwies sich als zutreffend. Seine Bekanntschaft mit dem Tod hatte ihn sanftmütiger gemacht, und so ermutigte er Deborah sogar in ihrem Entschluß, «Hebräisch-Lehrerin» zu werden, ohne sich zu ihrer Wahl des Seminars zu äußern. Gewiß, irgendwann mußte sie mit der Nachricht von der Existenz seines unbekannten Enkels rausrücken. Aber das hatte noch Zeit, bis er sich ein bißchen besser erholt hatte.

Bei ihrem ersten Besuch in Ariels Lustspieltheater konnte Deborah sich die Frage nicht verkneifen, wie ich nach der Vertreibung aus unserem eigenen Paradies denn wohl in diesem hier gelandet war. Also erzählte ich ihr, als wir gegen Ende des Nachmittags Kaffee tranken, die ganze Geschichte.

Trotz allem, was sie inzwischen hatte durchmachen müssen, war ihr doch eine gewisse Unschuld geblieben. Und obwohl sie ein uneheliches Kind hatte – ausgerechnet von einem römisch-katholischen Seminaristen –, schien die Reinheit ihres Geistes völlig intakt zu sein. Sie hatte Tim von ganzem Herzen und ganzer Seele geliebt und überhaupt nicht das Gefühl, gesündigt zu haben.

Ich erkannte, daß sie über mein Geständnis schockiert war, aber sie maßte sich kein Urteil an, sondern entgegnete nur: «Oh, Danny! Das klingt in meinen Ohren nicht gerade koscher, aber wer bin ich, daß ich über dich urteilen dürfte?»

Dennoch hatte ich das Gefühl, es sei meine Pflicht, mich um *ihr* emotionales Wohlergehen zu kümmern.

Ich wußte instinktiv, mit wieviel Liebe sie ihren Sohn zu überschütten vermochte, war mir aber selbst in meinem verkorksten Zustand darüber klar, daß Erwachsene selber geliebt werden müssen, um diesen Rohstoff in Liebe zu ihren Kindern zu verwandeln.

Avi Ben-Ami war von Anfang an ein Mythos gewesen. Timothy war zwar real, würde jedoch – wie ich glaubte – allmählich in ihrer Erinnerung verblassen wie ein alternder Gobelin.

Im Augenblick war ihr Leben bis obenhin von der Angst vor der bevorstehenden Prüfung erfüllt, das wußte ich. Aber das würde nur ein recht kurzlebiges Mittel gegen den endlosen Schmerz der Einsamkeit sein. Wie konnte sie zum Beispiel Wiegenlieder singen mit einem Text wie: «Schlaf, Kindchen, schlaf, dein Vater hüt' die Schaf», während sie doch wußte, daß es für Eli keinen Vater gab?

Deborah behauptete, ihr Leben sei ausgefüllt, doch als ich sie nach den Menschen fragte, die angeblich ihr Leben in Israel ausfüllten, gab sie mir keine persönlichen Auskünfte.

Dennoch gelang es mir, einen Anhaltspunkt aufzuspüren.

Eines der frei gewählten Themen, die sie für die Aufnahmeprüfung vorgelegt hatte, war moderne hebräische Dichtung, von der ich keine

Ahnung hatte, da mein Seminar sich ein Urteil über den Wert eines Dichters vorbehielt, bis er mindestens hundert Jahre tot war.

Nach ein paar vorsichtigen Sondierungen erfuhr ich, daß sie bei einem Burschen namens Zev Kurse belegt hatte, der bei ihr vielleicht – wie Ariel es ausgedrückt haben würde – nicht gerade ein Feuer entfacht, aber wenigstens ein bißchen mehr als die Liebe zum Wort gezündet hatte.

Selbstverständlich wies sie das sofort weit von sich.

«Wie kommst du darauf, daß er sich überhaupt für mich interessiert?»

«Nun hör doch mal, Deb. College-Lehrer bieten nicht kostenlose Nachhilfekurse an, wenn sie nicht noch was anderes im Sinn haben. Wirst du ihn anrufen, wenn du wieder in Israel bist?»

Sie wich aus. «Nur, wenn ich die Prüfung bestehe.»

Okay, dachte ich mir. Ich hoffe nur, daß dieser Zev weder verheiratet noch so eine Art jüdischer Mönch ist.

Die Aufnahmeprüfung legte Deborah am 27. und 28. Juni 1972 ab. Zwölf Stunden schriftliche Prüfung in Thora, Talmud, jüdischer Geschichte und Sprache und danach ein mündliches Examen, das sie, wie ich von vornherein gewußt hatte, mit fliegenden Fahnen bestand.

Bevor sie abreiste, um wieder in den Kibbuz – und zu ihrem Sohn – zurückzukehren, stand Deborah noch eine beängstigende Aufgabe bevor: Sie mußte unseren Eltern die Tatsache beibringen, daß sie Mutter war.

Sie wartete bis zum Abend des ersten Sabbats, an dem Papa wieder zu Hause war und es sich in seinem Sessel am Kopfende des Tisches bequem gemacht hatte. Aber erst nach dem Dinner mit unseren Schwestern, deren Ehemännern und Kindern – einer Art griechischem Chor für dieses Drama – erzählte sie ihnen dann ihre Geschichte.

Sie alle weinten um Avi Ben-Ami, während mein Vater gelobte, einen Monat lang zur Erinnerung an seinen heldenhaften Schwiegersohn Psalmen zu beten – eine Reaktion, die Deborah nur noch mehr mit Scham erfüllte. Alle waren sich einig darin, es sei ein Segen, daß Avi in ihrer beider Sohn weiterlebte.

Meine Mutter verbarg nicht ihre Vorfreude darauf, daß wieder Kinderlachen in unserem Haus ertönen werde. Am wichtigsten war aber wohl, daß meine noble Schwester dazu beitragen würde, den gebrochenen Geist meines kranken Vaters zu heilen.

Bei meiner psychoanalytischen – von Beller übernommenen –

Denkweise schloß ich daraus, daß mein Vater in dem jungen Eli einen Ersatz für mich sah und mich dadurch nicht nur in den Orkus, sondern sogar zur Nicht-Existenz verdammte.

Ich nahm dies mehr oder weniger hin und tröstete mich damit, eine *mizwa* – eine gute Tat – getan zu haben, indem ich dazu beitrug, daß Deborah Vergebung erlangte und mit der Familie wiedervereint wurde.

Doch da ich für mich persönlich leider nichts hatte tun können, hing ich in der Luft, als sie nach Israel zurückflog, um Eli zu holen. Nicht mal zum Flughafen durfte ich sie bringen, weil sonst die Gefahr bestand, daß mich mein früherer Vater sah und dadurch seine labile Gesundheit gefährdet wurde.

Aber so war es halt. Ich konnte immerhin noch einen Monat in Ariels Wohnung bleiben und verfügte über fast 4000 Dollar, die mir die Einsamkeit erleichterten.

Beller hatte mich überzeugt, daß ich psychiatrische Hilfe brauchte, und versprach, mir einen guten Seelendoktor zu besorgen, der mich «zum Großhandelspreis» behandelte. Bis dahin segelte ich einen billigeren, wenn auch weitaus schmerzlicheren Kurs – die Selbstanalyse.

Während ich anfangs dachte, es handle sich um eine Art Dauerbeschäftigung, kreisten meine stundenlangen Meditationen ausschließlich um einige fundamentale Fragen wie: «Wer bin ich?» Und förderten profunde Antworten zutage: «Ich bin ein Mann, der kein Rabbiner ist, sondern dasitzt und Selbstgespräche führt.»

Aber wenn ich kein Rabbiner bin – was bin ich dann?

Ich bin nicht all-weise, all-wissend und vergeistigt.

Durch diese Argumentation stieß ich auf den Weg, nach dem ich suchte: die kürzeste Route vom Rabbinat zu dem, was auch immer ihm diametral entgegengesetzt war.

Der Rabbi strebt nicht nach materiellen Dingen; ich würde extrem materialistisch sein. Und außerdem ein Hedonist.

Da der Rabbi ferner sein Verhaltensmuster aus dem Alten Testament ableitet, würde ich – mit einigen subjektiven Reinterpretationen – das meine aus dem Neuen ableiten.

Zu meiner Überraschung hatte Ariel tatsächlich eine Bibel im Hause – eingezwängt zwischen Hugh Johnsons «Weinatlas» und der «Indischen Liebeskunde». Als ich sodann in den Teilen blätterte, die ich noch nie gelesen hatte, stieß ich im Evangelium des Matthäus auf folgenden Text: «Niemand kann zwei Herren dienen... Ihr könnt nicht Gott dienen und dem Mammon.»

Das konnte nur die Vorsehung sein! Diese Worte, von Jesus bei seiner Bergpredigt gesprochen, zeichneten mir meinen Kurs mit absoluter Klarheit vor. Jesus war ein Rabbi gewesen und hatte Gott gedient.

Also würde ich ein Anti-Rabbi werden und von nun an dem Mammon dienen.

Das einzige Problem lag darin, daß ich nicht die geringste Ahnung hatte, wie ich mich mit den Riten und Ritualen der Anbetung des Mammon vertraut machen sollte.

Auf Grund meiner Erziehung jedoch vermutete ich, daß alle Wahrheiten, wie man viel Geld verdiente, in Büchern zu finden sein müßten.

Am selben Abend zog ich noch los, um mir ein paar einschlägige Bände zu besorgen. Die ganze Nacht hindurch blieb ich wach und las, wobei ich mich mit einem von Ariels besseren Champagnern als pädagogischem Anreiz belohnte.

Bis zum Morgen hatte sich mein Verdacht bestätigt, daß keiner, der wirklich reich geworden war, darüber schreiben und all seine Geheimnisse verraten würde.

Aus meiner ersten Nacht der Recherchen zog ich jedoch eine wichtige Lehre. Vom prätentiösesten Ratgeber bis zum geschwätzigsten herrschte in einem Punkt bei allen Einigkeit: *Anfänger sollten die Finger vom Warenterminmarkt lassen – sie könnten über Nacht bankrott gehen.*

Aus dieser Warnung ergab sich jedoch die logische Folgerung, die die Autoren verschwiegen hatten: Wenn man über Nacht pleite gehen kann, müßte das Gegenteil ebensogut möglich sein.

Das ganze Prinzip des Warengeschäfts besteht in dem Versprechen, irgend etwas *in der Zukunft* zu einem niedrigeren Wert oder höheren Preis als dem gegenwärtigen Marktwert zu kaufen oder zu verkaufen.

Wenn man zum Beispiel im Juli darauf wettet, daß Väterchen Frost die Florida-Orangen einfriert, bevor die Jungens von Birds Eye das tun, erwirbt man die Option auf den Kauf von Orangen*saft* irgendwann Ende November zu einem Preis, der im Sommer ungeheuerlich teuer wirkt. Haben sie mit ihrer Ahnung recht, könnte ihr Saft sich in flüssiges Gold verwandeln.

Das einzige Problem ist nur, daß der Frost kein alljährlicher Gast in Florida ist. Und eine Langzeitoption kann unter Umständen ein Vermögen kosten.

Eine Option dagegen, die für einige Tage gilt, kostet möglicherweise nur ein paar Pennies, weil sie buchstäblich nur Stunden von ihrer Wertlosigkeit entfernt ist.

Alle Jubeljahre einmal *könnte* das Roulette jedoch mit Ihrer ganz persönlichen Zahl aufwarten. Und dann können solche Penny-Optionen dicke, fette Dollars wert sein. So dick sogar, daß sie einen zweiten Rolls-Royce benötigen, um sie alle zur Bank zu karren.

Ich hatte etwas über sechs Wochen Zeit, bis zu Ariels Rückkehr, und wollte ihr das Darlehen in ganz großem Stil zurückzahlen. Als ein letztes, großspuriges Investment bestellte ich mir das *Wall Street Journal* und ließ es mir bei Morgengrauen ins Haus bringen, damit ich mit dem Studium der Produktenbörse beginnen konnte.

Meine Kenntnis von Zucker, Kaffee und Tee waren gleich Null.

Bibliotheken jedoch, die kannte ich, und so verbrachte ich viele Stunden in der Zentrale an der 42nd Street, um mich mit so unterschiedlichen Themen zu beschäftigen wie Viehzucht (das 1670 Seiten starke *Merck Veterinary Manual* lernte ich praktisch auswendig), Landwirtschaft (alles, was Sie schon immer über den Ackerbau wissen wollten) und Meteorologie (nicht lange, und ich würde den Wetterfrosch unseres Lokal-Fernsehsenders übertrumpfen).

Ich war unfehlbar der letzte, der den Lesesaal verließ, und so groggy vom Lernen, daß ich den steinernen Löwen vor der Bibliothek zum Abschied zuwinkte und anschließend im nächsten Schnellimbiß eine hastige Mahlzeit einnahm, um mich für einen Abend der «Kriegsspiele» zu stärken.

Von dem Tag an, da ich beschloß, mich auf die Suche nach dem «Goldbarren des Glücks» zu machen, hatte ich regelmäßig «investiert». Das heißt, hypothetische Summen in reale Produkte gesteckt, um festzustellen, was dabei herausgekommen wäre, hätte ich nicht nur gespielt, sondern wirklich gehandelt.

Aber die Zeit wurde immer knapper, und wenn ich mein Ziel erreichen wollte, mußte ich aufs Ganze gehen. Die Frage war nur: In welche Waren sollte ich meine Hoffnungen setzen?

Den Tag beschloß ich regelmäßig mit fünfzehn Minuten seelischer Selbstanalyse. Und dabei hatte ich eine Art apokalyptisch-diabolische Vision. Ich brauchte nämlich nur den Rat des Polonius zu befolgen: «Sei dir selber treu.»

Aber was war mein neues Ich? Ein Anti-Rabbi.

Und was wäre in diesem Fall das anti-rabbinistischste Investment, das ich machen konnte?

Meine innere Stimme rief laut und deutlich: Danny, setz dein Geld auf verbotene Früchte... auf das unreine, unkoschere, ungenießbare, unaussprechliche... *schaser*. Mit anderen Worten: auf das Goldene Schwein.

Obwohl diese Ware in meinem alten Viertel nicht unbedingt florierte, wußte ich, daß Millionen von amerikanischen Familien jeden Morgen ein herzhaftes Frühstück aus Schinkenspeck und Eiern zu sich nahmen.

Wie ich feststellte, wurden Schweineseiten seit gestern an der Handelsbörse von Chicago zu 19 Dollar pro Tonne gehandelt, was mir überaus billig vorkam. Und für einen bloßen Penny war eine Kaufoption auf dieses verbotene Fleisch für 20 Dollar pro Tonne zu erwerben.

Der Grund dafür, daß diese Optionen so billig angeboten wurden, war die Tatsache, daß heute Montag war und sie am Freitag um zwölf Uhr mittags ausliefen. Offensichtlich glaubte niemand daran, daß der Preis für Schweinefleisch in dieser kurzen Zeit steigen würde.

Ich überprüfte meine Finanzen. Ich hatte $ 3954,00 zur Verfügung und beschloß, bis auf 100 Dollar alles aufs Spiel zu setzen.

Aber was, überlegte ich, könnte passieren, damit diese «Schweinereien» plötzlich im Wert stiegen?

Mit meinem *Chicago Options Booklet* begab ich mich zum Times Square, kaufte sämtliche Zeitungen aus dem Mittelwesten und begann die landwirtschaftlichen Nachrichten mit der Lupe nach einem Hinweis zu durchforschen. Ohne Ergebnis.

Unverdrossen suchte ich das Waldorf auf, um mir dort ein opulentes Mahl aus Eiern Benedict zu Gemüte zu führen. Und als ich in der eleganten Lobby an den Telefonzellen vorüberkam, schlug unversehens der Blitz bei mir ein.

Hier gab es Telefonbücher für jede größere Stadt der Vereinigten Staaten. Vielleicht vermochte ich mir via AT & T einige Informationen zu beschaffen.

Also wechselte ich 50 Dollar in Silbermünzen ein und machte es mir bequem, um meine Anrufe zu tätigen.

Nicht bei den Schlachthöfen, ja nicht mal bei den Fleischverarbeitungsbetrieben – die ihre Informationen, wie ich vermutete, ängstlich hüteten –, sondern bei Speditionsfirmen, um zu ermitteln, ob möglicherweise eine Störung vorlag, die den Transport von Schweinen zu den Schlachthöfen behindern könnte.

Als ersten Staat nahm ich mir Iowa vor und versuchte mich gerissen und aggressiv zu geben.

«Hallo, hier Dan Lurie von der *New York Times*. Haben Sie eine Ahnung, warum es plötzlich zu Verzögerungen kommt...?» Mit anderen Worten, ich tat, als setze ich voraus, es habe Probleme gegeben, und wolle das nunmehr bestätigt haben.

Zumeist wurde ich mit verärgerten Antworten abgespeist, wie etwa: «Menschenskind, wovon reden Sie eigentlich? Wir bringen die Schweine so schnell auf die Straße, wie wir sie aufladen können.»

Gegen Mittag jedoch, als Iowa bereits hinter mir lag – und ich kaum noch Münzen und Energie hatte – kam der Durchbruch.

Einem jungen Burschen von der Eagle Trucking in Omaha rutschte heraus, daß die Abholungen plötzlich verschoben würden – und wenn das so weiterginge, könnte er seinen Job verlieren. Weitere listig gestellte Fragen an die Konkurrenz innerhalb von Nebraska bestätigten mir mehr oder weniger, was ich dem jungen Mann bei Eagle abgeluchst hatte. Aus irgendeinem unerfindlichen Grund verzögerte sich der Transport von Schweinen.

Mann! Entweder durch meine brillante Intuition oder ganz einfach einen glücklichen Zufall war ich tatsächlich auf etwas gestoßen! Wenn Nebraska ein Schweineproblem hatte und ich schnell genug handelte, würde ich bald ganz groß rauskommen.

Ich sah auf die Uhr. Mir blieben noch etwas mehr als 75 Minuten, um vor Börsenschluß einen Makler zu finden.

Eilig lief ich auf die Straße, um – ohne es zu wissen – zum letztenmal in meinem Leben mit der Subway zu fahren.

Eine Zweigstelle der Chase Manhattan Bank in der Wall Street forderte zehn Dollar Gebühr, um meine $ 3854,00 gegen einen Bankscheck auf meinen Namen einzutauschen.

Dann betrat ich in meinem leider Gottes arg zerknitterten, aber dennoch unverkennbaren Brooks-Brothers-Anzug das Büro von McIntyre & Alleyn, Investmentbanker.

Ich hatte mir diese Firma aus dem Branchenverzeichnis herausgesucht, weil ich – ganz im Sinne meiner konsequent oppositionellen Einstellung – noch niemals etwas von ihr gehört hatte.

Das Büro bestand praktisch aus nichts als einem winzigen Loch in einem riesigen Wall-Street-Wolkenkratzer und einer blonden, sehr konservativ gekleideten Empfangsdame, der es nicht recht zu sein schien, daß ich hereinkam. Um so mehr, als ich auf ihre Frage nach dem Zweck meines Besuches antwortete, ich wolle eine Investition tätigen.

«Wir sind eine Privatbank», erklärte sie mir höflich. «Wir verwalten nur große Portefeuilles.»

Die Uhr tickte erbarmungslos; wenn ich also lügen mußte, würden ein paar Nullen mehr die Sünde auch nicht verschlimmern.

«Nun, für den Anfang dachte ich an ein paar Millionen. Sollte Ihnen das nicht genügen, würde Merrill Lynch ganz zweifellos...»

«Aber nein», antwortete sie hastig, «ich werde sehen, ob jemand Zeit hat, mit Ihnen zu sprechen.»

«Danke», sagte ich so nonchalant wie möglich und versuchte meine Ungeduld zu zügeln. «Nur muß ich leider einen Flug erreichen...»

Eilig notierte sie sich meinen Namen und verschwand hinter einer Glastrennwand, um kurz darauf mit einem jungen Mann ungefähr meines Alters wieder zum Vorschein zu kommen.

Freundlich schüttelte er mir die Hand und stellte sich als Pete McIntyre vor, der Enkelsohn des Firmengründers.

Für den Bruchteil einer Sekunde fühlte ich mich geschmeichelt. Innerhalb von fünf Minuten hatte ich ihn jedoch als umwerfend charmanten Menschen mit der Intelligenz einer Zwei-Watt-Birne eingestuft.

Ich hörte ihn einen – wie ich später erfuhr, uralten – Spruch aufsagen: «Bears* bringen Geld und Bulls bringen Geld, Schweine aber werden unfehlbar gefressen.» Das war mein Stichwort.

«Seltsam, daß Sie ausgerechnet von Schweinen sprechen. Ich beabsichtige nämlich ins Schweine-Termingeschäft einzusteigen.»

«Ü-ber-aus riskantes Geschäft – Optionen. Würd ich nicht mal mit der Feuerzange anfassen.»

«Nun gut, aber könnten Sie es über sich bringen, sie mir zuliebe doch ausnahmsweise mal anzufassen? Ich meine, ob ich gewinne oder verliere – Sie machen in jedem Fall Ihre fünf Prozent.»

Irgendwann während unserer Plauderei hatte er meine Personalien notiert – Adresse (Danke, Ariel, daß du in einem so guten Viertel wohnst!), Telefon- und Sozialversicherungsnummer.

Rasch unterzeichnete ich die Optionspapiere und schwor auf meine Ehre als Gentleman, daß ich das *Chicago Options Booklet* «erhalten» (das heißt, durchgeblättert) hatte.

«Hören Sie, Mr. McIntyre», schlug ich ihm vor, «wie wär's, wenn Sie mir zur Feier unserer neuen Bekanntschaft erst mal ein paar kleinere Optionen besorgen?»

«Es ist Ihre Beerdigung.» Er lächelte. «An was hatten Sie denn gedacht?»

* Bären – bringen Baisse-Spekulationen. Bullen – Hausse-Spekulationen. Anm. d. Ü.

Ich bat ihn, Seite zwölf im *Journal* von heute aufzuschlagen und sich die dort aufgeführten Optionen anzusehen.

«Ich bin auf ein paar von diesen Zwanzig-Dollar-Schweinefleisch-Optionen scharf, die für einen Penny zu haben sind.»

McIntyre studierte die Zeitung und lachte laut auf.

«Sie sind wirklich ein Komiker. Werfen Sie Ihr Geld doch gleich ins Feuer. Wenn Sie sich wirklich für Schweine interessieren – warum nicht lieber Positionen der Haussepartei?»

«Mr. McIntyre», gab ich zurück, «ich habe nur sehr wenig Zeit. Bitte, greifen Sie zum Telefon und kaufen Sie 380000 von diesen Penny-Optionen.»

Der andere sah mich fragend an. «Aber bis jetzt sind Sie noch nicht mal offiziell unser Klient.»

Ich zog den Bankscheck aus der Tasche und legte ihn auf den Tisch.

«Wenn Sie diese Schweine nicht in den nächsten zwei Minuten kaufen, McIntyre, wende ich mich an eine andere Adresse!»

Er blickte zu mir empor, dann auf meinen Scheck hinab und griff sich das Telefon. Er hatte so eine Art Standleitung, denn er sprach sofort in verlegenem Ton mit jemandem namens Roach.

«Ja, Roach. Ja, ich weiß.»

Dann hielt er einen Augenblick inne, während Roach offenbar anderweitig beschäftigt war, legte die Hand über die Sprechmuschel und fragte: «Sind Sie ganz sicher, daß das alles ist, was Sie wollen, Mr. Luria? Wenn Sie bis morgen warten würden, könnten Sie die, wie es scheint, vermutlich für einen halben Cent erwerben.»

Ich hatte keine Gelegenheit zu einer Antwort, denn sein Kollege kam wieder an den Apparat und berichtete, der Kauf sei perfekt.

Bei Börsenbeginn am folgenden Morgen hatten die Nachrichtenagenturen die Geschäftswelt bereits vom Ausbruch der Schweinepest in Rushmont, Nebraska, unterrichtet, deren Ausmaß erst noch festgestellt werden mußte. Der Transport jeglicher Schweineprodukte über die Grenzen dieses Staates hinaus, des zweitgrößten Produzenten der Nation, war offiziell verboten worden. Man erwartete, daß dieser unvorhergesehene Ausfall die Großhandelspreise unmittelbar nach Börsenbeginn dramatisch in die Höhe treiben werde.

Ich konnte es selbst fast nicht glauben. Zur Mittagszeit war ich bereits zu drei Vierteln auf dem Weg zum Millionär und kam mir überaus «vorsichtig» vor, als ich den aufgeregt plappernden McIntyre anrief und ihn anwies, meine sämtlichen Penny-Optionen zu 22 Dollar abzustoßen.

Als der junge Broker anrief, um mir zu bestätigen, daß die Transaktion abgeschlossen und ich nun um 760 000 Dollar (minus Kommission) reicher geworden sei, überbrachte er mir eine Einladung zum Lunch mit dem New Yorker Vorstand.

«Ich hoffe, Sie vergessen nicht, daß Sie mein Klient sind, Danny», sagte er. «Ich glaube, wir beide könnten eine Menge Geld machen.»

Ich bat um Vertagung dieser Gratis-Mahlzeit auf ein anderes Mal, ließ mir für 100 Dollar die Haare schneiden, bestellte mir ein halbes Dutzend maßgeschneiderter Anzüge sowie einen Chesterfield-Überzieher und leistete mir ein Dinner im Lutèce.

Anschließend hockte ich allein – und einsam – in Ariels Wohnung.

Mit wem sollte ich nun meinen Triumph feiern? Wenn ich – angenommen, wir sprächen wieder miteinander – meinen Vater angerufen und ihm gesagt hätte: «Eine gute Nachricht, Papa, ich bin zu plötzlichem Reichtum gelangt» – so hätte er vermutlich nur das hebräische Sprichwort zitiert, das da lautet: «Wer ist reich? Der mit seinem Schicksal zufrieden ist.»

Ich erwog, Deborah im Kibbuz anzurufen, begnügte mich aber mit einem euphorisch-geheimnisvollen Telegramm, in dem ich sie informierte, daß ich, obwohl ihre Aufnahme noch besiegelt werden mußte, bereits ein komplettes Stipendium für ihr gesamtes Rabbiner-Studium arrangiert hätte.

Aber das war auch alles. Eine weitere Möglichkeit, ein bißchen zu feiern, bot sich mir nicht.

Also saß ich den ganzen Abend allein und blätterte ziellos in meiner Börsenliteratur.

Am folgenden Morgen um zehn telefonierte ich mit McIntyre und erteilte ihm Anweisung, an der Börse von Vancouver eine Zweimonatsoption auf den Kauf von Platin im Wert von einer halben Million Dollar zu einem um ein Drittel geringeren als dem gegenwärtigen Preis zu erwerben.

Diesmal sparte er sich sowohl das Grinsen als auch das freundschaftliche Geplänkel. Offensichtlich hatte er es dafür zu eilig, vom Telefon loszukommen und die anderen Partner zu unterrichten.

Zwei Wochen später sah ich vom Fenster aus zu, wie eine weiße, langgestreckte Limousine Ariel mitsamt ihrem Gepäck unten vor der Haustür absetzte.

Lächelnd verpaßte ich dem Champagner in seinem Kühler eine halbe Drehung, um sicherzustellen, daß er auch wirklich eiskalt war.

Der uniformierte Chauffeur hatte Ariels letzten Koffer heraufgebracht und war dann verschwunden. Sobald wir allein waren, fielen wir einander in die Arme. Und stellten voll Verwunderung fest, daß wir beide fast gleichzeitig dieselben Worte aussprachen.

«Mann, habe ich dir viel zu erzählen!»

«*Ladies first*», sagte ich lächelnd und trat zurück, um die gebräunten Kurven von Ariels Figur besser genießen zu können und ihr einen besseren Blick auf meinen italienischen Seidenanzug zu ermöglichen.

«Er hat's getan, Danny», sprudelte sie glückstrahlend heraus. «Er hat's tatsächlich getan!»

«Was?» erkundigte ich mich, ein wenig aus dem Gleichgewicht geraten.

«Sieh dir das an!» Sie streckte mir ihre linke Hand entgegen. «Ich bin eine verheiratete Frau!»

«Wie bitte?» fragte ich ungläubig.

«Als wir in St. Tropez waren, hat Charlies Anwalt angerufen, um ihm zu sagen, daß dieses Miststück, seine Frau, endlich in die Scheidung einwilligt. Also sind wir für eine Schnellscheidung nach Haiti geflogen und haben dort am Strand auch gleich geheiratet. Es war eine phantastische Party! Ist das nicht wundervoll?»

«Äh – ja», sagte ich, zutiefst niedergeschlagen und unfähig, meinen Schock und meine Enttäuschung zu verbergen.

«Okay – und nun rück raus mit deiner Überraschung.»

«Ich glaube, die spielt jetzt keine Rolle mehr», antwortete ich bedrückt.

Sie kam zu mir und packte mich bei den Schultern.

«Aber Danny – ich war von Anfang an ehrlich zu dir. Du wußtest, daß es so kommen würde. Hast du etwa Geldsorgen?»

«Aber nein», antwortete ich ironisch, «Geldsorgen sind wirklich das letzte, was ich jetzt habe.»

«Nun komm schon, mir kannst du's doch sagen. Charlie und ich haben alles besprochen, und er ist einverstanden, daß du hier bleibst, bis der Mietvertrag im nächsten Juni ausläuft.»

«Ach was, schon gut», gab ich zurück, während Zorn und Groll meine anfängliche Qual und Enttäuschung verdrängten. «In ein paar Tagen ziehe ich ohnehin in eine eigene Wohnung um. Ich hatte nur ... na ja, ich hatte gehofft, du würdest mit mir kommen.»

«Hör zu, Danny!» sagte sie aufmunternd. «Sei realistisch. Du und ich, das war ein Spaß. Charlie, das ist Sicherheit. Du weißt doch – *diamonds are a girl's best friends*, und so.»

«Ich weiß», antwortete ich verbittert und griff in meine rechte Jackentasche, um ein kleines, burgunderrotes Lederetui von Cartier herauszuholen und zu öffnen. Selbst von der anderen Seite des Zimmers her hätte sie die Karat zählen können.

«Wow!» staunte sie. «Woher zum Teufel hast du das? Bist du ins Drogengeschäft eingestiegen?»

«Nein», antwortete ich, nunmehr in einem Ton, der ätzenden Sarkasmus verriet. «Es sei denn, du hältst Geld für eine Droge. Ich habe ein bißchen an der Börse gezockt.»

«Verdammt!» murmelte Ariel vor sich hin. «Ich hab wirklich ein Talent, alles kaputtzumachen, nicht wahr?»

«Mich darfst du nicht fragen», entgegnete ich zynisch. «Ich habe dich so geliebt, wie du warst. Als ich überhaupt nichts hatte, wußte ich wenigstens, daß du mich nur wegen meines Adoniskörpers lieben konntest.»

Ich hielt inne; dann ergänzte ich: «Und dafür werde ich dir ewig dankbar sein.»

Damit setzte ich mich zur Tür in Marsch. Als ich sie öffnete, sagte ich noch: «Mein Fahrer wird morgen vormittag vorbeikommen und meine Bücher abholen. Alles andere kannst du der Wohlfahrt geben. Falls jemand anruft – ich wohne im Hotel Pierre. Herzlichen Glückwunsch.»

«Warte, Danny ...» rief sie mir nach.

«Ja?»

Sie schmiegte sich an mich, schob die Finger unter meine Kaschmir-Mantelaufschläge und sagte mit leicht verlegener Babystimme: «Nur weil ich eine verheiratete Frau bin, heißt das noch lange nicht, daß wir uns nicht hin und wieder treffen und zusammen in der Sandkiste spielen können.»

«O nein, Ariel», gab ich zurück. «Du bist jetzt Charlies Eigentum. Er hat die Option völlig legal erworben. Und ich bin mit meinem Gebot leider ein bißchen zu spät gekommen.»

Als ich mich endgültig zum Gehen wandte, murmelte Ariel verblüfft: «Eigentum? Option? Was, zum Teufel, ist bloß mit dem passiert, während ich weg war?»

27

Deborah

Es war eine sehr schmerzliche Trennung, als sich Deborah am 30. August 1972 von dem Ort, den sie immer als ihre Heimat, und von den Menschen, die sie auf immer als ihre Familie betrachten würde, verabschieden mußte.

Während ihrer letzten Tage in Kfar Ha-Sharon hielten immer wieder, wo sie auch ging und stand, Freunde in ihrer Tätigkeit inne, um noch ein wenig mit ihr zu plaudern. Und jedes Gespräch endete mit einer Umarmung.

Ein Gegengewicht zu diesem Abschiedsschmerz war die unerschöpfliche Freude an ihrem heranwachsenden Sohn und die Aussicht darauf, nun bald wirklich mit ihm in einem Haushalt leben zu können.

Als Steve Goldman sie anrief, um ihr mitzuteilen, daß sie ins Seminar aufgenommen worden sei, jubelte sie laut und betrachtete es als einen weiteren kleinen Schritt vorwärts im Kampf um die Gleichberechtigung der jüdischen Frau.

Es schien, als hätte der halbe Kibbuz den alten Bus beschlagnahmt, um sie zum Flughafen zu begleiten. Deborah hatte Eli auf den Schoß genommen und wagte es nicht, einen letzten Blick auf die azurblauen Wasser des Sees Genezareth zu werfen, weil sie sonst unweigerlich in Tränen ausgebrochen wäre.

Nicht mal der wortgewandte Boaz vermochte die Sicherheitsbeamten zu überreden, der ganzen Gruppe Eintritt in den Terminal zu gewähren. Nur er und Zipporah durften sie noch ein Stück weiter begleiten.

«Und nun, Deborah», verlangte Boaz in strengem Ton, «versprich mir feierlich, daß du uns im nächsten Sommer besuchen kommst!»

«Ich werde euch *jeden* Sommer besuchen kommen. Das schwöre ich dir.»

«Konzentrieren wir uns erst mal auf den einen», erwiderte er philosophisch. «Aber ganz unter uns werde ich dir ein Angebot machen: Du brauchst nur den *halben* Tag auf dem Feld zu arbeiten, damit du nachmittags studieren kannst.»

Eli spürte die traurige Stimmung und begann zu weinen.

«Still, mein Liebling», murmelte Deborah, «du mußt jetzt ein großer Junge sein. Gib Opa und Oma zum Abschied einen Kuß.»

Der Kleine gehorchte und sagte mit tränenerstickter Stimme: *Schalom sabta.*»

Da Eli viel zu zappelig war, um stillzusitzen, verbrachte Deborah den größten Teil des Fluges als menschliches Kopfkissen. Nur eine einzige Erholungspause war ihr vergönnt, als eine freundliche Stewardeß sich erbot, «den Kleinen» – ein Ausdruck, den Deborah zu diesem Zeitpunkt mit Sicherheit nicht gewählt hätte – zu betreuen, während Mama sich in der Toilette ein wenig frisch machte.

Die ständige Unruhe ihres Sohnes ermüdete sie zwar, verhinderte aber auch, daß ihre Gedanken sich mit anderen, weitaus ernsthafteren Fragen beschäftigten.

Mit dem schwerwiegenden Problem zum Beispiel, wie sie es schaffen sollte, zur Uni zu gehen und ihrem Sohn dennoch eine gute Mutter zu sein. Und vor allem, wieder im Haus ihres Vaters zu leben.

Verlassen hatte sie es als ungehorsame Tochter, die ihre Strafe auf sich nehmen mußte. Als erwachsene Frau kehrte sie nun zurück, die viel Schmerzliches erlebt, doch auch die elementarsten Freuden des Lebens kennengelernt hatte.

Würde der Vater ihren veränderten Status anerkennen? Würde er sie als Erwachsene akzeptieren? Aber selbst wenn er es nicht tun sollte, gab es keine Alternative für sie. Nicht, bis sie über die nötigen Mittel verfügte, sich von ihm unabhängig machen zu können.

Diese Frage bereitete ihr weit größere Sorge als die Vorlesungen im Seminar, denn die Aussicht, mit den Männern zusammen Talmud, Thora und Geschichte zu studieren, fand sie herrlich und aufregend. Über das Studium hinaus und an ihre tatsächliche Ordination zum Rabbi jedoch dachte sie vorerst noch nicht. Das alles war so viele Jahre entfernt, daß sie es nicht ernst genug nehmen konnte, um sich jetzt schon davor zu fürchten. Vorläufig hatte sie genug mit den Aufgaben zu tun, die ihr unmittelbar bevorstanden.

Die Tatsache, daß seine Schwester einen Sohn hatte, wurde Danny erst in der Ankunftshalle so richtig klar. Eilig lief er auf die beiden zu, um das kleine, warme Menschenbündel in den Arm zu nehmen. Zutiefst bewegt betrachtete er Eli und sagte leise: «Er hat die Augen seines Vaters.»

«Ja», gab Deborah flüsternd zurück.

Schläfrig und verängstigt begann Eli zu weinen. «Nun komm, mein Junge, ich bin dein lieber Onkel Danny», redete er ihm beruhigend zu.

Dann erkundigte er sich bei Deborah: «Was spricht er eigentlich? Hebräisch oder Englisch?»

«Halb und halb», antwortete Deborah.

Unvermittelt wurde Eli still und legte seine warme Patschhand an Dannys Hals.

Dieser nickte dem Gepäckträger zu und wies ihn an: «Kommen Sie mit. Meine Karre steht vor dem Eingang.»

Die wartende Limousine war so lang, daß sie fast wie ein Eisenbahnwaggon wirkte.

Ein blau uniformierter Chauffeur hielt zuvorkommend den Wagenschlag auf. Nachdem er sich vergewissert hatte, daß Deborah und Eli bequem saßen, ging er nach hinten, um nach dem Gepäck zu sehen.

Als ihr Bruder einstieg und die Tür zuschlug, protestierte Deborah energisch: «Sag mal, Danny, bist du verrückt? Der Wagen muß dich doch ein Vermögen kosten!»

«Für meine Schwester ist mir nichts zu teuer», erwiderte er liebevoll. «Und was mein Geld betrifft, so besteht das einzige Problem für mich darin, was ich damit anfangen soll.»

So kurz wie möglich berichtete er ihr von seinem plötzlichen Aufstieg vom Rabbinerkandidaten zum reichen Mann.

Auf Deborah wirkte der weltliche Erfolg und das nach außen hin euphorische Verhalten ihres Bruders beunruhigend. Er schien allzu große Mühe darauf zu verwenden, sie zu überzeugen, daß er glücklich sei.

«Wissen Mama und Papa davon?»

Er schüttelte den Kopf. «Nein. Ich finde einfach nicht den Mut, zum Telefon zu greifen. Ich meine, es geht Papa inzwischen sehr viel besser, aber er verläßt nur selten das Haus – höchstens manchmal, um zur *schul* zu gehen.»

Inzwischen waren seine Gesichtsmuskeln vom ständig angestrengten Lächeln müde geworden. Mit niedergeschlagenen Augen sagte er leise: «Ich wünschte, ich könnte ihnen helfen, Deb. Vor allem Mama. Ich würde so gern mit ihr zu Saks Fifth Avenue gehen und ihr den ganzen Laden kaufen. Aber ich weiß, wie sehr ihm das mißfallen würde, was ich getan habe, und daß er ihr das niemals erlauben würde. Ich wünschte nur, es gäbe eine Möglichkeit...» Seine Stimme verlor sich.

«Nun sag schon», forderte sie ihn freundschaftlich auf.

Er nahm ihre Hand. «Bitte, Deb, wenn du irgend etwas entdeckst, was die beiden vielleicht brauchen – für den Haushalt, für die Schule, sonst etwas – bitte sag's mir. Ich möchte etwas für sie tun, weißt du, ihnen helfen, mich irgendwie nützlich machen...»

Zu Deborahs größtem Erstaunen hielt der Chauffeur kurz vor dem Brooklyn Queens Expressway am Straßenrand, wo eine zweite Limousine wartete.

«Was soll das, Danny?»

«Hier muß der verlorene Sohn leider aussteigen, weil er sich auf Vaters Territorium nicht blicken lassen darf.»

Mit beiden Händen umschloß Deborah die Hand ihres Bruders. «Hör zu, Danny», sagte sie eindringlich, «ich werde dafür sorgen, daß alles gut wird, das schwöre ich dir. Bitte, melde dich bald wieder bei mir, ja?»

«Oder du bei mir», erwiderte er. «Ich wohne im Hotel Pierre.»

Er kramte in seinen Taschen und zog ein schwarzseidenes Streichholzbriefchen hervor. «Hier ist die Nummer. Ruf mich an, wann immer die Luft rein ist. Darf ich denn wenigstens gelegentlich mit meinem Neffen ausgehen und ihm eine Million Spielsachen kaufen?»

«Aber ja.» Deborah lachte, und sie küßten einander auf die Wange. Als Danny den kleinen Eli umarmte, flüsterte er ihm zu: «Paß gut auf deine Mutter auf, okay?»

Im nächsten Moment war er verschwunden.

Als ihre eigene Limousine weiterfuhr, beobachtete Deborah durchs Heckfenster, wie Danny traurig in den anderen Wagen stieg.

Sie, die schweigend und in Schande gegangen war, kehrte glanzvoll wie Königin Esther in die Heimat zurück.

Mutter und Sohn wurden nicht nur von Deborahs Eltern und Schwestern empfangen, sondern auch von Dutzenden Verwandten, die alle das Kind sehen wollten, von dem sie sofort eifrig behaupteten, es sei noch schöner als auf den Fotos.

Als alle vollzählig versammelt waren, gebot Rav Luria ihnen Schweigen. Er litt noch immer unter einer hartnäckigen leichten Versteifung der rechten Körperhälfte und wirkte außerdem blaß und zerbrechlich, als er jetzt einen Toast auf die Ankunft des jüngsten Mitglieds der Familie Luria ausbrachte – Eli Ben-Ami.

Deborah ahnte, daß der Vater die Feier sorgfältig choreographiert hatte, denn kein einziges Mal wurde der Name ihres Bruders erwähnt. Wäre er nicht ins Exil verbannt, sondern von einem Lastwagen überfahren worden, hätte man wenigstens von ihm als «Danny, dessen Andenken gesegnet sei» gesprochen.

So aber fiel kein einziges Wort. Nichts.

Daher gab es auch keine Möglichkeit, irgendwie in Erfahrung zu bringen, ob irgendeiner der Anwesenden Kenntnis von seiner goldenen Metamorphose hatte.

Als die Festlichkeit aber dem Höhepunkt zuging, entdeckte Deborah ihre Mutter, die in einem stillen Winkel saß und heimlich um ihren einzigen Sohn weinte.

Kaum waren die letzten Gäste gegangen, da setzten sich die zurückgebliebenen Lurias zu einem späten Abendessen zu Tisch.

Der Rav beobachtete seinen blauäugigen Enkel lächelnd und sagte, obwohl der Kleine immer wieder den Löffel fallen ließ, damit Deborah ihn aufheben mußte: «*Nu*, mein Junge, laß uns ein bißchen *mameloschen* sprechen.»

Deborah sträubte sich gegen die Vorstellung, der Vater werde mit ihrem Sohn auf jiddisch plaudern. In mancher Hinsicht lebte der Alte noch immer im Getto von Silcz, und der Ausdruck «Muttersprache» erinnerte an ein Zeitalter, da Jiddisch die Sprache von Bürgern zweiter Klasse war – der Mütter, die nicht Hebräisch lernen durften.

Sie dagegen kam gerade erst aus dem Land zurück, in dem man Hebräisch nicht nur für die religiösen Segnungen benutzte, sondern auch, um sich, ganz alltäglich, nach der nächsten Bushaltestelle zu erkundigen.

Obwohl er weit davon entfernt war, dem schrecklichen Rabbi Schiffman zu gleichen, war der Vater für Deborah schon lange nicht mehr die ideale Verkörperung eines modernen Juden. Aber er war und blieb ihr Vater. Sie würde lernen müssen, Ideologie und Zuneigung zu trennen.

Ein großer Trost bei dem Gedanken, ihren Sohn aus Israel holen zu müssen, war das Bewußtsein gewesen, daß er nun wenigstens Englisch lernen würde. Plötzlich aber merkte sie, daß Eli, während sie tagsüber das Seminar besuchte, hier in Brooklyn noch weniger Englisch zu hören bekommen würde als im Kibbuz. Aber sie wollte nicht, daß er mit der Vorstellung aufwuchs, die Worte Shakespeares und Thomas Jeffersons seien in einer fremden Sprache geschrieben.

Dekan Victor Ashkenazy, ein breitschultriger Mann, der eher wie ein Footballcoach aussah, bestieg das Podium.

Lächelnd musterte er sein Publikum, das aus etwa einem Dutzend Männern und halb so vielen Frauen bestand; dann sprach er Worte, von denen Deborah Luria niemals geglaubt hätte, sie irgendwann einmal als Anrede für Rabbiner-Studenten zu hören:

«Ladies and gentlemen ...»

Wie lang und beschwerlich war doch der Weg gewesen, den sie bis hierher zurückgelegt hatte!

«Bevor es zu einem Ehrentitel gemacht wurde», fuhr der Dekan fort, «bedeutete das Wort *rabbi* lediglich ‹Lehrer›. Interessanterweise erhielt es seine moderne Bedeutung während der Ära Hillels, die natürlich zeitlich mit dem Wirken Christi zusammenfiel ...»

Noch ein Wort, von dem Deborah niemals gedacht hätte, es in einem jüdischen Seminar zu hören.

«Als Petrus im Evangelium des Markus eine Vision hat, in der Jesus mit Elias und Moses redet, spricht er seinen Führer mit ‹Rabbi› an. Tatsächlich konnten die beiden anderen jüdischen Persönlichkeiten, historisch gesehen, diesen Titel auch nicht beanspruchen.» Der Dekan hielt inne, um die Gesichter im Raum zu mustern.

«Ein Rabbiner besitzt keine priesterlichen Privilegien. Er ist kein Mittler zwischen Gott und den Menschen. Er kann keine Absolution erteilen; das liegt allein in der Hand des Allmächtigen. Er darf niemandem etwas befehlen. Aber er kann Respekt verlangen. Denn er ist zuerst und vor allem ein Lehrer. Und es ist seine achtunggebietende Pflicht, in seinem weltlichen Verhalten und seiner Ehrfurcht vor Gott allen anderen ein Vorbild zu sein.

Die nahezu unmögliche Aufgabe eines Rabbiners ist es, seine jüdischen Glaubensbrüder davor zu bewahren, vor der übermenschlichen Anstrengung zu kapitulieren, die nötig ist, um in einer nichtjüdischen Welt eine Identität aufrechtzuerhalten, eine Minderheit zu sein, die auch eine bleiben will. Ganz zu schweigen von dem gewaltigen Druck des Versuchs, in einer Welt Gutes zu tun, in der das Böse nicht nur existiert, sondern in der Gott dem Jesaja in Kapitel 45, Vers sieben, erklärt, er selber sei es, der das Unheil schaffe.»

Um seinen Zuhörern näher zu sein, trat er an den Rand des Podiums und fuhr mit gedämpfter, fast vertraulicher Stimme fort.

«Das ist doch wohl der Kern des Ganzen, nicht wahr?

Denn in Ihrem ganzen Leben wird kein einziger Tag vergehen, da nicht jemand – Jude oder Nichtjude – an Sie herantreten und Ihnen die provokanteste Frage stellen wird, die ein Mann oder eine Frau Gottes jemals beantworten muß: ‹Warum hat euer liebevoller, gerechter, gnädiger Gott auch das Böse geschaffen?›

Unsere Aufgabe als Rabbiner ist es auch, Männer und Frauen zu lehren, in dieser unvollkommenen Welt zu leben.

Ihr Studium für das Rabbinat wird aus zwei Teilen bestehen. Erstens der Aufgabe, auf das Erbe von Millionen von Weisen zurückzublicken, es sich anzueignen und wie eine Fackel in einem endlosen Staffellauf an die jüngere Generation weiterzugeben.

Der zweite und vielleicht noch wichtigere Teil dagegen ist die seelsorgerische Funktion des modernen Geistlichen, die Menschen zu beraten und zu trösten. Vor allem aber ihnen den Weg zu weisen – mit Michas Worten –: ‹Recht zu üben und die Barmherzigkeit zu lieben und demütig zu wandeln vor deinem Gott.›

Ich entbiete Ihnen meinen Segen und alle guten Wünsche.»

Deborah verbrachte den Vormittag mit Moses und den Nachmittag mit Jona.

Obwohl sie mit den Texten schon vertraut war, weil sie sie auch allein immer wieder gelesen hatte, war dies das erstemal, daß sie sie mit einem Professor und ihren Kommilitonen offen diskutieren konnte.

Professor Schoenbaum, Dozent für das Alte Testament, war ein notorischer Hardliner, der gegen die Ordinierung von Frauen gestimmt hatte und bekannt war für seine grundlosen Spitzen wie: «Sogar eine Frau könnte diesen Gedankengang verstehen.»

Aber als am ersten Tag deutlich wurde, daß Deborah ihre Kommilitonen an Wissen und Kenntnissen weit übertraf, schloß Schoenbaum die Studien dieses Tages mit den Worten: «Ich denke, Sie könnten alle nur gewinnen, wenn Sie dem gelehrsamen Beispiel von Miss Luria folgen, die wie ein echter Jeschiwa-*bocher* denkt.»

Mit anderen Worten, wie ein *Mann*.

Beim Verlassen des Gebäudes wurde Deborah von ihrem getreuen Mentor erwartet.

«Was für eine wundervolle Überraschung!» rief sie erfreut und lief ihm entgegen, um ihn zu umarmen.

«Ich wollte mich nur vergewissern, daß alles gutgeht», erwiderte ihr Bruder.

«Ach Danny, ich finde es wunderbar! Weißt du, mein ganzes Leben hab ich damit verbracht, bei Kerzenlicht die Thora zu lesen. Und nun sitze ich plötzlich in der hellen Sonne mit Menschen zusammen, die genau dieselben Wertvorstellungen haben wie ich.»

«War es schwierig?» erkundigte er sich, während er ihr die dicke Büchertasche abnahm und sie sich über die Schulter warf.

«Verglichen mit einem Sklaventreiber wie dir, ist Professor Schoenbaum eine Schmusekatze.»

«Nun, mein liebes Schwesterchen», entgegnete Danny mit gespielter

Bescheidenheit, «das gehörte alles zu meinem Plan: dich für die eigentliche Schlacht zu stählen. Hast du Zeit für eine Tasse Kaffee?»

«Aber nur ganz kurz», wandte sie ein.

Sie aßen in einem Freiluftcafé und tranken Cappuccino, als der unfreiwillige Wunderknabe der Wall Street kleinlaut fragte: «Hattest du schon Gelegenheit, mit ihm zu reden? Mit Papa, meine ich.»

«Nein. Noch nicht. Ich möchte die Dinge nicht forcieren.»

«Na ja... ja», sagte Danny, der seine Enttäuschung zu verbergen suchte. «Vermutlich ist es besser so. Ich würde nur wirklich sehr gern wissen, ob er... irgendwas braucht.»

«Ehrlich gesagt», gab sie zurück, «ich glaube, was er wirklich braucht, ist Zeit. Aber ich bleibe dicht am Ball, das verspreche ich dir.»

«Und Mama?» drängte er sie. «Hast du erfahren, ob ich etwas für sie tun kann?»

Deborah lächelte. «Ich glaube, sie träumt von einem Grill. Aber es könnte höchst verdächtig wirken, wenn so was plötzlich in ihrer Küche auftaucht. Warte doch lieber, bis sie Geburtstag hat. Dann könnten wir ihr das Ding als Geschenk überreichen.»

«Okay... gut... sicher», antwortete Danny, der gereizt und nervös wirkte.

Deborah ergriff seine Hand. «Danny», sagte sie leise, «hab bitte Geduld. Ich glaube kaum, daß du Vaters Liebe erkaufen kannst.»

«Ja, ja!» gab ihr Bruder bitter zurück. «Genau das habe ich befürchtet.»

Sie versuchte ihn ein wenig aufzumuntern. «Sag mal, was machst du denn so den ganzen Tag?»

«Na ja», antwortete er, «meine Bewunderer bei McIntyre & Alleyn haben mir einen eigenen Schreibtisch samt Sekretärin zur Verfügung gestellt und sponsern mich, damit ich die offizielle Brokerprüfung am Instiute of Finance ablegen kann.»

«Ach nein!» Deborah lächelte. «Dann drückst du auch wieder die Schulbank?»

«Ja, und es macht mir großen Spaß. Leider tun alle dort, als sei ich das Orakel von Delphi, und erwarten ehrfürchtig meine nächste Prophezeiung. Hoffentlich lerne ich bald genug, um wirklich zu wissen, was ich tue. Jedenfalls habe ich mir einen Computer gekauft. Weil ich alle Intelligenz brauche, die ich nur kriegen kann.»

«Du scheinst ja sehr beschäftigt zu sein.»

«Bin ich nicht», behauptete er grämlich. «Es macht mir keinen

Spaß, einfach nur zuzusehen, wie mein Geld Zinsen bringt. Ich habe eine Wohnung mit sechs Schlafzimmern an der Fifth Avenue – und fünf davon stehen leer. Aus irgendeinem Grund kann ich mir nicht mal Freunde erkaufen.»

«Hast du in letzter Zeit Beller gesehen?»

«Ja, ich hab die beiden neulich zum Dinner eingeladen. Er hat mich mit so 'nem Hirnbohrer zusammengebracht...»

«Und?»

«Statt meine Psyche zu erforschen, hat mich der Kerl nach Börsentips ausgequetscht.»

«Soll das ein Witz sein?» fragte sie.

«Lach ich vielleicht?»

Er musterte sie mit mattem Grinsen und erkundigte sich: «Es ist doch sehr mühsam von hier nach Brooklyn. Hättest du nicht Lust, mit Eli bei mir in Manhattan zu wohnen? Ich meine, ich könnte eine Haushälterin nehmen... oder was immer du willst.»

Deborah hätte nur allzu gern ja gesagt, aber sie brauchte Zeit, um zu überlegen, wie sie sich der Umarmung ihrer Eltern entziehen konnte, die sie gerade erst wiedergefunden hatte.

«Ach, Danny, weißt du... Eli ist jetzt in einer so netten Spielgruppe bei zwei jungen Israelinnen. Da möchte ich ihn nicht jetzt schon wieder rausreißen. Ich würde wirklich gern noch einige Zeit zu Hause wohnen.»

Auf einmal wurde Dannys Ton selbstsicherer. «He, große Schwester! Schaffst du's etwa nicht, deine wiedergefundene Nabelschnur zu durchschneiden? Du glaubst doch wohl nicht, ich nehme dir ab, daß nur Elis Spielgruppe dich zu Hause festhält – oder?»

«Nein.» Sie schlug die Augen nieder. «Es ist mir zwar peinlich, es einzugestehen, aber irgendwas in mir sehnt sich noch immer nach Papas Anerkennung.»

Danny nickte verständnisinnig und bekannte flüsternd: «Das kann ich verstehen. Dann sind wir zu zweit.» Unvermittelt jedoch warf er verlegen einen Blick auf die Uhr. «Oh, es wird Zeit. Ich bringe dich zu deinem Wagen.»

«Ich habe keinen», antwortete sie.

«Doch!» Damit ergriff er ihren Arm, und sie verließen das Café.

Deborah witterte wieder einmal Luxus. «O nein», flehte sie, «nicht schon wieder eine von deinen ewig langen Limousinen!»

Danny lächelte. «Ich wünschte, es wäre eine. Aber ich möchte vermeiden, daß sie erfahren, daß wir in Verbindung stehen. Das würde zu Hause zu große Spannungen erzeugen. Also habe ich einen Kompromiß geschlossen. Er heißt Moe.»

«Wie bitte?»

Schon von weitem sah sie nahe der Straßenecke ein gelbes Taxi stehen, dessen korpulenter Fahrer, mit einer Ledermütze auf dem Kopf, wartend an der Tür lehnte.

«Bißchen Beeilung, Leute! Sonst landen wir im Tunnel noch mitten im Stau.»

«Wer ist denn das?» erkundigte sich Deborah.

«Das ist Moe, dein freundlicher Taxifahrer – und glaube mir, ich habe eine Menge interviewt, bevor ich ihn ausgewählt habe. Er wird dich täglich nach den Vorlesungen abholen und nach Hause bringen, damit du nicht mit der Subway zu fahren brauchst, sondern unterwegs entweder lernen oder dich ausruhen kannst.»

Deborah war gerührt. «Aber du brauchst mich wirklich nicht so zu verwöhnen, Danny.»

«Wenn ich nicht endlich *irgend etwas* für dich tun kann, Deb, dreh ich noch durch. Also gestatte wenigstens, daß ich dir Moe hier dediziere.»

Liebevoll umarmte Deborah den Bruder und sagte leise: «Danke, Dan.»

«Nun macht schon!» drängte Moe. «Noch fünf Minuten, und wir brauchen 'n Hubschrauber.»

Er hielt ihr die Tür offen und zog die Mütze. Während Deborah einstieg, dachte sie: Wenn Danny nur Dekan Ashkenazys Rede gehört hätte, würde er wissen, daß er selbst ein Vorbild ist – an Güte, Großzügigkeit und Liebe.

28

Daniel

So klug und weise mein Vater auch immer sein mag – daß sich die Geschichte wiederholt, kann er nicht erzwingen.

Zwei Jahre lang hatte ich Deborah angefleht, lieber allein in Manhattan zu wohnen. Im Laufe dieser Zeit hatte ich eine Anzahl vorteilhafter Geschäfte an der Börse getätigt, die Abwertung des Dollars im Jahre 1973 und die Kurssteigerung der Orangensaft-Futures im Jahr 1974 vorausgesagt und war inzwischen so unglaublich reich geworden, daß ich eine zweistöckige 12-Zimmer-Wohnung für meine einsamen Nächte besaß.

Ich hatte Deborah sogar vorgeschlagen, meine Wohnung zu teilen, damit wir einander nahe und dennoch unabhängig voneinander waren. Sie aber beharrte hartnäckig darauf, in Brooklyn zu bleiben und täglich den weiten Weg zum HUC zu fahren.

Eines Sonntags jedoch geschah etwas, das sie zwang, den Konflikten ins Auge zu sehen, die sie quälten, weil sie als erwachsene Frau noch im Haus ihrer Eltern lebte.

Sie war im oberen Stock gewesen, wo sie an ihrer Semesterarbeit saß, und ging hinunter, um sich ein Buch aus Papas riesiger Talmud-Bibliothek zu holen, als sie unmittelbar vor dem Studierzimmer die Stimme eines kleinen Jungen vernahm, der deklamierte: *«In erschten hat Got gemacht Himel un Erd.»*

Mein Vater lehrte seinen Enkel die unsterblichen Worte der Genesis in der mittelalterlichen Sprache Jiddisch!

Als Deborah vorsichtig den Kopf durch die Tür steckte, sah sie gerührt und zugleich entsetzt, daß ihr Sohn – wie früher ich selbst – auf den Knien unseres Vaters saß und von ihm die Thora lernte.

Sekundenlang war sie dankbar dafür, daß ihrem Sohn ein Privileg zuteil wurde, das ihr selbst niemals vergönnt gewesen war. Dann jedoch wurde ihr plötzlich klar, daß unser Vater von der Vorstellung besessen sein mußte, mit Eli die Erfahrungen nachzuvollziehen, die er früher mit mir gemacht hatte.

Sobald Papa zu seiner gewohnten sonntäglichen Tour durch die Jeschiwa-Klassen aufgebrochen und sie sicher war, daß niemand sie hörte, rief Deborah mich an, um mir mitzuteilen, daß sie am selben Abend noch zu mir in die Wohnung ziehen werde – wenigstens so lange, bis sie eine eigene gefunden hatte.

Daher war sie eher dankbar als überrascht, als ich ihr erklärte, ich hätte – aus einem Einfall heraus, oder vielleicht auch Optimismus – bereits die Genehmigung eingeholt, Apartment 1505-A sozusagen aus der «Rippe» meiner eigenen Wohnung zu gestalten.

Und da sie, wie ich sie weiter hocherfreut informierte, von nun an nicht mehr meine Mutter als Köchin und Babysitter haben würde (eine Abhängigkeit, die ich sie später als eine weitere verlängerte Kindheitserinnerung zu erkennen lehrte), war sie mehr als zufrieden über meine Mitteilung, daß ich für sie auch schon eine adäquate Haushälterin engagiert hatte. Die mütterliche Mrs. Lucille Lamont hatte, obwohl sie aus Alabama stammte, seit nahezu vierzig Jahren koscher gekocht. In gastronomischer Hinsicht würde Eli also bestimmt keinen Kulturschock erleiden.

Wie sie mir an jenem Abend anvertraute, waren Papa und Mama beide erzürnt über ihren plötzlichen Entschluß, sie zu verlassen, und das Versprechen, möglichst viele Sabbattage mit ihnen zu verbringen, war nur ein unzulänglicher Trost für sie.

Der traurige Ausdruck in den Augen meines Vaters hatte ein so starkes Schuldbewußtsein in ihr geweckt, daß sie ihren Entschluß fast wieder rückgängig gemacht hätte. Zuletzt jedoch siegte zum Glück der Überlebensinstinkt meiner Schwester.

Während Deborah ihre letzten Lehrbücher einpackte, geschah etwas höchst Erstaunliches: Mama erschien, angeblich, um ihr beim Packen zu helfen, in Wirklichkeit aber, wie sich herausstellte, um sie bei ihrem Entschluß zu unterstützen.

«Glaube mir, Kind», sagte sie zu Deborah, «niemandem wird der kleine Eli mehr fehlen als mir. Aber du tust das Richtige. Wie sonst könntest du jemals...» Sie zögerte.

«Jemals – was, Mama?» wollte Deborah wissen.

«Du weißt schon», stammelte meine Mutter verlegen und verwirrt, «ein normales Leben führen.»

«Und das Leben, das ich jetzt führe, ist nicht normal?»

«Nein», antwortete sie. «Du bist nicht verheiratet.»

Obwohl mein Vater sich hartnäckig weigerte, sie zu fragen, wohin sie umziehen wolle, wußten es beide ganz genau. Mama gab Deborah sogar eine Nachricht für mich mit.

«Sorg bitte dafür, daß Danny einen warmen Mantel anzieht!»

VIERTER TEIL

29

Timothy

Die Männer, 26 an der Zahl, lagen ausgestreckt auf dem kalten Steinboden von San Giovanni in Laterano. In lange, schneeweiße Alben gekleidet, wirkten sie von oben wie eine Gruppe von Leinenkokons.

Es war der 29. Juni 1974, das Fest Peter und Paul, und dazu jener ehrfurchtgebietende Tag, an dem sie sich von den erdgebundenen Sterblichen lossagen und ihre Seele der ewigen Mutter Kirche weihen sollten.

Zu diesen 26 Männern gehörten vier der fünf irisch-amerikanischen Kandidaten (George Cavanagh war schon im Jahr zuvor ordiniert worden). Die Angehörigen waren aus so großer Nähe wie Neapel und von so weit her wie den Philippinen angereist, um dieser Zeremonie beizuwohnen. Doch unter dem großen Kontingent amerikanischer Familien, die sich versammelt hatten, um sich im Glanz ihrer Söhne und Neffen zu sonnen, gab es niemanden, der ganz persönlich stolz auf Timothy war.

Irgendwie jedoch zog er es vor, diesen Augenblick allein zu erleben. Denn so würde er sich auch dem Rest seines Lebens stellen müssen.

Ganz in Rot saß auf einem drei Stufen erhöhten Thron der Hauptzelebrant, Kardinal Emilio Auletta, Präfekt der Kongregation für katholische Erziehung. Dies war eine besondere Ehre für die jungen Männer und zeigte ihnen, daß die Aristokraten des Heiligen Stuhls ihnen besonders gewogen waren.

Nach dem Evangelium der Ordinierungsmesse wurden die Kandidaten dem Kardinal vorgestellt und zum letztenmal nach ihrer Hingabe und Bereitschaft gefragt.

Dann knieten sie gesenkten Hauptes nieder, während Father John Hennessy, Rektor des North American College, mit ernster Miene und Stentorstimme die Namen verlas und sich an Seine Eminenz wandte. «Die heilige Mutter Kirche ersucht Sie, diese Männer, unsere Brüder, für den Dienst als Priester zu weihen.»

«Werden sie für würdig befunden?» fragte der Kardinal.

«Nach Befragung der Nachfolger Christi und auf Empfehlung der mit ihrer Ausbildung Beauftragten bezeuge ich hiermit, daß sie alle für würdig befunden wurden.»

Als Tim niederkniete, legte ihm der Kardinal sanft die Hände auf den Kopf. In der darauf folgenden Stille begann sich tief in seinem Innern etwas zu regen und wurde, als auch die anderen amtierenden Priester ihn der Reihe nach durch Handauflegen segneten, immer deutlicher.

Paradoxerweise war dies zugleich der körperlich und geistig wichtigste Moment des Tages. Denn so gaben jene, die selbst bereits von der Hand Gottes berührt worden waren, diese heilige Ehre nunmehr an Tim weiter. Es war, als sagten sie damit: Nun sind wir alle Brüder.

Nachdem Kardinal Auletta das Gebet der Einsegnung intoniert hatte, bekleideten die assistierenden Priester die Kandidaten mit roten Stolen und Kaseln. Die Männer, die den Tag demütig ausgestreckt und weiß wie Schmetterlingspuppen begonnen hatten, erhoben sich wie neugeborene Schmetterlinge im Karmesin der Kirche.

Sie durften nunmehr zur Seite des Kardinals stehen und mit ihm gemeinsam die Messe zelebrieren.

Als Tim jedoch in der feierlichen Schlußprozession den Mittelgang entlangschritt und sah, wie Gäste, Verwandte und Freunde Tränen vergossen, fragte er sich trotz seiner festen Entschlossenheit: Und wer weint für mich?

War die Zeremonie überaus feierlich gewesen, so war das Postludium alles andere als ruhig. Im North American College knallten Blitzlichter und Korken, während der Asti Spumante mit so großer Begeisterung ausgeschenkt wurde, daß mancher Becher überquoll.

Zu den amerikanischen Prälaten, die speziell zu dieser Priesterweihe gekommen waren, gehörte Tims Gönner Francis Mulroney, der ehemalige Bischof von Brooklyn, der jüngst nicht nur zum Erzbischof von Boston befördert, sondern auch mit dem roten Kardinalshut ausgezeichnet worden war.

Als Tim ihm gratulieren wollte, erwiderte Seine Eminenz: «Unwichtig, mein Junge. Du bist es, der Lob verdient. Ich bin hocherfreut, daß du beschlossen hast, die Schule zu wechseln und deine Studien fortzusetzen.»

Tim lächelte. «Ich bin überzeugt, daß Eure Eminenz Ihren Einfluß benutzt hat, um mir das großzügige Stipendium zu beschaffen.»

«Das war das mindeste, was ich für dich tun konnte. Es wird dir gefallen an der neuen Universität, Tim. Ich brauche dir ja nicht erst zu sagen, daß aus der *Pontificia Universitas Gregoriana* mehr Kardinäle und Päpste hervorgegangen sind als Senatoren und Präsidenten aus Harvard.»

Kurz darauf wandelte der frischgebackene Father Timothy Hogan in die Gärten des North American College, hoch über der Ewigen Stadt, hinaus. Und blickte an diesem Tag, der der glücklichste seines Lebens hätte sein müssen, gen Himmel, um mit wehem Herzen zu fragen: O Herr, wie lange muß ich Dir dienen, bevor ich in Wahrheit erkenne, wer ich bin?

«*Domine* Hogan, *surge.*»

«*Adsum*», erwiderte Timothy, während er sich erhob. Inzwischen hatte er sich daran gewöhnt, die lateinische Sprache nicht nur während der Vorlesungen, sondern auch sonst im Unterricht zu benutzen.

Fünf Vormittage pro Woche hatte Tim während der vergangenen zwei Jahre die linke Marmortreppe des Hauptgebäudes der Gregoriana bis zum Hörsaal im *primo piano* erklommen. Hier hatten von 8.30 bis 12.30 Uhr nahezu 100 Kommilitonen, alle an kleinen Holzpulten, an den für das Lizentiat im Kirchenrecht erforderlichen Kursen teilgenommen.

«*Domine* Hogan.»

Tim blickte zu Professor Patrizio di Crescenza, S.J., empor.

«*Dic nobis, Domine*», fuhr der Dozent fort, «*habenturne impedimenta matrimonii catholicorum cum acatholicis baptizatis in codice nostro*?» (Nennt unser Kodex Hindernisse für eine Ehe zwischen einem Katholiken und einem getauften Nichtkatholiken?)

Und Tim antwortete prompt: «*Itaque, Domine. Codex noster valet pro omnibus baptizatis et impedimenta matrimonii sunt pluria.*» (Jawohl, Father. Unser Kodex betrifft jeden, der getauft ist, und die Hindernisse für eine solche Ehe sind zahlreich.)

«*Optime*», erklärte Pater di Crescenza und wandte sich ab, um einen anderen Studenten nach einigen der speziellen Hindernisse für die Ehe zwischen gläubigen Christen zu befragen, die verschiedenen Konfessionen angehören. Tim fragte sich unwillkürlich, warum die römisch-katholische Kirchenhierarchie es für selbstverständlich hielt, daß sie die Gerichtsbarkeit über *alle* Christen ausübte.

Nichts von dem, was sie lernten, war einfach. Mehr als einmal dachte Tim, wenn er die Nuancen der Apostolischen Konstitution paukte: Ich wünschte, wir hätten hin und wieder mal einen so aufregenden Fall wie einen Fuchs, der irgendwo Hühner gestohlen hat. Irgend etwas, das auch nur andeutungsweise mit dem Alltagsleben zu tun hat.

Das Lehrbuch, das Tim in der Hand hielt, war fast 1000 Seiten dick und behandelte 2414 Kanons – einige über höchst geheimnisvolle Themen –, die er bis zu den schriftlichen und mündlichen Prüfungen für das Lizentiat allesamt in- und auswendig lernen mußte.

Manche Regeln mußte ein jeder Priester kennen, wenn er seine Gemeinde leiten wollte. Zum Beispiel hinsichtlich der Annullierung einer nicht vollzogenen Ehe.

Doch während er sich diese einprägte, fragte sich Timothy unwillkürlich, wie wohl das hypothetische Gegenteil gehandhabt werden würde – Vollzug *ohne* Ehe. Oder wenigstens ohne Trauung. Konnte Gott eine Ehe segnen, die nur durch die Liebe geweiht war?

«*De impedimentis matrimonii clericorum* oder «Über das Problem der Priesterehe» – ein ausgezeichnetes, wenn auch gefährliches Thema für Ihre Dissertation, Father Hogan. Aber wenn einer dieser Aufgabe gerecht werden kann, dann ein so brillanter Kopf wie Sie», erklärte Professor di Crescenza jetzt, da Tim ihn während seiner Sprechstunde aufsuchte.

Es war dem älteren Gelehrten eine sehr große Genugtuung, daß ihm die Erlaubnis erteilt worden war, auch noch im Alter von über 70 Jahren zu lehren, denn das bedeutete, daß er auch weiterhin den anregenden Kontakt mit klugen und in Tims Fall, wie er fand, brillanten jungen Köpfen genießen durfte.

«Es handelt sich um ein Gebiet, das nach dem Zweiten Vatikanischen Konzil einiger Veränderungen bedarf. Ich bin überzeugt, Sie werden uns etwas überaus Wertvolles vorlegen, Father Hogan.»

Plötzlich hörte Tim hinter sich die nörgelnde Stimme eines alten Mannes, der sich an Pater di Crescenza wandte.

«Patrizio, *habesne istas aspirinas americanas? Dolet caput mihi terribiliter.*»

Als Tim sich umwandte, erkannte er sofort das runzlige Gesicht, das zur Tür hereinspähte. Pater Paolo Ascarelli, S. J., war der offizielle Latein-*scriba*, eines der höchstrangigen Mitglieder des päpstlichen Haushaltes.

«Tut mir sehr leid, Paolo», antwortete der Professor, «aber ich habe nur gewöhnliches italienisches Aspirin. Meine letzte Wunderpille habe ich Ihnen am Montag gegeben.»

«Ah, Teufelswerk!» stöhnte der Alte und hielt sich den schmerzenden Kopf. «Mir tut das Hirn so weh, daß nur so was wie Excedrin hilft. Meinen Sie, wir könnten die amerikanische Botschaft anrufen?»

Während der Professor nachsichtig lächelte, meldete sich Tim zu Wort. «Ich habe noch ein paar Bufferin, Padre, falls ich Ihnen damit helfen kann.»

«Aber ja!» rief der alte Priester erleichtert. «Sie hat mir der Himmel geschickt, junger Mann. Wie heißen Sie?»

«Timothy Hogan, Padre. Leider habe ich das Medikament bei mir zu Hause.»

«Und wo wohnen Sie?» erkundigte sich der Alte.

«In der Via dell' Umiltà.»

«Aha, die Straße der Demut. Nun ja, wenn Sie so fit sind, wie Sie aussehen, brauchen Sie bestimmt nicht mehr als ein paar Minuten hin und zurück. Ich danke Ihnen im voraus, mein Sohn.»

Pater di Crescenza bedachte seinen Schüler mit einem kurzen Blick, der besagte: Für diesen alten Hypochonder brauchen Sie sich wirklich nicht anzustrengen.

Aber Timothy entgegnete: «Selbstverständlich, Pater Ascarelli. Ich bin sofort wieder da.»

«Wunderbar, wunderbar», erwiderte Gottes leidender Diener und rief Tim, der schon halbwegs zur Tür hinaus war, noch nach: «Und falls Sie auf dem Rückweg zufällig über eine Flasche San Pellegrino stolpern ...»

Keine zehn Minuten später stellte Timothy eine kleine Flasche mit Bufferin und eine große Flasche Mineralwasser auf den Tisch.

Der Professor selbst war schon verschwunden. Er pflegte die beträchtliche Entfernung von der Gregorianischen Universität bis zum Borgo Santo Spirito Nummer fünf, dem Hauptsitz der Jesuiten, jeden Abend zu Fuß zurückzulegen.

«Setzen Sie sich, Father Hogan, setzen Sie sich», befahl Pater Ascarelli, während er das Ritual der Einnahme seines Kopfschmerzmittels zelebrierte. «Ich möchte Sie besser kennenlernen. In der kurzen Zeit, da Sie abwesend waren, konnte Ihr Professor gar nicht aufhören, Ihr Loblied zu singen. Ich höre selten zu, wenn Patrizio etwas sagt – er wird allmählich alt –, aber er hörte lange genug auf zu reden, um mir einiges von Ihren schriftlichen Arbeiten zu zeigen. Sie sind wirklich außergewöhnlich gut.»

«Vielen Dank, Padre», antwortete Tim verlegen und zugleich erfreut.

«Natürlich haben Sie noch einen weiten Weg vor sich bis zum Doktor des Kirchenrechts», warnte Ascarelli. «Aber Ihr Latein ist einfach glänzend. Ich würde sagen, wenn Sie nicht in Amerika ausgebildet worden wären, hätten Sie inzwischen beinah mein eigenes Niveau erreicht. Verzeihen Sie die Arroganz eines alten Mannes, aber ich glaube, die Sprache Ciceros kann man tatsächlich nur in Rufweite des Forum Romanum lernen.»

Er seufzte dramatisch: «Wirklich schade, das mit dem Zweiten Vatikanischen Konzil. Es hat meine einstmals hochgeachtete Position fast überflüssig gemacht. Gott sei Dank werden noch immer päpstliche Bullen, Enzykliken und Ernennungsurkunden auf lateinisch ausgefertigt, sonst hätten sie mich vermutlich in ein Heim für unregelmäßige Verben gesteckt.»

Timothy lächelte.

«Sagen Sie», erkundigte sich der *scriba* mit einem lustigen Funkeln im Auge, «glauben Sie, daß unser Heiland Lateinisch gesprochen hat?»

«Nun», erwiderte Tim vorsichtig, «er könnte Seine Sache vor Pontius Pilatus in der Sprache der Römer verteidigt haben. Eusebius verzeichnet jedenfalls ein Gespräch zwischen dem Kaiser Domitian und einigen von Jesu Verwandten.»

«Genauso ist es!» rief der Alte vergnügt. «*Historia Ecclesiastica* Drei, Zwanzig. Da haben Sie einen guten Punkt, Timothy.» Dann ergänzte er freundlich: «Wir müssen uns wirklich öfter mal unterhalten.»

«Ich freue mich jetzt schon darauf», versicherte Tim ebenso aufrichtig wie freundschaftlich.

«In diesem Fall», entgegnete Ascarelli, «möchte ich Ihnen ein Andenken an unsere kleine Plauderei hinterlassen.» Er legte die runzligen Hände auf den Tisch und stemmte sich mühsam auf die Füße. «Nehmen Sie nur», forderte er ihn auf.

«Was?» Tim war verblüfft, denn der *scriba* zeigte auf eben das Tablettenfläschchen, das er ihm selbst mitgebracht hatte.

«Aber die sollten Sie doch behalten», protestierte Tim.

«Ich weiß, ich weiß», sagte der Alte grinsend. «Aber wenn Sie sie jetzt zurücknehmen, habe ich einen Grund, nach Ihnen zu schicken, damit wir wieder ein bißchen plaudern können. Vielen Dank, es geht mir schon viel besser. Beten Sie für mich.»

Und ehe der verdutzte Timothy ihm antworten konnte: «Und Sie für mich», war der alte Priester verschwunden.

Im Laufe der Monate schienen Pater Ascarellis Kopfschmerzen so stark zuzunehmen, daß er Timothy immer häufiger in seine Wohnung im Governatorio holen lassen mußte, einem weitläufigen Gebäude innerhalb der Mauern des Vatikans.

Dann und wann bat der Alte Timothy, eine saubere Kopie des jeweiligen Dokumentes anzufertigen, das er gerade fertiggestellt hatte. Nicht lange jedoch, und er setzte beiläufig hinzu: «Und wenn Sie hier und da einen rhetorischen Lapsus entdecken, zögern Sie nicht, ihn zu korrigieren. Vergessen Sie nie», endete er augenzwinkernd, «daß nur Päpste unfehlbar sind.»

Als es in diesem Jahr Frühling wurde, hatten die beiden eine Beziehung zueinander aufgebaut, die nicht nur über das Aspirin hinausging, sondern auch über das Latein. Sie kam einer Vater-Sohn-Beziehung näher, als Tim es jemals erlebt hatte. Es gab nichts, was er für den *scriba* des Papstes nicht getan hätte, und dieses Gefühl beruhte – weit wichtiger noch – auf Gegenseitigkeit.

«Ich bin zu alt für diesen Job, Timothy», klagte er eines Nachmittags in seinem gewohnten wehleidigen Ton. «Aber Seine Heiligkeit traut niemandem außer mir zu, seine Worte in Latein zu fassen. Diese Last ist mir einfach zu schwer geworden, deshalb habe ich meinen Rücktritt eingereicht.»

«Sie haben was?»

«Oh, er wurde natürlich nicht angenommen. Wenn ich gedacht hätte, es bestünde auch nur die geringste Möglichkeit dazu, hätte ich es nicht getan. Aber ich habe mir ein Zugeständnis erkämpft: die Genehmigung – und das entsprechende Geld –, mir einen Assistenten zu nehmen. Hast du eine Ahnung, wer da vielleicht in Frage käme?»

Die beiden Männer lächelten einander zu.

«Aber ich muß meine Dissertation fertigstellen», wandte Tim schüchtern ein.

«Ja, aber du bist jung und kannst am Abend daran arbeiten, wenn Fossilien wie ich schon längst im Bett liegen. Vertrau mir, mein Junge. Wenn du dich des guten Rufes würdig erweist, den ich dir vorausgeschickt habe, wirst du eines Tages deine höchsten irdischen Ambitionen erfüllt sehen.»

«Und was, meinen Sie, wären die?» erkundigte sich Tim argwöhnisch.

Ohne seine Frage, direkt zu beantworten, erwiderte Ascarelli: «In meinen Augen besteht das größte Vergnügen dieser Erde darin, am Tisch des Pontifex zu dinieren.» Und geheimnisvoll setzte er hinzu:

«Die sind nämlich nicht von der üblichen, vulgären italienischen Sorte.»

«Was, Padre?» fragte Tim, ehrlich verwirrt.

«Die Weine, natürlich. Die sind französisch. Gewiß, als Italiener bedaure ich den Treuebruch Papst Clemens des Fünften. Doch als das Papsttum im Jahre 1377 schließlich aus Avignon an seinen rechtmäßigen Platz zurückkehrte, brachte es ganze Fässer feinsten Burgunders mit. Seitdem haben die Päpste, was Gottes gesegnetste Trauben betrifft, den Blick immer nur nach Norden gerichtet. *Experto crede*, sie sind es wert, dafür zu arbeiten. Gute Nacht, mein Sohn.»

Trotz der aufmunternden Worte seines Mentors verweilte Tim auf dem Rückweg zur Via dell' Umiltà auf der Piazza Navona und dachte über die Freuden von Wein, Weib und Gesang nach. Er betrachtete die stets festlich gestimmten Römer und fragte sich, ob all das, dem zu entsagen er geschworen hatte, das Opfer wert sei.

Innerhalb weniger Monate war Tim – de facto, wenn auch nicht de jure – zum päpstlichen Latein-*scriba* geworden, und Pater Ascarelli, der nominelle Amtsinhaber, fungierte nur noch als sein Lektor.

Als seine Manuskripte jedoch ohne die geringsten grammatikalischen oder kritischen Anmerkungen zurückkamen, begann sich Tim allmählich zu fragen, ob der Alte sie tatsächlich las.

Schließlich nahm er seinen Mut zusammen und fragte seinen Mentor rundheraus.

«Timotheus, mein lieber Junge», erwiderte Ascarelli, «warum sollte ich mein dahinschwindendes Augenlicht darauf verschwenden, eine Ernennungsurkunde für einen neuen Bischof in Texas zu prüfen, wenn der davon doch nichts weiter versteht als die Tatsache, daß er seinen Zehn-Gallonen-Hut – *petasus decem congiorum capax* – gegen eine Mitra eintauschen darf? Diese Zeit verwende ich lieber darauf, einen Artikel für *Latinitas* über meine Strategie für das amerikanische Footballspiel – *pila pede pulsanda americana* – zu verfassen.»

Die verschiedensten wichtigen päpstlichen Mitteilungen in praktisch jeden Teil der Welt zu schicken, übte eine zweifache Wirkung auf Timothy aus. Erstens wurde ihm dadurch der gewaltige Umfang des katholischen Weltreichs klar. Und zweitens vermittelte es ihm eine Kostprobe des Gefühls, was es hieß, Befehle an einen Ort wie, sagen wir, Sri Lanka zu senden und genau zu wissen, daß sie buchstabengetreu befolgt werden würden. Der Papst vermochte mit einem einzigen Federstrich das Schicksal von Millionen zu lenken.

Irgendwie schaffte es Timothy, zwischen den Enzykliken und Ernennungsurkunden auch für sein Examen zu studieren und alle Prüfungen mit Auszeichnung zu bestehen. Wenn er und Ascarelli einen Abend voll Arbeit – das heißt, *seiner* Arbeit – mit einem oder zwei Gläsern Grappa beendeten, achtete Tim streng darauf, nicht zuviel zu trinken, denn er mußte anschließend noch mit dem Fahrrad in die Via dell' Umiltà zurückkehren, um dort zu lernen und zu schreiben, während Ascarelli – und vermutlich der gesamte Vatikan – friedlich schlummerte.

Obwohl das Collegegebäude selbst ein umgebautes Kloster aus dem 17. Jahrhundert war, herrschte in seinem kleinen, aber gut eingerichteten Gymnastikraum eine gewisse Modernität. Und da Timothys Energien auch nicht durch noch so anstrengende Arbeiten verbraucht wurden, fand man ihn zuweilen um zwei oder drei Uhr morgens auf dem Ruderapparat. Um sich von anderen Dingen abzulenken, hatte er sich ein Leistungsziel gesetzt: eine imaginäre Fahrt von Italien nach New York. An jedem Abend trug er die Anzahl der Meilen ein, die er gerudert hatte, und hoffte, bis zum Ende des ersten Jahres die Zweitausend erreicht zu haben.

Eines Abends, als Tim sich schwitzend auf die Azoren zuarbeitete, durchbrach die Stimme aus der nicht allzufernen Vergangenheit den Bann seiner athletischen Autohypnose.

«Mein Gott, Hogan! Was machst du da! Willst du dir unbedingt einen Herzinfarkt antrainieren?»

Es war George Cavanagh, der Tim vor langer Zeit an einem heißen Nachmittag in Perugia seine Sünden anvertraut hatte. Nun schien ihn der Priesterkragen, den er trug, in eine seltsam eindrucksvolle Persönlichkeit zu verwandeln. Dennoch stöhnte Tim innerlich auf. Es war eine so große Erleichterung für ihn gewesen, George über ein Jahr lang nicht zu begegnen, denn Cavanagh war eine schmerzliche Erinnerung an seinen letzten Nachmittag mit Deborah.

«Du solltest längst schlafen», erwiderte Tim keuchend.

«Wie kann ich schlafen, wenn mein Vorbild noch wacht?» George ließ sich lächelnd auf eine der gepolsterten Bänke nieder, nahm eine Hantel und begann müßig eine Art Training zu imitieren. «Ehrlich», fuhr er dann fort, «ich bin jetzt nicht sarkastisch. Ich bewundere dich, Hogan. Du bist ein taktisches Genie. Ich meine, ich höre überall, wie du als Champion der Linken, der Rechten, der Konservativen und der Avantgarde gepriesen wirst. Du bist ein echter Meister der *romanità*.»

Tim erhöhte seine Schlagzahl und begann so schwer zu atmen, daß er die Luft mit einem Pfeifen der Lungen einsog.

«Behaupte bitte nicht, daß du nicht weißt, was *romanità* ist, Hogan», fuhr Cavanagh fort. «Es ist das Geheimnis des Erfolgs in der Gesellschaft des Vatikans. Die Fähigkeit, Undurchdringlichkeit mit Charme zu verbrämen. Würde Machiavelli heute leben, er würde vermutlich ein Buch über dich schreiben.»

Tim funkelte ihn aufgebracht an.

«Nun komm schon», sagte George, jetzt im Ton aufrichtiger Bewunderung. «Es heißt, daß Fortunato dich gebeten hat, ein Seminar in Kirchenrecht zu halten.»

Tim ruderte wortlos weiter, während George nicht aufhörte zu sondieren.

«Es heißt außerdem, daß du ihn abgewiesen hast. Was hast du denn nun wirklich vor?»

«Warum sagst du es mir nicht, Father Cavanagh? Du scheinst doch alles schon zu wissen.»

«Nun ja, alles, was ich gehört habe, ist, daß du um eine Pfarrerstelle in den Vereinigten Staaten gebeten hast. ‹Arbeit vor Ort› macht sich sehr gut auf deinem Curriculum vitae, das ist mir klar. Aber bist du sicher, daß es der richtige Schachzug ist, Rom ausgerechnet jetzt zu verlassen, da dein Stern gerade im Aufsteigen begriffen ist?»

«Ich bin Priester, nicht Politiker», entgegnete Tim ärgerlich.

George erhob sich. «Tut mir leid, Hogan», sagte er mit unverhohlener Erbitterung. «Ich bin ganz einfach schlecht in der *romanità*, auch bekannt als gekonnte Liebedienerei. *Pax tecum*.»

Im Spätfrühling hatte Tim seine Dissertation beendet. Die Verteidigungsrede war auf die vierte Maiwoche unter der Ägide von Pater Fortunato, dem Dekan der Fakultät persönlich, angesetzt.

«Das ist eine sehr große Ehre», versicherte Ascarelli ihm. «Ich selbst werde natürlich auch teilnehmen. Wobei mir einfällt – ich hab noch keine Einladung erhalten.»

«Zur Verteidigung?» erkundigte sich Tim erstaunt.

«Natürlich nicht. Die ist öffentlich. Ich meine den Empfang zu deinen Ehren.»

«Ich fürchte, es wird gar keinen geben», erklärte Tim.

«Bist du verrückt, *figlio mio*?» schalt ihn Ascarelli. «Oder versuchst du nur, einen alten Mann um eine anständige Mahlzeit zu betrügen?»

«Ehrlich, Padre, es gibt keine Party ...»

«Aha!» gab der Schreiber mit erhobenem Finger zurück. «Dann hat man's dir noch nicht gesagt. Aber ich kann dir versichern, wenn Dekan

Fortunato bei einer Verteidigung präsidiert, folgt anschließend stets eine üppige Feier.»

Was Pater Ascarelli gesagt hatte, traf zu. Als Tim kurz nach ein Uhr nachts ins College zurückkehrte, fand er ein Kuvert, das unter seiner Tür hindurchgeschoben war. Das in erhabenem Gold gedruckte Wappen auf der Rückseite trug das Motto *Civitas Dei est patria mea* – Die Stadt Gottes ist meine wahre Heimat.

Tim riß den Umschlag auf. Unter dem Briefkopf *Cristina. Principessa di Santiori* mitsamt einer entsprechenden Nobeladresse in der Nähe des Palatin stand da in wunderschöner Kalligraphie:

Mein lieber Father Hogan,
verzeihen Sie meine Kühnheit, aber es haben so viele Lobeshymnen über Sie Flügel bekommen und sind über die Mauern des Vatikan hinausgeflogen, daß ich das Gefühl habe, Sie schon zu kennen.
Mein guter Freund, Dekan Fortunato, berichtete mir, daß Ihre «Verteidigung» (von der ich überzeugt bin, daß sie eher eine Eloge sein wird als eine Befragung) am 26. dieses Monats stattfinden wird.
Da ich hörte, daß niemand aus Ihrer Familie zu diesem Ereignis aus den Vereinigten Staaten herkommen kann, nehme ich mir die Freiheit, mich zu erbieten, Ihnen zu Ehren bei mir zu Hause einen Empfang und ein Diner zu geben.
Falls Ihnen mein Vorschlag zusagen sollte, nennen Sie mir bitte die Namen Ihrer Freunde, mit denen zusammen Sie Ihren Doktortitel gern feiern möchten.

Mit freundlichen Grüßen
Cristina di Santiori

Tim lächelte erfreut; dann schaltete er die Kochplatte ein, um Wasser für einen Kaffee zu erhitzen. Es gab noch ziemlich viel zu tun, bevor die Sonne über dem Esquilin heraufstieg.

Erst als er um sechs Uhr früh nach schäbigen drei Stunden Schlaf aufstand, um die Morgenmesse zu zelebrieren, wurde er sich allmählich über die Bedeutung des Schreibens klar.

Die Santioris waren bekannte Mitglieder dessen, was man in Rom als *aristocrazia nera* – «die Schwarze Aristokratie» – bezeichnete. Das waren Laienfamilien, die seit Jahrhunderten einflußreiche Fürsten am päpstlichen Hofe waren, die sogenannten «Privatkämmerer mit Schwert und Cape».

Einige von ihnen versahen erbliche Aufgaben bei den päpstlichen

Zeremonien; Dynastien etwa wie die Serlupi Crescenzi, die seit Jahrhunderten Oberstallmeister waren. Oder der Massimo-Clan, der das erbliche Amt des Postministers versah.

Die Santioris jedoch bekleideten eine noch höhere Würde. Sie dienten dem Papst als Großmeister vom Heiligen Hospiz, der höchste Rang, den ein Laie am päpstlichen Hof erreichen kann. Und das signifikanteste Zeichen ihrer echten Noblesse war wohl die Tatsache, daß ihre Namen niemals in der Presse erschienen. Selbst wenn sie ein Fest gaben, wurde nirgends darüber berichtet. Denn jeder, der würdig war, davon zu erfahren, war ohnedies geladen, und das schloß den Vierten Stand von vornherein aus.

Als Tim, nachdenklich seine Cornflakes löffelnd, in einer Ecke des Refektoriums saß, tauchte auf einmal George Cavanagh auf.

«Darf ich mich zu dir setzen, Father Hogan?»

Tim blickte auf, suchte seine Verärgerung zu kaschieren und antwortete gleichmütig: «Nimm Platz.»

George, der sich bereits niedergelassen hatte, überraschte Tim durch seine scheinbar aufrichtige Herzlichkeit. «Hör mal, Hogan. Ich weiß, die Sache ist öffentlich – aber würde es dich stören, wenn ich zu deiner Verteidigung käme? Ich hab dich im Laufe der Jahre recht oft provoziert, weißt du. Deswegen wüßte ich jetzt gern, ob meine Anwesenheit dich aus dem Konzept bringen würde.»

«Nein, nein, ist schon okay», behauptete Tim. «Es gibt nichts, was mich noch nervöser machen könnte, als ich schon bin.»

«Danke. Ich freue mich darauf, kein einziges Wort zu kapieren.»

Gerührt über diese zuvorkommende Geste, fühlte Tim sich sofort verpflichtet, sie zu erwidern. «Übrigens, George, im Anschluß daran wird es eine kleine Feier geben ...»

«Santiori?» George lächelte, doch seine Augen wurden gierig und groß.

«Ja.»

«Vielen Dank. Ich hatte gehofft, daß du mich einladen würdest.»

Obwohl das Ergebnis keinen Moment zweifelhaft war, lag bei Tims Verteidigung seiner Dissertation eine gewisse Spannung in der Luft. In der *Aula Magna* drängten sich Studenten, Dozenten und offenbar irgendwo in der Menge verteilt – die Fürstin der Schwarzen Aristokratie mit ihrer Entourage.

Als Tim eine Viertelstunde vor Beginn der Prüfung eintraf, mußte er feststellen, daß Pater Ascarelli bereits anwesend war. «Mein Gehör ist so antiquiert, daß ich immer in der ersten Reihe sitzen muß», erklärte der alte Jesuit; dann beugte er sich vor, um seinem Protegé flüsternd eine Geheimwaffe anzuvertrauen.

«Nimm das hier», drängte der Alte und drückte ihm etwas in die Hand: einen Hershey-Schokoriegel.

«Einer meiner früheren Studenten hat mir ganze Großpackungen davon aus Amerika geschickt», erläuterte Ascarelli. «Sie sind ein perfektes Stimulans für den Verstand.»

Unwillkürlich mußte Tim vor Freude über diese exzentrische Geste lachen und verschlang die Nervennahrung bereitwillig, während Ascarelli voller Genugtuung zusah.

«Ein Wort noch zum Schluß», rief Ascarelli liebevoll, als Tim sich bereits entfernte. «Du hast deine letzten beiden Stunden als Student vor dir. Genieße sie!»

Irgendwie war es wie das Endspiel bei einem Tennismatch. Gekonnt schickte Timothy Dutzende unterschiedlicher Fragen über das Netz zurück: kraftvolle Aufschläge, sorgfältig placierte Lobs und einige davon – wie es der Alte vorausgesagt hatte – absolut unerreichbar. Auch an anerkennendem Applaus fehlte es nicht, obwohl der natürlich lautlos ausfiel, das heißt, bis auf ein gelegentliches beifälliges Gemurmel von einem alten Jesuiten in der ersten Reihe: «*Bene... optime.*»

Als alles vorbei war, empfand Tim außer Erleichterung auch einen kleinen Stich Traurigkeit. Ascarelli hatte recht. Dies war sein letzter Auftritt als Student gewesen.

Der riesige Palazzo Santiori thronte elegant über der Via San Teodoro. Jedes einzelne seiner hohen Zimmer war mit den herrlichsten Kunstwerken geschmückt, deren einige bis auf die frühe Renaissance zurückgingen, als die Künstler noch unter der unmittelbaren Patronage der Familie arbeiteten.

«Einfach unglaublich», staunte Tim, der ehrfürchtig vor einer Raffaelschen Verkündigung stand. Er hatte sich auf moderne Machtmagnaten gefaßt gemacht, war jedoch nicht darauf vorbereitet gewesen, auch Alten Meistern zu begegnen.

«Die Santiori haben schon immer einen Blick für Talente gehabt.» Die Fürstin war eine kleine, rundliche Frau mit grauen Haaren und Augen, die heller funkelten als ihr kostbarer Schmuck. «Dies ist eine frühere Version als jene im Vatikan. Aber bei Raffael gibt es ja wohl so etwas wie das ‹Zweitbeste› nicht. Meinen Sie nicht auch?»

«Aber ja, gewiß!» antwortete Tim hastig und fragte sich, wie es wohl war, in einem Haus mit so vielen unbezahlbaren Schätzen zu wohnen.

«Kommen Sie, Padre – darf ich Sie Timoteo nennen? – ich möchte Sie einigen wirklich faszinierenden Persönlichkeiten vorstellen. Besuchen Sie mich doch ein andermal; dann können Sie sich die Bilder in Ruhe ansehen.»

Tim folgte der Principessa die breite, geschwungene Marmortreppe hinauf. Ihre hohen Absätze klapperten beinahe synchron mit dem rasenden Schlag seines Herzens.

Über eine weitere Treppe gelangten sie auf einen Dachgarten, beleuchtet von Fackeln, die in regelmäßigen Abständen an den Eisengeländern befestigt waren. Die Terrasse bot einen atemberaubenden Blick auf die Ewige Stadt. Von diesem Aussichtspunkt aus sah man das ganze, von Scheinwerfern beleuchtete Forum Romanum.

Der Klang einer vertrauten Stimme holte Tim in die Gegenwart zurück.

«*Nunc est bibendum*, ‹nun ist Zeit zum Zechen›, wie der Dichter sagt», hörte er Pater Ascarelli dozieren. «Horaz war ein echter römischer Dichter, nicht wahr?»

Als Tim seinen Mentor ansah, mußte er insgeheim lachen. «Sie nutzen die Gelegenheit wirklich gut, Padre», bemerkte er mit einem Blick auf die Champagnerflöten, die der *scriba* in beiden Händen hielt.

«Nun –», Ascarelli stimmte in das Lachen über ihn selber ein – «in meinem Alter muß man sich bemühen, jeden Augenblick zu nutzen. Ich habe bereits auf dein Wohl getrunken und werde es jetzt noch einmal tun. Ich bin dir sehr dankbar, daß du die Principessa veranlaßt hast, mich auf ihre Liste zu setzen. Nun kann ich mit einem tadellosen gesellschaftlichen Stammbaum sterben.»

«*Carpe noctem*», sagte Tim herzlich.

«*Et tu, fili*», gab Ascarelli zurück und tauchte im Meer der Eminenzen unter.

In diesem Augenblick schwor sich Tim, nur noch Mineralwasser zu trinken, um sich an jeden Augenblick, an jedes Gesicht und jede Silbe dieser Feier zu erinnern, die hier zu seinen Ehren veranstaltet wurde.

Dennoch erwachte er am folgenden Morgen mit Kopfschmerzen. Nicht von den Dingen, die er getrunken oder gegessen hatte, sondern vielmehr, wie er vermutete, von den ungeheuren intellektuellen Kräften, die ihm gestern abverlangt worden waren – ein Nachmittag, an dem er selbst Glanz verstrahlt hatte, und ein Abend, an dem der Glanz anderer auf ihn fiel.

Er war gerade rechtzeitig zur Frühmesse ins College zurückgekehrt, hatte sich dann zutiefst erschöpft ins Bett gelegt und das Frühstück rundweg verschlafen.

Am selben Abend setzte sich George im Refektorium neben ihn. «Du hättest gestern abend beinahe gewählt werden können, Hogan.»

«Wie bitte?»

«Nach meiner Zählung waren sechzehn Kirchenfürsten anwesend, und nicht einmal alle aus Italien. Wenn der Kardinal-Erzbischof von Paris herkommt, um das Glas auf dich zu erheben, würde ich sagen, daß du problemlos alle französischen Stimmen bekommst.»

«War der tatsächlich da?» erkundigte sich Tim unschuldig. Denn inzwischen hatte er gelernt, die ätzenden Bemerkungen seines Rivalen über seinen Aufstieg auf der ekklesiastischen Leiter zu ignorieren.

«Heißt das, du hast ihn nicht gesehen? Vermutlich warst du zu sehr beschäftigt, La Loren zu begaffen.»

«Was?»

«Also hör mal, du hättest blind sein müssen, um die göttliche Sophia und ihren aufmerksamen Konsorten Carlo nicht zu bemerken. Mit den Augen genießen dürfen wir ja. Übrigens, mit wem hast du überhaupt gesprochen?»

Tim hielt sich die pochenden Schläfen und antwortete: «Bitte, George, ich versuche mich an jeden zu erinnern, den ich kennengelernt habe, aber es ist unmöglich. Das ist kein Witz. Du kannst gern mit in mein Zimmer hinaufkommen und dir die Liste ansehen, die ich notiert habe...»

«Also, das ist eine Einladung, die ich nicht ablehnen kann», gab George neugierig zurück.

Später, als sie sich über Tims Holzschreibtisch beugten, um einen Stoß Zettel zu vergleichen, stellte George absichtlich beeindruckt fest: «Das ist ja eine ganze Ehrengarde! Bist du immer noch entschlossen, nach Brooklyn zurückzukehren und dir die Beichte von pickeligen Halbwüchsigen und alten Damen anzuhören?»

«Ich gehe nach St. Gregory's», antwortete Timothy fest. «Dahin, wo ich herkomme.»

«Okay.» George zuckte die Achseln. «Aber für einen Mann mit deinen Talenten ist das meiner Meinung nach nicht die beste Möglichkeit, der Kirche zu dienen.»

«Und wie sehen deine eigenen Pläne aus?» fragte ihn Tim.

«Ganz zweifellos ein unkluger Karriereschritt, aber ich habe um Abstellung zu den Jesuiten in Argentinien gebeten. Vermutlich stehen die Chancen, in den Himmel zu kommen, weitaus besser, wenn man anderen Gutes tut, nicht nur sich selbst.»

«Das ist äußerst lobenswert», sagte Tim aufrichtig. «Ehrlich gesagt, ich hätte nicht gedacht, daß du...»

«Daß ich altruistisch sein könnte?» George war keineswegs beleidigt. «Ich weiß. Ich bin ja selbst erstaunt über die zunehmende Kraft meiner christlichen Überzeugung.»

Die Einladung kam im gleichen pergamentähnlichen Kuvert mit dem Siegel der Santiori.

> Mein lieber Timoteo,
> die Blumen, die Sie mir übersandt haben, waren ebenso extravagant wie überflüssig. Denn die eigentliche Blüte unserer kleinen Abendgesellschaft war Ihre eigene, außergewöhnliche Person. All meine Freunde waren von Ihrem Charme und Ihrer Klugheit fasziniert. Ich weiß, daß Sie in diesen letzten Tagen vor der Rückkehr nach Amerika sehr beschäftigt sein werden, aber ich frage mich, ob Sie vielleicht die Zeit erübrigen können, am Sonntag zum Mittagessen in die Villa zu kommen. Ich werde einen meiner Verwandten einladen, den kennenzulernen Sie sich bestimmt freuen werden.

Unterschrieben war der Brief schlicht mit *Cristina*.

Diesmal waren sie nur zu viert und saßen weit entfernt voneinander an dem langen, weiß gedeckten Tisch im luxuriösen Speisesaal der Santiori: die Fürstin, Timothy zu ihrer Rechten, ihre Schwester Giulietta zu ihrer Linken und am anderen Ende ein gutaussehender, grauhaariger Kleriker, etwa Mitte Fünfzig.

Er wurde vorgestellt als Gianni, jüngerer Bruder der Principessa, aber Tim wußte genau, was im Pontifikal-*Annuario* über ihn stand: Monsignore Giovanni Orsino, Stellvertretender Staatsminister für Lateinamerika.

Der Bruder war nicht weniger höflich und bezaubernd als die Schwester.

«Wenn es Ihnen nichts ausmacht», sagte er mit einem entschuldigenden Augenzwinkern zu Timothy, «wäre ich Ihnen sehr verbunden, wenn wir Englisch plaudern könnten. Das heißt, während Sie Englisch sprechen, würde ich versuchen, mich auf einem etwas höheren Niveau als dem, das ich jetzt beherrsche, verständlich zu machen.»

«Selbstverständlich», gab Timothy zuvorkommend zurück und ergänzte höflich: «Aber Ihr Englisch ist sehr gut.»

«Bitte, *senza complimenti*. Es wäre mir lieber, wenn Sie mich korrigieren könnten. Ich werde auch bestimmt nicht gekränkt sein.»

«Sehr gern, Monsignore», erwiderte Timothy. «Aber brauchen Sie denn so viel Englisch im Ministerium?»

«Nicht in meiner gegenwärtigen Position», erklärte Monsignore Orsino. «Die Dokumente, mit denen ich täglich zu tun habe, sind natürlich auf spanisch abgefaßt. Und echtes Spanisch ist, wie man behauptet, nichts weiter als lispelnd gesprochenes Italienisch. Aber eines Tages –»

In diesem Moment fiel ihm die ältere Schwester bedeutungsschwer ins Wort: «Sehr bald schon, Gianni, sehr, sehr bald.»

Orsino schien zu erröten; er deutete auf Cristina und sagte, an Timothy gewandt: «Nun gut, dann werde ich eben, wie meine optimistische Schwester sagt, ‹sehr bald› eine neue Aufgabe zugeteilt bekommen.»

Die Fürstin nutzte das Privileg ihres Ranges und ergänzte den Gedanken ihres Bruders. «Gianni ist ein sehr bedeutendes Mitglied des Ministeriums, und wenn Bonaventura in anderthalb Jahren in den Ruhestand tritt, wird der Posten des päpstlichen Nuntius in Washington frei. Daher...» Mit einer graziösen, durch und durch italienischen Geste beendete die Fürstin ihren Satz, der darauf schließen ließ, sie werde schon dafür sorgen, daß ihr Bruder Erzbischof Bonaventuras Nachfolger wurde. Darum also das Bedürfnis, seinem Englisch ein wenig diplomatischen Schliff zu verpassen.

«Ich habe mir sehr gewünscht, daß ihr beiden euch kennenlernt», fuhr sie fort, «vor allem, da alle amerikanischen Episkopal-Ernennungen über Rom laufen. Und Rom verläßt sich sehr stark auf den Rat seines päpstlichen Gesandten in Washington.»

«Aber Principessa», protestierte Tim, «ich werde nichts weiter sein als der Gehilfe eines Pfarrers. Nicht mal im Traum könnte ich mich irgendwann als Bischof sehen.»

«Aber *ich*», erklärte die Principessa.

Als er langsam im Schein der späten Nachmittagssonne den Palatin hinunterschritt, dachte Tim, der Titel Fürstin sei, im Fall von Cristina Santiori, wahrhaftig keine sinnentleerte Formel.

Denn wenn ihre Krone auch nicht sichtbar war – ihre Macht war nicht zu übersehen.

30
Deborah

In der zweiten Hälfte ihres Studiums wurde für die angehenden Rabbiner statt des alten Rechts das moderne Leben zum Schwerpunkt.

Sie studierten Psychologie und lernten, auf die zahlreichen Hilferufe zu reagieren, die sie von Mitgliedern ihrer Gemeinde erhielten: Eheprobleme, Scheidung, Krankheit, Tod – das ganze weite Feld von Kummer und Leiden.

«Und hier», betonte Professor Albert Redmont, «unterscheidet sich der Rabbi vom Psychotherapeuten. Denn die meisten Ärzte sind heutzutage viel zu beschäftigt, um ihren Patienten mehr als eine pharmakologische Flucht zu bieten, die dreimal täglich geschluckt werden muß. Rabbiner dagegen verfügen über eine weit stärkere Medizin.»

Die Studenten arbeiteten in Krankenhäusern, Altersheimen und Kindergärten.

Bei Deborah verstärkte dieser Kontakt mit anderen Menschen noch die Liebe zu dem Beruf, den sie sich erwählt hatte.

Während der hohen Feiertage wurde Deborah in ihrem Seniorjahr einer nicht existierenden Gemeinde in New England zugeteilt.

Das heißt, sie wurde vorübergehend geistliche Führerin einer Gruppe von Juden, die nur an den sogenannten Tagen der Ehrfurcht – Neujahr und Jom Kippur – zusammenkam, um ihre Sünden abzubüßen und ihren Glauben neu zu stärken.

Die in Frage stehenden Gemeindemitglieder waren über ein Gebiet von etwa 300 Quadratmeilen in New Hampshire und Vermont in der Nähe der kanadischen Grenze verteilt. In jedem Jahr kamen sie im Gemeindesaal oder der Unitarierkirche eines anderen Dorfes zusammen, brachten ihre einzige Thorarolle mit – die während des übrigen Jahres von einem orthopädischen Chirurgen aufbewahrt wurde – und absorbierten so viel Solidarität aus der Gemeinschaft mit ihren Glaubensbrüdern, daß sie weitere zwölf Monate in einer Region zu überstehen vermochten, die so entlegen war, daß die Braunbären sie an Zahl übertrafen.

«Dekan Ashkenazy», begann Deborah höflich, nachdem ihr diese Aufgabe zugeteilt worden war, «ich möchte nicht, daß Sie glauben, ich wollte mich beklagen, aber die meisten meiner Kommilitonen werden in größere Städte, ja sogar an Colleges geschickt.» Sie deutete auf den Fleck der Landkarte, der ihre abgelegene Wirkungsstätte markierte. «Warum ich?»

«Die Wahrheit?» erkundigte sich der Dekan.

Deborah nickte. «Ja, bitte.»

«Die College-Jobs sind leicht zu bewältigen. Deren Sprache kann jeder sprechen. Außerdem, wenn diesen Kids ein Feiertag so wichtig ist, daß sie den Unterricht schwänzen und statt dessen beten gehen, haben Sie ein begeistertes Publikum.» Nachdenklich hielt er inne. «Die Menschen hingegen, denen Sie predigen werden, Deborah, verlieren allmählich ihr Zugehörigkeitsgefühl. Das ganze Jahr über, und vor allem zu Weihnachten, fragen sie sich, warum sie sich so große Mühe geben sollen, anders als die anderen zu sein. Sie sind ohnehin nur eine kleine Gruppe, aber die Zermürbungsrate ist beunruhigend.

Deswegen», sagte er abschließend, «muß ich ihnen den besten Studenten schicken, den wir haben.» Er sah sie durchdringend an. «Und das, Rabbi Luria, sind Sie.»

Laroche, Vermont, lag so weit oben im Norden, daß das Laub schon Ende September rot und golden leuchtete.

Ein scharfer Wind begrüßte Deborah mit eisigem Atem, als sie aus dem Bus stieg – steifgliedrig von der langen Reise, die sie, wie ihr schien, durch ganz Europa und den Mittleren Osten geführt hatte, während der Greyhound-Bus schwerfällig durch so fremdländische Orte wie Bristol, Calais, West Lebanon und Jericho rumpelte.

Als sie in Laroche, der Endstation der Linie ankamen, saß außer Deborah nur noch ein einziger Passagier im Bus.

Einen Moment schuf diese Tatsache einige Verwirrung, denn zwei in dicke Parkas und Schals verpackte Männer mittleren Alters erwarteten einen «Rabbi Luria». Und weder der 80jährige Farmer noch die junge Frau mit dem Kamelhaarmantel und dem Aktenkoffer schien ihrer Vorstellung von einem jüdischen Geistlichen zu entsprechen.

Der ältere Mann wurde von seiner Familie im einheimischen Dialekt begrüßt. Danach blieb durch einen recht unbehaglichen Eliminierungsprozeß nur noch Deborah übrig.

«Hat man Ihnen nicht mitgeteilt, daß ich eine Frau bin?» erkundigte sich Deborah, als sie das Unbehagen von Dr. Harris und Mr. Newman bemerkte, die das Empfangskomitee bildeten.

«Wahrscheinlich schon», antwortete der Doktor. «Aber ich war so intensiv damit beschäftigt, alles zu arrangieren – und überdies natürlich gebrochene Knochen zu richten –, daß mir das vermutlich gar nicht so richtig zu Bewußtsein gekommen ist. Ehrlich gesagt, hat uns das HUC normalerweise nur Männer geschickt.»

«Sie meinen, damit die Ihnen helfen konnten, Bäume zu fällen und nach Jom Kippur die *sukkah* zu bauen?»

«Nein, natürlich nicht!» protestierte Mr. Newman mit verlegenem Lächeln, als er ihr den Schlag seines Kombiwagens öffnete. «Ich frage mich nur, was unsere Ehefrauen davon halten werden.»

«Ich könnte mir vorstellen, daß sie sich freuen, eine Frau auf der Kanzel zu sehen.»

«Na ja, natürlich», gab Newman kleinlaut zurück, «aber Sie sind so ...»

«Jung?» versuchte Deborah ihm zu helfen.

«Genau», bestätigte er. Und setzte unwillkürlich hinzu: «Und hübsch.»

«Ist das ein Plus oder ein Minus?» erkundigte sich Deborah.

Newman hatte sich in eine Klemme manövriert. Der Arzt kam ihm zu Hilfe. «Bitte, Miss Luria – ich meine, Rabbi – nehmen Sie's uns nicht übel. Wir leben halt hier oben so furchtbar isoliert. Diese Versammlungen sind unsere einzige Verbindung mit allem, was in der jüdischen Welt passiert.»

«Nun ja», gab Deborah munter zurück, «ich glaube, man könnte sagen, daß *ich* passiere.»

Die Unitarierkirche war voll besetzt mit Menschen, die Deborah niemals für Juden gehalten hätte. Es war, als sei ihre äußere Erscheinung durch diesen abgelegenen Landstrich allmählich immer mehr verändert worden, bis sie, viele Jahre der Evolution komprimierend, von ihren nichtjüdischen Nachbarn nicht mehr zu unterscheiden waren.

Während der Organist sich durch die Noten kämpfte, die Deborah für ihn mitgebracht hatte, und sie in ihrer weißen Robe und der vorschriftsmäßig rechteckigen Kopfbedeckung aufs Podium stieg, setzte unter den Gläubigen verwundertes Gemurmel ein, und eine so starke, unruhige Spannung entstand, daß Deborah sie spüren konnte.

«*Schana towa.*» Sie lächelte. «Wie Sie sehen, wird Ihnen zum Neuen Jahr etwas ganz Neues beschert.»

Das erleichterte Lachen, das den Kirchenraum erfüllte, war der Beweis für den Erfolg ihrer Taktik.

«Wir wollen unseren Gottesdienst auf Seite 131 des Gebetbuches beginnen.»

Der Organist schlug einen Akkord an, und Deborah verblüffte die Gemeinde mit ihrer wunderschönen Stimme, als sie in hebräischer Sprache anstimmte: «Wie göttlich sind deine Zelte, Jakob», und dann die englische Übersetzung vorbetete: «Durch die Größe Deiner Liebe betrete ich Dein Haus. In Ehrfurcht bete ich vor der Lade Deiner Heiligkeit.»

Mit ihrer Begeisterung gelang es ihr, diese weitverstreuten Enklaven von Gläubigen zu vereinen, die sich zweimal im Jahr versammelten, um ihre Identität und ihren Glauben zu bestätigen. Doch auch sie selbst wurde in das Gefühl des Zusammenhalts einbezogen.

Als der Gottesdienst an dem Punkt angelangt war, da aus der einzigen, kostbaren Thorarolle von Dr. Harris gelesen werden sollte, hatte Deborah gehofft, sie allesamt tief zu bewegen.

Bei dem anschließenden Empfang schien es, als wolle jeder einzelne Gläubige sie in Beschlag nehmen – ihr nicht nur die Hand schütteln, sondern ihre Anwesenheit auch gleich zu einer Art öffentlichen pastoralen Konsultation benutzen.

«Sie glauben gar nicht, wieviel uns dies bedeutet, Rabbi», sagte Nate Berliner, ein Zahnorthopäde aus einem Städtchen nahe der Grenze von Maine. «Meine Familie ist 100 Meilen weit gefahren, um an diesen Gottesdiensten teilzunehmen. Aber wenn Sie im kommenden Jahr 1000 Meilen weit von uns entfernt wären, würden wir auch dorthin kommen.»

«Warum schickt Ihr Seminar nicht öfter Menschen wie Sie hierher?» wollten mehrere Gläubige wissen. Die meisten Gespräche jedoch zeugten von einer tiefen Einsamkeit. Wie schwer mußte es ihnen fallen, wie ein Mann es ausdrückte, «unsere religiösen Batterien aufgeladen zu halten. Zweimal im Jahr ein kurzer Stromstoß reicht eben nicht.»

«Ich werde mit dem Dekan sprechen», versicherte Deborah. «Vielleicht kann man es arrangieren, daß einmal im Monat ein Rabbi zu Ihnen geschickt wird.»

«Dann könnten wir eine Sonntagsschule für unsere Kinder einrichten», ergänzte ein anderes Gemeindemitglied.

«Aber unter einer Bedingung», sagte Mrs. Harris, die anfangs empört gewesen war, eine Frau auf dem Podium zu sehen. «Sie müssen uns jemanden schicken, der genauso sympathisch ist wie Sie.»

Als sie Danny von ihren Erlebnissen berichtete, erbot er sich freiwillig, zum Versöhnungsfest mit ihr zusammen hinaufzufahren.

Das war durchaus nicht reine Neugier. Obwohl ausgestoßener Jude, erzitterte Danny immer noch, wenn er ans Jüngste Gericht dachte. Er wollte diesen ernstesten Tag aller Tage mit dem Menschen zusammen verbringen, der ihm auf Erden am liebsten war.

Deborah machte guten Gebrauch von dieser Gelegenheit und überredete ihn, den Thoratext einem bewundernden Auditorium vorzutragen, dem sofort klar wurde, daß er ihn praktisch auswendig kannte. Ganz am Ende dieses langen, von Fasten und Gebeten ausgefüllten Tages, an dem die Gemeinde vor Gottes offenem Tor stand und darum bat, für ein weiteres Jahr ins Buch des Lebens eingeschrieben zu werden, blies Danny dann noch das Widderhorn.

Blies es mit einer so großen Kraft, daß Mr. Newman später erklärte, er sei überzeugt, Gott habe den Schall persönlich vernehmen müssen.

Später, auf der langen Heimfahrt, vermochte Danny seine Begeisterung kaum zu bremsen.

«Jetzt verstehe ich den Ausdruck ‹Gott wacht über die Reste von Israel›», erklärte er. «Diese Menschen leben im Gegenteil eines Gettos. Um sie zusammenzuholen, braucht es 365 Tage. Wenn du als Rabbi eine echte Herausforderung suchst, Deb, beantrage doch, daß sie dich nach dem Examen da oben hin versetzen.»

«Na, sicher. Und Eli kann jeden Tag in eine andere Schule gehen. Warum übernimmst *du* nicht den Job?»

«Darf ich dich daran erinnern, daß ich kein Rabbiner bin?» Er lächelte ausweichend.

«Das könnte sich mühelos ändern lassen, wie du weißt», konterte Deborah. «Ich meine, *ich* brauche *dir* doch nicht zu erklären, daß das etwas ganz anderes ist, als Priester zu werden. Bei uns darf jeder Rabbi die Worte sprechen und einen anderen Juden weihen. Wenn ich also im nächsten Jahr graduiere ...»

«Ich werd's mir überlegen», versprach Danny und versuchte sich nicht anmerken zu lassen, daß sie eine Saite in ihm berührt hatte. Nach einer kurzen Pause erkundigte er sich: «Übrigens, als du gerade das Wort ‹Priester› ausgesprochen hast – eigentlich immer, wenn du dieses Wort aussprichst –, denkst du dabei noch an Tim?»

«Ja», antwortete Deborah ruhig. «Er ist immer irgendwo in meinen Gedanken. Vor allem am Versöhnungsfest.»

«Es war keine Sünde», behauptete Danny und legte seine Hand liebevoll auf die ihre.

Einen Augenblick lang schwieg sie; dann sagte sie: «Immer wieder frage ich mich, wann ich es Eli sagen soll. Ich schulde ihm die Wahrheit.»

Danny nickte. «Da wir gerade von Offenheit sprechen – hast du schon mal darüber nachgedacht, wie du Papa beibringen willst, daß du der nächste Rabbi Luria werden wirst?»

«Ein perfekter Zeitpunkt, mich jetzt danach zu fragen», erwiderte Deborah. «Vorhin, bei den Schlußgebeten hab ich gelobt, daß ich noch dieses Jahr aufhören will, weiterzulügen.»

«Und wann?»

«Sobald ich den Mut dazu gefunden habe.»

Im letzten Studienjahr hatte Deborah moderne hebräische Dichtung als Wahlfach genommen, weil sie das, was sie verpaßt hatte, als sie aus Zevs Vorlesung in Israel ausgestiegen war, nachholen wollte.

Durch einen glücklichen Zufall entdeckte sie seinen Namen auf dem Umschlag jenes Buches, das sie als Lehrtext benutzen sollten: *The New Jerusalem Anthology of Modern Hebrew Verse*, übersetzt und herausgegeben von Z. Morgenstern.

«Was diese neue Sammlung von all den anderen unterscheidet», erläuterte Professor Weiss in seiner Einführungsvorlesung, «ist die Tatsache, daß Morgenstern nicht nur die Sprache beherrscht, sondern selbst ebenfalls Dichter ist...»

Das habe ich nicht gewußt, dachte Deborah. Er hatte es bei seinen Vorlesungen vor sechs Jahren kein einziges Mal durchblicken lassen. War das Selbstgefälligkeit von ihm – weil er erwartete, daß alle es wußten? Oder war er – und das hielt sie für wahrscheinlicher – ganz einfach schüchtern? So schüchtern, daß er eine Woche zu lange wartete, bis er sie auf einen Kaffee einlud?

Ihre Aufmerksamkeit konzentrierte sich gerade rechtzeitig wieder auf den Vortrag des Professors, um ihn sagen zu hören: «Übrigens wird Morgenstern nächste Woche im YMHA aus seinen Werken lesen. Die Veranstaltung ist zwar ausverkauft, aber wenn jemand hingehen möchte, könnte ich das arrangieren, denn er wohnt bei mir zu Hause.»

Was sollte sie tun? Daß sie hingehen würde, verstand sich von selbst. Die Frage war nur, ob er sich überhaupt noch an sie erinnerte.

Am Tag der Lesung kam Deborah nach der letzten Vorlesung nach Hause, aß mit ihrem Sohn zu Abend und ließ Eli, da Danny verreist war, in Mrs. Lamonts Obhut, während sie ihm beim Abschied erklärte, daß sie «zu einem wichtigen Vortrag» müsse.

Das Auditorium des YMHA in der 92. Straße war voll besetzt, als

Professor Weiss aufs Podium stieg, um den Dichter vorzustellen. Die Zuhörer saßen so dicht gedrängt, daß Deborah sich mühsam auf einen Platz in der letzten Reihe zwängen mußte.

Nachdem Zev oben auf einem Stuhl Platz genommen hatte, musterte sie aus der Entfernung aufmerksam sein Gesicht. Er griff in die Tasche seines abgetragenen Tweedjacketts und zog zum Lesen eine Halbbrille heraus.

Aha, dachte Deborah, die Zeit ist auch für ihn nicht stehengeblieben. Früher hatte er keine Brille gebraucht.

Sie erinnerte sich gut, mit welcher Leidenschaft er im Seminar hebräische Gedichte vorgetragen hatte. Aber da war der Raum kleiner gewesen, und er hatte nur zwölf Studenten. Nun ging Zevs Zuhörerschaft in die Hunderte, und seine Befangenheit, als er ans Pult ging, grenzte an Schüchternheit.

Er begann mit dem flüssigen Vortrag zeitgenössischer hebräischer Dichtung, an den sich eine Reihe seiner eigenen satirischen Vignetten akademischer Persönlichkeiten anschloß.

Erst zum Schluß las er ein Gedicht, das entfernt persönlich wirkte, aber es war das mutigste Gedicht, das sie jemals gehört hatte, eine chirurgische Entblößung seiner innersten Seele: eine Elegie an seinen Sohn am Tage der Bar mizwa, an seinen Sohn, der kurze Zeit später gestorben war.

Nun wurde deutlich, warum Zev diese Worte bis zuletzt zurückgestellt hatte. Denn nachdem er sie gelesen hatte, brachte er keinen Ton mehr heraus.

Der Applaus blieb nicht etwa aus Mangel an Bewunderung gedämpft, sondern als taktvolle Geste des Mitgefühls.

Obwohl auf der anschließenden Party zu Hause bei Professor Weiss jeder einzelne danach trachtete, ein Privatgespräch mit dem Ehrengast zu führen, gelang es Zev, einen stillen Winkel zu finden, wo er mit Deborah allein sein konnte.

«Es tut mir sehr leid, wegen dem Tod deines Sohnes», sagte sie leise zu ihm.

Er nickte nur.

«Ich habe mehr als ein Kind verloren», gab er fast unhörbar zurück. «Meine Ehe ist zerbrochen. Ich glaube, wir dachten, wenn wir uns trennen, werde der Schmerz allmählich vergehen. Was Sandra empfindet, weiß ich nicht, aber ich komme mir immer noch wie ein Verbrecher vor, weil ich normale Blutzellen habe und doch irgendwie für seine Leukämie verantwortlich bin.» Er hob die Hand, um zu verhindern, daß sie ihn unterbrach.

«Sag mir jetzt nicht, daß sei irrational – ich habe unzählige Stunden bei einem Seelendoktor verbracht, der mir das immer wieder eingepaukt hat. Die scheinen alle nicht zu begreifen, daß man von Alpträumen verfolgt wird, obwohl man weiß, daß sie nicht real sind.»

«Ich begreife es», warf Deborah ruhig ein. Und ergänzte schnell: «Dann warst du also verheiratet, als wir uns kennenlernten, ja?»

«Hier muß ich mich leider schuldig bekennen, Deborah. Ich war wirklich kein guter Ehemann. Aber ich habe mich verändert. Würdest du mir glauben, daß ich in den acht Monaten seit unserer Scheidung bei keiner einzigen Frau einen Annäherungsversuch gemacht habe?»

Deborah entgegnete mit einer Offenheit, über die sie selbst staunte: «Würdest du mir glauben, daß ich, seit... mein Ehemann starb, kein einziges Mal... *so* an einen Mann gedacht habe?»

Zev begegnete ihrem Blick. «Wird es dann nicht allmählich Zeit?» fragte er sanft.

Sie versuchte seinem Blick auszuweichen. «Ich glaube schon», antwortete sie fast unhörbar.

«Ich wünschte, ich könnte dieser Mann sein», sagte er leise. «Aber ich glaube, ich kann es nicht.»

Sie war verletzt. «Und warum nicht?»

«Weil ich noch nicht bereit bin für eine emotionelle Bindung. Und bei dir könnte ich emotionell nicht ungebunden bleiben.»

«Würde es einen Unterschied machen, wenn die Aufforderung von mir käme?» erkundigte sich Deborah, von ihren eigenen Worten überrascht. «Ich meine, wenn ich dir garantiere, daß es zu keiner emotionellen Bindung kommt, würdest du dann ...?»

«Selbstverständlich, Deborah», antwortete Zev liebevoll. «Aber ich glaube, du bist ebensowenig für emotionslose Liebe geeignet wie ich.»

Wie sie später am selben Abend entdeckten, hatte er damit durchaus recht.

Bis dahin hatte sie noch kein einziges Mal den Unterricht geschwänzt. Am Tag, nachdem sie Zev wiedersah, blieb sie jedoch allen Vorlesungen fern, damit sie mit ihm zusammensein konnte, denn sie hoffte, bei ihm die Antwort auf eine dringliche Frage zu finden: Wenn sie ihren begrenzten Liebesvorrat zusammentaten – würde er genügen, um eine dauerhafte Bindung aufrechtzuerhalten?

Nach dem Frühstück wanderten sie durch den Park und tauschten die Erfahrungen aus, die sie gemacht hatten, seit sie seine Studentin gewesen war.

Sie war neugierig und zugleich ein klein bißchen besorgt, was er zu ihrer bevorstehenden Ordination sagen würde.

«Um rückhaltlos offen zu sein, ich hege eine instinktive Abneigung gegen Rabbiner», erklärte Zev. «Allerdings habe ich natürlich noch nie einen geküßt. Ehrlich, Deborah, ich weiß nicht, ob jemand mit deiner Herkunft verstehen kann, wie sehr ich die religiösen Aspekte des Judentums hasse. Für mich sind die Ultra-*frumen* stur, doktrinär und arrogant. Tut mir leid, wenn ich dich dadurch kränke.»

«Um eine Kränkung geht es hier nicht. Eher um Verwunderung. So, wie du empfindest – warum in aller Welt bist du in Israel gelandet und lebst von einem Hungerlohn, nur um hebräische Literatur zu lehren?»

«Siehst du –», demonstrierend hob er den Zeigefinger – «darin liegt der Unterschied. Ich mag etwas gegen meine Religion haben, an meinem kulturellen Erbe aber hänge ich sehr. Ich liebe die Bibel wegen ihrer wundervollen Poesie, ihrer reichen Gefühle. Aber ich verabscheue die selbsternannten Interpreten, die überzeugt sind, wenn Elias kommt, in seinem feurigen Wagen erster Klasse zu reisen.»

Er zügelte seinen Ausbruch einen Moment und erkundigte sich nur halb im Scherz: «Habe ich's schon geschafft, daß du mich haßt?»

«Du hast dir jedenfalls Mühe gegeben», antwortete sie mit ironischem Lächeln. «Aber ich werde dir weiter zuhören.»

«Ich glaube leidenschaftlich daran, daß das Dasein des Menschen an ein bestimmtes Gebiet gebunden ist. Das gilt für den Juden ebenso wie für seinen Nachbarn. *Jedes* Volk braucht eine Heimat.»

«Aber was hat das damit zu tun, daß ich Rabbi werden will?»

«Ich nehme an, das war meine Art, dir zu sagen, es kommt darauf an, wofür du eintrittst. Ich meine, wenn du das Dogma predigen willst, wir seien das ‹auserwählte Volk Gottes›, dann kann ich nicht guten Gewissens sagen, ich sei einverstanden mit dem, was du tust.»

«Und was soll ich deiner Meinung nach tun?»

Die Leidenschaft erfüllte ihn wieder, als er zurückgab: «Jeden selbstgerechten Juden beim Kragen packen und ihm befehlen, seinen Nächsten zu lieben – angefangen bei seinen Mitjuden. Dir brauche ich ja wohl nicht zu erklären, daß Hillel gesagt hat, *das allein* sei die Grundlage unserer Religion, alles andere seien nur Kommentare.»

Lächelnd sah Deborah ihn an und bestätigte ruhig: «Ich glaube, damit hat Hillel alles gesagt.»

Plötzlich wandte sich Zev zu ihr um und packte sie bei den Schultern. «Dann glaube ich, daß du ein verdammt guter Rabbi sein wirst.»

Er zog sie in seine Arme. «Und, Deborah, ich möchte bei all deinen Predigten in der ersten Reihe sitzen.»

Während sie durch den Park wanderten, berichtete ihr Zev von dem einzigen Mittel, das ihm in diesem von ständiger Trauer erfüllten Leben half: der Arbeit. Er schrieb und studierte bis zur völligen Erschöpfung. Seit dem Tod seines Sohnes hatte er seine Gefühle unterdrückt wie ein Unterwasserschwimmer, der nur zu einem lebensnotwendigen Atemzug auftaucht, wenn er kurz davor ist, das Bewußtsein zu verlieren.

«Manchmal komme ich mir vor wie eine wandelnde Regenwolke», erklärte er. «Auf jeden, den ich kennenlerne, scheine ich einen dunklen Schatten zu werfen. Ich weiß, daß ich im Augenblick auch auf dich so wirke. Findest du meine Melancholie nicht unerträglich?»

Sie drückte mitfühlend seine Hand. «Im Gegenteil. Sie ist mir sehr vertraut», bekannte sie leise.

Zev blieb stehen und musterte sie durchdringend. «Dann haben wir wenigstens das gemeinsam: Wir haben beide nur ein halbes Herz. Wenn wir die beiden Hälften zusammenfügen könnten...»

Sanft berührte sie seine Lippen, damit er nicht weitersprach.

«Nein, Zev, das habe ich nicht gesagt. Ich habe fast die ganze Nacht damit verbracht, dich im Schlaf zu beobachten, und sogar da vermochte ich die Trauer und Einsamkeit in deinem Gesicht zu erkennen. Ich wünschte mir, sie lindern zu können.»

«Aber das kannst du doch», beharrte er. «Wir könnten beide...»

«Nein», unterbrach sie ihn, «ich habe nämlich auch erkannt, daß ich noch immer Teil eines ‹Wir› bin. Ich habe mich... Elis Vater nicht nur zur Hälfte gegeben. Ich habe mich ihm ganz gegeben. Ich verstehe, wie verzweifelt du lieben und geliebt werden möchtest. Und du verdienst einen Menschen, der dieses Bedürfnis stillen kann. Tut mir leid, Zev. Ich wünschte, ich könnte dieser Mensch sein.»

Zevs Augen wurden wieder traurig. «Willst du mir damit sagen, daß du dein Leben lang allein bleiben willst, Deborah?»

«Ich bin nicht allein. Ich habe meine Arbeit.»

«Ja, ja, ich weiß», erwiderte er. «Und deinen Sohn. Haben wir alles schon gehabt. Aber was ist mit deinem Ehemann? Hast du nicht das Gefühl, einen Mann in deinem Leben zu brauchen?»

Deborah senkte den Kopf und antwortete ruhig: «Ich weiß, was du sagen willst, Zev, aber ich weiß auch, daß ich niemals einen anderen lieben kann.»

«Und was war letzte Nacht? Hast du mich nur als so eine Art Test benutzt?»

Sie zuckte die Achseln. Es war unmöglich, ihm zu gestehen, wie qualvoll nahe er an die Wahrheit herangekommen war. «Tut mir sehr leid», flüsterte sie. «Ich hatte es selber nicht gewußt.»

Die Sehnsucht ließ Zev explodieren. «Verdammt, Deborah! Das Leben ist so kurz! Eines Tages wirst du aufwachen und erkennen, daß du gewartet hast, bis es zu spät ist.»

Deborah sah ihn traurig an und erwiderte: «Es ist bereits zu spät, Zev. Davon bin ich fest überzeugt.»

Er packte ihre Oberarme, bekämpfte den Wunsch, sie kräftig zu schütteln. «Kannst du denn nicht begreifen, Deborah – er ist *tot*! Dein Mann ist tot! Wann, zum Teufel, wirst du dich endlich damit abfinden?»

Sie blickte in sein verzerrtes Gesicht und antwortete kaum hörbar: «Niemals.»

Damit machte sie kehrt und ging davon. Sie wandte sich auch nicht mehr um, als er ihr noch etwas nachrief.

«Du bist verrückt, Deborah!» schrie er laut. «Du weißt nicht, was du tust!»

O doch, dachte sie, ich hoffe nur, daß du mir eines Tages verzeihen wirst.

31

Daniel

Ein Paradoxon: Warum verblassen selbst die glücklichsten Stunden des Lebens im Laufe der Zeit, während man, so sehr man sich auch bemüht, auch nicht die kleinste Einzelheit einer Katastrophe jemals vergessen kann?

Genau um 5.16 Uhr am letzten Mittwoch im Mai 1978 lag ich selig schlafend im Hotel Ritz in Chicago, als ich durch Deborahs Anruf geweckt wurde. Ihre Stimme verriet Panik.

«Ist was mit Eli?» erkundigte ich mich besorgt.

«Nein, nein, Danny. Es geht um Papa...»

«Ist er krank?»

«Noch nicht, aber ich glaube, dieser Skandal wird ihn noch umbringen», antwortete sie. «Er hat die ganze Nacht mit den Ältesten zusammengesessen.»

«He, es ist früher Morgen», protestierte ich, während meine Angst ständig zunahm. «Ist die Synagoge verwüstet worden?»

«In gewissem Sinn schon. Papa ist von einem seiner Rabbis betrogen worden. Und einmal darfst du raten, wer dieses Schwein ist.»

«Doch nicht etwa Schiffman in Jerusalem?» mutmaßte ich.

«Sein Name sei auf ewig gelöscht!» Deborah spie den uralten Fluch unseres Glaubens fast heraus.

«Was hat er getan? Beruhige dich bitte, Deborah, sonst kapiere ich überhaupt nichts.»

«Du wirst schon noch kapieren», gab meine Schwester verbittert zurück.

Und dann berichtete sie mir alles haarklein.

Wie es schien, hatte sich der nach außen hin so asketische Rebbe Schiffman seit Jahren aus unserer Kasse «bedient». Das ist eine höfliche Umschreibung für die Veruntreuung von Geldern, die fromme Gläubige gespendet hatten, damit arme Jungen in Jerusalem studieren konnten. Einige Spenden waren arglos sogar an eine Adresse überwiesen worden, die sich als Schiffmans persönliches Postfach entpuppte.

Dann berichtete mir Deborah von einem Zwischenfall, der sich während ihrer Sklaverei in dem heruntergekommenen Haushalt des Rabbi ereignet hatte.

Damals gab es ein sehr großzügiges, gutherziges Ehepaar aus Philadelphia – Irv und Doris Greenbaum, kinderlose Selfmade-Millionäre. Schiffman hatte ihnen beim Lunch im King David Hotel irgendwie 500 000 Dollar abgeschwatzt. Ihre Spende sollte für ein dringend benötigtes Dormitorium verwendet werden. Irgendwie jedoch landete das Geld auf einem Konto in Zürich.

Vor kurzem, einige Monate nach Mr. Greenbaums vorzeitigem Hinscheiden, hatte sich seine Witwe in Begleitung ihrer Nichte Helene auf die Reise gemacht, um alle Stätten zu besuchen, die sie und Irv mit den Früchten ihrer gemeinsamen Arbeit bedacht hatten.

Zunächst besuchten sie ein Ausbildungszentrum für Jugendliche in der Hafenstadt Ashkelon, wo sie mit großer Freude von den zahlreichen armen Einwanderern aus den arabischen Ländern erfuhren, die von den technischen Kenntnissen, die ihnen dort vermittelt worden waren, äußerst vorteilhaften Gebrauch gemacht hatten.

Am folgenden Morgen waren sie in Jerusalem mit einem Taxi nach Mea Shearim gefahren und hatten den Chauffeur gebeten, sie vor der Jeschiwa *B'nai Simcha* abzusetzen.

Als sie dort eintrafen, sahen sie ein schmales, zweistöckiges Gebäude, offensichtlich ein ehemaliges Wohnhaus, das als Schule benutzt wurde. Ein Dormitorium schien nicht zu existieren.

«Hier muß ein Irrtum vorliegen», flüsterte Doris ihrer Nichte zu; dann erkundigte sie sich bei dem Taxifahrer: «Sind Sie sicher, daß dies die Adresse ist, die Ihnen der Portier gegeben hat?»

«Selbstverständlich, aber gewiß doch», antwortete der Mann, schwenkte mit der einen Hand einen Zettel und deutete mit der anderen auf ein Schild über dem Gebäude. «Sehen Sie doch! Da steht deutlich *Jeschiwa B'nai Simcha.*»

«Tut mir leid», sagte Helene, «aber wir können nicht Hebräisch lesen. Ich könnte ja jemanden anhalten und fragen.»

«Nein, nein, nur das nicht!» warnte der Taxifahrer hastig. «Hier darf kein Mann mit Frauen reden, und die meisten Frauen weigern sich, mit Fremden zu sprechen. Lassen Sie das lieber mich machen.»

Die beiden Besucherinnen warteten im Taxi, das allmählich zum Backofen wurde, während der Fahrer einen Passanten zu finden versuchte, der liberal genug war, um mit einem Mann zu reden, der kein Käppchen trug.

Plötzlich kam er zurückgelaufen, steckte den Kopf zum offenen Fenster herein und erklärte: «Dieser Mann da versichert, daß das alles ist. Sie haben kein Dormitorium. Die Studenten wohnen in Kost und Logis bei verschiedenen Familien.»

Mrs. Greenbaum wurde hysterisch. «Aber das ist vollkommen unmöglich!» rief sie erregt. «Irv und ich haben das Geld dafür vor fast zehn Jahren gespendet. Wir müssen sofort mit Rabbi Schiffman sprechen!»

Abermals machte der Taxifahrer sich auf die Suche, ja, wagte es sogar, die geheiligten Tore der Jeschiwa zu passieren. Fünf Minuten später kam er wieder heraus und ging langsam zu seinen Passagieren zurück.

«Tut mir leid, aber er ist nicht mehr hier», berichtete er den Damen.

«Was soll das heißen?» wollte Mrs. Greenbaum wissen.

«Die Jeschiwa wird jetzt von seinem Assistenten geleitet. Der Rebbe hat mit seiner Familie vor über einem Monat das Land verlassen, behaupten sie.»

«Aber das verstehe ich nicht!» Mrs. Greenbaum erregte sich immer mehr. «Ich habe ihm doch geschrieben und ihm genau erklärt, an welchem Tag wir hier ankommen würden.»

Ihre Nichte hatte die Situation inzwischen begriffen. «Das war vermutlich genau der Grund, aus dem er von hier verschwunden ist.»

Nach der Rückkehr ins Hotel telefonierte Helene mit Mort, ihrem Anwalt-Ehemann in den Staaten, denn dieser hatte ursprünglich die Überweisung des Geldes veranlaßt.

Obwohl in Philadelphia der Tag noch nicht ganz angebrochen war, versprach ihnen Mort, ins Büro zu fahren und sie von dort aus zurückzurufen.

Ein paar Stunden später war er im Besitz einer Bestätigung der Bank, daß diese das Geld Anfang 1969 auf das in den Anweisungen angegebene Bankkonto überwiesen hatte.

Also rief Mort unter dem Vorwand, die Greenbaum Foundation wünsche der *B'nai Simcha*-Gemeinde in Jerusalem abermals eine Spende zukommen zu lassen, die betreffende Bank in Jerusalem an und bat um Bestätigung, daß sich die Kontonummer der Gemeinde inzwischen nicht geändert hatte.

Seine schlimmsten Befürchtungen schienen sich zu bewahrheiten. Das Konto war vor fast drei Jahren aufgelöst worden.

Die Unterlagen erwiesen, daß die 500 000 Dollar innerhalb eines Tages nach ihrem Eintreffen auf ein Konto in Zürich überwiesen worden waren. Das war alles, was der Bankier auf Grund des Bankgeheimnisses zu sagen vermochte. Falls der amerikanische Anwalt weitere Informationen wünsche, müsse er das normale Protokoll befolgen.

Zwei Tage später saßen die drei Greenbaums in Philadelphia in Morts Büro und konferierten per Mithörtelefon mit dem internationalen Leiter aller *B'nai Simcha*-Gemeinden, Rav Moses Luria.

Mort hatte inzwischen Nachforschungen angestellt und in Erfahrung gebracht, daß der gute Rebbe Schiffman sich im Laufe der Jahre nahezu zwei Millionen Dollar angeeignet hatte und gegenwärtig irgendwo in der Schweiz residierte – offenbar in Reichweite seines Geldes.

Deborah zufolge war Papa vor Schock und Kummer fast außer sich gewesen, vor allem, als der Anwalt ihn davon in Kenntnis setzte, daß der Reporter eines Nachrichtendienstes schon Wind von der Sache bekommen hatte und nicht ewig in Schach gehalten werden konnte.

Mort hatte versprochen, alles zu tun, was in seiner Macht lag, um die

Angelegenheit so weit wie möglich zu regeln, bevor die Presse den Skandal in die Fänge kriegte.

Wenn er eine Liste der Spender aus den vergangenen zehn Jahren bekam, wollte Mort sofort die beteiligten Parteien kontaktieren, sie zum Schweigen verpflichten und ihnen erklären, daß das gesamte fehlgeleitete Geld zurückgegeben werden würde.

«Aber woher soll ich so viel Geld nehmen?» hatte Vater hilflos gestöhnt.

«Tut mir leid, Rav Luria», hatte der Anwalt erwidert, «aber Wunder sind nicht mein Ressort, sondern das Ihre.»

Ich fragte Deborah, welche Notmaßnahmen Papa zu ergreifen gedachte, obwohl ich wußte, daß eine zweite Hypothek auf die Schule traurigerweise mehr als nur unzureichend ausfallen würde.

Auch Deborah wußte genau, daß unsere Leute auf gar keinen Fall eine so immense Summe Geld aufzubringen vermochten. Aber Vater werde sich nicht geschlagen geben, erklärte sie. Im Gegenteil, er habe eine Sitzung der gesamten Gemeinde einberufen, die um sieben Uhr abends in der *schul* stattfinden sollte.

«Danny», flehte mich Deborah an, «könntest du nicht etwas tun?»

Ich war wie vom Donner gerührt und vermochte kaum vernünftig zu denken. Gewiß, ich war reich, aber kein Mensch hat eine solche Geldsumme so angelegt, daß er sie innerhalb von 24 Stunden flüssig machen kann. Obwohl mir das Herz unendlich schwer wurde, versuchte ich, meine Schwester zu beschwichtigen.

«Beruhige dich, Deb, und beruhige vor allem Papa. Ich werde dich in genau drei Stunden zurückrufen.»

«Gott sei Dank, Danny!» gab sie zurück. «Du bist unsere einzige Hoffnung.»

Ich legte auf – erleichtert, daß ich wenigstens sie hatte trösten können.

Das einzige Problem war nur, ich hatte keine Ahnung, was zum Teufel ich unternehmen sollte.

32

Deborah

Um 18.45 Uhr war die Synagoge so brechend voll, daß es nicht genug Plätze für die jüngeren Männer gab, die von ihren Universitäten zurückgekehrt waren, um an dieser außerordentlichen Sitzung teilzunehmen. Oben auf dem Balkon saßen die jüngeren Frauen sogar auf den Treppenstufen.

Pünktlich um 19.00 Uhr erhob sich Rav Luria, grau und zittrig, und schleppte sich zum Podium. Mit deprimierter Miene musterte er das Meer der Gesichter, die verunsichert zu ihm emporblickten.

«Freunde», begann er, «wir sind hier in einer Stunde äußerster Gefahr zusammengekommen. Einer Gefahr, die so groß ist, daß unser heutiger Beschluß darüber entscheiden wird, ob wir zusammenbleiben können oder, in tausend Stücke zersprengt, uns im Leeren verlieren. Ich übertreibe nicht. Und fürchte auch nicht, daß irgendein Wort, das hier gesprochen wird, über diese Mauern hinausdringen wird, denn in unserer Gemeinde ist es nicht üblich, daß der Bruder den Bruder verrät.»

Er stieß einen tiefen Seufzer aus. «Vielleicht hätte ich es nicht so formulieren sollen. Denn einer von uns hat den Kain gespielt. Und da es der Schuldige nicht verdient hat, anonym zu bleiben, lassen Sie mich erklären, daß Rebbe Lazar Schiffman, der Leiter unserer Jeschiwa in Jerusalem, mitsamt dem Geld geflohen ist, das im Laufe der Jahre im Vertrauen darauf gespendet wurde, daß es zur Förderung unserer Glaubenslehre verwendet werde.»

Unter den zahlreichen Anwesenden entstand Gemurmel, das der Rav abwartend abschwellen ließ. Er rechnete damit, daß das Gefühl gemeinsamer Verzweiflung den Willen zur Tat in den Zuhörern stärken würde.

«Nun könnte ich diese Angelegenheit natürlich den weltlichen Behörden übergeben, damit sie den Fall als Diebstahl aburteilen, der er ja wohl auch ist. Aber das würde auch uns um unseren guten Namen bringen, der, wie die Thora uns lehrt, unser wertvollster Besitz ist. Statt dessen habe ich euch heute abend zusammengerufen, um eine außergewöhnliche Bitte an euch zu richten. Unsere Gemeinde hat nahezu 1000 Mitglieder. Einige davon sind Lehrer, Ladeninhaber, Männer mit bescheidenem Einkommen. Es gibt aber auch Geschäftsleute darunter, die einen beträchtlichen Reichtum besitzen. Wir könnten uns vor Schande bewahren, indem wir Geld aufbringen, und zwar die Summe von ...» Er hielt inne, um tief durchzuatmen, und vermochte eine so ungeheure Summe dennoch kaum auszusprechen. Schließlich sagte er: «... Nahezu zwei Millionen Dollar.»

Abermals Gemurmel. Die Luft war spürbar von Angst erfüllt.

«Wir haben schon zwei Hypotheken auf diese Synagoge und unsere Schule aufgenommen, aber das ergibt nur wenig mehr als 200 000 Dollar. Der Rest muß irgendwie von unseren Brüdern kommen. Vergeßt nicht», fuhr der Rav eindringlich fort, während seine Stimme vor Bewegung bebte, «wenn wir es nicht schaffen, wird man uns alle als Kriminelle bezeichnen.

Dies ist keine Sammlung wie an Jom Kippur, wo wir Zeit haben, nach Hause zu gehen und alles zu besprechen, zu überlegen, abzuwägen, zu vergleichen. Ihr müßt eure Rücklagen bis zum Äußersten strapazieren – hier und jetzt!»

Während der Rabbi sprach, verteilten Küster Isaacs und einige der älteren Schuljungen jedem Mitglied der Gemeinde ein am Nachmittag vervielfältigtes Formular. Oben verteilten Schülerinnen die Zettel an die Frauen.

«Nachdem ihr diese Blätter ausgefüllt habt», schloß Rav Luria, «schlage ich vor, daß ihr aufsteht und die Psalmen zu beten beginnt ...»

Jetzt war das Gemurmel am lautesten. Das Rascheln von Papier und das Quietschen von Schuhsohlen auf dem alten Holzboden verstärkten die Geräusche noch.

Nach einigen Minuten schon standen die Gläubigen, die ihre Rücklagen zu plündern versprochen hatten, einer nach dem anderen auf, um ihre Seele im Gebet zu erheben.

Inzwischen fand auf der Kanzel ein außergewöhnliches Ritual statt. Küster Isaacs las Dr. Cohen und zwei weiteren Ältesten der Gemeinde leise den Inhalt der Spendenformulare vor.

Mit dieser Aufgabe waren sie 45 Minuten lang fieberhaft beschäftigt, als Rav Luria einen so hörbaren Seufzer ausstieß, daß die Betenden abrupt verstummten.

«Bedauerlicherweise muß ich feststellen, daß wir auch nicht annähernd genug haben. Unsere Schande ist nicht abzuwenden. Ich werde eine kurze Erklärung abfassen, in der ich uns von Rebbe Schiffmans Handlungsweise zu distanzieren versuche und Schadenersatz verspreche, und wenn es hundert Jahre dauern sollte.»

Plötzlich ertönte eine Stimme vom Balkon.

«Einen Augenblick, Papa.»

Alle Köpfe wandten sich um und blickten nach oben.

Normalerweise hätten die Männer heftig jede Frau beschimpft, die es wagte, sie hinter der *mechitza* hervor zu stören; dies aber waren besondere Umstände. Außerdem handelte es sich um die Tochter des Rav.

«Ja, Deborah?» antwortete der Vater ruhig. «Warum unterbrichst du uns?»

Sie trat dicht ans Balkongeländer und streckte den Arm aus. In der Hand hielt sie ein rechteckiges, rosa Blatt Papier.

«Rabbi Luria», sagte sie in würdevollem Ton, «mit Ihrer Erlaubnis möchte ich eine Erklärung abgeben.»

Da er spürte, wie gespannt seine Gemeindemitglieder auf Deborahs Erklärung warteten, antwortete er tonlos: «Bitte sehr.»

«*Ladies and gentlemen*», begann sie. Hinter sich spürte sie, wie die weiblichen Gemeindemitglieder unruhig wurden, weil sie ihnen Priorität gegeben hatte. «Was ich hier in der Hand halte», fuhr sie fort, «ist ein Bankscheck auf den Namen der *B'nai Simcha* über die Summe von ...» Sie hielt inne, denn auch sie besaß durchaus Sinn für Dramatik. Dann beendete sie den Satz: «... eine Million siebenhundertfünfzigtausend Dollar.»

Verwirrtes Aufkeuchen überall. Niemand, nicht einmal Mrs. Herscher auf dem Platz neben ihr, vermochte zu glauben, richtig gehört zu haben.

Trotz all seiner Weisheit war auch Rav Luria aufrichtig verblüfft. «Und dieser Spender – ist er nicht anwesend, damit wir uns bei ihm bedanken können?»

«Nein», antwortete Deborah. «Aber er erwartet keinen Dank. Er hat nur eine ganz einfache Bitte.»

Bevor der Rav fragen konnte, was das wohl sein mochte, hatten seine Schäfchen ihre Stimme wiedergefunden und stellten ihr lautstark dieselbe Frage.

«Unser Wohltäter möchte nur am Sabbatmorgen zur Thora gerufen werden und den Segen erbitten, den nur Rav Luria ihm erteilen kann.»

Vermutungen flatterten wie Vögel durch die Reihen der Gläubigen: Welch ein Gerechter muß dieser Mann sein! Alle Blicke richteten sich aufmerksam auf den Rav. An seinem Ausdruck erkannte sie, daß er inzwischen begriffen hatte, wem er diese gigantische Spende verdankte.

Dennoch waren sie bei seiner Antwort wie vom Donner gerührt.

«Du kannst deinem Bruder Daniel ausrichten, daß wir unsere Prinzipien niemals verraten werden – auch nicht in der schlimmsten Not. Erlösung kann man sich nicht erkaufen.»

«Soll das heißen, du lehnst ab, Papa?» fragte Deborah heiser vor Entsetzen.

«Allerdings, jawohl», sagte der Rav, der in unbeherrschtem Zorn mit der Faust auf das Lesepult hämmerte. «Ich lehne ab, ich lehne ab, ich lehne ab!»

Die gesamte Gemeinde war aufgesprungen. Stimmen ertönten. «Nein, Rav Luria!» schrien sie. Und: «Segne ihn, segne ihn!»

Und mitten in diesem Lärm vernahm er den schlimmsten Vorwurf von Deborah. «Um Gottes willen, Papa, sei doch nicht so egoistisch ...»

«Egoistisch?» schrie der Rav wütend, mit hochrotem Gesicht. «Wie kannst du es wagen –»

Unvermittelt faßte er sich an die Brust und begann zu schwanken.

Die Gemeinde schwieg erschrocken, noch bevor der zusammenbrechende Körper auf dem Boden aufschlug.

Auf dem Balkon riß Rachel Luria den Mund zu einem Entsetzensschrei auf, brachte aber keinen Ton heraus.

Die Zeit schien stillzustehen, als Dr. Cohen neben dem Rav niederkniete. Und gleich darauf hörte man auch noch im hintersten Winkel, wie er flüsterte: «Er ist tot. Rav Luria ist tot.»

In dem Moment, da die Gläubigen den traurigen Befund des Arztes vernahmen, reagierten sie instinktiv und stimmten unisono das Gebet an, das bei der Nachricht vom Tod eines geliebten Menschen gesprochen wird: «Gesegnet sei der Herr – ein gerechter Richter.»

Die Stille, die darauf folgte, wurde nur unterbrochen von dem schrecklichen Geräusch, als alle Anwesenden zum Zeichen der Trauer einen Teil ihrer Bekleidung zerrissen. Es klang, als würden die Himmel selbst in Stücke zerfetzt. Ein großer Menschenführer war in aller Öffentlichkeit gestorben, und nun waren sie alle verpflichtet, sich zu demütigen.

Sowohl das Deuteronomium als auch der *Talmud Sanhedrin* bestimmen, daß ein Verstorbener, wenn irgend möglich, am Tag seines Todes beigesetzt werden muß, und sei es um Mitternacht. Daher wurden für einen so bedeutenden Mann wie Moses Luria alle Anstrengungen gemacht, um sofortige Maßnahmen zu treffen.

Wie durch Zauberhand tauchten auf einmal mehrere Gestalten auf, Mitglieder der *Chewra kaddischa* – der Heiligen Bruderschaft.

Niemand wußte, wer sie gerufen hatte. Und doch waren sie da, eine spezielle Gruppe frommer Männer, jederzeit bereit, ihre traurige Pflicht, den Toten zu ehren, zu erfüllen.

Sie brachten Rav Lurias Leichnam in sein eigenes Haus zurück. Und während seine Frau und seine Töchter mit den anderen Frauen zusammen in einem der unteren Räume weinten und wehklagten, trafen die Männer der Bruderschaft die Vorbereitungen für eine Beisetzung um Mitternacht.

Dr. Cohen und Onkel Saul, die Ältesten, die die Gemeinde vertraten, standen als stumme Zeugen dabei, während die Heilige Bruderschaft sich bei Kerzenlicht ans Werk machte. Die mystische Tradition verlangte, daß der Leichnam von 26 Wachskerzen umgeben war.

Der Leiter rezitierte ein uraltes Gebet, das aufs erste Jahrhundert zurückging. Darin wurde der Allerhöchste gebeten, zu gewähren, daß der Verstorbene «unter den Gerechten im Paradies wandeln» möge.

Psalmen und Bibelverse murmelnd, legten die Heiligen Brüder ein Laken über Beine und Körper, denn bei einem Mann vom Rang des Rav durfte niemals die Blöße zu sehen sein. Dann wuschen sie ihm Kopf und Haare mit verschiedenen Flüssigkeiten, unter anderem rohen Eiern, säuberten den übrigen Körper unter dem Laken und verschlossen alle Körperöffnungen mit Watte.

Dann richteten zwei Brüder den Leichnam auf und hielten ihn senkrecht, während die anderen in einem steten Strom Wasser über den Toten gossen und dazu sangen: «Er ist rein. Er ist rein. Er ist rein.»

Anschließend wickelten sie den Körper in ein handgesäumtes Leichentuch, seinen Gebetsmantel und eine Kapuze für den Kopf.

Aber noch eine letzte Zeremonie war erforderlich, bevor das Gesicht des Toten mit einem Schleier bedeckt werden konnte.

Der Leiter der Bruderschaft wandte sich an Dr. Cohen.

«Diese Handlung sollte der Sohn vollziehen.»

«Wir haben Danny verständigt», erklärte der Arzt, «er ist schon unterwegs, von Manhattan hierher. Aber wer weiß, wie lange er brauchen wird. Die Zeit drängt. Außerdem ist Rebbe Saul hier ebenfalls ein Familienmitglied.»

«Nein», entschied der Leiter energisch. «Es muß der Sohn sein. Wir werden noch ein wenig warten.» Alle standen reglos da, einige sprachen Gebete, bis Daniel Luria schließlich schüchtern das Zimmer betrat – mit einem Gesicht, das ebenso leichenblaß war wie das seines verstorbenen Vaters.

«Danny», begann sein Onkel mit einer Stimme, die auch geflüstert noch eine Oktave tiefer klang als alle anderen. «Ich bin froh, daß du gekommen bist.»

Der soeben Eingetroffene war sprachlos. Aber der Blick, den er unsicher im Zimmer umherwandern ließ, verriet tiefe Angst.

33

Daniel

Was ich empfand, ging weit über die schlimmste Angst hinaus. Es war eine Art tödliche Panik, entstanden aus der Erwartung, unmittelbar für seinen Tod verantwortlich gemacht zu werden, und vor allem der Furcht, den Leichnam meines Vaters *anzusehen*.

Die furchtbarste Qual aber verursachten mir die Hoffnungen, die durch Deborahs Anruf zerstört worden waren. Welch eine Ironie! Aufgeregt hatte ich neben dem Telefon gesessen, um die freudige Nachricht entgegenzunehmen, daß mein Vater sich einverstanden erklärt habe, mich zu segnen und wieder in die Arme zu schließen. Statt dessen informierte mich meine Schwester mit von Kummer erstickter Stimme, daß der Mann, dessen Liebe ich mit jeder Faser meines Wesens ersehnte, mich sogar im Tod noch zurückgestoßen hatte.

Während der endlosen Taxifahrt von Manhattan bis hierher hatte ich verzweifelt über diese Vorgänge nachgedacht. Ich vermochte einfach nicht zu glauben, daß irgend jemand, der sich in diesem Zimmer aufhielt, in dem mein Vater lag, meine Gegenwart billigen konnte.

Aber obwohl ein verlorener, so war ich dennoch der einzige Sohn und hatte als dieser eine ganz spezielle Pflicht zu erfüllen.

Der Leiter deutete auf mich. Ich zögerte. Er stand am anderen Ende des Tisches und hielt einen dünnen Schleier in der Hand, aber ich glaubte den Anblick von meines Vaters unbedecktem Gesicht nicht ertragen zu können. Dann trat ich mehrere Schritte vor, vermochte aber immer noch nicht hinabzusehen.

Einer der Helfer streckte mir die geschlossene Faust entgegen und verlangte offenbar, daß ich entgegennahm, was sie enthielt.

«Dies ist geweihte Erde – Erde aus dem Heiligen Land. Du mußt etwas davon auf seine Augen streuen.» Damit leerte er den Inhalt seiner Faust in meine zitternden Hände.

Endlich faßte ich Mut genug, um einen kurzen Blick zu wagen.

Zu meinem Erstaunen wirkte mein Vater gütig. Ja, er schien genauso zu lächeln, wie ich es aus meiner Kinderzeit kannte, als ich auf seinen Knien gesessen hatte. Und plötzlich konnte ich seltsamerweise den Blick nicht mehr von ihm abwenden. Ich starrte Moses Luria an, den Mann, den ich verehrt, den ich geliebt – und gefürchtet – hatte, und wurde von einer völlig irrationalen Sehnsucht gepackt.

Bitte, laß dich von mir wecken, Vater! Könntest du mir nicht ein bißchen mehr Zeit geben, damit ich bewirken kann, daß du mich verstehst? Bitte, schlaf nicht für immer ein, während der Haß auf mich in deinem Herzen wohnt.

Onkel Saul berührte meinen Arm und unterbrach meine schmerzlichen Gedanken.

«Bitte, Danny», flüsterte er mir zu. «Es wird spät.»

Also nahm ich ein wenig Erde und ließ sie auf seine geschlossenen Augen rieseln – und als ich das tat, berührten meine Finger zufällig seine Stirn.

Sie war kalt, wirkte aber nicht leblos. Konnte es sein, daß er meine Gedanken gehört hatte? Der Leiter tippte mir auf die Schulter, bedeutete mir, zur Seite zu treten. Ich zwang mich, zu Onkel Saul hinüberzugehen, während die Brüder das Gesicht meines Vaters mit dem Schleier bedeckten und seinen Leichnam in den schlichten Fichtenholzsarg betteten.

Halb benommen folgte ich ihnen, als sie den Sarg die Treppe hinabtrugen. Ich sah, wie Mama und Deborah sich näher herandrängten, um einen letzten Blick auf Ehemann und Vater zu werfen.

Ich schob mich durch die vielen Menschen und umarmte sie beide. Deborah war stumm vor Schmerz. Mama aber bat mich leise: «Sag ihm, daß ich ihn immer lieben werde, Danny.»

Doch erst, als ich das Haus verließ und auf den Leichenwagen zuging, überfiel mich plötzlich die Erkenntnis der ungeheuren Bedeutung dieses Augenblicks. Die dunklen Straßen waren mit Menschen gesäumt. Hunderte von ihnen, ja, vielleicht Tausende. Sie schoben mich an den Anfang des Trauerzuges, der sich allmählich formierte.

Und es waren nicht nur die *B'nai Simcha*. Hinter dem Leichenwagen herziehend, kamen wir durch andere Viertel, in denen Mitglieder anderer Glaubensgemeinschaften ehrfürchtig an der Straße standen, um ihm die letzte Ehre zu erweisen. Der fromme Ruf meines Vaters hatte sich über die engen Grenzen unseres Territoriums hinausverbreitet.

Als wir schließlich die Grenze zur Außenwelt erreichten, stiegen wir in mehrere Autos und begannen die Fahrt zum Friedhof. Nun war ich allein mit meinen Gedanken, die zu Mama und Deborah zurückkehrten. Da unsere Frauen den Friedhof nicht betreten durften, waren sie gezwungen, zu Hause zu sitzen, wurde ihnen die Ehre und der Trost verwehrt, mitanzusehen, wie Papa zur letzten Ruhe gebettet wurde.

Ich trauerte, glaube ich, um sie fast ebensosehr wie um ihn.

Plötzlich sah ich dann die Feuer.

Eine Sekunde zuvor noch hatte hinter den Fenstern unseres Wagens eine so tiefe Finsternis geherrscht, daß sie das Innere meiner Seele spiegelte. Und nun erschienen auf einmal überall Flammen. Dutzende von Männern umringten unseren Wagen und schwenkten riesige Fakkeln.

Sie holten den Sarg meines Vaters aus dem Leichenwagen, und wir begannen den düsteren Marsch zum Grab.

Einmal, während der sieben Stationen, an denen gebetet wurde, wagte ich es, einen flüchtigen Blick hinter mich zu werfen. Und sah Onkel Saul weinen, während er mit einer Stimme, die wie ein einziges, langgezogenes Stöhnen klang, einen Psalm betete. Hinter ihm kamen meine Schwäger, Dr. Cohen, die Ältesten und Hunderte von Menschen, die mir unbekannt waren.

Das Ungestüm ihres Schmerzes verwandelte die Beisetzung in eine Art von tanzenden Flammen beleuchteten Ekstase der Trauer, bei der mir schwindelte. Hin und wieder vermochte ich ein Wort zu verstehen, eine Passage aus einem Psalm.

Ich selber hätte ebenfalls beten sollen. Ich wollte es auch. Doch irgendwie war ich zu tief ergriffen, um Worte formulieren zu können.

Endlich erreichten wir das frisch ausgehobene Grab. Die Sargträger stellten den Sarg ab und warteten darauf, daß ich meine Sohnespflicht erfüllte, die Worte sprach, die jeder Jude auswendig kannte, als hätte er sein Leben lang für Augenblicke wie diesen geprobt.

Die riesige Menge wurde still, als ich mit einer Stimme, die sich kaum aus dem Gefängnis meiner Kehle zu befreien vermochte, das Kaddisch für Beerdigungen begann: «Gepriesen und geheiligt sei der Name des Herrn in Seiner Welt, die neu geschaffen werden wird, denn Er wird die Toten zum Leben erwecken und sie zum ewigen Leben führen...»

Nun stimmte die Gemeinde ein: «Gelobt sei Sein ruhmvoller Name bis in alle Ewigkeit.»

In diesem furchtbaren Moment mußte ich daran denken, daß dieses Gebet auch jenes war, das mein Vater bei meinem eigenen symbolischen Tod gesprochen hatte.

Die Sargträger senkten den Sarg ins Grab, während der Leiter betete: «O Herr und König, der Du voll Barmherzigkeit bist... in Deiner großen, liebenden Güte nimm auf die Seele des Rav Moses, Sohn des Rav Daniel Luria, der zu seinem Volk versammelt wurde...»

Als ich hörte, wie mein Vater als Sohn des Mannes bezeichnet wurde, dessen Name ich trage, erschauerte ich. Nur war mein Großvater natürlich *Rav* Daniel Luria gewesen.

Nach dem Gebet war es so still auf dem Friedhof, daß das Flackern der Fackeln fast wie Gewehrfeuer klang. Der Leiter der Bruderschaft winkte mir. Ich kannte meine Pflicht. Ich nahm den wartenden Spaten und schaufelte Erde auf den Sarg.

Als dann die anderen – die zahllosen, zahllosen anderen – meinem Beispiel folgten, sprach ich flüsternd Mamas Botschaft und ging davon, um mich in der Dunkelheit zu verlieren.

Während der traditionellen sieben Trauertage saßen wir in unseren zerrissenen Kleidern auf Kisten oder Hockern und ließen Millionen von gutgemeinten Tröstungsversuchen über uns ergehen.

Es war eine Art Zeitstillstand für uns, markiert nur dreimal täglich von den Andachtsperioden, in denen wir – die Männer – das Kaddisch beteten.

Einem uralten Brauch zufolge waren die Spiegel in unserem Haus entweder verhängt oder zur Wand gedreht worden. Niemand kennt genau den Ursprung dieser Tradition; ich persönlich aber bin der Meinung, sie soll verhindern, daß die Trauernden ihr eigenes Spiegelbild sehen und bei dem Gedanken, daß sie noch leben, vor Schuldbewußtsein ebenfalls sterben.

Die Würdenträger, die von überallher kamen, um uns zu kondolieren, vermochten nichts zu sagen, das meine Trauer gemildert hätte. Das einzige, was mir hätte helfen können, war Einsamkeit. Die aber war das einzige, was mir in dieser Situation versagt bleiben mußte.

Mama dagegen schien Trost bei ihren vielen Freundinnen zu finden, die sich um sie scharten und einen endlosen Strom von Seufzern und Silben von sich gaben, die wohl – wenigstens für ihre kranke Seele – auch eine Art Zuspruch darstellten.

Mir tat der kleine Eli leid. Kaum sieben Jahre alt, wurde er nicht nur durch das Geschehen selbst traumatisiert, sondern darüber hinaus durch den Anblick der weinenden erwachsenen Verwandten geschockt und durch die Unmengen schwarzgekleideter Fremder verängstigt, die zu allen Tageszeiten in unserem Haus aus und ein gingen und unablässig Gebete murmelten.

Schlimmer noch, es gab niemanden, der seinen speziellen Bedürfnissen angemessene Aufmerksamkeit schenkte. Zu sehr vereinnahmt von unserem eigenen Kummer, hatten Deborah und ich ihn schlicht im Stich gelassen.

Gewiß, im abstrakten Sinn begriff Eli den Tod. Soweit es jedoch seinen Großvater betraf, war dieses Phänomen zu überwältigend für ihn, um es zu verarbeiten. Schließlich standen seine Bücher noch alle säuberlich in den Regalen. Und sogar ein schwacher Tabaksduft hing noch in seinem Studierzimmer. Eli vermochte nicht zu glauben, daß «Granpa» nie mehr zurückkommen werde.

Während der Abendgebete behielt ich ihn bei mir, um ihm wenigstens zu zeigen, daß das Kaddisch ein ganz spezielles Gebet für seinen Großvater war.

Alle äußerten sich anerkennend darüber, wie tapfer Eli alles ertrug. Aber jeder, der nur ein Quentchen Verständnis besaß, würde natürlich erkennen, daß das genaue Gegenteil der Fall war.

Wenn meine älteren Schwestern keine Besucher empfingen, waren ihre Ehemänner da, um die Leere auszufüllen. Nur Deborah hatte zumeist niemanden – außer mir, wenn ich mich von meinen wohlmeinenden Tröstern zu lösen vermochte.

Verzweifelt wartete sie auf den Sabbat. Nicht, weil dann das Trauerritual beendet war. Sie hatte einen weit dringenderen Grund dafür, denn der Tag würde ihr endlich Gelegenheit geben, in aller Öffentlichkeit laut das Kaddisch zu beten, und zwar in den heidnischen Gefilden von Steve Goldmans Tempel Beth El.

Zu meiner Verwunderung erfuhr ich, daß mein Vater mich in seinem Testament von den Toten auferstehen ließ. Sein Letzter Wille bewies, was er im Leben nie ausgesprochen hatte: daß er die Hoffnung auf meine Bußfertigkeit niemals ganz aufgegeben hatte.

In diesem Dokument verlieh er der Zuversicht Ausdruck, der Vater der Welt werde mich dazu bewegen, meine Bestimmung zu akzeptieren und in seine Fußstapfen zu treten. Sollte es tatsächlich dazu kommen, versicherte er mich seines innigsten Segens.

Aber er war auch Pragmatiker. Für den Fall, daß die Person, die er als «mein Sohn Daniel» bezeichnete (das einfache Wort «Sohn» berührte mich im tiefsten Herzen), nicht in der Lage sei, diesem Wunsch zu entsprechen, bestimmte er, daß sein Gebetsmantel seinem geliebten Enkel Elisha Ben-Ami um die Schultern gelegt werde, der, wie er glaubte, ein großer Menschenführer werden würde.

Für den Fall, daß er sterben sollte, bevor Eli volljährig wurde, bestimmte Papa, daß Rebbe Saul Luria Eli lenken und leiten sollte, bis er alt genug war, die Verantwortung selbst zu übernehmen.

Deborah fühlte sich in einen unerträglichen inneren Aufruhr gestürzt. Ironischerweise war sie, die meinen Vater am innigsten liebte, diejenige gewesen, der er den tiefsten Schmerz zugefügt hatte. Sie hatte nicht das Trauma ihrer kompromißlosen Rebellion – wenigstens im symbolischen Sinne – durchgestanden, damit ihr nun der Sohn genommen wurde. Sie hatte nicht so mutig einen Sohn geboren, um ihn den Dogmen der Vergangenheit zu opfern.

Sie saß da, drehte ihr tränennasses Taschentuch in den Fäusten und schüttete mir ihr verzweifeltes Herz aus. Sie konnte ihre Bestürzung nicht unterdrücken. Seltsamerweise fühlte ich mich aufgerufen, Papa zu verteidigen.

«Versuch doch zu verstehen, Deb. Er hat das als *Ehre* verstanden.»

«Nein», antwortete sie verbittert. «Das war seine ganz persönliche Art, mich zu bestrafen. Ich kann nicht glauben, daß er nicht irgendwo in seinem Verstand wußte, was ich tat. Als er noch lebte, vermochte er mich nicht daran zu hindern, aber jetzt ... jetzt tut er es.»

«*Nein*, Deb», beharrte ich und packte sie bei den Schultern, «ich habe mich geweigert, und du kannst dich in Elis Namen weigern.»

Dennoch hatte sie ihre Zweifel. «Aber dann haben sie keinen Führer mehr. Die *B'nai Simcha* wird sich auflösen ...»

«Hör mal», redete ich ihr gut zu, «wenn es eines gibt, das unser Volk von allen anderen unterscheidet, dann unsere Fähigkeit, zu überleben. Sie werden es schaffen, Deb, das versichere ich dir. Inzwischen kannst du Gott danken, daß Saul stark und gesund ist und daß alle Respekt vor ihm haben. Sieh nur, wie schnell sie bereit waren, ihn als Führer anzuerkennen, bis Eli alt genug ist, um für sich selber zu sprechen.»

«Aber dann werden sie ihn fragen», protestierte Deborah.

«Ganz recht», antwortete ich. «Und dann kann er aus eigenem, freiem Willen nein sagen.»

Der Ausdruck auf ihrem Gesicht ließ darauf schließen, daß sie gern glauben wollte, was ich ihr sagte.

«Vertrau mir, Deborah. Erinnere dich an Hillels Worte: Sei dir selber treu und empfinde keine Schuld.»

Daraufhin sah sie mich prüfend an; ihr Gesicht war bleich, ihre Augen gerötet. «Empfindest du denn etwa keine Schuld?» wollte sie wissen.

Sekundenlang sah ich zur Tür, die in unser Wohnzimmer führte, wo ungefähr ein Dutzend Besucher Psalmen sangen.

Viele von ihnen hatten zu der Gruppe von Ältesten gehört, die mich, angeführt von Dr. Cohen, am Abend zuvor gestellt und versucht hatte, mich zur Nachfolge meines Vaters zu überreden. Ich hatte heftig protestiert, ihnen geschildert, wie ich vom rechten Pfad abgekommen war, und ihnen erklärt, daß ich moralisch unwürdig und spirituell gestorben sei.

Sie schienen mir nicht zuzuhören, sondern waren überzeugt, daß umfassende Reue mich in Gottes Augen reinwaschen werde. Sie hätten nicht nachgelassen, mich zu bedrängen, wäre Onkel Saul nicht dazwischengetreten, um sie zu bitten: «Laßt ihm Zeit, zu sich selber zu finden.»

Inzwischen ging unsere rituelle Trauerwoche dem Ende entgegen, und Saul – seit nahezu zehn Jahren Witwer – zog zu uns ins Haus. Obwohl ich wußte, daß er ein Trost für meine Mutter sein würde, war es für mich noch immer bedrückend, ihn an Vaters Schreibtisch sitzen zu sehen. Vor allem, als er mich hereinrief, um mir die schmerzlichste aller existentiellen Fragen zu stellen.

«Sag mir, Danny, was willst du mit deinem Leben anfangen?»

Schweigend zuckte ich die Achseln, unfähig, selbst diesem zutiefst guten Menschen zu gestehen, daß ich inzwischen in einem goldenen Dschungel lebte und mich hoffnungslos darin verirrt hatte.

34

Deborah

«Du spuckst auf das Grab deines Vaters!» schrie Malka.

Die gesamte Familie Luria war auf die Barrikaden gestiegen. Es war der erste Sabbatabend nach den sieben offiziellen Trauertagen, und weil Rachel darauf bestanden hatte («Jetzt bestimme ich in diesem Haus!»), durfte Danny daran teilnehmen.

In der Außenwelt war die Zeit nicht stehengeblieben, und der Augenblick von Deborahs Ordination stand dicht bevor. Daher hatte sie diesen Abend als erste angemessene Gelegenheit gewählt, um zu verkünden, daß sie Rabbiner werden würde. Die Reaktion ihrer älteren Schwester war vorauszusehen gewesen. Die Heftigkeit dieser Reaktion allerdings nicht.

Rav Moses' Tod hatte eine Quelle der Kraft in Rachel freigelegt, von der kein Mensch etwas geahnt hatte. Nun wurde klar, daß ihr Ehemann trotz des Altersunterschieds große Achtung vor ihr gehabt hatte und sich weitgehend auf ihre Meinung verlassen hatte.

Die Nachfolge des Silczer Throns mochte vorerst noch in Frage stehen, daran jedoch, wer jetzt in der Familie Luria die Autorität besaß, bestand kein Zweifel. An jenem Abend war Danny Zeuge davon, wie Rachel sich von einer «jiddischen Mamme» zur Matriarchin entwikkelte. Majestätisch erhob sie sich und wandte sich an ihre Kinder.

«Hört mir zu, ihr alle, und hört gut zu! In diesem Haus wird kein einziges Wort des Hasses gesprochen. Verstanden?»

Deborah versuchte sich selbst zu verteidigen. «Ich wette, Malka, du weißt nicht mal, daß wir alle von einem weiblichen Rabbi abstammen ...»

«So etwas gibt es nicht!»

«An deiner Stelle würde ich meine Ignoranz nicht allzu offen zeigen. Sie hieß Miriam Spira und ist ein Ruhmesblatt in unserer Geschichte. Nun gut, man hat sie vermutlich nicht ‹Rav Miriam› genannt. Aber sie hat das Recht gelehrt, und nun, 500 Jahre später, sind die Lurias noch immer als Gelehrte bekannt.»

«Sie hat recht», mischte sich Danny ruhig, aber energisch ein. «Deborah hat absolut recht.»

«*Du*!» schrie Malka. «Du und deine Schwester! Ihr seid beide eine Schande für die Familie!»

Nun aber brach der kleine Eli, noch immer untröstlich über den Tod des Großvaters und eingeschüchtert von diesem neuerlichen Gefühlsausbruch, in Tränen aus. Danny nahm ihn auf den Arm, um ihn zu trösten. «Ich verstehe das nicht, Onkel Danny», schluchzte der Kleine.

«Eines Tages wirst du's verstehen», beruhigte Danny seinen Neffen, insgeheim erleichtert, daß er ihm nicht erklären mußte, warum gewisse Menschen den wundervollen Erfolg seiner Mutter als Schlag ins Gesicht des Allmächtigen betrachteten.

Die Reaktion ihrer Schwestern war so heftig, daß Deborah keinen Sinn darin sah, ihnen mitzuteilen, daß sie für das kommende Jahr eine Rabbinerstelle bereits so gut wie akzeptiert hatte. Die Aufgabe, die sie übernehmen wollte, war eine besondere Herausforderung. Die Mehrzahl ihrer Kommilitonen glaubten noch nicht genügend Selbstbewußtsein zu besitzen, um eine eigene Gemeinde zu führen, und wollten lieber Kopilot werden. So konnten sie ihre Ausbildung während der Arbeit vervollständigen – und aus den Fehlern der älteren Rabbiner lernen.

Mit ihren hervorragenden Zeugnissen vermochte Deborah sich jedoch sogar fast unmöglichen Kriterien zu stellen und sie zu erfüllen. Nachdem sie die anspruchsvolle Aufgabe des Wirkens in dieser entlegenen jüdischen Diaspora in New England bewältigt hatte – ganz zu schweigen davon, daß sie so gut wie ihr Leben lang ihren Vater hatte beobachten dürfen –, zögerte sie nicht, sich um den Posten des Senior Rabbi in einer relativ jungen und wachsenden Gemeinde zu bewerben.

Sie wollte in Auto-Reichweite von New York bleiben, damit Eli jederzeit seine Großmutter und alle Lieblingsplätze seiner frühen Kinderzeit besuchen konnte – den Park, den Zoo und den botanischen Garten.

Es fehlte nicht an entsprechenden Möglichkeiten, und Deborah fand ein Rabbinat, das ihr den Luxus gestattete, im waldreichen Connecticut zu leben und dennoch keinen allzu weiten Weg nach New York City zu haben.

Die Gemeinde Beth Shalom in Old Saybrook war relativ jung und der Prozentsatz der Intellektuellen aufgrund der Nähe zu Yale sehr hoch. Es gab keine Bekenntnis-Tagesschulen wie jene, die Eli in New York besucht hatte; aber die Fairchild Academy mit ihrem Ruf eines hohen akademischen Niveaus und einer liberalen Philosophie war mit dem Auto nur fünfzehn Minuten von dem grauen Schachtelhaus entfernt, das Deborah an den lieblichen Ufern des Long Island Sound gemietet hatte.

An dem Abend, an dem sie ihre Aufgabe offiziell übernahm, war Deborah so aufgeregt, daß sie mit Eli zu ihrem nächsten Nachbarn – Onkel Danny — ging, um einer Flasche Champagner den Hals zu brechen. Leider war ihr Bruder weit weniger begeistert, als sie es von ihm erwartet hatte.

Sobald sie allein waren, stellte Deborah ihn zur Rede.

«Du hast recht, Deborah, ich bin nicht glücklich mit dieser Idee», gestand er. «Du wirst es zwar nicht gern hören, aber ich glaube, Old Saybrook ist ein malerisches Refugium.»

«Wovor?»

«Vor ehefähigen Männern. Hast du jemals daran gedacht, als du dich beworben hast?»

«Ja», antwortete sie freimütig.

«Dann willst du also der erste Rabbi der Geschichte werden, der ein Keuschheitsgelübde ablegt – ja?»

«Ach, hör auf, Danny», protestierte sie, obwohl sie tief im Herzen wußte, daß er recht hatte. «Ich habe nichts dergleichen getan.»

«Doch», gab ihr Bruder zurück. «Durch deine Entscheidung für Old Saybrook hast du dich *ipso facto* selbst aus dem Verkehr gezogen.» Ein wenig wehmütig setzte er dann hinzu: «Außerdem werde ich unsere vertraulichen Gespräche vermissen. Du bist schließlich nicht nur meine Schwester, du bist auch mein persönlicher geistlicher Berater.»

«Schon mal was von Telefon gehört?»

«Aber Deb, das ist doch lange nicht dasselbe!»

«Du kannst an jedem Wochenende zu uns raufkommen», versicherte sie ihrem Bruder liebevoll. «Und außerdem haben wir zwei ganze Monate lang Sommernächte, in denen du mir dein Herz ausschütten kannst.»

Unglücklicherweise brachte Danny in den folgenden Wochen niemals so recht die Courage auf, der Schwester anzuvertrauen, was ihm wirklich schwer auf dem Herzen lag und an seinem Gewissen nagte.

Denn als die dankbare Gemeinde den Scheck einlöste, der ihre Rettung gewesen war, nahm sie leider damit Geld an, das ihm im Grunde gar nicht gehörte.

Da ihm weniger als ein Tag Zeit geblieben war, um eine so ungeheure Summe aufzubringen, hatte er seine eigenen Aktiva nicht rechtzeitig flüssigmachen können. Und darum, durch einen verzweifelten Computertrick, die Summe vorübergehend von den Konten der Firma McIntyre & Alleyn «geborgt». Gewiß, er hatte sie in weniger als einer

Woche zurückgezahlt, und zwar mit Zinsen. Tatsache aber blieb, daß der noble Zweck nach den Buchstaben des Gesetzes niemals die unehrlichen Mittel heiligte.

Eines Tages, früher oder später, würde er die Konsequenzen seiner Tat tragen müssen.

FÜNFTER TEIL

35

Timothy

Während die Passagiere Timothys Jumbo zu verlassen begannen, wartete Father Hanrahan bereits am Gate des Kennedy Airport. Die beiden entdeckten einander sofort. Vor Überraschung blieb Tim stehen. «Wie in aller Welt sind Sie durch den Zoll gekommen?» fragte er.

«Kein Problem, mein Junge», erwiderte der alte Gemeindepfarrer augenzwinkernd. «Hat mich höchstens ein halbes Dutzend Segen gekostet. Die Burschen von der Einwanderung sind gottesfürchtige Menschen.»

Sie umarmten einander. «Tim, mein Junge», sagte sein erster Pfarrer tief bewegt. «Es tut so gut, dich wiederzusehen, vor allem mit diesem Kragen. Genau genommen ist das die einzige Veränderung an dir. Davon abgesehen siehst du noch immer genauso aus wie der Lausebengel, der dem Rabbi den Stein ins Fenster geworfen hat.»

«Sie haben sich auch nicht verändert, Father Joe», versicherte Tim voller Rührung. «Die Diözese, wie ich gehört habe, dagegen sehr.»

«Kann man wohl sagen», bestätigte der Alte, als sie auf die Paßkontrolle zuschritten. «Deine Tante und dein Onkel sind nicht die einzigen Iren, die nach Queens umgezogen sind. All die alten Gesichter sind inzwischen verschwunden. Und wie du weißt, hatten wir eine richtige Flut von Latino-Einwanderern.»

«Yo lo sé», erwiderte Tim ein wenig unsicher. *«Estoy estudiando como un loco.»*

Hanrahan lächelte. «Hätte ich wissen müssen, daß du dich gut vorbereitet hast. Wie dem auch sei, ich hab mich so durchgeschlagen, und der junge Father Díaz war mir dabei eine große Hilfe. Eine der Sonntagsmessen feiert er sogar auf spanisch. In mancher Hinsicht mögen uns unsere neuen Gemeindemitglieder ja fremd sein, im Glauben sind sie es jedenfalls nicht. Sie sind alle sehr fromm.»

«Dann scheint die Gemeindeschule noch zu florieren», meinte Tim.

«Äh, nicht unbedingt», erwiderte Hanrahan mit einem kurzen, nervösen Hüsteln. «Den Kindergarten und die erste Klasse haben wir zwar noch, aber die anderen Kinder müssen mit dem Bus nach St. Vincent's fahren. Offen gesagt, die meisten unserer Gläubigen scheinen spurlos verschwunden zu sein. Ohne die Latinos wäre die Kirche vermutlich ganz und gar leer.»

Bei der Vorstellung, kein Licht mehr in den Fenstern seiner alten Schule zu sehen, fiel ein Schatten auf Tims Herz. «Das ist schade», stellte er fest. «Wir hätten kein Schulgeld fordern dürfen.»

«Das hättest du mit deinen Freunden in Rom besprechen sollen», erwiderte der alte Priester seufzend.

Tim wußte nicht, wie er diese Bemerkung auslegen sollte. War seinem Pfarrer bekannt, in welch illustren Kreisen er sich seit kurzem bewegte? Vermutlich nicht. Er machte nur seiner Verbitterung über die Tatsache Luft, daß er seine Gemeinde weniger zahlreich zurücklassen mußte, als er sie übernommen hatte.

«Auf dich wartet natürlich ein Zimmer im Pfarrhaus», fuhr Hanrahan fort. «Aber du mußt mir verzeihen, Tim. Ich habe etwas sehr Egoistisches getan.»

«Wie bitte?»

«Meine Mutter ist vor drei Jahren gestorben ...»

«Das tut mir leid», unterbrach Tim ihn leise.

«Nun ja, sie war dreiundneunzig und so gut wie taub, also ist sie dort, wo sie die Engel singen hören kann, vermutlich besser aufgehoben. Jedenfalls lebe ich noch in unserer alten Wohnung und habe mir die Freiheit genommen, eines unserer Schlafzimmer für dich herrichten zu lassen. Offen gestanden, mein Junge, ich wäre unendlich dankbar für deine Gesellschaft.»

«Selbstverständlich, Father», antwortete Tim.

Der Träger, der Tims Koffer in Hanrahans alten Pinto wuchtete, lehnte ein Trinkgeld ab und bat die beiden Geistlichen statt dessen, dafür zu beten, daß seine schwangere Ehefrau diesmal einen Jungen zur Welt bringen werde.

Als sie wenige Minuten später auf den Brooklyn Queens Expressway einbogen, bemerkte der ältere Priester: «Gott, bin ich dankbar, daß ich wenigstens eine Weile das Vergnügen deiner Gesellschaft haben werde!»

«Sie denken doch wohl nicht ans Sterben!» scherzte Tim.

«Nein, nein, noch lange nicht. Es ist nur ...» Er hielt inne; dann sagte er traurig: «Sie werden dich nicht lange hier in Brooklyn bleiben lassen.»

«Bendígame, Padre. He pecado. Hace dos semanas que no he confesado.»

Als Geistlicher fand Timothy es eher problematisch, auf der anderen Seite des Vorhangs zu sitzen. Unter anderem, weil er sich immer noch unwürdig fühlte, die Pflichten eines Priesters auszuüben, vor allem die Rolle des Beichtvaters.

Hinter dem Gitter erbat ein junger Ehemann Absolution für seine eheliche Untreue.

«Ich konnte nicht anders, Father», behauptete er. «Diese Frau dort, wo ich arbeite, hat mich provoziert.»

Der Sünder holte tief Luft. «Ach was, ich glaube, ich mache mir selbst was vor. Mein Körper wollte sie. Ich konnte mich einfach nicht beherrschen.» Dann begann er leise zu schluchzen. «O mein Gott, kann ich jemals Vergebung erlangen für das, was ich getan habe?»

Dann kam der Augenblick, da Tim ermahnen, dem Gesetz Genüge tun, den Sünder strafen mußte. Wie ein Heuchler kam er sich vor. «Mein Sohn, Gott prüft uns zuweilen durch Versuchungen, um zu sehen, wie groß unsere Liebe zu ihm ist. Das sind die Augenblicke, da wir uns am stärksten zeigen und die Kraft unseres Glaubens beweisen müssen.»

Von Ricardo Díaz unterstützt, lernte Tim die Messe auf spanisch zelebrieren und vertiefte sich ganz in seine seelsorgerischen Pflichten. Es kam vor, daß er die Kirche erst gegen Mitternacht verließ. Doch unter seinen Gemeindemitgliedern wäre wohl niemand auf die Idee gekommen, daß Father Timothy sich tagsüber nicht auf die Straße wagte, weil er fürchtete, auf etwas zu stoßen, das ihn an Deborah Luria erinnert hätte.

Schließlich wurde die Spannung zu groß, und er beschloß, einen ersten Erkundungsgang zu unternehmen, weil er hoffte, dadurch seine nagende Neugier befriedigen zu können.

Er wählte einen verregneten Sonntag. Das Wetter war ihm gerade recht, weil ihn der schwarze Hut und der schwarze Regenmantel mit dem hochgeschlagenen Kragen nicht nur vor Nässe und Wind schützten, sondern auch unkenntlich machten, wenn er auf Luria-Territorium vorstieß.

Der Regen durchnäßte ihn bis auf die Haut. Aber der starke Wind bewirkte, daß die anderen Passanten ihren eigenen Regenschirmen mehr Aufmerksamkeit widmeten als ihm.

Zunächst ging er zur Synagoge. Sie stand noch da, fast so wie immer; nur die vergoldeten hebräischen Schriftzeichen auf dem Schild über der Tür blätterten ein wenig ab, und das ganze Gebäude schien vor Alter in sich zusammenzusinken.

Von hier aus waren es nur ein paar Dutzend Meter bis dahin, wo er vor so vielen Jahren – in mancher Hinsicht einer Ewigkeit – an den Freitagabenden für fromme jüdische Familien das Licht gelöscht...

...und ein frommes jüdisches Mädchen kennengelernt hatte.

Er ging weiter, obwohl seine Beine mit jedem Schritt schwerer zu werden schienen. Endlich stand er vor Rav Moses Lurias Haus und starrte es an. Er blickte zu dem Fenster hinauf, das er zerbrochen hatte – wann? Vor einer Ewigkeit.

Ein älterer, weißhaariger Mann bemerkte die unvertraute Gestalt, die reglos vor dem Haus des Rabbis stand. Und seine tief eingewurzelte Angst vor Außenseitern machte ihn argwöhnisch.

«Entschuldigen Sie, Mister. Kann ich Ihnen helfen?» erkundigte er sich.

Zur Erleichterung des alten Juden erwiderte der Fremde auf jiddisch: «Ich überlegte gerade, ob dies noch immer das Haus des Silczer Rebbe ist.»

«Natürlich! Warum denn nicht? Woher kommen Sie – vom Mars oder so?»

«Und der Rabbi – geht es ihm gut?»

«Warum sollte es ihm nicht gutgehen?» gab der Mann zurück. «Rav Saul ist kerngesund – Gott schütze ihn vor dem Bösen Blick.»

«Rav Saul?» fragte Tim verblüfft zurück. «Ist nicht Rav Moses der Silczer Rebbe?»

«Sie scheinen wirklich nicht auf dem laufenden zu sein, Mister. Waren Sie denn nicht hier, als Rav Moses von uns gegangen ist – er ruhe in Frieden?»

«Rav Luria ist tot?» Tim war erschüttert. «Das ist ja furchtbar!»

Der bärtige Alte nickte. «Vor allem unter so tragischen Umständen.»

«Was für Umständen?» wollte Tim wissen. «Und warum ist Daniel nicht sein Nachfolger?»

Der Alte wurde verlegen.

«Wissen Sie was, Mister? Sie stellen zu viele Fragen. Vielleicht wissen Sie ja nichts von diesen Dingen, weil es Sie nichts angeht.»

«Ich ... äh ... Es tut mir leid», stammelte Tim. «Es ist nur, weil sie gute Freunde von mir waren ... vor langer Zeit.»

«Nu ja, ‹vor langer Zeit› ist eine sehr lange Zeit», erklärte der alte Herr philosophisch. «Jedenfalls, Mister, wünsche ich Ihnen gute Rückkehr dahin, wo Sie hergekommen sind.»

Der Mann funkelte ihn aufgebracht an. Tim konnte nicht länger verweilen, um das Haus der Lurias zu betrachten und den stummen Steinen die Tragödie zu entlocken suchen, die sich hier ereignet hatte. Also bedankte er sich bei dem alten Mann, wünschte ihm Schalom und ging davon.

Allmählich wurde Timothy klar, daß sein Wunsch, nach St. Gregory's zurückzukehren, wenigstens zum Teil – vielleicht auch ganz und gar – der Sehnsucht entsprang, in der Nähe des Ortes zu sein, an dem Deborah früher gelebt hatte. Durch die Straßen zu wandern, durch die sie gewandert sein mußte. Sich vorzustellen, sie würde gleich um die Ecke gebogen kommen, und sei es am Arm eines anderen.

Inzwischen bedauerte er, nicht gründlicher nachgedacht zu haben, bevor er den Entschluß zur Rückkehr faßte. Denn diese Situation erwies sich als eine Art Fegefeuer, das er kaum zu ertragen vermochte; als eine selbstauferlegte Strafe, die seiner Seele die Liebe zur priesterlichen Arbeit entzog. Sie bewirkte, daß er ein halber Mann und ein halber Priester war – keines von beiden ganz, in beidem ein Versager.

Wenn dies die Probe war, auf die der Allmächtige ihn stellen wollte, dann hatte er wahrlich versagt und konnte jetzt nur noch voll Sorge auf Gottes Vergeltung warten – und sich fragen, in welcher Form sie ihn erreichen würde.

Das sollte er zu seiner unendlichen Qual schon bald erfahren.

Am glücklichsten war Tim, wenn er in der Gemeindeschule sein konnte. Dort stattete er häufig Besuche ab, lehrte die Kinder Gebete und fromme Lieder und versuchte die Liebe zu Gott in ihnen zu wecken.

Er begleitete sie auf ihren Ausflügen – vorgeblich, um die Verantwortung für sie zu übernehmen, in Wirklichkeit jedoch, weil er sich in ihrer Begleitung in der Außenwelt sicherer fühlte.

Eines sonnigen Vormittags besuchten sie den botanischen Garten. Das Wetter war wundervoll, und sein Herz wurde leicht. Denn wenn einige Teile dieser Gegend auch nahezu unkenntlich geworden waren: die Schönheit der Blumen hatte sich nicht verändert.

Er fühlte sich wieder jung. Und rein.

Es war so warm, daß die Kinder sich auf den Rasen setzen und dort ihre Sandwiches mit Milch verzehren konnten. Die Schwestern baten Tim, ein paar Worte zu sprechen.

Von den Wundern der Natur ringsum angeregt, zitierte er aus der Bergpredigt. Deutete mit der Hand auf die blühenden Gärten und sprach: «‹Betrachtet die Lilien des Feldes, wie sie wachsen! Sie arbeiten nicht und spinnen nicht. Ich aber sage euch, daß auch Salomo in all seiner Pracht ...›»

Mitten im Satz stockte ihm der Atem. Kaum zwanzig Meter von ihm entfernt ging eine dunkelhaarige Mutter mit ihrem kleinen Sohn an der Hand spazieren; lächelnd plauderten die beiden mit einer zierlichen, weißhaarigen Dame.

Es gab keinen Zweifel: Es waren Deborah und ihre Mutter. Und ihr Sohn.

Unvermittelt wurde ihm bewußt, daß seine kleinen Zuhörer ihn genau beobachteten, und er beeilte sich, das Zitat zu beenden.

«‹Wenn aber Gott das Gras des Feldes so kleidet ... wird er das nicht viel mehr euch tun?›»

Bemüht, seine Gefühle unter Kontrolle zu halten, fragte er eines der Mädchen: «Nun, Dorie, was hat Jesus wohl damit gemeint?» Und während das kleine Mädchen aufstand und mit seiner kindlichen Exegese begann, ließ Tim den Blick abermals über die Gruppe hinausschweifen.

Er vermochte Deborah kaum noch in der Ferne zu sehen. Aber selbst das genügte, um ihm das Herz zu zerreißen. Sie war wieder nach Hause gekommen. Und war mit einem anderen verheiratet. Mit einem Mann, den sie so sehr liebte, daß sie ihm ein Kind geboren hatte.

An diesem Abend ging er ins Eßzimmer und schenkte sich ein großes Glas Whiskey ein. Dann kehrte er ins Wohnzimmer zurück, rückte sich einen Stuhl ans Fenster und öffnete es, damit der Wind sein Gesicht kühlen konnte.

Er trank einen Schluck und machte sich selbst Vorwürfe.

Wieso, um Himmels willen, bist du überrascht? Hast du vielleicht gedacht, sie würde so eine Art jüdische Nonne werden und jeden Abend eine Kerze für dich entzünden? Du dämlicher Ire! Sie lebt inzwischen ihr eigenes Leben. Hat dich längst vergessen ...

Er hob das Glas und prostete ihr zu: «Gratuliere, Deborah Luria. Du hast mich aus deinem Gedächtnis gelöscht. Du hast keinen Gedanken mehr übrig für ... das, was wir einst waren.»

Wieder trank er und ließ den Alkohol seine wahren Emotionen

lösen. Anfangs merkte er es nicht, doch bald schon liefen ihm die Tränen über die Wangen.

Und er murmelte halblaut: «Gott verdamme dich, Deborah! Er kann dich nicht halb so sehr lieben wie ich!»

Das Gemeindetelefon wagte Tim nicht zu benutzen, nicht einmal das von Father Hanrahan, da Schwester Eleanor, seine Haushälterin, jeden Moment hereinkommen konnte.

Selbst bei der Wahl der Telefonzelle mußte er vorsichtig sein, weil er fürchtete, zufällig von einem Gemeindemitglied gesehen zu werden.

Voller Verzweiflung nahm er die Subway bis zur Fulton Street, suchte sich ein Bürogebäude mit einer Reihe öffentlicher Telefone und versteckte sich dort, wo er sicher sein konnte, weder gesehen noch gehört zu werden.

«Hallo, Tim. Wie schön, wieder mal von dir zu hören!»

«Ich danke Ihnen, Eminenz, daß Sie Zeit haben, meinen Anruf entgegenzunehmen.»

«Sei nicht albern! Ich freue mich immer, von dir zu hören. Aber vielleicht war es ein Wink des Schicksals, denn ich wollte dich ebenfalls anrufen. Was hast du auf dem Herzen?»

«Eminenz», antwortete Tim, «ich ... ich weiß nicht, wie ich's Ihnen sagen soll ...»

«Du klingst so verzagt, mein lieber Tim. Hoffentlich hast du nicht dein ... Engagement für den Glauben verloren. Hier in Boston laufen uns die Priester weg, als stünde die Kathedrale in Flammen.»

«Nein, nein», versicherte Tim hastig, «aber ich kann's Ihnen nicht am Telefon erklären. Dürfte ich rüberkommen und mit Ihnen unter vier Augen sprechen?»

«Selbstverständlich. Ich könnte dich gleich morgen früh einschieben, wenn dir das nicht zu zeitig ist.»

«Vielen Dank, Eminenz.» Tim stieß einen erleichterten Seufzer aus.

Auf einem Hügel in Brighton gelegen, wirkte die Villa des Kardinals nach römischen Maßstäben nicht eben großartig, für diese ehemalige Puritaner-Hochburg jedoch war sie recht luxuriös.

Tim wartete nervös auf einer Bank am Ende eines langen Marmorkorridors. Zehn Minuten später ging eine hohe Mahagoniflügeltür auf, und der Sekretär des Kardinals, ein dunkler, breitschultriger Kubaner, winkte dem Wartenden, einzutreten. Gleich darauf wurde er jedoch selbst abgedrängt, als der stattliche Mulroney persönlich zur Tür kam und rief: «Nur herein, mein Junge! Herzlich willkommen im Lande der Bohnen, des Kabeljaus und der Red Sox.»

Während er Tim den Arm um die Schultern legte, um ihn in einen kleinen, gemütlichen Salon zu führen, warf er einen Blick auf den kubanischen Priester zurück. «Father Jimenez bringt uns gleich Tee, dann können wir sofort anfangen. Ich hätte dich zum Mittagessen eingeladen, aber ich muß mit einem Lehrer-Ausschuß des Boston College dinieren und versuchen, mich gegen sie durchzusetzen, während sie versuchen, mir Geld abzuschwatzen. Ich fand, ich sollte dir diese Art von Belästigung lieber ersparen, bis du selbst Kardinal geworden bist.»

Seine Eminenz lehnte sich in dem Ledersessel zurück, dessen Farbe beinah genau zu der seines Habits paßte, und sagte: «Nun gut, mein Junge, ich habe deine Augen noch nie so trübe dreinblicken sehen. Du bist unglücklich. Also erzähl.»

Tim hatte die ganze Nacht zuvor überlegt, welchen Vorwand er erfinden, welche Story er verwenden – ja, sogar welche Lüge er notfalls vorbringen – sollte, damit der Kardinal ihn aus Brooklyn abzog.

«Seltsam, Tim», stellte Mulroney fest, «ich kenne dich nun, seit du ein rotwangiger Seminarist warst, und anschließend als Priester-Student in Rom, und in der ganzen Zeit bist du in meinen Augen nicht mal um einen Tag gealtert. Jetzt aber entdecke ich einen Schatten auf deinem Gesicht – und kann eigentlich nur daraus schließen, daß du dich in einer furchtbaren Krise befindest. Außerdem – ganz gleich, was du mir am Telefon erzählt hast – bist du auf einmal nicht mehr mit deinem Priesterberuf zufrieden. Stimmt's?»

«Nein, Eminenz», gab Tim eilig zurück, «ganz und gar nicht. Es ist nur...»

Dies war der Satz, den er nicht zu Ende zu bringen vermochte – bis er sich unvermittelt entschloß, trotz des Risikos die Wahrheit zu sagen.

«Es gibt da eine Frau...»

Der Prälat legte den Kopf in die Hände und murmelte: «Allmächtiger! Ich wußte, daß das kommen würde.»

«Mißverstehen Sie mich nicht», fiel Tim ihm hastig ins Wort. «Ich meine, es *hat* sie gegeben. Sie wohnte in meinem Sprengel...»

«Ja?»

«Aber das war lange, bevor ich ordiniert wurde», ergänzte er verzweifelt. «Ich war damals Seminarist und... jawohl, ich habe mit ihr zusammen gesündigt.» Er zögerte einen Moment; dann setzte er noch hinzu: «Ich habe sie von ganzem Herzen geliebt.»

Der Kardinal wurde unruhig. «Und nun?»

«Und nun bin ich wieder dort, wo ich ihr begegnen kann. Es ist unerträglich ...»

«Ist sie verheiratet?» unterbrach ihn der Prälat.

Tim nickte. «Und hat mindestens ein Kind.»

«Aha, gut!» Das konnte sich der Kardinal nicht verkneifen. «Hast du mit ihr gesprochen?»

«Nein. Ich habe sie nur aus der Ferne gesehen. Aber es war ...»

«Der Schmerz der Erinnerung?» erkundigte sich der Kirchenmann. Sein Ton verriet Mitgefühl.

«Ja. Genau. Ich glaube, wenn ich länger in St. Gregory's bleiben muß, werde ich noch verrückt.»

Zum Glück erschien Father Jimenez mit einem Teetablett und Butterkeksen. Als er es auf dem Tisch absetzte, blickte Mulroney lächelnd zu ihm auf. «Vielen Dank, Roberto, das übrige machen wir selbst.» Der Sekretär nickte zuvorkommend und verschwand.

Der Kardinal musterte Timothy, dessen blaue Augen Besorgnis verrieten, und lächelte. «Father Hogan, ich begann mich schon zu fragen, ob mein Glaube auf die Probe gestellt wurde. Aber, *Deo gratias*, du hast ihn mir zurückgegeben.»

«Ich verstehe nicht, Eminenz.»

»Weißt du, Tim, seit man mir die Ehre erwiesen hat, mir die Erzdiözese Boston anzuvertrauen, habe ich nach einem Vorwand gesucht, dich hierher versetzen zu lassen, damit ich ohne Teleskop zusehen konnte, wie dein Stern aufgeht. Und jetzt, ein paar Tage vor deinem Anruf, hat sich die perfekte Gelegenheit dazu geboten.»

Er hielt inne; dann fuhr er mit einer leichten Trauer im Ton fort: «Es tut mir nur leid, daß die Umstände ein wenig unglückselig sind. Als du damals am Greg warst – hast du da einen Matt Ridgeway kennengelernt?»

«Nur ein- oder zweimal gesehen. Er war zwei Jahrgänge über mir, aber seine Artikel im *Latinitas* habe ich immer gern gelesen. Er hat einen so wunderbaren Humor – ganz zu schweigen von seiner hervorragenden Beherrschung der Sprache.»

«Du kannst dir nicht vorstellen, was für Wunder er beim Lateinunterricht an unseren Schulen gewirkt hat», fuhr der Kardinal fort. «Ich habe ihn zum Sonderbeauftragten für Klassische Sprachen ernannt, und er ist im ganzen Commonwealth umhergereist, um – sozusagen – das Evangelium des Evangeliums zu predigen.» Der Prälat seufzte. «Er war ein so begabter junger Mann!»

«‹War›, Eminenz? Ist er krank?»

«Offen gestanden», antwortete Mulroney bedrückt, «ist sein Abschied symptomatisch für eine Art Krankheit innerhalb der Kirche selbst. Er möchte heiraten. Er kann das Alleinsein nicht mehr ertragen, behauptet er. Und, ehrlich gesagt, in diesem Punkt kann ich ihn sogar verstehen.»

«Ja, Eminenz.» Bei dieser unvermittelten Wendung zur Intimität, die das Gespräch nahm, schöpfte Tim Mut.

«Ich tue mein Möglichstes, um Matt zu helfen, damit er die Laisierung von Rom erhält, aber derartige Dinge werden immer schwieriger. Ich glaube, die Kurie, ganz zu schweigen von Seiner Heiligkeit, war ein bißchen schockiert über die Anzahl der Abgänge, nachdem Johannes XXIII. ‹das Fenster aufgestoßen› hat.

Wie dem auch sei, Tim, die Sache ist die, daß die Erzdiözese Boston keinen Beauftragten für Klassische Sprachen mehr hat, und auch keinen Kandidaten, der stark genug ist, sich diese Last auf die Schultern zu laden. Diese Tatsachen werden die Behörden bestimmt veranlassen, deiner sofortigen Versetzung zuzustimmen. Wann könntest du hierher umziehen?»

«Darf ich das mit Father Hanrahan besprechen? Ich möchte ihn nicht unnötig belasten.»

«Selbstverständlich, Tim. Aber ich bin fest überzeugt, daß mein alter Freund und Nachfolger, der Bischof von Brooklyn, ihm so rechtzeitig einen anderen P.A. verschaffen kann, daß du die Arbeit hier schon Anfang Juli aufnehmen kannst.»

Der Kardinal warf einen Blick auf seine Uhr. «Du liebe Zeit, wenn ich nicht pünktlich bin, werde ich den Glauben niemals gegen diese Deans vom B.C. verteidigen können!»

Bevor er an Bord des Shuttle-Fliegers ging, versuchte Tim Father Joe im Gemeindebüro anzurufen, um ihm die gute Nachricht mitzuteilen, erfuhr jedoch, daß Hanrahan bereits nach Hause gegangen war.

In diesem Moment kam der letzte Aufruf für seinen Flug. Und schon, als er hinübereilte, um die Maschine nicht zu verpassen, hatte er das Gefühl, als sei ihm eine Last von der Seele genommen.

Als Tim kurz nach acht Uhr abends wieder in Father Hanrahans Wohnung eintraf, wußte er sofort, daß etwas Schreckliches geschehen sein mußte.

Am Tisch, der nur für eine Person gedeckt war, saß die grauhaarige

Schwester Eleanor, starr wie eine Statue; ihr hageres Gesicht wirkte wie eine Maske der Trauer.

«Was ist los, Schwester? Wo ist Father Joe – ist er etwa krank geworden?»

«Nein, nein», antwortete sie, «aber er mußte sehr schnell fort, um die Sterbesakramente zu erteilen.»

«Wer liegt denn im Sterben?»

Die Nonne wurde auf einmal schneeweiß. «Ich weiß es nicht; jemand, der an Lungenentzündung erkrankt ist», antwortete sie nervös. «Den Namen habe ich nicht verstanden.»

Tim, der spürte, daß sie etwas vor ihm verbarg, ließ jedoch nicht locker. «Nun sagen Sie's schon», verlangte er.

Eingeschüchtert und verängstigt stieß die alte Nonne hervor: «Ihre Mutter, Father Tim. Er ist zu Ihrer Mutter gegangen. Sie hat nach ihm gefragt, sagt das Krankenhaus.»

Seine Mutter?

Wenn seine Mutter, wie Tuck und Cassie immer behauptet hatten, zu keiner vernünftigen Unterhaltung fähig war, ja nicht einmal den eigenen Sohn erkannte – wie konnte sie dann auf dem Sterbebett klar genug sein, um sich an Father Hanrahan zu erinnern und ihn holen zu lassen?

Tim jagte ins Büro der Kirchengemeinde und suchte in den Schreibtischschubladen hektisch nach dem Schlüssel zum Minibus, während er sich bei Father Díaz nach dem kürzesten Weg zum Mount St. Mary's Nursing Home erkundigte. Dann eilte er auf die Straße hinaus, setzte sich hinters Lenkrad, fingerte einen Moment herum, bis es ihm gelang, den Motor anzulassen, und startete den Wagen mit einem Bocksprung. Dann raste er mit Vollgas rücksichtslos durch die Straßen.

Als er neunzig Minuten später tanken mußte, entdeckte er auf dem Parkplatz der angrenzenden Raststätte plötzlich Hanrahans alten Pinto. Während der Tankwart seinen Wagen auftankte, lief er keuchend zum Restaurant hinüber, wo der alte Priester saß und zur Beruhigung seiner Nerven Tee trank.

Für Tim war dies kein Zeitpunkt für Höflichkeitsgesten.

«Also gut, Joe», sagte er kurz angebunden, «jetzt bitte keine Lügen mehr. Warum habe ich niemals meine Mutter besuchen dürfen? Den Rest der Strecke werde ich Ihren Wagen fahren, damit Sie mir wirklich *alles* erzählen können.»

Er brachte kaum genügend Selbstbeherrschung auf, um den alten Priester nicht durchzuschütteln.

Fünf Minuten später waren sie wieder unterwegs: Tim fuhr, und Joe Hanrahan versuchte verlegen, ihm alles zu erklären.

«Weißt du, Tim, sie halluzinierte. Behauptete Dinge, die einem das Herz brechen konnten.»

«Soll das heißen, Sie haben es selbst gehört?»

«Ja», gab der Priester zu. «Das war meine Pflicht als ihr Seelsorger.»

«Und was ist mit meiner Pflicht als *Sohn*?»

«Du mußtest dein eigenes Leben leben, mein Junge.»

«All diese vielen Jahre lang haben Sie mich angelogen!» schrie Tim aufgebracht.

Mit verkniffenem Mund saß Hanrahahn da, als sie von der Durchgangsstraße abbogen und eine schmale, kurvenreiche Landstraße emporjagten. Noch zehn Minuten, dann würden sie das Krankenhaus erreichen.

Und dort würde Tim die Antwort auf seine Fragen selber finden.

Steinerne Säulen, ein Eisentor. Ein Schild mit der Aufschrift «Mount St. Mary's Nursing Home».

Tim war viel zu erregt, um eine Bemerkung über den beschönigenden Ausdruck für «Anstalt» zu machen. Er konnte nur noch daran denken, daß er nach so vielen schmerzlichen Jahren endlich das Ziel seiner Kindheits-Sehnsüchte erreicht hatte.

Drei Nonnen, eine davon offensichtlich die Mutter Oberin, erwarteten sie an der Tür.

«Father Joseph», begrüßten sie ihn in einem Ton, der Besorgnis sowohl als Zuneigung verriet.

«Guten Abend, Schwestern. Tut mir leid, daß der Anlaß so traurig ist. Ach ja, das ist mein neuer Pfarramts-Assistent, Father Timothy.»

Zwei der Nonnen fanden nichts Besonderes an Tims Besuch. Die dritte jedoch, eine Novizin in den Zwanzigern, hatte es noch nicht gelernt, Priestern ins Gesicht zu sehen, ohne sie als Männer wahrzunehmen.

Die beiden anderen Schwestern nahmen Hanrahan in die Mitte, um ihn einen dunklen Korridor entlangzubegleiten.

Ein paar Schritte hinter ihnen wandte sich die junge Nonne an Timothy und sagte flüsternd: «Bitte, Father, nehmen Sie es mir nicht übel, aber mir fällt auf, wie sehr Ihre Augen den ihren ähneln.»

«Ja», gab er leise zurück, «ich bin ihr Sohn.»

«Das dachte ich mir», flüsterte sie. «Margaret hat oft von Ihnen gesprochen.»

Wirklich? schrie er innerlich.

«Und was hat sie gesagt?»

«Nun ja», erwiderte die junge Krankenschwester, «wie Sie wissen, hat sie Wahnvorstellungen. Bei allem Respekt, Father, aber Sie sind eindeutig nicht der Messias.»

«Nein», antwortete Timothy kaum vernehmbar. «Aber was hat sie gesagt, das nicht ihrem Wahn entsprang?»

Die Schwester errötete. «Sie seien ‹schön›. Und von Ihren Augen hat sie gesprochen.»

Sie hat mich höchstens eine Woche lang gesehen und erinnert sich noch immer an mein Gesicht, dachte Tim. «Sagen Sie, wie lautet eigentlich die Diagnose in ihrem Fall?»

«Das wissen Sie nicht? Nun, wenn Sie ihre Krankengeschichte lesen – und die ist über fünfundzwanzig Jahre lang –, werden Sie sehen, daß immer wieder das Wort ‹Schizophrenie› auftaucht.»

«Und was steht sonst noch in diesen Berichten?» erkundigte sich Tim rasch, als er sah, daß Father Joe mit den anderen Nonnen nach rechts um eine Ecke verschwand.

«Nun ja, in letzter Zeit hat sich ihr Zustand durch senile Dementia verschlimmert. Und durch diese furchtbare Lungenentzündung ist natürlich ihr Fieber gestiegen. Ich fürchte, ihr Anblick wird Sie sehr erschüttern, Father.»

«Ich bin darauf vorbereitet», antwortete Tim, der ins Leere starrte. Und verschwieg, daß er sich sein Leben lang auf diesen Augenblick vorbereitet hatte.

Am Ende des langen, stillen Korridors fiel ein Lichtschein auf das dunkle Linoleum. Er kam aus einer offenen Tür. Father Hanrahan und die beiden älteren Nonnen waren bereits eingetreten.

Eiskalte Angst ging Timothy durch Mark und Bein. Die junge Nonne, die das spürte, legte ihm sanft die Hand auf den Arm. Sie betraten das Zimmer.

Was Timothy dort sah, war kein menschliches Wesen, sondern ein ausgemergeltes Gespenst. Das runzlige, hohlwangige Gesicht war von wirren weißen Haarsträhnen umrahmt. Das einzige, was noch entfernt menschlich zu sein schien, waren die Augen.

Seine Augen.

Trotz der Schläuche in ihren Armen klammerte die Frau sich an die Gitterstäbe rings um ihr Bett. Sie wurde von einem furchtbaren Hustenanfall geschüttelt.

Dann begegneten sich ihre Blicke.

Stumm starrte Margaret Hogan ihn an. Und sie, die wahnsinnig war und im Sterben lag, wußte sofort, wer da in dem Moment in ihr Leben trat, als es zu Ende ging.

«Du bist... Timothy», keuchte sie heiser. «Du bist mein Sohn.»

Es hätte ihm fast das Herz gebrochen.

Dann flutete wieder eine Woge von Wahnsinn über ihr Bewußtsein hinweg. «Nein, du bist der Erzengel Gabriel oder Michael oder Elias, der kommt, um mich in den Himmel hinaufzuholen...»

Tim versuchte Father Hanrahans Aufmerksamkeit auf sich zu lenken. Ihn zu dem Eingeständnis zu zwingen, daß Margaret Hogan selbst jetzt noch, da sie schon fast auf dem Totenbett lag, noch immer ihren Sohn erkannte.

Sie hatten sich allesamt verschworen, ihn von der Mutter fernzuhalten.

«Ich wünsche, daß Sie alle hinausgehen», sagte Tim leise, aber mit eiskalter Ruhe.

Verständnislos wandte die Mutter Oberin ein: «Aber Father Hanrahan ist der...»

«Ich bin ihr *Sohn*», informierte Tim sie sofort.

Der alte Priester winkte den Schwestern, mit ihm hinauszugehen. Unvermittelt war Timothy mit der Frau allein, die ihn geboren hatte.

«Margaret», sagte er, um Selbstbeherrschung kämpfend, «können wir uns unterhalten?»

Sie starrte ihn ausdruckslos an.

«Ich bin gekommen, um dir die Ölung zu geben», ergänzte er.

«Du meinst, die Letzte Ölung», stellte sie fest.

«Ja.» Timothy nickte.

Father Hanrahan hatte seine Tasche auf dem kleinen Tisch stehenlassen. Tim holte die Stola heraus und legte sie sich um die Schultern. Mit der kleinen Ölflasche in der Hand nahm er am Bett seiner Mutter Platz. Er fragte sich, wie lange sie wohl klar bleiben würde. Ihr qualvolles Husten verstärkte seine Befürchtungen.

Er versuchte die Rolle des Priesters zu spielen. Für die Rolle des Sohnes war es zu spät.

«Margaret Hogan, ich bin bereit, deine Beichte zu hören», sagte er leise.

Die Reaktion der Mutter war ein Reflex. Sie bekreuzigte sich und murmelte: «Segne mich, Father, denn ich habe gesündigt. Seit meiner letzten Beichte sind dreihundert Jahre vergangen...»

O Gott, dachte Tim.

Dann begann sie von Engeln, Hexen, Dämonen zu phantasieren. Sie sei die Mutter eines Messias.

Tim bedeckte seine Augen mit der Hand und tat, als höre er ihr zu, während er angestrengt versuchte, das Weinen zu unterdrücken.

Und dann kam, wie ein heller Sonnenstrahl durch schwarze Hurrikanwolken, wieder ein Moment der Klarheit. «Du bist gar kein richtiger Priester. Du bist mein kleiner Junge, der sich verkleidet hat. Du bist mein kleiner Timmy, nicht wahr?»

Seltsamerweise erschütterte sie ihn in ihrer Klarheit mehr als in ihrem Wahn. Er versuchte, ruhig zu antworten. «Ja, Mutter, ich bin Timothy. Aber ich bin inzwischen erwachsen.»

«Und Priester geworden?» Flüchtig drückte ihre Miene Verständnislosigkeit aus. «Niemand hat mir gesagt, daß mein Baby ein Gottesmann ist.» Sie starrte ihn an.

Jetzt war der Moment da. Seine einzige Chance, sie zu fragen.

«Mutter, wer war mein Vater?»

«Dein Vater?»

Tim nickte und drängte sie: «Bitte, versuch dich zu konzentrieren. Sag mir, wer mein Vater war.»

Sie sah ihn an; lächelte. «Natürlich Jesus.»

«Jesus?» Mit seiner Stimme versuchte er sie zum vernünftigen Nachdenken zu bewegen. «Aber es kann nicht Jesus gewesen sein. Der sitzt zur Rechten Gottes. Denk nach. Ich weiß ja, daß es lange her ist.»

«O ja.» Sie nickte. «Sehr lange her, und ich habe so vieles vergessen. Kann mich nicht mehr erinnern. Nein, nein, ich glaube, es war Moses.»

«Moses?»

«Ja, natürlich», antwortete sie mit einem irren Ausdruck. «Ja, ja, jetzt erinnere ich mich. Moses kam in der Nacht zu mir. Er sagte mir, ich würde einen Sohn bekommen.»

«Einen Sohn?» versuchte Tim ihr weiterzuhelfen. «Und dieser Sohn bin ich?»

Sie sah ihn an. «Nein, nein, du bist ein Priester. Du bist gekommen, um mir die Letzte Ölung zu geben, damit ich wieder in Moses' Armen liegen und mein Baby Jesus sehen kann.»

Tim spürte, wie sich in seinem Magen ein harter Knoten bildete. Warum kann ich nicht zu ihr durchdringen? Warum kann ich nicht erreichen, daß sie es mir sagt?

Auf einmal stieß sie unvermittelt hervor: «Father, segne mich, denn ich habe gesündigt. Ich habe gesündigt mit...»

Sie konnte den Satz nicht mehr beenden. Sie fiel in ihre Kissen zurück, und nun hatte der Lebensatem sie endgültig verlassen.

Völlig benommen erfüllte Tim seine priesterlichen Pflichten. Er gab ihr die Ölung und erteilte ihr die Absolution.

«Im Namen des Vaters. Und des Sohnes. Und des Heiligen Geistes.»

Tim erhob sich und blickte auf sie hinab. Dann beugte er sich über sie, küßte sie auf die Stirn und wandte sich zum letztenmal ab.

«Nachdem es Gott, dem Allmächtigen, gefallen hat, unsere Schwester Margaret aus dem Leben zu sich zu rufen, übergeben wir ihren Körper der Erde, aus der er gekommen ist...»

«Amen», endete Timothy, und die übrigen Trauergäste an Margaret Hogans Grab sprachen es ihm nach.

Es waren nicht viele. Nur ihr Sohn, ihre Schwester, ihr Schwager und zwei von deren Töchtern. Bridget, die dritte, die inzwischen verheiratet war und in Pittsburgh lebte, sah keinen Grund, eine so weite Reise zu machen, nur um an der Beerdigung eines Menschen teilzunehmen, den sie niemals kennengelernt hatte.

Nachdem jeder eine Handvoll Erde auf Margarets Sarg geworfen hatte, gab Father Hanrahan das Zeichen, daß die Andacht beendet sei, und alle machten sich auf den Rückweg über den windgefegten Friedhof.

Tim blieb noch am Grab seiner Mutter stehen und sprach mit ihr so, wie er sein ganzes Leben lang mit ihr gesprochen hatte: durch Worte an eine unsichtbare Person.

Als er sich wieder zu der Gruppe gesellte, hörte er, wie Tuck Delaney, aufgedunsen und fast kahl, sich bitter bei Father Hanrahan beschwerte.

«Warum gab es keine Grabrede?» wollte er ein wenig verärgert wissen.

«Tut mir leid, Tuck. Aber ihr Sohn wollte es so.»

Der Onkel funkelte Tim böse an, doch dieser antwortete ernst: «Ich wollte keine Heucheleien hören. Außerdem hat es schon so viele Falschheiten gegeben, daß mir übel wird.»

«He, Timmy», tadelte Officer Delaney ihn, «ist das die Art, wie unsere Priester heutzutage reden?»

Father Hanrahan mischte sich ein. «Lassen Sie ihn in Ruhe.»

Schweigend kehrten sie zu der verstaubten Limousine zurück, die sie zum Friedhof gebracht hatte. Während die anderen einstiegen, blieb Tim wartend stehen.

«Nun komm schon», drängte ihn der Onkel, «das Radio hat Regen angesagt. Und wenn wir uns beeilen, sind wir vielleicht schon zu Hause, bevor der Berufsverkehr einsetzt.»

«Wunderbar», antwortete Tim ironisch. «Ich wäre tief unglücklich, wenn ich die Ursache wäre, daß ihr im Stau steckenbleibt. Fahrt ihr nur. Ich werde die Subway nehmen, wenn ich so weit bin.» Damit knallte er den Wagenschlag zu.

Er hörte noch, wie sein Onkel im Auto zum Fahrer sagte: «Nun aber los! Ich kann Ihnen eine gute Abkürzung zeigen.»

Tim kehrte ans Grab seiner Mutter zurück. Ein paar Meter von der frisch aufgehäuften Erde über Margaret Hogans sterblichen Überresten entfernt stand das große Marmorgrabmal eines «Evan O'Connor, liebevoller Ehemann, Vater und Großvater». O'Connors vorausschauende Familie hatte sogar eine Steinbank aufgestellt, auf der die Besucher Platz nehmen, meditieren und für die unsterbliche Seele ihrer Verwandten beten konnten.

Während Tim auf den Grabhügel seiner Mutter starrte, dachte er: Du hast dein Geheimnis mit ins Grab genommen, Margaret Hogan. Nun werde ich es nie erfahren.

Und bitter lächelnd sagte er: «Für uns beide hoffe ich, daß es tatsächlich der Erzengel Gabriel war oder Jesus. Oder Moses ...»

Auf einmal kam ihm ein furchtbarer Gedanke.

Moses, dachte er entgeistert. Sie hatte doch einen Moses gekannt, nicht wahr? Aber nein, das war unmöglich! Schon der Gedanke war Blasphemie.

Und dennoch ...

Und dennoch fiel ihm urplötzlich ein Erlebnis aus seiner Jugend ein. Er sah sich selbst, wie er mit vierzehn Jahren in jenem Studierzimmer saß und den frommsten aller Gottesdiener sagen hörte: «Nach dem Tode meiner Frau hat Küster Isaacs sie gebeten, hin und wieder herzukommen ...»

Und hieß der Mann, der diese Worte gesprochen hatte, nicht Moses Luria?

Hastig begann Tim zu rechnen. Wenn er sich nicht irrte – und Gott gebe, daß er das tat! –, war das Jahr, in dem Eamonn Hogan nicht zu Hause gewesen war, für Rav Moses das Trauerjahr. Die Teile fügten sich mit grausamer Präzision zusammen.

Moses Luria war noch jung, als seine Frau starb. Und so sehr er auch um sie trauerte – er war ein Mann. Und dann war da meine arme Mutter mit ihrer jugendlichen Schönheit und Naivität.

Vermutlich empfand sie Hochachtung für den Mann. Natürlich. Er war ein Diener Gottes, wenn auch eines anderen Gottes. Und mit seiner Wortgewandtheit hätte er in ihr durchaus Mitleid mit seinem einsamen Leben wecken können.

Dunkelheit hatte sich auf den Friedhof gesenkt, als Tim, angestrengt bemüht, nicht nachzudenken, zur Subway eilte.

Er versuchte die erschreckende Möglichkeit zu verdrängen, daß er, ein der Liebe zu Jesus Christus geweihter Priester, der Sohn von Rabbi Moses Luria sein konnte.

Weil Tim seinen privaten Frieden mit Father Joe Hanrahan schließen wollte, bat er ihn, ihm die Beichte abzunehmen. Denn nach dem, was er ihm anzuvertrauen beabsichtigte, würde er kein Priester mehr bleiben können, das war ihm klar.

«Segne mich, Father, denn ich habe gesündigt. Seit meiner letzten Beichte sind sieben Tage vergangen.»

«Ja?»

Von Qual erfüllt flüsterte Tim: «Ich habe Inzest begangen.»

«Wie bitte?»

«Ich hatte Beziehungen zu einer Frau, von der ich soeben erfahren habe, daß sie meine Schwester ist.»

Father Joe war zutiefst erschüttert. «Kannst du mir diese Wahnvorstellungen von einem Inzest erläutern?»

«Aber sie sind wahr», beharrte Tim verzweifelt. «Ich hätte es schon begreifen sollen, als der Jude sagte, er habe meine Mutter gekannt.»

«Der Jude?»

«Rav Luria... Möge er in der Hölle schmoren!»

«Du glaubst, der Rabbi war dein Vater?» fragte ihn der Priester verblüfft.

«Ich bin fest davon überzeugt. Soll er sich selber vor seinem Gott rechtfertigen. Aber was ist mit mir – begreifen Sie *meine* Sünde? Welche Strafe können Sie *mir* für all das auferlegen? Nichts auf der Welt könnte meine Seele läutern.»

Minutenlang herrschte Stille im Raum. Dann erkundigte sich der Alte mit zittriger Stimme: «Würdest du jetzt bitte *meine* Beichte anhören?»

Tim schüttelte den Kopf. «Das kann ich nicht, ich bin kein Priester. Ich bin wirklich kein Priester mehr. Außerdem haben Sie mir noch keine Strafe auferlegt.»

Father Hanrahan packte Tim energisch bei den Schultern und rief: «Dann höre als Strafe meine Beichte!»

Und noch ehe Tim protestieren konnte, sank sein alter Kinderzeit-Priester vor ihm auf die Knie und bekreuzigte sich.

«Segne mich, Father, denn ich habe gesündigt. Seit meiner letzten Beichte ist eine Woche vergangen.

Ich habe mehrere Todsünden begangen. Nicht nur während der Zeit, seit ich zuletzt mit dir gesprochen habe, sondern fast mein gesamtes Erwachsenenleben lang.

Ich habe geholfen, eine Lüge aufrechtzuerhalten. Meine einzige Entschuldigung ist, daß die Wahrheit, die ich für mich behalten habe, mir unter dem Beichtgeheimnis anvertraut wurde. Niemand – nicht mal der Heilige Vater persönlich – hätte mich von meinem Schweigegelübde entbinden können.»

Er hielt inne; dann fuhr er fort: «Als *Beichtkind* aber darf ich mich meinem Beichtvater anvertrauen.»

Er sah Tim an; sein Blick bat flehend um Verständnis. Dann begann er stockend: «Das alles geschah vor so langer Zeit...»

«Vor wie langer Zeit?» fragte Timothy streng. «Können Sie das genauer sagen?»

Der Alte zögerte, warf Tim einen kurzen Blick zu und antwortete: «Bevor du geboren wurdest...»

Ein Schauer lief Tim über den Rücken, trotzdem aber sagte er nur: «Fahren Sie fort.»

«Ein Mitglied meiner Gemeinde beichtete mir, er habe Ehebruch begangen und eine Frau geschwängert. Und zwar die Schwester seiner Frau. Er wollte, daß sie das Kind abtrieb. Als Polizist kannte er Ärzte...» Er atmete tief durch. «Aber ich habe ihm das ausgeredet. Und dann, als das Kind geboren war, habe ich im Taufzeugnis gelogen. Ich habe den Namen des Ehemannes der Frau eingetragen, damit das Kind ehelich wurde. Ich wollte diese arme, kranke Frau beschützen. Und das Kind... Ich wollte diesen unschuldigen kleinen Jungen beschützen.»

Er senkte den Kopf und begann zu schluchzen.

Tim durchfuhr es wie ein Schlag. *Tuck Delaney* ist mein Vater? Dieses großmäulige, feige Schwein? Schon der Gedanke machte ihn krank.

In diesem Moment hob der alte Priester den Kopf und begegnete Tims wütendem Blick. «Das ist meine Beichte, Father Hogan», sagte er leise. «Wirst du mir Absolution erteilen?»

Tim zögerte; dann fuhr er auf: «Ich bin sicher, daß Gott Ihnen in Seiner unendlichen Güte Vergebung gewähren wird.» Er hielt inne, nur um dann eiskalt zu ergänzen: «Die meine kann ich Ihnen nicht gewähren.»

Es war ein so schwüler New Yorker Vormittag, daß Tuck Delaney, obwohl er in Hemdsärmeln war und seine fleischigen Arme entblößt hatte, sehr stark schwitzte, als er den Rasen vor seinem mit weißen Schindeln gedeckten und mit grünen Fensterläden geschmückten Hauses in Queens mähte, das er vor mehreren Jahren, nachdem er Sergeant geworden war, mit seiner Familie bezogen hatte.

Als er innehielt und ein Taschentuch hervorzog, um sich die Stirn zu trocknen, sah er seinen Neffen in Jeans und einer verschossenen Baseballjacke aus Kunstseide auf sich zukommen.

«He, Tim!» rief er ihm tadelnd entgegen. «Kleidet sich so ein Diener Gottes?»

Tim ignorierte seinen Vorwurf.

«Halt den Mund! Du hast mir keine moralischen Lektionen zu erteilen.»

Der Onkel wurde so wütend, daß sich sein bulliger Nacken rötete. «He, Mister!» grollte er. «Priester hin oder her – hüte deine Zunge! Sonst verpaß ich dir eine Tracht!»

Irgendwie war Timothy froh, daß Tuck so aggressiv wurde. Er konnte seinem Ärger weit besser Luft machen, wenn er sich einem ähnlichen Zorn gegenübersah.

Während der ganzen Subwayfahrt nach Queens hatte er überlegt, wie er dieses traumatische Thema anschneiden sollte. Nun bot ihm dieser Wortwechsel die perfekte Möglichkeit dazu.

«Du bist eine Schande für die Polizei, Sergeant Delaney», erklärte Tim bissig. «Ich hätte dich wegen Kindesmißbrauchs anzeigen können.»

Das Gesicht des weit bulligeren Mannes wurde vor Wut dunkelrot. «Was zum Teufel hast du –»

Auf einmal wurde ihm klar, daß Tim alles wußte. Und er erstarrte, vermochte kaum noch zu atmen. «Was willst du damit andeuten?» fragte er verunsichert, aber immer noch aggressiv. «Du weißt nicht, was du sagst!»

Als Tim seinen Onkel Tuck musterte, schämte er sich darüber, daß sein Erzeuger ein so brutaler, gefühlloser Mensch war. «Ich sollte dich umbringen, weil du verhindert hast, daß ich sie je gesehen habe!» zischte er durch die zusammengebissenen Zähne.

«Dein eigen Fleisch und Blut? Ich habe dir das Leben gegeben,

Junge!» Tuck lachte nervös. «Ein Priester – und will Vatermord begehen?»

«Du hast meine Mutter umgebracht! Du hast ihr das Leben gestohlen!»

«Nenn es, wie du willst, du kleiner Bastard. Denn genau das bist du doch, nicht wahr?»

«Es gibt auch Worte für das, was du bist, Tuck. Weit schlimmere Worte...»

Auf einmal verzerrte sich das Gesicht des Polizisten zu einem grausamen Grinsen, und er höhnte: «Außerdem weiß ich noch gar nicht mal genau, ob ich es war. Deine Mutter hatte wahrhaftig heiße Höschen.»

«Maul halten!» brüllte Tim.

«Nur weiter so», entgegnete Tuck hämisch und ballte die Fäuste. «Zeig mir doch, daß du mein Sohn bist! Komm her, schlag mich zusammen!»

Tuck legte Tims vorübergehende Tatenlosigkeit als Feigheit aus und begann ihn mit linken Geraden zu provozieren, die nur ganz leicht sein Gesicht streiften.

Das war der Punkt, an dem Tim die Beherrschung verlor und auf Tucks weit ausladenden Bauch eintrommelte. Als sich der Ältere dann vor Schmerzen krümmte, verpaßte ihm Tim eine Rechte direkt ans Kinn.

Gerade, als er zu Boden ging, erschien Cassie auf der Veranda.

«Großer Gott, Tim! Was hast du getan?»

Tim hielt sich die schmerzende rechte Hand, rang keuchend um Atem und fragte leise: «Warum, Cassie, warum?»

«Um Gottes willen», schrie die Tante hysterisch, während sie zu ihrem Ehemann lief, der sich auf die Ellbogen hochgestemmt hatte und sich aufzurichten versuchte. «Ich habe dich aufgenommen. Kannst du dir vorstellen, was das für eine Tortur für mich war? Was für ein Priester bist du eigentlich?»

Tim blickte auf die beiden, blickte auf seine Pflegeeltern hinab und erwiderte mit brennenden Augen aus den Tiefen seiner verletzten Seele: «Und was für Menschen seid ihr beiden?»

Damit machte er kehrt und ging davon.

36

Deborah

Offiziell war Deborah jetzt seit dem 1. September Rabbinerin am Beth Shalom und hatte bereits zwei Sabbat-Gottesdienste und eine Beerdigung geleitet. Dadurch war sie in Kontakt mit einigen Gemeindemitgliedern gekommen. Am Abend vor Neujahr jedoch wurde ihr erst so richtig klar, warum der Architekt die Synagoge für neunhundert Gläubige konzipiert hatte.

Zum Abschluß des Jahres kamen überall auf der Welt Juden zusammen, um für das ganze Jahr Buße zu tun und sich von ihren Sünden zu befreien. Diese rituelle Katharsis, die den Katholiken jederzeit zur Verfügung stand, gab es für sie nur an den großen Feiertagen. Sie alle teilten sich in ein kollektives Schuldbewußtsein, das eine ungeheure Erleichterung erfuhr, wenn sie gemeinsam beichteten und anschließend natürlich von ihren in weiße Gewänder gekleideten geistlichen Führern getadelt und belehrt wurden.

Es war ein gutes Neues Jahr für die Gemeinde Beth Shalom und ihre neue Rabbinerin.

Aber es war nicht nur die beamtete Deborah, die geschätzt wurde. Die Menschen bewunderten auch ihr Engagement als Seelsorgerin ihrer Gemeinde. Manchmal fungierte sie in der Tradition ihrer biblischen Namensschwester als eine Art Schiedsrichter bei ehelichen Auseinandersetzungen. Dann wieder stand sie den Leidenden mit Rat und Tat zur Seite und tröstete die Trauernden.

Allerdings gab es da auch ein Problem, und es dauerte nicht lange, bis Deborah sich darüber klar wurde: Ihr Privatleben war eine Katastrophe.

Der Beruf einer Rabbinerin brachte es mit sich, daß sie ihr Amt zu den ungewöhnlichsten Tages- und Nachtzeiten ausüben mußte. Und das fiel einer jungen, alleinerziehenden Mutter natürlich doppelt schwer. Sobald sie sich in ihrem neuen Haus mit dem großen Garten eingerichtet hatten, vermochte Deborah ihrem Sohn auch nicht annähernd Sabbattage wie jene zu bieten, die sie damals so stark in ihrem jüdischen Glauben beeinflußt hatten. Es war weit mehr an Rav Lurias Sabbatessen gewesen als Segnungen und Liedersingen. Sie waren ein allwöchentliches Bekenntnis zu den Werten der Familie.

Sie, Eli und Mrs. Lamont dagegen bildeten am Sabbat ein seltsames

Trio. Nachdem Deborah sich in aller Eile für den Tempel angekleidet hatte, holte sie Sohn und Haushälterin zusammen, um die Kerzen anzuzünden und Eli bei den Segenssprüchen für Brot und Wein zu helfen.

Anschließend wurde hastig gegessen und nach der Mahlzeit das Dankgebet gesprochen, bevor sie eilig zum Tempel fuhr, um ihre «Uniform», wie Eli das nannte, überzuziehen und die Sabbat-Abendandacht zu leiten.

Deborah gab sich die größte Mühe, ihn für ihre Abwesenheit an den Freitagen zu entschädigen, indem sie am Donnerstagabend mit ihm zusammen die Predigt probte und seine Kritik entgegennahm, die zuweilen recht hilfreich war. «Du wedelst zu viel mit den Händen, Mom», sagte er zum Beispiel. «Dann siehst du aus, als wolltest du ein Taxi anhalten.»

Und dann gab es den Sonnabendvormittag. Einmal im Monat wurde in der Beth-Shalom-Gemeinde ein Kindergottesdienst abgehalten. Dann ließ sie Eli in der kleinen Kapelle zurück, während sie in den Tempel hinaufstieg, um die Erwachsenen zu leiten. Wie hätte sie auch vermuten sollen, daß die Kinder unten, während sie die Seelen der Eltern tröstete, ihren Sohn verspotteten, weil er das Kind einer Rabbinerin war?

Als sie ihm einmal, auf der Heimfahrt, den Grund für seine bedrückte Stimmung entlockte, mußte Deborah unwillkürlich an die Kindheitsqualen ihres Bruders als Rav Lurias Sohn denken und an den Druck, unter dem er dadurch gelitten hatte.

Bei ihrem Rabbinerstudium war unter anderem das PKS-Phänomen zur Sprache gekommen, auch bekannt als Predigerkinder-Syndrom: der außergewöhnlich starke Druck, der auf den Kindern von Gottesdienern lastete. Nun kam sie in den zweifelhaften Genuß, von diesem Syndrom zu wissen, ohne es in den Griff bekommen zu können.

Wenn am Samstag eine Bar mizwa stattfand, konnte Deborah sich nicht vor dem Dankgebet nach dem Essen verabschieden, und das bedeutete, daß sie erst nach Hause kam, wenn Eli schon zu Mittag gegessen hatte und im Fernsehen verdrossen einem Baseballspiel zusah.

Des Abends mußte sie dann ihre Krankenbesuche machen, die manchmal bis um zwei, drei Uhr morgens dauerten.

Am nächsten Morgen fuhren sie gemeinsam zur Sonntagsschule in die Synagoge. Wo sie sich an der Haustür jedoch wieder trennten und Eli sich widerwillig auf den Weg in seine Klasse machte, während er innigst hoffte, daß seine Mutter in ihrer Position als Direktorin ihnen in dieser Woche keinen Besuch abstattete.

Die größte Lüge, die sich Deborah einredete, war aber wohl die Auffassung, das alles an einem einzigen Nachmittag gutmachen zu können. Die Zeit nach der Sonntagsschule hätte eigentlich ausschließlich dem Zusammensein von Mutter und Sohn gewidmet sein sollen. Aber natürlich hatte sie nicht mit gewissen unvermeidlichen Tatsachen gerechnet.

Zum Beispiel damit, daß die meisten Paare am liebsten am Sonntag heirateten. Und da nach dem Freitagvormittag und den ganzen Samstag hindurch keine Beerdigungen stattfinden dürfen, wurde eine unverhältnismäßig große Zahl von Beisetzungen auf den Sonntag gelegt. Soviel zum Thema «Ausschließlichkeitsanspruch» auf ihre sonntägliche Freizeit.

Deborah war gewissenhaft und mitfühlend. Sie war engagiert. Und während diese Eigenschaften auch für ihre Funktion als Mutter notwendig waren, schien sie ständig nur ihre Pflichten als Rabbinerin zu erfüllen, nicht die der Mutter.

Die Intuition sagte ihr, daß Kinder wie Eli instinktiv wissen, wenn sie auf Sparflamme gehalten werden, und darauf mit einem direkten Protest bei ihren Eltern reagieren. Allerdings würde die Kommunikation verschlüsselt erfolgen. Sie würde kein Schreiben vom Anwalt ihres siebenjährigen Sohnes erhalten, der ihr mitteilte: «Mein Mandant legt Einspruch gegen Ihre unzulänglich erfüllten Mutterpflichten ein und behält es sich vor, Sie für jeden bleibenden Schaden haftbar zu machen, der infolge Ihrer Vernachlässigung entsteht.»

Ach, wenn es doch nur so einfach wäre! Statt dessen konnte sich Elis Groll durch die verschiedensten Verhaltensmuster ausdrücken. Und bis diese Botschaften entschlüsselt waren, war es vermutlich schon längst zu spät.

37

Timothy

Für Timothy kamen die heftigen Schneestürme New Englands gerade recht: Sie paßten zu seinem eigenen wilden Zorn.

Und er war dankbar, daß er so viel zu tun hatte – Lehrpläne überarbeiten, Schulen besuchen, Vorlesungen vorbereiten. Nicht, daß er sich wirklich eine Erleichterung davon erhoffte. Aber wenigstens sehnte er sich nach einem erschöpften, traumlosen Schlaf – ein Wunsch, der ihm gelegentlich erfüllt wurde.

Obwohl Matt Ridgeways Abschied schmerzlich beklagt wurde, sollten seine Leistungen schon bald von jenen seines charismatischen Nachfolgers weit in den Schatten gestellt werden. Wie es schien, war Father Timothy Hogan dazu geboren, junge Menschen zu motivieren. Die Studenten hingen an seinen Lippen, und jene, die seine lateinischen Anspielungen nicht verstanden, wurden dazu verführt, die Sprache zu studieren, um in den vollen Genuß der Vorlesungen zu kommen.

Anfang des zweiten Semesters ließ Kardinal Mulroney Tim in sein Büro kommen.

«Ich fürchte, ich werde dich von der Straße holen müssen», erklärte Seine Eminenz streng.

«Ich verstehe nicht ganz», entgegnete Tim beunruhigt.

«Dann habe ich endlich mal etwas an dir zu bemängeln.» Der Kardinal lächelte. «Du hast überhaupt kein Selbstwertgefühl. Wie dem auch sei, deine zahlreichen Gaben haben dir die zweifelhafte Ehre eingetragen, mein persönlicher Berater zu werden.»

«Wie bitte?»

«Du bist jung und weise. Ich brauche deine Hilfe, und sei es auch nur, um Roms Glauben an mich zu rechtfertigen. Also werde ich dir einen Sekretär und ein Büro in Rufweite von meinem eigenen verpassen. Ist dir das recht, Timothy?»

«Selbstverständlich, Eminenz», antwortete er und fügte ein bißchen sehnsüchtig hinzu: «Ehrlich gesagt, mir werden die langen Autofahrten zwischen den Schulen fehlen. Die Landschaft New Englands kann äußerst tröstlich wirken auf eine gequälte Seele.»

«Mach dir darüber nur keine Gedanken», erwiderte der Kardinal. «In meinem Amt ist das Personal viel zu beschäftigt, um gequält zu sein.»

Und lachte herzlich über den eigenen Scherz.

Es dauerte nicht lange, bis Mulroney begann, Tim als seinen inoffiziellen Vertreter zu verschiedenen Spendenaktionen einzusetzen. Anfangs sträubte sich Tim dagegen, denn er wußte, daß die Gäste, die den Mann im roten Kardinalshut erwarteten, enttäuscht aufseufzen würden, wenn er die einleitenden Worte sprach: «Seine Eminenz bedauert...» Zu seiner Verwunderung jedoch gab es keinerlei Klagen. Ja, mit der Zeit wurde er in zunehmendem Maße sogar ausdrücklich selbst eingeladen.

Dadurch hatte er dann wenigstens ein paar «Sünden» zu beichten. Denn er mußte sich zu seiner Eitelkeit bekennen, dem eindeutigen Vergnügen daran, Gegenstand der Bewunderung zu sein.

Eines Frühlingsnachmittags beim Tee erkundigte sich der Kardinal beiläufig: «Sag mal, Tim, wieviel verstehst du von Bilanzen, Soll und Haben und so weiter?»

«Überhaupt nichts, muß ich gestehen», bekannte Tim.

«Gut, ich wußte, du bist eine verwandte Seele. Die ganze Woche habe ich deswegen schon gebetet und den festen Eindruck gewonnen, daß wir für unser finanzielles Dilemma einen Unschuldigen brauchen – sozusagen das Lamm unter den Bullen.»

«Ich verstehe Ihre Anspielung nicht, Eminenz. Ist das eine von Äsops Fabeln?»

Mulroney lachte, daß sein großes Brustkreuz hüpfte. «Von mir darfst du keine Belehrung erwarten, mein Junge», gab er zurück. «Das ist nur wieder mal eine von meinen idiotischen, gemischten Metaphern. Der ‹Bulle› ist, wie ich hörte, an der Wall Street gern gesehen, und das Lamm sind in diesem Fall zwei, nämlich du und ich.»

Anschließend erklärte Mulroney ihm ohne weitere Ausschmükkungen die mißliche Lage in Boston, die für alle Diözesen im Land typisch war: Die Teilnahme am Gottesdienst wurde immer geringer, die Spenden immer spärlicher.

«Gewiß, wir haben eine beträchtliche Stiftung», berichtete der Kardinal, «aber die stammt aus den schönen Zeiten der Kennedys. Leider haben unsere Banker uns im Laufe der Jahre kaum genug eingebracht, um die Inflation auszugleichen. Morgen werden wir mit ihnen zu Mittag essen. Da müssen wir mit der Faust auf den Tisch schlagen, sonst werden unsere Schulkinder im Winter frieren, weil wir kein Geld zum Heizen haben.»

«Ich glaube, ich habe in meinem ganzen Leben kaum einen Gedanken an Geld verschwendet.» Höchstens, um ein zerbrochenes Fenster zu bezahlen, setzte er im stillen hinzu.

«Gut.» Der Kardinal lächelte. «Dann wirst du also absolut unvoreingenommen sein!»

In der vom protestantischen Establishment beherrschten Welt der Privatbankiers war die Bostoner Firma McIntyre and Alleyn eine auffallende Ausnahme. Ja, sie hatte sich ihren Ruf – und ihre Aktiva – erworben, gerade weil katholisches Geld in katholische Hände gegeben werden sollte. Ihre Klienten hatten den Börsenkrach von 1929 überstanden, weil M and A die Geschäfte nur auf eine bestimmte Art und Weise zu führen verstanden – konservativ. In den Go-go-Jahren der Siebziger jedoch erwies sich eben diese Tugend als unerhörter Nachteil. Und zahlreiche Konten – manche von Klienten der dritten Generation – verzichteten auf ihre Steinzeit-Strategie und zogen die Taktik beherzterer Abenteurer vor.

Als der Erzbischof mit seinem persönlichen Assistenten den Lift verließ, blickten sie direkt auf die Glastüren von McIntyre and Alleyn, wo ein Handwerker damit beschäftigt war, den vergoldeten Worten ein *and Lurie* hinzuzufügen.

«Was soll dieser dritte Name an der Tür?» erkundigte sich der Kardinal, als er und Timothy mit den beiden Seniorpartnern im Zimmer mit den Börsennotierungen saßen.

«Frisches Blut», erklärte McIntyre senior. «Das heißt, dieser Lurie hat die Mehrheit unserer Firma erworben.»

Der Kardinal von Boston wurde unruhig. Tim verlieh der Verärgerung seines Vorgesetzten Ausdruck. «Wie konnten Sie das tun, ohne Seine Eminenz zu fragen?»

«Bei allem Respekt», gab Mr. Alleyn ernst zurück, «Mr. Luries Aktivitäten haben nicht das Geringste mit dem Portefeuille der Erzdiözese zu tun. Sein Stil ist ausgesprochen ‹aggressiv›, während wir von der Chancery Anweisungen haben, uns jeglicher... abenteuerlichen Aktionen zu enthalten.»

«Ich bitte um Verzeihung, Mr. Alleyn», entgegnete Tim, «ich glaube nicht, daß Sie Ihre Investment-Strategie glorifizieren können, indem Sie sie als ‹konservativ› bezeichnen. In meinen Augen waren Sie so sehr daran gewöhnt, uns mit jährlichen Zuwendungen und Zinsen abzuspeisen, daß Sie unserem Kapital kaum noch Aufmerksamkeit geschenkt haben. Und nun, da beide immer weniger werden, stehen

Administratoren wie ich vor der unangenehmen Aussicht, Schulen schließen zu müssen.»

Der Kardinal beugte sich zu Tim hinüber und sagte flüsternd: «Gut gemacht, mein Junge. Möchtest du weitermachen?»

«Ich?» fragte Tim erschrocken zurück.

«Wenn du willst, überlasse ich dir meinen Hut», scherzte Mulroney; dann wandte er sich an die Bankiers. «Meine Herren, von hier an wird Father Hogan die Angelegenheit übernehmen. Sie dürfen voraussetzen, daß seine Meinung auch die meine ist. Ich hoffe, der Herr segnet Sie mit einer Inspiration, damit wir aus diesem Schlamassel wieder herauskommen.»

Gleich darauf war der Prälat verschwunden, und Tim fand sich allein auf dem heißen Stuhl.

«Was sollen wir nach Ihrer Meinung tun, Father Hogan?» erkundigte sich McIntyre ehrerbietig.

«Ich wäre Ihnen dankbar, wenn Sie mir die Unterlagen vorlegen und dafür sorgen würden, daß jemand sie mir übersetzt.»

Mr. Alleyn merkte, daß dieser junge Priester beschwichtigt werden mußte. «Wir werden beide hierbleiben. Wir könnten uns Sandwiches kommen lassen und während der Mittagspause durcharbeiten.»

«Gut», antwortete Tim, «aber während wir alles herrichten – bitten wir doch den aggressiven Mr. Lurie zu uns herein.»

«Oh, ich glaube, das ist nicht möglich», gab Mr. Alleyn entschuldigend zurück. «Er arbeitet in unserem New Yorker Büro.»

«Nun gut», befand Tim, «dann wird er sich vielleicht dazu herbeilassen, der Kirche zu dienen.»

«Äh, Lurie ist kein Katholik», erklärte McIntyre. «Er ist Jude.»

«Mr. McIntyre, ich finde, diese Bemerkung ist eines Christen nicht würdig. Würden Sie ihn jetzt bitte anrufen?»

Die Sprechanlage wurde benutzt, Anweisungen wurden erteilt, und bevor Tim noch die Tasse Kaffee geleert hatte, die vor ihm stand, kündigte ein weiteres Summen an, der neue Seniorpartner sei jetzt am Apparat.

«Äh, hallo, Dan!» begann Alleyn höflich. «Tut mir leid, wenn wir Sie stören, doch wie Sie wissen, ist einer unserer ältesten Klienten die Erzdiözese Boston. Ich habe Kardinal Mulroneys Assistenten hier bei mir, der ein paar Worte mit Ihnen sprechen möchte.»

«Gut. Geben Sie her.»

«Hallo, Mr. Lurie. Hier spricht Father Hogan.»

«Sagten Sie ‹Hogan›? Könnte das zufällig *Timothy* Hogan sein?»

«Allerdings. Wieso ...»

In diesem Augenblick wurde ihm klar, mit wem er sprach, und der Legat des Kardinals von Boston – berühmt für seine brillante Beherrschung der lateinischen Sprache – begann mit Mr. Lurie in New York zu sprechen – auf jiddisch!

«Wos is mit dem Nomen ‹Lurie›? Wieso nennst du dich jetzt Lurie?»

«Ich hob schoin gebracht genug Schande auf die Mischpoche. Ich hab meiner Familie schon genug Schande bereitet.»

Kurz darauf beendete Tim den Anruf und wandte sich an die Anwesenden. «Danny hat versprochen, den nächsten Shuttle-Flieger zu nehmen. Lassen wir ihm ein Sandwich übrig. Ein Käse-Sandwich.»

38

Daniel

Nachdem ich auf dem gefährlichen Schlachtfeld des Warenhandels auf der ganzen Linie gesiegt hatte, dachte ich, mich könne nichts mehr aus der Fassung bringen. Auf dem Flug nach Boston war ich jedoch so nervös, daß ich kaum Zeitung zu lesen vermochte.

Es war über acht Jahre her, daß ich meinen priesterlichen Schwager zuletzt gesehen hatte (eine seltsame Ausdrucksweise, aber immerhin zutreffend). In dieser Zeit war unendlich viel passiert, vor allem, was den wichtigsten Menschen in unserem Leben betraf, der, wie ich voraussah, bei unseren Gesprächen ständig anwesend sein würde, obwohl er Hunderte von Meilen entfernt lebte.

Die Luft würde geladen sein von der Spannung kontrastierender Gefühle: Meine frommen katholischen Partner würden vor ihrem Erzdiözesen-Beauftragten katzbuckeln, während ich selbst sowohl in Glaubens- als auch in Finanzsachen ein Außenseiter war. Unter dem ganzen höflichen Getue würde es eine Menge verborgene Feindseligkeit geben.

McIntyre and Alleyn würden noch unter meiner Übernahme ihrer geliebten Firma leiden. Nur vergaßen sie dabei bequemerweise, daß sie es einzig dem jungen Pete McIntyre mit seiner außergewöhnlichen

Kombination von Arroganz und Unfähigkeit zu verdanken hatten, daß sie im Jahr zuvor an den Rand des Ruins gerieten, und daß ich als der weiße Ritter erschienen war, um die Firma mit einem geschickt organisierten Schulden-Buyout zu retten.

Als ein moderner Daniel würde ich direkt in die Löwengrube marschieren, wo ich dem Mann gegenübertreten sollte, der meiner Schwester ein so großes Unrecht zugefügt und ihr Leben zerstört, dem Mann, der in gewissem Sinn auch Elis Leben zerstört hatte, indem er ihm den Vater verwehrte.

Die ersten paar Sekunden waren natürlich die schwersten. Als ich den Sitzungsraum betrat, entdeckte ich Tim – möglicherweise ein paar Kilo schwerer als bei unserer letzten Begegnung, davon abgesehen aber unverändert. Als wir uns die Hand gaben, äußerte er einige Platitüden über den Tod meines Vaters. Die ich höflich entgegennahm, um dann vorzuschlagen, wir sollten zur Tagesordnung übergehen.

Nach einem einzigen Blick in das Portefeuille wurde mir klar, daß der mittelmäßige Zustand, in dem es sich befand, nicht einmal die Schuld eines Kretins wie Pete McIntyre gewesen sein konnte, sondern schlicht und einfach Nachlässigkeit.

Während in der Außenwelt der Leitzinssatz sich um zwanzig Prozent bewegte, hielten sie noch immer Staatsanleihen aus dem Zweiten Weltkrieg, die höchstens drei oder vier Prozent einbrachten. Bis zur Lunchpause hatte ich einen Vorentwurf zur Umstrukturierung erarbeitet, und Tim war überschwenglich dankbar.

Zum Glück fühlten sich McIntyre und Alleyn aus einer Art noblesse oblige verpflichtet, Tim Gesellschaft zu leisten. So blieben wir nicht allein, als wir unsere Sandwiches aßen, und Father Hogan konnte nur den auf der Hand liegenden Smalltalk anbringen, mich etwa fragen, wie ich, der ich einst eine Laufbahn eingeschlagen hatte, in der es galt, die Werte der Vergangenheit zu bewahren, dazu gekommen sei, nunmehr Werte aus Futures zu ziehen.

Ich erteilte ihm eine Kurzlektion im Optionserwerb, beginnend bei meinem Handel mit russischem Weizen im Sommer 1972. Dann schilderte ich ihm den Fischzug, der mir die Leitung eines Warenfonds eintrug, den M and A gegründet hatten – der Lohn für meine zutreffende Voraussage des Anziehens von Sojabohnen-Futures im Juni 1973.

Taktvoll unterließ ich es, zu erwähnen, daß Pete sich kurz danach auf der falschen Seite einer jeden einzelnen Fluktuation des Goldpreises engagiert hatte und gezwungen gewesen war, mir sozusagen sein Erstgeburtsrecht zu verkaufen.

Nachdem wir weitere zwei Stunden gearbeitet hatten, entschuldigte ich mich, weil ich den 5-Uhr-Shuttle erreichen wollte. Tim bestand darauf, mich mit dem Wagen, den ihm die Erzdiözese zur Verfügung gestellt hatte, zum Flughafen zu bringen. Das war allerdings keine reine Freundschaftsgeste, denn ich wußte genau, daß er mich unterwegs ausfragen wollte.

Da es sich um eine kurze Fahrt handelte, verschwendete er keine Zeit. Unvermittelt war er nicht mehr der selbstsichere Kirchenmann, sondern erkundigte sich zögernd: «Übrigens, wie geht's Deborah?»

«Gut», antwortete ich kurz angebunden.

«Vermutlich, äh, hat sie dich inzwischen zum mehrfachen Onkel gemacht, wie?» fragte er, immer noch sondierend.

In diesem Moment hielt ich es für das beste, mich mit dem heuchlerischen, aber wirksamen Märchen von Deborahs «Tragödie» aus der Affäre zu ziehen.

«Sie hat einen Sohn», antwortete ich tonlos. «Ihr Mann ist tot.»

«Das tut mir leid», gab er mit erstickter Stimme zurück.

Ich ahnte, daß er mich nach näheren Einzelheiten fragen wollte, als zum Glück der Terminal der Eastern Airlines in Sicht kam. Also hatte er gerade noch Zeit, ein paar Worte von Beileid zu murmeln, das ich ihr ausrichten sollte, als unser Wagen hielt und ich hinaussprang.

Am liebsten wäre ich schnurstracks durch die großen Glastüren gelaufen, aber irgend etwas veranlaßte mich, noch einmal zu Tim zurückzublicken. Er wirkte so verloren und – ich glaube, «hilflos» ist das richtige Wort –, daß ich ihm ein wenig Trost spenden mußte.

«He», sagte ich leise, «Deborah ist eine starke Frau. Sie wird's überleben.»

Damit ging ich davon. Und versuchte, nicht an den unendlich traurigen Ausdruck in Tims Augen zu denken.

«Nun, Mr. Lurie, wieder ein bißchen mit pekuniärem Unterschleif beschäftigt?»

«Sie hätten anklopfen können, McIntyre», erwiderte Danny verärgert, als der junge Partner unaufgefordert sein Büro betrat.

«Oh, Verzeihung. Ich dachte nicht, daß Sie so streng auf Formen achten.»

Peter McIntyre III. verhielt sich dem Hauptaktionär der Firma seiner Familie gegenüber außergewöhnlich arrogant. Und er brachte Danny noch mehr auf, als er kurzerhand Platz nahm und seine Füße in den teuren Gucci-Mokassins mit der Bemerkung auf die Schreibtischkante legte: «Ich wette, Sie hätten mir ein derartiges Wort nicht zugetraut, eh?»

«Offen gestanden, nein», gab Danny mit gereizter Ungeduld zurück.

«Das kommt vom lateinischen *pecunia*, das heißt Geld, und das wiederum kommt – ob Sie's nun glauben oder nicht, Danny – von *pecus*, das heißt Rindvieh.»

«He, verschwinden Sie gefälligst aus meinem...»

Peter ignorierte ihn und fuhr grinsend fort: «Phantastisch, dieses Latein. Wer hätte gedacht, daß ‹pekuniär› von der Bezeichnung für Rindvieh kommt? Aber an den Schulen, die Sie besucht haben, wird wohl kein Latein unterrichtet, nicht wahr, Dan?»

Höhnisch starrte er Danny an; dann versetzte er ihm den Todesstoß. «Auf jeden Fall aber ist Unterschlagung ein Verbrechen, und eben das haben Sie begangen.»

Außer sich sprang Danny auf, beugte sich vor und stieß McIntyres Füße von seinem Schreibtisch.

«Was, zum Teufel, wollen Sie von mir, Pete?»

«Nun», entgegnete McIntyre, «zum Beispiel den Namen meiner Familie. Und den von Mr. Alleyn.» Er hielt inne, zielte und stieß zu: «Und Ihren Kopf.»

Peter McIntyre III. war fest entschlossen, diesen Augenblick voll auszukosten.

«Es muß ein jiddisches Wort für das geben, was Sie getan haben, Mr. Lurie, irgend etwas wie ‹widerrechtliche Verwendung von Kapital›, ‹Veruntreuung› oder ‹Betrug› – Zutreffendes ist anzukreuzen.»

Danny erschauerte innerlich.

«Wissen Sie was?» fuhr Peter ruhig fort. «Als ich Sie kennenlernte, hielt ich Sie für den gerissensten Burschen von der Welt. Ich habe Sie sogar in allen Einzelheiten zu kopieren versucht, nur um zu sehen, ob ich Ihrem Geheimnis auf die Spur kommen würde.

Ich wette, Sie haben gar nicht bemerkt, daß ich, als Sie anfingen, Ihre Anzüge bei Francesco machen zu lassen, ebenfalls Kunde bei ihm wurde. Ich habe versucht, mich über alles, was Sie lasen, auf dem laufenden zu halten. Ich habe sogar einen Computerkurs besucht – und das war eines Ihrer großartigen Geschenke an unsere Firma.»

Beunruhigt von so viel Schmeicheleien, brachte Danny kein Wort heraus.

«Ich werde Ihnen ein Geständnis machen», fuhr McIntyre fort. «Zuweilen habe ich mich um ein oder zwei Uhr morgens, wenn ich wußte, daß Sie zu Hause arbeiteten, hierher zurückgeschlichen, um alle Papiere auf Ihrem Schreibtisch zu studieren, die Wörter, die Sie eingekringelt hatten, Ihre Notizen ...»

«Kurz gesagt», gab Danny ärgerlich zurück, «Sie waren ein verdammter Schnüffler.»

«Nennen Sie es, wie Sie wollen», sagte Peter großmütig. «Aber das sind kleine Fische im Vergleich zu dem, was Sie getan haben. Ich meine, Ihr Walston-Industries-Trick war ein brillanter Schwindel, den man andernorts vielleicht sogar als schweren Diebstahl bezeichnen würde.»

Danny hielt den Atem an. Seit er sich vor nahezu zwei Jahren dringend, wenn auch nur für kurze Zeit eindreiviertel Millionen Dollar aus dem Firmenschatz hatte ausleihen müssen, hatte er sich in einem Gefühl falscher Sicherheit gewiegt. Trotzdem erwiderte er in, wie er hoffte, überzeugendem Ton:

«Der Fonds, den ich für diese Firma leite, wird alle sechs Monate überprüft, Peter. Es hat niemals auch nur der geringste Zweifel daran bestanden –»

«O ja, ich weiß», fiel McIntyre ihm ins Wort. «Es gibt keinen, der besser wäre mit finanziellen Winkelzügen als Dan the Man. Bis Sie wieder dran waren mit der Überprüfung, war alles wieder an seinem Platz. Sie hatten Walston Industries bereits gekauft und abgestoßen ...»

«Mit *Profit*», warf Danny ein.

«Nominell, mein Freund, nominell», gab sein Gegner zurück. «Durch einen sonderbaren Zufall entsprach die Summe haargenau dem Leitzinssatz für die sechs Tage, die Sie sie besaßen. Aber dumm, wie ich Nichtjude nun mal bin, begreife ich nicht, warum ein Kerl mit Ihrem Grips nicht mehr Profit aus der Sache geschlagen hat.»

«Worauf wollen Sie hinaus?» verlangte Danny zu wissen.

«Ich möchte wissen, auf was *Sie* aus waren. Sie müssen etwas unglaublich ... Riskantes mit dem Zaster angestellt haben. Und meine unersättliche Neugier treibt mich dazu, herauszufinden, was das war.»

«Und wenn ich nun sehr schnell flüssig werden mußte, um eine vorübergehende Klemme auszubügeln? Wie dem auch sei, es gibt keine Beweise.»

McIntyre ließ sich Zeit, suchte jeden Moment auszukosten wie den letzten Tropfen eines alten Portweins.

«Wie ich vermute, ist die echte Computerbildung noch nicht bis zur Wall Street vorgedrungen, Dan. Diese armen, rückständigen Aufseher überprüfen nur Ihre Ausdrucke. Das, was sich noch in den Tiefen Ihrer Database verbirgt, entgeht ihnen dabei völlig.»

«Sie waren also tatsächlich so hinterhältig, die Daten meines privaten Computers zu überprüfen?» Danny schäumte.

McIntyre nickte unbußfertig. «Zum Glück für die Firma», bestätigte er. «Ich muß Ihnen ja wohl nicht erklären, was passieren würde, wenn die Börsenaufsicht Wind davon bekäme. Nicht nur Ihnen, sondern der ganzen Partnerschaft – einer hochgeachteten Institution, die schon gegründet wurde, bevor Ihre Verwandten ans Ufer von Ellis Island gespült wurden.»

Einen Augenblick hielt er inne. «Deswegen möchte ich diese Angelegenheit privat erledigen», erklärte er dann. «Es wissen übrigens nur mein Vater und mein Großvater davon. Die beiden haben mich ermächtigt, mit Ihnen zu sprechen.»

«Worüber?»

«Über etwas, wofür Sie vermutlich nicht das geringste Verständnis haben: die Erhaltung unseres guten Namens. Deswegen machen wir Ihnen folgenden Vorschlag, den wir für recht und billig halten – und für absolut unnegotiabel.»

Danny hielt den Atem an, während Peter in dem großen Büro auf und ab lief wie ein Sportler, der sich vor dem großen Spiel aufwärmen will.

In der hintersten Ecke blieb er stehen und sagte ruhig: «Sie werden uns Ihren Mehrheitsanteil an McIntyre and Alleyn zu fünfzig Cents pro Dollar zurückverkaufen.»

«Das ist eine Unverschämtheit!»

«O ja, gewiß», antwortete Pete mit gespieltem Mitleid. «Glauben Sie mir, Dan, wie der Teufel habe ich für Sie gekämpft. Mein Vater wollte auf gar keinen Fall über fünfundzwanzig gehen.»

Danny war sprachlos.

«Hätten Sie gern ein bißchen Zeit zum Überlegen», erkundigte sich McIntyre, «so ungefähr fünf bis zehn Minuten?»

«Und wenn ich mich weigere?»

«Oh, das ist ja das Schöne daran: Ihnen bleibt keine Wahl. Und die McIntyres wie auch die Alleyns riskieren nur eine kleine Verlegenheit. Sie aber, mein Guter, kommen ins Kittchen. Begreifen Sie?»

Danny lehnte sich in seinem großen Ledersessel zurück. Einen Moment schloß er die Augen; dann seufzte er.

«Okay, machen Sie die Papiere fertig, ich werde sie unterschreiben. Aber verschwinden Sie endlich aus meinem Büro!»

«Aber gewiß doch, Danny, aber gewiß. Morgen um elf sind die Papiere fertig, und wir wären Ihnen sehr dankbar, wenn Sie bis zwölf unser Büro verlassen hätten. Ihre Post werden wir Ihnen natürlich nachsenden.»

Abermals lächelte Peter und hob zum Abschied die Hand.

«Es ist mir wirklich unangenehm, Sie hier allein zurückzulassen. Kann ich Sie zu einem Drink einladen? Ich meine, wenn Sie jetzt eine Dummheit machen und etwa aus dem Fenster springen, würde das unsere ganze Verhandlung irgendwie ruinieren.»

Danny packte die kleine Golduhr auf seinem Schreibtisch – ein Weihnachtsgeschenk des gesamten Mitarbeiterstabes – und schleuderte sie mit ganzer Kraft nach Peter McIntyre. Sie verfehlte ihn und zerschellte an der Wand.

«Keine Sorge, Dan.» McIntyre lächelte gelassen. «Wir werden die Wand reparieren lassen. Guten Abend, alter Kumpel.»

Ich vermute, jeder andere in meiner Lage wäre von einer Brücke gesprungen. Ich jedoch war weit davon entfernt, verzweifelt zu sein; ich war seltsamerweise erleichtert. Gott hatte mich für etwas bestraft, das ganz eindeutig eine Sünde gewesen war. Obwohl ich nichts weiter gewollt hatte, als die *B'nai-Simcha*-Gemeinde vor Schiffmans Machenschaften zu retten, und obwohl der Grund dafür, daß ich das Geld nicht sofort zurückgezahlt hatte, die siebentägige Trauer um meinen Vater gewesen war, wäre ich, selbst wenn ich das Geld nur dreißig Sekunden ausgeborgt hätte, um nichts weniger schuldig gewesen.

Statt mich also selbst oder meine Sorgen zu ertränken, fuhr ich zu dem kleinen *schtibel* in der Bronx, wo ich inzwischen Stammgast geworden war. Wie ich wußte, würde ich auch so spät am Abend noch ein oder zwei Personen antreffen, die die Bibel studierten und denen ich mich anschließen konnte. Dennoch spürte einer der Gelehrten, Reb Schlomo, daß mich etwas belastete.

«Hast du Sorgen, Danile?» Ich zuckte stumm die Achseln, er aber legte das als zustimmende Antwort aus. «Probleme mit der Ehefrau?» Ich schüttelte den Kopf. «Der Gesundheit?»

«Nein.»

«Geldsorgen?» bohrte er weiter.

Eher unhöflich antwortete ich: «So ähnlich.»

«Hör zu, Danile», sagte der Alte mitfühlend, «ich bin zwar nicht gerade Rothschild, aber wenn du ein paar Dollar brauchst, könnte ich dir vielleicht vorübergehend aushelfen.»

«Das ist sehr freundlich von Ihnen, Reb Schlomo», erwiderte ich.

«Doch was ich brauche, ist lediglich Ihre Gesellschaft. Könnten wir ein bißchen Jesaja lesen?»

«Nu gut, Jesaja soll sein.»

Drei oder vier von uns blieben die ganze Nacht auf und machten nur Pause, um ein Glas Tee zu trinken. Nach dem Morgengebet fand ich schließlich den Mut, nach Hause zu fahren und mich dem Rest meines Lebens zu stellen.

Das Lämpchen des Anrufbeantworters blinkte. Die Nachricht, die ich abhörte, lautete: «Bitte rufen Sie Dean Ashkenazy vom HUC an.»

Fünf Minuten später war ich mit dem Leiter von Deborahs altem Seminar verbunden. «Danny, ich hoffe, Sie sind mir nicht böse, aber ich habe Ihre Nummer von Ihrer Schwester», erklärte er. «Ich würde Sie bestimmt nicht stören, wenn es nicht wirklich ernst wäre. Ich brauche unbedingt Ihre Hilfe.»

«Wie könnte ausgerechnet ich Ihnen helfen?»

«Kennen Sie diese ‹nicht existierende› Synagoge oben im Norden, an der sich Deborah versucht hat?»

«Gewiß. Wie könnte ich diese Menschen vergessen!»

«Nun, dann wird es Sie freuen, zu hören, daß die Sie auch nicht vergessen haben. Und das trifft sich besonders gut, da sich der Mann, den ich in diesem Jahr hinaufschicken wollte, statt dessen entschlossen hat, Profifußballer statt Rabbiner zu werden. Ich sitze also in der Klemme. Würden Sie das übernehmen, Danny?»

«Ganz allein?»

«Soll das heißen, Sie haben vergessen, wie man Hebräisch liest?» scherzte der Dean.

Ich konnte nicht lachen. «Bei allem Respekt, Sir», protestierte ich, «aber ich bin nicht ... legitimiert.»

«Nun hören Sie mal, Danny!» schalt er mich. «Sie wissen genau, daß jeder Jude einen Gottesdienst leiten darf. Die Menschen da oben verlassen sich darauf, daß Sie ihnen die Gebete vorsprechen – und vor allem ins Schofar stoßen.»

«Muß ich etwa auch predigen?» erkundigte ich mich nervös.

«Aber natürlich», antwortete Ashkenazy. «Außerdem weiß ich, daß es Ihnen Spaß machen wird, sich wieder auf die Bücher zu stürzen und ein paar gute Predigten vorzubereiten.»

Ich brauche wohl nicht zu erwähnen, daß er recht hatte.

Ich begann in der Bibliothek des HUC zu stöbern und las immer begeisterter alles über die Avantgarde-Theologie, die einer ganz neuen

Generation von Gelehrten entstammte. Tatsächlich faszinierten mich so viele Bücher, daß ich meine Geldsorgen in den Wind schlug, um hinzugehen und die meisten davon zu kaufen.

Intellektuell war ich seit Bellers Vorlesungen nicht mehr so angeregt worden wie jetzt. Als ich ihm meine neue Begeisterung gestand, scherzte Aaron sogar, ich «desertiere zu Gott», seltsamerweise aber spürte ich, daß er insgeheim hocherfreut war.

Zuweilen studierte ich bis drei oder vier Uhr morgens, weil ich mich von dem erregenden Erlebnis, neue Erkenntnisse zu Papier zu bringen, nicht loszureißen vermochte.

Schließlich machte ich mich, den gemieteten Kombiwagen mit Büchern beladen und den Kopf voller Ideen, zwei Tage vor Neujahr auf den Weg.

Ich war keine Deborah, aber ich glaube, daß diese «gefriergetrocknete» Gemeinde, wie ich sie nannte (einmal im Jahr Wasser hinzufügen, und sie füllt den Saal) auf meine Begeisterung reagierte.

Paradoxerweise war dies eine Art Initiation für mich. Obwohl ich Hunderte von Malen in meinem Leben am Pult gelesen hatte, war mir noch nie eine Predigt abverlangt worden. Sogar meine Bar-mizwa-Ansprache, die bei den Orthodoxen üblich ist, war lediglich eine Auslegung des Textes gewesen, um zu beweisen, wie gelehrt ich war. Diesmal verlieh ich meinen eigenen Ideen und persönlichen Gefühlen Ausdruck, wollte sie mit der Gemeinde teilen.

Über unsere Traditionen. Unser Erbe. Darüber, was es bedeutete, heutzutage Jude zu sein. Das war vor allem für diese Menschen von Bedeutung, denn da sie während des übrigen Jahres hilflos in einem Meer von Christen – sie mochten so tolerant sein, wie sie wollten – dahintrieben, verloren sie das Gefühl für ihre spirituellen Vorfahren.

Anfangs war es mir eher peinlich, daß sie mir praktisch an den Lippen hingen. Allmählich aber erlaubte es mir mein Superego, ein wenig Freude daran zu finden, und als wir an Jom Kippur das Schlußgebet sprachen, empfand ich tatsächlich sogar Stolz.

Dr. Harris bestand darauf, daß ich auch nach dem letzten Schofar-Ton noch blieb, damit ich mit ihm und einigen Vorstandsmitgliedern zu Abend essen und ein wenig plaudern konnte.

Anfangs dachte ich, sie wollten mich verkuppeln.

«Sind Sie verheiratet, Rabbi Luria?»

«Nein», antwortete ich, «ich hatte eigentlich nie Zeit dazu. Und außerdem bin ich kein offizieller Rabbi.»

«Das spielt keine Rolle», mischte sich Mr. Newman mit einer gewissen stillen Leidenschaft ein. «Für uns sind Sie es. Und der Grund für unsere Frage ist ganz einfach der, daß wir in Erfahrung bringen wollen, ob Sie in New York Bindungen haben.»

«Nur zum Skifahren», witzelte ich. Inzwischen aber ahnte ich, worauf sie hinauswollten.

Anschließend erzählten sie mir, daß sie im Verlauf des letzten Jahres immer wieder davon gesprochen hatten, einen ständigen Wanderrabbiner für ihre weit verstreute Gemeinde einzustellen.

«Ich sehe uns als eine Handvoll Perlen», erklärte Dr. Harris, «und nun brauchen wir jemanden, der aus uns eine Halskette macht. Wir hofften, Sie wären daran interessiert.»

«Sie möchten also, daß ich für Sie den Bindfaden spiele.» Obwohl ich es scherzend sagte, war ich aufrichtig gerührt.

«Sehen Sie es, wie Sie wollen», entgegnete Mr. Newman. «Wir haben unsere Gemeindemitglieder befragt. Wenn Sie jede der fünf Ortschaften an einem Tag der Woche besuchen könnten, wären wir damit alle versorgt. Wir denken, daß wir es uns leisten können, Ihnen 25 000 pro Jahr zu bieten – möglicherweise auch ein wenig mehr, aber nicht viel. Die Spesen werden wir Ihnen natürlich ersetzen.» Schließlich fragte er mich schüchtern: «Meinen Sie, daß Sie damit auskommen könnten?»

Wenn er gewußt hätte, wie wichtig seine Worte für mich waren! Denn wenn sie mich fragten, ob ein bescheidenes Gehalt genügen würde, wußten sie nichts von meinem anderen Leben ... von meinem Vergehen. Für sie war ich immer noch rein. Und der Gedanke, meine Sünden hinter mir zurücklassen zu können, ließ mir sein Angebot wie ein Geschenk des Himmels erscheinen.

«Dr. Harris», sagte ich leise, «ich fühle mich geehrt.»

Ein allgemeiner, erleichterter Seufzer ertönte. «Danny», sagte Mr. Newman bewegt, «wir sind Ihnen sehr dankbar. Sie können sich gar nicht vorstellen, was Sie da tun.»

Während ich, für meinen Teil, ihnen nicht zu sagen vermochte, daß auch *sie* sich nicht vorstellen konnten, was ich da tat. Sie hatten keine Ahnung, daß ich soeben entdeckt hatte, was ich mit dem Rest meines Lebens anfangen wollte.

Kein großer, einflußreicher Rabbi werden, vor dem man katzbukkelte und sich verneigte. Auch nicht über das Verhalten anderer Menschen richten, bevor ich mir das Recht verdient hatte, einen Richtspruch zu fällen.

Vor allem aber mich nicht vor dem Goldenen Kalb verneigen.

Das Neue Testament mag nicht meine Bibel sein, aber ich fand darin einige äußerst bedeutende Gedanken. Zum Beispiel: «Denn eine Wurzel aller bösen Dinge ist die Geldgier.» Das wirkte um so nachhaltiger, als es aus dem ersten Brief des Paulus an Timotheus stammt und der ganze Satz mit den Worten schließt: «Und etliche, die sich ihr ergaben, sind vom Glauben abgeirrt und haben sich selbst mit vielen Schmerzen durchbohrt.»

Was mich betraf, so war ich schnurstracks in den Glauben zurückgeirrt. Aus dem einfachen Grund, weil ich fühlte, daß ich gebraucht wurde.

39

Deborah

Es war Frühlingsanfang im dritten Jahr von Deborahs Amtszeit. Sie hielt gerade ein Seminar über das bevorstehende Passah-Fest, als ihre Sekretärin sie höflich unterbrach, um ihr mitzuteilen, Stanford Larkin, Elis Schuldirektor, sei am Telefon. Anfangs fürchtete sie, ihrem Sohn sei etwas zugestoßen. Das stimmte zwar gewissermaßen, aber die Art seiner Verletzung blieb ihr unklar. Mr. Larkin wollte einen Termin mit ihr festlegen. Sie bat ihn, sofort zu ihm kommen zu dürfen, und er stimmte zu.

«Er ist wirklich ein recht lebhafter Junge», begann der Direktor.

Da sie selbst Studienberaterin war, wußte Deborah, daß dies ein zurückhaltender Ausdruck für Rowdy war.

«Außerdem hat er viel überschüssige Energie.»

Dies, das war ihr klar, bedeutete Aggressivität. Sie fragte sich nur, wie weit Eli gegangen war.

«In gewissem Sinne muß ich seine Courage ja bewundern», fuhr Larkin fort. «Ich meine, er fürchtet sich nicht mal, auf Jungen loszugehen, die doppelt so groß sind wie er selbst. Das einzige Problem ist nur, Rabbi, daß immer er derjenige ist, der mit den Schlägereien anfängt.»

Weiter sagte der Direktor: «Nach meiner Erfahrung wollen Kinder, wenn sie dieses Verhalten an den Tag legen, unsere Aufmerksamkeit erregen.»

Deborah nickte schuldbewußt. «Und was sollen wir Ihrer Meinung nach tun, Mr. Larkin?»

«Nun, ich würde dringend anraten, Eli von einem Kinderpsychologen beurteilen zu lassen.»

Das Herz wurde ihr schwer, aber Deborah zwang sich zu erwidern: «Ja, Mr. Larkin, Sie haben recht. Wenn Sie mir einen Arzt empfehlen könnten ...»

Larkin nahm einen Zettel vom Schreibtisch und überreichte ihn Deborah, die den darauf notierten Namen las: Marco Wilding, Ph.D. Und damit sie nicht auf den Gedanken kam, das Gespräch hätte einen anderen Ausgang nehmen können, standen darunter das genaue Datum und die Zeit, zu der Dr. Wilding ihren Sohn in seiner Praxis erwarten würde.

Nach drei einstündigen Sitzungen mit Eli verabredete der Psychologe einen vierten Termin mit Deborah selbst.

Beide Unterarme auf die Schreibtischplatte gelegt, zeigte Dr. Wilding die muskelbepackten Schultern des Footballspielers, der er im College gewesen war, während er eine klinische, präzise Diagnose lieferte – an die Adresse einer Frau, die er zugleich eindeutig taxierte. Das machte es Deborah nicht leichter, seine Beurteilung zu akzeptieren.

«Sie müssen sich auf seine Wellenlänge einstellen», begann er. «Sie sehen in ihm immer noch das Kind, aber schon Jungen im Alter von neun Jahren werden sich ihres Geschlechts bewußt. Und wenigstens psychologisch gesehen befindet er sich am Horizont der Männlichkeit. Klingt das logisch für Sie, Deborah?»

«Ich glaube schon, Doktor», erwiderte sie in einem Ton, der als höflicher Tadel für den anmaßenden Gebrauch ihres Vornamens gedacht war.

«Ich meine», fuhr der Psychologe fort, «gibt es Männer in seinem Leben?»

«Er hat meinen Bruder Danny.»

«Und wie oft sieht er ihn?»

«Alle paar Monate. Zumeist in den Ferien.»

«Nun, das trifft den Punkt, meinen Sie nicht? Wenn Eli morgens aufsteht, gibt es niemanden im Badezimmer, der sich rasiert. Niemand spielt mit ihm Football. Niemand zeigt ihm, wie man boxt ...»

«Vielen Dank, er prügelt sich schon während der Woche häufig genug», fiel Deborah ihm kühl ins Wort.

«Aha!» konterte Wilding mit vielsagendem Lächeln. «Genau das ist es ja, Deborah. Er prügelt sich, weil niemand ihm beibringt, wie man richtig boxt. Erscheint Ihnen das paradox?»

«Nein, Doktor», mußte Deborah gestehen.

«Und was ist mit Ihnen?» erkundigte sich Wilding. «Gibt es Männer in Ihrem Leben? Ich könnte mir vorstellen, daß Sie als Rabbinerin reichlich Kontakt mit Männern haben.»

«Stimmt. Aber eben weil ich Rabbinerin bin, müssen diese Kontakte streng seelsorgerischer Natur bleiben. Verstehen Sie, was ich sagen will, Doktor?»

«Laut und deutlich», gab er zurück. «Aber finden Sie nicht, daß Ihr Problem eindeutig zur Sache gehört?»

«Mein Problem?»

«Deborah, Sie sind jung, attraktiv – und ungebunden. Ich versichere Ihnen – und ich sage das mit absoluter Objektivität –, wenn Sie eine stabile Verbindung hätten, würde das Wunder für Ihren Sohn wirken. Also: Wann werden Sie Ihrer Meinung nach bereit sein, sich wieder zu verheiraten?»

Deborah fühlte sich gekränkt, mußte aber insgeheim zugeben, daß seine Frage berechtigt war. Also antwortete sie ruhig und offen: «Niemals. Ich denke nicht daran.»

«Und was macht Sie so unerschütterlich?»

«*Das* geht Sie nun wirklich nichts an, Doktor. Und wenn Sie jetzt bitte aufhören würden, mich wie eine Zahnpastareklame anzugrinsen, und mir erklären, wie ich meinem Sohn helfen kann, werde ich Sie verlassen, damit Sie andere Eltern verärgern können. Übrigens – sind Sie den Vätern gegenüber auch so offen?»

«Aber sicher.» Wilding lächelte. «Und Sie wären überrascht, wie passiv die sich das gefallen lassen. Sie haben viel Feuer, Deborah. Und wenn Sie so couragiert sind, wie Sie sich jetzt geben, werden Sie tun, was für den Jungen das Richtige ist.»

«Was, bitte, ist denn Ihrer Meinung nach das ‹Richtige›?»

Wilding sah sie offen an und sagte nur ein Wort: «Militärakademie.»

«Wie bitte?»

«Na schön, nennen Sie mich von mir aus einen reaktionären Faschisten. Aber Eli braucht Disziplin. Und, jawohl, nennen Sie mich einen Sexisten, aber er braucht ein paar Vorbilder der Männlichkeit, denen er nacheifern kann.»

«Jetzt hören Sie aber mal, Doktor! Können Sie sich meinen Sohn tatsächlich vorstellen, wie er in Uniform rumläuft und den ganzen Tag vor irgendwelchen Leuten salutiert?»

«Ja», antwortete der Psychologe und schlug bekräftigend auf den Tisch. «Und ich kann mir vorstellen, daß ihm das unendlich guttut. Gewiß, wenn Sie was gegen eine so strikte Reglementierung haben, gibt es da immer noch die traditionellen Internate...»

Deborah konnte es fast nicht mehr ertragen.

«Sie sind also felsenfest entschlossen, ihn mir wegzunehmen, nicht wahr?»

«Ich versuche ihm nur zu helfen», widersprach Wilding mit einer ersten Andeutung von Mitgefühl an diesem Nachmittag. «Und Ihnen zu erklären, was er meines Erachtens dringend braucht.»

«Könnten Sie mir dann nicht auch eine Alternative nennen, die mich nicht von der Szene verdrängt?»

Marco Wilding bettete das kantige Kinn in die Hand und überlegte einen Moment, bevor er antwortete: «Okay, das hätte mir schon früher einfallen sollen...»

«Ja?» Deborah wurde ungeduldig.

«Ihr Kibbuz – da ist er doch immer so gern. Er lebt den Sommer über dort und kann's kaum erwarten, im nächsten Jahr wieder hinzukommen. Haben Sie jemals daran gedacht, endgültig mit ihm dahin zurückzukehren?»

«Sie meinen, einfach alles aufgeben – meine Arbeit, meine ganze Verantwortung?»

Unvermittelt wurde Dr. Wildings Miene finster. Er sah der Mutter seines Patienten direkt in die Augen.

«Ich meine, Ihre Verantwortung sollte vor allem Ihrem Sohn gelten. Und mehr, Miss Luria, habe ich Ihnen nicht zu sagen.»

Diesmal weigerte sich ihr Bruder, mit Deborah darüber zu sprechen.

«Aber Danny, du bist der einzige Freund, den ich habe. Versetz dich doch nur mal eine Minute an meine Stelle. Was würdest du tun?»

«Ich würde hingehen und das erste auch nur annähernd in Frage kommende Mädchen heiraten, das ich finde.»

«Das ist nicht dein Ernst! Du meinst, Liebe kommt erst gar nicht ins Spiel?»

«Hör mal», antwortete er. «Ich würde es aus Liebe zu meinem *Kind* tun. Ich würde es sogar tun, wenn du wolltest, daß Eli bei mir lebt. Weißt du, bei einem großen Teil der Beratungen, die ich als inoffizieller Rabbiner abhalte, habe ich's mit seelisch völlig verdrehten Eltern und seelisch völlig verdrehten Kindern zu tun. Ein Ehepartner, davon bin ich fest überzeugt, kann praktisch alles verkraften – ein Kind dagegen nicht.»

In diesem Moment klingelte es an der Haustür. Sie vereinbarten ein weiteres Telefongespräch für zehn Uhr am selben Abend, und Deborah eilte zur Tür.

Draußen standen zwei Personen. Anfangs jedoch nahm Deborah Elis Turnlehrer Jerry Phillips gar nicht wahr. Sie sah nur das Blut auf dem Gesicht ihres Sohnes.

«Großer Gott!» keuchte sie auf. «Was ist passiert, Eli?»

Der Junge ließ den Kopf hängen und überließ Jerry die Erklärung.

«Ihm fehlt nichts weiter, Rabbi. Nichts als 'ne blutige Nase, die er sich bloß zu waschen braucht. Leider geht's hier um den anderen Bengel, Victor Davis...»

O Gott, dachte Deborah, auch noch ein Gemeindemitglied!

«Er hat angefangen!» unterbrach Eli seinen Lehrer trotzig.

Ohne ihn zu beachten, erkundigte sich Deborah bei diesem: «Was ist denn nun genau passiert?»

«Bevor ich die beiden Kampfhähne trennen konnte, hatte Eli den kleinen Davis schon angegriffen, und Vic ist mit dem Kopf auf den Holzboden aufgeschlagen.»

«Ist er okay?»

«Hoffen wir's», antwortete Phillips voll Unbehagen. «Im Augenblick wird er im Middlesex Hospital geröntgt. Wobei mir einfällt, ich hab versprochen, mich dort mit den Eltern zu treffen.» Er wirkte linkisch und verlegen. «Ich... Es tut mir wirklich leid, Rabbi», murmelte er.

«Bitte, Mr. Phillips», erwiderte sie unruhig. «Vielen Dank für Ihr Verständnis.» Und dann setzte sie noch hinzu: «Auch dafür, daß Sie ihn nach Hause gebracht haben.»

Deborah schloß die Tür, sah Eli an und schimpfte: «Du solltest dich schämen!»

Aber der Junge verteidigte sich hartnäckig: «Ich schwöre dir, Mom, Vic hat angefangen. Er hat mich immer wieder mit dem Ellbogen in den Hals gestoßen.»

Deborah versuchte sich die Szene vorzustellen und erkannte, daß der Gegner ihres Sohnes um ein Beträchtliches größer gewesen sein mußte als er. Dennoch war Tapferkeit keine Entschuldigung für Streitsucht.

«Na schön, komm mit ins Badezimmer, ich mach dich sauber!»

Während sie Elis Gesicht mit einem kalten Waschlappen abrieb, spürte sie, wie er zusammenzuckte. Wie immer der Kampf ausgegangen war, er hatte offenbar einige harte Schläge einstecken müssen und versuchte mannhaft, seine Schmerzen zu verbergen. Am liebsten hätte sie ihn dafür umarmt.

Zehn Minuten, nachdem sie Eli auf sein Zimmer geschickt hatte, um seine Schularbeiten zu machen, klingelte das Telefon. Es war Mr. Davis.

Auf Deborahs besorgte Frage nach dem Befinden seines Sohnes knurrte er nur, es sei keine Gehirnerschütterung, aber «es hätte weitaus schlimmer sein können».

«Ich kann Ihnen gar nicht sagen, wie leid es mir tut», versicherte Deborah.

«Leid?» fragte Mr. Davis zurück. «Ich möchte meinen, Sie sollten sich schämen! So darf der Sohn eines Rabbi sich nicht benehmen!»

Sie wollte einwerfen, daß die meisten neunjährigen Jungen zu aggressivem Verhalten neigten, und zwar ohne Rücksicht auf den Beruf ihrer Eltern. «Am Horizont der Männlichkeit», wie der gute Dr. Wilding es ausgedrückt hatte.

«Ich meine – wirklich, Rabbi!» fuhr der andere mit seiner Tirade fort. «Sie sollten ein Vorbild für unsere Gemeinde sein. Es ist eine Schande, daß sich der Sohn meines sogenannten geistlichen Führers wie ein Hooligan aufführt. Ich warne Sie: Wenn ich Ihren Jungen jemals wieder beim Basketball sehe, werde ich aus der Gemeinde austreten!»

Kochend vor Wut gelang es Deborah gerade noch, einen letzten Rest professioneller Höflichkeit aufzubringen.

«Ich danke Ihnen, daß Sie mir Ihre Einstellung so deutlich gemacht haben, Mr. Davis», gab sie kühl zurück. «Guten Abend.»

Sie legte den Hörer auf, barg das Gesicht in den Händen und versuchte einen klaren Gedanken zu fassen. Wenn der junge Davis auch nur annähernd so war wie sein Vater, war es kein Wunder, daß Eli ihn angegriffen hatte.

Sie ging zu seinem Zimmer hinauf. Unter der Tür sah sie noch Licht.

Sie klopfte leise. Keine Antwort. Als sie behutsam die Tür öffnete, entdeckte sie, daß sich ihr Sohn unter der Decke zusammengerollt hatte und fest schlief. Seine Leselampe brannte noch.

Instinktiv wanderte ihr Blick zu den Bücherregalen, und ihr fiel auf, daß etwas nicht so war wie sonst.

Eli nahm, wo immer sie waren, stets eine Art Ikone mit, eine gerahmte Fotografie seines «Vaters», der stolz neben einem Phantom-Jet mit einem deutlich sichtbaren Davidstern stand. Er stellte das Bild neben sein Bett, damit er es vor dem Einschlafen betrachten konnte. Das war vermutlich die schmerzlichste all jener Lügen, an denen sie sich beteiligt hatte. Jeden Abend, wenn er seine Gebete sprach, schloß Eli mit einem: «Gute Nacht, Mama», um auf hebräisch hinzuzufügen: «Gute Nacht, *Abba.*»

Auf einmal entdeckte sie, was an seinem Zimmer verändert war: Der Rahmen war leer. Was hatte er mit dem Foto gemacht? Eine irrationale Vorstellung brachte sie anfangs auf den Gedanken, er habe irgendwie die Wahrheit entdeckt und das Foto in tausend Stücke zerfetzt.

Bei näherem Hinsehen jedoch entdeckte sie, wo sich das Foto jetzt befand: in den Armen ihres schlafenden Sohnes Eli.

Sie vermochte kaum die Tränen zurückzuhalten, als sie sich über Eli beugte, ihm zärtlich eine blonde Locke aus dem Gesicht strich und ihn auf die Stirn küßte. Dann machte sie das Licht aus, schloß die Tür und ging nach unten, um das wichtigste Telefongespräch ihres Lebens zu führen.

Beim Frühstück suchte sie ihre Gefühle zu zügeln, damit das Thema ungezwungen zur Sprache kam. Obwohl sie jede Anspielung auf den Kampf des vergangenen Tages vermied, war Eli verdrossen und in sich gekehrt. Deborah, die ihm gegenübersaß, trank einen Schluck Kaffee und eröffnete das Gespräch.

«Gefällt es dir hier, Eli?»

«Was meinst du mit ‹hier›?»

«Ich weiß nicht, Connecticut, deine Schule – einfach ganz allgemein ‹hier›.»

«Ja, sicher», antwortete er desinteressiert. «Ich meine, es ist ganz schön.» Er musterte die Miene der Mutter, um zu sehen, worauf sie hinauswollte. «Was ist denn mit *dir*, Mom – gefällt es dir hier?»

Oh, aber das war wirklich schwierig. Darauf hatte sie sich nicht vorbereitet.

«Ehrlich gesagt, Eli, ganz gut, aber jemand hat mir erzählt, daß es dir hier nicht gefällt.»

«He, was soll das?» erwiderte er abwehrend. «Warum sagst du mir nicht, was du sagen willst?»

«Na ja ...» Deborah zögerte, versuchte ihre Emotionen zu kaschieren. «Zuweilen sehne ich mich nach dem Kibbuz. Du nicht?»

«Wir fahren doch im Sommer hin, also wieso sollte ich mich danach sehnen?»

«Du könntest dich im Winter danach sehnen», wandte die Mutter ein. Und fragte dann: «Tust du das?»

Der Junge überlegte: «Manchmal...» gestand er dann fast flüsternd.

«Ja, wenn das so ist – was würdest du sagen, wenn wir wieder dahin zurückgehen?»

«Und dein Job?» protestierte er – ein bißchen allzu prompt.

«Nun, im Grunde bin ich Lehrerin. Ein Rabbiner muß nicht unbedingt einen Talar anziehen und predigen. Und da das Bibelstudium zum allgemeinen Stundenplan gehört, könnte ich ohne weiteres auch an der Kibbuz-Schule unterrichten.»

Der Junge schwieg einen Moment; dann erkundigte er sich leise: «Wer sagt denn, daß die dir einen Job geben?»

Deborah lächelte. «Grandpa Boaz sagt das. Ich habe gestern abend mit ihm telefoniert.»

Sekundenlang herrschte Totenstille. Deborah war gerührt, als sie beobachtete, wie ihr Sohn seine wachsende Begeisterung zu verbergen suchte.

«Echt?» fragte er ungläubig.

«Echt», antwortete sie.

Eli starrte die Mutter mit aufgerissenen Augen an. Dann warf er sich plötzlich, wie von der Sehne geschnellt, in ihre Arme.

40

Timothy

Nur wenigen war klar, daß Timothy, obwohl er so beliebt war, offiziell noch keineswegs zur Bostoner Erzdiözese gehörte. Ein Priester, der von einem Bistum ins andere umsiedelt, muß eine zwei- bis dreijährige «Inkardination» absolvieren.

Als Tims Pro-forma-Probezeit ablief, gab Kardinal Mulroney ihm zu Ehren ein kleines Diner, bei dem er ihm den Titel «Monsignore» verlieh.

Das ließ jedoch nur die Anzahl und Vielfalt der Einladungen anschwellen, die er erhielt und die von Besuchen in Waisenhäusern bis zu formellen Wohltätigkeitsdiners reichten.

Nach endlosen Monaten der «Geselligkeit für Gott», wie Mulroney es lächelnd nannte, hatte Tim begonnen, Gewicht zuzulegen, und zwang sich, während der Mittagspause, statt zu essen, rund um das Reservoir des Boston College zu joggen.

An einem stürmischen Nachmittag sah er zu seinem Erstaunen, daß ihm die normalerweise phlegmatische Schwester Marguerita, seine Sekretärin, ohne Mantel entgegengelaufen kam und heftig ein Kuvert schwenkte.

«Monsignore!» rief sie mit einer Stimme, die ihre Aufregung verriet. «Sie haben eine Einladung erhalten. Von der Vatikanischen Botschaft in Washington!»

Woraufhin Tim ihr zuliebe Überraschung heuchelte, obwohl er recht genau über den Inhalt des Schreibens informiert war.

Vor einem knappen Jahr, im Januar 1984, hatte Ronald Reagan die offiziellen diplomatischen Beziehungen mit dem Vatikan wiederaufgenommen, die seit über hundert Jahren unterbrochen gewesen waren. Von nun an würde Roms apostolischer Vertreter in Washington als «Seine Exzellenz, der Botschafter» angesprochen werden müssen.

Die Einladung erbat Tims Anwesenheit bei einem Gala-Empfang zur Begrüßung des neuen vatikanischen Gesandten in Amerika, und dies war niemand anders als der geliebte Bruder der Principessa, Erzbischof Giovanni Orsino.

«Ist das nicht herrlich, Monsignore?» sprudelte Schwester Marguerita hervor.

Mit betont strengem Blick warnte Tim sie: «Auf jeden Fall ist es streng vertraulich, Meg – ich wünsche nicht, daß etwa im zweiten Stock der Residenz derartige Gerüchte umherschwirren.» Die Sekretärin errötete ein wenig und nickte. Ganz zweifellos wußten bereits alle davon.

Die Lichter der Vatikanischen Botschaft an der Massachusetts Avenue schienen so hell, daß sie vom Luftverkehr am Himmel aus zu sehen waren, als eine endlose Reihe von Limousinen vorfuhr und die Aristokratie von Washington absetzte.

Tim hatte das Haus bereits betreten, als er die Trompeten *Hail to the Chief* blasen hörte. Bewundernd sah er zu, wie der Präsident und seine Frau am Kopf der Treppe auftauchten und lächelnd winkten. Beide gingen direkt auf den Gastgeber, Erzbischof Orsino, zu, der sie herzlich begrüßte und den verschiedenen Mitgliedern der amerikanischen katholischen Elite vorstellte.

Obwohl Kardinal, fühlte sich Mulroney in der Gesellschaft hochrangiger Diplomaten und Regierungsbeamter unbehaglich. Infolgedessen verbrachte er den größten Teil der Zeit damit, sich mit seinen Mit-Eminenzen aus New York, Chicago, Los Angeles, Detroit und Philadelphia zu unterhalten.

Da Tim keine derartigen Kollegen hatte, zog er sich unauffällig an die Peripherie zurück und beobachtete den glanzvollen Aufmarsch der Gäste, unter ihnen viele illustre Persönlichkeiten aus Regierungskreisen. Eine Zeitlang stand er reglos da, bis er plötzlich eine vertraute Stimme vernahm.

«He, Hogan!» lautete die unpassend burschikose Begrüßung. Und als Tim sich umwandte, entdeckte er George Cavanagh mit einem halbvollen Glas Champagner in der Hand.

«Ich dachte, du wärst im wilden Südamerika», bemerkte Tim, als er dem ehemaligen Mit-Seminaristen die Hand schüttelte. «Auf einem solchen Empfang hätte ich dich niemals erwartet.»

«Ach, weißt du, dies ist doch bloß eine andere Art von Dschungel, findest du nicht?» gab George mit unverhohlener Ironie zurück.

«Wie geht's dir denn so?» erkundigte sich Tim, während er einzuschätzen versuchte, wie echt die Herzlichkeit seines alten Bekannten war.

«Müde, Father – vielmehr *Monsignore* – Hogan. Ich kann dir nicht beschreiben, was es heißt, die Herden südlich der Grenze weiden zu wollen. Ich habe nur überleben können, weil ich durch *ihren* Glauben gestärkt wurde.» Er trank einen Schluck Champagner und seufzte. «Aber ich bin völlig ausgelaugt, Tim. Ich kann diesen ständigen Guerillakrieg nicht mehr ertragen.»

«Du wirst doch wohl nicht die Kirche verlassen, George?»

Sofort blitzte ein Funke in Cavanaghs matten Augen auf.

«O nein, *den* Kampf werde ich nicht aufgeben. Aber ich bin ein Verwaltungsmensch geworden. Im nächsten Monat werde ich zum Koadjutor des Bischofs von Chicago ernannt. Du wirst auch eine Einladung erhalten.»

«Ach!» Tim war überrascht. Dann setzte er mit aufrichtiger Herzlichkeit hinzu: «Dann sollte ich dir wohl gratulieren, Exzellenz.»

«Eigentlich nicht», erwiderte George unglücklich. «Es war ganz einfach ein Quidproquo.»

«Das verstehe ich nicht.»

«Meine Zeitung, Monsignore. Das ist alles, was ich aufgeben mußte. *La Voz del Pueblo* ist verstummt.»

Bevor Tim jedoch antworten konnte, setzte George hastig hinzu: «Das heißt natürlich nicht, daß ich meine Grundsätze gänzlich verrate. Aber wenigstens werde ich die Chance haben, sie von einer Kanzel aus zu verkünden, statt von einem Baumstumpf im tropischen Urwald. Ehrlich gesagt, ich freue mich darauf. Nicht nur auf fließendes Wasser und ein weiches Bett, sondern vor allem darauf, der Quelle geistlichen Trostes näher zu sein, wenn diese gräßlichen Nächte kommen – du weißt schon, wenn die Seele nicht schlafen kann.»

Tim nickte. «O ja, die habe ich auch kennengelernt.»

George kippte den Rest aus seinem Glas und fuhr fort: «Ganz unter uns, Timmo, manchmal wünschte ich, wir könnten unsere Gebete eingeschrieben zur Post geben – einfach, damit wir *ein einziges Mal* sicher wären, daß sie ihr Ziel erreichen.» Er schwankte ein wenig auf unsicheren Füßen und sagte verschwommen: «He, ich werde rebellisch, nicht wahr?»

«Nein», versicherte Tim rasch. «Nur ein bißchen beschwipst. Ich glaube, du solltest nach Hause gehen und dich ins Bett legen.»

«Nach Hause?» gab George zurück. «Wo ist für einen katholischen Priester ‹zu Hause›? Im Augenblick sind wir zu viert, in einer Suite im Watergate Hotel. Kannst du dir das vorstellen, Timmo? In Nicaragua verhungern die *campesinos*, und wir lassen uns rund um die Uhr von einem stets bereiten Zimmerservice bedienen.»

Tim begann den Freund behutsam in Richtung Tür zu bugsieren. Draußen half er ihm zunächst, seinen Chauffeur zu suchen, und als George endlich im Wagen saß, sagte er beruhigend: «Hör zu, Cavanagh, falls dir das etwas bedeutet – ich bewundere dich. Ganz ehrlich.»

George blickte auf und antwortete angesäuselt: «Ist das dein Ernst, Hogan?»

«Ich wünschte, ich hätte deinen Mut», erklärte Tim liebevoll.

«Das glaube ich dir nicht. Aber ich wünschte, ich hätte deinen *Kopf*. Gute Nacht, Monsignore.»

Damit ließ Cavanagh das automatische Fenster hochsurren und winkte dem Chauffeur, loszufahren.

Als Timothy zu den Festlichkeiten zurückkehrte, gesellte sich der Gastgeber persönlich zu ihm.

«Caro Timoteo», begrüßte ihn Nuntius Orsino, «ich habe überall nach Ihnen gesucht.»

«Ich freue mich, Sie wiederzusehen. Wie geht es Ihrer Frau Schwester?»

«Blendend wie immer. Sie schickt Ihnen ihre herzlichsten Grüße», antwortete Orsino. «Aber ich möchte in Ruhe mit Ihnen sprechen. Haben Sie morgen zum Frühstück Zeit?»

«Selbstverständlich. Wann immer Sie wollen.»

«Gut. Mein Wagen holt Sie um Viertel vor acht ab. *Buona notte.*»

Der Morgen in Washington war ungewöhnlich freundlich und warm. Auf der Terrasse der Botschafter-Residenz war ein eleganter Tisch gedeckt, während ein weiß behandschuhter Butler in respektvollem Abstand wartete. Von ihm abgesehen waren sie nur zu zweit – Tim und der Bruder der Principessa.

«Bitte, Tim, nennen Sie mich Gianni», drängte der Diplomat. «Ich habe viele wundervolle Dinge über Ihre verschiedenen Leistungen in Boston vernommen. Angeblich sind Sie gleichermaßen versiert in lateinischen wie in Konto-Büchern.»

Tim vermochte ein Lächeln nicht zu unterdrücken. «Im Grunde ist das eine äußerst befriedigende Arbeit. Die Reaktion der Menschen ...»

«Und der Rang? Freut es Sie nicht auch, ‹Monsignore› betitelt zu werden?» Als Tim zögerte, ermunterte Orsino ihn ein wenig. «Ein bißchen Eitelkeit ist keine so große Sünde. Ich gestehe Ihnen aufrichtig, daß ich mich trotz all der Titel, die ich schon eingeheimst habe, jedesmal über einen neuen freue.»

Tim lächelte über diese kindliche Offenheit.

«Und Sie haben diese Ehre mehr als verdient, das kann ich Ihnen versichern. Tatsächlich liegt gerade jetzt ein Antrag Kardinal Mulroneys vor, Sie zu befördern – zum ...» Er unterbrach sich, um dann in betont abwehrendem Ton fortzufahren: «Aber nein. Sie sind viel zu wertvoll, um in Boston zu versauern, und sei es als Koadjutor, mein Junge. Sie werden in Rom gebraucht.»

Die Erwähnung seiner heißgeliebten Stadt weckte Sehnsüchte in Tim.

«Und was genau würde dort meine Aufgabe sein?» erkundigte er sich, während er seine Erregung zu kaschieren suchte.

«Nun», antwortete der Nuntius, «so leicht wie lateinische Episteln übersetzen, wird es wohl leider nicht werden. Ich habe den Heiligen Vater davon überzeugt, daß Sie genug Asbest in sich haben, um zwischen Bratpfanne und Feuer zu pendeln.» Er grinste. «Das war ein großartiges Bild, nicht wahr?»

«Ja, äh – Gianni», bestätigte Tim, wie betäubt bei der Vorstellung, daß sein Name, in welchem Zusammenhang auch immer, vom Papst persönlich ausgesprochen worden war.

Orsino trank einen Schluck Kaffee, tupfte sich den Mund, beugte sich über den Tisch und sah Tim an.

«Die Bratpfanne ist Südamerika, Timoteo», erklärte er vertraulich. «Und niemand kann besser beurteilen als ich, wie dringend wir dort Hilfe brauchen. Das ‹Feuer› ist leider Kardinal Franz von Jakob. Sie wissen natürlich, welchen Posten er innehat?»

«Ja», antwortete Tim. «Er ist Präfekt der Glaubenskongregation.»

«Haben Sie ihn mal kennengelernt?» wollte Orsino wissen.

«Leider bewege ich mich nicht in so illustren Kreisen», erwiderte Tim.

«Oh, doch.» Der Nuntius lächelte. «Ich habe ihn bei der Verteidigung Ihrer Dissertation gesehen, obwohl er – charakteristisch für ihn – auf dem Empfang meiner Schwester nicht erschienen ist. Unter uns gesagt, er ist ein unmöglicher Mensch. Aber er hat auch eine unmögliche Aufgabe. Nur ein Preuße, glaube ich, würde versuchen, die afrikanischen Diözesen umzuerziehen, wo die Messe von Urwaldtrommeln begleitet wird und die einzige Konzession an den Zölibat darin besteht, daß einheimische Priester nicht mit ihren Ehefrauen und Kindern zusammenleben.

Ich brauche Ihnen wohl nicht zu erklären», ergänzte Orsino, «daß von Jakob mit eiserner Faust regiert.»

«Das ist doch nur logisch», stellte Tim ironisch fest. «Die ‹Heilige Glaubenskongregation› hat eine lange Geschichte. Vor allem unter ihrem früheren Namen – Inquisition.»

«Aber glauben Sie mir, Timoteo, im Vergleich zu Südamerika ist Afrika ein Kinderspiel. Das kann ich bezeugen. Die Jesuiten setzen unseren Gläubigen unakzeptable Ideen in den Kopf. Diese Sache mit der ‹Inkulturation› ist Wahnsinn. Nächstens singen sie die Kirchenlieder noch zu Tangomusik. Wenn wir diese Revolutionäre nicht an die Kandare nehmen, wird der Heilige Vater die Gesellschaft Jesu auflösen müssen, wie damals Klemens XIV. Es herrscht Krieg, mein Junge.»

«Aber ich begreife nicht, wie ich da hineinpasse.» Tim war ehrlich verwirrt.

«Aha!» Orsino erhob sich, damit er auf der Terrasse auf und ab wandern und ausholender gestikulieren konnte. «Das genau ist der springende Punkt. Sie sind ein ausgebildeter Kirchenmann. Ein charismatischer Redner. Und vor allem ein Mann mit einem unerschütterlichen Glauben an Rom.

Auf meine ausdrückliche Empfehlung hin ist es der Wunsch sowohl des Kardinals von Jakob als auch des Heiligen Vaters selbst, daß Sie den Posten eines Sonderbotschafters der Kurie für die Diözesen von Lateinamerika übernehmen.»

«Allen?»

«Nur bei denjenigen, in denen die Jesuiten Ärger machen», schränkte Orsino ein; dann grinste er. «Also ich denke, dann doch wohl bei allen. Zwischenfälle wie die Demütigung Seiner Heiligkeit durch die Sandinistas bei seiner Reise in Nicaragua dürfen nie wieder vorkommen. Unsere südamerikanischen Priester müssen angehalten werden, die aufrührerische jesuitische Presse zu ignorieren...»

«Zum Beispiel *La Voz del Pueblo*?»

«Genau», bestätigte der Diplomat. Dann wechselte er geschickt das Thema und fragte: «Könnten Sie also Ende des Monats in Rom sein?»

«Ich glaube schon. Natürlich schulde ich Kardinal Mulroney die höfliche Geste, ihn...»

«Oh, da gibt es kein Problem», behauptete Orsino mit einem Funkeln im Auge. «Der ist stolz auf Sie, mein Junge, wirklich sehr stolz. Und da die Zeit drängt, bin ich überzeugt, er wird nichts dagegen haben, wenn wir die Zeremonie in Rom halten.»

«Welche Zeremonie?» erkundigte sich Tim verwundert.

«Ich dachte, das hielten Sie für selbstverständlich.» Der Botschafter lächelte unschuldig. «Eine so schwere Verantwortung würden wir natürlich niemals einem Nuntius unter dem Rang eines Erzbischofs anvertrauen. Herzlichen Glückwunsch, Exzellenz.»

Als seine klimagekühlte Limousine durch die heißen, schwülen Straßen Washingtons glitt, fühlte sich Tim innerlich hin und her gerissen.

Es gibt keinen Priester auf der Welt, der nicht überglücklich wäre, wenn man ihn mit dem fürstlichen Purpur des Episkopats bekleidet.

Aber nicht jeder würde dafür bezahlen wollen, indem er in den Dienst der... Inquisition tritt.

41

Daniel

Einen Monat, nachdem ich Dr. Harris' Angebot angenommen hatte, verkaufte ich meine New Yorker Wohnung und erwarb dafür ein Chalet in Lisbon, New Hampshire. Den Rest des Erlöses legte ich in Schatzbriefen an. Ich hatte die Lust am Börsenhandel verloren und, ehrlich gesagt, schon immer gewußt, daß Geldverdienen mich nicht glücklich machte.

Ich hatte Lisbon nicht wegen des exotischen Namens für Lissabon gewählt, sondern weil es den Mittelpunkt des Gebietes bildete, in dem jene fünf Dörfer verstreut lagen, deren inoffizieller geistlicher Berater ich wurde.

Mit der Zeit hatte ich meinen Wirkungskreis erweitert – vor allem, indem ich in jedem Sommer ein oder zwei junge Gemeindemitglieder nach Israel mitnahm. Während ich Deborah und Eli besuchte, konnten sich die Mitglieder meiner zerstreuten Herde an einem Hebräischkurs beteiligen und ganz allgemein das ihnen überkommene Erbe in sich aufnehmen. Das Ergebnis waren Instant-Sonntagsschullehrer. So zog ich mir allmählich eine schlagkräftige Truppe heran.

Ich hatte mich so intensiv auf meine Arbeit gestürzt und war von einem Ort zum anderen, von einer Festlichkeit zur anderen gefahren, daß ich fast nicht zu glauben vermochte, daß wirklich schon vier Jahre vergangen waren, seit ich geworden war, was ich einen «Rabbiner ohne Portefeuille» zu nennen beliebte.

Einmal nur wurde mir deutlich klar, wie schnell der Sand durch mein Stundenglas rann: in Israel, im Mai vor Elis dreizehntem Geburtstag und somit jenem wichtigsten Abschnitt seines spirituellen Lebens, der Bar mizwa.

Da der Kibbuz über keine Kapelle verfügte, wandte Deborah sich an den Rabbiner von *Or Chadash* in Haifa, einer der ersten Reform-Synagogen in Israel, einem hübschen, kleinen Bauwerk auf halber Höhe des Mount Carmel.

Der Rabbiner forderte Deborah sogar auf, bei dieser Gelegenheit das Pult mit ihm zu teilen und vor allem alle Thora-Stellen zu singen, die vor Elis Vortrag an die Reihe kamen.

Unerwarteterweise jedoch fiel ein melancholischer Schatten auf dieses an sich so freudige Ereignis. Denn außer den Kibbuzniks, die in einem stattlichen Konvoi asthmatischer Busse anreisten, erschienen sechs Männer ungefähr Anfang Vierzig, die aus den verschiedensten Teilen des Landes kamen: wie sich herausstellte Piloten aus dem Geschwader, zu dem der «Vater» des Bar-mizwa-Jungen gehört hatte.

Boaz und Zipporah waren zutiefst gerührt – und Eli war sprachlos vor innerer Bewegung, als er hörte, wer diese Männer waren. Er ließ keine Sekunde den Blick von ihnen – fast so, als wolle er ihre Erinnerung anzapfen, um einen kurzen Blick auf seinen Vater werfen zu können.

Und ich konnte nicht umhin, zu bemerken, daß Avis Kameraden sowohl während des Gottesdienstes als auch auf der anschließenden Party im Kibbuz immer wieder Eli anstarrten und sich ganz zweifellos die Frage stellten, wie Deborah mit der olivfarbenen Haut und der sogar noch dunklere Avi bloß zu diesem blauäugigen *blondino* kamen.

Das Dumme war nur, daß dies Eli ebenfalls nicht entging.

Am selben Abend gab Eli, während die Erwachsenen im Speiseraum feierten, in der Turnhalle eine Party für seine Mitschüler und Mitschülerinnen der Regional High School. Die Jugendlichen amüsierten sich großartig, jedenfalls nach dem Gekicher zu urteilen, das ich vernahm, als ich auf dem Weg zu meinem Gästezimmer, wo ich mir einen Pullover holen wollte, daran vorbeikam.

Plötzlich hörte ich Elis Stimme.

«Hallo, Onkel Danny!»

«Hallo, mein Junge. Du warst großartig, heute», begrüßte ich ihn.

«Danke, Danny», gab er mit deutlich weniger Begeisterung zurück. «Aber würdest du mir bitte die Wahrheit sagen?»

«Sicher», antwortete ich und fragte mich aufgrund meiner eigenen Gedankengänge beklommen, was er wohl von mir hören wollte.

«Ist meine Stimme bei der *Haftorah* gebrochen?»

«Keineswegs», versicherte ich ihm gönnerhaft. «Sie klang wie ein strahlender Bariton.»

«Gila behauptet, meine Stimme wäre gebrochen.»

«Wer ist Gila?»

«Ach, niemand», antwortete er, und diesmal brach seine Stimme tatsächlich.

«Aha, dann ist sie wohl die Frau in deinem Leben, von der Boaz gesprochen hat.»

«Sei nicht so dumm, Onkel Danny! Ich bin noch viel zu jung für Mädchen», protestierte er übertrieben.

Meine jahrelange Tätigkeit als Reiserabbiner hatte meine Urteilsfähigkeit in Sachen menschliche Beziehungen – auch unter Heranwachsenden – eindeutig geschärft.

«Sie kann sich glücklich schätzen», stellte ich fest.

«Gila und ich, wir wollen beide zur Air Force», erklärte er stolz.

«Na ja, bis dahin sind es noch ganze fünf Jahre! An so was solltest du am Abend deiner Bar mizwa nun wirklich nicht denken.»

Auf einmal wurde sein Ton ernst. «In Israel, Onkel Danny, denkst du von der Minute an, in der deine Bar mizwa vorbei ist, an nichts anderes mehr.»

In diesem Moment wurde ich trotz des Partyweines, den ich getrunken hatte, und trotz der lauen Abendluft stocknüchtern. Wie konnte ein Junge, mit dieser unausweichlichen Tatsache konfrontiert, je eine normale Kindheit verleben?

Nun gut, meine eigene Kindheit hatte auch nicht ganz so rosig ausgesehen. Vielleicht wäre es besser für mich gewesen, ich hätte mit achtzehn auch so genau gewußt, was ich wollte – und zwar ohne die Chance zum Aussteigen.

Ich wollte meinen hübschen Neffen umarmen, doch selbst im Alter von dreizehn Jahren war er schon zu groß geworden, um mir eine andere Möglichkeit zu lassen, als ihm wohlwollend auf die Schulter zu klopfen.

Erst als mir klarwurde, daß er überhaupt keinen Grund hatte, mich ganz bis zu den Gästehütten zu begleiten, ahnte ich, daß wir uns nicht zufällig begegnet waren. Und daß das, was sich Eli an diesem Abend, da er seine Einführung in die Welt der erwachsenen Männer feierte, am dringendsten von mir brauchte, ein paar schlichte, einfache Wahrheiten waren.

«Onkel Danny», begann er zögernd, aber bemüht, ruhig zu wirken, «könnten wir beiden uns mal, du weißt schon, von Mann zu Mann unterhalten? Es geht um etwas sehr Wichtiges. Und du bist der einzige Mann in der gesamten Familie, dem ich hundertprozentig vertraue.»

O Gott! Es war, als stürze mir der Himmel über dem Kopf ein.

«Wenn du mich nach den Tatsachen des Lebens fragen willst», scherzte ich, «werde ich sie dir sehr gern erklären, sobald ich sie selbst kennengelernt habe.»

«He, ich meine es ernst!» protestierte er.

«Also okay», kapitulierte ich. «Erzähl mir, was du auf dem Herzen hast.»

Inzwischen hatten wir meinen Bungalow erreicht und setzten uns auf die Vortreppe.

Anfangs starrte er stumm zum See hinüber. Schließlich begann er: «Onkel Danny, die ganze Woche lang sind die Verwandten von Boaz und Zipporah aus Tel Aviv und sogar aus Chicago gekommen. Stundenlang haben sie von den alten Zeiten erzählt und sich endlose Fotos angesehen.»

Jetzt machte ich mir keine Illusionen mehr über die Richtung, in die er steuerte.

«Es ist verrückt», fuhr er nachdenklich fort, «die hatten tatsächlich Tausende von Bildern. Sogar ein paar ganz alte, verblaßte aus Budapest. Und von Avi, als er noch klein war, müssen Hunderte von Fotos dabei sein.»

Er senkte den Kopf und fuhr bedrückt fort: «Aber von Mom und Avi hat es überhaupt kein Foto gegeben. Kein einziges. Nicht einmal von ihrer Hochzeit.» Er hielt inne; dann sah er mich an. «Was meinst du, Danny, was das bedeutet?»

Im Geist suchte ich hastig nach einem kleinen Scherz, einem wirksamen Ablenkungsmanöver – irgend etwas, das mich aus dieser Klemme befreien konnte. Aber dazu war mein Neffe zu schlau, das war mir klar, und die Macht der Wahrheit war stärker als unser beider Willenskraft.

«Ich habe Avi nie kennengelernt», antwortete ich schließlich – die einzige Wahrheit, die ich guten Gewissens anbringen konnte.

«Danach habe ich nicht gefragt», sagte Eli traurig.

«Ach ja?» erwiderte ich. «Wonach denn?»

Eli sah mich an und fragte ruhig: «Bist du sicher, daß er wirklich mein Vater war?»

Ich war hilflos – obwohl ich mindestens eine Viertelstunde Zeit gehabt hatte, mich mit Ausreden zu wappnen. Ich erstarrte einfach. Schließlich holte er mich selbst vom Haken.

«Ist schon okay, Danny», sagte er leise. «Du brauchst mir nicht zu antworten. Deine Miene sagt mir genug.»

Zwei Tage später fuhr Eli zu seiner «zweiten Bar mizwa» nach Jerusalem. Als Silczer Rav hatte Onkel Saul aus diplomatischen Gründen nicht an der Samstagsfeier teilnehmen können. Aber ich war derselben Meinung wie er, daß er dem Andenken meines Vaters zuliebe Eli am Montag beim Gottesdienst an der Klagemauer zum Lesen aus der Thora aufrufen sollte.

Deborah konnte sich nicht überwinden, mitzukommen. Erstens aus dem durchaus legitimen Einwand, daß sie von ihrem Sohn getrennt und in die dichtbesetzte Absperrung für Frauen abgedrängt werden würde. Und zweitens wegen der Erinnerung an den Aufstand, von dem sie noch immer psychologische Narben mit sich herumtrug.

Und drittens gab es vermutlich noch andere Erinnerungen.

Unnötig zu erwähnen, daß die gesamte Jerusalemer *B'nai-Simcha*-Gemeinde anwesend war, einschließlich der Jeschiwa-Jungen, die für den halben Feiertag doppelt dankbar waren. Genau wie ich selbst vermochte Eli sich beiden Seiten anzupassen. Er fühlte sich bei den fröhlich tanzenden *frumen* nicht weniger zu Hause als bei den Disko-gehenden Kibbuzniks.

Später, beim Empfang in der Schule, auf dem Wein und Gebäck gereicht wurden, nahm Saul mich beiseite, um einige Silczer Angelegenheiten mit mir zu besprechen.

In all den Jahren seit meines Vaters Tod hatten er und die Jerusalemer Ältesten sich noch immer nicht auf einen Standort für das Jeschiwa-Dormitorium geeinigt.

Er hatte mich stets auf dem laufenden gehalten, nicht weil ich zum Clan gehörte, sondern weil Saul, trotz Doris Greenbaums großzügiger Geste, auf die Rückzahlung ihrer Spende zu verzichten, das Geld als meinen persönlichen Beitrag betrachtete, obwohl er natürlich nicht ahnen konnte, welchen Preis ich dafür bezahlt hatte.

Diesmal war er darauf aus, die Dormitoriumsfrage ein für allemal zu lösen. Eine Woche zuvor hatte er mich auf eine Rundfahrt zu allen in Frage kommenden Gebäuden in Mea Shearim mitgenommen und sogar über die Peripherie hinaus in die angrenzenden Stadtviertel. Das Gelände war überall dicht bebaut, die Preise astronomisch.

Nach meiner Meinung war das am besten geeignete Domizil ein dreistöckiges Haus aus Jerusalemstein, der vor Alter inzwischen fast grau geworden war. Wir würden es vermutlich in ein Dormitorium für etwa sechzig Jeschiwa-Jungen umbauen können, die es von dort nicht weit zum Unterricht hatten. Doch heute kam Rebbe Bernstein, der ehrliche Nachfolger des gräßlichen Schiffmans mit einem ganz neuen Vorschlag zu meinem Onkel, der verlangte, ich müsse ihn mir ebenfalls anhören.

Während Eli munter auf eigene Faust loszog – zu Richie's Pizza an der King George Straße (für ein Kibbuzkind wußte er wahrhaftig genau, wo man in der Großstadt die Mädchen fand) –, saßen wir im Büro des Direktors und tranken Tee aus Gläsern, während Rebbe Bernstein uns mit einem schwarzgewandeten Gentleman namens Gordon bekannt machte. Nachdem er eine große Landkarte ans Anschlagbrett geheftet hatte, stürzte sich dieser in seinen Werbevortrag.

«Dies, meine verehrten Herren Rabbiner, ist die großartige neue Township Armon David – geplant mit breiten Straßen, aus feinsten Materialien und allen möglichen phantastischen Einrichtungen. Und glauben Sie mir, Ihre Nachbarn werden ausschließlich die *frumsten* der *frumen* sein.»

Er hielt inne, damit wir diese attraktiven Dinge verarbeiten konnten; dann fuhr er fort: «Darüber hinaus werden Sie durch die neue, vom Ministerium für Wohnungsbau versprochene Straße nur eine Busfahrt von zwanzig – im Höchstfall dreißig – Minuten von dem Punkt entfernt sein, an dem wir uns hier befinden.»

Als naiver Besucher, der ich damals war, und unter dem Einfluß dieses unbeschreiblich erhebenden Gefühls, in der Heiligen Stadt zu sein, war ich anfangs hingerissen von der Vorstellung eines nahegelegenen Hauses nicht nur mit großen, luftigen Räumen, sondern sogar einigem Grün. So fleißig, wie diese Kinder arbeiteten, würde es ihnen mit Sicherheit guttun, ein bißchen frische Luft zu atmen, die wirklich frisch war.

Dann jedoch ging mir plötzlich ein Licht auf. Selbst wenn man die Übertreibungen des Anpreisers berücksichtigte, lag diese Township doch ein gutes Stück weiter von Jerusalem entfernt, als für uns akzeptabel war. Und sie schien mir verdächtig dicht neben den arabischen Dörfern Dar Moussa und Zeytounia zu liegen.

Dies veranlaßte mich zu der Frage: «Das sieht alles äußerst eindrucksvoll aus, aber können Sie mir erklären, auf welcher Seite der Grünen Linie es liegt?»

Gordon zeigte sich tief gekränkt.

«Aber der Sohn des großen Rav Moses Luria – gesegnet sei sein gerechtes Andenken – hält doch gewiß nichts von territorialen Spitzfindigkeiten! Dies ganze Land wurde unserem Volk von Gott, dem Allmächtigen, geschenkt.»

Ich mußte mich zusammennehmen, um nicht zu fragen: Wenn der Herr uns dieses Territorium geschenkt hat – wieso versuchen Sie es uns dann zu verkaufen? Aber ich hatte Wichtigeres zu sagen. Ich wandte mich an Saul, doch meine Anmerkungen galten allen Anwesenden.

«Ich habe großen Respekt vor Mr. Gordons Talent als Stadtplaner, aber ich fürchte, die *B'nai-Simcha*-Gemeinden tragen eine gewisse Verantwortung, meinst du nicht auch, Onkel Saul? Ich glaube, wenn wir nach Armon David gehen sollten ...»

«... hätten Sie Platz genug für hundert Studenten», fiel Gordon mir so hastig ins Wort, daß eine Spur von Panik durchschimmerte.

«Das ist nicht der springende Punkt», erwiderte ich, immer noch an Saul gewandt. «Wenn wir unser Dormitorium hinter der Grünen Linie bauen, würde das als politische Aussage gewertet. Es würde andeuten, daß unsere Gemeinden es für richtig halten, arabisches Territorium zu beschlagnahmen.»

Gordon mißverstand meine Kritik oder tat wenigstens so. «Mit anderen Worten», trompetete er, «sie würden nicht nur einen großartigen Wohnkomplex bekommen, sondern auch einen Schlag für ein Groß-Israel führen.»

Alle Blicke richteten sich auf Onkel Saul, der sich den Bart strich und gelassen antwortete: «Ich halte nichts von Schlägen, weder metaphorischen noch physischen. Danny hat recht.»

Gordon schäumte. Betont überging er mich und richtete seine Worte an den Mann, den er für das schwächste Glied unserer Kette hielt, den winzigen Rebbe Bernstein. «Denken Sie doch mal an den Skandal, wenn die Leute hören, daß der gegenwärtige Silczer Rebbe auf den Anspruch unserer Nation auf auch nur einen Millimeter des Heiligen Landes verzichtet!»

«Entschuldigen Sie, Mr. Gordon», erwiderte Saul ruhig, aber fest, «ich erinnere mich nicht, den Ausdruck ‹verzichten› benutzt zu haben. Aber da wir gerade bei Vorwürfen angekommen sind, möchte ich Ihnen erklären, daß das oberste Gebot, nach dem ein Jude leben muß, *Pikuach Nefesh* ist – die Achtung vor dem menschlichen Leben.»

Großartig, Onkel Saul! Unverzüglich folgte ich ihm ins Gefecht.

«Sie erinnern sich doch sicher an Leviticus neunzehn, Vers dreizehn, Mr. Gordon. ‹Du sollst deinem Nächsten kein Unrecht tun.› Allein schon aus diesen Gründen ist Ihr Angebot für uns inakzeptabel.»

Es war kaum zu glauben, aber alles, was Mr. Gordon in der Zeit von sich gab, die er brauchte, um seine Landkarte zu falten und wütend das Weite zu suchen, war ein kurzes Grunzen.

Das ich interpretierte als: Die *B'nai-Simcha*-Gemeinden sind spirituell bankrott, das sind gar keine richtigen Juden, sollen sie doch nach Brooklyn zurückkehren, die ganze Bande. Und alles mit einschlägigen Injurien gespickt.

Eine Weile blieben wir still sitzen. Dann sah Rebbe Bernstein erleichtert lächelnd meinen Onkel an.

«Vielen Dank, Rav Luria», sagte er leise.

Mein Onkel musterte mich strahlend. «Ich war sehr stolz auf die Art, wie du reagiert hast, Rebbe Daniel», erklärte er liebevoll.

Verlegen erinnerte ich ihn daran, daß ich kein richtiger Rabbi war.

Er aber erwiderte: «O doch, das bist du, Danile. Das bist du.»

Während der Rückfahrt in den Kibbuz wirkte Eli sonderbar unbeschwert für einen Menschen, der erst 48 Stunden zuvor eine so schwere Identitätskrise durchgemacht hatte. Er summte sogar die neuesten Melodien aus der israelischen Hitparade.

Ich hatte nicht den Mut, ihn zu fragen, wieso er seine existentielle Krise so mühelos – und so schnell – bewältigt hatte. Zum Glück ergriff er, als es allmählich dunkelte, selbst die Initiative.

«Erinnerst du dich an unser Gespräch neulich abends, Onkel Danny?»

«Ja», antwortete ich lakonisch. Wie hätte ich es vergessen können?

«Na ja, ich habe Mama gefragt, und sie hat mir die Wahrheit gesagt.»

Wirklich?

«Du hast es vermutlich die ganze Zeit gewußt», meinte er großzügig.

Worauf ich ein unverbindliches «Hmmm» brummte.

«Ja und?» fragte er mich.

«Ja was denn – und?» fragte ich ihn.

«Meine Eltern waren nicht verheiratet. Ist das so wichtig?»

«Du hast recht», gab ich zu. «Nach jüdischem Recht bist du koscher genug, um die Tochter des Oberrabbiners zu heiraten.»

Wir fuhren etwa einen Kilometer; dann fragte er mich mit schelmischem Lächeln: «Ist sie hübsch?»

«Wer?» gab ich ein wenig verunsichert zurück.

«Die Tochter des Oberrabbiners», antwortete er. «Ich könnte mich für sie interessieren.»

Also hatte Deborah das Unvermeidliche hinausgeschoben. Früher oder später jedoch würde jemand all seinen Mut zusammennehmen und Eli die Wahrheit sagen müssen. Bis dahin galt das alte Sprichwort: «Danken wir Gott und nehmen wir jeden Tag, wie er kommt.»

Kurz nach dem Abendessen trafen wir in Kfar Ha-Sharon ein. Da Eli mit seiner jugendlichen Energie sofort bereit war, auf eine Mahlzeit zu verzichten, wenn er per Anhalter zu Gilas Kibbuz fahren durfte, aß ich mit Deborah eine Kleinigkeit in ihrem *zrif*.

Sie freute sich, von all den Ereignissen zu hören, die uns dieser Tag in Jerusalem gebracht hatte, und rang sich sogar zu der Bemerkung durch: «Das war sehr tapfer von Onkel Saul, sich so zu verhalten.»

«Na, und ich?» protestierte ich,um auch das mir zustehende Lob einzuheimsen. «Ich hab doch das Argument mit der Grünen Linie überhaupt erst gebracht.»

«Zugegeben, das war mutig», erklärte Deborah. «Der Unterschied ist nur, daß du wieder in die Wildnis gehst, während Saul nach Brooklyn zurückkehren und sich dem heiligen Zorn Gott weiß wie vieler *frumen* stellen muß.»

42

Timothy

Am Sonntag, 26. Mai 1985, stand Timothy Hogan im Petersdom in Rom Seiner Heiligkeit, dem Papst, von Angesicht zu Angesicht gegenüber. Der Heilige Vater, bis auf das weiße Käppchen ganz in Scharlachrot, wurde von zwei Kardinälen flankiert, deren einer der Erzbischof von New York war. Genau wie die anderen, die geweiht werden sollten, trug Tim ein Brustkreuz – als einzigen Schmuck des schlichten Priestergewandes, das er an diesem Tag zum letztenmal angelegt hatte.

Während der Papst Tim mit seinem durchdringenden Blick betrachtete, befragte er ihn nach seiner Bereitschaft, die Pflichten eines Bischofs zu übernehmen. «Bist du entschlossen, dem Nachfolger des Apostels Petrus im Gehorsam treu zu sein?»

Tim brachte kaum ein geflüstertes «Das bin ich» heraus.

Er kniete nieder. Die warmen Hände des Heiligen Vaters berührten seinen Kopf. In diesem Moment bin ich Gott so nahe, wie ich es nie wieder im Leben sein werde, sagte er sich.

Nachdem die beiden Kardinäle Tim ebenfalls die Hände auf den Kopf gelegt hatten, salbte ihn der Papst.

So still war es in der riesigen Basilika, daß man vernahm, wie Seine Heiligkeit wisperte: *«L'anello.»* Dann sagte er in gedämpftem Italienisch: «Deine Hand.» Tim gehorchte und streckte den Ringfinger aus, während der Heilige Vater in feierlichem Ton sprach: «Nimm diesen Ring, das Siegel deiner Treue. In Glauben und Liebe beschütze die Braut Gottes, Seine heilige Kirche.»

Eine Woge von Traurigkeit überfiel Tim. Dies ist also nun meine Hochzeit, dachte er. Die einzige Hochzeit, die ich in meinem Erdendasein erleben werde.

Während Erzbischof Timothy Hogan das Haupt neigte, um den Segen des Pontifex entgegenzunehmen, musterte er rasch die Menge der Zuschauer und entdeckte Pater Ascarelli, seinen strahlenden alten Mentor. Ihn hier zu sehen, verstärkte nur Tims Gefühl, unwürdig zu sein. Für einen Mann von Ascarellis Gaben wäre der Kardinalshut leichte Beute gewesen. Der aber, als wahrer Jesuit, hatte nur Spott für das hohe Amt übrig gehabt.

Als Tim ihn Jahre zuvor gefragt hatte, ob ihm die scharlachrote Robe nicht wünschenswert erschiene, hatte der Alte den Kopf geschüttelt und erwidert: *«Sacerdos sum, non hortus.»* Priester bin ich, kein Blumengarten.

Der Pontifex drückte dem neuen Erzbischof die weiß-goldene Mitra aufs Haupt und überreichte ihm dann noch das letzte Symbol seiner seelsorgerischen Pflichten, den Krummstab des Hirten.

Nach der Messe, während der Chor noch jubelnd Halleluja sang, kehrte Tim in die Sakristei zurück, entledigte sich seiner kostbaren Attribute und ging auf den Petersplatz hinaus. Die Schweizergarde mit ihren schwarz-orange gestreiften Uniformen und mittelalterlichen Hellebarden hielt ihm eine Gasse durch das Meer der Menschen frei.

Er war jetzt offiziell Erzbischof der Kirche Santa Maria delle Lacrime. Das jedoch war lediglich eine Formalität, denn Bischöfen ohne bestimmte Diözese wurde dennoch eine nominelle Zugehörigkeit zu einer Kirche in Rom zugesprochen.

Santa Maria war Tim von der Principessa als Zeichen ihrer Zuneigung «angeboten» worden. Irgendwie trug diese symbolische Assoziation zu dem Gefühl bei, dies alles sei unwirklich. Konnte es tatsächlich sein, daß er, Timothy Hogan, einstmal unverbesserlicher Straßenkämpfer in Brooklyn, den Purpur des Episkopats tragen durfte?

Die Feier fand in der Villa der Principessa statt.

In der Santiori-Residenz schien sich nichts verändert zu haben, nicht einmal die Gastgeberin selbst, die sich Jugend und Energie auf wunderbare Weise durch eine strikte Lebensweise erhalten hatte: mit Diät, Gymnastik und Gebet – und alljährlichen Reisen zu Professor Niehans' exklusiver Klinik in Montreux.

Nachdem er die Villa betreten hatte, nahm Tim die Principessa spontan so liebevoll in die Arme, daß er die zierliche Frau vom Boden aufhob. *«Grazie*, Cristina», sagte er leise. *«Grazie per tutto.»*

«Seien Sie nicht töricht, Exzellenz.» Sie lächelte glücklich. «Sie haben den Aufstieg aus eigener Kraft geschafft. Ich bin lediglich stolz darauf, zu den ersten gehört zu haben, die Ihren großen Wert erkannten.»

«Bei allem Respekt, *Vostra Altezza*», unterbrach Pater Ascarelli sie, «ich habe ihn vor Ihnen erkannt.» Er umarmte seinen Schützling und erklärte: «Purpur steht dir, mein Junge. Mögest du Gott weiter so dienen wie bisher.»

Da Erzbischof Orsino in letzter Minute telegrafisch abgesagt hatte, saßen neunzehn Gäste an dem langen Tisch. Das Kristall funkelte, und der Wein aus den Santiori-Weinbergen in der Toskana paßte zur Robenfarbe der anwesenden Gäste – bis auf das Habit Pater Ascarellis.

Tim wurde mehreren ausländischen Bischöfen vorgestellt, die Rom ihren *ad-limina*-Besuch abstatteten, sowie mehreren Präfekten der Heiligen Kongregationen des Vatikans. Als der Kardinal von New York City Tim die Hand schüttelte, erklärte er mit theatralischer Betonung: «Erzbischof Hogan, ich bin mit der heiligen Pflicht beauftragt, Ihnen eine wichtige Botschaft zu überbringen.» Er machte eine effektvolle Pause; dann fuhr er fort: «Mein Kollege, der Kardinal von Boston, hat mich betraut, Ihnen von Herzen kommende Glückwünsche einer so langen Liste von Absendern zu überbringen, daß meiner Meinung nach sogar die Boston Red Sox dazu gehören müssen!»

Tim wollte gerade zu einer entsprechenden Dankesbotschaft ansetzen, als die Principessa auftauchte. Sie nahm ihn beim Arm und schenkte seinem rotgekleideten Gesprächspartner ein unwiderstehliches Lächeln.

«Eminenz werden mich entschuldigen», zwitscherte sie, «aber ich muß Ihnen den Erzbischof einen Moment entführen. Einer meiner Gäste muß leider sofort aufbrechen, um seine Maschine noch zu erreichen.»

Während er von ihr hinausgeführt wurde, dachte Tim unwillkürlich: Wieviel Einfluß muß diese winzige Person besitzen, wenn sie dem mächtigsten Prälaten der Vereinigten Staaten jemandem vor der Nase wegschnappen kann.

Die anderen Gäste waren längst fort, als Ascarelli darauf bestand, daß Tim sich dorthin zu ihm setzte, wo sie einen Blick auf das leere Forum hatten.

«Ich weiß genau, was du denkst», sagte der Alte leise.

«Tatsächlich?» fragte Tim, während er in Gedanken den langen, von Aufregung gefüllten Tag rekapitulierte.

«Du fragst dich, ob du diese Position deinen persönlichen Verdiensten oder der *romanità* der Principessa verdankst.»

Tims Schweigen signalisierte Zustimmung.

«Glaube mir – du weißt, ich bin sehr sparsam mit Schmeicheleien. Aber du hast dir deinen Rang in jeder Hinsicht verdient. Ihren Einfluß hat sie nur eingesetzt, um zu erreichen, daß du ihrer eigenen Kirche zugeteilt wurdest. Um diese Ehre haben eine ganze Menge Leute gewetteifert. Die *aristocratici* besitzen einige der berühmtesten Kirchen von Rom. Sogar das Juwel an der Piazza Navona befindet sich in privater Hand.»

«Verlangen die Miete?» witzelte Tim.

«Jeder auf seine persönliche Art», erwiderte Ascarelli. «Wie ich hörte, begnügt sich die Principessa mit einem Diner einmal im Jahr mit Seiner Heiligkeit. Aber das wirst du alles schon noch erfahren, wenn deine Zeit gekommen ist.»

«Meine Zeit – wozu?» erkundigte sich Tim.

«Na, na, mein Junge, mir gegenüber brauchst du doch keine *romanità* anzuwenden! Du weißt, daß du von all deinen Mitstudenten der einzige bist, der wirklich *papabile* ist.»

«Papst? Das ist nicht Ihr Ernst», antwortete Tim abwehrend. Und wurde plötzlich sehr still.

In dieser Nähe des Forum Romanum war Ascarellis Rhetorik nicht mehr zu stoppen.

«Erstaunlich, nicht wahr, daß das Papsttum die letzte moderne Institution mit allen Attributen eines Renaissance-Hofes ist und Beförderung je nach Begabung bietet. Mein guter Freund Roncalli, Johannes XXIII., war der Sohn eines armen Bauern aus Bergamo. Und Luciani, Johannes Paul I., war der Sohn eines Wanderarbeiters. Mein eigener Vater hat ihm sogar verschiedentlich in unseren Weinbergen Arbeit gegeben. Und außerdem –» der Skriba kicherte – «hat unsere Kirche sich drei jüdische Päpste gewählt.»

«Wie bitte?» Tim hielt das wieder mal für einen Scherz des Alten.

«Die Familie Pierleoni», erklärte der Skriba. «Früher waren die einmal solide Einwohner des römischen Gettos. Nachdem dann aber ein bißchen Weihwasser auf den richtigen Stellen landete, brachten sie die Päpste Gregor VI. und VII. sowie Anacletus II. hervor. Daher wäre es wohl kaum ein weltbewegendes Ereignis, wenn ein irischer Junge aus Brooklyn ...»

«Pater Ascarelli», unterbrach ihn Tim vorwurfsvoll, «wie kommen Sie darauf, daß ich derart hochfliegende Ambitionen hege?»

Der Alte sah ihn einen Augenblick forschend an. «Deine Augen, Timoteo. In ihnen sehe ich etwas, das ich nur als ... Sehnsucht beschreiben kann. Anders könnte ich mir nicht erklären, warum du so unglücklich bist.»

Als Tim endlich in sein neues Quartier, eine der eleganten Prälaten-Suiten des North American College auf dem Janiculus zurückkehrte, erschienen schon die ersten Streifen des Morgengrauens am Himmel. Unter seiner Tür fand er ein Leinenkuvert, das eine Karte mit dem päpstlichen Siegel sowie eine handschriftliche Mitteilung enthielt: «Seine Heiligkeit erbittet Ihre Anwesenheit zur Feier der Hl. Messe am Montag, 27. Mai, um 06.00 Uhr.»

Tim warf einen Blick auf die Uhr. Er hatte kaum Zeit genug, sich zu rasieren und umzukleiden.

Dennoch wartete er um Viertel vor sechs in der überraschend modernistischen päpstlichen Kapelle – dank einer unfehlbar wirksamen Kombination aus Koffein und Adrenalin frisch und munter.

Ein paar Nonnen aus dem päpstlichen Haushalt, alle in Schwarz mit nur einem eingestickten roten Herzen auf der Brust ihres Habits, knieten schon betend in den Bänken.

Pünktlich fünf Minuten vor sechs kam der Pontifex herein; nach ihm folgten drei bis vier andere Kleriker in unterschiedlichen Gewändern. Als er seinen neuen Erzbischof entdeckte, bot er ihm lächelnd die rechte Hand. *«Benvenuto, Timoteo.»*

Tim machte Miene, den päpstlichen Ring zu küssen, Seine Heiligkeit jedoch wehrte ab: «Bitte, wir sind zum Beten hierhergekommen. Und vor Gott sind wir alle gleich.»

Nachdem sie die Messe gefeiert hatten, winkte der Pontifex Tim zu sich in seinen persönlichen, mit Samt ausgeschlagenen Lift. Der einzige weitere Passagier war ein Priester, in dem Tim Monsignore Kevin Murphy erkannte, den päpstlichen Sekretär. Von diesem sommersprossigen, rothaarigen Dubliner Jungen war bekannt, daß er zehn Meilen weit am Tiber entlangjoggte, bevor irgendein anderer Bewohner des apostolischen Palastes auch nur seine Pantoffeln angezogen hatte.

Als Seine Heiligkeit die beiden jungen Männer miteinander bekannt machte, scherzte er: «Wie Sie wissen, Timoteo, bin ich hier, um Gott zu dienen. Aber Kevin ist es, der den Terminplan macht. Denken Sie daran.»

Tim und der Ire lächelten sich freundlich zu, als der Lift anhielt. Die Passagiere traten hinaus in eine elegante *sala*, deren hochgewölbte Decke mit dem vergoldeten Stuck die beleuchtete Kassettendecke der päpstlichen Kapelle wie Plastik aus Hongkong aussehen ließ. Einige andere hohe vatikanische Beamte warteten bereits, um sich dem Heiligen Vater bei einem Arbeitsfrühstück an dem großen, ovalen Tisch anzuschließen.

Es war nicht schwer, Kardinal Franz von Jakob zu erkennen, denn der kraftvolle Deutsche war fast dreißig Zentimeter größer als die anderen Prälaten, und seine aufrechte Haltung hob seine Größe noch mehr hervor. Tim ergriff die Initiative und stellte sich vor.

Der gestrenge Herr von Jakob antwortete mit der Andeutung eines Lächelns und einem lakonischen: «Willkommen, Exzellenz.»

Es war nicht zu verwundern, daß von Jakob den Platz zur Rechten des Papstes einnahm. Überwältigt war Tim jedoch, als er entdeckte, daß er dem Pontifex direkt gegenübersaß. Es war, wie ihm schien, als wolle dieser ihn aus nächster Nähe beobachten.

Der Deutsche verschwendete keine Zeit und begann ihn unverzüglich auszufragen, um zu prüfen, wie weit Tim über die Probleme der Kirche in Brasilien unterrichtet war.

«Nun, ich weiß, daß es das größte katholische Land der Erde ist – und das ärmste», erwiderte Tim reichlich nervös. «Es gibt Stimmen, unter ihnen eine Menge unserer eigenen Priester, die verlangen, wir sollten den Menschen dort mehr Hilfe leisten.»

«Die reden ununterbrochen vom ‹Sieg des Proletariats›», erklärte der Kardinal verärgert. «Das klingt fast so wie aus dem Marx'schen ‹Kapital›. Die Priester, die die Bauern aufwiegeln, werden von einigen unserer charismatischsten Theologen ermuntert, vor allem dem weit überschätzten Professor Ernesto Hardt.»

Tim nickte. «Ich habe ein paar von seinen Artikeln gelesen. Er ist mit Sicherheit ein äußerst überzeugender Befürworter der Reform.»

«‹Reform› ist das Schlüsselwort», verkündete der Deutsche. «Der Mann hält sich für einen zweiten Martin Luther. Wir sind höchst beunruhigt von den Gerüchten über ein Buch, das er vorbereitet. Es heißt, das könnte das Signal werden, auf das die Brasilianer warten.»

Eine Stimme am anderen Ende des Tisches sagte: «Ich verstehe das immer noch nicht, Franz. Warum kann Ihr Amt ihn nicht einfach zum Bußschweigen verurteilen? Bei seinem Landsmann Leonardo Boff hat das doch eindeutig Erfolg gehabt...»

«O nein, Hardt ist viel zu gefährlich», antwortete von Jakob. «Wenn wir nicht sehr vorsichtig sind, wird er aus der Kirche austreten – und weiß Gott wie viele Tausende mitnehmen.» Nun wandte er sich an Tim und fragte: «Haben Sie eine Ahnung, wie weit die Protestanten vorgedrungen sind?»

«Es scheint sich eher um eine Flutwelle zu handeln», bekannte der neue Erzbischof. «In einem Bericht, den ich gelesen habe, wurde behauptet, daß in jeder einzelnen Stunde des Tages schätzungsweise vierhundert lateinamerikanische Katholiken die Kirche verlassen.»

Beunruhigtes Gemurmel am ganzen Tisch.

Von Jakob wandte sich abermals an Tim. «Aus diesem Grund müssen Sie Hardt überreden, sein Buch nicht zu veröffentlichen. Ich muß Sie wohl nicht erst darauf hinweisen, wie wichtig diese Aufgabe ist.»

Timothy hatte ein behütetes Leben geführt. Sogar was die Politik der Kirche betraf, war er eher arglos. Aber das bedeutete nicht, daß er keine Skrupel kannte, und die Vorstellung, ein Buch zu unterdrücken – irgendein Buch –, war für ihn moralisch abstoßend.

Er fragte sich, ob George Cavanagh seine Mission übernommen hätte. Und etwas anderes fragte er sich ebenfalls.

«Mit Ihrer Erlaubnis», sagte er und suchte sein Unbehagen zu verbergen, «wie sind Sie ausgerechnet auf mich gekommen?»

«Für ein so diabolisches Genie wie Hardt brauchten wir einen ganz besonderen Botschafter. Und als ich Erzbischof Orsino in Washington anrief, nannte er mir ohne Zögern Ihren Namen.»

«Aber ist Ihnen klar, daß ich kein einziges Wort Portugiesisch spreche?» gab er zu bedenken.

«Sie sprechen fließend Latein, Italienisch und Spanisch», entgegnete der Kardinal und hielt ein Dokument in die Höhe, das eindeutig aus Tims Dossier stammte.

Seine Heiligkeit ergänzte leutselig: «Ich hatte Gelegenheit, für meine Südamerikareisen einige Worte der Sprache zu lernen. Und ohne unseren lusitanischen Brüdern zu nahe zu treten – ich finde, um Portugiesisch zu sprechen, braucht man nur mit ein paar Kieseln im Mund Spanisch zu reden.» Ringsum anerkennendes Gelächter.

«Wie dem auch sei», fuhr von Jakob fort, «meine Kongregation verfügt über ausgezeichnete Sprachlehrer, um deren totale Immersionsmethode selbst Berlitz sie beneiden würde. Ich bezweifle nicht, daß Sie in drei Monaten brasilianisches Portugiesisch sprechen werden wie ein Eingeborener.»

«Dann gibt es wohl nur noch ein Problem», warf Seine Heiligkeit launig ein. «Sie müssen sich überlegen, *was* Sie sagen wollen.»

Damit war das Frühstück beendet.

Während die Kirchenfürsten sich in ihre verschiedenen Amtsräume begaben, folgte Tim Monsignore Murphy in dessen Büro, das als Wachtposten für den innersten Kreis des Pontifex diente.

Wie ihm der päpstliche Sekretär erklärte, sollte Tims linguistischer Intensivkurs aus täglich drei Vierstundenlektionen bestehen, die er jeweils mit einem brasilianischen Priester verbringen würde. Der ihn sogar während der Mahlzeiten begleiten sollte, um sicherzugehen, daß nur Portugiesisch gesprochen wurde.

«Anschließend», scherzte Monsignore Murphy, «dürfen Sie sich bei leichterer Lektüre entspannen – wie etwa der Geschichte Brasiliens.»

«Vielen Dank, Monsignore», erwiderte Tim. «Aber eine innere Stimme sagt mir, daß diese Sprachlektionen wesentlich weniger anstrengend sein werden als das, was hinterher kommt.»

Der päpstliche Sekretär zögerte; dann sagte er mit vorsichtig gesenkter Stimme: «Darf ich Ihnen etwas im Vertrauen mitteilen, Exzellenz? Unter uns Iren?»

«Selbstverständlich.»

«Ich finde, Sie sollten wissen, daß Sie nicht der erste Legat sind, der zu Ernesto Hardt geschickt wird.»

«Aha», antwortete Tim. «Und was ist aus meinem Vorgänger geworden?»

Murphys Antwort war kurz und prägnant.

«Er ist nicht zurückgekommen.»

43

Deborah

Liebe Deb,

einliegend ein Ausschnitt aus dem *Boston Globe*, der der Aufmerksamkeit der israelischen Presse mit Sicherheit entgangen ist.

Ehrlich gesagt, ich habe gezögert, bevor ich mich dann doch entschloß, ihn Dir zu schicken. Ich meine, ich weiß ja, daß Tim ständig irgendwo in Deinen Gedanken ist – wie könnte es auch anders sein, da Du jedesmal, wenn Du Eli anblickst, sein Gesicht sehen mußt? Dennoch habe ich mich gefragt, was Du, an den fernen Gestaden des Sees Genezareth, wohl empfinden wirst, wenn Du erfährst, daß Dein «alter Freund» Erzbischof geworden ist.

Wird es Rabbi D. Luria glücklich machen, vielleicht sogar stolz?
Und nun die 64-Schekel-Frage: Was würde Eli wohl empfinden?
Meinst Du nicht, er hat es verdient, zu erfahren, daß ein Christ sein Vater ist? Und wichtiger noch, die bittere Wahrheit, daß er, selbst wenn der Papst sein Vater wäre – und in Tims Fall liegt das sogar im Bereich des Möglichen –, dennoch von den Antisemiten der ganzen Welt gehaßt werden wird, weil er jüdisches Blut in den Adern hat?
Es wird ihn sicher nicht verletzen, sondern im Gegenteil seinem Leben, das er bald für uns alle aufs Spiel setzen wird, noch weit mehr Sinn geben...
Wenn dies wie eine Predigt klingt – sei's drum. Und wenn Du nicht Amen sagen willst, werde ich...
Zwei Tage später
Ich kann den letzten Satz noch immer nicht beenden.
Vielleicht wirst Du es tun.

In Liebe
Danny

Obwohl sie fest entschlossen war, die beigelegte Aufnahme zu behalten, war Deborah klar, daß sie den kostbaren Brief verbrennen mußte. War das Foto nicht genug? Vermochte sie ihre Seele denn nicht zu trösten, indem sie das Bild betrachtete und ihr Herz den Text dazu erfinden ließ?

Eine innere Macht veranlaßte sie jedoch, sich an alles zu klammern, was Danny ihr geschickt hatte. Und auch später fiel es ihr nicht schwer, einzusehen, warum sie diese Dokumente nicht besser verwahrt hatte als in der obersten Schublade ihres Schreibtisches.

Vierzehn Jahre lang, seit Elis Geburt, hatte sie verzweifelt nach den richtigen Worten gesucht. Nun hatte sie sie gefunden. Doch wie ein Feigling – dachte sie später jedenfalls – ließ sie, statt ihrem Sohn die Wahrheit mitzuteilen, den Brief einfach dort liegen, wo er ihn mit Sicherheit finden mußte.

Und es dauerte nicht lange.

Am folgenden Abend erschien Eli nicht zum Essen im Speisesaal.

Anfangs dachte Deborah nur, daß er – wieder einmal – zu lange bei Gila in deren Kibbuz geblieben war. Als sie jedoch nach Hause kam und Dannys Brief zu einem Ball zerknüllt auf dem Fußboden liegen sah, rief sie die Freundin ihres Sohnes an, die ihre Besorgnis nur verstärkte, als sie erklärte, Eli sei überhaupt nicht in der Schule gewesen.

Deborah legte den Hörer auf und eilte zu Boaz und Zipporah, um sich ihnen mit ihren Ängsten anzuvertrauen.

Zu ihrem Erstaunen und ihrer Erleichterung entdeckte sie, daß Eli bei ihnen war. Und nach dem dichten Zigarettenrauch zu urteilen, dauerte die Diskussion schon Stunden. Finster starrte ihr Sohn sie an; seine funkelnden Augen brannten vor Zorn über den Verrat.

«Eli...»

Abrupt kehrte er ihr den Rücken.

«Es ist dein gutes Recht, mich zu hassen», sagte sie hilflos. «Ich hätte es dir schon längst sagen sollen.»

«Nein», mischte sich Boaz ein, «die Schuld trifft uns alle. Wie ich ihm zu erklären versuche, seit er hier ist. *Wir* waren es schließlich, die dich dazu überredet haben.»

Zipporah nickte stumm.

Eli begann seiner Wut Luft zu machen; als ersten nahm er sich den «Großvater» vor.

«Wie konntest du so etwas tun? Wie konntest du das Andenken deines Sohnes entweihen?»

Dies war wenigstens ein Vorwurf, gegen den sich Boaz zu wehren vermochte.

«Ich... Wir haben es aus Liebe getan.»

«Liebe!» höhnte Eli empört. «Zu wem? Zu einem Christen, mit dem meine sogenannte Rabbi-Mutter ins Bett gegangen ist?»

«Eli!» fuhr Deborah auf. «Du hast kein Recht, so etwas zu sagen!»

«Ach nein? Du solltest dich schämen...» Seine Wut war noch nicht verraucht, nur fand er keine Worte mehr.

Nun war es an Deborah, ihm das Geschehene begreiflich zu machen.

«Ich schäme mich, Eli. Aber nur, weil ich nicht den Mut hatte, dir alles zu sagen. Eines mußt du jedoch verstehen suchen, denn das ist der Grund, warum du auf die Welt gekommen bist.» Sie hielt inne, um dann sehr ruhig fortzufahren: «Ich habe deinen Vater geliebt. Er war freundlich und gut – und reinen Herzens –, und ich schwöre dir, daß auch er mich geliebt hat.»

Eli sah zu Boaz und Zipporah hinüber. Entgegen seinen Erwartungen nickten sie beide.

«Dein Vater war ein echter Mensch», versicherte Boaz.

«Welchen ‹Vater› meinst du? Deinen Sohn oder... diesen ‹Priester› von meiner Mutter?»

Wieder umfaßte Elis durchdringender Blick alle drei Erwachsenen. Deborah war wie gelähmt, Boaz aber antwortete erregt:

«Ich brauche dir nicht noch einmal zu erklären, was für ein Mann unser Sohn war. Das hast du vierzehn Jahre lang ständig gehört. Die einzige Lüge, die wir dir erzählt haben, war die, daß er dein Vater ist. Ich sage dir hiermit ganz offen, Eli: Auch wenn du von heute an nichts mehr von mir wissen willst, ich werde stets dankbar für diese Jahre sein, in denen unser Junge in dir weiterleben durfte. Und nun», fuhr er fort, «möchte ich mich bei Deborah entschuldigen. Sie hat ihn kaum gekannt – und was diesen Teil der Lüge betrifft, so sollte dein Zorn gerechterweise mich treffen.»

Eli war verwirrt. «Aber Boaz», stammelte er, «ich ... ich bin nicht wütend auf dich.»

«Wieso?» konterte der alte Mann. «Soll das heißen, du haßt Deborah, weil dein Vater ein Christ war? Die Welt in ‹sie› und ‹wir› einzuteilen, mein Junge, ist genau die Einstellung, die zum Holocaust geführt hat. O ja, ich habe das Recht, so etwas zu sagen, weil ich durch diesen willkürlichen Haß meine Eltern *und* meinen Sohn verloren habe. Worauf es einzig und allein ankommt, ist nicht, Jude oder Christ zu sein, sondern ein guter Mensch. Und dein Vater – den ich kannte – war ein guter Mensch.»

Endlich fand Deborah die Stimme wieder.

«Er ist es noch immer», erklärte sie mit stiller Kraft. «Tim ist am Leben. Und nun schulde ich es sowohl Eli als auch Tim, dafür zu sorgen, daß die beiden sich kennenlernen.»

«Niemals!» schrie der Junge aufgebracht. «Ich will diesem Mann niemals begegnen!»

«Und warum nicht?» fragte Deborah zornig. «Du hast uns Vorwürfe gemacht, weil wir dich vor der Wahrheit beschützt haben. Wovor fürchtest du dich jetzt – daß du ihn etwa mögen könntest?»

«Wie könnte ich das, nach allem, was er dir angetan hat.»

«O nein!» fuhr Deborah auf. «Du irrst dich, wenn du dir einbildest, er hätte mich verlassen. Er hat sich erboten, den ... Priesterstand aufzugeben ... mit mir in Jerusalem zu bleiben. Und später habe ich ihm nie etwas von dir gesagt. Er hat noch immer keine Ahnung, daß es dich gibt.»

Einen Moment lang verriet die Miene des Jungen Erstaunen, während Deborah fortfuhr:

«Gott weiß, daß ich dich liebe, Eli, und daß ich versucht habe, dir eine möglichst gute Mutter zu sein. Inzwischen ist mir aber klargeworden, daß ich einen Fehler gemacht habe. Ich werde mir nie verzeihen, daß ich dich ohne Vater habe aufwachsen lassen.»

Die Augen des Jungen füllten sich mit Tränen.

Bis jetzt hatte Zipporah nur stumm dabeigesessen. Nun aber erhob auch sie ihre Stimme.

«Wie lange muß ich mir dies noch anhören? Wie oft sollen wir uns noch entschuldigen und unser schlechtes Gewissen geißeln? Wir sind alle noch am Leben. Und bis gestern haben wir uns mehr geliebt als jede andere Familie auf Erden. Warum sollten wir –» ihr Blick richtete sich auf Eli – «dulden, daß ein einfaches Stück Papier daran etwas ändert? Also, ich schlage vor, daß wir jetzt erst mal einen Schnaps trinken.» Und wieder mit einem Blick auf Eli warnte sie: «Für dich, *boychik*, aber nur ein Tröpfchen. Dann werden wir uns alle hinsetzen und reden, bis wir wieder wissen, wer wir sind und was wir einander bedeuten.»

Sie redeten fast die ganze Nacht. Als schließlich nichts mehr sicher war außer der Tatsache, daß sie alle eine Art Katharsis erlebt hatten, fragte Rabbi Deborah Luria ihren Sohn: «Also gut, Eli, wann möchtest du mit mir nach Rom fliegen?»

Und der Junge antwortete aus der letzten Glut seines Zorns heraus: «Niemals!»

SECHSTER TEIL

44
Timothy

Irgendwie schienen ihn seine Sinne zu trügen. Nach zehn Stunden Flug begann das Motorengedröhn der Varig-DC 10 in Tims Ohren zu klingen, als seien die Maschinen müde. Er bat eine der stets aufmerksamen Stewardessen um eine weitere Tasse schwarzen Kaffee und machte ihr den scherzhaften Vorschlag, auch dem Piloten eine zu bringen. Die junge Frau lächelte über den Humor Seiner Exzellenz und eilte davon.

Während die anderen Passagiere der Ersten Klasse schliefen, arbeitete Tim angestrengt an den Vorbereitungen für seine erste Mission als päpstlicher Nuntius. Jedesmal, wenn man ihn aus seinem linguistischen Gefängnis herausgelassen hatte, war er unverzüglich in von Jakobs Büro geeilt, um das dicke Dossier über Hardt zu studieren und sich für die Reise eine eigene, gekürzte Fassung anzufertigen.

Geboren 1918 in Manaus am Rio Negro als Sohn eines Schweizer Einwanderers und einer *mameluca,* einer Frau gemischter indianisch-portugiesischer Herkunft, war Ernesto Hardt bei den Franziskanern erzogen worden und nach dem Schulabschluß ihrem Orden beigetreten. Nach dem Studium in Rom, wo er an der Gregoriana seinen Doktor machte, lehrte er bis 1962 in Lissabon, um anschließend nach Hause zurückzukehren und den ersten Lehrstuhl für katholische Theologie an der neugegründeten Universität von Brasilia zu übernehmen.

Diese nackten Tatsachen füllten weniger als eine Seite. Der Rest des Dossiers bestand aus Hardts umfangreicher Bibliographie und aus kritischen Anmerkungen verschiedener konservativer Vatikangelehrter. Von Jakobs mit seinen Initialen versehene Marginalien zeichneten sich durch Häufigkeit und Schärfe aus.

Ein daran anschließender Teil, der ausschließlich der Korrespondenz zwischen Rom und Brasilia gewidmet war, enthielt hauptsächlich

Tadel für Hardts an Dissidenz grenzendes Verhalten mit höflichen, aber ausweichenden Antworten wie: «Es ist schwierig, das Wort Gottes in einem Land zu predigen, das Er vergessen zu haben scheint.»

Tim las sich durch Hardts Veröffentlichungen – auf spanisch, denn sie waren in ganz Lateinamerika verbreitet worden. Es stand außer Frage, daß sie ein Plädoyer für die Unterdrückten darstellten, aber die Ausdrucksweise stützte sich, obwohl sie polemisch war, eindeutig auf die Heilige Schrift, ja sogar das Alte Testament.

Man konnte Hardt mit den verschiedensten Namen belegen, aber «Marxist» traf kaum besser auf ihn zu als «christlicher Fundamentalist», obwohl er eine wortwörtliche Bibelauslegung befürwortete. Zum Beispiel machte er viel Wesens von dem Ereignis, das in drei der vier Evangelien geschildert wird, als Jesus nämlich von einem frommen jungen Mann gefragt wird, was er denn tun müsse, um das ewige Leben zu erwerben. Und Jesus antwortete ihm: «Eines fehlt dir. Geh hin, verkaufe alles, was du hast, und gib es den Armen, und du wirst einen Schatz im Himmel haben.»

Konnte ein ehrlich gesinnter Christ dieses Gebot des Heilands wirklich nicht anders auslegen denn als Sozialismus?

Mit jeder Seite, die er umblätterte, erwartete Tim auf Äußerungen zu stoßen, die ketzerischer und aufrührerischer waren, sah bisher aber keinen Grund, zu glauben, Ernesto Hardt habe sich etwas anderem verschrieben als dem Wort Gottes.

Als die Maschine aus Rio auf dem Flughafen von Brasilia ausrollte, nahm Tim seinen Aktenkoffer und seinen schwarzen Regenmantel und ging durch den Anleger in den eleganten Marmorterminal hinüber.

Monsignore Fabrizio Lindor, der rundliche, in einen makellosen leichten Anzug gekleidete Botschafter des Vatikans, wirkte trotz der späten Stunde bewundernswert frisch. Mit ausgestreckter Hand kam er Tim entgegen.

«Benvenuto, Vostra Grazia. Ich weiß, wie ermüdet Sie sein müssen. Also geben Sie Pater Rafael Ihren Gepäckschein und kommen Sie mit mir, damit Sie sich im Wagen ein wenig ausruhen können.»

Tim hatte kaum noch die Kraft zu nicken, als er dem Diplomaten durch die hohen Glastüren zu einer schwarzen Mercedes-Limousine folgte, die demonstrativ mitten im Parkverbot wartete.

«Wir wurden von Kardinal von Jakob angewiesen, eine Hotelsuite für Sie zu buchen. Ich habe die beste im Nacional reservieren lassen, aber ich frage mich, ob Sie sich nicht vielleicht sicherer – äh, das heißt, wohler – fühlen würden, wenn Sie mit einem Gästezimmer der Botschaft vorliebnehmen.»

«Sicher – wovor?» erkundigte sich Tim, ein wenig aus seinem Erschöpfungszustand hochgeschreckt.

Der Botschafter zuckte die Achseln. «Wir sind hier sehr weit vom Vatikan entfernt, Exzellenz, und befinden uns in sehr großer Nähe des Dschungels.»

Während des nahezu zweistündigen Anschlußflugs von Rio hierher hatte Tim sich darauf vorbereitet, dem vatikanischen Botschafter eine dringende Bitte um Informationen vorzutragen.

«Monsignore Lindor, kannten Sie meinen... Vorgänger?»

«Meinen Sie Erzbischof Rojas?»

«Ja. Kannten Sie ihn?»

Der Diplomat zögerte ein wenig, bevor er antwortete: «Flüchtig, ja. Er war nicht sehr lange bei uns.»

«Ach ja?» entgegnete Tim beiläufig. «Ist er etwa in Hardts legendären Bann geraten?»

«Nun ja», gestand der Nuntius voll Unbehagen. «So könnte man es ausdrücken. Er bekannte sich zur Befreiungstheologie und begann auf Hardts Vorschlag hin, für Bischof Casaldáliga am Amazonas zu arbeiten.»

«Besteht eine Möglichkeit, mit ihm zu sprechen?» erkundigte sich Tim.

«Leider nicht», erwiderte der Botschafter. «Rojas ist tot. Das heißt, er wurde erschossen.»

«Weiß vielleicht irgend jemand, von wem?»

«Nach allem, was ich hörte, war es ein Irrtum», erklärte der Botschafter. «Während eines Protestmarsches hatte er sich bei Casaldáliga untergehakt. Es kam zu einem Attentatsversuch. Der Schütze traf statt dessen Rojas.» Tim glaubte ihn noch leise hinzusetzen zu hören: «Sein Pech.»

Während sie durch die nächtlich-leeren Straßen der Stadt fuhren, deren strenge Gebäude wie riesige, beleuchtete Stalagmiten in den blauschwarzen Himmel ragten, erging sich Botschafter Lindor des langen und breiten über seine Sehnsucht nach Rom. Tim interpretierte dies als unbewußten Beweis dafür, daß der Vertreter des Vatikans sich in diesem düsteren Disneyland noch immer nicht recht wohl fühlte.

Als sie sich dem Hotel näherten, erklärte Lindor freundschaftlich: «Ich nehme an, Sie werden sich morgen ausruhen wollen; wenn Sie es jedoch wünschen, kann ich Sie am Spätnachmittag abholen und eine Stadtrundfahrt mit Ihnen machen.»

«Das ist überaus freundlich von Ihnen, Monsignore», gab Tim zurück. «Aber ich glaube kaum, daß ich heute nacht sehr viel schlafen kann, und außerdem möchte ich möglichst bald anfangen. Weiß Padre Hardt, daß ich komme?»

«Nun», entgegnete der Botschafter ausweichend, «wir haben ihm weder eine offizielle Ankündigung geschickt noch – wie Sie es wünschen – einen Termin verabredet. Aber irgendwie erhält er über die alten Franziskaner-Kanäle auch heute noch ständig Informationen. Also könnte man wohl mit Berechtigung sagen, daß Sie ihm keine Überraschung bereiten werden.»

«Das habe ich mir auch nicht eingebildet», versicherte ihm Timothy. «Aber meinen Notizen entnehme ich, daß er nur einmal pro Woche lehrt und die restliche Zeit, wie man es so schönfärberisch ausdrückt, ‹vor Ort› verbringt. Und da dieser allwöchentliche Vortrag, glaube ich, morgen stattfindet, möchte ich ihn mir nicht entgehen lassen.»

«Ich habe seine Vorlesungen alle auf Band aufnehmen lassen», vertraute ihm der Botschafter an. «Sie könnten sie sich in aller Ruhe in meinem Büro anhören.»

«Schon gut», erwiderte Tim. «Ich habe auch die Transkripte gelesen. Aber nichts kann den lebendigen Eindruck eines Menschen ersetzen. Keine Sorge, Monsignore, ich werde nicht abtrünnig.» Dabei sah er den korpulenten Diplomaten so eindringlich an, daß dieser nervös hin und her rutschte.

«Ehrlich gesagt, Exzellenz, er ist ein zweiter Savonarola.»

«Wollen Sie sagen, daß Hardt auf dem Scheiterhaufen brennen sollte?» erkundigte sich Tim scherzhaft.

«Natürlich nicht!» gab der Botschafter zurück. «Das wäre viel zu gut für ihn.»

Die Hoteldirektion hatte Tim zur Begrüßung einen Korb mit Obst und eine Flasche Wein in die Suite gestellt, er holte sich jedoch lieber eine Dose Antártica, eine einheimische Biersorte, aus der Minibar und setzte sich damit aufs Bett. Ohne Glas trank er einen tiefen, kühlen Schluck und sah sich dabei im Spiegel über dem kleinen Schreibtisch.

«Du siehst noch immer kampflustig und fit aus, Hogan», sagte er zu sich selbst. Und tatsächlich erlebte er die einzigen für seine Eitelkeit unangenehmen Sekunden heutzutage, wenn er sich die Haare bürstete und eine zunehmende Zahl blonder Strähnen zwischen den Borsten fand. Bei dem Gedanken, bald kahl zu werden, schüttelte es ihn. Nicht etwa, weil ihn das in seiner Eitelkeit treffen könnte, sondern weil er, wenn dieser unvermeidliche Prozeß fortschritt, bald weniger wie Timothy Hogan aussehen würde als wie der widerliche Tuck Delaney.

Er leerte die Bierdose, legte sich zurück und schlief auf dem weichen Bett ein.

Am folgenden Morgen vertilgte er genüßlich ein Frühstück aus Obst und starkem Kaffee, als der Botschafter ihn anrief.

«Sie hatten recht», berichtete er. «Hardt hält heute nachmittag von vier bis sechs seine Vorlesung. Ich werde Ihnen den Botschaftswagen schicken.»

Tim entging nicht, daß sich der Nuntius nicht erbot, ihn zu begleiten.

«Vielen Dank, Monsignore», erwiderte er, «aber ich glaube, es würde mir mehr Spaß machen, den Bus zu nehmen.»

Die Universität von Brasilia lag an der nordöstlichen Peripherie der Stadt. Tim stieg an der Bushaltestelle der Universität aus. Auf dem Campus fielen ihm die vielen verschiedenen Schattierungen der Studenten auf – in der Kleidung wie auch in der Hautfarbe. Er selbst trug seine «Zivilkleidung» und nicht mal das gewohnte Brustkreuz.

Normalerweise wurden die Theologie-Lektionen im Instituto de Teología abgehalten; Hardts Vorlesungen waren jedoch so beliebt, daß er sie in den großen, einem Amphitheater ähnlichen Hörsaal der naturwissenschaftlichen Fakultät verlegen mußte.

Pünktlich um 16.15 Uhr marschierte Ernesto Hardt – ein hochgewachsener Mann mit gebeugten Schultern, ledriger Haut und einer dichten weißen Mähne, die von einer hohen Stirn herabwallte – zum Podium. Er trug eine Kordhose und ein kurzärmeliges Khakihemd, das oben so weit offenstand, daß ein kleines Goldkreuz zu sehen war.

Tim hielt sich diskret im Hintergrund. Als sich die anderen Hörer respektvoll erhoben, mußte er sich, um nicht aufzufallen, ebenfalls aufrappeln.

Hardt hatte weder Aktenkoffer noch Büchertasche oder Notizen bei sich. Alles, was er zum Katheder mitnahm, war eine ramponierte Lederbibel, die er während der ganzen anderthalb Stunden seines Vortrags kaum einmal benutzte.

Sein Thema für diesen Tag war die Bergpredigt.

Als er jedoch die Stelle «Selig sind die geistlich Armen» zitierte, legte er sie als Lob der materiell armen Menschen aus.

«Was genau meint unser Herr, wenn er sagt: ‹Selig sind, die Hunger und Durst haben nach der *Gerechtigkeit.*› Hat Jesus damit einfach irgendein abstraktes Rechtskonzept gemeint? Natürlich nicht. Die Schlüsselworte sind ‹Hunger› und ‹Durst›. In unserer Religion muß sich ‹Gerechtigkeit› auf eine gerechte Verteilung der Nahrung auf die Völker der Erde beziehen.

Denselben Gedanken finden wir in den Schriftrollen vom Toten Meer, vor allem den sogenannten *Danksagungs-* und *Kriegs*-Dokumenten, die aus denselben Jahren stammen wie Jesus. Daher kann nicht der geringste Zweifel daran bestehen, was unser Herr damit gemeint hat.»

Der durchdringende Blick seiner grauen Augen erfaßte jedes Gesicht im Auditorium, bevor er mit anschwellender Stimme erklärte: «Es kann keine Gerechtigkeit auf der Welt geben, solange es noch hungernde Menschen gibt!»

Tim fragte sich, ob die um Jesus versammelte Menschenmenge auf diese Worte mit ebenso großer Begeisterung reagiert haben würde wie Hardts Zuhörer, die ihm lautstark zujubelten.

«Die erste Tat im Dienste Gottes ist nicht das Gebet, sondern die Verpflichtung. Nicht das Opfer, sondern das Geben. Dann erst können wir beginnen, uns anderen Arten von Gerechtigkeit zuzuwenden.»

Sein dunkles, braunes Gesicht glühte tiefrot. Er hatte seine Meinung klargemacht und ohne seinen Gegner auch nur zu erwähnen die katholische Kirche verurteilt. Er hatte Christus aus Rom geholt und ihn lebendig, atmend und predigend mitten ins Herz des brasilianischen Dschungels verpflanzt.

Hardt lehnte sich unmittelbar unter einem Schild mit der Aufschrift *E Proibido Fumar* an die Wand, langte in seine Brusttasche, zog eine Schachtel Marlboro heraus und steckte sich eine an. Nachdem er tief inhaliert hatte, trat er wieder ans Lesepult.

«Offiziell ist unsere Vorlesung jetzt beendet», erklärte er in der brasilianischen Alltagssprache. «Aber für jene, die daran interessiert sind, habe ich noch ein paar Worte über die Freiheit zu sagen.»

Niemand rührte sich. Hardt fuhr fort: «Jeder Schuljunge weiß, daß der unsägliche Brauch der Sklaverei in unserem Land offiziell im Jahre 1888 von Joachim Nabuco abgeschafft wurde. Aber manche Menschen scheinen immer noch nichts davon gehört zu haben. Deswegen werden wir jetzt, statt am Sonntag in die Kirche zu gehen, gemeinsam nach São Jodo fahren, um auf der Da-Silva-Ranch zu demonstrieren. Alle, die daran interessiert sind, Spruchbänder zu malen, sollten sich anschließend entweder an Jorge oder Vittoria wenden.»

Dabei deutete er auf zwei junge Assistenten, die fast genauso gekleidet waren wie er und jeder ein Klemmbrett in der Hand hielten, um das Fußvolk der Armee der Gerechtigkeit einzutragen.

«Unsere Vorlesung in der nächsten Woche wird sich mit dem Echo des Alten Testaments in den Evangelien beschäftigen, also vergeßt nicht, die entsprechenden Texte mitzubringen. *Vai com Deus.*»

Vorübergehend entstand Gedränge, als die Studenten in die verschiedensten Richtungen strebten. Nicht wenige kamen, um sich bei Jorge und Vittoria einzutragen. Der Exodus erfolgte so schnell, daß Timothy sich auf seinem Stuhl unvermittelt – wenn auch aus der Ferne – Auge in Auge mit seinem ketzerischen Opfer fand.

Der Brasilianer sprach zuerst. «Guten Tag, Exzellenz. Ich hoffe, meine Vorlesung war nicht zu schlicht für Sie.»

«Im Gegenteil, Dom Ernesto», gab Tim zurück. «Sie war äußerst lehrreich. Dürfte ich Sie auf eine Tasse Kaffee einladen?»

Der Professor lächelte. Hardts Verhalten verriet eine Einstellung, die Tim bisher noch niemals bei einem Diener Gottes angetroffen hatte. Irgendwie waren seine Augen klarer, und seine Ausstrahlung sprach von innerem Frieden.

«Nicht in einem Land, in dem Kaffee der einzige Nichtluxus ist. Doch da ich annehme, daß der Vatikan zahlt – warum offerieren Sie mir statt dessen nicht eine gute Flasche *vinho verde*?»

«Aber gern», antwortete Tim gut gelaunt. «*Vinho verde.* Könnten Sie ein Restaurant vorschlagen?»

«Wenn Sie nichts gegen ein einfaches Essen haben, möchte ich Sie zum Abendessen zu mir nach Hause einladen. Was meinen Sie?»

«Das ist überaus freundlich von Ihnen», antwortete Tim. «Wenn Sie mir den Weg erklären ...»

«Das ist ein bißchen zu kompliziert. Ich glaube, es wäre besser, wenn ich Sie abhole. Paßt Ihnen halb acht?»

«Ich freue mich darauf.»

«Ich ebenfalls», versicherte Hardt und ergänzte lächelnd: «Es würde mit Sicherheit besonders festlich werden, wenn Ihr Budget es Ihnen erlaubt, mehrere Flaschen mitzubringen. *Cenabis bene apud me* – wenn Sie Ihren Catull kennen.»

«Constat», entgegnete Tim.

Hardt lächelte. *«Pax tecum»*, ergänzte er, wandte sich ab und begab sich zum Hinterausgang, wo ihn Jorge und Vittoria erwarteten.

Um Viertel nach sieben wartete Tim in seinem besten schwarzen Sommeranzug vor dem Hotel Nacional mit zwei grünen Flaschen unter dem Arm und fragte sich, mit was für einem Vehikel Hardt ihn wohl abholen würde.

Er kam zu dem Schluß, es werde vermutlich etwas besonders Proletarisches sein – ein Müllwagen etwa oder ein Esel.

Schließlich hatte er sowohl recht als auch unrecht, denn auf die Minute genau kam Hardt in einem so alten Landrover vorgefahren, daß er, wäre es Wein gewesen, das Prädikat *gran reserva* erhalten hätte.

«Steigen Sie ein, steigen Sie ein!» forderte ihn der Ältere freundlich auf. Als Tim den hohen Sitz erklomm, musterte der Theologe die Flaschen. «Aha, ein Mann, der Wort hält! Dieser Jahrgang muß den Vatikan eine hübsche Stange gekostet haben!» Damit drückte er das Gaspedal bis zum Boden durch, und mit einem kräftigen Ruck zog der Wagen an.

Während der Fahrt begannen die beiden Priester ein eher oberflächliches Gespräch über die hohen Preise in Brasilia. Im Handumdrehen hatten sie die Stadt hinter sich gebracht und befanden sich auf dem Highway.

Nach zehn Minuten erkundigte sich Tim: «Haben Sie immer so weit außerhalb der Stadt gelebt?»

«Nein», antwortete Hardt. «Als ich mich noch des Wohlwollens der Kirche erfreute, hauste ich in der Umgebung des Doms. Nun aber gehöre ich zu den ‹Anti-Brasilias›. Das ist zwar nicht ganz so bequem, aber ich lebe näher am Volk.»

«‹Anti-Brasilias›?» erkundigte sich Tim.

«Auch bekannt als *favelas* – im Grunde also Slum. Ich brauche Ihnen wohl nicht zu sagen, daß dies die am gründlichsten geplante Stadt der Geschichte ist. Nur eines haben die Designer vergessen: Wohnungen für die *candangos,* die Bauarbeiter. Heutzutage», fuhr er fort, «sitzen die Armen in den *favelas* fest, die die Stadt wie Perlen einer Halskette umringen – nur nicht ganz so hübsch. Manche liegen bis zu dreißig Kilometern weit vor der Stadt.»

«Welch ein Jammer», bemerkte Tim.

«Allerdings, Exzellenz.» Hardt grinste zynisch. «An alles haben die Stadtplaner gedacht, nur nicht an die Menschen.» Und mit einem kurzen Blick auf Tim ergänzte er: «Klingt ein bißchen wie der Vatikan, nicht wahr?»

Es dauerte über eine halbe Stunde, bis sie vom Highway auf eine ungepflasterte Straße einbogen, die in eine weit zerstreute Ansammlung von Hütten führte. Einige dieser Bauwerke bestanden aus Wellblech, andere aus zweifellos von Baustellen stibitzten Schlackensteinen. Vom Dach einer jeden Behausung griffen hohe Fernsehantennen verzweifelt in Richtung Abendhimmel.

Diese Straße – falls man es so bezeichnen konnte – war noch enger und holpriger als die vorherige. Hardt mußte ständig auf die Hupe drücken, um Kinder und Hühner zu verscheuchen.

Hardts Haus wirkte ein wenig besser als die anderen. Schon von außen hörte Tim den Stromgenerator rattern und roch dessen beißenden schwarzen Qualm. Obwohl er fast doppelt so alt war wie Tim, sprang Hardt elastisch vom Landrover zu Boden und eilte um den Wagen, um auch seinem Gast herunterzuhelfen.

«Lassen Sie nur», wehrte Tim gutgelaunt ab, «ich schaff das schon, ohne mir ein Bein zu brechen.»

«Ich weiß, Dom Timóteo. Aber ich hatte Angst um den *vinho.*»

In diesem Augenblick kam ein dunkler, barfüßiger Junge von etwa zehn Jahren in Shorts und ärmellosem Unterhemd zu ihnen herausgelaufen und rief glücklich: «Papa! Papa!»

Hardt hob den Jungen in seine Arme, um ihn dem Besucher stolz vorzuführen.

«Das ist mein Sohn Alberto.»

Irgendwie schien Hardts flagranter Bruch des priesterlichen Zölibatsgelübdes hier, im dämmrigen Licht der schmutzigen *favela,* keine besondere Bedeutung zu haben.

Tim blickte sich um und fragte sich, wie Menschen derartige Lebensbedingungen tolerieren konnten, laut aber sagte er nur: «Interessante Gegend.»

«Ja. Ich glaube, nach dem hier muß die Hölle wie Miami Beach wirken. Ist Ihnen klar, daß es hier –»

Auf einmal hörten sie eine Frauenstimme rufen: «Hör auf zu predigen, Ernesto! Er ist unser Gast.»

Als Tim sich umwandte, entdeckte er eine junge Frau Anfang Dreißig, deren lächelndes braunes Gesicht von glänzendschwarzem Haar umrahmt war.

«Und verzeihen Sie ihm den Mangel an Manieren», bat sie den Besucher fröhlich. «Ich fürchte, die Ausbildung bei den Franziskanern hat sich nicht auf die Frage erstreckt, wie man jemandem die eigene Frau vorstellt.» Sie streckte die Hand aus und erklärte: «Ich bin Isabella. Ich hoffe, Sie sind durch die Zeitverschiebung nicht zu müde, um diesen Abend zu genießen.»

«Ich danke Ihnen», erwiderte Tim herzlich, völlig verzaubert von dieser Frau, die bestimmt jung genug war, um Hardts Tochter zu sein.

Tatsächlich schien der Ältere seine Gedanken lesen zu können.

«Vermutlich fragen Sie sich jetzt, wie ein alter, hinfälliger *velho* wie ich eine so junge Gazelle erobern konnte.»

Isabella sah Tim lächelnd an. «Tun Sie ihm lieber nicht den Gefallen. Das ist nur so eine hinterhältige Masche von ihm, damit er sich mit seinem Machismo brüsten kann. Wir haben uns so kennengelernt, wie es sich für gute brasilianische Katholiken gehört – bei einer Plakatdemonstration. Als ich an der Uni Jura studiert habe.»

Munter beendete Hardt die Anekdote. «Und Isabella hat sich eines armen Junggesellen erbarmt, der sich nicht darüber klar war, wie zutreffend der Satz aus Sprüche 31 ist, daß man an einem wackren Weib weit höheren Wert hat als an Korallen.»

Tim kannte den Vers und zitierte sofort den heiligen Hieronymus: *«‹Mulierem fortem quis inveniet.›»*

Worüber Hardt sich eindeutig freute.

«Wie schön, zu hören, daß ein Katholik die Schrift zitiert», sagte er boshaft. «Gewöhnlich beschränken sie sich darauf, andere Katholiken zu zitieren.»

Mit seinen klaren grauen Augen sah er Tim offen an und hoffte wohl, dem anderen ein Lächeln zu entlocken. Was ihm gelang.

«Nun», sagte er, den Gast ins Haus geleitend, «wenigstens haben sie mir diesmal keinen Sauertopf geschickt. Entschuldigen Sie, Dom Timóteo, darf ich Ihnen einen Drink anbieten? Sherry vielleicht?»

«Mit Vergnügen», antwortete Tim, während Hardt ihm eine Hand auf die Schulter legte, um ihn in sein Studierzimmer zu dirigieren.

Obwohl nur von einer flackernden Lampe beleuchtet, enthielten die aus Backsteinen und Brettern bestehenden Regale außer Büchern auch die neuesten Journale über Theologie und Bibelkritik.

«Waren Sie an der Gregoriana?» erkundigte sich Hardt.

Tim nickte.

«Am Bibelinstitut?»

«Nein. Kanonisches Recht.»

«Aha!» Hardt war eindeutig enttäuscht. «Absolute Zeitverschwendung. Trinken Sie mit mir darauf?»

«Nur, wenn ich Berufung einlegen darf», scherzte Tim.

«Heute abend dürfen Sie lediglich um einen weiteren Drink bitten», entgegnete Hardt und füllte aus einer unetikettierten Flasche zwei große Gläser mit einer bernsteingelben Flüssigkeit.

Nachdem er Tim aufgefordert hatte, auf dem durchgesessenen Sofa Platz zu nehmen, setzte sich Hardt an seinen Schreibtisch und hörte zu, wie ihm der junge Erzbischof die ersten ernsthaften Fragen stellte.

«Sie wußten, daß ich komme, Dom Ernesto. Sie haben mich sofort erkannt. Daher überrascht es mich, daß Sie nicht mein gesamtes *curriculum vitae* kennen.»

«Ach, Timóteo, ich möchte Sie nicht kränken, aber über Sie gibt es bisher noch kein Dossier. Und das ist, glaube ich, genau der Grund, warum Sie ausgewählt wurden. Sagen Sie, was glauben Sie, warum der Vatikan sich so große Mühe gibt, Priestern einen Maulkorb zu verpassen, die mitten im brasilianischen Dschungel arbeiten – eh?»

«‹Maulkorb› ist ein bißchen brutal, Dom Ernesto.»

Hardt beugte sich am Schreibtisch vor und sagte mit unverhohlenem Zorn: «Das ist ‹Bußschweigen› auch. Und damit hat Ihr von Jakob meinen lieben Freund und Bruder Leonardo Boff geknebelt. Wenn Sie Seine Eminenz Kardinal von Jakob das nächste Mal sehen, richten Sie ihm aus, daß er Johannes acht, Vers zweiunddreißig vergessen hat.»

Tim zitierte umgehend: «‹Und ihr werdet die Wahrheit erkennen, und die Wahrheit wird euch frei machen.›»

«Bravo, Dom Timóteo. Glauben Sie denn aber auch genauso fest daran, wie Sie die Worte flüssig zitieren können?»

«Selbstverständlich», antwortete Tim.

«Warum verschwenden Sie Ihre Kraft dann nicht auf etwas Lohnendes?»

«Zum Beispiel?»

Hardt beugte sich vor und sagte mit einem Ausdruck, der kaum noch ein Lächeln verriet, in festem Ton: «Zum Beispiel darauf, daß mein Buch auf englisch veröffentlicht wird.»

Bevor Tim jedoch antworten konnte, steckte Isabella den Kopf durch die Tür und sagte: «Das Essen ist fertig und schön heiß. In eurer Dialektik könnt ihr euch bei Tisch weiter üben.»

Das Eßzimmer war eigentlich nur ein langer, schmaler Holztisch in einer Ecke der Küche, geheizt vom selben, mit Holz befeuerten Herd, der auch fürs Kochen benutzt wurde. Die beiden Kinder saßen bereits am Tisch: der Junge, den Tim schon gesehen hatte, und ein kleineres Mädchen, das ihm als Anita vorgestellt wurde.

«Ich hoffe, Sie haben nichts dagegen, mit der Familie zusammen zu essen», sagte Isabella. «Aber Ernesto ist so viel unterwegs, daß wir ihn kaum zu sehen bekommen.»

«Ganz und gar nicht», beteuerte Tim. «Ich unterhalte mich gern mit Kindern.»

«Ja», stimmte Hardt zu. «Je jünger, desto besser. Möglichst, bevor sie lügen lernen.»

Der Gastgeber holte einen schweren Schmortopf vom Herd und stellte ihn auf ein geriffeltes Metalltablett auf dem Tisch. Dann setzte er sich ebenfalls. Anschließend neigte die ganze Familie den Kopf, während er in ihrem Dialekt das Tischgebet sprach. Hardt blickte den «Mann des Papstes» an.

«Dom Timóteo, Sie sind unser Ehrengast. Möchten Exzellenz ebenfalls ein Gebet sprechen?»

Die Kinder kicherten bei dem etwas ironischen Tonfall und verrieten damit, daß sie mehr Englisch verstanden, als Tim vermutet hatte.

Da er es an der Zeit fand, seine orthodoxe Einstellung kundzutun, ergriff Tim die Gelegenheit und sprach: *«Benedicat dominus et panem et pietatem nostram, amen.»*

Mit einer großen Schöpfkelle löffelte Hardt Eintopf auf Tims Teller und erklärte ihm, das sei *xinxim de galinha.* Während Tim das Gericht probierte, das trotz des exotischen Namens eher wie wäßrige Suppe schmeckte, holte Hardt die beiden grünen Flaschen herbei und öffnete sie voller Vorfreude.

Beim Essen unterhielt sich Tim eingehend mit Isabella, die, wie er feststellte, sowohl in kirchlichen wie auch in weltlichen Fragen durchaus unterrichtet war. Sie nutze ihre Jurakenntnisse, erklärte sie ihm, um drei Tage pro Woche für eine Agentur zu arbeiten, die den Indios Rechtshilfe leistete.

Die Gesellschaft dieser lebhaften Kinder bewirkte – obwohl er kein Wort ihres Dialektes verstand –, daß Tim das Herz blutete.

Dennoch war er auf der Hut, denn ihm war klar, daß er das Ziel einer Gehirnwäsche war, gegen die er sich energisch zur Wehr zu setzen trachtete.

Nach dem Essen zogen sich die beiden Herren ins Studierzimmer zurück. Hardt öffnete die unterste Schublade seines Schreibtischs und holte einen Schatz heraus – *ginjinha,* einen starken Likör aus Schattenmorellen. Er schenkte jedem ein Glas ein, dann nahm er Platz.

«Timothy.» Damit begann Hardt ein neues Kapitel ihres Zwiegesprächs. «Warum glaubt von Jakob, daß meine Ideen sterben werden, wenn ich mein Manuskript verbrenne? Sie haben heute den Hörsaal gesehen. Da haben sich mindestens vierhundert Personen Notizen gemacht. Ein paar habe ich sogar mit Tonbandgeräten gesehen. Hat

Jesus Flugblätter verteilt?» Er fixierte Tim mit seinen durchdringenden grauen Augen. «Und ich meine das keineswegs respektlos. Er hat DAS WORT gepredigt. Er hat Moses' Gesetze in einer neuen Dimension gepredigt, gekrönt von Liebe. Hat von Jakob nicht aus der Geschichte gelernt, daß man alte Bücher verbrennen, ja sogar neue verbieten kann, daß man DAS WORT aber nicht töten kann?»

Tim überlegte einen Moment; dann fragte er leise: «Was genau haben Sie der katholischen Kirche vorzuwerfen?»

«Ich kann Ihnen nur aufzeigen, was in Brasilia nicht stimmt. Haben Sie unseren Dom gesehen? Er ist eines der schönsten Gotteshäuser, die jemals erbaut worden sind. Er sieht aus wie ein in Stein gehauenes Gebet.» Er schlug mit den flachen Händen auf die Schreibtischplatte. «Aber er ist *leer,* Timothy! Weil es nur Rituale gibt und keine Substanz!

Wie könnte ich als Priester die Eucharistie feiern und einem Mann die Oblate auf die Zunge legen, der nicht mal ein Stück Brot zu essen hat? Ich frage Sie, Tim: Müssen diese Hungernden auf die Wiederkehr des Messias warten, bis sie genug zu essen bekommen?»

Der Priester streckte die Beine aus und lehnte sich in seinem knarrenden Sessel zurück.

«Wissen Sie, Timóteo, daß sich die Hälfte des Grundbesitzes von Brasilien in den Händen von nur fünftausend Einzelpersonen befindet? Stellen Sie sich das vor! Stellen Sie sich vor, das gesamte Gebiet zwischen New York und Chicago gehöre so wenigen Menschen, daß sie kaum einen Sektor des Yankee Stadium füllen könnten. Und während siebzig Millionen unserer Bevölkerung hier an Unterernährung leiden, wird in Afrika – an der Elfenbeinküste, wo die Menschen ebensosehr Hunger leiden – eine Kathedrale gebaut, die *doppelt* so groß ist wie der Petersdom. Das ist doch ungeheuerlich!»

Timothy war entsetzt. «Steht das in Ihrem Buch?» erkundigte er sich mit zugeschnürter Kehle.

«Ernsthaft, diese Informationen finden Sie in jedem Weltalmanach.»

«Was könnten Sie dann aber sagen, was noch empörender wäre?»

«Eigentlich gar nichts», antwortete Hardt ruhig. «Nur daß ich, statt lediglich Statistiken zu drucken wie ein Almanach, die Schuld dafür unmißverständlich der Kirche zuschreibe.»

Unvermittelt sah Hardt auf seine Uhr.

«Großer Gott, es ist fast eins. Sie müssen todmüde sein von Ihrer Reise und meinen Tiraden.»

«Ganz und gar nicht», protestierte Tim. «Aber ich denke doch, daß ich in mein Hotel zurückkehren sollte.»

«Gut», sagte Hardt. «Ich werde Sie fahren.»

«Nein, nein. Das ist nicht nötig. Ich kann –»

«– ein Taxi rufen?» Sein Gastgeber lachte. «Wir haben kein Telefon. Und der nächste Bus geht um fünf Uhr morgens, vollbesetzt mit Arbeitern. Ihnen bleibt nur die Wahl zwischen mir als Chauffeur und der Couch, auf der Sie sitzen, die man als Bett herrichten kann. In Anbetracht des Alkohols, den ich getrunken habe, würde ich Ihnen jedoch das zweite vorschlagen.»

«Ich begnüge mich mit der Couch», erklärte Tim gutmütig.

«Wunderbar. Warten Sie, ich hole Ihnen etwas, das Sie zum Schlafen anziehen können.» Hardt ging hinaus und kam mit einem Trainingsanzug in den Farben der brasilianischen Fußball-Nationalmannschaft zurück. «Das war die einzige Spende für unsere Sache, die vom rechten Flügel kam – genauer gesagt von José Madeiros, dem Mannschaftskapitän», erklärte er. «Ich werde den Anzug bald versteigern, also versuchen Sie, es so einzurichten, daß es aussieht, als hätte noch niemand darin geschlafen. Kann ich Ihnen sonst noch was holen?»

«Nein.» Tims Lider wurden schwer. «Alles in Ordnung.»

«Ach ja», sagte Hardt beim Hinausgehen. «Das, was Ihr Amerikaner ‹für kleine Jungen› nennt, ist hinten, ganz am Ende des Gartens. Oder, wenn Sie in eher populistischer Stimmung sind – die öffentliche Latrine befindet sich ein Stück weiter die Straße entlang rechts. Auf meinem Schreibtisch liegt eine Stablampe; nach dem Weg brauchen Sie nicht zu fragen.»

Endlich war Tim allein. Er zog sich aus und legte seine Kleider sorgfältig gefaltet auf den Sessel hinter dem Schreibtisch. Es war kalt geworden, und er war froh, daß Brasilien seine Sportler mit den besten Adidas-Anzügen versorgte.

Er ließ den Blick im Zimmer umherwandern und dachte plötzlich: Das Manuskript könnte ich im Handumdrehen finden. Selbst wenn es hinter den Büchern versteckt ist, brauche ich nur diese Stablampe zu nehmen, die er mir so großzügig angeboten hat, und ...

Er hielt inne. Er war Priester, kein Geheimagent. Außerdem wußte er bereits, daß er das Buch aus egoistischen Gründen sehen wollte. Um es zu lesen und Hardts geheimste Gedanken kennenzulernen.

Der erste Kessel kochendes Wasser am nächsten Morgen war für den Kaffee, der zweite für die beiden Männer zum Rasieren.

«Haben Sie irgendwelche Pläne für heute, Dom Timóteo?» erkundigte sich Hardt, während sich beide in einen Metallspiegel teilten.

«Eigentlich nicht. Der Botschafter hat mir zwar eine ständige Einladung zum Abendessen erteilt, aber das kann ich ausfallen lassen. Am Sonntag muß ich allerdings um elf zur Messe zurück sein.»

«Nun, darüber können Sie im Anschluß an diesen Vormittag entscheiden», erklärte Hardt in warnendem Ton. «Was ich Ihnen heute zeigen möchte, wird womöglich dazu beitragen, Ihren Eifer ein wenig zu dämpfen.»

Nein, sagte sich Tim, dieser zungenfertige Häretiker wird mich nicht daran hindern, die Messe zu zelebrieren.

Wieder versammelte sich die Familie Hardt am großen Tisch zu einem Frühstück aus gebratenen Bananen und natürlich weiteren Kaffee.

Der junge Alberto zeigte auf Tims Trainingsanzug und kicherte. *«Futebol, futebol!»*

«Sim», erwiderte Tim grinsend. *«Te gosta de futebol?»*

«Sim, Senhor. Kommen Sie heute mit zum Spiel?»

«Ich weiß nicht, was dein Vater heute für Pläne mit mir hat.» Tim wandte sich an den Gastgeber. «Ernesto?»

«Keine Sorge», antwortete der Priester freundlich, «das gehört zu Ihrer großen Besichtigungstour durch die Slums.»

Nachdem die Männer geholfen hatten, den Tisch abzuräumen, begann Isabella der kreischenden Anita am Spülstein gründlich die Haare zu waschen, während die beiden Priester auf eine dritte Tasse Kaffee – und Hardts dritte Zigarette des Tages – an den Tisch zurückkehrten.

«Sie sollten das Rauchen aufgeben, Dom Ernesto», meinte Tim. «Sie könnten daran sterben.»

«Und Sie sollten den Zölibat aufgeben», gab der Priester zurück. «Daran könnten Sie noch schneller sterben.»

«Warum sagen Sie das?» wollte Tim voll Unbehagen wissen.

«Ich habe Ihr Gesicht gesehen, als Sie mit Alberto sprachen.» Unvermittelt legte er einen anderen Gang vor. «Und übrigens wird er fürchterlich böse auf mich sein, wenn ich zu spät zu seinem Spiel komme. Gehen wir!»

Tim erhob sich und folgte Hardt auf die schmutzigen Straßen hinaus, wo er mit seinen auf Hochglanz gewienerten schwarzen Lederschuhen tief in dreckigen Wasserpfützen versank.

Als sie mit ihrem Rundgang durch die *favela* begannen, wurde Tim klar, wieviel von dem fürchterlichen Elend dieses «Wohnviertels» die Dunkelheit gestern abend vor ihm verborgen hatte. Es war laut, schäbig, übelriechend und unhygienisch.

Vielleicht ein halbes Dutzend Häuser verfügten über einen Generator wie den der Hardts. Die einzige Wasserversorgung für das ganze Dorf bestand aus zwei öffentlichen Pumpen. Als Tim fassungslos um sich blickte, vermochte Hardt seine Gedanken zu lesen.

«Jawohl, Dom Timóteo, es ist verschmutzt. Und jawohl, alles, was wir Ihnen vorgesetzt haben, ist vorher gründlich gekocht worden. Das ist ein Punkt, in dem meine Brüder und ich tatsächlich einige Fortschritte gemacht haben. Wir haben den Menschen hier ein paar grundlegende Kenntnisse der Hygiene vermittelt und die Zahl der Dysenteriefälle drastisch gesenkt.»

Hinter der erstickenden Ansammlung von Hütten erreichten sie ein durchweichtes Feld, auf dem Alberto und etwa zwei Dutzend andere Jungen mit einem recht lebhaften Fußballspiel beschäftigt waren; die beiden Tore wurden von je zwei leeren Ölfässern markiert.

Noch während des Spiels schafften es Mitglieder beider Teams, ihrem Priester freundlich zuzuwinken.

«*Oi*, Dom Ernesto. *Como vai?*»

«*Bem, bem*», antwortete Hardt, der freundlich zurückwinkte.

«Sieht aus, als hätten die wirklich Freude daran», stellte Tim fest. «Was gibt es hier sonst noch für Aktivitäten?»

«Gar keine», antwortete Hardt. «Außerdem haben wir keine Zeit, uns groß um die Gesunden zu kümmern. Kommen Sie.»

Während er Tim durch die engen Straßen des Ortes führte, fuhr Ernesto Hardt mit seinem Kommentar fort. «Wie Sie sich wohl vorstellen können, haben wir hier in dem, was ihr Nordamerikaner als dritte Welt bezeichnet, eine äußerst hohe Geburtenrate.»

«Ja», antwortete Tim ruhig, «das kann ich.»

«Aber was unsere zunehmende Bevölkerung in Schach hält», erklärte Hardt ironisch, «ist eine der höchsten Kindersterblichkeitsraten der ganzen Welt. Ein Baby, das hier zur Welt kommt, wird mit zehnmal größerer Wahrscheinlichkeit in seinen ersten Lebensmonaten sterben als eines in, sagen wir, Ohio.

Und am anderen Ende des Lebens – wenn man das Dasein in einer *favela* so nennen kann – stirbt der durchschnittliche Brasilianer zehn Jahre früher als sein Gringo-Cousin in den Staaten.»

Schweigend stapften sie ein paar Schritte durch den Matsch, bis Tim auf einmal etwas auffiel. «Ich hoffe, Sie halten mich nicht für paranoid, Dom Ernesto. Aber immer wieder begegnen wir Gruppen von relativ muskulösen Bewohnern, die mich ... ich weiß nicht ... zu taxieren scheinen.»

«Keine Sorge», gab Hardt zurück, «die werden Sie nicht belästigen.»

«Aber was sind die – so eine Art Gang?»

«Aber Exzellenz, ein so herabsetzender Ausdruck! Diese Männer sind nicht nur hervorragende Bewohner dieser *favela,* sondern auch Mitglieder der *associacão dos moradores.* Man könnte sagen, sie sind unsere ‹Einwohner-Vereinigung›. Kurz gesagt, sie kümmern sich um alles und tun für uns das, was die Regierung unterläßt.»

In diesem Moment erreichten die beiden Männer ein großes Gebäude, das nicht in diese Umgebung zu passen schien. Es war ein langgestreckter, weißer, scheunenartiger Bau, der zwei Stockwerke zu haben schien.

«Dieser Wolkenkratzer ist unser Krankenhaus», erklärte Dom Ernesto.

«Und diese Männer, die davor sitzen – sind das *moradores* oder Ärzte?»

«Keins von beiden», erwiderte er tonlos. «Das sind Bestattungsunternehmer.»

Hardt sah Tim gelassen an. «Sie brauchen nicht hineinzugehen. Einige Krankheiten sind hochansteckend.»

«Das macht nichts», entgegnete Tim und nahm seinen ganzen Mut zusammen.

Nichts hätte ihn jedoch auf das vorbereiten können, was er dort sah. Obwohl er schon oft in Krankenhäusern Kranke und Sterbende besuchen gegangen war, hatte er sich noch niemals um sterbenskranke Menschen kümmern müssen, denen keinerlei ärztliche Behandlung zuteil wurde.

Der riesige Krankensaal hallte wider vom Klagen der Jungen, vom Stöhnen der Alten. Plötzlich spürte Tim Hardts tröstende Hand auf seiner Schulter.

«Ich habe Verständnis für Sie, Bruder», sagte Ernesto sanft. «Ich selbst komme nun schon seit zehn Jahren tagtäglich hierher und kann mich noch immer nicht daran gewöhnen.»

«Gibt es denn überhaupt keine Ärzte?» fragte Tim, dessen Magen sich verkrampfte.

«Aber natürlich», versicherte Hardt. «Sie kommen, sie machen ihre Runde, sie gehen. Manchmal, wenn ein großer Pharmakonzern seine Großzügigkeit beweisen will, hinterlassen sie schmerzstillende Mittel oder ein paar sehr avantgardistische Medikamente.»

«Nun, das ist wenigstens ein Trost», bemerkte Tim.

«Oh», gab Hardt zurück, «Sie müssen wissen, daß die Pharmakonzerne der Welt trotz aller Großzügigkeit lieber verkaufen als spenden. Das heißt, wir bekommen Medikamente, die aus irgendeinem Grund für den ‹zivilisierten› Verbrauch nicht zugelassen werden.» Und er fügte hinzu: «Wieviel Thalidomid wir geschenkt bekommen haben, brauche ich Ihnen wohl nicht zu sagen.

Krankenschwestern haben wir. Eine oder zwei sind sogar voll ausgebildet. Die meisten sind *moradoras,* die nur Spritzen verabreichen, die Toten hinaustragen und die Betten beziehen.» Er stieß einen tiefen Seufzer aus. «Das ist immer der Moment, an dem ich wünschte, ich wäre Arzt. Als Priester kann ich ihnen nur die Letzte Ölung geben und mir eine Erklärung dafür auszudenken versuchen, warum Gott sie so jung zu sich nimmt.»

Tims Blick wanderte über die niedrigen Betten mit den Patienten, die sich vor Schmerzen wanden, Krämpfe litten, zumeist aber reglos dalagen. So, sagte er sich, muß Dantes Inferno ausgesehen haben. Allmählich drang jedoch ein Laut in sein Bewußtsein, der das Stöhnen der Sterbenden übertönte.

«Ich höre Kinder!»

«Ja.» Hardt sah ihn wieder durchdringend an, doch diesmal drückte sein Blick Mitgefühl für Tim aus. «Sie liegen im ersten Stock. Wenn ich Ihnen sage, daß es dort zehnmal so schlimm ist wie hier unten, übertreibe ich nicht. Sind Sie sicher, daß Sie das ertragen können?»

Der leidenschaftliche Ernst, der aus Tims Augen sprach, gab Hardt schon die Antwort, noch ehe die Worte kamen.

«Hat unser Herr nicht gesagt: ‹Lasset die Kindlein zu mir kommen und wehret ihnen nicht; denn ihrer ist das Reich Gottes.›»

«Gut, mein Bruder», sagte Hardt und packte freundschaftlich seinen Oberarm. «Sie haben meine ganze Bewunderung.»

Er führte Tim eine knarrende, behelfsmäßig zusammengezimmerte Holztreppe ins erste Stockwerk hinauf.

Bei dem Anblick und dem Gestank, die ihn hier erwarteten, wurde Tim übel. Armselige kleine Kinder, leichenblaß und abgezehrt, manche mit aufgequollenem Bauch, lagen passiv und wimmernd auf Matratzen, die kleineren in den Armen ihrer Mütter ... im Sterben.

«Sagen Sie, Dom Ernesto», erkundigte sich Tim heiser, «wie viele von diesen Kindern kommen hier jemals wieder raus?»

So sehr Ernesto Hardt sonst auch zur Polemik neigte – diesmal wollte er kein Wort sagen.

«Wie viele, Dom Ernesto?» drängte Tim.

«Manchmal», begann Hardt unsicher, «manchmal läßt Gott ein Wunder geschehen.» Er hielt abermals inne und ergänzte mit leiser Stimme. «Aber nicht oft.»

Tim kam sich unendlich hilflos vor, war aber vor allem zornig.

«Woran leiden diese Kinder?»

«Den üblichen Kinderseuchen – Dysenterie, Typhus, Malaria und natürlich, da Krankheit das einzige Gebiet ist, auf dem wir up to date sind, haben wir schon die ersten AIDS-Fälle gehabt.»

«Aber das ist unmenschlich!» brach es aus Tim heraus. «Hier in Brasilia soll es doch sechs große Krankenhäuser geben!»

Hardt nickte. «Das stimmt – aber wir liegen ein wenig außerhalb ihres Einzugsbereichs.»

Während die Wochen von Tims «Besuch» sich zu Monaten dehnten, wurden die Gespräche der beiden Männer immer persönlicher. Mit der Zeit zog Tim die herzliche Wärme des brasilianischen Haushalts dem Luxus seines Hotelzimmers vor. Oft verbrachten sie ganze Nächte damit, über die Heilige Schrift zu diskutieren – und über ihre innersten Gefühle.

Eines Abends wandte sich Hardt, wie immer eine Zigarette paffend, an Tim.

«Sagen Sie, mein junger Freund», fragte er ihn. «Haben Sie jemals eine Frau geliebt?»

Tim zögerte einen Moment, wußte nicht recht, wie er reagieren sollte. Denn selbst an diesem abgelegenen, fremden Ort stiegen immer wieder Bilder von Deborah aus seinem Unterbewußtsein herauf. Aber bisher hatte er, außer mit seinem Beichtvater, noch mit keinem Menschen über sie gesprochen, und sogar dann hatte er weder Deborahs Namen genannt noch genauer beschrieben, was es bedeutete, sie zu lieben. Immer hatte er nur von Sünde gesprochen, niemals von Freude. Jetzt sehnte er sich danach, diesem Mann, den er so sehr bewunderte, sein Herz zu öffnen.

Der brasilianische Priester hörte ihm aufmerksam zu und unterbrach Tim auch nicht, als dieser sich wiederholte und einige Einzelheiten durcheinanderbrachte.

Als Tim endete, sagte Hardt sanft: «Ich glaube, Sie hätten sie heiraten sollen.» Er atmete tief ein; dann fragte er: «Sie nicht auch?»

«Ich war eine Verpflichtung eingegangen. Ich wollte mich mit der Kirche vermählen, Dom Ernesto.»

«Und dadurch ein falsches Dogma fortsetzen. Von allen Bibelstellen, die ich hier anführen könnte, ist keine ironischer und passender als Kapitel drei des ersten Paulusbriefes an Timotheus. Sie erinnern sich natürlich, daß Paulus darin die Erfordernisse für das Amt eines Bischofs aufzählt und verlangt, er sei ‹unbescholten, nüchtern, besonnen, ehrbar ...›»

Der Gelehrte in Timothy ergänzte reflexartig das, was an dem Zitat noch fehlte: «... und ‹Mann (nur) einer Frau›.»

«Antworten Sie mir ehrlich: Denken Sie noch immer an sie?»

Tim ließ zu, daß sein Blick verschwamm, damit er die Reaktion des Älteren nicht sehen mußte.

«Ja, Ernesto. Hin und wieder sehe ich ihr Gesicht.»

«Sie tun mir leid», sagte Hardt voll Mitgefühl. «Denn Sie werden nie jene ganz besondere Liebe erfahren, die mich mit meinen beiden Kindern verbindet.»

Tim zuckte die Achseln.

«Wäre es Ihnen möglich, sie zu finden?» wollte sein brasilianischer Freund wissen.

Tim zögerte; dann erst gestand er: «Unmöglich wäre es mir nicht.»

Einen Augenblick schwiegen sie. Schließlich sagte Hardt: «Ich werde für Sie beten, mein Bruder.»

«Und um was?»

«Daß Sie den Mut finden», erwiderte er liebevoll.

45

Daniel

Es war, als sei ich in eine Zeitverwerfung geraten. Eben wanderte ich noch durch die eleganten Straßen des gallischen Montreal; und gleich darauf fand ich mich in einem Viertel wieder, das so aussah wie New Yorks Lower Eastside vor hundert Jahren.

Elegant waren die Straßen auch – St. Urbain, Boulevard St. Laurent. Aber mehr Konzessionen an den kanadischen Charakter des Viertels wurde nicht gemacht. Am ganzen Boulevard, den die Einheimischen «the Main» nannten, trugen die Geschäfte jiddische Namen, und überall hörte ich lautstarke Verhandlungen zwischen Straßenverkäufern und ihren schwarzgekleideten, bärtigen Kunden auf jiddisch.

Nachdem ich nahezu sechs Jahre lang im ländlichen New England gearbeitet hatte, fehlten mir diese Bilder und Geräusche meiner Kindheit.

Ich muß gestehen, daß «the Main» Heimweh in mir weckte. Bis auf eines: *Ich* trug nicht mehr die Team-Uniform. Meine Kleidung war für die Bewohner dieses Viertels bei weitem nicht jüdisch genug. Sie starrten mich an, als hätte ich zwei Köpfe – und trage auf keinem der beiden eine *kipa*.

Aber die einzige Möglichkeit für mich, meine ethnischen Batterien aufzuladen, war ein Gang in die St. Urbain Street, und den unternahm ich so oft wie möglich.

Jedesmal, wenn ich ein neues jüdisches Buch – oder auch ein seltenes altes – brauchte, war Montreal die nahegelegendste Großstadt, die mir eine Möglichkeit zum Herumschmökern bot. Also unternahm ich alle paar Monate eine bibliophile Reise – nur um der reinen Freude willen, die es mir bereitete, neue Bücher in den Händen zu halten und in ihnen zu blättern.

An diesem schicksalhaften Sonntag stärkte ich mich mit zwei richtig schön heißen Pastrami-Sandwiches – eine Art Ambrosia, das man im nördlichen New England nicht findet – und machte mich auf zu meinem Ziel, dem Eternal Light Bookshop an der Park Avenue.

Ich pflegte zuvor immer anzurufen und mich anzumelden, damit Reb Vidal, der gelehrte Eigentümer, auch mit Sicherheit dort anzutreffen war. Ich hatte mich daran gewöhnt, daß er mich mit allem auf dem laufenden hielt, was es im Alten Testament Neues gab; doch als ich an diesem Tag die Buchhandlung betrat, war Reb Vidal nirgends zu sehen, und nur ein uralter, gebeugter Angestellter plauderte in einer Ecke mit ein paar Kunden auf jiddisch.

Ich begann den «Soeben eingetroffen»-Tisch durchzusehen.

Ich kann dieses Gefühl einfach nicht beschreiben. In Brooklyn hielt ich es für selbstverständlich, doch hier, als Flüchtling aus einem hermetisch abgeschlossenen Waldrevier, begann ich zum erstenmal die wahre Freude zu genießen, die es bereitet, ein in der heiligen Sprache abgefaßtes Buch in den Händen zu halten.

So verbrachte ich ungefähr zwanzig Minuten. Dann wurde ich unruhig und trat, auf nähere Informationen bedacht, an den Tresen mit der altmodischen Registrierkasse. Vielleicht gab es ja eine Nachricht für mich.

Und dieser Augenblick war es, der mein gesamtes Leben veränderte.

Denn dort saß ein junges Mädchen gegen Ende der Teenagerjahre mit frischem Gesicht und den tiefsten braunen Augen, die ich jemals gesehen hatte. Schon von weitem spürte ich die Ausstrahlung dessen, was die Mystiker als *schechina* bezeichnen, die Quintessenz des göttlichen, strahlenden Glanzes.

Ehrfürchtig näherte ich mich ihr und sagte: «Entschuldigen Sie, ich suche Reb Vidal. Er sollte eigentlich –»

Sofort kehrte sie mir wortlos den Rücken.

Gott, was war ich doch für ein Heide geworden! Kein wohlerzogenes orthodoxes junges Mädchen würde jemals mit einem fremden Mann sprechen. Eindeutig war sie nur dazu im Laden, um die weibliche Kundschaft zu bedienen.

Tölpelhaft, wie ich war, versuchte ich mich zu entschuldigen – und machte damit die Sache nur schlimmer.

«Bitte, verzeihen Sie mir», plapperte ich nervös, «ich wollte nicht unhöflich sein. Ich meine...»

Wieder wandte sie den Kopf und rief zu dem Alten in der Ecke auf jiddisch hinüber: «Onkel Abe, würdest du bitte diesem Herrn helfen?»

«Einen Moment, Miriam», antwortete er. Und setzte dann hinzu: «Sieht für mich aus wie ein *schajgez,* also geh lieber nach hinten.»

Ich wurde ärgerlich. Er hatte mich mit dem schlimmsten orthodoxen Schimpfwort für einen anderen Juden belegt, das heißt, er hatte mich einen *gentile*, einen Nichtjuden, genannt.

Ich wäre richtig wütend geworden, hätte ihr Onkel, wenigstens was meine äußere Erscheinung betraf, nicht durchaus recht gehabt. Schließlich war ich, mit meinem Rollkragenpullover und dem offenen Hemdkragen, ganz zu schweigen von meinem unbedeckten Kopf und den unerhört kurzen Koteletten, eindeutig ein Fremder.

Quer durch den Ladenraum funkelte mich Onkel Abe aufgebracht an, und ich hörte ihn sogar vor sich hinschimpfen: «So eine Chuzpe!» Anschließend nahm er sich besonders viel Zeit für die anderen Kunden, vermutlich weil er hoffte, ich würde verschwinden.

Schließlich bediente er für sie die Kasse, und die Buchhandlung war menschenleer. Als ich auf ihn zuging, fragte er mich: *«Oui, monsieur?»*

Was dachte dieser Kerl sich eigentlich – ich sei Yves Montand? Jedenfalls antwortete ich ihm zu seiner größten Erleichterung auf jiddisch und hoffte, das werde ihn davon überzeugen, daß ich wenigstens akzeptabel war.

«Kann ich Ihnen helfen?» erkundigte er sich mit einem leichten Anflug von Gereiztheit.

«Ich suche Reb Vidal», antwortete ich ihm. «Ich hatte heute angerufen, daß ich komme.»

Seine Augen leuchteten auf. «Ach so, dann sind Sie offenbar der Cowboy!»

«Der – was?»

«So nennt mein Bruder Sie immer», erklärte er mir. «Er mußte seine Frau ins Krankenhaus bringen und läßt sich bei Ihnen entschuldigen.»

«Etwas Ernstes?» fragte ich teilnahmsvoll.

«Nu ja.» Er zuckte die Achseln. «Wenn man die Kindheit statt im Kindergarten in Bergen-Belsen verbracht hat, ist alles ernst. Aber so Gott will ist es nur wieder einer von ihren Blutdruckanfällen. Also, was kann ich für Sie tun?»

«Bitte richten Sie Reb Vidal meine besten Genesungswünsche für seine Frau aus», sagte ich. «Und jetzt würde ich mir ganz gern *The Jewish Book of Why* von Alfred J. Kolatch ansehen.»

«Warum interessieren Sie sich für dieses Werk?» wollte er wissen. «Sind Sie Jude?»

«Soll das ein Witz sein? Merken Sie das denn nicht?»

«Nicht an Ihrer Kleidung. Aber ich will Ihnen glauben. Erklären Sie mir nur, warum Sie ein Buch brauchen, das Ihnen erläutert, was jeder Jeschiwa-*bocher* von sechs Jahren weiß.»

«Sie werden's möglicherweise nicht glauben», gab ich zurück, «aber nicht jeder Mensch auf dieser Welt hat das Glück, eine Jeschiwa besuchen zu können. Ich habe eine Menge Studenten, die unbedingt mehr über ihre Herkunft erfahren wollen, aber nicht Hebräisch lesen können. Dürfte ich Sie jetzt vielleicht bitten, mir dieses Buch zu zeigen?»

Onkel Abe zuckte die Achseln, langte unter den Tresen und zog einen blau-roten Band hervor. Als ich hineinsah, war ich sofort überzeugt, daß hier die jüdischen Gebräuche auf eine überaus ansprechende Art und Weise erklärt wurden.

«Das ist ja fabelhaft!» Ich blickte zu ihm auf. «Könnten Sie mir zwei Dutzend bestellen?»

«Nu, unmöglich wäre das nicht», erwiderte er unbestimmt, offensichtlich darauf aus, mir das Vergnügen eines einfachen «Ja» nicht zu vergönnen.

In diesem Moment tauchte seine bezaubernde Nichte wieder auf. «Papa ist am Telefon, Onkel Abe.»

«Oh!» sagte der Alte in besorgtem Ton. Als er sich abwandte, befahl er mir leise: «Sie warten hier und bleiben still!» Und als er am Tresen vorbeikam, warnte er das junge Mädchen: «Du wirst kein Wort mit dem Cowboy wechseln, Miriam!»

Sie nickte gehorsam und folgte ihrem Onkel mit den Blicken, als dieser im Hintergrund des Ladens verschwand.

Ich wußte von vornherein, daß das, was ich dann tat, unrecht war. Aber ich tat es dennoch. Und der Grund dafür war in keinem jüdischen Buch des großen «Warum» zu finden. Ich sprach das junge Mädchen an.

«Gehen Sie noch zur Schule, Miriam?» erkundigte ich mich zaghaft.

Sie zögerte einen Moment; dann warf sie einen verstohlenen Blick hinter sich und wandte sich zu mir um. «Es gehört sich nicht, daß wir miteinander reden», erklärte sie nervös.

Aber sie ging nicht fort.

«Ich weiß», gab ich zurück, «das Verbot ist im *Code of Jewish Law,* eins-zweiundfünfzig-eins, und im *Schulchan Aruch Even Ha Ezer,* zweiundzwanzig, eins und zwei zu finden.»

«Sie kennen das *Schulchan Aruch*?» fragte sie erstaunt.

«Nun, ich habe ein bißchen studiert und kenne mich in der *ungekürzten* Fassung recht gründlich aus.»

«Ach so», sagte sie, «dann mag Papa Sie deswegen so sehr.»

Ich war verblüfft. «Sie meinen, Reb Vidal hat tatsächlich von mir gesprochen?»

Sie errötete und warf wieder einen Blick hinter sich. «Mein Onkel wird jeden Moment zurückkommen. Ich sollte lieber –»

«Nein», unterbrach ich sie. «Nur eine Sekunde noch. Was genau hat Ihr Vater gesagt?»

Sie antwortete schüchtern und hastig: «Daß Sie ... sehr gelehrt sind. Daß es schade sei –»

«Schade – was?» fiel ich ihr ungeduldig ins Wort.

«Daß Sie ...»

In diesem äußerst frustrierenden Moment kam Onkel Abe zurück und funkelte Miriam aufgebracht hat. «Hast du mit diesem Fremden gesprochen?» fragte er streng.

Sie schwieg erschrocken, deswegen erklärte ich: «Es ist meine Schuld, Sir. Ich habe sie nur gefragt, wieviel Uhr es ist.»

«Haben Sie denn keine Uhr?» erkundigte sich der Alte argwöhnisch.

«Äh ...» Hektisch suchte ich nach einer Ausrede. «Die ist leider – äh – stehengeblieben.» Das war sogar eine halbe Wahrheit. Denn in einem wahrhaft kosmischen Sinn war die Zeit für mich in dem Moment stehengeblieben, da ich Miriam Vidal sah.

Er befahl seiner Nichte, hinauszugehen, während er sich «um diesen Touristen kümmern» wollte. Zu meiner Freude jedoch sah ich, daß Miriam ihm nicht gehorchte. Sie blieb wie angewurzelt an ihrem Platz hinter dem Tresen stehen und sog jedes Wort unseres Gesprächs begierig in sich auf.

«Nun gut, Mister», sagte er barsch. «Sind Sie für heute mit Ihren Einkäufen fertig?»

«Nein», gab ich zurück, «ich bin nicht zweihundert Meilen gefahren, nur um ein einziges Buch zu bestellen. Ich hatte mich darauf gefreut, mit Reb Vidal die Neuerscheinungen über den Mystizismus zu diskutieren.»

«Nun, das werden Sie bis zum nächsten Mal aufschieben müssen. Ich wünsche Ihnen gute Heimfahrt.»

Bevor er mir jedoch den Rücken kehren konnte, schoß ich die nächste Frage auf ihn. «Scholem?»

Er stieß ein verächtliches Lachen über das aus, was er für eine falsche Aussprache hielt. «*Schalom* auch Ihnen.»

«Aber nein», widersprach ich eifrig. «Ich meine Gershom Scholem. Er schreibt über die Kabbala.»

Er erkannte in dieser Bemerkung ganz richtig eine Kriegslist und antwortete zweifelnd: «An welchem Titel wären Sie interessiert?»

«Nun ja, ich würde gern sehen, was Sie dahaben.»

«Gewiß.» Er deutete auf die gegenüberliegende Wand. «Mystizismus ist da drüben auf den obersten drei Regalen. Wenn Sie meine Hilfe brauchen, benutzen Sie die Klingel auf dem Tresen; dann komme ich. Wenn Sie mich jetzt bitte entschuldigen wollen ...»

Als er sich abwandte, entdeckte er seine Nichte, die noch immer dort stand.

«Miriam», sagte er stirnrunzelnd, «ich dachte, ich hätte dir befohlen, hinauszugehen.»

«Aber ich rede ja nicht mit ihm.»

«Aber du *siehst ihn an*», fuhr der Onkel sie erbost an. «Und du weißt, was der *Code* darüber sagt.»

Das war mein Stichwort. Ich mischte mich mit soviel Feindseligkeit ein, wie ich in einen einzigen Satz hineinpacken konnte. «Und in welchem Traktat steht dieses Verbot, bitte?»

Onkel Abe sah sich in die Enge getrieben. «Ich – äh... Das spielt keine Rolle. Ich weiß einfach, daß es verboten ist.»

«Verzeihen Sie.» Allmählich gewann ich Spaß an der Sache. «Laut Kapitel 152:1 des *Code* ist es *mir* verboten, Miriam anzusehen – was ich, wie Sie eindeutig erkennen können, nicht tue. Es ist mir verboten, sie anzusehen und ihr zu sagen, daß sie das schönste Haar hat, das ich jemals gesehen habe, daß ihre Stimme die schönste ist, die ich jemals gehört habe. Aber so etwas würde ich natürlich niemals tun!»

Verstohlen warf ich einen Blick zu ihr hinüber. Sie lächelte.

«Wie dem auch sei, die Scholems, die Sie auf Lager haben, besitze ich bereits, also stelle ich das lieber für meinen nächsten Besuch zurück. Aber dürfte ich bei Ihnen eine Nachricht für Reb Vidal hinterlassen?»

«Vielleicht», antwortete der Griesgram. «Was denn?»

«Ich werde ihm natürlich noch persönlich schreiben, aber ich bitte ihn um die Ehre, seiner Tochter offiziell vorgestellt zu werden – in Gegenwart einer Begleitung natürlich.»

«Das ist völlig ausgeschlossen», gab er zurück. «Sie ist ein sehr frommes Mädchen.»

«Keine Angst», drängte ich ihn, «ich werde eine *kipa* tragen – wenn's unbedingt sein muß, werde ich sogar einen schwarzen Anzug anziehen und eine Pelzmütze aufsetzen.»

«Machen Sie sich über uns lustig?» erkundigte sich der Alte argwöhnisch.

«Nein. Ich versuche Sie nur davon zu überzeugen, daß ich der Bekanntschaft mit Ihrer Nichte würdig bin. Aber lassen wir das doch ihren Vater entscheiden.»

«Nein, nein, der wird niemals einverstanden sein, davon bin ich fest überzeugt», erklärte Onkel Abe energisch. «Sie kommen von irgendwo aus dem Wald. Wir kennen weder Ihre Familie, noch wissen wir sonst etwas über Sie.»

Ich glaube, in diesem Moment war ich zum erstenmal richtig stolz auf meine Abkunft. Jetzt brauchte ich nur noch genau das zu sein, was ich war. «Haben Sie zufällig ein Exemplar von *The Great Book of Hasidic Tunes*?» erkundigte ich mich unschuldig.

«Gewiß, beide Bände. Wollen Sie's kaufen?»

Ich beantwortete seine Frage mit einer eigenen. «Sind Sie zufällig mit den Liedern darin vertraut?»

«Mit einigen», gab er zu. Die Tatsache, daß er den Blick abwandte, sagte mir, daß er ein wenig eingeschüchtert war. «Den berühmteren, natürlich.»

Wieder warf ich verstohlen einen Blick zu Miriam hinüber, die uns mit großen Augen beobachtete.

Dann begann ich leise zu singen: «*Biri biri biri biri bum.*»

Der Alte starrte mich an, als wäre ich übergeschnappt.

Durch seine Verwirrung ermutigt, begann ich mit den Fingern zu schnalzen und lauthals zu singen.

«Kennen Sie das, Reb Abe?»

«Selbstverständlich. Das ist von Moses Luria, dem verstorbenen Silczer Rav – er ruhe in Frieden. Das kennt doch jeder.»

«Nun ja, ich bin sein Sohn – *biri bum.*»

Ich hörte deutlich, wie jemand die Luft anhielt, und wandte mich so rechtzeitig um, daß ich noch sah, wie Miriam die Hand an den Mund hob. Aber ihre Augen verdeckte sie nicht, und die funkelten. Der Alte stand mit offenem Mund da und wußte nicht, was er sagen sollte.

Im selben Augenblick dröhnte eine Stimme: «Was machst du da, Abe?»

Der Alte wirbelte herum und sah Reb Vidal, seinen stattlichen Bruder, hereinkommen.

Auf einmal war der arme Abe völlig verwirrt. «Dieser *meschuggene* hier, der singt! Und behauptet, er ist –»

«Ich weiß, ich weiß. Ich wollte nur wissen, warum –»

«Warum was?» fiel ihm der bestürzte Onkel ins Wort.

«Warum *du* nicht auch mitsingst?» Und dann ließ Rebbe Vidal eine dröhnende Lachsalve los.

Unnötig zu erwähnen, daß ich ein dankbares Publikum hatte. Mehr noch, ich wurde eingeladen, das ganze Sabbat-Wochenende mit den Vidals zu verbringen. Untergebracht wurde ich in Onkel Abes Souterrainwohnung in der Clark Street.

Während der restlichen Woche versuchte ich verzweifelt, meine Koteletten wachsen zu lassen, und hatte dank meiner dunklen Haare bis zum Freitag nachmittag die erforderliche Mindestlänge erreicht.

Als ich im Gästezimmer – ein starkes Wort für das winzige Loch, in dem ich wohnen sollte – meinen Koffer auspackte, dachte ich an die hektische Geschäftigkeit der letzten paar Tage. Verzweifelt hatte ich versucht, mir alle Attribute der Orthodoxie zu verschaffen, und muß wohl jeden Laden aufgesucht haben, den ich finden konnte, um mir einen angemessenen und erstklassig geschnittenen orthodoxen Anzug zu besorgen. Als ich mich im Spiegel musterte, hörte ich eine Stimme fragen: «Hallo, Danny, wo warst du so lange?»

Miriams Mutter hatte sich große Mühe und Ausgaben gemacht, um ein köstliches Essen auf den Tisch zu bringen. Sogar ein Gespann älterer Verwandter namens Mendele und Sophie hatte sie eingeladen. Mein persönlicher Beitrag bestand in einer Flasche Château Baron de Rothschild, einem streng koscheren roten Bordeaux aus Frankreich.

Meine einzige Sorge war, ich könnte etwas davon auf das kostbare weiße Tafeltuch verschütten, denn von der Sekunde an, da ich den Raum betrat, vermochte ich den Blick nicht von Miriam zu wenden. Sie wirkte bezaubernder denn je in ihrem blau-weißen Kleid mit dem hohen Kragen und den Manschetten aus feiner Spitze, und ihr Gesichtchen war im flackernden Kerzenschein engelsgleich.

Ich fand mich einem seltsamen Widerstreit der Gefühle ausgesetzt. Einerseits war ich glücklich, fühlte mich sogar geschmeichelt, daß Reb Vidal anscheinend jedes Liederbuch in seinem Laden durchgesehen hatte, um sicher zu sein, daß er möglichst viele lurianische Melodien kannte. Andererseits begann ich mich zu fragen, ob ich es ertragen konnte, hier lediglich als Sohn meines Vaters akzeptiert zu werden. Dann aber redete ich mir ein, wenn unser biblischer Vorfahr Jakob vierzehn Jahre auf Labans Feldern gearbeitet hatte, um seine geliebte Rachel zu erobern, müßte ich ja doch wohl fähig sein, den hohen Rang meiner Familie zu akzeptieren und Miriam trotzdem für mich selbst zu erobern.

«Übrigens», erwähnte Reb Vidal während des Fischgangs, «habe ich in *La Tribune* gelesen, daß Ihr Onkel ganz schön Aufsehen erregt.»

«Wieso?» erkundigte ich mich ehrlich erstaunt. Denn obwohl ich jede Woche zu Hause anrief, bestanden die meisten Telefongespräche aus einem endlosen Bombardement von Fragen, die mir meine Mutter stellte und die alle nur immer wieder auf endlose Variationen desselben Themas hinausliefen: Ziehst du dich auch warm genug an?

Mein Gastgeber erklärte: «Wie es scheint, hat er eine in der *Times* erschienene Petition unterzeichnet, und zwar zusammen mit einigen konservativen – und sogar reformfreudigen – Rabbinern, in der der Staat Israel aufgefordert wird, Land – auf der West Bank – gegen Frieden zu geben. Das ist einmalig für einen Mann in seiner Position.»

Ich konnte nicht anders, ich strahlte vor Stolz. Nicht nur hatte Saul wie ein echter Menschenführer gehandelt – und mit *Voraussicht* an das Wohl seines Volkes gedacht –, sondern hatte das sogar voll Mut auf einem der öffentlichsten Foren getan.

«Offenbar wird er von zahlreichen orthodoxen Rabbinern heftig kritisiert. Und sicherlich hat ihm das nicht viele Freunde in Brooklyn gewonnen», sagte Reb Vidal. «Glauben Sie, daß er das Richtige getan hat?»

«Hundertprozentig», antwortete ich. «Die oberste Pflicht eines Führers ist es, das Überleben seines Volkes zu sichern. Saul hatte legitime dogmatische Gründe dafür. Außerdem liefert die Bibel selbst widersprüchliche Grenzen für den Judenstaat.»

«Richtig. Das ist eine knifflige Frage», bestätigte Rebbe Vidal. «Und ich fürchte, es gibt keine einfachen Antworten darauf.»

Wir sangen, und wir aßen. Und anschließend sangen wir wieder. Ich persönlich besonders laut, damit Miriam mich hören konnte; sie dagegen so schüchtern und leise, daß ich zuweilen dachte, sie bewege nur den Mund. Und während der ganzen Mahlzeit vermochte ich nicht zu übersehen, daß sich die Verwandten – selbst Onkel Abe – vielsagend anblickten und zunickten.

Kurz nach zehn verabschiedete ich mich widerwillig von den Vidals und schlenderte langsam mit Abe zurück. Vor dem Mittag des nächsten Tages würde ich meine Miriam nicht wiedersehen – o Gott, bitte mach, daß sie *mein* wird! –, es sei denn, ich ging das Wagnis ein, morgen vormittag in der Synagoge einen verstohlenen Blick zum Damenbalkon hinaufzuwerfen, und das würde ich unter den gegebenen Umständen auf gar keinen Fall riskieren.

Nach so vielen langen Jahren als Witwer war Onkel Abe dankbar für meine Gesellschaft. Wir saßen im Dämmer seines Wohnzimmers und tauschten unsere Familiengeschichten aus – obwohl er die meine natürlich zum großen Teil kannte. Er legte allergrößten Nachdruck darauf, daß seine Familie in direkter Linie von Chaim Vital abstammte, der mit Isaak Luria Ende des 16. Jahrhunderts im Heiligen Land studiert hatte.

Sein Zweig der Linie hatte sich in Südfrankreich niedergelassen, wo die mittelalterlichen Päpste den Juden gestatteten, sich in bestimmten Regionen anzusiedeln, darunter Avignon und Aix-en-Provence. Über fünfhundert Jahre hatten die Vidals in Frankreich gelebt, bis die Nazis kamen und die Deportationen in die Gaskammern der Konzentrationslager begannen. Jene, die den Krieg überlebten, emigrierten, da sie kein Englisch konnten, in den französischsprechenden Teil Kanadas. Wo sie nun lebten.

Ich wagte eine vorsichtige Erkundigung. «Wie alt ist Miriam?»

«Achtzehn, Gott segne sie», antwortete Abe.

«Wie kommt es dann, daß sie nicht schon verheiratet ist?» wollte ich wissen, und setzte eilfertig hinzu: «Nicht etwa, daß ich mich beschweren will.»

«Ach», antwortete Abe lächelnd, «mein Bruder sagt, er habe keinen passenden Mann für sie gefunden. Aber offen gestanden, wenn das jüngste Kind die einzige Tochter und diese Tochter eine Perle wie Miriam ist, zögert man doch, sie gehen zu lassen.

Im Grunde hat er sich seit ungefähr einem Jahr resignierend mit einem Kompromiß abgefunden und schon mit mehreren Familien gesprochen. Ich glaube, der junge Dessler hat ihm sogar ganz gut gefallen, aber den wollte Miriam wiederum nicht...»

«Aus welchem Grund?» fragte ich besorgt und hoffte, es sei nicht etwa, weil Dessler ein so alter Mann wie ich war.

«Sie hat gesagt, er sei nicht *frum* genug.»

Das Herz wurde mir schwer, und diese Ironie bereitete mir Qualen. Wäre ich in die Fußstapfen meines Vaters getreten, hätte es keinen Zweifel an meiner Orthodoxie gegeben. So aber war ich – jedenfalls in Reb Vidals Augen – ein «Cowboy», fast so etwas wie ein Wesen von einem anderen Stern.

Ich verbrachte eine schlaflose Nacht, in der ich mich unruhig herumwarf und mich fragte, ob die Zeit für mich zur Buße ausreichte. Selbst ein liebevoller, übermäßig besitzergreifender Vater wie der von Miriam würde sie nicht bis zum Alter von *neunzehn* Jahren unverheiratet lassen. Viel Zeit blieb mir nicht.

Am nächsten Morgen in der *schul* wurde mir die große Ehre zuteil, eine Stelle aus den Propheten lesen zu dürfen. Obwohl mir Deborahs stimmliche Begabung fehlte, verfügte ich doch über eine gute Lunge und wußte, daß in unserer Tradition Lautstärke zuweilen Musikalität ersetzt. Und so sang ich beide Gebete – und die Stelle selbst – aus vollem Hals.

Als ich das Podium betrat, war ich nervöser als bei meiner eigenen Bar mizwa. Mein Herz raste schneller, und meine Handflächen waren feuchter. Denn an jenem weit zurückliegenden Tag war ich lediglich zum Mann geworden. Wäre ich hängengeblieben oder hätte die Segnungen vergessen, man hätte mir eine zweite Chance gegeben. Diesmal jedoch war es mein Ziel, Ehemann zu werden, und ich zweifelte nicht daran, daß die fromme Miriam oben auf dem Balkon jede einzelne Silbe in ihrer eigenen Textvorlage verfolgte.

Als ich meine Pflicht getan hatte, ertönte überall in der Männerabteilung aufgeregtes Gemurmel. Hier und da schnappte ich sogar einen Gesprächsfetzen auf: «Rav Lurias Sohn...» – «Ich glaube, Vidal hat etwas Passendes gefunden.» – «Wenn Miriam, wie immer, nein sagt, beanspruche ich ihn für meine Tochter.»

Etwas Wunderbares ereignete sich während des darauffolgenden Mittagessens. Während unser Gastgeber über den Bibeltext dieser Woche diskutierte und ich Rashi und so viele andere Kommentatoren erwähnte, wie mir einfallen wollten, nahm ein Engel meinen Suppenteller. Das heißt, Miriam – und nicht ihre Mutter, wie es sich gehört hätte – kam mir unter dem Vorwand, meinen Teller zu holen, so nahe, daß ich sie hätte berühren können!

Diese Nähe war für mich fast unerträglich. Obwohl ich mich danach sehnte, ihr Gesicht eingehender betrachten zu können, gab ich vor, der Auslegung ihres Vaters zu folgen, während der ätherische Hauch von Miriams Atem auf meiner Wange mich verzauberte.

Nach dem Dankgebet erbat ich höflich Reb Vidals Erlaubnis, mit seiner Tochter einen Spaziergang zu machen – in Begleitung, selbstverständlich.

«Nun –» er lächelte liebenswürdig –, «wenn meine Frau ebenfalls Lust dazu hat, sicher. Ich denke, wir könnten alle ein bißchen Sonne gebrauchen.»

Ich war selig über die Gelegenheit, mit Miriam allein zu sein. Denn wir waren wirklich allein. Reb Vidal ging mit seiner Frau absichtlich so langsam, daß wir ihnen allmählich nahezu dreißig Meter voraus waren.

Schon wieder war ich nervös, denn ich wußte nicht, wie ich ein Gespräch anknüpfen sollte. Nur wie ich es beenden wollte, das wußte ich.

Bald jedoch entdeckte ich, daß Miriam, obwohl sie so zurückhaltend wirkte, alles andere als schüchtern war. In ihrem Verhalten erinnerte sie mich in mancher Hinsicht an Deborah. Sie übernahm die Initiative.

«Sagen Sie, Daniel», lauteten die ersten Worte, die sie mit offizieller Erlaubnis an mich richtete, «was genau machen Sie eigentlich?»

«Nun, eine ganze Menge», antwortete ich ungeschickt. «Hauptsächlich aber unterrichte ich. Wissen Sie, im nördlichen Teil von New England leben eine Menge Juden weit über die Region verteilt, und die mußten organisiert werden. Es ist nämlich sehr schwer, in einer Umgebung, in der es mehr Bäume gibt als Menschen, seine religiöse Identität zu bewahren.»

«Sind die Leute da orthodox?» wollte sie wissen.

«Nicht direkt», antwortete ich zögernd, weil ich ihrer Frage zwar nicht ausweichen, aber meine eigene Gemeinde auch nicht herabsetzen wollte. «Damit die Menschen lernen können, müssen sie erst mal Licht zum Lesen haben. Ich sehe es als meine Aufgabe an, in ihren Seelen ein Licht zu entzünden, damit sie ihre Religion in dem Maße ausüben können, das ihnen zusagt. Können Sie das verstehen?»

«Ja. Es ist wohl eine neue Idee», gab sie zurück. «Man könnte sagen, Sie helfen ihnen, für ihre Sünden zu büßen.»

Obwohl ich bis über beide Ohren verliebt war, konnte ich diese verschleierte Kritik nicht durchgehen lassen.

«Verzeihung, Miriam, aber sie sind keiner Sünde schuldig, es sei denn, die der Ignoranz. Und dafür braucht man nicht zu büßen. Als ich vor sechs Jahren anfing, war das einzige Wort, das diesen Menschen bekannt war, ‹amen›. Inzwischen sind sie fast alle wenigstens so weit gekommen, daß sie: ‹Der Herr unser Gott, der Herr ist Eins› sprechen können. Finden Sie das nicht großartig?»

Sie überlegte einen Moment, fragte sich vielleicht, was ihre Lehrer zu meiner radikalen Philosophie sagen würden. Dann wagte sie mutig eine Antwort. «Das klingt sehr idealistisch, Danny. Aber wollen Sie damit Ihr ganzes Leben verbringen?»

Eine für mich entscheidende Frage. Umgeben von einem veritablen Minenfeld von Gefahren.

«Ich möchte ehrlich zu Ihnen sein, Miriam», antwortete ich und blickte ihr offen in die schönen braunen Augen, «denn ich möchte immer ehrlich zu Ihnen sein: Ich bin mir nicht sicher. Ich meine, mein Vater wollte, daß ich sein Nachfolger werde. Aber ich hatte so viele Zweifel.»

«Sie meinen, ob Sie der Verantwortung gewachsen wären?»

«Ja, Miriam, ich hatte große Angst. Und was ist mit Ihnen?» fragte ich sie. «Wie sehen Ihre Ambitionen aus?»

«Ich habe keine», behauptete sie. «Ich habe nur Träume.»

«Nun gut, aber wovon träumen sie?»

«Daß ich einem frommen, gelehrten Mann eine gute Ehefrau werde, eine *esches chajil.*»

«Und haben Sie schon einen gefunden, der ‹fromm› genug ist?» erkundigte ich mich bangen Herzens.

«Ich glaube schon», antwortete sie, wie mir schien, mit einer Andeutung von Verlegenheit. «Aber ich hatte diesen Traum, von dem ich sprach...»

«Ja?» ermunterte ich sie und hoffte, sie werde mir ihr Herz öffnen.

Sie schlug die Augen nieder. «Ich wagte zu hoffen, ich könnte einen Gelehrten wie meinen Vater finden. Einen, der sich nicht nur aufs Beten versteht...» Sie zögerte; dann sagte sie, als wolle sie einen gewagten Gedanken aussprechen: «... sondern auch aufs Lachen. Weil es in unserer Religion doch so viel Freude gibt.»

Innerlich schlug ich einen Purzelbaum. «Also, ich glaube, ich verstehe mich recht gut aufs Lachen.»

«Ich weiß.» Sie zeigte mir ein winziges Lächeln. «Von dem Augenblick an, als ich Sie in der Buchhandlung singen hörte, wußte ich, daß der Vater der Welt Sie aus einem bestimmten Grund geschickt hatte. Sie haben soviel Freude in sich, Daniel. Sie leuchtet aus Ihnen heraus wie Kerzenschein.»

Errötend hielt sie inne. «Aber ich rede viel zuviel.»

«Nein, nein», flehte ich sie an. «Nur weiter, hören Sie nicht auf! Sagen Sie alles, was Sie wollen.»

Sie lächelte verlegen und erklärte mit fast flüsternder Stimme: «Mehr zu sagen ist nicht an mir.»

Zunächst ersuchte ich um ein Gespräch unter vier Augen mit Reb Vidal und bat ihn offiziell um die Hand seiner Tochter. Ich glaube, er hätte wohl ja gesagt, aber er war emotionell so überwältigt, daß er mich einfach in die Arme nahm. Was ich trotz meiner tiefverwurzelten Unsicherheit als positives Zeichen wertete.

Nachdem er die Verlobung dann voll Stolz der ganzen Familie verkündet hatte, schlug er uns vor, noch eine weitere Stunde zu warten, um hundertprozentig sicher sein zu können, daß auch in New York die Sterne am Himmel standen und wir meinen Onkel anrufen konnten, um den Heiratsvertrag mit ihm zu besprechen.

Als ich wählte, zitterten mir die Finger. Und kaum hörte ich, wie unser Telefon abgenommen wurde, da schrie ich schon: «Ich bin's – Danny! Ich habe eine wundervolle Nachricht!»

Die tiefe Stille am anderen Ende erfüllte mich mit Entsetzen. Mit etwas leiserer Stimme fragte ich: «Mama, bist du das? Ist was passiert?»

Rings um mich her hörte ich das besorgte Flüstern der Vidals.

«O Gott», hörten sie mich mit dem noch verbliebenen Rest meiner Stimme sagen. «Ich nehme sofort das nächste Flugzeug.»

In tiefem Schock legte ich langsam den Hörer auf und wandte mich an meine Gastgeber. «Es tut mir leid, aber diese Besprechung muß vorerst zurückgestellt werden. Es ist etwas Schreckliches passiert.»

«Was ist denn, Danny?» erkundigte sich Miriam ängstlich.

«Mein Onkel Saul ...» stammelte ich. «Sie haben versucht, mich in New Hampshire zu erreichen. Jemand hat auf meinen Onkel Saul geschossen.»

Geschossen. Ich vermochte die Worte kaum zu glauben, als ich sie aussprach. Dem wenigen, das meine Mutter mir zu sagen vermocht hatte, entnahm ich, daß Efraim Himmelfarb, einer der Ältesten, sich so über die politische Deklaration meines Onkels in der *New York Times* aufgeregt hatte, daß er wie ein Berserker getobt, sich eine Schußwaffe besorgt und beim Morgengottesdienst am Sabbat aus nächster Nähe abgedrückt hatte.

«Wie geht's ihm?» erkundigte sich Rebbe Vidal mit einer Stimme, die einen ähnlichen Schock verriet, wie ich ihn hatte.

«Er ist mehrmals getroffen worden», erklärte ich. «Eine der Kugeln ist in seinem Kopf steckengeblieben. Im Augenblick operieren sie noch, aber die Überlebenschancen sind –»

«Fifty-fifty?» fragte er voll Hoffnung.

«Nein», antwortete ich, während feurige Kohlen in meiner Brust glühten. «Eins zu einer Million.»

In meinem aufgewühlten Zustand war ich nicht in der Lage, die ganze Ungeheuerlichkeit des Anschlags zu verarbeiten, und zog mich auf meinen Intellekt zurück, überlegte, wie Himmelfarb die Tatsache zu rechtfertigen vermochte, daß er den Sabbat entweiht hatte, indem er überhaupt irgend etwas *trug*.

Ich hörte Rebbe Vidals mitfühlende Worte. «Setz dich, Danny. Ich werde anrufen und mich nach den Flügen erkundigen.»

Ich saß wie erstarrt und dachte an meinen geliebten Onkel, meinen weisen, mutigen Onkel, als ich Miriams Hand vor meinen Augen sah, die ein Glas kristallklares Wasser hielt.

«Hier, Daniel», sagte sie sanft, «trink nur. Das brauchst du.»

Seltsam, nicht wahr? In diesem Augenblick hatte ich die größte Mühe, mich zurückzuhalten und nicht nach ihrer Hand zu greifen, denn was ich wirklich brauchte, war ihre Berührung.

Langsam kehrte Reb Vidal ins Zimmer zurück.

«Tut mir leid, Daniel», berichtete er leise. «Der nächste Flug geht erst morgen früh um sieben.»

«Nein!» stieß ich hervor. «Bis dahin ist er tot. Ich werde fahren.»

«O nein, Danny – das wirst du nicht! Ich verbiete es dir!» Mit seinen kraftvollen Händen packte er mich bei den Schultern. «Es gibt Katastrophen, die wir nicht abwenden können, und es gibt andere, die wir vermeiden können. Ich werde nicht dulden, daß du in deinem Zustand fährst.»

Ich wußte, daß er recht hatte, aber ich war so verzweifelt, daß ich unbedingt etwas tun mußte. Als ich ihn anblickte, verstand er mich.

«Möchtest du in die *schul* gehen und beten?»

Ich nickte.

Er wandte sich an Frau und Tochter. «Wir werden *dawenen* gehn. Ihr braucht nicht aufzubleiben und auf uns zu warten.»

«Wir werden aufbleiben, Papa, auf jeden Fall!» versicherte Miriam und sah mich dabei liebevoll an.

Als wir unsere Mäntel anzogen, sagte Reb Vidal zu mir: «Weißt du, Danny, ich glaube, es gibt noch viele andere bei uns, die ebenfalls für den Silczer Rav beten möchten. Hättest du etwas dagegen, wenn ich sie anrufe?»

«Nein», antwortete ich. «Nein, nein, nur zu.» Vielleicht dachte ich, daß möglichst viele Menschen mir irgendwie einen Teil meines Schmerzes abnehmen könnten.

Mehrere Stunden lang blieben wir, ungefähr zwei Dutzend Mann, in der kleinen Synagoge und beteten Psalmen. Niemand ging hinaus. Hin und wieder holte sich einer der Männer ein Glas Wasser, davon abgesehen aber hörten wir nicht auf zu beten, als hinge das Schicksal der Welt davon ab. Ich wurde von Kummer und Schuldbewußtsein gequält.

Am Tag von Elis Bar mizwa hatte ich Worte gesprochen, die das Schicksal unserer ganzen Gemeinde bestimmten. Ich hatte Saul unter vier Augen überredet, unser Dormitorium nicht in den besetzten Gebieten zu bauen. Von da an aber hatte offiziell er die Verantwortung übernommen. Und so bekam er die Kugel, die eigentlich für mich bestimmt war.

Während die anderen ihre Gebete murmelten, trat ich vor die heilige Bundeslade und fiel auf die Knie.

«O Herr, Gott meiner Väter, ich knie vor Dir. Bitte, laß Saul nicht sterben. Laß den Gerechten nicht leiden. Laß Deinen Zorn über mich kommen. Bitte, gewähre mir diesen Wunsch, und ich werde Dir getreulich dienen bis ans Ende meiner Tage. Amen.»

Wir blieben bis zum Morgengrauen und gingen erst nach den Morgengebeten langsam, körperlich und seelisch erschöpft, nach Hause. Die Frauen, die offenbar mit uns zusammen Wache gehalten hatten, erwarteten uns mit heißen Brötchen und Kaffee. Ich wagte nicht zu fragen, ob es etwas Neues gab. Mrs. Vidal ergriff die Initiative.

«Danny, deine Mutter hat angerufen...»

«Ja?» Ich wagte kaum zu atmen.

«Dein Onkel...» stammelte sie. «Sie haben ihn operiert. Und die Kugel herausgenommen. Er... lebt.»

«Was?»

«Der Chirurg hat selbst gesagt, es sei ein Wunder.»

Ich war zu tief bewegt, um etwas zu sagen. Ich wechselte einen Blick mit Reb Vidal, dessen müde Augen feucht zu werden schienen, als er erklärte: «Manchmal – vielleicht gerade dann, wenn unser Glaube am schwächsten ist – gibt uns der Vater der Welt ein Zeichen, daß Er unsere Gebete erhört hat.»

Er hatte recht. Dieses Zeichen galt mir.

Ich konnte mich meiner Bestimmung nicht länger entziehen.

Meine Ordination war alles andere als einfach. Mein Onkel selbst sorgte dafür, daß ich von sage und schreibe vier berühmten Weisen aus den verschiedensten Gemeinden der Stadt geprüft wurde.

Rückblickend war das merkwürdigste daran, daß ich nicht für diese Prüfung lernte. Ich blieb nicht auf, um mögliche Passagen oder irgend etwas auswendig zu lernen, das mein Auftreten bei dieser wahrhaft weihevollen Fragestunde verbessert hätte. Ich stand sie durch wie ein Schlafwandler. Ich litt unter einem doppelten Schock: Verfolgt vom Gespenst des Schusses auf einen Rabbiner, der neben der offenen Bundeslade stand – von jemandem, der angeblich einer von uns war; und als Gegengewicht dieses Horrors die unendliche Liebe und Freude, die ich in Miriam gefunden hatte.

Endlich war ich der Sohn meines Vaters. Rav Daniel Luria – der Silczer Rebbe.

Obwohl es ein Donnerstag war und ich eine halbe Stunde zu früh eintraf, war die Synagoge bis auf den letzten Platz besetzt. Als ich in einem alten *tallit*, das meinem Vater gehört hatte, durch den Mittelgang schritt, erhoben sich die Gläubigen, neigten den Kopf und riefen mir Grußworte zu: «*Jascher koach!* – Mögest du kräftig und stark bleiben! «Mögest du einhundertundzwanzig Jahre alt werden!»

Ich stieg die drei Stufen empor, trat vor die heilige Bundeslade und betete.

Dann wandte ich mich der Gemeinde zu, legte beide Hände auf den schräg geneigten Tisch und blickte auf. Unter mir wogte ein Meer von Gläubigen in, wie mir schien, Tausenden von weißen Gebetsmänteln. Onkel Saul saß im Rollstuhl in der ersten Reihe, Eli unmittelbar neben ihm.

Ich warf einen Blick zum Damenbalkon empor, wo ich die strahlenden Augen der drei Menschen sah, die mir auf Erden am meisten bedeuteten: meine Mutter, meine Schwester und dazwischen meine geliebte Miriam, die in drei Wochen meine Frau werden sollte.

Sekundenlang blieb ich stumm. Dann sprach ich das einzige Gebet, das bei einer solchen Gelegenheit angebracht war:

«Gesegnet seist Du, O Herr Unser Gott,
König der Welt, der Du mich leben gelassen
und erhalten und mich bis zu diesem
wundervollen Augenblick geführt hast.»

Und während die Gemeinde unaufgefordert zu beten begann, bedeckte ich mein Gesicht mit beiden Händen. Und weinte.

46

Timothy

Am Silvesterabend, nachdem sich die anderen Gäste – Arbeiterpriester, Studenten und verschiedene Nachbarn – verabschiedet hatten, ging Hardt mit Timothy in sein Studierzimmer, schenkte sich und ihm je einen großen *ginjinha* ein und sagte: «Trinken wir.»

«Auf etwas Bestimmtes?» erkundigte sich Tim.

Hardt zog seine Schreibtischschublade auf und entnahm ihr einen dicken Stapel Papier. Dann blickte er auf und sah Tim strahlend an.

«Es ist fertig. Dies ist das Buch, das von Jakob so dringend verbieten will. Und Ihnen biete ich es als Zeichen der Freundschaft an.»

«Das begreife ich nicht.»

«Es gehört Ihnen», versicherte der Ältere. «Sie können es heute nacht lesen und morgen früh verbrennen. Oder Sie können es jetzt gleich verbrennen.» Er machte eine kleine Pause; dann fuhr er fort: «Oder Sie können mir helfen, es zu veröffentlichen. Gutes neues Jahr, Dom Timóteo.»

Während der Gastgeber den Raum verließ, blieb Tim regungslos stehen. Dann nahm er langsam hinter dem Schreibtisch Platz und richtete das schwache Lampenlicht auf das Manuskript. Hardts Universitätssekretärin hatte offenbar viele Stunden damit verbracht, es zu tippen, zu binden und die Titelseite mit der Aufschrift zu gestalten: «Die Kreuzigung der Liebe».

Er brauchte nicht alle 418 Seiten durchzublättern, um zu wissen, was sie enthielten. Hardts Thema war die Unmöglichkeit und, wie er es sah, Sinnlosigkeit der priesterlichen Sexualabstinenz.

Potentiell explosiv war die große Menge von Daten. Hardt hatte Fakten gesammelt, Fallgeschichten, Namen und Aussagen von Prälaten überall in der katholischen Welt, die nicht nur bereit waren, sich befragen, sondern auch ihren Namen benutzen zu lassen. Diese Männer fuhren fort, ihr Priesteramt auszuüben, bekannten sich aber gleichzeitig zu einer persönlichen, von körperlicher Liebe gekrönten Beziehung.

Wie Tim wußte, war die gesamte Kirchengeschichte durchsetzt von gefallenen Priestern, von Päpsten, die ihre «Neffen» im apostolischen Palast unterbrachten; die Berichte aus Amerika machten ihn aber dennoch sprachlos.

Richard Sipe, ein Psychotherapeut aus Baltimore und ehemaliger Benediktinermönch, schätzte, daß die Hälfte der fünfzigtausend römisch-katholischen Priester in den Vereinigten Staaten das Keuschheitsgelübde brachen.

Aber Ernesto Hardt hatte nicht etwa ein Dokument zusammengestellt, das die Kirche vernichten sollte. Sondern er versuchte die Würde des Lebens der Männer zu wahren, die sowohl Gott als auch ihren eigenen emotionalen Bedürfnissen dienten.

Um halb fünf Uhr morgens hatte Tim die letzte Seite gelesen und erkannt, daß Hardts Plädoyer für die legitime Erfüllung menschlicher Wünsche der Männer, die Gott dienen, nicht perfekter verkörpert werden konnte als durch das eigene Leben seines brasilianischen Freundes.

Am folgenden Morgen, beim Frühstück, schien sein Gastgeber dieses Thema bewußt zu meiden und plauderte fast ausschließlich mit den Kindern. Doch während Tim sich mit Isabella unterhielt, wurde ihm klar, daß auch sie gespannt auf seine Reaktion wartete.

Kurz nach acht Uhr brachte sie Alberto und Anita vor die Tür, und die beiden machten sich, widerwillig wie alle Kinder, auf den Weg zu der durch einen von Dom Ernestos Arbeiterpriestern organisierten Schule.

Schließlich sah Hardt Timothy grinsend an und erkundigte sich boshaft: «Nun, haben Sie gut geschlafen, mein Bruder?»

Timothy ergriff die Initiative. «Ich halte Ihr Buch für gefährlich, rebellisch – und äußerst wichtig. Von Jakob hat jeden erdenklichen Grund, seine Veröffentlichung zu fürchten.»

«Gut.» Hardt lächelte. «Dann habe ich meine Sache gut gemacht.»

«Ich frage mich immer noch, wie Sie es fertiggebracht haben, ganz allein eine derartige Menge Material zusammenzutragen.»

«Ach, Timóteo, mein Name mag auf dem Umschlag stehen, aber ich hatte buchstäblich Hunderte von Ko-Autoren, die mir geholfen haben, auf der ganzen Welt Informationen zu sammeln. In dieser Woche erst ist in meinem Büro an der Universität durch Boten ein Bericht aus der Tschechoslowakei abgeliefert worden.» Anschließend erklärte er, daß es dort, weil die Kirche eine so lange Zeit versteckt operieren, heimlich Priester und Bischöfe weihen mußte, einen regelrechten Untergrund-Klerus gab, von dessen Mitgliedern viele verheiratet waren.

«Glauben Sie, von Jakob weiß das?»

Hardt zuckte die Achseln. «Der Heilige Vater mit Sicherheit. Es mag Sie zwar überraschen, aber da uns am oberen Amazonas so viele Priester fehlen, hat der Papst einen Dispens erlassen und gestattet, daß zwei verheiratete Männer geweiht wurden, um dort zu arbeiten.»

Tim war verblüfft. «Aber wie kann er etwas tun, das gegen alles verstößt, woran er glaubt?»

«Weil er Realist ist», antwortete Hardt. «Und weil es seine Pflicht als Stellvertreter Christi ist, die Kirche am Leben zu erhalten. In dieser Hinsicht sind wir, er und ich, einer Meinung.»

«Dann erklären Sie mir um Gottes willen doch mal, was ich hier zu suchen habe!» verlangte Tim.

«Ist es Ihnen noch nie in den Sinn gekommen, daß Gott Sie auserwählt haben könnte, die Wahrheit zu verkünden, statt sie zu unterdrücken? Sagen Sie mir aufrichtig, was Sie jetzt denken.»

Tim antwortete langsam und bedächtig. «Nun, als Realist gesprochen», sagte er, das Wort betonend, «wenn ein verheirateter Priester am Amazonas arbeiten kann, warum dann nicht auch im Vatikan?»

Hardt lächelte Tim voll Zuneigung an. «Ich danke Ihnen, Bruder. Aber was werden Sie denen in Rom sagen?»

An diesem Punkt jedoch wendete Erzbischof Hogan das Blatt.

«Ich weiß, was Sie jetzt gern von mir hören würden, Ernesto. Aber ich will Ihnen etwas sagen. Die Wahrheit, so bewundernswert sie auch sein mag, ist nicht immer das beste Mittel zu einem guten Zweck. Ganz abgesehen von dem, was mir passieren wird: Nehmen wir mal an, Sie veröffentlichen das Buch – Sie würden exkommuniziert werden.»

«Das schreckt mich nicht», behauptete Hardt.

«Das weiß ich, Bruder. Aber ich möchte nicht, daß die Kirche Sie verliert.»

«Was könnten Sie dagegen tun? Rom scheint es nicht zu kümmern.»

«Wir könnten versuchen, das zu ändern. Würden Sie mir helfen, etwas aufzubauen?»

«Zum Beispiel?»

«Vorerst einmal ein Krankenhaus», antwortete Tim. «Geben Sie mir die Chance, Geld für ein Kinderkrankenhaus zu sammeln.»

«Solange das Volk nicht die Kirche regiert, werden Sie nicht erleben, daß im Dschungel Krankenhäuser entstehen», entgegnete Hardt verächtlich.

«Wenn Sie mir nur Zeit für einen ersten Versuch geben könnten, Ernesto, werde ich Ihnen nicht nur helfen, Ihr Buch auf englisch herauszubringen, ich werde es sogar persönlich übersetzen. Ich kenne ein paar schwerreiche Laien, die mit unserer Sache vermutlich sympathisieren würden.»

Hardt zögerte einen Sekundenbruchteil; dann gab er tief bewegt zurück: «Sie haben *unsere* Sache gesagt, Dom Timóteo. Schon allein deshalb bin ich sofort bereit, die Veröffentlichung vorerst aufzuschieben.»

«Wie lange?» wollte Tim von dem Brasilianer wissen.

«So lange wie nötig», antwortete Hardt. «Oder bis Sie den Versuch aufgeben, das nötige Geld aufzutreiben.»

Am Abend vor Tims Abreise nach Rom stand er mit Ernesto und Isabella nachdenklich vor dem Herd und suchte nach Worten, um seinen Gefühlen Ausdruck zu verleihen.

Der brasilianische Priester hielt einen Stapel Papiere unter dem Arm.

Plötzlich warf er ihn in die Flammen.

«Warum haben Sie das getan, Ernesto?» erkundigte sich Tim verblüfft.

«Nun brauchen Sie den Heiligen Vater nicht zu belügen», entgegnete Hardt, «sondern können in aller Aufrichtigkeit sagen, daß Sie persönlich gesehen haben, wie ich jede einzelne Seite meines Buches verbrannt habe.»

«Aber Ernesto, ich hatte Sie doch nur gebeten zu warten – nicht, es zu vernichten!»

Hardt grinste. «Oh, aber daß ich es ‹vernichtet› habe, werden Sie den Römern leider nicht mitteilen können. Es ist ja eins meiner Abschiedsgeschenke für Sie.»

Er ging zum Schreibtisch und nahm mehrere kleine, schwarze Plastikdisketten heraus.

«Sie werden sich wundern, mein Bruder, aber sogar die Universitäten am Rande des Dschungels besitzen heutzutage Computer. Bitte packen Sie die Dinger in Folie, bevor Sie Ihre Maschine besteigen.»

«Aber warum?» stammelte Tim. «Warum geben Sie sie mir?»

«Eine Vorsichtsmaßnahme», erklärte Hardt. «Falls etwa mir – oder unserem Computer – etwas passieren sollte, kann ich immer noch sicher sein, daß unser Buch sich in freundlichen Händen befindet. *Adeus*, Tim – beten Sie für mich.»

Die beiden Männer umarmten einander.

Am Flughafen erwartete ihn ein Wagen des Vatikans. Timothy benutzte das Autotelefon, um Pater Ascarelli anzurufen.

«Nein, mein Sohn, wie könntest du mich wecken, da ich doch seit deiner spektakulären Abreise genötigt war, meine Arbeit selbst zu tun. Ich habe sogar meine linke Hand trainieren müssen –»

«Wie bitte?» fiel Tim ihm ins Wort.

«Ach, nichts. Gar nichts», wischte Ascarelli die Frage beiseite. «Willst du morgen früh zu mir kommen?»

«Vielen Dank, Padre, aber dürfte ich Sie vielleicht jetzt gleich auf ein paar Minuten besuchen?»

«Selbstverständlich, mein Sohn. Ich setze den Kessel auf und mache uns beiden einen Tee.»

Wenige Minuten später hielt die langgestreckte schwarze Limousine vor dem Governatorio, und Tim, die Reisetasche fest in der Hand, sprang leichtfüßig heraus.

Atemlos stand er vor Ascarellis Wohnung und klopfte leise. Drinnen näherten sich schlurfende Schritte. Als die Tür aufging, sah er seinen Mentor in einem alten, fadenscheinigen Bademantel vor sich stehen.

«Benvenuto, figlio mio.»

Als sie einander umarmten, bemerkte Tim, daß Ascarelli ihm nur mit der Linken liebevoll den Rücken tätschelte. Seine ganze rechte Körperseite war gelähmt.

«Was ist passiert, Padre?» erkundigte sich Tim besorgt.

«Ach nichts. Gar nichts. Eine kleine Verletzung.»

Während sie Platz nahmen, erklärte der *scriba* beiläufig, ein leichter

Schlaganfall habe ihn den Gebrauch der rechten Hand gekostet. Und so müsse er jetzt, im achtzigsten Lebensjahr, noch lernen, alles mit der linken zu tun.

Das Pfeifen des Teekessels unterbrach das Gespräch. Tim überredete seinen übereifrigen Gastgeber, ruhig sitzen zu bleiben, während er selber den Tee aufgoß.

Fürsorglich stellte er eine Tasse dort ab, wo der Alte sie mühelos erreichen konnte, und nahm ihm gegenüber Platz.

«Keine Sorge», suchte Ascarelli ihn zu beruhigen. «Ich werde noch da sein, wenn du deinen Kardinalshut bekommst.»

«Würden Sie mir glauben, wenn ich Ihnen versichere, daß mich diese Dinge nicht interessieren?» entgegnete Tim. «Das haben sie nie getan, und daran hat sich auch jetzt nichts geändert.»

«Nun, ob es dir paßt oder nicht, das ganze Sekretariat redet über deinen Erfolg. Während der gesamten Zeit, da du in Brasilien warst, hat Hardt kein einziges ketzerisches Wort geschrieben. Ich bin überzeugt, von Jakob wird es dir lohnen.»

«Falsch, Padre. Er hat eine ganze Menge geschrieben, aber er hat es nicht veröffentlicht – noch nicht.»

Nun berichtete Tim dem alten Priester von seinen Erlebnissen mit Hardt und dem Handel, den er mit ihm geschlossen hatte.

«Ein Kinderkrankenhaus – klingt wundervoll! Aber wo willst du die Dollarmillionen auftreiben, die du für dieses noble Projekt brauchst? Die Welt ist voll von großzügigen Katholiken, aber das sind auch nur Menschen. Sie wollen ihre Monumente dort haben, wo ihre Freunde sie auf dem Weg ins Büro sehen können.»

«Überlassen Sie das nur mir, Padre. Darf ich Sie jetzt um einen Gefallen bitten? Ich habe eine Kopie von Hardts Buch bei mir.»

«Du hast – was?» fragte der alte Mann erregt. «Schnell, schnell, ich will es sehen!»

Tim griff in seine Reisetasche und holte einen quadratischen, in Aluminiumfolie verpackten Gegenstand von etwa zehn Zentimeter Seitenlänge heraus.

Der Alte musterte ihn argwöhnisch. «Was ist das – ein Sandwich?»

«Ich würde sagen, Nahrung zum Nachdenken», erklärte Tim. Er wickelte das Päckchen aus und brachte sechs Computerdisketten zum Vorschein. «Erinnern Sie sich an das Thema meiner Dissertation?»

«Selbstverständlich. ‹Hindernisse für die Priesterehe.› Warum?»

«Dieses Buch beseitigt die Hindernisse», antwortete Tim ruhig.

«Sind Sie sicher?» fragte Kardinal von Jakob mit einem Ausdruck, der fast einem Lächeln nahekam.

«Jawohl, Eminenz. Ich habe selbst gesehen, wie er das Buch verbrannt hat.»

«Deo gratias», seufzte der Kardinal. «Sie haben ausgezeichnete Arbeit geleistet.»

Aber offenbar doch nicht gründlich genug. Denn der Prälat erkundigte sich: «Haben Sie sich Notizen über seine Kontakte gemacht, seine Informationsquellen?»

«Verzeihung, Eminenz», erwiderte Tim, der seine Verachtung für den Großinquisitor zu verbergen trachtete, «ich habe meinen Auftrag buchstabengetreu ausgeführt. Niemand hat mir eine Mikrokamera in die Hand gedrückt und mich ersucht, James Bond zu spielen.»

Der Kardinal nickte. «Richtig. Dennoch ist es schade, daß Sie sich diese Gelegenheit entgehen ließen. Aber der Pontifex wird hocherfreut sein, das kann ich Ihnen versichern.»

Timothys erster Lohn war ein kleines, doch elegantes Büro inmitten der vielen anderen im apostolischen Palast.

Nachdem auch das letzte seiner Bücher ausgepackt war, tätigte er seinen ersten Anruf als päpstlicher Assistent.

Die Principessa Santiori freute sich sehr, seine Stimme zu hören, und bat ihn, wie er gehofft hatte, für den folgenden Tag zum Essen.

«Alle Welt spricht von Ihnen, *caro*. Richten Sie sich darauf ein, länger zu bleiben, damit Sie mir alles haarklein erzählen können.»

Beschwingt von Optimismus, begab sich Tim energischen Schrittes zum Governatorio, um sein Versprechen vom Abend zuvor einzulösen und mit Pater Ascarelli zum Diner im Da Marcello in Trastevere zu fahren.

Auf sein erstes Klopfen reagierte niemand. Der alte Skriba war vielleicht eingeschlafen. Tim klopfte lauter. Weiter unten im Gang hörte ein *portiere* das Hämmern und kam herbei.

«Tut mir leid, Exzellenz, aber Pater Ascarelli ist heute nachmittag leider ins Santa Croce gebracht worden.»

Tim wurde blaß. «Ist es schlimm?»

«Exzellenz», erklärte der Hausmeister, «er ist achtzig Jahre alt. Wie kann es da gut sein?»

Er lief die zwölf Häuserblock bis zum Krankenhaus zu Fuß und veranlaßte dadurch mindestens einen der vorbeikommenden Geistlichen zu der Bemerkung: «Schon wieder so ein verrückter Ire wie Murphy. Die müssen anscheinend alle rennen.»

Fünf Minuten nach seiner Ankunft hatte Tim in Erfahrung gebracht, daß der alte *scriba* zwar einen weiteren Schlaganfall erlitten hatte, aber durchaus lebendig war. Und wenn er heute abend wiederkomme, hieß es, nachdem Professor Rivieri den Patienten untersucht habe, dürfe er ihn vielleicht sogar besuchen.

Tim nickte stumm und begab sich in die Krankenhauskapelle, um dort zu beten.

Später ging er am Tiber entlang, bis sich die Dunkelheit auf die Stadt – und auf sein Herz – herabsenkte. Er versuchte sich auf einen Schmerz vorzubereiten, der ihm bisher noch unbekannt war: den bevorstehenden Verlust eines geliebten Vaters.

Als er zurückkehrte, wurde er von Professor Rivieri erwartet.

«Ich fürchte, er hat schwere Schäden davongetragen. Es ist nur noch eine Frage der Zeit...»

Mit Erlaubnis des Arztes saß Tim am Bett des Kranken, unterhielt sich unbeschwert mit ihm und zitierte dazwischen immer wieder ein wenig von der lateinischen Lyrik, die sein alter Freund so liebte.

Er versuchte jedesmal zu lächeln, wenn der Kranke einen schwachen Brummton ausstieß, um ein fehlerhaftes Zitat zu korrigieren, denn er wußte, daß Pedanterie vermutlich die einzige Freude war, die dem alten Gelehrten noch blieb.

Tim wollte das für den folgenden Tag geplante Mittagessen bei der Principessa absagen, aber Ascarelli bestand darauf, daß er «den hungernden Kindern Priorität über einen sterbenden alten Mann» gebe.

Also wanderte er, ohne des schönen Tages oder der rasenden Autofahrer zu achten, bedrückt zum Palazzo.

Die Freude der Principessa über das Wiedersehen mit Tim wurde von den traurigen Nachrichten, die er mitbrachte, ein wenig gedämpft. Sofort beauftragte sie ihre Privatsekretärin, dem *scriba* Blumen ins Krankenzimmer zu schicken.

Tim war nervös. Das Spendensammeln hatte sich bisher für ihn in Bitten um ein neues Dach für eine Kirche erschöpft. Er fragte sich, ob er es überhaupt schaffen würde, die ungeheure Summe zu nennen, die er benötigte, und hatte sich unterwegs immer wieder darin geübt, die immensen Zahlen auszusprechen.

Als sie nach dem Essen beim Kaffee im Patio saßen, beobachtete Tim die Miene seiner Gönnerin. Sie hatte seinem Bericht von den armen Kindern in Brasilien so tief bewegt zugehört, daß er inzwischen ein wenig sicherer war, seine Bitte anbringen zu können.

«Principessa, die Kinder brauchen ein Krankenhaus. Wir dürfen nicht zulassen, daß sie in unserem Zeitalter an Dysenterie und Masern sterben.»

«Absolut richtig», erwiderte sie mitfühlend. «Wieviel würde ein solches Krankenhaus denn kosten?»

Timothys Herz begann schneller zu schlagen.

Er trank einen Schluck Mineralwasser und versuchte so sachlich wie möglich zu antworten: «Sie würden einen Betrag von annähernd acht Millionen Dollar brauchen.»

Schweigen. Die Principessa verarbeitete, was er gesagt hatte. Schließlich antwortete sie energisch: «Keine Frage, Sie müssen dieses Geld erhalten. Ich werde dafür sorgen, daß Sie es bekommen.»

Timothy war den Tränen nahe.

«Gott segne Sie, Cristina.» Er zögerte einen Moment, überlegte, ob er aufstehen und sie umarmen solle.

Dann aber ergriff sie die Initiative.

«Hören Sie, Timoteo, wir werden einen Ausschuß gründen. Ich werde die besten Familien von Rom zusammenrufen – und glauben Sie mir, ich kenne sie alle, auch jene, die nichts mit der Kirche zu tun haben. Ich werde sie an einem Abend zu mir bitten, dann können Sie sich persönlich an sie wenden. Bis zur nächsten gesellschaftlichen Saison sollten wir es schaffen, diese Aktion mit einer grandiosen Wohltätigkeitsgala einzuleiten. Ich verspreche Ihnen, daß selbst Seine Heiligkeit dabei sein wird.»

Sie übte sich eindeutig in der hohen römischen Kunst, ja zu sagen und nein zu meinen.

«Cristina», entgegnete er ein wenig gereizt, «während wir hier sitzen, Kaffee trinken und Galas planen, müssen kleine Kinder leiden und in den Armen ihrer Mütter sterben. Ich meine, wenn Sie diese Freunde auf einen Abend zu sich einladen und ich mit ihnen sprechen darf, werden die, wenn sie auch nur annähernd so sensibel und mitfühlend sind wie Sie, auf der Stelle Schecks ausschreiben – große Schecks.»

Die Principessa sah ihn verständnislos an. Hatte Timothy die Aufrichtigkeit ihrer Gefühle, ihr ehrliches Angebot, ihm zu helfen, falsch ausgelegt?

«Mein lieber Junge», sagte sie, als müsse sie einem einfältigen Kind etwas erklären, «man kann nicht so – wie soll ich sagen? – brutal sein, wenn man Spenden verlangt. So nobel Ihre Sache auch sein mag, wenn meine Freunde verpflichtet wären, für jeden wohltätigen Zweck in Rom Geld zu spenden, hätten sie bald nichts mehr zu beißen.»

«Das möchte ich bezweifeln», antwortete Tim. Das Ganze war ihm schmerzhaft peinlich, aber er ahnte, daß er nie wieder eine solche Gelegenheit haben würde, und sprach seine Gedanken offen aus.

«Principessa, Sie könnten selbst diesen Scheck ausstellen und würden es kaum merken.»

«Ich bitte Sie, Eminenz», erwiderte sie kühl, «Ihre Bemerkung ist fehl am Platze.»

Tim erhob sich und begann, um seine Gefühle wieder unter Kontrolle zu bringen, auf und ab zu wandern.

«Sehen Sie», sagte er dann, «im Herzen bin ich immer noch ein naiver Junge aus Brooklyn. Ich verstehe nichts von der Welt des Geldes. Aber selbst wenn ich nicht ihr Titular-Erzbischof wäre, wüßte ich, daß Ihre Kirche Santa Maria delle Lacrime auf einem sehr wertvollen Grundstück steht und daß der Vatikan so viel dafür bezahlen würde, daß es für fünf Krankenhäuser reicht.»

«Sind Sie wahnsinnig?» gab sie zurück. «Wollen Sie im Ernst vorschlagen, ich soll eine Kirche verkaufen, die seit Jahrhunderten im Besitz der Santioris ist, nur um irgendeine Klinik für völlig unbekannte Menschen im Dschungel zu bauen?»

Tim versuchte mühsam, seinen Zorn zu bändigen. Sie ist eine Frau. Sie ist allein. Sie ist alt. Dennoch vermochte er seine Worte nicht zu zügeln.

«Hoheit, Sie haben Gemälde in Ihrem Speisezimmer, die jedem Museum in den Großstädten dieser Welt zur Ehre gereichen würden. Tagtäglich lesen wir von Gemälden, die bei Auktionen Millionen von Dollar eingebracht haben. Ganze *Zimmer* voll alter Meister haben Sie.»

Er schwitzte und war atemlos und mußte stehenbleiben, um seine Fassung wiederzugewinnen.

Die Principessa hatte ihre Fassung nicht verloren. Sie sagte schlicht: «Ich glaube, Exzellenz sollten jetzt gehen.»

«Es tut mir leid», erklärte er leise. «Ich habe mich gehen lassen. Wirklich, ich entschuldige mich für...»

Sie lächelte. «Mein lieber Timoteo, ich kenne keine Seele, die reiner ist als die Ihre. Ich bewundere Sie aufrichtig und werde Sie stets in allerbestem Angedenken behalten.»

Damit war er entlassen.

Wenn er in früheren Zeiten eine so furchtbare Demütigung erfahren hätte, wäre Tim zu seinem Mentor gelaufen, um sich dort Trost und

Rat zu holen. Nun aber, da Ascarelli im Sterben lag und zweifellos erwartete, daß er mit Glanz und Gloria zurückkehrte, schämte er sich nahezu, ihn im Krankenhaus zu besuchen.

Erst als der Himmel noch finsterer geworden war als seine Stimmung, kehrte er schließlich dorthin zurück. Professor Rivieri erwartete ihn mit ernster und besorgter Miene. Timothy befürchtete das Schlimmste.

«Ist er tot, *Professore*?»

Der Arzt schüttelte den Kopf. «Es haben sich Herzkomplikationen entwickelt. Ich glaube kaum, daß er die Nacht überleben wird.»

«Ist er klar genug, um mich zu erkennen?» fragte Tim teilnahmsvoll.

«Ja, Erzbischof Hogan. Sie sind vermutlich der einzige Mensch, dessen Namen er nennt.» Und tiefernst fügte er hinzu: «Er verlangt, daß Sie ihm die Letzte Ölung geben.»

Timothy nickte. «Würden Sie den Krankenhauskaplan bitten, mir seine Stola und die anderen...» Seine Stimme brach.

Der Arzt legte Tim die Hand auf die Schulter und sagte freundlich: «Exzellenz, er hat ein langes und glückliches Leben hinter sich. Ich erkenne in ihm einen Patienten, der bereit ist, den Tod zu akzeptieren.»

Eine Viertelstunde später stand Tim am Bett des alten Priesters. Der Kranke atmete mühsam und sammelte als getreuer Diener der Kirche seine ganze, ihm noch verbliebene Kraft, um die Worte zu wiederholen, die Tim ihm vorsprach. Der den Ritus natürlich auf lateinisch vollzog.

Anschließend saß Tim an seinem Bett und beobachtete, wie Ascarelli in einen Schlaf sank, der eindeutig sein letzter sein würde. Dennoch schwor er sich, bei ihm sitzen zu bleiben, damit der alte Jesuit nicht auch nur flüchtig erwachte und niemand da wäre, der ihn zu trösten vermochte.

Kurz nach elf wurde seine Loyalität belohnt. Der *scriba* öffnete ein wenig die Augen und flüsterte: «Bist du das, Timoteo?»

«Ja, Padre. Bitte, strengen Sie sich nicht an.»

«Keine Sorge, *figlio*», antwortete er, während er jeweils nach ein paar Silben um Atem ringen mußte. «Ich werde mich lange ausruhen können.»

Um zu beweisen, daß er intellektuell noch am Leben war, bat er Tim, ihm das Treffen mit der Principessa zu schildern. Nein, dachte Tim, ich darf ihm keine schlechten Nachrichten bringen. Doch wenn er jetzt noch klar genug ist, um sich zu erinnern, wo ich an diesem Nachmittag war, würde es ihn vermutlich freuen, seinem Lieblingssport nachzugehen und eine Heuchelei zu entlarven.

Tim begann ein richtiges Garn zu spinnen, stellte sich als Narren hin und versuchte die komischen Aspekte des Ganzen zu betonen. Doch als er die Anekdote beendete, wollte ihm nichts Geistreiches einfallen, um seine bittere Enttäuschung zu kaschieren.

Ascarelli warf Tim einen Blick zu und seufzte philosophisch, was wortlos besagte: Was kann man von solchen Heuchlern erwarten? Dann wechselte er das Thema.

«Weißt du, Timoteo, für einen Pedanten wie mich ist selbst das Sterben eine lehrreiche Erfahrung. Den ganzen Nachmittag, während du fort warst, mußte ich an die Zeilen denken, die Sophokles schrieb, als auch er mit einem Fuß im Grabe stand. Erinnerst du dich an *Coloneus* – den alten König, der zu seinen Töchtern spricht?»

Er krauste die schweißbedeckte Stirn und versuchte das Zitat aus den Tiefen seiner Erinnerung zutage zu fördern. «‹Ein einziges Wort entschädigt für alle Härten des Lebens, und das ist ... *Liebe.*›» Mit halb geschlossenen Augen blickte er seinen jungen Schützling an. «Erinnerst du dich ... das griechische hieß ...»

«To philein», ergänzte Tim. «Die menschliche Bindung.»

«Du läßt mich wirklich niemals im Stich.» Ascarelli lächelte schwach. «Und *das* ist es, was meinem Leben Sinn verliehen hat. Für einen Kirchenmann ist es leicht, Gott zu lieben. Schwerer ist es, die Mitmenschen zu lieben. Aber wenn das nicht so wichtig wäre – warum wären wir dann auf der Welt? Ich danke Gott dafür, daß er dich mir geschenkt hat, Timoteo. Er hat mir einen Menschen gegeben, der meine Liebe zu Ihm mit mir teilt.»

Erschöpft ließ der Kranke den Kopf in die Kissen zurücksinken. Eine Zeitlang, die Tim wie Minuten vorkamen, blieb er stumm und versuchte offenbar, Kraft zum Weitersprechen zu sammeln.

Aber alles, was er noch hinzuzusetzen vermochte, war: *«Grazie, figlio mio ...»*

Zehn Minuten später kam Professor Rivieri, kontrollierte mit seinem Stethoskop die Lebenszeichen und füllte dann den Totenschein für den päpstlichen Schreiber, Pater Paolo Ascarelli, S. J., aus.

Tim fühlte sich furchtbar verlassen.

Als Tim das Büro des Arztes betrat, fand er dort Monsignore Murphy zusammen mit Guillermo Martinez, dem General der Gesellschaft Jesu.

Der päpstliche Sekretär begrüßte Tim mit einem kurzen Nicken und sagte zu Pater Martinez: «Seine Heiligkeit ist zutiefst betrübt über den

Tod von Pater Ascarelli. Er wird Ihnen Wagen für einen Trauerzug zur Verfügung stellen, der Pater Paolo zu seinem Familiengrab im Piemont bringen soll.»

«Monsignore Murphy», unterbrach ihn Timothy höflich, «könnten Sie für mich auch einen Platz reservieren?»

Noch ehe der päpstliche Sekretär reagieren konnte, erwiderte Pater Martinez: «Selbstverständlich, Exzellenz. Paolo hat Sie sehr geliebt. Er hat immer wieder mit Bewunderung und Zuneigung von Ihnen erzählt.»

Timothy wurde die Kehle eng; dennoch schaffte er es, zu antworten: «Diese Gefühle beruhten auf Gegenseitigkeit.»

Zwei Tage darauf fuhr Timothy zusammen mit vier Jesuitenpriestern und Pater Martinez in einer päpstlichen Limousine durch die reiche, fruchtbare Landschaft der Po-Ebene. Gewiß, sie empfanden Trauer, aber das lange Leben und das friedliche Sterben Pater Ascarellis waren eher Grund für Erinnerungen als für Kummer.

Das Familiengrab der Ascarellis lag hoch auf einem Hügel – so hoch, daß der Blick weit über die piemontesische Weinregion schweifen konnte.

Zu ihnen gesellte sich eine Gruppe von Ascarellis Neffen, Nichten, Cousins und Cousinen sowie einige alte Bekannte, von denen einer sich ihm als *dottor* Leone, Anwalt der Familie Ascarelli, vorstellte.

Die Andacht war kurz, denn auf den ausdrücklichen Wunsch Pater Ascarellis gab es keine Trauerrede.

Anschließend lud die Familie die Priester aus Rom in die Villa der Familie zur *colazione* ein.

Gemächlich glitten die Wagen durch die herrliche Landschaft, an einer langen Steinmauer entlang und durch ein hohes Eisentor. Fast eine Viertelmeile weit fuhren sie durch Weingärten bis zur Villa, wo zwei lange Tische mit den verschiedenen einheimischen Spezialitäten gedeckt waren.

Wie es der *scriba* sich gewünscht hätte, wurde der Leichenschmaus von Trinksprüchen und fröhlichen Anekdoten begleitet, die seine Beerdigung zu einer liebevollen Gedenkfeier seines Lebens gestalteten.

Am Nachmittag trat dann *dottor* Leone zu Tim, um sich höflich zu erkundigen, ob er ihn und den Jesuitengeneral zu einem privaten Gespräch bitten dürfe. Die beiden folgten dem Anwalt in eine Bibliothek mit einem antiken Schreibtisch vor dem hohen Fenster, das vom Boden bis zur Decke reichte.

«Ich hoffe, Sie halten dies nicht für unangebracht, doch da wir hier so weit von Rom entfernt sind, finde ich es vernünftiger, Paolos Letzten Willen jetzt gleich mit Ihnen zu besprechen, vor allem, da er Sie beide zu Testamentsvollstreckern bestimmt hat.»

Der Jesuit nickte zustimmend, Timothy jedoch murmelte leicht überrascht: «Selbstverständlich, *Dottore*.»

Sie nahmen Platz, und Leone zog einen Umschlag aus einem Aktenkoffer, den er am Fenster stehen gelassen hatte.

«Im Grunde sind die Instruktionen ganz einfach. Es gibt zwar ein kleines Kodizill, doch ich bezweifle, daß Ihnen das Schwierigkeiten bereiten wird.» Leone setzte seine Lesebrille auf, überflog das Dokument und legte es beiseite.

«Puh, die juristischen Floskeln in diesem Testament sind furchtbar umständlich – und ich darf das sagen, denn ich habe es selbst geschrieben. Soll ich es kurz zusammenfassen?»

Beide Kirchenmänner nickten. Der Anwalt nahm die Brille ab und begann.

«Da Paolo der einzige Sohn war, hat sein Vater die Weingärten ihm als Haupterben hinterlassen – mit kleineren Anteilen für seine Schwestern, sie ruhen in Frieden. Als loyaler Jesuit wünscht Paolo, daß die Gesellschaft Jesu das unumschränkte Eigentumsrecht übernimmt und die Erträge nutzt, um ihre Arbeit – und hier hat er sich sehr präzise ausgedrückt – in der dritten Welt zu unterstützen. Er bittet den Pater General respektvoll, den Rat Erzbischof Hogans einzuholen, der zum Zeitpunkt der Unterzeichnung des Testaments bei den Armen in Brasilien arbeitete.»

Timothy und Pater Martinez tauschten einen Blick, eine schweigende Verständigung, durch die beide Männer ihre Bereitschaft erklärten, auf Ascarellis Wunsch hin zusammenzuarbeiten.

Timothy wandte sich an den Anwalt. «Und ansonsten, *Dottore*?»

«Nun, nichts weiter, Exzellenz. Das ist alles. In jedem Jahr, sobald die Ernte verkauft ist, werden Sie beide zusammenkommen und entscheiden müssen, was mit Paolos Anteil geschehen soll. Ich bin ebenfalls Testamentsvollstrecker, habe in dieser Frage aber kein Stimmrecht.»

Pater Martinez sprach zuerst. «Ich hoffe, der Betrag reicht aus, um an einem nahegelegenen Seminar einen alljährlichen Lateinpreis zu Paolos Ehren auszusetzen.»

Der Anwalt sah ihn mit großen Augen an. «Möglicherweise habe ich mich nicht ganz verständlich ausgedrückt. Da Pater Ascarelli ausschließlich von seinem päpstlichen Gehalt gelebt hat, habe ich seinen

Anteil seit über dreißig Jahren investiert. Damit allein könnte man vermutlich mehrere große Schulen bauen.»

«So viel?» sagte der Jesuitengeneral verblüfft.

Leone lächelte. «Oh, er hat Ihnen ein paar richtig hübsche Probleme hinterlassen, das kann ich Ihnen sagen. Sie werden ganz zweifellos jedes Jahr viele Monate damit verbringen, über die Verwendung der Stiftungsgelder zu diskutieren.»

«Und um wieviel würde es sich dabei handeln?» erkundigte sich Pater Martinez atemlos.

«Nun, die Weinpreise steigen mit jedem Jahr», antwortete der Anwalt. «Und der Barolo, den diese Weingärten hervorbringen, ist von bester Qualität. Allein im letzten Jahr habe ich nahezu drei Milliarden Lire in den Treuhandfonds eingezahlt.»

Timothy, der keinen Ton herausbrachte, hielt den Atem an. Eine wahrhaft überwältigende Summe, an die zwei Millionen Dollar! Er stellte plötzlich fest, daß er seiner Überraschung nur auf Latein Ausdruck verleihen konnte. *«Deo gratias»*, rief er.

«O nein», korrigierte ihn Pater Martinez humorvoll. *«Ascarellio gratias!»* Dann wandte er sich an den Anwalt. «Wenn ich mich recht erinnere, erwähnten Sie etwas von einem Kodizill?»

«Ja», antwortete Leone. «Am Tag vor seinem Tod rief mich Paolo an, um mit mir über Erzbischof Hogans Wunsch zu sprechen, in Brasilien ein Kinderkrankenhaus zu bauen. Er wies mich an, Sie beide zu bitten, diesem Vorhaben Priorität zu geben, und hinterließ eine entsprechende Notiz, bezeugt von zwei Krankenschwestern. Die notariell natürlich nicht bestätigt wurde, aber –»

Pater Martinez hob die Hand, um den Anwalt zu unterbrechen.

«In diesem Fall brauchen wir keine Paragraphenreiterei, *Avvocato*. Paolo hatte den einzigen Zeugen für seine Worte, der für uns von Bedeutung ist.»

Tim lächelte. «Pater Martinez meint Gott, den Allmächtigen», erklärte er.

Der Auxiliarbischof von Chicago starrte zum Fenster seines Büros auf die grauen Straßen seiner Domäne hinaus, der größten katholischen Diözese von Amerika. Er diktierte einem jungen Absolventen des Priesterseminars, dessen Bleistift dahinjagte, um mit dem Strom seiner Worte Schritt halten zu können.

Als das Telefon läutete, nahm der junge Priester ab.

«Oh!» stieß er erschrocken hervor. «O mein ...»

«Wer ist dran?» wollte der Bischof wissen.

«Es ist Rom, Exzellenz!» flüsterte der junge Mann atemlos. «Ich kann's nicht fassen, ich spreche tatsächlich mit dem Vatikan, auch wenn's nur die Telefonzentrale ist.»

«Stellen Sie fest, von wem der Anruf kommt», befahl George Cavanagh, der so tat, als sei das ein recht alltägliches Ereignis.

Der Sekretär erkundigte sich und meldete: «Jemand namens Timothy Hogan.»

«Mein lieber Jerzy», sagte George mit gespielter Empörung, «Sie sprechen von einem höchst distinguierten Erzbischof und päpstlichen Nuntius.» Er nahm den Hörer. «*Salve,* Exzellenz. Welchem Anlaß verdanke ich die Ehre dieses Anrufs?»

«Hast du fünf Minuten Zeit für mich?» fragte Tim mit einer Stimme, die George irgendwie erstickt vorkam, aber er schrieb das der schlechten Verbindung zu.

«Für dich, Tim, erübrige ich sogar sechs. Was hast du auf dem Herzen?»

Zunächst berichtete Tim vom Ascarellis Tod.

«Das tut mir aufrichtig leid», erklärte George. «Ich weiß, wieviel er dir bedeutet hat.»

«Danke, George. Ich muß etwas sehr Wichtiges mit dir besprechen», fuhr Tim ernst fort. «Bist du allein?»

Der Auxiliarbischof von Chicago blickte zu seinem Sekretär auf und sagte höflich: «Würden Sie mich entschuldigen, Jerzy? Es handelt sich um etwas streng Vertrauliches.»

Der junge Mann nickte und verschwand.

«Okay, Tim. Wir sind allein.»

«Ich meine irgendwo gelesen zu haben, daß du im Beirat einer Institution sitzt, die sich Catholic Press of America nennt. Trifft das zu?»

«Ja», antwortete George, «nur heißt es *New* Catholic Press of America. Sag bloß nicht, daß du ein Buch geschrieben hast.»

«Viel besser», entgegnete Tim. «Was hältst du davon, die englische Übersetzung von Ernesto Hardts Abhandlung zugunsten einer verheirateten Geistlichkeit herauszubringen?»

«Ernesto Hardt?» Sein Ton verriet Ehrfurcht. «Wann kann ich das Manuskript sehen?»

«Nun», sagte Tim, «auf die vage Vermutung hin, daß du dir trotz deiner Machtinsignien deine Prinzipien erhalten hast, habe ich dir per FedEx bereits ein paar Disketten geschickt. Der Text ist zwar portugiesisch, aber ich denke, daß ich die englische Übersetzung in zirka einem Monat fertig habe.»

«Aber du willst vermutlich anonym bleiben, nicht wahr?»

«Nein, George. Wenn du die Übersetzung für gut genug hältst, darfst du ruhig meinen Namen drucken.»

«Entschuldige, Bruder, aber aus Dankbarkeitsgründen sollte ich dich darauf hinweisen, daß das nicht gerade ein geschickter Karriere-Schachzug ist.»

«Das macht nichts», gab Tim zurück. «Ich habe keine Karriere.»

«Wie bitte?» George war verblüfft.

«Ich hoffe, du sitzt. Es ist eine lange Geschichte.»

Aufmerksam lauschte George dem Bericht von Tims innerer Reise unter Hardts Führung. Er war tief bewegt.

«Offen gestanden, ich weiß nicht, was ich sagen soll. Einerseits hätte ich dich gern auf Petri Stuhl gesehen. Andererseits bin ich der Ansicht, daß du für das, was du jetzt tust, ein wahrer Heiliger sein mußt. Soll ich dir helfen, in den Staaten ein Lehramt für dich zu finden?»

«Nein, George. Ich werde mal Urlaub von der Kirche nehmen.»

«Und was hast du vor?»

«Tut mir leid, Exzellenz. Der einzige Hinweis, den ich dir darauf geben kann, ist der, daß mein Beweggrund dafür auf Johannes eins, Kapitel vier, Vers acht beruht. Ich danke dir für alles. Gott schütze dich.»

Nachdem er aufgelegt hatte, sprach George Cavanagh den Text aus dem Johannesbrief halblaut vor sich hin: «‹Wer nicht liebt, hat Gott nicht erkannt; denn Gott ist Liebe.›»

Er überlegte einen Moment; dann dachte er: Ich hoffe, es ist jemand, der so fromm und hübsch ist wie das Mädchen, mit dem ich dich in Jerusalem gesehen habe.

Eli

Eli musterte den Besucher vor seinem *zrif* voll Argwohn.

«Bist du ihr Sohn?» erkundigte sich der Fremde.

Er war hochgewachsen und tief gebräunt, mit von der Sonne fast weiß gebleichtem Haar. Dennoch gehörte er eindeutig nicht hierher, denn er sprach zögernd – in einem ungelenken Hebräisch mit amerikanischem Akzent.

«Würden Sie lieber Englisch sprechen?» fragte Eli.

«Ja, vielen Dank. Meine Kenntnisse der heiligen Sprache sind ein wenig eingerostet. Darf ich hereinkommen?»

Eli war zwar ein heißsporniger Teenager, aber er blieb immer höflich. Dennoch hatte dieser Besucher etwas an sich, irgend etwas, das ihn reizte. Um ihn ein wenig abzuschrecken, antwortete er mürrisch:

«Meine Mutter ist nicht da. Sie kommt erst nach fünf aus der Schule.»

«Ach, sie ist Lehrerin?» wollte der Besucher wissen.

«Warum stellen Sie so viele Fragen?» versuchte Eli ihn zu provozieren.

«Weil ich ein alter Freund von ihr bin», erklärte der Amerikaner beruhigend. «Und von weither gekommen, um sie zu besuchen.»

«Was nennen Sie ‹weither›?»

«Würde dir Brasilien genügen?» Der Mann lächelte.

«Soll das ein Witz sein?»

«Nein. Wenn ich auf portugiesisch ‹bitte› sage, würdest du mich dann hereinlassen? Du bist recht unhöflich.»

«Ja», gestand Eli. «Sie haben recht. Es tut mir leid. Es ist nur .. Ich hatte niemanden erwartet. Möchten Sie Kaffee oder Coke?»

«Hast du nicht etwas Stärkeres?»

«Nun», bemerkte der Junge sarkastisch, «wenn Sie etwas wirklich Starkes wollen, gehen Sie doch auf ein Bier in die Kantine.»

«Schon gut. Ich nehme Kaffee, wenn's dir nicht zuviel Mühe macht.»

Eli kehrte ihm den Rücken, um den elektrischen Wassertopf einzuschalten und ein wenig Zeit zu haben, den Schock zu verarbeiten, den er erlitten hatte. Er hoffte, ihn gut verborgen zu haben, doch da er in den *zrif* hineinblickte, entging ihm, daß auch der Fremde *ihn* verwundert anstarrte.

Natürlich ahnte er auch nicht, was der Besucher dachte: Ich kenne diesen Jungen. Nicht nur, weil ich Spuren von Deborahs Gesichtszügen an ihm entdecke, es ist mehr. Ich erkenne sein Verhalten.

Während Eli den Schrank öffnete und die Dose Pulverkaffee herausholte, warf er einen Blick auf den vergilbten Zeitungsausschnitt, den Deborah an die Innenseite der Tür geheftet hatte. Er war inzwischen so brüchig wie ein herbstliches Blatt.

Er betrachtete das Foto. Es bestätigte seinen Verdacht. Dann fragte er, ohne sich umzudrehen:

«Nehmen Sie Zucker, Father?»

«Einen Löffel, danke. Woher weißt du, daß ich Priester gewesen bin? Fällt das so auf, sogar im Sporthemd?»

Eli wirbelte herum.

«O nein, wie ein Priester sehen Sie nicht aus!» Er sah dem Mann offen in die Augen. «Für mich sehen Sie eher aus wie ein Erzbischof.»

«Wirklich?» Der Besucher erschrak, war aber entschlossen, diesen reizbaren Jungen in seinem eigenen Spiel zu schlagen. «Kommen viele Erzbischöfe zu euch in den Kibbuz?»

«Nein», antwortete der Junge, «Sie sind der erste. Aber zufällig arbeitet mein Vater in diesem Metier.»

Die Miene des Fremden erstarrte. Er vermochte kaum Worte zu finden.

«Das ist nicht dein Ernst.»

«O doch», gab Eli zurück. «Aber Ihrer war es anscheinend nicht.»

Schweigend starrten sie einander an; und jeder sah im Gesicht des anderen die eigenen blauen Augen.

«Sie hat mir nichts davon gesagt», murmelte Tim fassungslos.

«Hätte das eine Rolle gespielt?»

«Aber ja!» Tims Antwort entsprang den Tiefen seines innersten Seins. «Es hätte eine große Rolle gespielt.»

«Nun, Sie kommen ein bißchen zu spät, Reverend – Sie haben sogar meine Bar mizwa verpaßt. Aber Sie hätten ja ohnehin nicht zur Thora gerufen werden können.»

Nun gut, dachte Tim, der sich wieder in der Gewalt hatte, was du kannst, kann ich schon lange.

«Hör zu, mein Junge, ich kann die Bibel genausogut zitieren wie du», erklärte er.

«Auf hebräisch?»

«*Und* aramäisch. *Und* syrisch, falls nötig. Und da wir gerade dabei sind – wann hast du zum letztenmal die Schriftrollen vom Toten Meer studiert?»

Auf einmal geriet Eli aus dem Gleichgewicht.

Einen Augenblick zögerten sie beide.

«Weiß meine Mutter, daß Sie kommen?»

«Nein», bekannte Tim. «Und bis vor wenigen Tagen wußte ich selbst noch nichts davon.»

Erst als Tim diese Worte aussprach, traf ihn die Erkenntnis ihrer Realität mit ganzer Wucht. Zweiundsiebzig Stunden zuvor hatte er an einem Kreuzweg seines Lebens gestanden. Er hatte Gott von ganzem Herzen gedient, und doch vermochte die Hoffnung auf den Himmel die Leere in ihm nicht zu füllen.

Er brauchte Deborah, das wußte er. Er hatte Deborah immer gebraucht. Aber war es nicht anmaßend, nach dieser langen Zeit anzunehmen, daß sie genauso empfinden würde?

«Wie lange bleiben Sie?» fragte der Junge.

«Kommt drauf an.»

«Worauf?»

«Darauf, ob ... deine Mutter ... sich freut, mich wiederzusehen.»

«Das tut sie bestimmt nicht – wenn sie noch einen Funken Verstand besitzt. Sie hat einen richtigen Mann verdient, nicht so eine Art christlichen Astronauten, der alle zehn Jahre oder so zur Erde zurückgeflogen kommt.»

«Vierzehn», korrigierte ihn der Ältere und setzte hinzu: «Und du hast einen richtigen Vater verdient.»

Der Junge zuckte die Achseln. «Ich bin ganz gut ohne ausgekommen. Was hatten Sie überhaupt in Brasilien zu suchen?»

«Das nenne ich einen Themenwechsel», bemerkte Tim belustigt.

«Was hatten Sie denn erwartet?» fragte Eli zornig, mit brüchiger Stimme zurück. «Sie kommen hier reingewalzt wie der Prophet Elias und erwarten, daß ich mich freue, Sie kennenzulernen? Wo, zum Teufel, haben Sie gesteckt, als ich heranwuchs?»

Er war den Tränen nahe.

Tief bewegt hätte Tim ihn am liebsten in die Arme genommen.

«Bitte!» sagte er leise und wagte nicht, die Arme auszubreiten, aus Angst, er könnte dieses zerbrechliche Wesen, das sein eigener Sohn war, zerdrücken. «Bitte nicht weinen!»

«Ich weine nicht!» schrie Eli empört. «Sehen Sie nicht, daß ich stinksauer bin? Ich bin verdammt wütend, weil Sie meine Mutter sitzengelassen haben. Sie wissen ja nicht, was sie durchgemacht hat!»

«Und du?» gab Tim liebevoll zurück. «Ich könnte mir vorstellen, daß auch du eine Menge durchgemacht hast.»

«Wieso?» erkundigte sich Eli mürrisch.

«Weil ich einen Jungen kenne, der dir nicht unähnlich ist und der ebenfalls ohne Vater aufwachsen mußte...»

«Noch einer von den Ihren?»

«Nein, ich bin nicht daran interessiert, die Erde überzubevölkern.» Er hielt inne, um dann eindringlich hinzuzusetzen: «Ich wußte nicht, daß ich dich hatte. Ich schwöre dir, ich wußte es nicht, bis ich hier hereinkam.»

«Aber Sie ‹haben› mich nicht. Ich bin kein Paket, das Sie in Aufbewahrung geben und abholen können, wenn Sie gerade Lust dazu haben. Ich bin ein Mensch.»

«Übrigens, wie heißt du eigentlich?»

«Eli.»

Psalm zweiundzwanzig: *«Eli, Eli lama azabthani...»*

«Äußerst clever, Erzbischof. Aber wenn Sie hergekommen sind, um mich zu bekehren – das können Sie vergessen.»

«Ich bin wegen dieser Tasse Kaffee gekommen.»

Wortlos machte Eli kehrt, holte den inzwischen nur noch lauwarmen Becher und brachte ihn dem Gast – der ein Foto von Deborah anstarrte, die ein sechs Wochen altes Baby im Arm hielt. Eli war versucht, eine bissige Bemerkung zu machen, aber irgend etwas am Ausdruck des Mannes hinderte ihn daran.

«Wie lange dauert es noch, bis deine Mutter nach Hause kommt?» fragte Tim mit einem leichten Beben in der Stimme.

«Keine Ahnung», gab Eli zurück. «Eine halbe Stunde vielleicht. Möchten Sie gehen, bevor sie kommt?»

«Nein. Aber wir könnten vielleicht ein bißchen Fußball treten.»

«Wenn Sie wollen.» Eli zuckte betont die Achseln. «Auf dem Kibbuz-Sportplatz tut sich um diese Zeit eigentlich immer was. In einer halben Stunde können Sie sich genügend blaue Flecken holen.»

«Ich denke, damit komme ich schon zurecht», erwiderte Tim. «Wo kann ich mich umziehen?»

«Da drin.» Eli deutete auf die Schlafzimmertür. «Muß ich Ihnen vielleicht was leihen?»

«Danke, nein.» Auf einmal lächelte er. «Ich hab einen Anzug, der dich aus den Socken haut.»

«Was Sie nicht sagen!» höhnte der Junge. «Ist das etwa Ihr Erzbischofsornat?»

«Viel besser. Du wirst schon sehen.»

Kurz darauf kam Tim im glänzendblauen Trainingsanzug der brasilianischen Fußballmannschaft wieder heraus. Verwundert stieß der Junge ein «Wow!» hervor, als sich die Tür öffnete.

«Eli», begann Deborah, «was geht hier vor? Wessen Wagen ist das –»

Dann sah sie ihn.

«Großer Gott!»

Sie starrten einander an. Wortlos. Auch nach dieser langen Zeit wußte jeder von ihnen genau, was der andere dachte.

«Deborah», flüsterte er endlich, «du ahnst ja nicht, wie oft ich von diesem Augenblick geträumt habe.»

«Ich auch», antwortete sie leise. «Nur glaubte ich nicht, daß er noch auf dieser Welt kommen werde.» Sie wandte sich an ihren Sohn. «Hast du schon –»

«Das ist doch idiotisch!» fiel Eli ihr ins Wort – ein ungeschickter Versuch, seine Gefühle zu verbergen. «Ich werd jetzt, verdammt noch mal, machen, daß ich hier rauskomme, bevor mir dieser ganze sentimentale Zirkus zuviel wird.»

Um seine Tränen zu verbergen, stürzte er hastig zum Haus hinaus.

Sie waren allein.

«Er ist wundervoll, Deborah! Du kannst sehr stolz auf ihn sein.»

«Und du ...?»

«Habe ich denn das Recht dazu? Liebe muß man sich verdienen. Und ich bin nicht gerade ein häufiger Besucher gewesen.»

«Du hast meine Gedanken niemals verlassen», sagte sie furchtlos.

«Und du nicht die meinen», bekannte er. «Und dann habe ich mich entschlossen, das Risiko nicht einzugehen ...»

«Was meinst du damit?»

«Der Glaubenssprung – die Hoffnung, im nächsten Leben mit dir zusammen zu sein. Ich würde alles dafür geben, jetzt und hier mit dir zusammen zu sein.» Er zögerte. Dann fragte er: «Meinst du, wir könnten noch einmal von vorn anfangen?»

«Nein, mein Liebster.» Deborah lächelte. «Wir machen einfach weiter.»

Dank

Alle Wege führen nach Rom – und auch nach Jerusalem. Doch nur bis vor die Tore. Den Menschen, die mir – im übertragenen wie buchstäblichen Sinn – Zugang zu diesen großen Glaubensburgen verschafften, bin ich zu tiefem Dank verpflichtet.

Seine Eminenz Roger Kardinal Etchegaray, Präsident des Päpstlichen Rates Justitia et Pax, hieß mich als völlig Fremden im Vatikan willkommen und vermittelte mir ein Bild des Lebens in diesem Zentrum geistlicher Macht, das ich anders nicht hätte gewinnen können. Seine kenntnisreiche Assistentin Schwester Marjorie Keegan stellte mir aufschlußreiches Dokumentationsmaterial zur Verfügung und erwies sich als eine erstaunliche Quelle von Anekdoten über jüdisches Leben in New York.

Pater Jacques Roubert, S.J., Regionalsekretär der westlichen Assistenz in der Generalkurie des Jesuitenordens, empfing mich im Welthauptquartier der Jesuiten in 5 Borgo Santo Spirito und verhalf mir zu einem Verständnis der Gesellschaft Jesu, die allem, was ich im folgenden las, eine dritte Dimension beifügte.

Den Mishkenot Sha'ananim danke ich dafür, daß ich ihr Gast sein und die einzigartige Atmosphäre Jerusalems in mich aufnehmen durfte.

A. W. Sipe dokumentierte mit *A Secret World: Sexuality and the Search for Celibacy* (New York 1990) den erstaunlichen Abfall vom Zölibat unter katholischen Geistlichen in den USA.

Es ist unmöglich, eine ausführliche Liste der Bücher anzuführen, die ich in den vier Jahren, während ich dieses Buch schrieb, zu Rate gezogen habe. Besondere Erwähnung gebührt jedoch der *Catholic Encyclopedia* und der *Encyclopaedia Judaica, People of God* von Penny Lernoux, *The Jesuits* von Malachi Martin und *The Lifetime of a Jew* von Hayyim Schauss. Und natürlich dem wichtigsten aller Bücher, der Heiligen Schrift.

E. S., Oxford 1991

Erklärung der jiddischen und hebräischen Wörter

aleph-bet	Alphabet
Al chet	Anfang des Sündenbekenntnisses am Versöhnungstag
Bar mizwa	wörtl. Sohn des Gebots. Feier des religiösen Erwachsenwerdens des 13jährigen Jungen
Beigel	Gebäck in Ringform aus Brezelteig
bocher	lediger junger Mann
chavera	Freundin, Kameradin
Chewra kaddischa	Begräbnisbruderschaft
Chuzpe	Unverschämtheit, Dreistigkeit
dawenen	beten
dybbuk	Dämon, böser Geist
esches chajil	rechtschaffene Ehefrau
frume	frommer Jude
gefillte fisch	Fischgericht
gehennom	Hölle
Goi	Nichtjude
greisse fargenigen	großes Vergnügen
Haftorah	Prophetentext
jarmulke	rundes Käppchen
Jeschiwa	Talmudhochschule
Jom Kippur	Versöhnungstag. Höchster jüd. Feiertag
Kaddisch	Totengebet
kascha varnischkes	Gericht
kipa	Käppchen (s. auch jarmulke)
kischkes	Gericht, gefüllter Darm
kitel, kitlen (pl.)	weißes Leinenhemd, auch Totenhemd
koscher	nach rituellen Vorschriften rein
kwitel	Zettel mit Bitten von Gläubigen an Gott
mame-loschen	Muttersprache, d. h. Jiddisch
masel tow!	viel Glück!
mechitza	Trennwand in der Synagoge zwischen Männer- und Frauenabteil
meschugge	verrückt
mikva	rituelles Reinigungsbad der Frau nach der Menstruation

minjan	Gruppe von 10 Männern als Voraussetzung für einen Gottesdienst
mizwa	religiöses Gebot, gute Tat
mohel	ritueller Beschneider
Passah-Seder	erster Abend des Passahfestes (auch Pessach), an dem man die Geschichte des Auszugs aus Ägypten liest
Rabbiner	jüd. Geistlicher und zugleich Lehrer
Rebbe	Rabbiner
Rebezen	Frau des Rabiners
Sabbat	der 7. Tag, an dem geruht wird; dauert von Freitag abend bis Samstag abend
sabta	Großmutter
Schabat	Sabbat
Schabat-Grenze	örtliche Begrenzung innerhalb derer man am Sabbat gehen darf
Schabbes	Sabbat
Schabbes-Goi	Nichtjude, der die den Juden am Sabbat untersagten Tätigkeiten ausübt
schajgez	herablassender Ausdruck für Nichtjuden
Schalom!	Friede! Gruß
schana towa!	Gutes Jahr!
schechina	das Göttliche im Menschen
scheine meidel	hübsches Mädchen
scheitel	Perücke der verheirateten Frau
schiwa	Totenwache
Schmock	vulgäres Schimpfwort
Schofar	als Blasinstrument im jüdischen Kult verwendetes Widderhorn
schtil sol sain	Ruhe!
schtraimel	Kopfbedeckung bei feierlichen Anlässen
schul	Synagoge, Betsaal
schtibel	Gebetsstube
Schulchan Aruch	Gesetzeskodex aus dem 16. Jahrhundert
sukka	Laubhütte, in der man sich am Laubhüttenfest (sukkot) aufhält
tallit	Gebetsschal
Talmud	Fundament des Lebens. Sammlung der Gesetze und religiösen Überlieferungen
tekia – schewarim – teruah	drei Arten von Schofartönen in besonderen Rhythmen
Thora	die fünf Bücher Mosis
tschaser	Schwein
tscholent	ostjüd. Sabbatgericht, Eintopf
zores	Sorgen
zrif	Baracke